虹の彼方

虹の彼方

小池真理子

集英社文庫

「好きなものは呪うか殺すか争うかしなければならないのよ」

坂口安吾『夜長姫と耳男』

「ぼくの欲するのは、いっさいか、しからずんば無かだ」

A・カミュ『不条理な人間』清水徹訳

「貴様は虹を見た」

三島由紀夫『春の雪』

序　章

事を起こしてしまってから、志摩子《しまこ》は繰り返し考えた。なぜ自分は、罪の意識を感じることがなかったのだろうか、と。

連夜にわたる睡眠不足と、興奮と熱情と苦悩とで、志摩子の頭の中はいつもぼんやりと膨張していた。脳のそこかしこに、中途半端に空気が抜けたゴムボールが隙間《すきま》なく詰めこまれているみたいだった。

そのせいで、自分が考えていることをうまく整理できなかったからかもしれないが、罪悪感は初めからなかった。それだけは確かだった。

志摩子と正臣《まさおみ》が、世間では決して許されないこと……いい年をして大人げないのも甚《はなは》だしい、と言われることをしでかしたのは事実である。

しかも、いっときの子供じみた情熱と衝動にかられてそうしたのではなかった。ふたりはあくまでも計画的に事を運んだのだった。あらかじめ綿密な計画を練り、ふたりを知るすべての人々を怒らせ、苛立《いらだ》たせ、悲しませ、傷つけ、ともすれば死に至らせることにもなりかねない、と充分わかっていて、実行に移したのだった。

当然ながら、周囲の誰もが、ふたりのやったことを肯定しようとはしなかった。理解のある顔をしてみせる人間は少なからずいたが、その大半は単に興奮し、面白がっているだけだった。

呆《あき》れ果てて言葉を失った顔をする人はまだいいほうで、たいていの人間はふたりを正面から批判し、揶揄《やゆ》し、軽蔑《けいべつ》し、攻撃してきた。巷《ちまた》にはびこっている教訓や道徳、常識論が矢のようになって、連日、ふたりをぐさぐさと刺し続けた。スポーツ紙や女性週刊誌のページには「ダブル不倫」という手垢《てあか》のついた言葉の他に、「姦通《かんつう》」という時代遅れの言葉さえ登場する始末だった。

また、或《あ》る著名な老作家は、「恋の狂《きょう》躁《そう》は必ずや終《しゅう》焉《えん》に至る」と題した長文のエッセイを新聞夕刊の文化面に特別寄稿した。

美文調で書かれた文章には、彼の小説同様、気品があった。下世話で押しつけがましい表現は、ひとつもなかった。人生の年季を積んだ人間ならではの、温かなまなざしもないではなかった。

だが、よく読みこめば、そこに書かれていることと、世間がふたりに意見してくることとの間には、寸分の違いも見られなかった。老作家は、手練《てだ》れ特有の美文を装いつつ、志摩子と正臣のしでかしたことに対して正面から、古今東西、語り尽くされてきた凡庸《ぼんよう》な、爺《じじ》むさい説教をしているだけだった。

老作家が寄稿した文章の一部を抜粋すると、次のようになる。

『……恋は、それがどれほど烈《はげ》しいものであっても、必ず冷める時がくる。この世に永遠に冷めない恋など一つもない。だからこそ貴重なのだと考えて、いっときいっときを天上の果実を口にふくむように、ありがたく、その滋養の恩恵にあずかっていればよかった。ブレーキが利かなくなったふたりはすべてを放擲《ほうてき》して桃源郷を目指したわけだが、結局のところ、どこに行こうと、彼らを追いかけ、悩ませるのは、煩瑣《はんさ》な現実の堆積《たいせき》でしかない。長い間生きていて、互いのからだに蜘蛛《くも》の巣のように張りついているしがらみや現実からは逃れようもないのである。地団駄を踏もうが、呪詛《じゅそ》の言葉を投げつけようが、それらは決して消えてくれはしないのだ。悲惨で棘々《とげとげ》しい話題ばかりがあふれる現代社会において、情熱のままに突き進む烈しい恋の話題は久々に清々《すがすが》しく、我々を楽しませもしてくれたが、もっと観る者の静かなため息を誘ってくれるようなもの、大人の鑑賞に堪《た》え得るものにしていただきたかった……』

そして最後に老作家は『恋は畢竟《ひっきょう》、不可解なものであり、いかなる優れた哲学者でも説き明かすことのできない、言わば、一種の狂気に近いものだ。まさにその、恋のありようをかくも瑞々《みずみず》しく見せてくれたふたりのような人間に、わたしは決して皮肉ではなく、近年、お目にかかったことがないのである』と結んでいた。

大家、と呼ばれるにふさわしい知名度のある作家が、一女優の恋愛スキャンダルに向けて自らペンを執った、ということが、かえって世間の好奇心を煽《あお》った。

その原稿が新聞に掲載されてから三日後、テレビの朝のワイドショーで、特別枠が設けられた。午後の銀座通りをそぞろ歩きしている若い女性や主婦、あるいは日暮れてから、同僚と飲みに出てきたサラリーマンたちにマイクを向け、同じ質問をして、彼ら彼女らがどう答えたか、映像にまとめたものだった。

その折の質問というのは、「恋の果ての逃避行、あなたはどう考えますか」だった。


逃避行を決行する三か月ほど前、正臣は志摩子に言ったことがある。「間に合ってよかった」と。

それはウィークデイの夜遅く、志摩子であることが周囲に気づかれにくい、都内にある隠れ家ふうの静かなイタリアン・レストランで食事をしていた時のことだった。

本当に間に合ってよかった……と正臣はその時、低い声で繰り返した。「俺の言っている意味、わかるよね？」

ナイフとフォークでイベリコ豚のローストを切り分けていた彼の手の動きは、止まっていた。四月初めで、桜が咲き誇っている季節だった。レストランはオープン・テラスになっていて、テラスの近くにも、一本の桜の古木があり、たわわに花をつけていた。時折、強い風が吹いた。舞い上がった花びらが、テラス席の明かりを受けた夜の街を白い吹き流しのように漂っていくのが見えた。

志摩子は黙っていた。どう答えようかと迷ったからではなく、彼が口にした言葉の、あまりの的確さに深く感動したからだった。

正臣の言う通りだった。自分たちは、ぎりぎりのところで間に合ったのだ、と志摩子は思った。

発車寸前の列車に乗ろうと、改札口から走って走って息を切らせて、もうだめか、と思って閉じかけたドアの向こうにからだをすべらせる。そして、ああよかった、間に合った、と思う……その種の、言わば、ささやかで微笑ましい自己満足に通じる安堵《あんど》感とはまったく意味が異なっていた。

正臣と恋におちた時、志摩子は四十八歳だった。正臣は五つ年下の四十三歳。共に家庭があり、正臣には子供がふたりいた。

あと少し遅かったら、間に合わなかったのかもしれなかった。それは互いの年齢の問題であり、現在、互いがたずさわっている仕事、人生の残り時間の問題でもあった。それらすべてをひっくるめて、「間に合ってよかった」としか言えないのだった。

「ほんとにそうね」

志摩子がそう応えた時、桜の古木のあたりを風が吹きぬけた。一斉に散った花びらのうちの一枚が、志摩子の飲んでいたミネストローネ・スープの中に、ふわりと舞い降りた。

志摩子はかまわずにスプーンでスープと共にそれをすくい上げた。そして「間に合ってよかった」と小声で繰り返した。

悲しいわけでもないのに、ふいに視界が潤んだ。

第一章　志摩子

志摩子の本名は、坂本志摩子。芸名を高木志摩子、という。

坂本、というのは、志摩子の現在の夫の姓で、独身時代の姓は、春川、だった。

志摩子、という名はもともと好きではなかった。子供の頃、年とったおばさんみたいな名前、と言われ、深く傷ついた経験があるからだ。

小学校三年の時のクラスメートに、「志乃」という名の女の子がいた。いつも伏し目がちに生きているおとなしい、目立たない子だった。

クラスの男の子のひとりが、或る時、昼休みにふざけて、「志乃」と「志摩子」の名前を並べて黒板に書き、そこに赤いチョークで矢印をつけて「双子のくそばあ」と書き添えた。志乃という子は、それを見て泣き出した。志摩子はつかつかと男の子の前に歩み寄り、ビンタを食らわせてやった。

相当、痛かったらしく、男の子は目に涙を滲《にじ》ませながら、志摩子に飛びかかってきた。

つかみあいの喧嘩《けんか》になりそうになって、クラスメートの何人かに止められた。誰かが「ばばあのくせに春川は強いんだ」とはやしたてた。志摩子は声がしたほうに上気した顔を向け、誰彼となく睨《にら》みつけた。

その日、家に帰る途中、ススキが茫々《ぼうぼう》と生えている空き地にひとり、分け入った。暮れ方の空に向かって揺れるススキの穂を見上げているうちに、それまで抑えていた涙があふれてきた。

手の甲で涙を拭《ふ》いた。世界で、自分だけがひとりで生きているような心持ちになり、いたたまれなくなった。だが、家に戻った時、志摩子は親に向かって笑顔を作った。とっておきの笑顔……いつもの志摩子の、親に見せるための笑顔、世間に向けるための笑顔であった。

高校時代は演劇部に属していた。役者になりたい、という漠然とした思いが志摩子の中に芽生え始めたのはその頃だ。自分と異なる別の人格を演じることに、興味があった。別の人格を演じていれば、つまらない感情の乱れなど、たやすくコントロールできるに違いない、と志摩子は考えた。

その思いは、消えることなく志摩子の中で少しずつ育《はぐく》まれていった。東京にある私立大学の芸術学部に入学した直後、俳優養成所を紹介してくれた先輩がいた。迷わず見学に行き、その場で入所手続きを済ませた。

親に対しては事後承諾、という形をとった。反対はされなかったが、いい顔もされなかった。どうせ、一年もすれば飽きるだろう、と親は思っている様子だった。

だが、志摩子は飽きなかった。演技の勉強をし、アルバイトをして貯めた金を惜しげもなく使い、新作映画や、あちこちの小劇場で上演されている芝居を観てまわった。そのどれもが志摩子の胸をときめかせた。

二十二になった年に映画に初出演することが決まった。その際、所属していた事務所に、芸名を作ってほしい、と頼みこんだ。春川志摩子、という名で役を演じるのがいやだったからだ。だが、数日後、正式に与えられたのは「高木志摩子」という名であった。

当時の所属事務所の社長は、志摩子、という本名を気にいって、これだけは変えないほうがいい、と言い張った。どうしてですか、と志摩子は訊《たず》ねた。エキゾチックな感じがするじゃないか、と社長は答えた。

デビュー作は『恋の口笛』というタイトルの、ありふれた青春映画で、志摩子は若手人気女優が演じていた女子大生が暮らすアパートの、隣の部屋に住んでいるOL、という役柄だった。セリフはひと言しかなかった。四畳半ひと間のアパートの、窓辺に渡した青いビニール紐《ひも》に、小さな台所で手洗いした下着を干していく。干し終えてぼんやり空を見あげながら、「いいお天気」と独り言を言う。出番はそれだけだった。

だが、その時の、まだ女優とも呼べない、駆け出しの役者にすぎなかった志摩子に注目した人物がいた。堂本豊という名の映画監督で、当時、四十九歳の中堅であった。

堂本監督は志摩子の、整った小造りの愛くるしい顔が時折見せる、どこかしら不満げな表情、というものに興味を持った。世の中のことすべてが不満で、退屈で、何もかもがうんざりなのに、ふと風に吹かれながら青い空を見上げた時、一切合切がどうでもよくなって、ぽんと突き抜けたような、無邪気にさえ見える顔に変わる。そんな複雑な表情ができる珍しい女優だ、と志摩子本人を前にほめちぎった。

「それは多分、きみの育ちがいいからだよ」と監督は言った。

志摩子は、大手製鉄会社に勤務していた会社員の父と、手先が器用で編物でも洋裁でも何でもこなしてしまう、料理好きの母との間にできた長女だった。四つ年下の弟がひとり。典型的な中産階級の円満な家庭に育ち、貧しさや病、肉親の不和、不幸など、経験したことがない。

監督は続けた。「単に育ちがいい、ってことは、女優としてプラス要因にはならないんだ。苦労知らずのお嬢さん、というのはふつう、この世界ではほめ言葉にはならない。その意味では、きみは珍しいタイプかもしれない。苦労を知らない人間にしか持つことのできない、特有の奔放さがきみにはある。そう。きみはあくまでものびのびと奔放なんだ。何かの理由があって、奔放を気取ってるわけじゃない」

事務所の社長と監督と三人で会ったその日、夕食を共にし、飲みに連れて行かれた。

途中、社長が先に帰ると、監督は志摩子をアパートまで送ってくれた。

タクシーを降りようとした時、膝《ひざ》の上に置いていた手を握られた。いいね、きみ、ほんとにいいよ、いい女優になれる、と言われた。監督の手は皺《しわ》っぽく乾いていた。いやらしい、とは思わなかった。監督は手を握ってきたのではなく、握手をしたつもりだったのだろう、と考えることすらできた。

肩幅だけが広い、長身の痩《や》せた身体に思いがけず小さな顔がついていて、おまけに頭髪が薄く、亀のように見えたが、監督は乾いた印象を志摩子に与えた。風にさらされて乾ききった骨のように、清潔な感じがした。

その後、志摩子は堂本監督作品『昭和夢幻』の主役に抜擢《ばってき》された。現実と夢のはざまを行きつ戻りつする、幻想的な作品で、志摩子が演じたのは、芸者置き屋に生まれた娘の役だった。母親や祖母と共に、若くして芸者たちを仕切っている、という設定である。物語にさしたる起承転結はないものの、芸妓《げいぎ》たちのあでやかな衣装はもとより、文字通り夢見心地を誘うような映像美あふれる作品だった。『昭和夢幻』はその年のシネマ・アカデミー賞作品賞、志摩子は最優秀新人女優賞を獲得した。志摩子、二十四歳の時のことである。

華やかな祝いの席が続き、撮影現場を離れて堂本監督と共に行動する機会が増えた。

或る晩、監督は、共に出席した映画関係者の懇親会の後、エレベーターの中で志摩子を抱き寄せ、きみのことが本気で好きになってしまったよ、と囁《ささや》いた。

その言葉に嘘はなさそうだったが、大きな賞を受賞し、気分が昂揚《こうよう》しているだけなのだろう、と考えることもできた。志摩子が監督に、男を感じたことは一度もなかった。だが、友情に似た気持ちはあった。感謝、と呼んでいいものかもしれなかった。

志摩子は監督に誘われるまま、彼が当時、セカンドルームとして妻子のいる自宅とは別に借りていた、三軒茶屋《さんげんぢゃや》のマンションの部屋に行った。七畳ほどのワンルームで、かろうじて腰をおろせるのは、窓ぎわに寄せたシングルベッドの上だけ、という、散らかり放題の部屋だった。

監督はそのベッドで志摩子を貪《むさぼ》るようにして抱いた。裸になった監督の身体は、志摩子の若い、弾力のある肉に包まれてばらばらになってしまいそうなほど、細く骨ばっていた。その身体のすべてが硬かった。肘《ひじ》も、膝も、肩も腰も。事果てた後のペニスだけが、やわらかかった。

「きみは身体全体から育ちのよさが漂ってくる女なんだな」と監督はベッドの上に仰向けになったまま、たばこを吸いながら言った。「どこにもいびつな部分がないよ。不健全さがない。真っ正直で、汚れていなくて、素直で、眩《まぶ》しいくらいだ。きみは天の恵みを一身に受けている。それでいいんだ。それこそが志摩子なんだ」

志摩子が黙っていると、恋人は、と聞かれた。

「いません」

「すぐにできる」

「そうでしょうか」

「ただし、今から言っておく。恋愛に身を焦《こ》がしすぎるのは毒だよ。きみみたいな女は、寄ってくる男たちを適当にあしらって、好きに遊んでいるのがちょうどいい」

「女優として？」

「それもある。でもそれだけじゃない。きみは簡単には恋愛に溺《おぼ》れない女だろう。利口で頭がいい。ところが、いったん溺れたら最後、どこまでも突っ走ってしまうタイプでもある。そうなったらなったで、ちょっとこわい」

「そんな溺れるような恋なんて、したことありません」

「これからすることになるよ」

「早くそういう恋、してみたいです」

「男に夢中になって溺れて、海の底に沈んだりしても知らないぞ」

「監督、約束して。私がそうなった時は海の底から引っぱりあげてください」

監督は、ふふっ、と小さく笑っただけで応えなかった。

あれから二十四年の歳月が流れた。長くもあったし、短くもあった。総じて荒波にもまれるような歳月ではあったが、志摩子の女優としての成長ぶりは、ほぼ順調だったと言える。

だが、志摩子にはいつも、人には言えないささやかな疑問があった。

まわりにいる、華やかだが不遇な女優たちと比べ、自分に卓越した才能があったとは、どうしても思えない。生まれながらにしてどうしようもない苦しみを抱え、とてつもなく大きなものを幾つも乗り越えて来なければならなかったような女優の迫真の演技、というものには太刀打ちできるはずもなかった。

確かに幾度か恋はした。情熱の限りを尽くし、にもかかわらず、深く傷つけられたこともあった。恋に苦しんだことが女優としての滋養になる、と信じていたものの、恋の苦しみなど終わってしまえば一過性のものに過ぎなかった。そんなものが自分の演技に幅をもたせてくれたとはとても思えなかった。

「苦労知らずのお嬢さん女優」とやっかみまじりの陰口をたたかれていたことも知っている。「所詮《しょせん》、あなたの演技はお嬢さん芸だよ」と面と向かって言われたことも一度や二度ではない。

そのたびに強い憤《いきどお》りを覚えた。出生の秘密を抱え、複雑な家庭に生まれていなければ、精神の瓦解《がかい》を経験した者でなければ、役者として大成しないということなのか。負の要素だけが人の才能を育むというのか。そんな馬鹿なことがあってたまるか。

もって行きどころのない苛立《いらだ》ちに包まれ、志摩子は時折、自暴自棄になった。生活を乱してみたくてたまらなくなった。

色恋の相手としてふさわしくないと思われる男と夜遊びもした。仕事がオフの時は、朝まで酒を飲み続けたり、いったん別れた途端、顔も名前も忘れてしまうような種類の人間たちと、連日連夜、馬鹿騒ぎを続けたりした。

だが、そんな時期は長くは続かなかった。或る日或る時、ふいに憑《つ》き物が落ちたように、一切が馬鹿馬鹿しくなった。そのたびに、志摩子は堂本監督の言葉を思い出した。

きみは天の恵みを一身に受けている、と監督は言ったのだった。それでいいんだ、それこそが志摩子なんだ、と。

堂本監督との関係はその後、しばらくの間続けられた。噂《うわさ》にならなかったのは、堂々と逢瀬《おうせ》を重ねていたのと、どこかしら陰影のある、線の細い堂本監督と、春の日向《ひなた》に咲く花を連想させる志摩子とが、似合いの間柄に見えにくいせいかもしれなかった。

志摩子二十七歳の時、堂本監督の作品で、三度目の主役を演じた際、共演した加地謙介という若手人気俳優と恋におちた。加地は志摩子より二つ年上で、すでに結婚し、子供もいた。

監督は見て見ぬふりをし、何も言わなかったが、志摩子と加地の熱愛がスキャンダラスに取り上げられ、騒がれるようになってから、露骨に志摩子を避けるようになった。別れよう、とはひとことも言われなかった。いつのまにか、気がついたら見えなくなっていた、というやり方で、堂本は志摩子の前から姿を消した。

主演女優と共演男優との道ならぬ恋のせいで、皮肉にも映画はヒットした。加地との関係を騒がれれば騒がれるほど、志摩子には、大きな作品への出演依頼が、次から次へと舞い込むようになった。

一方、監督は新作を発表しなくなった。厄介な病気で入退院を繰り返している、ということを風の噂に聞いた。志摩子がそれとなく案じているうちに、時が流れた。

十年ほど前、忘れたころに、堂本監督による小品が二本、たて続けに封切られた。映画評は必ずしも悪くはなく、各メディアで取り上げられもしていたが、客の入りは芳《かんば》しくなかった。堂本好みの、美しいが頽廃《たいはい》的にすぎる映像と、物語を破壊してかかろうとする姿勢が、時流に合わないのかもしれなかった。

やがて、監督はなりをひそめた。志摩子が監督に関する噂を聞くこともなくなった。再び長い時が流れた。


一年前の九月一日、志摩子が初座長を務める舞台、『虹の彼方』の制作発表記者会見が行われた。

会場となったのは日比谷《ひびや》にあるホテルで、志摩子に付き添ってきたのは、志摩子が所属する事務所「ストーンズ・プロ」の女社長、石黒敦子《あつこ》だった。志摩子よりも五つ年上の五十三歳。二十代の終わりに事務所を構え、人気俳優を何人か所属させて、女ひとり、気丈に芸能界を渡ってきた女である。

いつも志摩子の行く先々にコマネズミのようについて来る付き人の大谷加代子は、夏風邪をひいて熱を出し、自宅で寝こんでいた。岡山の田舎《いなか》から出て来て以来、加代子はずっと志摩子の傍《そば》にいる。二十八歳。年の離れた妹のようでもある。

車を運転している敦子の隣で、志摩子は携帯を使い、加代子に電話をかけた。

「風邪ですって？　大丈夫？　熱は？」

「ああ、志摩子さん、すみません。こんな大事な日に熱なんか出しちゃって。ほんと、ごめんなさい」

「夏風邪はこじらせないようにしなくちゃ。栄養のあるものを食べて、しっかり眠って。無理しちゃだめよ」

鼻をすする音がしたと思ったら、加代子が感激のあまり、泣き出した気配があった。

志摩子は微笑み、ちらりと敦子を見ながら言った。「ほらほら、泣いたりしないで。それ以上、鼻を詰まらせてどうするの」

「すみません。だって、志摩子さんにこんなに優しくしていただけるなんて、あんまり嬉《うれ》しくて……」

「ともかく早く元気になって復帰してちょうだい。あ、そろそろホテルに着くわ。加代ちゃん、またね」

志摩子が携帯を切り、膝の上に置いた茶色のトートバッグの中にすべりこませた時だった。ハンドルを握っていた敦子が「あらぁ」と頓狂《とんきょう》な声をあげた。「ね、ね、見て、志摩ちゃん。今、ホテルの中に入って行った人。あらやだ、もう、見えなくなっちゃった」

「誰?」

「堂本さんに似てた。うん、あれは確かに堂本さんよ」

「……監督の?」

「そう。志摩ちゃん会いたさに来たんだわ、きっと」

「車、止めて」と志摩子は口早に言った。「私、ここで降りる」

「何言ってるの。こんな、ホテルの正面玄関なんかで降りたら、志摩ちゃんのまわりに人垣ができちゃうわよ。裏口まで行くから、もう少し……」

「大丈夫。監督が来てるんだったら、今会いたい。早く止めて」

んもう、と敦子はいまいましげに眉間《みけん》に皺を寄せ、正面玄関を少し過ぎたあたりで車を止めて、勢いよくハンドブレーキを引いた。

「私もすぐ後から行くわよ。記者会見の日に、ひとりでホテルのロビーをうろうろして、昔の恋人なんかに話しかけてるところを誰かに見られたら、またくだらないことで騒がれるってば」

それには応えず、志摩子は助手席側のドアを開けて外に飛び出した。

午前十一時半。晩夏の陽射しは強かった。近くの公園で鳴き狂っている油蟬《あぶらぜみ》の声を背に、志摩子は早足でホテル正面玄関から中に入った。

冷房の効いたロビーの薄暗さに目が慣れるのに、少し時間がかかった。記者会見用の衣装はまだ着ていない。ローライズのジーンズに黒のTシャツ、といういでたちである。足元は白のスニーカー。ミディアムショートにカットしている髪の毛は麻の帽子で隠しているし、薄い色のついた大ぶりのサングラスもかけている。そんな志摩子に、周囲の人間が気づいている様子はなかった。

ロビーの左側にある巨大な半円形のソファーには、五、六人の客が人待ち顔に坐《すわ》っていた。志摩子の目は、その中のひとり、一番右端に腰をおろし、青いハンカチで首のあたりを拭《ぬぐ》っている男を即座にとらえた。

あまりの変わり果てように驚いたものの、志摩子はその驚きを素早くかき消した。七十も半ばにさしかかり、しかも、長い間、病を繰り返してきた人間の容貌《ようぼう》が変わっていないはずはなかった。

ゆっくりした足取りで歩み寄り、笑みを湛《たた》えながら、志摩子は監督が自分に気づいてくれるのを待った。汗を拭いていたハンカチを所在なげに見つめ、つと顔を上げた監督は、目の前に立っている志摩子を見つけても、さして驚いた表情はしなかった。

「ごぶさたしています」と志摩子は言い、サングラスを外して丁寧に頭を下げた。

監督の隣に坐っていた赤ら顔の大男が立ちあがり、去って行った。誰も志摩子のほうは見ていなかった。

「隣、坐ってもいいですか」

堂本監督はうなずき、微笑み、どうぞ、と言った。「きみを見に来た。遠くから見て、帰るつもりだったんだけど、こんなところで会えるとは思わなかったよ。久しぶりだね。時間、大丈夫なの？」

「平気です。さっき正面玄関前まで来た時、偶然、監督がこのホテルに入るのを事務所の人間が見つけてくれて。それで私、慌てて車から降りて追いかけて来ました」

監督の隣に坐りながら志摩子がそう言うと、監督は歯を見せて微笑した。ひと目で義歯とわかる、不自然に白い歯だった。

「座長公演だね。おめでとう」

「初めてだし、やっぱり緊張します。分不相応なことを引き受けちゃったな、って思って」

「そんなことはないよ。きみならできる」

「年の功、って言っても、まだまだですし。ただ単に、共演者やスタッフに恵まれてただけですから」

「キャリアも実力も充分なんだ。堂々としていなさい」

志摩子はうなずき、目を伏せ、改めて顔を上げて監督の顔を見つめた。「お身体、大丈夫ですか」

「なんとかね」

「ずっと心配してました」

「お迎えがもっと早く来ると思っていたんだけど、この通り、まだ生きてる」

「やめてください、そんな言い方」

あはは、と監督はあまり可笑《おか》しくなさそうに笑った。「そんなことより、今度の舞台の原作、読んでみたよ。奥平《おくだいら》正臣。名前は知ってたけど、読んだことのない作家だった。なかなかいいね。きみは前からの愛読者?」

「いえ、私も『虹の彼方』を読んだのが初めてだったんです。たまたま読んだ、って感じだったんですが、読んでいくうちにのめりこんじゃって。それで今回の舞台に是非、ということに」

「幾つくらいの人なの」

「私よりも五つ下だったかな」

「オーソドックスな日本文学の流れを引いていながら、無国籍な印象もある。ちょっと翻訳小説のリズムを感じさせるところもあるし」

　志摩子はうなずいた。「文章もきれいで好きです。人の心をつかむ文章、っていうのかしら。読んでいてその世界に引きこまれていく感じ」

「それにしても心中ものを舞台にするのは、最近では珍しいだろう。近松《ちかまつ》じゃないが、手垢がつきすぎてるテーマとも言えるからね。とはいえ、それが逆に新鮮なんだな。こんな時代にこういう原作を選べるのは、さすがに志摩子だ」

　ありがとうございます、と志摩子は言い、微笑を返した。

　ロビーを横切るようにして、石黒敦子が小走りに現れるのが見えた。浅葱《あさぎ》色の膝丈タイトスカートに同色のジャケットを着ている。髪の毛は乱れなくまとめてうなじのあたりで結い上げ、黒いバレッタで留めている。足もとは歩きやすさを重視した、ヒールの低いパンプス。いつもの敦子の、きびきびした仕事用の装いである。

　志摩子の姿を見つけた敦子は、呼吸を整えつつ、笑顔を作り、監督に向かって深々と礼をした。

「お話し中、申し訳ございません。高木志摩子の所属事務所の者です。志摩ちゃん、ごめんね。そろそろ行って支度しないと」

「そうだよ。座長がこんなところでいつまでも油を売ってたらいけないよ」

　志摩子は堂本監督に笑いかけ、立ちあがった。「会場にいらっしゃるでしょう?」

「もちろん行くよ」

「お目にかかれて、ほんとよかった。来てくださってありがとう」

うん、と監督は目を細めてうなずいた。「頑張りなさい」

敦子と並んで監督に向かって頭を下げた。立ち去りがたい思いにかられるのは何故《なぜ》なのだろう、と志摩子は思った。

もっと話していたかった。かつて男と女の関係にあったからではない。堂本は若かった頃の自分の、もっとも深部にあったものをあらかじめ見抜いてくれた相手でもあった。かつて彼が発した言葉のひとつひとつは、今も志摩子の中に瑞々《みずみず》しく息づいていた。

専用の控室に入り、支度をしている間も、志摩子はぼんやりと堂本監督の記憶を辿《たど》り続けた。監督と交わした性の、何と乾いていたことだろう、と改めて思い返した。

記憶の中の監督との性愛には、湿りけもぬめりも、匂いも触感も、何も残されていなかった。乾いた枯れ枝の寝床に並んで横になり、ひと眠りしただけのことのようにも感じられた。性愛を交わしていた時の自分自身の喘《あえ》ぎ声も、監督の口からもれてきたはずの荒い息づかいも、もう何も聞こえてこない。無音で充《み》たされたおぼろな記憶の中に、静かに、懐かしいような風が吹いているだけである。

監督の作品に出演したことをきっかけに、共演した加地謙介と抜き差しならない関係に陥った。志摩子は加地との恋に溺れた。溺れるあまり、水の底に沈んでしまった。

そうなった時は、引っぱりあげてください、と頼んだはずなのに、監督は沈んだままの志摩子から目をそむけた。志摩子が自力で水底から這《は》いあがってきた時、すでに監督の姿はなかった。

午後一時からの予定だった制作発表記者会見が、少し延びることになった、と敦子が報告に来たのは、十二時半をまわった頃である。

「まったく困ったもんよ。村岡君が寝坊して遅れてるんだって。どうせ、ゆうべ飲み過ぎたか、女の子とどこかにしけこんでたか、どっちかだわね」

村岡、というのは『虹の彼方』の舞台で志摩子の相手役を務める男優だった。志摩子より九つ年下で、原作通り、志摩子と恋におち、死の道行きをもくろむ男の役を演じることになっていた。

若くしてその演技を高く評価され、図抜けた才能に恵まれているというのに、酒乱で時折、羽目をはずす。役者としての健康管理ができていない。二度結婚して、二度とも離婚。十年ほど前には大麻の不法所持で逮捕され、世間を騒がせた。

力があるにもかかわらず、幾多の問題を起こしがちな役者ではあったが、志摩子はどうしても、『虹の彼方』の相手役を村岡優作にしたかった。舞台映えする美しく逞《たくま》しい風貌といい、役になりきる、という凄《すさ》まじい演技力といい、彼以外、考えられなかった。

少々のトラブルは承知の上だったものの、制作発表の段階からこれでは、先が思いやられる、と志摩子はうんざりした。

「ま、とにかく、みなさん集まってるから、そっちに行きましょう」と敦子が言った。

「村岡君を待って、みんなイラつかなければいいんだけど。そうそう。原作の奥平先生もさっき到着なさったとこ。出版社の編集の人とふたりで。会見の後、志摩ちゃんと奥平先生のパンフレット用の簡単なインタビューと撮影があるのよ。覚えといて」

着替えたばかりの濃紺の、光沢のあるスーツジャケットの前ボタンをはめながら、

「わかった」と志摩子は言った。

どんな人？　とも聞かなかった。聞こうとも思わなかった。そのとき、志摩子が考えていたのは制作発表に遅刻している、という村岡優作のことだけだった。

七センチほどのヒールのついた黒のパンプスをはき、全身が映る姿見の前に立った。横から後ろから立ち姿を眺めた。ジャケットの衿《えり》部分と、スカートの裾《すそ》の部分に、揃《そろ》いのゆるやかなフレアーがついている。そのせいで、スーツ特有の堅苦しさがやわらいで見える。

「どう？」と志摩子は敦子に聞いた。

敦子はいつものしたり顔で、「オッケーよ」と答え、右手の人さし指と親指で丸を作ってみせた。

ずっと後になって、志摩子は幾度も幾度も、その時のことを思い返してみた。『虹の

彼方』の原作者である奥平正臣が到着した、ということを聞いて、自分はどう思ったか、何か感じたことがあっただろうか、と。

だが、どう克明に思い返してみても、感じたものは何もなかった。奥平正臣が来ている、ということは志摩子にとって、耳を通り過ぎていく日常の情報のひとつ……たとえば、その日の天気予報や翌日の仕事のスケジュールと同じものでしかなかった。

制作発表が行われる会場は、ホテルの二階にある中ホールで、すでにその時刻、大勢の報道陣が集まっている様子だった。出演者や関係者のための控室は、三階の宴会場に隣接した小さなラウンジがあてがわれていた。志摩子は敦子の誘導でラウンジに向かった。

途中、廊下やエレベーターホールに佇《たたず》んでいた幾人かに声をかけられ、志摩子は目を伏せたまま笑みを返した。相手が誰なのか、ろくに顔を見てもいなかった。知らない人間に声をかけられたり、挨拶《あいさつ》されたり、興奮気味に見つめられたりすることには慣れていた。どんな場合でも、にこやかに笑みを返していればいいのだった。

三階のラウンジの前には「『虹の彼方』制作発表記者会見・出演者御控室」と書かれた札が立っていた。部屋の両開きの大きな扉は開け放されていて、戸口のあたりに数人のスタッフが佇んでいるのが見えた。

ペルシア模様の絨毯《じゅうたん》に、クラシックな猫脚のついた肘掛け椅子やテーブル、花台などが並べられている部屋だった。窓はなく、窓を模した壁の大きなガラスには、ペイズリー柄の重厚なカーテンが贅沢《ぜいたく》なドレープをとって下げられていた。

志摩子の姿をみとめると、居合わせた出演者全員が椅子から立ちあがろうとした。志摩子はそれを両手で制し、「そのままでどうぞ」と笑顔で言った。

座長を立ててくれようとする彼らの気持ちは理解できても、志摩子はその種の、人工的であからさまな敬意を受けるのは、何よりも苦手だった。

出演者たちの中には、自分よりも遥《はる》かに年上の男優もいれば、キャリアを誇る実力派の女優もいる。必要以上に上下関係を重視するつもりはないが、志摩子はどんな場合でも、彼らとは慎《つつ》ましく控えめに接していたい、と思っていた。

自分だけが注目されている、という状態は、子供の頃から好きではなかった。気のおけない仲間同士、談笑している時でさえ、明らかに自分だけが目立ち、自分の発言だけが注目されている、とわかったとたん、腰が引けたようになってしまう。

強烈な自意識の裏返しか、と思ってみたこともあるが、どうやら違うようだった。志摩子は、女優らしからぬ自分の小心ぶりをよく知りぬいていた。

『虹の彼方』の主だった出演者は志摩子も含めて六人だった。相変わらず姿を見せていない村岡優作を除いたひとりひとりに、にこやかに挨拶し、村岡の遅刻などまるで意に介していないような笑顔を見せ、その実、志摩子は内心、もし村岡が会見に間に合わなかったら、どうやって報道陣に言い訳をすればいいか、あれこれと考え続けていた。

　制作発表の日に準主役の村岡が姿を見せないとなると、つまらない憶測記事が明日のスポーツ紙を飾るかもしれなかった。座長として、村岡を救ってやらねば、と思う。だが、思うそばから、こんな状態で果して村岡と共にひと月あまりの公演を乗りきることができるか、という不安が頭をもたげてくる。

「志摩ちゃん、ちょっとこっちに」と敦子に強く腕を引かれて、志摩子は我に返った。

　目の前に男が立っていた。七センチヒールのパンプスをはいている志摩子よりも、首ひとつ分ほど背が高い。わずかにウェーブのかかった、つややかでやわらかそうな黒髪。小麦色に引きしまった細面《ほそおもて》の顔。鼻と唇はいかにも男らしく逞しい感じを与えるが、奥まった目はどちらかと言うと小さく、小動物のそれを思わせる。

　生成《きな》りの麻のジャケットにジーンズ。ジャケットの中の、シルクを思わせる白いシャツは開襟で、顔よりも浅黒い胸の肌がちょうどいい具合に覗《のぞ》いて見えた。

「はじめまして。奥平です」

　男はそう言い、白い歯をわずかに見せながら微笑んで丁重に頭を下げた。

　本のソデ部分についていた著者近影の写真は知っていた。だが、実物は写真よりもいきいきと快活な感じがした。志摩子は初めて会う原作者の前で姿勢を正し、改まったように両手を重ねて、深々と礼をした。

「ご挨拶が遅れて申し訳ありません。高木です。このたびは本当に素敵な原作をありがとうございました。奥平先生の御作品を汚さないように、最高の舞台にしたいと、一同、張り切っています」

「高木さんがあんなものに目をつけてくださるとは、夢にも思っていませんでした。天にものぼる気持ちでいます」

「あんなもの、だなんて、とんでもない。本当に感動しました。夢中になって読みましたから。今日はわざわざお越しいただいて、光栄です。こちらからご挨拶に伺わなくてはいけなかったのに」

「いえ、僕のほうこそ、もっと早くお礼をと思ってました。舞台、本当に楽しみにしています」

　何かもっと気のきいたことを口にすべきだ、と思いながら、適当な言葉が浮かんでこなかったのは、その時、ラウンジに村岡優作が飛びこんで来たからである。白い丸首Tシャツに、膝のあたりに穴の空いたクラッシュジーンズ、というくだけた恰好《かっこう》だった。制作発表に出席する準主役としてふさわしい装いとは言いがたかったが、それはそれで長身の彼によく似合っていた。村岡は何を着ていても、村岡なのだった。

　ほっとしたようなどよめきが周囲に流れた。村岡は神妙な顔をしながらも照れたように頭をかきながら、「お待たせしてしまって、本当に申し訳ありませんでした」と繰り返した。

「よかった」と志摩子は、傍にいた敦子にではなく、奥平正臣に向かって言った。心底、ほっとしていたため、正臣に対する口調は自分でも驚くほど親しみをこめたものになっていた。「村岡君、寝坊して遅れてたんです。どうなることか、って、心配しちゃいました」

「ひょっとしてゆうべ、飲み過ぎたのかな」

「どうせ、そんなところでしょう、きっと」

志摩子がくすくす笑ってみせると、正臣も志摩子を見つめながら微笑した。

正臣の背後に男が立ち、正臣に何か囁いた。おっといけない、と正臣は言い、男を志摩子の前に押し出した。正臣と同世代に見える、小太りの男だった。

「僕の担当編集者です。『虹の彼方』を作ってくれたのも彼です。今日は何としてでも高木志摩子さんにお目にかかりたい、って、それはそれはうるさく言うので、仕方なく連れて来ました」

「うるさく、って言うのはあんまりですねえ」と男は照れたように笑い、改まって直立不動の姿勢を取りながら志摩子に名刺を差し出した。「はじめまして。文芸書房出版部の杉村と申します。今回の舞台、心から楽しみにしています」

いつものとびきりの笑顔で応じ、愛想よく挨拶を返した。ラウンジの戸口のあたりが賑やかになった。それまで椅子に腰をおろしていた出演者たちが、慌ただしく立ちあがり始めた。

敦子が片手で携帯を握りしめながら、もう一方の手で志摩子の腕にそっと触れてきた。「さあ、行きましょ。報道陣、かなりの数、集まってるみたいよ。テレビも民放が全局来てるし。思ってた以上にすごい反応」

村岡が志摩子に近づいて来た。こめかみのあたりから流れ落ちる汗が見えた。「ごめんなさい、志摩子さん。めちゃくちゃ頭にきてたでしょう」

「頭にきてた、なんてもんじゃないわ。心配して頭が禿《は》げそうだった」

冗談めかして言ったのだが、村岡はふいにきまじめな表情を返すと、深々と志摩子に向かって頭を下げてきた。「以後、気をつけます。本当にすみませんでした」

素直にあやまられると、それ以上何も言えなくなる。志摩子は「私の恋人役なのよ。しっかりしてね」と言いおいてから歩き出した。

その時すでに志摩子の中では、会ったばかりの奥平正臣の印象は薄れていた。正臣が志摩子に与えた印象がおぼろげだったからではない。

志摩子は自分でもあきれるほど、初座長を務める舞台の、制作発表記者会見に緊張していた。

第二章　正　臣

俺はあなたにひと目ぼれしたんだ……正臣は志摩子にそう言ったことがある。

その時、志摩子は「嘘」と言い、いたずらっぽい笑みの中、軽く正臣を睨《にら》みつけた。

「高校生の男の子じゃあるまいし、いい年をした大人が、あんなにごちゃごちゃしたラウンジの、他人も大勢一緒にいるようなところで、ちょっと挨拶しただけの女にひと目ぼれなんか、するわけがないでしょう」

でも、したんだ、と正臣は繰り返した。あなたにはひと目ぼれだったんだ、と。

その通りだった。どう思い返してみても、それは事実だった。

一年前の九月一日。晩夏の暑さのさなか、文芸書房の出版担当編集者、杉村と共に予定よりも少し遅れてホテルに到着した。関係者控室に案内され、原作者ということで、居合わせた役者たちや演出家、脚本家を紹介された。

彼らとは全員、初対面だった。場違いなところに来ている、という意識が働き、そのせいもあってか、会話は弾まなかった。簡単な挨拶をして、「楽しみにしています」と言うのがせいぜいだったし、正臣を紹介された人々も、あたりさわりのない通りいっぺんの応対をするだけで終わった。

主演女優にして座長を務める高木志摩子が現れたのは、ひと通りの挨拶を終え、正臣が編集者の杉村と共に、勧められた椅子に腰をおろそうとした時である。照明のうす暗い、眠気と微熱を誘うようなラウンジが、そのとき、ふいに、花が咲いたように明るくなった。

光がおりた……正臣はそう感じた。大げさではなく、光臨《こうりん》、という言葉が思い浮かんだ。志摩子は光を発していた。志摩子自身が光のようでもあった。

しばらくの間、彼は志摩子の魅力的な顔立ちと、すらりと均整のとれた立ち姿、弾んだような身のこなしに見とれていた。

とても四十八歳には見えなかった。単に若く見える、ということだけではなく、年齢を超えた輝きが志摩子にはあった。

表情が千変万化する。いっときも同じ表情をしていない。時には、二十代の若い娘のような無邪気さを見せるし、かと思えば、一瞬の表情が、成熟した大人の女の、匂いたつ色香や憂いを秘めた気分を立ちのぼらせたりもする。

顔いっぱいにひろがる笑みが、すばらしく瑞々《みずみず》しかった。目と唇が連動している。目がいきいきと輝けば、唇はそれに呼応するかのように、豊かな美しいカーブを描く。見る者をうっとりさせるような微笑がこぼれ、きらめく。それが少しもわざとらしさを感じさせない。

着ている服も髪形も、シンプルで大人びて優雅で気品がある。とはいえ、鋳型《いがた》にはめられたような堅苦しさや平板さはない。あくまでも自由に解き放たれている。のびのびとふるまう、その仕草のひとつひとつには、少女めいた初々《うい》しさが漂っている。

少しおどけた表情を作るのがうまい。おどけた後で人に向かって返す微笑は、どことはなしに意味ありげで、そばで見ていても思わず吸い寄せられる。

そのくせ、志摩子は正臣に、手の届かない種類の女、という印象は少しも与えなかった。正臣と初対面の挨拶を交わし、誰もがするような常識的な応対ぶりを見せながらも、志摩子のそのいきいきとした表情はひとつも変わらなかった。

志摩子は正臣にとって未知の女であるはずなのに、昔から知っている女、昔から求め、憧《あこが》れ続けてきた女のようにも見えた。そのあふれる魅力に感嘆しつつ、いっぽうでそれは何年も前から慣れ親しんできた、自分のよく知っている魅力であるようにも感じられた。

これまで女にひと目ぼれしたことなど、一度もない。たとえかなりの好印象を抱いても、その場限りのものでしかなく、ひと晩眠ると忘れていた。

そもそも正臣は、ひと目で女にほれる、などということはあり得ない、と思っていた。安手のロマンティシズムに酔った学生時代なら、そういうこともあるだろう。だが、家庭をもった四十《しじゅう》も半ばに近い大人の男が、その顔を見て姿を見て声を聞いただけで、一瞬にして引きつけられ、忘れられなくなるなど、正臣に言わせれば笑止千万だった。単に女の姿かたちに引きつけられることと、ほれる、ということは別ものであるはずだった。どれほど自分好みの美しさをたたえた女が目の前に立ったとしても、ひと目で相手がどんな人間なのか、わかるはずもない。

そもそも正臣は、ほれる、ということの本当の意味がつかめずにいた。女にほれる、というのは一種の幻想であり、自己愛の転化にすぎない、というのが彼の考えだった。自分自身ですら満足に愛することができないのに、どうして簡単に女にほれこむことができるというのか。しかもひと目で！

ところが正臣は、志摩子をひと目見て、ほれたのだった。

あの日、仄暗《ほのぐら》い照明に充たされたホテルの控室に現れて、居合わせた人々と笑顔で挨拶を交わしていた志摩子。日の光を浴びた草原にすっくと咲いた野のユリのごとく、涼やかに美しかった志摩子……。

その志摩子が次に自分の前に立ち、初対面にもかかわらず、見事に晴れやかな笑みを浮かべてくれた、その瞬間に、正臣はすでに、高木志摩子という女優ではない、志摩子というひとりの女を強烈に意識し始めたのだった。

正臣の長編小説『虹の彼方』は、文芸書房発行の月刊文芸誌『宴《えん》』に一年間にわたって連載されたものである。

『宴』は歴史と権威のある文芸誌であり、毎号、目次には著名な作家ばかりが名を連ねていた。新人と呼ばれる若手作家の作品が掲載されることはめったになく、あっても、何かの文学賞を受賞した者か、文学的に意味のある話題をふりまいた者に限られた。熱心な固定ファンに支えられている安定した力量のある作家、その作家の名が表紙や目次を飾っているだけで、読者の購買意欲が高められるような作家……『宴』が求めている作家は、その種の作家であった。

正臣に初めて、『宴』からの執筆依頼がきたのは、彼が二十七歳の若さで文芸書房主催の新人賞を受賞し、作家としてのスタートを切った時である。

受賞作は、たまたま思いついて書き上げ、応募してみただけのものだった。若い男と若い女が雨の中、一本の傘におさまって夜の街を歩き続ける。事情があってふたりは別れなければならない。交わされる会話も、時々、立ち止まって抱き合い、くちづけをし合うことも、何もかもが雨の中に溶けていって、最後は雨の音しか残らなくなる……そんな短編小説だった。

『雨』と題したこの作品を選考委員たちは絶賛した。周囲の期待は大きかった。久々に登場した大型新人、というような言われ方もされた。そう言われれば言われるほど、正臣は自分でも説明のつかない違和感を覚えた。

そんなつもりで応募したわけではなかった。大学を五年かかって卒業した後、しがない三流の広告代理店に就職したが、一年もたたないうちに上司を殴って怪我をさせ、自ら辞表を書いた。

その後は転々と職を替え、様々なアルバイトで食いつないだ。まだ結婚していなかった時だから、自由だった。人生など、なんとでもなる、と思っていた。どこかに帰着しようと思って生きるのではなく、どこにも行き着かずに生きていたかった。何ものにも身をゆだねることなく、いつでも引き返せるような、あるいはまた、いつでも飛び立ってしまえるような、そんな人生を送りたいと思っていた。

何かに向かって、まなじりを決して突っ走る、という生き方はしたくなかった。常にはみ出していたかった。愚直でありたくはなかった。と同時に、青臭く頑迷《がんめい》固陋《ころう》になるつもりもなかった。

短編小説を応募してみたのも、ほんの遊びごころからだった。作家になりたいと思っていたわけではない。そもそも正臣には、何かになる、とか、何かになりたい、という発想が希薄だった。

受賞後、受賞第一作として『宴』に短編作品を書いてほしい、と頼まれて、あまり深く考えず、四十枚ほどの短編を三日で書き上げ、編集者に手渡した。

翌日、『宴』の編集長から電話がかかってきた。やんわりとではあるが、「受賞作がもっていたきらめきや、ナイフの切っ先のようなひりひりした感覚が、完全に失われてしまっている」と酷評された。

書き直しを命じられた。素直に応じ、言われた通りに書き直して再び読んでもらった日の晩、編集長から食事に誘われた。新橋《しんばし》の鮨《すし》屋で、編集長は三時間にわたり、小説とは何か、作家とはどうあるべきか、ということを正臣に語り続けた。

納得のいくこともあったし、いかないこともあった。編集長の自己陶酔ぶりが覗いて見える瞬間もあった。

適当にあいづちを返していると、最後に編集長は改まったように正臣に向き直り、そして、言った。「あなたには天性の作家としての才能が感じられる。とにかく頑張ってください」

悪い気はしなかった。だが、だからといって、自分に本当の作家としての才能があるなどと、正臣は思っていなかった。

たまたま、こうなっただけだ、という、冷やかな思いがあった。なんとなく流れてきて、今ここにいる。これからどこに向かうのかも、わからない。そんな感じだった。

その後、文芸書房ではない、別の出版社から長編小説を書かないか、という熱心な依頼があった。短編ばかりをぽつぽつ書いていても、本になるまでに時間がかかる、奥平さんなら長編も書けると思うし、勝負をかけてみたらどうでしょう……そんなふうに言われた。

勝負をかけよう、などという大それた気持ちは毛頭なかったが、書きたいと思っていたテーマはあるにはあった。アルバイトで続けていた週刊誌記者の仕事のかたわら、四百枚ほどの長編小説を書き上げ、『パッション』というタイトルをつけた。

二十代男女の、入り組んだ人間関係や恋愛模様をユーモアや皮肉をまじえて綴《つづ》ったものので、その軽やかな、若々しい作風は編集者たちから絶賛された。

『パッション』は正臣のデビュー作として刊行され、新人作家の作品としては珍しいほどの売れ行きを示した。新聞の文芸欄や文芸誌の書評欄でも、おおむね好意的に扱われた。

『パッション』の成功に刺激されたのか、『宴』から正臣に二度目の執筆依頼があったのは、それから半年ほどたってからである。百枚ほどの中編を書いてくれたら、受賞作とその後の受賞第一作と併せて、すぐに単行本として出版しましょう、と言われた。

その折に書き上げた作品は、編集長をはじめとして、編集部内で高く評価された。

いくら文芸書房の文学新人賞を受賞したからといって、そこまで熱心に『宴』で面倒を見てもらえるのは、あなたの中に確かな才能が見え隠れしているからですよ……何人かの編集者はそんなことを正臣に言った。すぐに何か大きな賞を受賞するに違いない、などと言ってくる者もいた。

そんなことはどうでもいい、と思いつつ、さしあたって不満はなかった。何よりも、金を稼ぐのに、毎朝、混み合った電車に乗ったり、言いたくもないおべんちゃらを口にしたり、殴り倒してやりたくなるような人間を上司と呼ばずにすむようになったのは喜ばしいことだった。

三十一歳で結婚し、その二年後に双子の娘が生まれた。妻はそれまで勤めていた食品関係の会社を辞め、家庭に入った。

妻の稼ぎをあてにすることは不可能になった。「書く」ということが即《すなわ》ち、生活を支えることにも通じる暮らしが始まった。

双子誕生の翌年、たて続けにふたつの文学賞を受賞した。祝いの花が続々と自宅に届けられた。

妻の両親や親類から頻々《ひんぴん》と電話がかかってきた。彼らは妻に向かって「才能豊かない人と結婚できてよかった。あなたは幸せ者だ」というような意味のことを繰り返した。

花の香りにむせかえりながら、正臣は、もう逃げられない、と感じた。慶《よろこ》びごとのさなかに、どうしてそんなことを感じてしまうのか、自分でもわからなかった。自分で自分に、何かを強く言い聞かせようとしていたのかもしれなかった。

作家としての歩みはおおむね順調だった。それでも、何かのインタビューを受けるたびに、正臣は自分が作家になるとは思っていなかった、と言い続けた。

作家になっていなければ、何になっていましたか、と聞かれれば、そのつど、その日の気分に合わせて違う答えを口にした。超高層ビルの工事現場の監督、盲導犬の訓練士、F1ドライバー、接骨医、バーテンダー、古本屋のおやじ……。

どんな場合でも、相手を納得させるだけの理由を述べることができた。何でもいいのだった。作家でなくても、自分は何でもやっただろう、何をやっても生きていけただろう、という思いが正臣の中にはあった。

自分の作品が売れるのかどうか、ということや、実際のところ、編集者たちにどのように思われているのか、どのように読者に伝わっているのか、ということに関して、正臣はさほどの関心を抱かなかった。

「書く」ということと、それがどのように扱われ、読者に届けられていくか、ということとの間には、無限の距離がある、というのが正臣の考えだった。

書き上げた作品が、退屈で微温的な秩序の中に押し込められ、その中でのみ、読まれていって、やがて忘れられてしまうのなら、初めから作家は、何も計算などする必要がないのだった。ただひたすら、混沌《こんとん》とした霧の向こうにボールを投げていればいい。

投げたボールが真にどこに届いたのか、いずれ必ずわかる時がくる。それを黙って受け入れていけばいいだけの話だった。

何かの狙いを定め、ひとつの標的に向かって書く気は初めからなかった。言ってしまえば、正臣にとって、読者も出版社もどうでもいいのだった。

人の作品を読むのが面倒だったから、書評や各種文学賞の選考委員を引き受けることを極力避けてきた。後輩の育成にたずさわる、という姿勢も徹底して皆無だった。

文壇の集まりにも興味はなかった。必要以外、パーティーには出向かなかった。

ただし、編集者とのつきあいはそれなりに心を配ってきた。作家同士のつきあいもほどほどに愛想よくこなした。だが、基本的にそういった人間関係に関心は薄かった。

どれだけ親しくつきあっても、どれだけ文学観が一致しても、編集者とは友人になれなかった。同業の作家も同様で、どれほど気の合いそうな人物でも、相手の作家としての強烈な自意識がかいま見えた途端、いやになった。

奥平正臣、という作家は、とどのつまり、そういう作家だった。

『宴』で、久々に長編小説を連載してほしい、と依頼された時、担当編集者と話をしていて、正臣の頭の中に瞬時にしてタイトルがひらめいた。

『虹の彼方』……。

作品内容やテーマよりも先に、タイトルだけが思い浮かぶ、というのは珍しいことだった。それには理由があった。

そのひと月ほど前、大手出版社が発行する旅の専門誌から、「作家が旅する上海《シャンハイ》」という企画が正臣のもとに持ちこまれた。

上海には、清水利男という、正臣の学生時代からの親友が住んでいる。二十代の半ば過ぎに、東京で恋におちた中国人の女性と結婚し、彼女の出身地である上海に渡って事業をおこした。彼の事業はその後、大成功をおさめた。

清水からはたびたび、上海に来い、と誘われていたのだが、行けずじまいになっていた。四泊五日の短い旅である上、上海は日本から近い。ちょうど、仕事が一段落した時期でもあった。休暇を兼ねて出かけて行って、清水と久々に会ってくるのもいいだろう。そう考えて、正臣はその仕事を引き受けた。

同行したのは、雑誌の男性編集者とカメラマンのふたり。撮影それ自体はさして時間はかからず、楽なものだった。しゃれたレストランや中国茶の専門店、租界《そかい》時代の建物など、初めて行く異国の街を散策しながらの撮影は、仕事とは思えず、正臣に休暇気分をもたらした。

夜は毎晩、清水と会った。中国人の妻も同席し、三人でカラオケに行って歌を楽しんだ。そんなふうにしてまたたく間に時間が流れた。

上海最終日の朝のこと。正臣はいつものように、宿泊先のホテル一階のカフェラウンジで朝食をとった。カフェの入口付近では、室内楽の生演奏が行われていた。若い女が三人、白いロングドレスを着て、映画音楽や誰もが知っているようなポピュラーな洋楽、クラシック音楽を演奏している。そんな中、宿泊客たちはあふれかえる贅沢な数々の朝食をビュッフェスタイルで皿に盛り、思い思いの席について食べるのである。

朝のシャンペンサービスが行われていた。正臣はコーヒーよりも先に、よく冷えたヴーヴ・クリコをビールでも飲むように飲みほした。

ひとりだった。同行した編集者とカメラマンはまだ前夜の酒が残っているらしく、姿を現さない。

異国の地でのひとりの朝食、というのは嫌いではなかった。しみじみとひとりだ、という実感に、時に胸がつまるような解放感と感動を覚えることがある。

シャンペンの軽い酔いが、正臣の頭の芯《しん》をぼんやりさせた。二杯目のヴーヴ・クリコを注ぎに来てくれた若い女に、「謝謝《シエシエ》」と言うと、女は笑みを浮かべてうなずいた。

どういうわけか、その時、ふいに、当時の正臣を常にさいなんでいた、あのなじみのある感覚が甦《よみがえ》った。

自分は誰をも必要としていない……ひとことで言うと、それはそうした感覚だった。

作家になってから、数えきれないほどの人間が自分を取りかこむようになった。九割は仕事関係の人間だった。その誰ともうまくやってきたつもりだし、それなりに親しくなって、気ごころを通い合わせたこともあった。

家に帰れば妻と双子の娘たちがいる。妻は今では仕事をもっていて、じっくり顔を合わせる時間は少なくなったが、それでも夫婦関係は悪くない。深夜、ふたりでパジャマ姿のまま、ワインを飲み始め、とりとめもない雑談を続けて、気がついたら四時になっていた、ということもある。

双子の娘たちは、身体があまり丈夫ではない。しょっちゅう熱を出したり、原因不明の嘔吐《おうと》などを繰り返している。そのせいか、娘たちを前にしていると、時になめるように可愛がって、この子たちのためだけに生きてもかまやしない、仕事も人生の楽しみも何もかも、なげうったってかまやしない……などと思う。

そんな時、思わず娘たちを強く抱きしめ、頰《ほお》ずりをする。おひげが痛いよ、といやがられる。自分の腕からすり抜けて、逃げて行こうとする娘たちの腕をつかむ。脇腹をくすぐる。娘たちは笑いながらも、ふしぎそうな顔をして正臣を見る。

ばかね、と妻は苦笑する。どうしたの、突然。

いや別に、と正臣は言う。自分でも何がしたかったのか、よくわからない。娘たちを我がものにしたかったのか、あるいは、単に自分が娘たちを必要としている、ということを自分自身に強調してみせたかっただけなのか。娘など、いらない、と思う時がくるのかもしれない自分が、怖くてたまらなくなったからなのか。

人生に今のところ、これといった大きな問題は起こりそうにない。朝になり、夜を迎え、その永遠の繰り返しを阿呆《あほう》のように続けている世界に生きて、ひとりで空を見上げているだけのような気がする。

とろとろとした飴《あめ》のようになって流れていく時間が、正臣にはうっとうしい。誰もいらなかった。

人と笑顔で分かち合う愛だの、喜びだの、安定だの平和だのといった言葉が、元来、正臣を心から感動させたためしがない。癒《いや》し、という言葉を耳にすると腹さえ立った。

誰もいらない……いつもそう思い、そのくせ、そんなことを思ってしまう自分が不愉快になった。不愉快だというのに、それでもやっぱり、誰も必要としていない自分を感じる。

そのいじけたような、孤高を気取る精神に、自分でも嫌気がさす。気取りたいのではなく、実感でそうなのだ、とわかっていても、自分がひどくつまらない存在に思えてならなくなる。

俺は小さな虫けらだ、と正臣は思っていた。ただごそごそと、目的もなしに暗がりの中を這いずりまわっているだけ。

だいたい自分が、人生に希望をもったことがあっただろうか。希望もないのに、ゴミのたまった隙間を這いずりまわって、いったい何を求めているというのか。

そんな思いにかられながら、正臣が二杯目のヴーヴ・クリコに口をつけた時だった。『シャレード』を演奏していた三人の女たちが、ひと呼吸おいてから、『虹の彼方に』を演奏し始めた。

ろくに聴いてもいなかった演奏だったというのに、正臣はふと、そのメロディに吸い寄せられた。それまで耳の中にたまって鼓膜をふさいでいた何かが剝《は》がれ、ふいに、聴覚がひらけたような、そんな気分だった。

『オズの魔法使』のテーマ曲であることは知っていた。ジュディ・ガーランドが歌っていた。子供のころ、母親に連れられて観に行った映画だった。

母は姑《しゅうとめ》と折り合いが悪く、父との間でも諍《いさか》いが絶えなくて、しょっちゅう家出を繰り返していた。お母さんはスナックをやっている友達のところにいる、と父からは説明を受けていたが、外の男のところに行ったのだ、ということは正臣にもうすうすわかっていた。

その母が、三週間にわたる家出から戻り、しばらくぶりに顔を合わせた時、「正臣、映画に行こうか」と言ったのだった。彼が中学校に入学した年の、五月のことだった。正臣が生まれ育った函館の街は、初夏の陽気に包まれていた。

母に連れて行かれたのは、地元の小さな名画座だった。窮屈な硬いシートに腰をおろし、映画が始まるまで、正臣は母が買って来てくれたポップコーンを食べ、コーラを飲んだ。

『オズの魔法使』というタイトルが正臣の興味をひいた。オズというのは何なのか、母に訊ねた。母は「知らないなあ。お母さんにそういうこと、聞かないで」と言って笑った。

その日、母は淡い桜色のスーツを着ていた。高価そうなスーツで、見覚えはなかったが、母によく似合っていた。

母は、時々、正臣が手にしていたポップコーンの袋に手を伸ばしてきた。母がからだを傾けてくると、甘い香りがした。髪の毛の香りなのか、何か香水をつけているのか、わからなかったが、それはいつもの母の香り、正臣が知っている、母だけの香りだった。

なんで家出ばっかりするんだよ……そう聞いてみたかった。そんなに家が嫌いなのかよ、外でどんな楽しいことがあるんだよ……。

だが、聞くのは怖かった。どんなふうに聞けばいいのかもわからなかった。母の答えを聞くのも怖かったし、母が泣くのも見たくなかった。中学一年になったばかりの少年にとっては、手にあまる問題だった。

『オズの魔法使』をふたりで観に行った翌年の正月、母は書き置きを残しただけで、男のもとに走った。居酒屋を経営している、母よりもひとまわり年上の男だった。

祖母は逆上し、母の箪笥《たんす》から母が残していった洋服を取り出し、まとめて袋に入れ、納戸の奥に放りこんだ。父は酒ばかり飲んでいた。酔って母の悪口を言い続けることもあったし、意味もなく癇癪《かんしゃく》をおこして卓袱《ちゃぶ》台をひっくり返すこともあった。

正臣の四つ年上の兄は、何も言わなかった。正臣が母の話をしようとすると、やめろ、とひとこと、低い声が返ってきた。

その後、母とは連絡が取れなくなった。母から息子たちに宛《あ》てて頻繁に手紙が来ていたようだが、祖母はそれを見つけては破り捨てていた。そんな話を彼は大人になって、親戚のひとりから教えられた。

正臣が高校に入学した年の秋、母が病死した、という知らせが届いた。死因はよくわからなかった。誰も詳しいことを教えてくれなかった。母が晩年、共に暮らした居酒屋の男が葬式を出すことになった。

父や祖母からは「葬式には行くな」ときつく言い渡された。母親のことは忘れなさい、とも言われた。こっそり行こうと思っていたが、どこで葬式が行われるのかもわからず、結局行けずじまいになった。

『虹の彼方に』を耳にして、死んだ母親を思い出したわけではなかった。母と最後に観た映画の音楽だから、という理由で感傷がわきあがったわけでもなかった。

子供時代の自分自身の不幸のことで、いたずらに感傷的になったり、母親に向けた喪失感に胸を熱くさせることは極力、やめようという意識が正臣にはあった。その種の湿った感覚は好きではなかった。

過去は過去だった。過ぎ去って終わったものは、それで仕方がないのだった。

正臣はただ、ホテルで演奏されていた『虹の彼方に』の美しいメロディに聴きいっていただけだった。いい曲だ、と彼は思った。懐かしい曲、母を思い出させる曲、というよりも、ひたすらいい曲だ、と。

その時、彼は、皿の上のビーンズサラダをフォークですくいながら考えた。

虹の彼方には何があるのか、と。何もないのか。ないとしたら何故、人は虹の彼方をめざすのか。希望も光もない暗がりの中、虫けらのようにごそごそ這いずりまわっているだけの自分ですら、虹の彼方をめざすことがあるのか。そうだとしたら、何のためにめざすのか。

その時のことを思い出した正臣は、『宴』の担当編集者に向かって、思わず言ったのだった。

「タイトルが今、ひらめきましたよ」と。

「それは素晴らしい。よかったら教えてください」

虹の彼方、と正臣は言った。正確に言うと「虹の彼方に」となるのだが、「に」を省《はぶ》いて体言止めにしたかった。そのほうが、すわりがいい。

正臣よりも少し年上の編集者は、ほう、と言った。感嘆してそう言ったのか、意味がよくわからない、と言いたかったのか、あるいは、いいも悪いもなく、耳を通り過ぎていっただけの言葉に感想も何もない、ということを言いたかったのか。

「現代の心中ものを書こうかと思ってます」と正臣はつけ加えた。「今はまだ、それ以上、何も考えていませんが」

それは面白いですね、と編集者は目を輝かせた。「奥平さんなら、心中もの、といっても、新鮮なものが書けると思います。不条理と戦いながら、不条理を克服する。その結果としての心中なら、僕も肯定しますし、それは文学的に最も古くて、同時に最も新しいテーマだ」

そんな小難しいことはどうでもいいんだ、と正臣はその時、思った。

心中する男女を描く……ただそれだけでいい。どうしようもなく求め合って、どうしようもなく互いを独占し合って、からみついた蔦《つた》のようになっているしがらみをどうすることもできず、どこにも行き場がなくなり、死んでいく……それだけの話を書くのだ、と正臣は思った。

『虹の彼方』の制作発表記者会見が終了した後、原作者である正臣と、主演女優である志摩子のインタビュー撮影がホテル内の別室で行われた。

公演パンフレットに掲載するためのインタビューで、志摩子と正臣が並ぶ形で椅子に坐り、正面から記者がそれぞれに同じ質問をして、いかにもふたりが対談をした、という形に記事を仕上げる、というものだった。

対談を掲載したいのなら、実際に対談をさせればよかったものを、と正臣はかすかな不満を抱いた。志摩子相手なら、初対面にもかかわらず、話がはずむに違いなかった。

三十分ほどの簡単なインタビューと、ふたり並んでの撮影が終了した時、正臣は志摩子に向かって話しかけた。「図々しいのですが、お願いしたいことがあります」

その時、志摩子と正臣のまわりに人はいなかった。カメラマンや助手たちは、忙しそうに撮影用の機材を撤去し始めていた。それまで志摩子に付き添っていた事務所の女社長は、劇場関係者と部屋の片隅で、ひそひそと何か打ち合わせをしていた。他のスタッフたちも、それぞれの持ち場で動き出していて、誰もふたりのことを見ていなかった。

「はい」と志摩子は屈託のない表情でうなずいた。

「近いうちに僕と対談をしていただくことはできますか」

「対談、ですか？」

志摩子は正臣を見上げるようにしながら聞き返した。その聞き方、その視線の動かし方の愛らしさに魅せられながらも、正臣は平静を装ってうなずいた。「『宴』という文芸誌はご存じですよね」

「もちろん知ってます。奥平先生が『虹の彼方』を連載なさってた雑誌でしょう？」

「その『宴』で対談、というのはいかがですか。思いつきみたいなもので、失礼な話かもしれませんけど、実は今、インタビューを受けていて考えたことなんです。対談をしたわけじゃないのに、インタビューに答えたことが対談形式になるように記事が構成されるわけですよね。それだったら、実際に高木さんと対談をしたらどうか、って」

志摩子は曖昧《あいまい》に笑みを浮かべたまま目を瞬《また》いた。何か言おうとして、何を言えばいいのか、わからないような表情だったので、正臣は慌ててつけ加えた。「パンフレットの作り方で文句を言ってるわけじゃないんです。すみません、言葉足らずで。僕はただ、高木さんと対談したいと思っただけで……」

「ああ、よかった」と志摩子は言った。「何か失礼があったのかと思って、ひやひやしちゃいました。作家の方々の世界のことはよくわからないし……でも、そうですよね。考えてみれば、対談もしてないのに、対談みたいな記事が作られるのは変ですよね。公演前には、たいていこんな感じでパンフレットが作られていくので、これまで疑問にも思わなかったけど、確かにおっしゃる通りですよね」

正臣はうなずき、笑いかけた。志摩子も微笑み返した。

「『宴』で奥平先生と対談だなんて、素敵です。私なんかでよければ、喜んでお受けします」

光栄です、と正臣は言った。「後日、高木さんの事務所のほうに正式に担当編集者から連絡させます。対談といっても、今回の舞台のことを中心にざっくばらんにお話ししてくだされば充分だし、お気軽に来ていただければ」

「わかりました」

「それからもうひとつ、お願いが」

「はい、何でしょう」

「僕のことを奥平先生と呼ぶのはやめていただけますか。先生、だなんて、くすぐったくて蕁麻疹《じんましん》が出そうだから」

志摩子は彼を見つめた。「じゃあ、何とお呼びすれば……」

「奥平君で、いいです」

ふふっ、と志摩子は笑い声をもらし、「まさか、そんなわけには」と言った。

いいんです、と正臣は言った。「何だったら、ためしにそう呼んでみてください」

「そうですか？　じゃあ、お言葉に甘えて」志摩子は冗談めかしてそう言い、舞台できめられたセリフを口にする時のように改まって言った。「……奥平君」

「そうそう。それでいい。やっとしっくりきました」

志摩子は肩の力を抜くようにして、無邪気に笑った。正臣は志摩子の、その笑顔に見ほれた。

第三章　志摩子

日曜日の志摩子の朝食は遅い。十時か十時半。十一時をまわって、文字通りのブランチにすることもある。

ベッドの中で目を覚ましても、日曜で稽古《けいこ》が休みの日は、できる限り惰眠をむさぼることにしている。いつものように、早起きをし、ストレッチや家庭用マシンを使ったトレーニングを始める気は毛頭ない。

かつて、何かに取りつかれたように、身体を作ることだけを考えながら生きている知人がいた。四十代の女性タレントだった。朝はジョギングをし、昼はプールで一時間泳ぎ、夜はジムで二時間すごす。若さと身体の線の美しさだけを売り物にしているその女性と話をする機会があった時、志摩子は彼女の内面の希薄さと、感受性の乏しさに哀れを覚えた。目の前にいたのは、ただの、美しい女の形をした、ものを考えることのできないロボットにすぎなかった。

肉体には定期的な休息が必要である、というのが志摩子の考えだった。動物のように安全な巣穴の中で静かに丸くなってさえいれば、たいていの疲労はたちまち回復する。流れに逆らってはいけない。からだを動かし、鍛えるのはそれからでもいい。

夫の坂本滋男《しげお》は日曜でも早起きをするので、食事は先にすませている。それでも彼は必ず志摩子の食事につきあって、何時であろうがダイニングテーブルの、志摩子の正面の席に坐る。

といっても、話し始めるのはたいてい志摩子のほうからだった。滋男はもともと口数が少ない。読むともなしに新聞を眺めたり、傍《そば》に置いてある雑誌をめくったりしながら、おいしいのかおいしくないのか、薄くいれた紅茶をちびちびと飲んでいるだけである。

『虹の彼方』の初演が近づいた、十月も半ば近い日曜日の遅い朝だった。

志摩子が食卓で村岡優作に関する愚痴をこぼした時、滋男はそれまで読むともなしに読んでいた新聞から目を離し、そうか、と言った。「でも、いくら彼だって、今、こんな時期に騒ぎを起こすことはしないだろう。志摩子が気にする必要もないと思うよ。ちょっとくらい稽古に遅れて来ようが、本番でさえ、しっかりやってくれれば問題はないんだから」

低い声。だが、決して太くはない。声の芯の部分に、今にもふるふると震え出しそうな心もとなさ、ひよわさのようなものが感じられる。

都内にある私立大学で、美術史を教えている。三年前、たまたま入った人間ドックで胃癌《がん》が発見され、胃の三分の二を摘出した。

比較的初期のものだった。手術は成功したし、術後の経過も悪くなかった。今のところ、再発の兆候もなく、今年に入ってからは年に二度の定期検診だけですむようになった。主治医も楽観視してくれている。

だが、病後の彼の精神状態は芳しくなかった。そのせいで、今も体調がすぐれないことが多く、相変わらず食が細い。だるいだるい、と言っては、食後、すぐに横になってしまうこともある。

手術後の身体の衰えがなかなか元に戻らず、いくら食べても体重が増えなかった。背が高いものだから、五十三にもなって、シルエットが少年のようにひょろひょろとして見える。

もともと、動作が全般にわたってもの静かである。病気をしてからは、いっそう静かになった。あまりに音をたてずに動くので、志摩子は時に、この人は蜉蝣《かげろう》のように軽くなってしまったのではないか、と思うことがある。

「でもねえ、彼のひとり舞台じゃないんだし、みんながそろわないと稽古も始められないわけでしょ?」と志摩子は親指についたトーストのジャムを舐《な》めながら言った。「また村岡君が遅れてる、って、他の人がイラついてるのがわかるのよ。口には出さないけど、みんなの顔に出ちゃってるもんだから、私としてもどうしようもなくて」

「そうだとしたって、志摩子のせいじゃないさ」

「わかってる。と言っても、私が、私のせいじゃありませんよ、って平気な顔してたらしてたで、みんな、腹をたてるのよ。どうすりゃいいんだ、って感じよね」

「それにしても、相変わらず問題児なんだな。あれだけの才能があるっていうのに」

「そうよ。ほんとにすごい才能よ。彼が本気を出したら、怖いくらい。正直、圧倒される。舞台そのものを飲みこんじゃうの。そのへんの役者なんか、影が薄くなるわ。でも、そういう本気をね、なかなか出せない人なの。私生活が乱れすぎてるせいね、きっと」

「何か女の問題でも？」

わかんない、と志摩子は言い、ハムエッグを三分の一ほど残したまま、ナイフとフォークを皿の上に戻した。あまり食欲がなかった。

体調が悪いせいではない。重要な舞台や映画の出演を控えている時、志摩子はいつもそうなる。或る種の恒常的トランス状態に陥って、放出するエネルギーに比べ、摂取するエネルギーが悉《ことごと》く少なくなってしまうのである。

結果、仕事がオフの間についてしまった全身の贅肉《ぜいにく》が、ゆるやかに削《そ》ぎ落とされていく。顔もひとまわり、小さくなる。そのくせ、体力が漲《みなぎ》ってくる。ふしぎだった。

「まあ、しかし、なんとかなるだろう」と滋男は新聞をたたんでテーブルの隅に置き、志摩子に向かって軽く笑いかけると、飲みかけの紅茶に口をつけた。「前評判、かなりいいみたいじゃないか。大学の僕のゼミの女の子が言ってたよ。その子は奥平正臣の熱烈な愛読者でね。特に『虹の彼方』にハマってるらしい。もう、何が何でも観に行きます、って。チケットもたくさん売ってあげます、ってさ」

ありがたいわね、と志摩子は言い、ふざけて口をとがらせてみせた。「でも、その子、奥平さんのファンなのに、私のファンじゃないわけ？」

「なんだ、志摩子は作家にやきもちを妬《や》いてるのか。役者と作家では役割が違うよ」

「冗談よ、冗談」

志摩子は白い喉《のど》を見せながら、椅子の上で首を大きくのけぞらせ、からからと少女めいた笑い声をあげた。

ここのところ、稽古に定刻通りに現れなくなっている村岡優作のことで、ずっと悩まされてきた。座長として、他にも出演者や演出家、スタッフに対し、気配りを強《し》いられることが山のようにある。ただ単にセリフを覚え、稽古に没頭し、自分だけの演技に集中していればいい、というわけにはいかない。

そのため、舞台以外のことにはほとんど頭がまわらない状態が続いていた。志摩子が原作者である奥平正臣のことを思い出し、その名を口にしたのは久しぶりだった。

「文芸誌の『宴』ってあるでしょ？」と志摩子は、食卓の上に載せてあるティッシュボックスからティッシュを一枚取り出し、軽くくちびるを拭きながら言った。「一昨日だったかな、そこの編集部の人から事務所に連絡があってね、正式に奥平さんとの対談を依頼されたの。制作発表で初めて会った時にも、奥平さん本人から、是非『宴』で対談してほしい、って言われてたのよ」

志摩子がそう言うと、滋男は穏やかに目を細め、「それはいい話だね」と言った。

滋男の顔は、面長というよりも、上下に細く長く伸びている。若いころは仲間から「リョウマ」と呼ばれていた。「坂本竜馬」をもじったものだが、歴史上の人物とは何の関係もない、単に「馬のように長い顔」という意味だった……そんな話を志摩子は滋男から聞いたことがある。

滋男のその長い顔が、ダイニングコーナーの出窓の外で躍っている秋の木もれ日と重なった。

港区高輪《たかなわ》の住宅地にある、低層マンションの三階。隣が元子爵の別邸だったという洋館造りの家になっており、現在は国際的に名が知られた女性ピアニストが住んでいる。たまに遠くピアノの音色が聞こえてくる。哀切感を伴うショパンの曲だったり、激情の果ての死を思わせるリストの曲だったりする。練習とは思えない華麗な演奏ぶりで、滋男も志摩子も、時にうっとりと聴きほれてしまう。

リビング・ダイニングの窓という窓からは、その邸《やしき》の敷地内にある、豊かな木々の緑が見渡せる。あまりに緑が濃いために、夫の頬のあたりに、ガラス越しの淡い緑色の影がおちているようでもある。

また少し、この人は痩せたのではないか、と志摩子は思った。痩せた、というよりも、とめどなく萎《な》えしぼんでいく印象がある。

坂本家に長く通って来ている家政婦の吉田美津江が、心配そうに志摩子に向かってもらした言葉が思い出された。

「奥様がお留守の晩なんか、時々ではありますけど、旦那《だんな》様ったら、ほとんどお食事を召し上がらない時もあるんでございますよ。具合でもお悪いのか、と気が気じゃなくて……でも、よく召し上がる時もあるんです。お夕食をちゃんと召し上がった後に、ぜんざいが食べたい、だなんておっしゃったこともありますし。かと思えば、お食事は大半残されても、後で冷凍のピザなんかをご自分で焼いて召し上がってることもありますし」

食欲にムラがあるだけなのよ、とその時、志摩子は陽気な口調を装った。「大丈夫。気にしないで。まわりが心配して騒ぐと、かえって食欲がおちるから。子供や動物と同じよ。観察は必要だけど、構いすぎないほうがいいの。だから、ちょっとくらい食べなくても知らんぷりしててちょうだい」

明るくそう言ってみせたものの、病が癒《い》えたはずなのに滋男の食欲にムラがありすぎるのは、志摩子の気になるところだった。

夫は主治医のいる病院で、定期的に全身の検査を受けている。同世代の男たちよりも食べないし、アルコール摂取量も少ないせいか、今のところ、各種成人病の兆候もほとんどない。

案じることは何もない、と自分にも言い聞かせてはいる。だが、決して楽観はできなかった。

何か隠された病……どれだけ検査をしても発見されない、病の前段階とも言うべきかすかな異変が、夫の内臓をもやもやとした靄《もや》のように被《おお》っているのではないか。そしていつかそれが、形となって表れ、この人は病院の、壁も床も天井もシーツもカーテンも何もかもが白い部屋に寝かされて、志摩子、もうすぐお別れだね、などと弱々しい声でつぶやくのではないか。

そんなことを想像し、埒《らち》もないことだ、と自分を戒める。あまりの想像力の逞しさに、笑い声すらあげてみせる。

だが、そのたびに志摩子は、冷たく淀《よど》んだ黒い水がひたひたと、音もなく身体の中に流れこんでくるような、いやな感覚に包まれるのだった。

「その対談の話、もちろん、受けたんだろ？　『宴』みたいなきちんとした文芸誌で作家と対談、っていうのは志摩子にとって、ものすごくいいことだよ。ともかく箔《はく》がつく」

滋男の声で、志摩子は我にかえった。

夫のくちびるの脇に、朝、彼が食べたらしいトーストの、パンくずがこびりついているのが見えた。志摩子は椅子の上で中腰になり、ダイニングテーブルの上から大きく手を伸ばして、それを指先で払ってやった。

何？　と聞かれた。

パンくず、と志摩子は言った。

滋男は聞き取れないほど小さな声で「ありがとう」と言った。志摩子は軽く微笑を返した。「対談はもちろん、受けたわよ。ふたつ返事。箔がつく、っていうよりも、奥平さんがとっても気さくでしゃべり易《やす》い人だったから、受けてもいいかな、って。あんなに大人の作品を書くのに、少年っぽいところもあってね、楽しい人なの。さりげなく気をつかってくれるところもさすがだし。作家って、えらそうにしてるのがふつうだろう、って思ってたから、ちょっと意外なほどだったけど」

「志摩子よりも年下なんだろう？　幾つ？」

「五つ年下の四十三歳」

「写真で見ても、悪くない男っぷりだしな」

「言っとくけど、別に男っぷりが悪くないから、って対談を引き受けたわけじゃないんだから」と志摩子は言い、くすくす笑った。「男っぷりのいい男と対談するだけだったら、何も奥平さんじゃなくたっていいのよ。他にもたくさんいる」

「そうだな」

「でも、あなたのゼミの若い女の子にも人気なんだから、推して知るべし。なかなか素敵な人よ」

素敵な人……その言葉を志摩子はとりたてて何の意識もせずにさらりと口にした。素敵だと思ったから、正直に素敵だ、と言ったまでで、そこに深い意味はなかった。

素敵な……と無邪気に形容できる男は星の数ほどいる。突き詰めればその種の形容は、本人を喜ばせるための、他愛のないお世辞に近いもの、と言ってよかったかもしれない。

それでも志摩子はその時、奥平正臣という作家と今後、舞台公演を通して幾度か顔を合わせ、挨拶し合ったり、対談をしたりするのを気持ちの片隅で楽しみにしている自分を感じた。

正臣とは肌が合う感じがした。仕事を通して知り合った人間以上の好感も抱いた。だが、あくまでもそれだけだった。その頃の志摩子にとって、奥平正臣は特別に意識しなければならない相手ではなかった。

「あなた、舞台の初日に来られる？」

「もちろん行くよ」

「間違いなく初日は奥平さんも来てくれると思うから、その時、紹介してあげようか」

「ああ、そうしてもらえると嬉しいよ」

「何だったら、その、あなたのゼミの女の子も連れて来る？　喜ぶだろうなあ」

「勘弁してほしいよ。大学以外のところであの子たちにサービスなんかしたくないし、する義理もない」

わかるわ、それ、と志摩子は言った。

滋男はあまり可笑《おか》しくなさそうに笑い、志摩子は志摩子で、演技なのか地なのか、自分でも判別がつかなくなっている、とびきりの笑顔を返した。

「ねえ、今日は美津江さんもお休みだし、夕食は久しぶりに外で食べようか」

「外で？」

「『やま岸』にでも行かない？　宏子からうるさく言われてるんだ。最近、ちっとも来てくれない、って。ちょっと前にも携帯に電話もらったばかり。ふたりで少しずつおいしいものをつまんで、お酒を一、二合だけ飲んで帰って来る、っていうの、どう？」

志摩子の学生時代の女友達、宏子が、麻布十番にある『やま岸』という居酒屋のオーナーと結婚してから長い。若い頃から役者仲間を連れて行ったりなどして、志摩子が気楽に通いつめている店だった。

滋男との交際が始まった時は、待ち合わせて食事をする際、奥にひとつだけある個室を使わせてもらっていた。出入りの際には、居合わせた客に顔を見られないようにするため、宏子や従業員たちが、さりげなく付き添ってくれた。客の気をそらすために、カウンターの奥で、宏子の夫の山岸が何かとてつもない冗談を飛ばしてくれることもあった。

滋男が黙って応えなかったので、志摩子は繰り返した。「ねえ、どう？　行くんだったら、個室を取っといて、って後で宏子に電話するから」

滋男はかすかに渋面を作った。「麻布十番まで行くのは面倒だな。志摩子が行きたいのなら、行ってくればいい。僕は家で簡単なものを食べてるからいいよ」

「高輪から麻布十番までの距離が面倒？　信じられない。タクシーですぐじゃない。何だったら、加代ちゃんに迎えに来させてもいいんだし」

いや、せっかくだけどやめとくよ、と夫はやんわりと断った。「ここのところ、外で食べたり飲んだりすると、疲れるんだ」

「そう。……わかった。だったら無理しないほうがいいね」

「ごめん」

「うん、いいのいいの、気にしないで」

飼っている三毛猫のモモが姿を現した。志摩子はふくらはぎのあたりに、やわらかく温かなものが触れるのを感じた。

十五年前、志摩子が滋男と結婚したその年の暮れ、冷たい雨の中、ゴミ集積所の脇の、ケーキの箱の中で鳴いていた。まだほんの子猫だった。濡れた白い毛には、ケーキのブルーベリー・ソースがこびりついていた。

志摩子はモモを抱きあげ、頬ずりをすると、「ほうら、モモ」と聞こえよがしに言った。「モモのおとうちゃんは、相変わらずの出無精で困るよね。今夜はモモを『やま岸』に連れて行こうかな。おとなしくしてる？　だめだろうなあ。魚の匂いに反応しちゃうだろうなあ」

モモは志摩子の鼻先をぺろりと舐めた。志摩子は猫を抱きしめ、耳のつけ根の匂いを嗅ぎ、モモにではなく、夫に向かって、甘えた口調で言った。「たまにはデートしてよ、私と」

「志摩子以外の女とデートなんか、したことないよ」

「いつからデート、してないかな。あなたが病気をしてから？」

「退院してしばらくたってから、一緒に横浜に行ったじゃないか。何だっけ、あの……」

「みなとみらい？」

「ああ、そう。で、帰りにおでん屋に入った」

「そうそう。そうだったわね。あなたは、はんぺんと大根をおいしそうに食べてた。食べてくれて嬉しかったんだ、あの時。涙が出るくらい、嬉しかった」

うん、と夫はうなずいた。志摩子もうなずいた。

モモが志摩子の腕をすり抜けて、ぴょんと床に降りて行った。近くの空をヘリコプターが飛んでいく音が聞こえた。眠たくなりそうな、のどかな日曜のひとときだった。

滋男が何もしゃべらなくなったので、志摩子は皿を手に立ち上がり、キッチンの流しに向かった。美津江のいない日曜日のキッチンは、寒々しいほど広く感じられた。

陽気に鼻唄を歌いながら、水道の蛇口をひねった。何故、歌いたくもない鼻唄を歌っているのか、わからなかった。

滋男の前で、志摩子はよく、元気を装う。それほど元気ではない時でも、決まって「元気な志摩子」を演じる。

何かについて愚痴をこぼしている時も、八方塞《ふさ》がりの話をしている時も、誰かに腹を立てている時も、誰とも口をききたくないほど疲れきっている時も、理由のはっきりしない空《むな》しさにうち沈んでいる時も、気がつけば夫の前で、志摩子は笑顔を作り、冗談を言い、弾んだ口調で何かわくわくするようなことを提案し、断られても失望した顔を見せず、どうでもいいような話をし続けている。

夫もそれに合わせてくれる。志摩子といると楽しい、と滋男は言う。志摩子は本当にいつものびのびと元気だ、一緒にいるだけで元気の素がもらえる気がするよ、と。

そうよ、元気よ、と志摩子は澄んだ声で高らかに言う。一度しかない人生、元気じゃなくてどうするの。

羨《うらや》ましいよ、と夫は視線で志摩子を愛撫《あいぶ》するかのように、目を細め、ほとんど外からは見分けがつかなくなった小さな黒目をまぶたの裏に隠しながら、笑みを湛《たた》える。

何かが人工的だ、と志摩子は思う。いつも同じことを思う。不自然、というほどではないが、互いの役割があまりにもはっきりしすぎている。

徹底して明朗さを装おうとする妻、そして、その明るさに助けられ、喜んでいるふりをし続ける、少し年上の、身体の弱い夫……という具合に。


後に志摩子が、問わず語りに夫のこと、夫との関係を正臣に話すようになった時、真っ先に口をついて出たのは、死、という言葉であった。

「彼にはいつも、死の匂いがつきまとってるの」と志摩子はその時、正臣に言った。

都内にあるホテルのベッドの中だった。部屋をとったのは正臣だった。ふたりとも仰向けに寝て、志摩子の頭は正臣の肩の上にあった。

性を交わした後の淡い火照《ほて》りが、シーツにくるまれたふたりの身体を温かい膜のように包んでいた。肉体のそこかしこが、蜜《みつ》のようにとろけていた。ふとんの中で固くからみ合わせているふたりの足すらも、溶け合って区別がつかなくなっているような気がした。

「死の匂い？」と正臣が聞き返した。「どういうこと？」

「私たちの間で結婚を考えるような恋愛が始まって……それも決して烈しい恋愛じゃなくて、静かで落ちついてて、受け入れたり受け入れられたりすることが、とても自然でゆったりしてて……私はそれまで、いろいろなことで疲れきっていたから、そういう状態になったことが、とても嬉しかった。彼に、死の匂いとか、孤独の匂いとかがつきまとってることが、かえって私を安心させてくれたのよ。彼がそのへんにいる男たちと同じように、なんか変に元気いっぱいで、エネルギッシュに私を口説いてきただけだったとしたら、私は彼に恋なんか、しなかったと思う。うん、しなかった、絶対に。私が彼に恋をしたのは、彼の中に死の匂いがあったからなのよ。その静けさが、好きになったからなのよ」

正臣は志摩子の肩を強く抱き寄せた。「俺には死の匂いなんか、ないよ。それでもいいの？」

「ばかね」と志摩子は言った。「昔の話をしてるだけなのに。夫のことをあなたに教えたいと思ってるだけなのに」

うん、と正臣はうなずき、ごめん、と言った。「あなたが彼と出会った時、彼は独身だったんだよね」

「ええ」

「……彼が前の奥さんと別れたのはいつ？」

「私と知り合う四年くらい前」

「彼に子供はいたの？」

「娘がひとり。でもね、その子、五つの時、交通事故で亡くなったの。外で遊んでて、乗用車にはねられたんですって。今でもその話をすると、彼は涙ぐむわ。彼の中ではいつまでたっても、娘は五歳のまんまなの」

「そうだろうな。わかるよ」

「娘を亡くしたことがきっかけになって、夫婦の間に亀裂《きれつ》が走り始めたのね。離婚は呆《あっ》気《け》なく決まったみたい。別れよう、そうね、そうしましょう、っていう感じに」

「その亡くなったお嬢さんの位牌《いはい》は、今どこにあるの」

「別れた奥さんのところ。うちには何もないわ。思い出すのがいやだから、って、亡くした娘の写真も、ほとんど奥さんのところに残してきてる」

「……つらい話だね」

そうね、と志摩子は言った。沈黙が流れた。ふたりの口からそれぞれ、吐息がもれた。

志摩子は再び口を開いた。「彼の両親はね、彼が二十代のころ、相次いで病死したの。両親とも身体が弱かったみたい。先にお母さんが亡くなって、後を追うようにしてお父さんが亡くなったのね。彼には弟がひとりいたんだけど、この弟は自殺したの。まだ二十三、四の若さで。失恋がきっかけだったらしいけど、詳しい理由は今もわからない、って彼も言ってる。亡くなった両親には兄弟姉妹が少なかったから、今、親戚はほとんどいないに等しいの。従兄弟《いとこ》がいるにはいるけど、まったく交流がなくなっているし」

「死と孤独の匂い……か」

志摩子はうなずき、正臣の肩のあたりに顔をうずめた。「まだそれほどの年齢でもないのに、若い頃からたくさんの肉親の死を見てきた人なのよ。いやというほど。そして結局、彼だけが残ったのね」

「でも、今の彼にはあなたがいる」

そうね、と志摩子は言った。「その通りよ」

言いながら、いっそう強く、正臣の肌に鼻を押しつけた。彼の手が伸びてきて、志摩子の髪の毛を愛撫した。彼は上半身を起こし、肘《ひじ》で自分の身体を支えるようにしながら、志摩子のこめかみに接吻《せっぷん》した。

「正直に言おうか。ご亭主の話を聞くのはつらいよ。つらいのに聞きたい。全部ひとつ残らず聞いておきたい。自分でもどうしてこんな気持ちになるのか、よくわからないよ」

私だって、と志摩子は言った。私もあなたの妻や子供の話、一切聞きたくない、でも一方では、全部聞いておきたいと思う……そう言いかけて、口を閉ざした。今、そんな話を始めたら、とめどがなくなってしまうと思ったからだった。決して口にしてはならないことを互いに口にし合ってしまいそうな気がしたのだった。

「そんな彼があなたを救ってくれたんだね」と正臣は、志摩子の顔をじっと見おろしたまま言った。「あなたが世間であんなに騒がれて苦しんで、叩《たた》かれて、傷ついて、思うように仕事もできなくなっていた時、彼があなたを救ってくれた」

志摩子はこくりとうなずいた。

「彼との出会いがなければ、あなたは別の人生を歩んでいたかもしれない」

またうなずいた。

「彼のおかげであなたは、女優として蘇《よみがえ》ることができた。そして今のあなたがいる」

志摩子は両手を大きく伸ばして、正臣の首に抱きついていった。

「もういいわ。この話、やめましょう」

「どうして救ったのが俺じゃなかったんだろう」と正臣は言った。鼻を強く志摩子のうなじに押しつけているものだから、その声はくぐもって聞こえた。「どうして俺じゃなくて、彼だったんだろう。あなたを救ったのが俺だったら、俺たちはもっと早くこうなっていたのに。俺は別としても、あなたはその時、まだ独身だったのだから、ふたりの間に横たわる問題が、せめて今よりも少なくてすんだのに」

そうね、そうね、ほんとうにそうね、と志摩子は喘《あえ》ぐようにして繰り返した。正臣の抱擁が息苦しいほどだった。

乾いたシーツの音がした。ふたりは目を閉じたまま、互いのくちびるを貪《むさぼ》り合った。

堂本監督の映画で共演し、恋におちた加地謙介と共に暮らし始めてしばらくたってから、志摩子は妊娠していることに気づいた。二十九歳になっていた。

ふたつ年上の加地には妻とふたりの子供がいた。志摩子と暮らすために加地が家を出た時、彼の娘は四歳、息子はまだ生後一年半をすぎたばかりだった。

志摩子の存在を知った加地の妻は、泣き叫び、荒れ狂った。俳優養成所時代に加地と出会い、同棲を始め、加地にほれこむあまり、彼と家庭を作ることと役者になることを天秤《てんびん》にかけ、役者になる夢をあっさりと捨て去った女だった。

加地が家を出てから、彼女は鬱《うつ》病にかかり、薬づけになった。周囲に説得され、いったんは郷里の富山に子供を連れて戻ったものの、子供を実家に置いて再び、単身上京。加地と暮らした家に、ひとり、こもり始めた。

加地謙介は、その演技力というよりも、日本人離れした甘く魅力的な風貌が、初めから女性たちの圧倒的な人気を得ていた男優であった。二十代の頃は、女性誌が企画している「恋人にしたい男、No.1」に、毎年選ばれることでも有名だった。

すでに結婚し、子供がいる、というのも、加地の場合、人気の妨げにはならなかった。妻子は一般人なので、決してマスコミの目にさらさない、という徹底ぶりが、ファンたちの共感を得ていたのかもしれなかった。

加地が家を出て志摩子と暮らし始めた、ということが発覚した時、世間は加地ではなく、志摩子のほうに集中攻撃を浴びせた。あれだけ家族をマスコミの目から守り抜いてきた男をそうまでさせる、というのは志摩子が誘惑したからに他ならない、という見方をされた。ふしぎなほど、加地を罵《ののし》る記事は少なかった。

妻の座を狙っている女優、不倫相手の、何の罪もない妻を心の病に追いやった女、として、志摩子は女性週刊誌や写真週刊誌の恰好のネタにされた。当時の週刊誌で、志摩子の顔が載っていない号はなかった。

加地と暮らしていた経堂《きょうどう》のマンションの前には、いつもカメラを手にした男たちがうろついていた。志摩子が近所のスーパーに行くと、男たちは遠巻きについて来た。そして、その週に発売された各種週刊誌には、「高木志摩子、不倫愛憎の果ての買物姿」などと題した、いかにも無内容の記事が、志摩子のふだん着姿の写真と共に掲載されるのだった。

それでも志摩子は子供を産む決意を固めた。赤ん坊を作ることで、加地との絆《きずな》を強めようとしたからではなかった。結婚がかなわない相手との間にできた子ではあっても、孕《はら》んだ赤ん坊を闇《やみ》に葬ることが、どうしてもできなかったからだ。

真っ先に、志摩子が正直に事の次第を打ち明けたのは母親である。

母は「仕方がないわね」と言った。「やめなさい、って言っても産むつもりでいるんでしょ？」

産むわ、と志摩子は答えた。

「加地さんのこと、そんなに好きなのね」

「好きじゃなくちゃ、こんなふうにならないじゃないの」

「奥さんも子供さんもいるのに」

「人を好きになるのに、そんなこと何の関係がある？」

「父親のいない子を育てるのは覚悟がいるわよ」

「父親の分まで愛してやるわ」

母は渋面を作った。志摩子は苦笑してみせた。「ねえ、お母さん、私は今、加地さんと結婚したい、っていう話をしてるんじゃないのよ。加地さんとの間に子供ができたから、産むことにした、っていう話をしてるだけよ」

困った子、と母はつぶやいた。だが、それだけだった。母はそれ以上、何も言わずに弱々しく微笑んだ。

後に、真相を知った父親が、ショックのあまり熱を出して寝こんだ、という話を母から聞いた。志摩子は何も感じなかった。

何がそんなにショックだったんだろう、とふしぎだった。三十近くにもなった、女優業の娘が、男と名のつくものと一切、触れ合いもせず、文字通りの純潔を保っていると父は信じていたのだろうか。いずれ結婚が決まった時に、花嫁衣装に身を包み、伏し目がちに両親の前で指をついて、お父さま、お母さま、では行ってまいります、などと娘が口にするとでも、父は本気で考えていたのだろうか。

そんな、おめでたくも鈍感な夢を紡《つむ》いできたような父親に、長い間、育てられてきたことを思うと、何かが初めから途方もなく間違っていたような気もした。

健康なからだで女が男と深く関われば、誰だって妊娠くらいはする、と志摩子は内心、毒づいた。毒づきたいと思う相手が、自分の父親なのか、世間なのか、それとも、その妊娠を心から歓迎しているとはどうしても思えない加地謙介なのか、わからなかった。同時に、本心から自分が赤ん坊を望んでいるのか、あるいは、意地になっているだけなのか、それすらもわからなかった。

志摩子が石黒敦子の「ストーンズ・プロ」に所属して間もない頃のことだった。意を決して、志摩子は敦子に妊娠したことを打ち明けた。

敦子は困惑をあらわにしたが、志摩子が「どうしても産みたい」と言い張ると、黙って病院を紹介してくれた。

人の目を避け、敦子に付き添われながら、特別に時間外診療をしてくれる病院の産婦人科に行った。その折、運の悪いことに、院内でテレビの有名リポーターに目撃された。当時、ワイドショーで芸能ゴシップコーナーを担当し、辛口のコメントで人気を博していた女のリポーターだった。

志摩子が不倫相手の子を宿した、というニュースは、翌週のテレビの、すべてのワイドショーのトップスキャンダルとして扱われた。電車の車内吊り雑誌広告には、志摩子と加地の顔写真が大きく掲載された。不倫、という手垢のついた二文字が、けばけばしくデフォルメされ、ふたりの顔写真の上で躍っていた。

加地の妻が自殺未遂をしでかしたのは、それからふた月ほどたってからだった。本気で死のうと思ったのではないことは、服用した睡眠薬の量ですぐにわかることだった。それでも、世間は大騒ぎになった。

加地はひとこと、「ばかなやつ」と言った。「いい加減、もう勘弁してほしいよ」とも言った。その吐き捨てるような言い方が、志摩子の気にさわった。

それは、妻がしたことを非難しているようでありながら、その実、もういろいろなことすべてに、自分はうんざりしている、と言っているようにも聞こえた。志摩子の妊娠をとがめているようでもあった。

加地が、仕事で京都の撮影所に一週間ほど滞在しなければならなくなった時、マンションにひとりでいた志摩子は電話で敦子と話をした。加地の妻の自殺未遂に関して、あることないこと、単なる憶測で不愉快な記事を書きたてている女性週刊誌を訴えるべきかどうか、という相談だった。

会話の途中、奇妙な気分に陥った。下腹あたりに違和感があった。足もとから床にくずれおちていくような、なんとも心もとない感覚がそれに続いた。

その直後、志摩子は、下着を通して太ももの間から、生温かいものが、だらだらと流れ落ちてきたのを知った。

なんだか、変、と敦子に訴えた。何かが流れてきたわ……。

何か、って何よ、と敦子は大声を出した。怒鳴っているようにも聞こえた。どこから流れてきたのよ。言いなさいよ。

あそこから……と志摩子は言った。言ったとたん、少し気が遠くなった。

敦子が志摩子のマンションに駆けつけた。敦子にもたれながら毛布にくるまり、敦子が運転してくれる車に乗って病院まで行った。到着するまでの間、これまで経験したことのない気分の悪さが志摩子を襲った。

流産だった。

第四章　正　臣

『虹の彼方』の舞台公演初日は、乾いた秋の空気に充たされていた。青空の下、睫毛《まつげ》の奥で光がプリズムのように躍る、そんな日だった。

有楽町にある芸能座まで行くのに、文芸書房が気をつかってハイヤーをさしむけてくれた。正臣の自宅は世田谷区の住宅地の中にある。黒塗りの大型ハイヤーが自宅前に横づけされると、隣家で飼っているゴールデン・レトリーバーがひと声、低く吠えた。いそいそと玄関に鍵をかけた妻の真由美は、ポーチのあたりで立ち止まり、ふと空を見上げて、「いいお天気」と言った。まぶしそうに細めた目が、幸福な少女のような瞬きを繰り返した。

正臣と同い年の四十三歳。若い頃からのほっそりとした体型は、双子を産んだ後もほとんど変わらない。

スクリーンやテレビでしか知らなかった俳優たちに会える、というので、この日のために真由美は新しくスーツを買った。秋らしい、柿《かき》色をした細身のパンツスーツで、真由美によく似合っていた。

出がけに真由美から、どう？　と聞かれ、うん、いいね、と正臣は答えた。

いい加減にそう答えたのではなかった。本当にいいと思ったから、そう答えたまでだった。

最近になって、肩まで伸ばしていた髪の毛をばっさり切って短くした。ショートカットのほうがよほど似合う。双子が大きくなったから、と始めた仕事が性に合っているのか、あるいは外に出て人に見られる機会が多くなったせいなのか、ここのところ、化粧の仕方も洗練されてきて、めっきり若返った。

正臣は、きれいだよ、と言いかけて、慌ててその言葉を呑《の》みこんだ。

ふざけている時以外、妻に向かって、その種の言葉を口にしなくなって久しい。にもかかわらず、今日に限ってさらりと「きれいだよ」などと言ったとたん、心の奥底に隠しているものを妻に見透かされるのではないか、と思ったからだった。

今日はこれから、高木志摩子に会える……正臣は朝からそのことばかり考えている。

妻が美しく装っていることも、よく晴れた秋の日に、妻とふたり、自分の原作が舞台化されたものを芸能座まで観に行く、ということも、正臣の中では何の意味ももっていなかった。

客の入りはどの程度になるのか、芸能座のロビーで売られることになった単行本の『虹の彼方』は、果して売れ残らずにすむのだろうか、などといったことも、何ひとつ案じる気持ちになれなかった。自分はただ、高木志摩子に会える、というだけで、芸能座に行こうとしているのかもしれない、と彼は思った。

人が聞いたら、ばかばかしいにも程がある、と言ってくるかもしれなかった。だが、それはそれでかまわなかった。自分の中に、浮き立つ気持ちがあることは認めざるを得なかったし、事実でもあった。

といっても、ただ単にわくわくしている、というのではなかった。緊張している、というのとも違う。

長い間、薄い膜で被《おお》われ、よく見通すことができず、あくまでも茫漠《ぼうばく》としていた何かが、今ここにきて、その輪郭を鮮明に見せ始めてくれたかのような、そんな気分だった。同時にそれは、自分でも説明のつかない、底知れぬ甘美さを伴ってもいた。

「なんか、ドキドキするわね」ハイヤーに乗ってまもなく、真由美が言った。「あなた、ドキドキしないの？」

「なんで、俺がドキドキするんだよ」

「だって、自分が書いた小説が舞台になるのよ。すごいことじゃない」

まあな、と正臣は言い、照れ隠しを装った笑顔を窓のほうに向けた。

三年前、双子の娘、春美と夏美が小学校に入学した直後から、真由美は女性誌などでも有名な小物専門店、『サラ』の雇われ店長の仕事を始めた。学生時代の女友達が夫婦で経営している店で、都内に五か所のチェーン店がある。真由美が店長を任されているのは渋谷本店で、店は渋谷のメインストリート沿いに建つ、有名なファッションビルの中にあった。

その日は、『サラ』の経営者である安藤夫妻も、芸能座に来てくれることになっていた。真由美と親しくつきあってきた安藤千香子は、かねてより村岡優作の大ファンだった。

「ねえ、やっぱりだめかしら。千香子の夢、かなえてあげられない？」と真由美は伺いをたてるように、正臣のほうを見た。「ゆうべも言ったけど、村岡優作に会わせてほしい、サインがほしい、ってうるさいのよ。楽屋まで一緒に連れて行くこと、できないかな」

妻の親友のために、そのくらいのことは簡単にしてやれるはずであった。舞台初演の日は大勢の関係者が楽屋に集まっては、出演者たちを激励する。祝いの花や差し入れが次から次へと届けられる。そんな中、原作者でもある自分が、賑わっている楽屋に妻と共に千香子も連れて行き、村岡優作と引き合わせてやったところで、何の問題もないことは正臣にもわかっていた。

だが、何かというとはしゃぎまわる傾向が強い千香子は、興奮するあまり、自分と志摩子との会話に割って入ってきたり、つまらない冗談を言ったりする可能性があった。それを受けて妻までもが、黄色い声をはりあげるのではないかと想像すると、うんざりした。

楽屋で志摩子に会う時は、たとえ短い会話でも、邪魔が入らない形にしたかった。むずかしいとは知りながら、できることならば、妻も傍《そば》にいてほしくなかった。

「どうかな」と正臣は案じ顔で言った。「俺の身内は別にして、関係のない人に舞台裏を見せるのは、ちょっと失礼にあたるんじゃないのかな。ただでさえ、これからの長丁場を控えて、みんなぴりぴりしてるところなんだろうし。だいたい、今日は初日なんだしさ」

「そうね。そうなんでしょうね」

「連れて行けないことはないと思うけど、いくら原作者と言ったって、あんまり、そういうことは……ね」

「うん、よくわかる」

「千香子さんには、舞台の上のナマの村岡優作を見るだけで、満足してもらおうよ」

「わかった。大丈夫。そう言っとくから。あ、でも、私は連れてってもらえるんでしょ？　正真正銘、原作者の身内なんだもの」

正臣は苦笑してみせた。「誰に会うのが目的なんだよ」

「もちろん、村岡優作よ。決まってるじゃない。それと、高木志摩子。会わせてよね。すごく楽しみ」

正臣は、うん、と言った。

真由美は、ねえ、と言いながら、子供じみた仕草で正臣の腕を軽く揺すった。「実物もきれいな人？　高木志摩子って」

「そりゃあね」

「週刊誌で読んだことあるけど、顔をずいぶんいじってる、っていう噂、あれ、ほんとなのかな。千香子とも言ってたんだけど、女から見ても、いじってる感じはあんまりしないんだけど」

「顔をいじってる？」

「プチ整形とか、そういうやつよ。年齢のわりにはすごく若く見えるから。ねえ、あなたから見てどうだった？」

「俺に聞かれてもわかんないよ」

「なんで」

「そんなにじろじろ見たわけじゃないんだし。だいたいさ、いちいち、この人はプチ整形したかどうか、なんて疑いながら、初対面の女の顔を見る男がいるか？　興味があるのなら、今日、早速確かめてみればいい」

「もちろんよ。言われなくても確かめちゃう」そう言って、真由美は楽しげに笑った。

舞台は午後四時半開演である。三時半前後に楽屋を訪問する約束になっていた。余裕をもって、二時すぎに世田谷の自宅を出発したのだが、有楽町にある芸能座までの道は比較的、空いており、進み具合は順調だった。

途中、文芸書房の杉村から正臣の携帯に電話がかかってきた。すでに芸能座に到着しているので、二時四十五分には入口正面玄関の前で待っている、という。

六本木のなじみのフローリストに立ち寄り、電話で注文しておいた薔薇《ばら》の花束を受け取った。ビロウドを思わせる、つややかな真紅の薔薇の花束だった。

舞台初日、主演女優である志摩子の楽屋に届けるのは、花がいいのか、それとも何か気のきいた食べ物を差し入れするほうがいいのか、と少し迷った。周囲の編集者の誰もが、役者の世界のしきたりに詳しくはなかった。

杉村に頼んで、志摩子の所属事務所に電話をかけさせ、何を持っていくのがふさわしいのか、聞いてもらうことはできた。だが、そこまですることもないだろう、と正臣は考えた。

しきたりよりも、気持ちを優先したかった。正臣は花束を贈ることに決めた。しかも真紅の薔薇。それ以外、志摩子に贈る花は考えられなかった。

「薔薇もいいけど、蘭の花のほうがよくなかった？」と真由美が、ハイヤーの後部座席の、自分と夫との間を割るようにして置かれた花束を見おろしながら言った。「お祝いごとには、蘭が無難なんじゃない？　値段だってすぐにわかってもらえるし」

「値のはるものを贈ればいい、ってわけでもないよ」

「昔、あなたが受賞した時、蘭の鉢植えをたくさんもらったでしょ？　どうしようか、ってくらいに家中、蘭だらけになっちゃって。あれって、けっこう、いい感じだったもの、春美と夏美がまだ赤ちゃんで、やっとハイハイができるようになったころだったな。蘭の鉢植えの横をハイハイしてるとこ、あなた、写真に撮ったの、覚えてる？」

「覚えてるよ」

「そういえばね、この前、アルバムの整理をしてて、あの写真が出てきたから、春美に見せたのよ。そしたらね、変なこと言うの。この時のこと、覚えてる、って」

「まさか。まだ一歳にもなってなかったんだぜ」

「でしょ？　でも覚えてるんだって。パパのところにたくさんの花が届いて、その鉢植えの隙間をハイハイしてて、蘭の花びらをむしろうとして、パパに怒られたって。蘭の花びらをあの子がむしろうとして、あなたが叱《しか》った、ってほんと？」

「ほんとも何も、だいたい、あのころの春美に花びらがむしれるわけがないだろ。花びらをむしるためには立ち上がらなくちゃいけないんだから。ハイハイしかできない赤ん坊に、そんなことができるわけがない」

「そうなのよね。でも、あの子ったら、絶対そうだった、って言い張るの。夏美は夏美で、信じられないこと言いだすし。あたしはママのお腹にいる時のことも覚えてる、って言うのよ。お臍《へそ》の穴から外で起こることを全部見てたんだって。作家の娘よね、やっぱり。想像力が豊か。あの子たち、そのうち小説を書き出すかもよ」

あはは、と正臣は笑った。

その笑い声にいっそう勢いづけられたかのように、真由美の話は、双子の学校の成績問題や健康問題、私立中学に入学させるためにしなければならないこと、これから習わせようと思っているピアノのこと、そのためにかかる費用のことなど、多岐にわたった。

やがて、話題は自分の留守中、双子の面倒をみてもらっている、近所に住む実母のことに変わっていった。「最近、母がね、朝になると指がこわばるって言ってるの。いやあね。リウマチじゃないのかしら。リウマチって女の人に多いのよ。知ってた？　母もなんだか心配してるみたい。ここんところ、やっぱり寄る年波に勝てず、って感じで、あそこが痛い、ここが気持ち悪い、って、そんな話ばっかり」

「うん」

「ねえ、どう思う？」

「どう、って何が」

「いやだ。聞いてなかったの？」

「聞いてたよ」と、吐き出す息の中で正臣は言った。「そんなふうに心配してるくらいなら、さっさと病院に行って調べてもらえばいいんだよ。血液検査ですぐにわかるんだから」

そうね、と妻は言い、こほん、と小さく咳払《せき》いをして前を向いた。

芸能座の正面玄関が見えてきた。大きな看板が掲げられている。『虹の彼方』というタイトルの下、大きく引き伸ばされた写真の中の高木志摩子と村岡優作が、ひしと抱き合いながら前を向いている。志摩子の、決然と眉根《まゆね》を寄せた表情が美しい。

通りは、舞台を観に来た人々でごった返していた。そんな中、人波をぬうようにして杉村がハイヤーに駆け寄って来た。

真紅の薔薇の花束を抱えながらハイヤーから降りたった正臣を、行き交う人間たちが興味深げに眺めて過ぎた。

「思ってたよりも早かったですね。よかったよかった」

濃紺のスーツ姿の杉村はそう言い、正臣の隣に立った真由美に向かって深々とお辞儀をしてから、笑みを作った。「お客の入りも上々みたいですよ。今日のチケットは完売だそうですから。あれ、今さっきまで、ストーンズ・プロの石黒さんがいらしたんですが……どこに行っちゃったんだろう」

杉村が後ろを振り返ったのと、石黒敦子が小走りにやって来たのと同時だった。

「まあまあ、奥平先生。わざわざお越しいただいて、ありがとうございました。あら、なんてきれいな薔薇！」

「高木さんに、と思いまして。花束なんか、いやというほど贈られてくるんでしょうが、ほんの気持ちだけ」

「お心づかい、ありがとうございます。高木が喜びます。あの、もしよろしければこれからすぐ楽屋のほうにご案内させていただきますけど。どうしましょうか。まだ少し時間もありますし、先にどこかでお休みになられてからにしますか」

敦子の目が真由美をとらえたので、正臣は「女房です」と言い、真由美を紹介した。敦子は腰をふたつに折るようにして丁寧なお辞儀をし、真由美に向かって名刺を差し出した。真由美も慌てたように手にしたバッグをまさぐり、自分の名刺を返した。

「まあ、『サラ』の店長さんを？」

真由美は顔をほころばせた。「『サラ』をご存じなんですか？」

「もちろんです。私、こう見えても『サラ』の小物のファンなんですよ。あんまり可愛いんで、一度、高木志摩子にもプレゼントしたことがあるくらいですから」

わあ、嬉しい、と真由美は言い、同意を求めるようにして正臣の腕を強くつかんだ。

「高木さんにも、うちの商品を使っていただいてるんですって。すごい光栄。あとでお礼を言わなくちゃ」

「じゃあ、今から楽屋にご挨拶に行きましょうか。善は急げ、ですもんね」

杉村がそう言ったので、正臣もうなずかざるを得なくなった。

これから志摩子と会える、という、せっかくのひそかな楽しみが、何やら日常のこまごまとした、どうでもいいようなしがらみの中に取りこまれ、急速に色褪《あ》せていくのが感じられた。

とはいえ、ばかな、という思いもないではなかった。

俺はどうかしている、いくら初対面で魅了されたとはいえ、たかが自分の原作が舞台化されて、主役を演じてくれているだけの女優ではないか、これから自分との間に何かが起こる、というわけでもあるまいし、いい年をして、いったい俺は何を考えているのだろう……。

後生大事に薔薇の花束を抱え、妻を伴いつつ、楽屋に向かって胸をときめかせながら歩いている自分が可笑《おか》しかった。俺はまるで、テレビの通俗ドラマに出てくる中年サラリーマンみたいじゃないか。夢よもう一度、とファンタジックに夢想している、純朴な、罪のない、苦笑を禁じえない中年男……。

志摩子とはとりあえず、対談の約束を取りつけてはいる。舞台公演が続いている限りは、会おうと思えば会いに来ることができる。自分が来れば志摩子は、わずかの暇を見つけては、楽屋で会ってくれるに違いない。

だが、公演が終わり、『宴』での対談が終われば、それ以後の約束は何もなかった。一、二度、互いの間で、感謝をこめた礼状を交わし合うことにはなるだろうが、その後は、せいぜい年の初めに年賀状をやりとりする程度で、二度と会うこともなくなるのかもしれなかった。

それなのに、いたずらに胸を熱くさせ、志摩子会いたさに楽屋に行こうとしている自分は、どう贔屓目《ひいきめ》に考えてみても滑稽《こっけい》だ、と正臣は思った。

芸能座の楽屋は、エレベーターを使って七階まで上がり、さらに狭く曲がりくねった迷路のような廊下を通り抜けたところにあった。

その時刻、大勢の関係スタッフが廊下を行き来していた。関係者が昼食に食べたらしい弁当が、ひとまとめになって片隅に置かれている。どこからともなくコーヒーやお茶やうどんのつゆの香りが漂ってくる。

役者なのかスタッフなのかわからない人々が、喫煙コーナーでたばこを吸っている。正臣たちの横を祝いの花束や鉢植えや衣装などを手にした男たちが、急ぎ足で通りすぎて行く。

村岡優作、と書かれたネームプレートが、一枚のドアの脇に貼られているのが見えた。ドアはしっかりと閉じられていて、ドアの前では、髪の毛を伸ばした付き人らしき若い男が周囲を威嚇《いかく》するかのように両足を大きく開き、姿勢を正して丸椅子に座っていた。

「わあ、ここが村岡優作の楽屋なのね」

真由美が大きな声でそう言うと、前を歩いていた石黒敦子は、ほほ、と口に手をあてて笑いながら振り返った。「先生の奥様はひょっとして村岡優作のファンでいらしたんですか」

「実を言いますとそうなんです。だからとっても今日は楽しみにしてました」

「あとでご紹介しましょうか」

「ほんとですか」

「高木に頼めば会わせてもらえると思います。といっても、今、彼は昼寝してるかもしれませんけど」

「昼寝、ですか。舞台が始まる直前に？」

「信じられないでしょう？　心臓に毛が生えてるんですよ。彼なら、舞台の上でも眠っちゃうかも」

「すごい」

そう言いながら、真由美が興奮気味に笑いかけてきたので、正臣はかろうじてそれを受け、笑みを返した。腕に抱えた薔薇の花が、濃厚な香りを放った。

高木志摩子専用の楽屋は、廊下の一番奥、もっとも静かな一角にあった。楽屋の扉は開いていた。入口には、あずき色の暖簾《のれん》がおりている。

その暖簾に片手をかけて中を覗きこみながら、敦子が奥に向かって声をかけた。「ごめんくださぁい。私です。加代ちゃん、いる？」

はぁい、と奥のほうから声がして、すぐに若い女が暖簾の向こうから姿を現した。子犬のように太った小柄な女だった。

女は正臣のほうを見ると、笑顔を作り、ぺこぺこと水のみ鳥のように、繰り返しお辞儀をした。整った愛くるしい顔だちだが、ジーンズに黒いトレーナー姿で、肩のあたりまで無造作に伸ばした髪の毛といい、化粧っけのない顔といい、姿かたちにこだわっている様子がまったくない。

「先生、先にご紹介しておきます」と敦子が言った。「彼女は高木志摩子の付き人の大谷加代子。高木も私も、加代ちゃんって呼んでますけど」

はじめまして、大谷です。よろしくお願いします、と加代子は大声で言い、両手が床につきそうなほど深いお辞儀をしてきた。正臣は笑顔でそれに応えた。

幾分、心臓の鼓動が速くなっていた。軽い緊張が全身に走り、薔薇の花束を抱えている掌《てのひら》が、湿り始めるのがわかる。

加代子が正臣たちの見ている前で、敦子に軽く何か耳うちした。あ、そう、と敦子はうなずき、笑みを浮かべたまま、正臣のほうを振り返った。「先生、ちょうどよかったです。ついさっき、坂本さん……あ、高木の夫です……が到着したそうです。是非今日は、先生ともお目にかかりたい、ということですので、後ほど高木から紹介させますね」

志摩子の夫と会うことになるとは思ってもみなかった。どんな反応をすればいいのか、わからなかった。

はあ、と正臣は言った。間のぬけた言い方だと思ったし、何か他に言うべきだと思ったが、どうしようもなかった。

神妙な顔を作っておとなしくしている妻の真由美は、目を輝かせながら、時折、正臣をちらちらと見上げている。その視線が意味もなくうっとうしい。

さあ、先生、中へどうぞ、と敦子は言い、正臣たちのために、あずき色の暖簾を大きくめくり上げた。「志摩ちゃん、先生がおみえです」

中は、上がり框《がまち》の低い三和土《たたき》になっていた。どこからともなく、うっすらと甘い香りが漂ってくる。

三和土をあがったところには、鉢ものやバスケット入りの祝いの花が所狭しと並べられている。鉢にも花にも、「祝・初座長」「祝・『虹の彼方』公演」などと書かれた札が立てられているのが見える。

右奥にあるらしい部屋から、志摩子が姿を現した。仕草も歩き方も敏捷《びんしょう》なので、その時、あたりいちめんに、甘さをはらんだ風が起こった。

たまご色をしたシルクのガウンをまとっている。ウェストのあたりで蝶《ちょう》結びにされている紐が、身体つきの華奢《きゃしゃ》な様子をありありと示している。

舞台用のメイクを施した直後で、これからヘアスタイルを整えようとしていたらしく、頭にはまだ、白いターバンをキャップ代わりに巻いている。むきだしにされた顔には、正臣が初めて会った時と同じ、見ほれるようないきいきとした表情がみなぎっている。

志摩子は三和土の正面に正座し、三つ指をついて「ようこそ、よくおいでくださいました」と言った。「こんな恰好で失礼します」

言葉それ自体はかたくるしいが、志摩子の言い方には明らかに、すでに知らない間柄ではなくなった相手に向けられる、親しみの情が感じられた。

「お茶でも、と申し上げるべきなんでしょうけれど、もう少ししたったら支度にかからなくてはいけなくて……せっかく来ていただいたのに、こんなむさくるしいところでごめんなさい」

「そんなことちっともかまいません。すぐに失礼しますから。ともかく、今日は本当におめでとうございます。みなさんがお祝いに同じものを贈っているんだとしたら、ちょっと癪《しゃく》ですが、これ」と言い、正臣は手にしていた真紅の薔薇の花束を志摩子に手渡した。

わあ、きれい、と志摩子は目をきらきらさせながら、澄みわたった歓声をあげた。「まるでベルベットみたい。こんなすてきな薔薇、贈ってくださった方なんか、ひとりもいませんよ」

「ならよかった。楽屋中が同じ薔薇で埋められてたらどうしよう、と思ってました」

「うーん、いい香り」志摩子は薔薇の花弁に鼻を近づけ、軽く目を閉じた。「すごく嬉しい。先生、本当にありがとうございます」

僕のことを先生と呼ばないでほしい、と言った時のことが唐突によみがえった。覚えてらっしゃらないんですか、奥平君と呼んでほしいとお願いしたでしょう、などとふざけて言ってみたかった。だが、背後には妻がいた。さすがにそれはできなかった。

正臣は真由美のために場所を空けてやった。「紹介します。女房です」

志摩子は薔薇の花束を抱いたまま、晴れやかな、一点の曇りもない笑顔を真由美に向け、はじめまして、と言って頭を下げた。「高木でございます。奥平先生からは舞台のためにすばらしい作品をいただいて、本当にありがとうございました」

こちらこそ、と真由美は言い、上気した顔で一礼した。「主人がお世話になっております。今日はお目にかかれて光栄です。舞台、とてもとても楽しみにしていました」

「先生の奥様にもご覧いただけるんですね」と志摩子は言って背筋を伸ばし、真由美にではなく、正臣に向かって微笑した。「なんだかますます、身のひきしまる思いがしてきます」

頑張ってください、と正臣は言った。「客席から応援してますから」

笑顔のままうなずいた志摩子は、腰のあたりを大きくねじるようにして部屋の奥に向かい、小声で何か言った。人の気配がし、ひとりの男がのっそりと現れた。

「夫の坂本です」と志摩子は言った。「こちら、作家の奥平正臣先生。そして先生の奥様」

どうも、はじめまして、と志摩子の夫、坂本は言うなり、志摩子の横に志摩子と同じように正座した。正臣が坂本滋男のひょろりと背の高い立ち姿を目にしたのは、わずかの間だけだった。

「家内がお世話になっております。今日はお目にかかるのを楽しみにしていました。坂本と申します」

正臣が手渡された名刺には、有名私立大学教授の肩書があった。

「ねえ、見て。奥平先生にこんなにすてきな薔薇をいただいたのよ」

ほう、すばらしいね、と坂本は言い、少し腫《は》れぼったい感じのする切れ長の目を細めた。「先生、ありがとうございました」

「先生、先生……って、弱っちゃうなぁ」と正臣は冗談めかして明るく言った。「こんな若輩者なんです。どうか、僕の名前に、先生、とつけるのはおやめください。坂本さんこそ、大学の先生でいらっしゃるんですから」

「いや、僕は別にしても、作家の先生はやっぱり……」

「そうだった」と志摩子が夫の言葉を遮るようにして言った。「先生ってお呼びしちゃいけないんでしたね」

「やっと思い出していただけましたか」

「でも、今日だけはやっぱり先生と呼ばせていただかなくちゃ。奥平君、だなんて、そんな呼び方はとっても……」

「奥平君?」と坂本が聞き返した。「なんだ、志摩子。そんな失礼な呼び方をさせていただいてたのか」

「だって、先生がそう呼んでほしい、っておっしゃるものだから。でも、言っときますけど、私、一度だって、そんな呼び方、してないんですよ。そうですよね、先生」

「だから、言ったでしょう。先生、っていうのは……」

言うなり、正臣の中で笑いがこみあげた。彼が笑いだしたとたん、その場に居合わせた者全員が、くすくすと笑い始めた。

志摩子の後ろは窓になっている。すりガラスのはまった細長い窓からは、ミルクのように白い、秋の午後の光があわあわとさしこんでいる。

その白い光を背に、志摩子の肉体の輪郭は、より鮮明になり、より強くその存在を主張し、志摩子の輝くばかりの笑顔は、いっそうきらきらとした躍動感にあふれ返った。

すばらしい女だ、と正臣は改めて思った。同時に彼は、志摩子が発散する、熟《う》れた、艶《つや》やかな、それでいながら、こみあげる笑いをかみ殺そうと我慢しているような、愛らしい幼さを瞬時にして嗅ぎ分けた。

この人をいつか、振り返らせることは可能だろうか、と考えた。自分という男に。自分というオスに。ほんの一瞬でもかまわない。この人が自分を振り返ってくれることはあるのだろうか。

そう考えたのは一秒の何分の一かの、きわめてわずかな間だけだった。たわけた夢想だ、と言うこともできた。だが、たとえ一瞬だったにせよ、自分がそう考えた時のことを正臣は今も忘れていない。

彼は、あの日、志摩子の楽屋にあふれていた白い光を思い出す。三和土の上に並べられた花々が、白い光の中、時折、むせかえるような甘い香りを漂わせていたことを思い出す。その香りに包まれるように正座して、腕に彼が贈った真紅の薔薇の花束を抱き、はじけるような笑顔をみせていた志摩子を思い出す。そのたびに、繰り返し同じことを考える。

自分と志摩子、真由美、坂本滋男の四名が一堂に会したのは、あれが最初で最後であったのだ、と。以後、ただの一度もなかったのだ、と。

第五章　志摩子

舞台『虹の彼方』の中、志摩子演じるヒロインのセリフに次のようなものがある。

『私さえ夫を愛してやればいい。それですべてが解決する。そうわかっていて、私にはそれができないのよ。彼を抱きしめて、キスして、ごめんなさい、もうあなたから離れない、ずっとここにいる、と口にしさえすればいいのに、そういうことがもう、私にはできないのよ』

そして、村岡優作演じる男は、それを受け、こう言うのだ。

『僕も同じことを考えるよ。今からでも遅くはない、自分さえ妻を愛してやればいいのだ、って。心からそうしてやれば、僕のことを疑っていた妻も、そのうち安心してくれるに違いない。そうなったら、僕たちはお互いが家に帰っても、今みたいに暗くてとげとげしい空気に包まれていなくてもすむようになる。そんなことはわかっているよ。充分わかっている。でも、あなたの言う通り、それはできない。どう頑張っても、もう無理なんだ。仕方がないんだ』

連日続けられる公演のさなか、舞台の上で村岡優作を相手に、スポットライトを浴びつつ、いったい何度、自分はこれらのセリフをやりとりしたことだろう……そう思うたびに、志摩子は今も、自分と正臣とのふしぎな符合に驚かされる。

『虹の彼方』は、それぞれ家庭をもつ男と女が出会い、恋におち、苦悩し続けたあげく、情死という方法を選んで、むしろ幸福に恋愛の後始末をしようと試みる物語だった。

ミステリー的な意外性のある話の展開もなければ、抽象度の高い、難解な雰囲気もなかった。全編を通して、透明感に充たされたものだけが切々と漂ってくる。そこにはきらびやかな未来がない代わりに、手垢にまみれた通俗もないのだった。

それまで何の問題もなかったはずの家庭が、ふたりが出会うことにより、急速に瓦解《がかい》していく。その瓦解の音を耳にしながら、苦しみながら、ふたりはなお、互いの出会いを喜び合う。出会ってしまったことに対する後悔の念は、かけらもないのである。

舞台用シナリオには原作同様、ふたりが情死する際の具体的なシーンは描かれていなかった。観る者の想像力に訴えかけるだけで、男と女が手をつなぎ合い、まっすぐに道なき道を歩いて行く、というところで幕がおりる。

流される音楽が、バッハの『マタイ受難曲』であること以外、ふたりの死を予感させるものは何もない。

あらゆるものをかなぐり捨てて、というよりも、彼らはすべてのことを受け入れているのである。残された者たちのためにやるべきことをすべてやり終え、これ以上、もうどうしようもない、というところまで努力し尽くしてから、静かに満足しきって、ふたりは死出の旅に発《た》とうとするのである。

ふたりが目ざしているものは、確かに一切の消滅ではある。互いの死である。理性のかけらもない、子供じみたエゴイズムの行き着く果て、と言うこともできる。

それなのに、観ている者には、それが至福に感じられてくる。それ以外、どう考えても他に選択肢はなかっただろう、と思わせてくれる。

脚本の完成度は高く、観客にそう思わせるに充分な力が漲《みなぎ》っていた。それもまた、原作のすばらしさ故《ゆえ》だった。

原作に漂っている、決然とした、高貴な潔《いさぎよ》さのようなものは、初めから志摩子の胸を強く打っていた。そしてその、男女の潔さを舞台の上で演じた自分を思い出すたびに、志摩子はこう思うようになった。

作中のふたりの潔さは、ふしぎにも、自分たち自身を忠実になぞっている、と。なぞるだけではない、もしかすると、それはまさに、自分たち自身であったのではないか、正臣は初めから、自分という女と出会うことを予感した上で、この物語を書いたのではないか……と。

四十日間にわたる『虹の彼方』の舞台公演が千秋楽を迎えたのは、十一月も半ばをすぎた、少し肌寒い晩だった。

無我夢中で突っ走ってきた四十日間であった。間に休みは数日しかなかった。ほぼ毎日の……場合によっては昼の部、夜の部、と日に二度の……出ずっぱりに近い状態でもあった。

にもかかわらず、体調をくずすこともなく、大きなトラブルもなく、楽日《らくび》を迎えることができた。案じていた村岡優作のふいの失踪《しっそう》や遅刻、酒による演技の失敗、共演者たちとのいざこざなども、すべて杞憂《きゆう》に終わった。

役者たちとも、日を重ねてなじめばなじむほど、親しくなることができた。ひとりとして健康を害する者はいなかった。座長として、やるべきことはやったし、求められることはすべてやった、という自負もあった。

そして、何よりも舞台は大成功したのだった。新聞の舞台評でも、かなり高く評価された。途中、チケットの売れ行きが少し鈍った時期もあるにはあったが、楽日が近づくにつれて盛り返した。観客の反応も上々だった。

公演期間中、奥平正臣から事務所あてに手紙が送られてきた。短い手紙だったが、志摩子にはその文面が深く心にしみた。

『自分の原作が舞台化されたばかりではなく、この〝情死〟という、古今東西の表現者たちが競い合うようにして表現してきた、いわば肉と魂が複雑により合わさっているような世界を、高木志摩子という、もっとも力のある女優さんに演じていただけたことは、望外のよろこびです』……と正臣は書いていた。『初日の客席で、時間がたつのを忘れました。すばらしい舞台でした。言葉をなりわいにしている人間のくせに、こんな稚拙な言い方しかできないのは口惜しいのですが、多分それは、本当に僕が、心の底からすばらしいと感じたからだと思います』

最後に『対談でお目にかかるのを楽しみにしています』とあった。封筒の裏には、東京都世田谷区の、自宅とおぼしき住所が記されていた。

単に原作者から丁寧な手紙を受けとったから、というだけでなく、返事を書きたい、という衝動にかられた。それは思いがけず強い衝動だった。だが、連日の舞台をこなすだけで精一杯の日が続いて、気がつくと時が流れていた。

パソコンか携帯電話のメールアドレスが知りたい、と思った。知っていれば、簡単なお礼のメールを正臣あてに送ることができた。

敦子を通して聞いてもらおうかとも考えたが、そこまでするのはやりすぎのような気もした。次に会った時に聞けばいいのだった。

公演期間中、一度だけだが、志摩子は正臣からの手紙を読み返したことがあった。何故、読み返したりなどしているのだろう、と我ながらふしぎだった。

紺色のインクの万年筆を使って書かれた正臣の肉筆を眺め、そこに書かれていることを反芻《はんすう》していると、心がなごんだ。励まされるような気がした。

対談が楽しみだ、と思った。心底、そう思った。

千秋楽を迎えたその日、敦子からは午前中に電話がかかってきた。

「志摩ちゃん、おめでとう。いつもながら、この楽日の雰囲気って、いいわよね。まだ最後の舞台が終わっていない、っていう緊張感が残ってて、そのくせ、なんだかふわふわと気持ちが舞い上がってるみたいで……」

ほんとね、と志摩子は深く同意した。「なんとかここまでこぎつけたわ。ラスト一回。最高の舞台にする」

「そうそう、今夜、終わってからの話だけど、打ち上げ会、簡単でもいいから、やっぱりやったほうがいいんじゃない？　どうする？　やるんだったら、今から手配できるわよ」

「今日は五時開演で、終わるのは八時でしょ。それからメイク落として着替えて、劇場の人たちに挨拶して、あれやこれやのお祝い品を整理して、みんなが一か所に集まる……ってことになったら、やっぱり大変よ。九時半をすぎちゃう。場合によっては十時だわ。いいのよ、飲みたい人はそれぞれ飲みに行けばいいんだし。予定通り、舞台上での打ち上げにしましょ」

そうね、と敦子は言った。「十時をすぎてから集まったら、解散が朝になっちゃうか。やだやだ。お肌に悪い」

「ビールとワインとちょっとしたチーズやクラッカー、用意できてるでしょ？」

「もちろん。もうとっくに手配済み。スウィーツも用意してあるわ。志摩ちゃんの好きな、シュークリームとか、リーフパイとか、フルーツもね。そうそう、奥平先生もお招きしなくちゃね」

奥平正臣の名を耳にして、志摩子はいっそうはずんだ気持ちになった。「先生、来てくれるのかしら」

「もちろんよ。事務所に電話、いただいたの。あ、ごめん。言ってなかったっけ」

聞いてない、と志摩子は不服げに言った。「いつ」

「いつだったかな。一週間くらい前かな」

「ご本人から？　それとも編集者の方が？」

「ご本人からよ。楽日には必ず伺いますから、って。高木さんにくれぐれもよろしく、って。楽しみにしています、って」

「そういうことは早く教えてよね」と志摩子は笑いをにじませた声で言った。「私、こう見えても、すっかり奥平正臣のファンになっちゃったんだから」

「前からファンだったじゃない」

「作品のね。今は作者のファンでもあるのよ」

「あちらも同じみたいじゃない。って言うか、それ以上ね」

「え？」

「志摩ちゃんの前に出ると、先生ったら、もうデレデレ」

「まだ二度しか会ってないのに」

「でも私にはわかるの、そういうことは」

「光栄ね」

「女優冥利《みようり》？　それとも、女冥利？」

あはは、どっちもよ、と志摩子は高らかな笑い声をあげた。


相手役の村岡優作と手をつなぎ、客席に背を向け、志摩子が舞台奥へ向かって歩く。正面に、天空を思わせる淡い空色の巨大なスクリーンが拡がっている。スクリーンには、虹を連想させる、様々な色合いの抽象的な光の筋が幾重にも重なり合いながら、やわらかな弧を描いている。

背筋をのばし、優作とつないだ手に力をこめて、志摩子はゆっくりと歩き続ける。シンプルなデザインの、白いワンピースを着ている。はいているパンプスも白い。優作はクリーム色のパンツに白いシャツ姿である。

舞台と観客席には、バッハの『マタイ受難曲』が低く静かに流れている。途中、一度だけ立ち止まり、互いに向き合って、志摩子は優作と目を見交わす。

観客席からは、ふたりの横顔しか見えない。背の高い優作を見上げるようにして、志摩子が満足げな視線を彼に投げる。彼もまた、穏やかな、満足しきった視線を返す。

幾筋もの七色の光の束が、リボンのようになって静かにまわり始める。ふたりの白い立ち姿に、光のリボンがやわらかくまとわりつき、包みこむ。それはふたりを結びあげるようにして、ひとつに束ねていく。

虹の光に染まりながら、ふたりは再び前を向く。志摩子は優作の手を強く握りしめる。優作もまた、それ以上に強く握り返してくる。

この人の掌は湿っている、と志摩子は思う。演技をしているのか、愛する男と本当に幸福な死出の旅に出ようとしているのか、一瞬、わからなくなる。相手が役者の村岡優作なのか、それとも現実の恋の相手なのか、それすらも判別がつかなくなる。『マタイ受難曲』の旋律が舞台を包む。観客席のどこかで、ぱらぱらと拍手の音が鳴り始めたと思ったら、その直後、どよめくような拍手が巻きおこった。

あちこちで歓声が轟《とどろ》きわたる。口笛を吹き鳴らす者がいる。志摩子と優作の名を連呼する声が聞こえる。

だが、それらの観客席の反応は、志摩子の耳に届いているようでいて、届いていない。志摩子は『虹の彼方』の役柄の中でだけ、呼吸をしている。幸福な死を選ぼうとする女として、そこにいる。

背後の拍手が、連鎖する海鳴りのように、低く重なり合いながら聞こえてきた。舞台上の現実の照明が、自分と優作の身体の上を撫でるようにして動いていくのがはっきりわかる。

幕がおりる気配がしている。拍手と歓声とが、幕に遮られて、次第にくぐもった音に変わっていく。

優作がいっそう強く手を握ってきた。それに応えて、強く握り返しながら、志摩子は胸の内で「終わった」と思った。張りつめていたものが溶け、温かな蜜のようになって、身体の中を充たしていくのが感じられた。

幕がおりた舞台上で、志摩子は優作と改まったように見つめ合った。優作がにっこりと魅力的な笑みを浮かべながら、志摩子を軽く抱擁した。志摩子はそれを受け、優作の背に手をまわして、その耳元で囁いた。

「ありがとう。無事に終わったわ」

「終わりましたね。おめでとう」

鳴りやまない拍手の中、再び幕が上がった。演出家、脚本家も含め、出演者全員が、舞台上に一列に並んだ。四十日間にわたる公演の最後を飾る、もっとも気持ちが昂揚する瞬間である。

志摩子は居並ぶ出演者たちと共に、観客席に向かって深々と礼をした。どこからともなく、花束や小さな贈り物を手にした人々が舞台の下まで走り寄って来る。主演女優にして、座長でもある志摩子に、それらのものが次から次へと手渡される。

よく知っている顔もあれば、名前を思い出せない顔もあった。誰もが、おめでとう、と言いながら、志摩子に握手を求めてくる。抱えきれなくなった花束を舞台の床に置き、また新たに花束を受け取っては、拍手が鳴り響く中、志摩子は中腰になったまま、握手を返し続ける。

そんな人垣をぬうようにして、「すばらしかったです」という男の声がした。声に聞き覚えがあった。はっきりとした記憶があった。奥平正臣がそこにいた。

小ぶりの花束が差し出された。紅茶のような色をした、美しい薔薇《ばら》の花束だった。

「おめでとう」と正臣が言った。その笑顔の中に、ふくれあがるような感動と興奮、そしてかすかな緊張が読みとれた。

「ありがとうございます」と志摩子も言った。

正臣の視線が志摩子を包んだ。胸の奥、さらにそのまた奥のあたりで、小さな小さな、米粒ほど小さな、何か温かく湿ったものが、そろりと動いたような気がした。それが何なのか、何故、そんな気持ちになるのかはわからなかった。

「後ほど、打ち上げにご一緒に」と志摩子は早口で言った。「石黒に案内させます。いらしていただけますよね？」

もちろんです、と正臣は言い、志摩子に向かって微笑みかけながら立ち去った。

再び全員で一列に並び、観客席に向かって礼をした。鳴りやまない拍手の中、静かに幕はおり始めた。

志摩子の腕の中には、今しがた正臣から受け取ったばかりの薔薇の花束があった。


これはね、〝ブラック・ティー〟という品種の薔薇なんです……正臣からそう教えられた時、舞台上での打ち上げ会は宴もたけなわになっていた。

中央に即席に設《しつら》えられた細長いテーブルの上には、菓子や果物、カナッペ、チーズ、ビール、ワインなどが所狭しと載せられている。使われているのは紙コップである。役者たちのみならず、スタッフ、劇場関係者たちも、ほぼ全員、集まって紙コップを手に談笑している。

彼らのうちの誰かが、時折、志摩子に向かって手を振ってくる。笑顔を向けてくる。軽く会釈をしてくる。

そのひとつひとつに手を振り返し、笑みを返しながら、志摩子は正臣の隣に立ち続けていた。

「ブラック・ティー……ですか？　黒い紅茶？　なんだかドラマティックなネーミングの薔薇なんですね」

「初日の時にお贈りしたのは真紅だったから、今日はこっちの品種を、と思って」

「嬉しいわ。感激です。でも、どうしてそんなに薔薇に詳しいんですか」

「全然、詳しくなんかありませんよ。以前、小説で薔薇を題材にしたものを書いたことがあるんですけどね。その時、あんまり薔薇のことがわからなかったので、薔薇専門のフローリストに取材に行って、いろいろ教えてもらったんです。聞きかじりの知識があるだけで、実は花のことなんか、ちっともよくわからない」

　志摩子が笑顔でうなずき返した時、村岡優作が傍《そば》にやって来て、正臣に向かい、丁重な挨拶をした。優作の顔は上気していた。

　優作はいったん飲み始めたらピッチが速い。早くも少し酔い始めている様子だったが、そんな優作は、また一段と美しく見えた。

「感動のあまり、言葉もありませんよ」と正臣が優作に言った。「高木さんと村岡さんが、僕の作品を完璧《かんぺき》に現実のものにしてくださった。造りものだった人形に、本物の命が吹きこまれた、っていう感じですね」

「このひと月半ほど、志摩子さんは僕の恋人でしたから」と優作はにこやかに言った。

「本物の恋人よりも、恋人らしかったかもしれないな」

正臣が見ている前で、優作が志摩子の肩を抱き寄せた。一瞬のことではあったが、志摩子の細い肩は、優作の胸の中にすっぽりと収まった。「終わったとたん、恋人じゃなくなるのはなんだか名残惜しいです」

「でも、今日からはただの他人ですから」と志摩子がふざけた調子で言った。「ね、村岡君。あれだけ濃厚な恋人同士をひと月半もずっと演じてくると、今はなんだか、ひとつの恋が終わっちゃって、ぼんやりしてるみたいな、そんな感じがするわね」

「ほんとですよ。さびしいなあ。また恋人になってください」

「喜んで」

立ち去って行く優作の後ろ姿を見つめながら、正臣が嘆息まじりに言った。「何度見ても、カッコいいですね、彼は」

「男の方から見ても?」

「もちろんですよ。高木さんと彼が並んでいると、本当にあんまりお似合いすぎて、変ですけど、なんだか妬《や》けてくる」

本気で言っているのか、ただの軽い冗談、お愛想にすぎないのか、わからなかった。

志摩子は話題を替えた。

「ほんとのことを言うとね、こんなふうにしていただいたお花って、全部、持ち帰るのはとっても無理でしょう？　だから、大半は人にあげちゃうんです。でも……」と志摩子は、ブラック・ティーという品種の薔薇の花束に軽く鼻を寄せ、香りを嗅ぎながら言った。「いただいたこの薔薇は家に持って帰って、私の部屋の花瓶に活《い》けておくことにしますね」

深い意味をこめて言ったつもりはなかった。だが、いったん言葉にしてみれば、そこには何か、自分でも気づかなかった真実があるような気もした。

正臣は「感激だな」とだけ言って、口を閉ざした。

ふたりの間にわずかな沈黙が流れた。だがそれは、どこか温かく火照《ほて》ったような沈黙だった。

「この後、どこかで大々的な打ち上げパーティーがあるんですか」沈黙を破るようにして正臣が聞いた。

志摩子は首を横に振った。「今日はこれだけなんです。集まりたい人は集まればいいし。朝まで飲みたい人は、そうすればいいし。自由なんですよ」

「高木さんはどうなさるんです」

「私ですか？　私は帰るだけ。大きな舞台が終わった時はいつもそう。どんちゃん騒ぎをして、みんなで飲み明かすのもいいけど、家に帰って、公演のあれこれを思い出しながらひとりで飲む、っていうのもオツなものだから」

それだったら、と正臣が言った。心なし、背筋を伸ばしたようにも見えた。「僕のハイヤーでお宅までお送りしてもいいですか」

「え？」

「僕のハイヤー、だなんて、大嘘だな。文芸書房が今日のために、特別に気をつかってハイヤーを出してくれたんです。外に待たせてあります。今夜は僕もこれから仕事場に戻って、原稿を書かなくちゃいけない。でも、せっかくのハイヤーなんだから、乗りまわしてやったほうが喜ばれますからね。ご自宅はどちらですか」

「高輪です。いいんですか」

「もちろんですよ。高輪だろうが、鎌倉だろうが……いや、北海道でも沖縄でも、お送りします」

志摩子は笑い声をあげながら正臣を見た。「海を渡って？」

「必要とあれば、七つの海だって渡りますよ。後でお帰りの支度ができたら……ええっと、そうだな、僕の携帯に連絡ください。ここの劇場の裏に車を停めて待ってますから」

言いながら、正臣は着ていた焦げ茶色のジャケットの内ポケットに手をすべりこませた。ボールペンを取り出し、たまたま近くを通りかかった石黒敦子に頼んでメモ用紙を持って来てもらうと、彼はそこにさらさらと携帯番号を書きつけた。

「じゃあ、そうさせていただきます」と志摩子はメモを受け取りながら言った。我知らず、声がはずんでいた。「後ほど、お電話しますね」

待っています、と正臣は言った。

演出家と芸能座の劇場支配人が、その時、そろって志摩子のもとにやって来た。正臣との会話がとぎれた。数分後、志摩子が気がつくと彼の姿は見えなくなっていた。

志摩子は敦子に声をかけ、楽屋にあるものはとりあえず運べる分だけ敦子の車に載せて、自宅まで届けてほしい、何だったら、届けるのは明日以降でもかまわないから、と言った。

「明日？　でも、今日これから、志摩ちゃんはどうするのよ。どこか寄るところでもあるの？」

「奥平先生が家まで送ってくださる、って。ハイヤーで」

「あらあ、素敵」と敦子は目を瞬かせた。「千秋楽の晩、原作者に送られて帰宅する主演女優……ってわけか。うーん、なかなか」

「何が、なかなか、なのよ」

「なかなか素敵な眺めだ、ってこと」そう言って、敦子はいたずらっぽくウインクしてみせた。「あ、そうだ。さっきね、楽屋に届いてたわよ、特別なお祝いのブーケ」

「誰から？」

「堂本監督。それがね、送り主の住所、病院になってたの。入院なさってるみたい。病院の誰かに頼んで、配送手続きをしてもらったのかもしれないわね。ふつうは自宅の住所を書くものでしょう?」

制作発表記者会見があった日、堂本とホテルのロビーで会い、短い会話を交わした時のことを思い出した。晩夏の頃だった。あれからふた月半はたっている。

公演中、堂本からは感想を書いたカード一枚、葉書一通、送られてはこなかった。あの時の体調も芳しい様子ではなかった。健康状態を急速に悪化させて入院し、志摩子の座長公演を観に出向く体力すら失われたことは充分、想像できた。

堂本は死に向かう道を歩み始めたのだろうか、と志摩子は思った。記憶の中の堂本の、やつれた、輝きのない顔が蘇った。それは、古びたさびしい一枚の写真の中に見る、遠い面影に似ていた。

舞台上での簡単な打ち上げ会は、小一時間ほどで終了した。楽屋で舞台用のメイクを落とし、着替えをすませ、敦子と加代子に持ち帰るべき荷物の指示を与えた。楽屋周辺は、公演終了に浮かれている役者やスタッフたちでごった返していた。志摩子の楽屋に挨拶に訪れる者も多くいて、帰り支度は思うように進まなかった。

そのため、楽屋をあとにして、ハイヤーの中で待っているであろう正臣の携帯に電話をかけた時、時刻は十一時近くになっていた。

「ごめんなさい、こんなにお待たせしちゃって。本当にごめんなさい」

劇場の裏通用口付近にハイヤーを停めて待っていてくれた正臣は、恐縮する志摩子の詫《わ》びの言葉をなんでもないことのように受け止めて、晴れ晴れとした笑顔を向けた。

「明日の朝まででも待ってるつもりだったんです。早かったくらいですよ。全然、気になんかしないでください」

敦子と加代子が見送りに行く、と言うのを断って来た。したがって、黒塗りハイヤーのまわりに人影はなく、ひとにぎりの関係者たちが通用口付近で、いくつかの段ボール箱を外に運び出しているのが遠くに見えるだけだった。

後部シートに正臣と並んで腰をおろし、志摩子は高輪の自分のマンションの場所を運転手に教えた。後を継ぐようにして、正臣が「その後は広尾までお願いします」と言った。

「お仕事場は広尾に？」

「そう。自宅は世田谷なんですが、そこから広尾まで通ってるんです。自分で車を運転してね。わざわざそんなことしなくても、って言う人もいるんですけど、自宅ではどうしても仕事をする気になれなくて。週のうち半分近くは仕事場泊まりになってるかな」

「なんとなくわかります。生活の場と創作の場、っていうのは、どうしても一緒になりにくいものですよね」

「高木さんは、その点、どうなさってるんですか。ご自宅でセリフの練習をしたりもするんでしょう？」

「ええ、でも、女優としての現実の仕事は百パーセント、外になるわけだから、あんまりそういうことは気にならないですね」

志摩子がその時手にしていたのは、正臣から贈られたブラック・ティーの薔薇の花束と、堂本監督から送られてきた小さなブーケだけだった。

正臣の視線が時折、ふたつの花に向けられるのがわかった。満足そうな、それでいて何か聞きたそうな視線だった。

何故ともなく、志摩子は正臣に堂本の話をしたい気分になっていた。その話のきっかけを作るために、わざわざ監督から送られたブーケを手にしてきた自分が、可笑《おか》しかった。

志摩子はブーケを正臣の目の前に掲げてみせた。虹を象徴するかのような、七種類の色の花で彩られた美しいブーケだった。

「このブーケ」と志摩子は言った。「今日、楽屋に届いたんですけど、贈り主は堂本監督なんです。ご存じですよね？」

「もちろん。高木さんも昔、彼の映画に何本か、出演なさってましたよね。でも、最近、名前を見かけないな。お元気なんですか」

「病気を繰り返してるみたいで……このブーケも病院から誰かに頼んで送ってもらったようなんです。心配してるんですけど」

「堂本さんの『昭和夢幻』、よかった。映画はもちろん、あなたがよかった」

志摩子は窓の外の、深夜の東京の明かりを見るともなく見ながら、ありがとう、と言った。「でも私、あの時、まだ二十四歳だったんですよ」

「ちっとも変わってないですよ。いや、あの頃もよかったけど、今のほうが断然いい」

それには応えず、ややあって、志摩子はつぶやくように言った。「実は、私、堂本さんとおつきあいしてたことがあるんです」

「……監督と？」

「ええ。私が駆け出しの女優だった頃の話です。西も東もわからなかった私のことを監督は、本当によく支えてくれました。映画の世界のことだけではなくて、私がそれまで知らなかったことや気づかなかったことも、たくさん教えてくれて。生まれて初めてできた、恋人らしい恋人だったかもしれない。年はかなり離れてましたけどね」

「そうだったんですか」と正臣は言った。「ちっとも知らなかった」

「噂は立たなかったのよ、ふしぎなことに。でも、その後、私のほうにいろいろなことが起こって、そんな中で、いつのまにか、お別れしてしまって、それっきり。連絡ひとつ、取り合わないままだったんです。で、この間、『虹の彼方』の制作発表記者会見があった日、ホテルのロビーで久しぶりに再会したの。私が初めての座長公演をやる、っていうので、来てくれたんですね。監督は奥平さんの原作、とてもほめてたわ。何て言ってたかな。そうそう、オーソドックスな日本の文学の流れは引いてるけど、無国籍な感じもする、って。翻訳小説を読んでいるような印象もある、って。監督は、そういう小説、好きなんです」

そうでしたか、と正臣は言った。「それは光栄だな」

ごめんなさい、こんな話、と志摩子は少女めいた澄んだ笑い声をあげながら言った。「なんだかよくわからないんだけど、こんなに素敵な薔薇をいただいたからかな。このブーケを奥平さんに見せたくなって、ついでに監督のことも話したくなって……つい、つまらないことを」

いいえ、と正臣は言った。彼の頭がゆっくりと横を向き、その目が志摩子の顔をとらえた。彼はどこか粘りのあるような微笑をたたえて、志摩子を見た。

「そういうことを話していただけるのは嬉しいですよ。でも……」

「え?」

「なんだか妬けるな。今夜、もしかすると、僕はやけ酒を飲むかもしれない」

「やけ酒? どうして?」

「村岡優作とあなた、堂本監督とあなた……その組み合わせに、猛烈なやきもちを妬いて」

だって、と志摩子はくすくす笑いながら言った。「村岡君とは舞台の上で恋人同士を演じただけで、なんにもないわけだし、堂本監督とのおつきあいは事実だったとしても、とっくの昔、小娘時代に終わってるんですよ」

「わかってます。でも、告白すると、僕はものすごく嫉妬《しっと》深い」

「愛する人が、他の男の人とダンスを踊っただけでやきもちを妬くタイプ？」

「もちろんですよ」

「親しそうに握手したり、何かひそひそ、しゃべってるのを見ただけでも、いろんな想像をする？」

「しますね、間違いなく」

「私も同じ」

「本当ですか」

志摩子は笑顔でうなずいた。「やきもちにかけては、誰にも負けない自信があるわ」

「どんなふうに？」

「好きな人が、他の女性をほめただけでも妬くし、ひどくなると、何の根拠もないのに、この人は他の女性と、将来、恋におちるかもしれない、なんて、想像して、その恋の様子まで克明に思い描いて、それで妬くことがある。すごいでしょう」

「全然そうは見えないな。信じられない」

「でしょう？　女優だもの。感情を隠すのはお手のもの。得意中の得意」

ふたりは思わず顔を見合わせ、ほとんど同時に吹き出すように笑い出した。

その時間帯、道路は空いていた。有楽町から高輪まで、ハイヤーは順調に走り続けた。

正臣との会話が楽しかったせいか、気がつくと車はもう、志摩子の自宅マンション前に着いていた。

志摩子はこのまま、車をUターンさせ、どこかに正臣とふたりで飲みに行ってもいいような思いにかられた。あくまでも一瞬のことではあったが、誘ってくれはしないだろうか、とも考えた。

「対談でまたお目にかかれますね。とても楽しみにしています」

志摩子がハイヤーから降りると、一緒に降りてきた正臣が、志摩子と向かい合わせになって立ちながら言った。

「私のほうも。でも、お手やわらかに。文芸誌での対談なんて、初めてですから」

「気楽にやりましょう。僕がリードします」

ええ、と志摩子はうなずき、腕に抱えたブラック・ティーの薔薇の花束に視線を移した。「これ、早速、家に飾りますね」

「ブーケのほうも？」

志摩子は白い歯を見せながら笑った。「薔薇と一緒にブーケを飾られるのはいやですか？」

「当然ですよ。いくら昔の恋人とはいえ、恋がたきから贈られてきた花、と言ってもいいわけでしょう？」

わかりました、と志摩子は言い、深くうなずいてみせた。「じゃあ、飾るのは薔薇だけにします」

「嬉しいことを言ってくださるんですね。このまま、また車に乗せて、銀座あたりまで連れて行っちゃいますよ」

そうしませんか、本当に銀座あたりに飲みに行きませんか……そんなふうに言ってしまいそうになった。志摩子は慌てて表情を取りつくろった。

「送ってくださってありがとう。奥平さんのおかげで、満足できる仕事をすることができました。今夜は幸福な夢をみて眠れそうです。それから……言い忘れていたことがひとつ」

「何ですか」

「舞台の感想を書いて送ってくださったお手紙、嬉しかったです」

ああ、と正臣は笑顔を向けた。「もっといろいろ書きたかったんだけど、うまく言葉にならなかった」

「すぐお返事しようと思ったんですが、なかなかできなくてごめんなさい」

「そんなこと、全然」

束の間、言葉がとぎれた。沈黙すると、互いの視線の落ちつき先がわからなくなるような思いに囚《とら》われ、志摩子は「また対談で」と言葉をつないだ。「対談の時に、ゆっくりお話しさせてください。じゃ、私はここで。おやすみなさい」

正臣が手を差し出してきた。エントランスポーチの明かりの中、志摩子はその手を見つめ、次いでおもむろに自分の手をそこに重ねた。

ふたりは握手を交わした。正臣の、少し湿った感触の手が志摩子の手を包んだ。やわらかな握手ではない、それは何か、特別な意志を感じさせるような握手だった。

正臣は言った。「この手、離したくないな」

志摩子は、明朗さをあらわにしながら笑った。その種の色気をふくんだ冗談を、笑いながらうやむやにかわすことには慣れていた。

だが、その時の志摩子は、正臣の手に包まれていた自分の手が、居心地よく寛《くつろ》いでいるのを感じた。

「おやすみなさい」

正臣が言った。志摩子がうなずいた。握手し合っていた手が離れた。

晩秋の空には、鎌《かま》のように見える三日月が懸《か》かっていた。

第六章　正　臣

後に志摩子と愛し合うようになってまもなく、正臣は言ったことがある。

「初めて会った時、あなたは誰に対しても明るくふるまっていた。いきいきとしていた。居合わせた人にとても気をつかって、あなたほどの立場にいる人なのに、相手をたてることを忘れなくて、まぶしいくらい魅力的だった。でもね、僕にはあなたの中にある、別の何かが見えた。これまで絶対に、あなたが人には見せなかったのかもしれない何かが感じられた」

志摩子はじっとそれを聞いていたが、やがて、小首をかしげると、それは何？　と聞いた。

何だろう、と正臣は言った。「でも、それこそが、他の人の知らない、あなた自身なのかもしれない」

少し考えこむような仕草をしてから、ふしぎね、と志摩子は言った。「どうしてそういうことがわかるの」

わかるんだ、と正臣は言った。

あなたのことなら何でもわかる……思わず、そう言い添えようとしたが、その言葉だけはかろうじて飲みこんだ。いかにも手軽すぎる表現だった。安手のメロドラマにありそうな言葉だった。

俺は作家なのに、と彼は苦々しく思った。縁先《えんさき》の鳥かごの中にいる、老いた馬鹿なオウムのように、「スキ、スキ、スキ、アイシテル、アイシテル、アイシテル」と何時間でも同じ言葉を繰り返していること以外、自分の本当の気持ちなど、言い表すことは不可能な気もした。

百万の言葉をもっているはずである。百万通りの表現ができて当然である。だが、志摩子を前にしていると、そんなものはどうでもよくなる。どうでもいいのに、何か言わずにはいられない。相手の気をひくためにではなく、安っぽい恋愛のかけひきをするためでも、もちろんない。

ただ、ただ、言わずにはいられなくなって、気がつくと志摩子を前に、志摩子のことを何か話している。志摩子に関する話題ならなんでもいいのだった。朝から晩まで、志摩子についてしゃべっていたいのだった。

もっていきどころのない渇望感と、わけのわからない憂鬱《ゆううつ》、苛立《いらだ》たしくなるほどの虚《むな》しさ、ものごとを諦《あきら》めていかねばならない、とする強迫観念……そういったものばかりに、子供の頃から慣れ親しんできたような気がする。

情熱はおそろしかった。何かに向けて情熱的になることも、その情熱がさめることも、どちらもおそろしかった。

激情や熱狂とは距離をおいて生きてきた。女かバクチか、いずれかに熱狂するのなら、絶対に俺はバクチを選ぶ、と思ってきた。

とはいえ、実際には、正臣は現実のバクチには興味をもたなかった。一夜にして全財産を失うバクチに夢中になれるほどのやんちゃさには、悉《ことごと》く欠けていた。

熱狂もできず、やんちゃにもなれないのなら、せめてまともを装うことが必要だった。だから結婚し、家庭をもった。子供にも恵まれた。妻はなかなかの美人だし、稼いで来るし、お嬢さん育ちで性格もよく、家庭的だ。

だが、それがどうした？

誰かに正面きってそう質問されるのがこわかった。弱々しく笑って、人生は突き詰めればこんなもんだよ、と答えている自分を思い浮かべると、反吐《へど》が出そうになった。

そうやって考えていくと、どこにも逃げ場などないことがはっきりしてくる。絶望する。絶望しながら、それでもふらふらと立ち上がる。よろけながら酒を飲む。来年の話をしてくる編集者を前に、その頃自分が生きているかどうかわからない、と本気で考える。どこに暮らしているかもわからない、と考える。

そんな中、正臣は志摩子と出会ったのだった。志摩子に向かって、おそろしい勢いで熱狂していく自分が、つぶさに、手にとるように観察できた。永遠に止まらないジェットコースターに、ふいに飛び乗ってしまったかのようでもあった。

びゅうびゅうと耳もとで風がうなる。虚空がみるみるうちに蹴散《けち》らされていく。落下したり、急上昇したりする凄《すさ》まじいスピード感だけが現実のものとして感じられるが、あとのことはすべておぼろである。

理性も分別もないままに、自分はこのジェットコースターに乗ったのだ……正臣はそんなふうに思うことがある。

だが、目に見えはしなかったし、意識もされなかったが、自分にはあの時、確かに意志があった、と彼は思う。乗ろうと決めて、俺はこの、目くるめく疾走し、とどまることのない乗り物に飛び乗った。

俺は激情のさなかにいる。俺は熱狂している。こんなに無防備に、こんなにまっすぐに。

そんなふうに正臣が感じるようになった時、すでに志摩子も同じ感覚の中にいた。そして気がつけば、ふたりはひとつの乗り物に、肩を寄せ合って坐っていたのだった。

乗り物は、天に向かって突き上げるように上昇し、再び落ち、ぐるぐる回り、螺旋《らせん》を描き、さらに高く上昇していく。ふたりは絶叫しない。こわくないからだ。ちっともこわくはない。

手をつなぎ合い、時に目と目を見交わし合いつつ、ふたりは互いの胸の中でひそかに考える。

いつまでこうやっていられるのか、永遠にいられるのか、失速して何かに激突し、地面にたたきつけられるのか、それとも次第に速度が弱まり、やがて一歩も前に進めなくなって、茫然《ぼうぜん》とさせられるのか……。

思いながら、それでもふたりは目をつぶることもなく、声をあげることもない。不安におびえることもない。

凄まじいスピードの中に身を委《ゆだ》ね、青々と拡がる空を見あげていると、自分たちの乗ったものが動いてなどいないように感じられる。一点で留《とど》まっているように思われてくる。

パッション……かつて若かったころ、正臣が書いた、初めての長編小説のタイトルでもある。だが、何故、そんなタイトルをつけたのか、彼にはどうしても思い出せない。

当時の正臣は、情熱の行く末どころか、そのありようすらわからずにいた。情熱それ自体が遠い感覚の中にしかなかった。情熱や狂乱、熱狂というものと、生涯、自分は無縁だろう、という漠然とした確信もあった。

酒に酔い、情熱について唾《つば》を飛ばしながら語る人間や、何かに熱狂するあまり、目の焦点が合わなくなっている人間は彼がもっとも忌《い》み嫌う人種のはずでもあった。

だが実はそれは、もしかすると、彼がもっとも欲していたものだったのかもしれなかった。もっとも手に入れたいと願い、決して手に入らないと諦めていたからこそ、目をそむけ、冷やかさを装いながら嫌悪していたものなのかもしれなかった。

そのことに正臣は、志摩子と出会ってから気づいた。

文芸誌『宴』における志摩子との対談の席で、正臣は言った。「パッション、という単語がありますよね。もちろん、これはふつうは激情とか、情熱とか、熱愛とか、そういう意味で使われるんですけど、もうひとつ、別の意味があるんです。ご存じでしたか」

さあ、と志摩子は言い、「何かしら」と聞いた。

正臣はたっぷりと、芝居がかっているほど長い間合いをとってから答えた。「受難、苦痛……」

志摩子は目を見開き、大きくうなずいた。「初めて聞きました。まったく違う意味をもつ言葉だったんですね」

「それを知った時は、ちょっと感動しました」と正臣は言った。「キリストの受難を意

味するらしいです。宗教的な使い方なんでしょうが、あるひとつのものに向かって抱く熱情と、受難、ということとが同じ語源だったなんてね。でも、考えてみれば、情熱、というのは必ず片方で、身を切られるような苦痛を伴うものかもしれない。受難と言い替えてもいいくらいのね。なるほど、と思います」

本当に、と志摩子は真剣なまなざしで正臣を見つめた。「激しい感情は、どこか苦しいものだと、私も思います。激しければ激しいほど、自分がコントロールできなくなって苦痛が増していくんですね。でもそれは、どこか狂おしくて、甘美なものかもしれませんけど。そうでなかったら、人はなかなか情熱の虜《とりこ》になれません。単に苦しいだけだったら、決して……」

「同感だな。苦しいだけだったら、僕も『虹の彼方』のような小説は書かなかった」

「私もです。苦しいだけの心もようを表現しなければならないのだったら、舞台で『虹の彼方』のヒロインを演じることはできなかったと思います」

司会進行役として同席していた編集者が、言葉をさしはさむ余地もないほど、対談はなめらかに進められた。気がつくと、当初の予定だった一時間を大きく上回る一時間四十五分の時間が流れていたが、それでもまだ、正臣の中には話し足りない思いが残されていた。

公式の席であることを思わず忘れてしまいそうになっていた。楽屋で紹介された、志摩子の夫、坂本滋男についても詳しくいろいろなことを聞いてみたかった。志摩子の私生活を覗き見るような質問も、それとわからぬようカモフラージュさせながら、繰り返しぶつけてみたかった。対談の本筋とは無関係なことであっても、この場で聞きたい、知りたい、という思いがあふれてきた。

志摩子はその日、黒のパンツスーツ姿だった。黒といっても、墨色に近い。つや消しされたような、甘さをはらんだ黒だった。ジャケットの胸に覗かせた繊細なキャミソールの白が、モノトーンの凜《りん》とした印象を強調している。

毛先にやわらかさを感じさせるミディアムショートにカットされた、やや栗色がかった髪の毛は、志摩子の小さな顔によく似合い、ほれぼれするほど都会的である。志摩子は相変わらず表情豊かに輝いていて、正臣に対してのみならず、周囲にいきいきとした気づかいをみせ、魅力的だった。

文芸書房の応接室で行われた対談の後、正臣と志摩子、志摩子に付き添って来た「ストーンズ・プロ」の石黒敦子、それに『宴』の編集者数名は、西麻布にあるチャイニーズ・レストランに行った。八名用のテーブル席になっている個室である。

中央の席で向き合うようにして正臣と志摩子が、そして、志摩子の隣に敦子、正臣の隣に編集者、杉村が着席した。

広すぎず、狭すぎない、居心地のいい個室だった。天井から、古風なペンダントライトが下がっている。少し手を伸ばせば触れることができるほど近くにある志摩子の顔は、食前に全員で乾杯をしたシャンペンのせいもあってか、きらきらと眩《まぶ》しいほど輝いて見える。

先回りしていらぬ気をつかい、事務的に座を仕切ろうとする者はひとりもおらず、食事は終始、なごやかに進められた。濃紺のチャイナドレスに身を包んだ若い女性スタッフが取り分けてくれる料理は、どれも美味だった。

シャンペンの次に白ワイン、赤ワイン、と飲み物が続き、飲むほどに志摩子の表情はいよいよ輝きを増して、口数も多くなった。物腰は落ちついているのに、いそいそとして活発である。志摩子がそこにいるだけで、あたりの空気が志摩子の色に染まっていくのが見えるようである。

正臣は、忙しく箸《はし》を動かして出された料理に手をつけているふりをしながら、実際のところ、何も味わっていなかった。彼は志摩子しか意識していなかった。他の人間が何を言っているのか、耳に入ってこなかった。正臣の全身は目となり、耳となって、志摩子にのみ向けられていた。

志摩子の席の真後ろの壁に、大きな鏡がかかっている。鏡に室内の明かりが映し出され、淡くきらめき、そのきらめきの中に志摩子の背が見えている。正臣自身の上半身がそこに重なっている。

この人には、夫の他に男のひとりやふたり、いるに違いない、と正臣は思った。何故、唐突にそんなことを思うのかわからなかった。だが、ひとたびそう考え始めれば、それは確信に近いもの、真実そのものであるように思われた。

まず、村岡優作の顔が浮かんだ。まさか、とは思わなかった。充分、その可能性はあった。

志摩子は女優だった。世間並みの安定だけを求めて、そこに安住したがる女ではないはずだった。人間そのものを演じる職業についている女が、世俗の常識やモラルにしがみつき、結婚生活を乱してはならじ、と尼僧《にそう》のような生活をしているとはとても考えられなかった。

少なくとも彼女が性的に解放されている女であるのならば、恋人とまではいかずとも、役者同士、気軽に誘い合い、時には肌を交《まじ》わらせて、それで何のあとくされもなくいられる相手には事欠かないに違いなかった。そしてその相手が、今回、『虹の彼方』で共演した村岡優作であったとしても、何のふしぎもないのだった。

このひと月半、志摩子さんは僕の恋人でした……正臣は、千秋楽の晩、打ち上げ会の席でそんなことをあっさりと口にしていた村岡優作を思い出した。村岡は、まさに、文字通りの意味で、そう口走ったのかもしれなかった。

かつて志摩子が、大スキャンダルで騒がれた時のことも正臣はよく知っていた。映画で共演した妻子ある男優と恋におち、男優は家を出て志摩子と暮らし始めた。志摩子はその男優の子を身ごもり、男優の妻は自殺をはかった……。

ふいに正臣は、嫉妬心というよりも、わけのわからない苛立ちと不快感におそわれた。ばかげている、と思えば思うほど、その感情はたかぶるばかりで、収拾がつかなくなった。

同時に彼は、ハイヤーの中で志摩子が打ち明けてくれた、堂本監督の話を思い出した。監督とはつきあっていたことがある、と志摩子は言った。何故、そんなことを自分に打ち明けたのか、今も正臣には判然としない。

単に自慢したかったのか。いや、志摩子はそんなことを自慢するような女ではない。過去につきあった男は、数えあげればきりがないに決まっている。それなら、何か別の意図があって打ち明けたのか。

生まれて初めてできた、恋人らしい恋人だった……志摩子はそんなふうにも言っていた。

小娘時代のことだったとはいえ、正臣には堂本監督と性を交わしたという志摩子の過去が不愉快だった。性を交わしたばかりではない、恋人らしい恋人だったというのだから、ますます不快感がつのる。

何にせよ、これだけ魅力的な女である。年齢も、結婚しているかどうかも無関係だ。

志摩子を口説きにかかる男は星の数ほどいただろう。志摩子とて、口説かれれば悪い気はせず、恋人気分を味わって、短いが濃密な恋のたかぶりを繰り返し味わいながら、ここまで生きてきたのかもしれない。

「……何か考えごとでも?」

ふいに正面から、志摩子にいたずらっぽく声をかけられ、正臣は我に返った。

「奥平さん、なんだかぼんやりしちゃって」そう言って、志摩子はからかうような笑顔を正臣に向けた。「小説の構想を練ってらしたのかしら」

「恋の悩みですよ」正臣は背筋を伸ばし、冗談とも本気ともつかぬ口調で言ってのけた。「まったく困ったもんです。いい年をして、ある女の人のことが、寝ても覚めても忘れられない」

志摩子が何か言う前に、居合わせた文芸書房の編集者たちが彼のそのひとことを聞きつけ、一斉に、どよめくような歓声をあげた。

「聞き捨てならないですねえ」と正臣の隣にいた杉村が言った。「で、聞いてもいいですか。お相手は誰なんです」

「そんなこと、この場で言えるか」

「まあ、そうですよね。それにしてもいいなあ、奥平さん。もしそれがほんとだったら、めちゃくちゃいいですよ。作家はそうじゃなくちゃいけない」

「ほんとだったら、ってのが余計だよ」

「ともかく、『虹の彼方』の奥平正臣が恋愛中、となったら、読者は喜ぶに決まってます。ここだけの話、恋愛が全然似合わない作家もいますからね」

そう言いながら、杉村は二、三の有名男性作家の名をあげてみせた。あたりに大きく笑い声がはじけ、その話題で一同、大きく盛り上がり始めた。会話に加わっていないのは、正臣と志摩子だけになった。

志摩子は屈託なく微笑み、膝の上に載せていた白い厚手のナフキンで軽く口もとをおさえた。「恋をなさってるなんて、すてきですね」

「やめてください。ただの冗談なんですから。ここにいるような編集者連中をね、時々、からかってやることにしてるんです。驚かせておいて、すぐその後でなぁんだ、と言わせるような、ね。といっても、最近では彼らのほうが慣れちゃって、奥平がまたホラを吹いてる、としか思われてないんですが」

「ホラ吹き男爵？」

「そんなところですよ」

志摩子は穏やかな笑みを浮かべたまま、軽くうなずいた。

志摩子の隣にいる石黒敦子は、杉村を相手に素人《しろうと》めいた質問の矢を飛ばしている。あの作家はどんな方なんですか、独身なんですか、感じのいい人なんですか、女性編集者と恋におちて、糟糠《そうこう》の妻と離婚した、っていうのは本当なんですか……。

杉村は時にジョークをまじえつつ、あたりさわりない形でそれに答えている。他の編集者同士も、何ごとか話に熱中している。誰も志摩子と正臣に注意をはらっていなかった。

「もし僕が今、恋をするとしたら……」と正臣は言った。志摩子を正面から見つめた。「その相手は高木志摩子さんしかいませんね」

軽口とは言わぬまでも、ちょっとした社交辞令を装ってみたにもかかわらず、志摩子は応えなかった。志摩子の視線と自分の視線とが、その時、一瞬、強烈に交わったのを正臣は感じた。

「光栄です」と志摩子はややあって言った。

つややかな笑顔が正臣の目の前にあった。志摩子の頬は薔薇《ばら》色に染まっていたが、それが社交によるものなのか、今まさに心の内側をよぎったもののせいなのか、正臣には判断がつきかねた。

九時をまわってから始まった夕食が終わったのは、十一時半近くだった。食後のコーヒーを飲みながら、正臣はさりげない口調を意識しつつ、志摩子の携帯電話の番号を訊ねた。

教えてもらえない可能性は充分、考えられた。志摩子ほど知名度のある女優が、そう簡単にプライベートに使っている携帯電話の番号を他人に教えるはずはなかった。

連絡は事務所のほうにお願いします、とやんわり断られてしまうことを念頭におきながらも、正臣はどこかで信じていた。自信をもっていた。志摩子は教えてくれるに決まっている、と。

「僕の携帯番号は先日、お教えしましたよね」

志摩子は「ええ。もちろん、ちゃんと登録してあります」と答えた。ほっとさせられるほど、無邪気な答え方だった。「私の携帯、お教えしておきますね。ええっと、あっちゃん、何か書くもの、ある？」

敦子がうなずき、バッグの中から事務所の名刺とボールペンとを取り出した。志摩子はそこにさらさらと、何のためらいもなく十一桁《けた》の数字を書きつけて、そっとテーブルの上にすべらせた。

「近々、電話します」と正臣は、内心の火照《ほて》りのようなものを隠しつつ言った。「してもご迷惑じゃないですよね」

「迷惑だなんて、全然」

「じゃあ、きっと」

はい、と志摩子はまっすぐ正臣の目を見ながら、深々とうなずいた。

第七章　志摩子

志摩子の携帯に正臣から電話がかかってきたのは、『宴』で対談してから三日後のことだった。

午後一時過ぎだった。滋男は大学に行っていたし、家政婦の吉田美津江はその時刻、近所の歯医者に行っていて不在だった。

ベランダ越しに、温かな初冬の陽が部屋の中に届いていた。日光浴をさせるため、ベランダに置いたケージの中に猫のモモを入れてやったその時に、居間のセンターテーブルの上に載せておいた携帯電話が鳴り出したのだった。

「奥平です」と言う、その声を聞いた時、志摩子は我知らず胸が躍るのを感じた。

時を空けずして正臣から連絡がくるであろうことは、志摩子には充分予測がついていた。対談後の食事の席で、彼が「近々、電話します」と言ったのも、決してその場の社交辞令ではない、という確信めいたものがあった。

「元気でいますか。といっても、ついこの間、お会いしたばかりなんだけど」と正臣は言った。声は弾んでいた。緊張のようなものは感じられなかった。彼は打ちとけていて、リラックスしていて、親密感にあふれていた。

「元気です。公演が終わって、緊張がとけるといっぺんに風邪をひいちゃうこともあるんですけど、今回は全然平気」

「毎日、何を？」

「やることはいっぱいあるのに、あんまり手につかなくて。本を読んだり、家の中を片づけたり、スーパーに買い物に行ったり……」

「志摩子さんのような方でも、スーパーに買い物に？」

　高木さん、ではなく、志摩子さん、と呼ばれたことに、気づかなかったふりをしながら、志摩子は堂々と澄んだ声で答えた。「もちろん。通いのお手伝いさんがいるにはいるんですが、私がオフの時はよく買い物に自分で行くし、料理も作るし、洗濯もするし……ふつうにやってます」

「スーパーなんかに買い物に行ったら目立つでしょう。騒がれたりしないのかな」

「全然。ジーンズにスニーカーなんかはいて、毛玉の浮いたような着古したセーター着て、くだけた恰好して行きますから。別にサングラスもかけないし……当たり前ですけどね。だいたい、世間に顔を知られてる人間が、外に出る時にこれみよがしにサングラスなんかかけちゃう、っていうのは、かえってそうしていると目立つことを自分で知ってるからだと思うな」

「なるほどね。そうかもしれない。隠れていたいんじゃなくて、目立ちたいんだ」

「そう。ふつうにしてれば、かえって目立たないのに。もっとも私は、その中でも特に目立たないほうだと思う。群衆にまぎれたら見分けがつかなくなる顔だ、って、夫からもよく言われるんですよ。舞台映《ば》えする顔でもないし、映画の時はいいんだけど、舞台でもう少し、存在感を出せればいいのに、って悩んだこともあるくらい。どっちかと言えば地味系の顔ですから」

「謙遜《けんそん》しすぎですよ、それは」

「ほんとです」

「でも、きれいだ」と正臣は間髪を入れずに言った。断定口調だった。「舞台映えなんて、関係ない。志摩子さんの場合は、きれいだ、というだけで存在感を漂わせる。みんな気づいてるんですよ、スーパーの客たちは。あ、高木志摩子だ、って。でも、騒ぐのもみっともないから、知らん顔をして、一歩、外に出たら、携帯で誰彼かまわず電話するんですね、きっと。たった今、高木志摩子を見た、何を買ってたのか、カートの中のものもしっかりチェックしたよ……なんて、しゃべりまくるのかもしれない」

志摩子は笑い声をあげ、「まさか」と言った。「私、アイドルじゃないんだから、そんなこと、絶対にあり得ないです。それに、カートの中のもの、チェックされたところで、どうってことないですもの。ふつうに生活してれば、トイレットペーパーだって、歯間ブラシだって買うし……そうね、たとえば、らっきょうの壜《びん》詰めやら納豆やら、出来合いのお惣菜《そうざい》パックだって買うわけでしょ？　キャットフードや猫用のトイレの砂もね。それに、一つ百円のシュークリームを売ってるコーナーで、ふたつにしようか、いや、ふたつも買ったら、いっぺんに食べちゃいそうだから、ひとつだけにしておこうか、なんてすごく迷っちゃったりもするし……」

正臣の快活な笑い声が、快く志摩子の耳に届いた。「猫を飼ってるんですか」

「ええ。モモ、っていうんです。十五年くらい前に拾った三毛猫」

「長生きだな」

「猫は大切に飼うと二十年近く生きるのよ」

ほんのわずかの沈黙が流れた。開け放された窓の向こう、陽のあたるベランダで、猫のモモがケージの中で気持ちよさそうに毛づくろいをしている。その白い毛に、光が燦々《さんさん》と弾け、ところどころが金色の産毛《うぶげ》のように光って見える。

マンション隣の敷地に暮らす、ピアニストの屋敷から、時折、ピアノの音色が風に乗って流れてくる。何の曲かはわからない。ふだんは激しい楽曲ばかりが耳につくのだが、その日、ピアニストが奏でていたのは、甘く穏やかで切ない、セレナーデのような旋律だった。

志摩子は次の彼の言葉を待った。何を言ってくるのか、言われる前にわかっているような気がした。

「僕とデートしてください」と正臣は言った。唐突な言い方だったが、違和感はなかった。「どこかでおいしい夕食をご一緒に」

清々《すがすが》しい、まっすぐな誘い方だった。学生のような若々しさがあった。彼の声は落ちついていて、瑞々《みずみず》しく志摩子の耳に届いた。

志摩子は笑顔を作り、「喜んで」と応えた。

それに合わせるかのようにして、ベランダのケージの中にいるモモが、ミャア、と愛らしい鳴き声をあげた。


何か楽しみな行事が控えている時や、この日この時だけはどうしても休むことができない、という時に限って、思ってもみなかったことが起こるものだ。

風邪をひく、急な発熱に苦しむ、知人が急死して、どうしても通夜に出向かなければならなくなる、あるいは家族に病人が出る……。

正臣と夕食を共にする約束の日の朝、食事の後で滋男が「なんだか熱っぽい」と言いだした。

食欲がなく、トーストや目玉焼きなどはとても食べる気がしない、というので、美津江に頼み、小鍋で簡単な湯どうふを作ってもらった。だが、滋男は小さな鍋の中のものにほんの数口、箸をつけただけだった。

「からだがフラフラする」と滋男は力のない声で言った。「雲の上を歩いてるみたいだ。どこかで風邪をもらってきたんだよ、きっと。喉も痛いし」

キッチンからは、家政婦の美津江が食器を洗う水音が聞こえていた。志摩子は食後に飲んでいた日本茶の湯呑みをテーブルに戻すと、椅子から立ち上がり、正面に座っていた滋男のそばまで行って、つと、その顔に手をあてがった。

「いやだ。すごい熱よ」

「そうか」

「インフルエンザじゃなければいいけど」

「うん」

「とにかくすぐ寝たほうがいいわ。その前に、熱計ってみようか。美津江さん、美津江さん……」

水音がやみ、「はあい」と言って美津江が姿を現した。美津江に体温計を持って来てもらい、志摩子はそれを夫に手渡した。

滋男がぐったりした姿勢のまま、着ていた黒いセーターの片方の袖を脱《そで》ぎ、脇の下に体温計をはさみこんだ。そんな姿を見るともなく見守りながら、志摩子は頭の中で、慌ただしくその日の夜のことを考えた。

夜七時に、正臣が指定した南青山の店に行くことになっていた。あくまでもプライベートな食事なので、敦子の手を煩《わずら》わせるつもりは毛頭、なかった。ひとりでタクシーを呼び、出向くつもりでいた。

滋男には、その晩、奥平正臣と食事をする、ということは伝えてある。ふたりきりの食事である、ということも。

女優である妻が、仕事がらみで知り合った男とふたりきりで食事に行ったり、飲みに行ったりすることに関して、滋男は昔からまったくこだわる様子を見せなかった。いつものように穏やかな口調で、行っておいで、と言っただけだった。

だが、このまま滋男の体調がさらに悪化して、高熱状態のまま夜を迎えるのだとしたら、と志摩子は考えた。夕食の支度を終えたら、美津江は帰ってしまう。自分が正臣と食事している間、滋男はひとり、高熱にあえいでベッドの中で呻《うめ》き声をあげている、というわけだ。

ごめんなさい、正直に言います、夫がひどい風邪をひいて熱を出してしまって、今夜、ちょっと出られそうになくなってしまったんです……そんなふうに正臣に連絡し、夜の食事を断っている自分を想像してみた。

内心の無念さを注意深く隠しつつも、仕方のないこととして、快く受け入れてくれるであろう正臣の、その時の声や口調まで想像できた。

そうすべきなのか、とふと思った。だが同時に、もしそうなれば、正臣に会えなくなって、ひどく心のこりを覚えるであろう自分のことも容易に想像できた。

よりによって今日、風邪をひくなんて、という思いにかられながら夫を見ている自分がいた。

体温計が電子音を発した。滋男はそれを覗き見ながら、抑揚のない声で数字を読みあげた。「三十八度一分」

「高いじゃない。どうする？　クリニックに行って診てもらう？　それとも横になってたほうがいい？」

「ただの風邪だよ。今日一日、様子をみて、それでもだめなら、明日、診てもらう」

「そうね」と志摩子は言った。「それがいいかな。でも私、今夜は出かける約束があるんだけど……いい？」

「奥平さんと会うんだろ？　かまわないよ。寝てるから」

そう、と志摩子は言い、夫からつと、目をそらした。内心、ほっとしていた。

正臣と烈しい恋におちていく志摩子が、自らの中にひそむ冷酷さを知った、それは最初の瞬間であった。

南青山にある隠れ家ふうのレストランは、レンガ造りの古いマンションの地下にあった。

広々として開放感あふれるスペースの他に、四人掛け用の丸いテーブルが置かれた個室が三つ。化粧室も、個室客専用のものが用意されており、会計も部屋で行われるので、終始、他の客と顔を合わせずにすむ。

テレビや映画で顔を知られている人間たちが、よく使っている店であることは知っていた。村岡優作からも、たまに女の子とのデートに利用しているという話を聞いたことがある。だが、志摩子がその店に入ったのは初めてだった。

イタリアン・モダニズムふうの、洗練されて明るい、どこか乾いた感じのするインテリアで統一された個室だった。レモンイエローのクロスがかけられた丸テーブルの向こうに、正臣が座っていて、志摩子が部屋に入って行くなり、彼は満面の笑みを浮かべつつ、立ち上がって彼女を迎えた。

黒と白のツイードのジャケットに白いシャツ、黒のパンツ姿。ネクタイはしていない。志摩子はといえば、黒のカシミアのタートルネックセーターに、黒のレザースカート。それに黒のロングブーツ。

志摩子は互いの装いが、まるで示し合わせてきたかのように似通ってカジュアルだったことに、思いがけない満足感を覚えた。

　ふたりは立ったまま、互いに上気した顔で微笑み合い、見つめ合った。店のギャルソンがやって来て、志摩子のために椅子を引いた。志摩子は正臣からいったん視線をはずし、席についた。

「来てくれましたね」

「もちろんです」

「よかった。嬉しいですよ。ドキドキしながら待ってました」

「来ないと思ってたんですか」

「あなたがここに入って来るまで、携帯の電源を切っておこうか、とどれだけ思ったかわからない」

「どうして？」

「突然、電話がかかってきて、ごめんなさい、急用ができて行けなくなりました、なんて言われるかもしれないじゃないですか。そうなったら、僕は間違いなく再起不能になっちゃいますからね」

　志摩子は笑顔のまま、「あら」と言った。「でもさっき、私、電話したんですよ」

「僕に？」

「ええ、年末のせいか、道が混んじゃって……。十分くらい、遅れるかもしれなくなって、そのことを知らせるために電話してみたんですけど、つながらなかった」

　正臣はジャケットの内ポケットから携帯を取り出し、しげしげと眺め、「ああ、よかった」と嘆息まじりに言った。「ここ、地下だから圏外になっちゃうんだ。通じなくてほんと、よかった。もし、携帯が鳴り出していたら、僕は一瞬、心臓が止まる思いをしたかもしれない」

　女を前に、その種のお愛想めいた、本気とも冗談ともつきかねるセリフを軽く口にできる男は志摩子のまわりにも大勢いる。ささやかな色香をふくんだ会話のやりとりができる男は、志摩子は嫌いではなかった。

　だが、それだけのことだった。いったん別れれば、何を話したのかも忘れてしまう。深夜のテレビで観てちょっと面白く感じたドラマが、朝起きてみれば何の印象にも残されていないのと同じように。

　とはいえ、正臣は違う、と志摩子は思った。正臣が冗談めかして口にすることは、一見、女を相手にすれば誰に対してでもやってのける社交のようでいて、実は社交に見せかけた本音なのだ、ということを志摩子は早いうちから見抜いていた。

　イタリアンとフレンチを足して二で割ったような……と正臣が言っていた通り、供される料理の数々は、堅苦しくなく、かといってくだけすぎず、量もちょうどいい具合に少なめで、どれも美味だった。

よく冷えた白ワインで乾杯をした後、赤ワインを注文したが、ふたりは食べることよりも、飲むことよりも、何よりも会話を楽しんだ。

話題は多岐におよび、次から次へと、連鎖するように変わっていった。いっときも同じ話題が続かない。

志摩子の仕事の話、正臣の仕事の話、女優について、作家について、好きな映画、好きな小説、日頃考えていること、感じていること、旅行の話、子供の頃の思い出話……。どちらかが、会話の途中で思い出したように、それに関連した別の話を始めると、話題はすぐにそちらに移行していく。笑ったり、うなずいたり、目を瞬いて感心したりしながら、自分の話をするのが楽しく、相手の話を聞くのがそれ以上に楽しい。

質問をされ、それに答え、今度は自分が質問し、答えてもらう。言葉はよどみなく口からあふれてきて、ひとつの話をしている間に、もう次の話がしたくなり、そわそわし始める。

運ばれてくる料理を口に運び、ワインを味わってはいるのだが、いったい何を口にしているのか、わからなくなってくる。志摩子はよく笑った。歯を見せながら、屈託なく笑った。

デザートの時がきて、ふたりともヨーグルトのソルベとエスプレッソを注文した。デザートメニューをひと目見るなり、深く考えもせずに互いにまったく同じものを選んだ、という、稚気《ちき》に等しい喜びを分かち合うのも楽しかった。

デザートが運ばれてくるまで、少し間があった。正臣はつと、テーブルの上に前のめりになるような姿勢をとった。「志摩子さん、手、見せてください」

「手?」

「僕、これでも手相をみることができるんですよ。ちょっとしたものなんだ」

「どこかで本格的に勉強したの?」

「自己流なんですけどね、でも、これがけっこうあたる。自分でもふしぎなくらい」

「こわいな。変なこと、言わないでね」

「変なこと、って?」

「寿命があと半年とか」

「いくらなんでも、そこまではわかりませんよ。わかるのはその人の性格とか大ざっぱな運勢とか、その程度。だから大丈夫。さ、見せて」

微笑みながら志摩子がテーブル越しに手を伸ばすと、正臣はその手を取ってしげしげと眺め始めた。

生まじめな顔をしながら、指先で掌をなぞったり、目を近づけたり、離したりを繰り返す。ちっとも性的な感じがしないはずの仕草だというのに、志摩子はかすかな羞恥《しゅうち》を覚えた。それは、否応なしに性を意識させられて戸惑った時の羞恥に似ていた。

正臣は「ああ、やっぱり」と言った。「あなたは愛される人なんだな。人気運が図抜けてる。半端じゃない。今の仕事について成功したのは当然のなりゆきですね。今までも、今現在もそうだけど、これからもずっとずっと、愛され続ける。そうはっきり、出ていますよ」

「よかった。それは嬉しいな」

志摩子は正臣を見ていたが、正臣は志摩子のほうを見なかった。何か新しい発見でもしたのか、彼は志摩子の掌の一か所に視線をとめた。かすかに眉間に皺が寄った。

「ん？　これは……」

「何？」

「いや、ちょっと待って」

「やだな、何か変なこと、見つけたの？」

志摩子は自分の手と正臣の顔の両方を交互に忙しく見ながら、彼の次の言葉を待った。

「別にいやなことじゃないけど……」

「言ってちょうだい。気になるわ」

「うん……何て言えばいいのかな……」

「言葉を選んだりしないでよ。そこまで言ったのなら、ちゃんと最後まで教えて」

「波乱運が出てる」と正臣は言った。抑揚をつけない、ぼそりとした言い方だった。

そわそわするような落ちつかない気持ちが、志摩子の胸の奥底で静かに渦をまいた。

「波乱？……どんな？」

「そこまでは僕にもわからない。ただ、志摩子さんの今後に波乱が起こる……ってことしか」

「病気するの？　事故にあう？　それとも人にだまされて、全財産、もっていかれて路頭に迷って、頭がおかしくなるの？」

正臣は笑わなかった。「波乱といっても、悪いこととは限らない。幸運なこととして考えられるものだって、波乱と呼べるんですから」

「たとえば？」

「そうだな……うまい例はとっさに思いつかないけど、たとえば、思ってもみなかった遺産を相続して生活レベルが一変するとか、思いがけず海外で暮らし始めることになるとか……」

「つまり、あなたが言っている波乱というのは、これまで続けてきた暮らし方とか生き方が、変わっていく、ってことを意味するのね？　環境の変化、ってことかな。だったら、そうね。私はあと三回くらい、結婚と離婚を繰り返して、人生を楽しめる、ってことなのかもしれない」

「そうそう、そういう意味ですよ」と正臣は陽気な口調で言った。「でも、志摩子さん、あと三回も結婚と離婚を繰り返すつもりなんですか」

「考えてみれば、うんざりね」

ふたりは顔を見合わせて、静かに笑い合った。ギャルソンがデザートを運んで来たので、その話はそこで終わった。

その時の志摩子は、さほど深くは考えなかった。波乱運がある、と言ってきたのは素人《しろうと》の正臣である。いくら手相を見ることができると自慢していたとはいえ、遊びの域を出ていないことは、充分わかっていた。

したがって、美しいガラスの容器に入れられたヨーグルトのソルベを銀のスプーンですくいあげた瞬間、志摩子はもう、波乱運ということについて考えるのをやめていた。

正臣が口にした言葉を思い出し、その言葉こそが、ふたりのたどる未来を明らかに予言していたことに志摩子が気づくのは、かなり後になってからである。

どうして、と志摩子はその時、真剣に正臣に訊ねたものだった。「どうしてわかったの。わざと当てずっぽうに言ってみたことが、たまたま当たっただけなの？　それとも、そうなってほしい、とあなたが無意識に願っていて、その通りのことを口にしたら、そうなってしまった、ってことなの？」

「あの時のあなたの手には、確かに波乱の相が出ていた」と正臣は言った。「それだけは嘘じゃない。ほんとだよ」

「じゃあ、あなたは私たちの未来を予言したことになる」

「そうだね。ふしぎだよ。自分でもよくわからない」

こわいな、なんだか、と志摩子は言い、並んで座っていたソファーの上で、大きく身体を崩すと、正臣の膝に顔を押しつけた。「あなたには未来が見えるの？　そういう人だったの？」

見えないよ、そんなもの、と彼は低く言った。言いながら、彼女のうなじを愛撫した。

「言っただろう？　手相について、自己流にちょっと勉強しただけなんだ、って。俺にはなんにも見えないし、あなたとこうなった以上、俺が見たいと願う未来以外のものは、何ひとつ見たくない」

「もしも私たちの未来が見えて、それが幸福な未来だったら、すぐに教えてちょうだい。でも、不幸な未来だったら、絶対に言わないで」

「俺たちに不幸な未来がある？」

「あるかもしれない」

「たとえば？」

「……どちらかが先に死ぬとか」

「別にそれは不幸じゃないよ。残されたほうが、すぐにあとを追えばいい。他には？」

「どうしようもない事情ができて、別れなくちゃいけなくなるかもしれない」

「どうしようもない事情、って?」

「そんなの、わからないわよ」

やめようよ、もう、と正臣は少し不機嫌そうに言った。「俺たちに不幸な未来なんて、ない。あるわけがない」

ふたりが背負った波乱は、しかし、その時点ですらまだ、子供だましの漣《さざなみ》のようなものでしかなかった。たとえて言えばそれは、人のいない、静かな海辺に寄せては返しているだけの穏やかな漣だった。

だが漣は、時を経ずしてたちまち大きくうねり始めた。荒々しい波をたて、水底に沈んでいた砂までも巻きあげ、呑みこんだ。天空に稲妻が走り、あたりに雷鳴が轟《とどろ》いて、岩を砕く勢いの波の音がそこに重なった。

そしてそれは、文字通りの〝波乱〟であった。


その晩、風邪をひいて自宅で寝ている滋男のことを、志摩子が気にしていないわけではなかった。

出がけに寝室を覗くと、滋男は赤い顔をして苦しげに目を閉じていた。額に手をあててみた。熱はまったく下がっていない様子だった。

食欲がなくても、美津江が作ってくれた卵粥《がゆ》を食べるように、と言いおいて、寝室から出ようとした。戸口でふり返り、なるべく早く帰るからね、と言い添えた。

滋男は、うん、と言って、寒そうにふとんの中に顔をうずめただけだった。

正臣とすごす時間は瞬く間に流れていって、気づくと時刻は午前零時を過ぎていた。いくらなんでも、あと少ししたら帰らねばならない、と志摩子は思った。

滋男はどうしているだろう、とふと思った。だがそう思うだけで、そこに何ら、罪の意識はなかった。そろそろ帰ったほうがいいだろう、と思っただけだった。それは、ある流れの中で当然、人が考えつくであろう、言わば予定調和的な感覚……翻って言えば、誰の中にも備わっている、常識に近いものでもあった。

南青山のレストランを出た後、正臣が志摩子を連れて行ったのは、西麻布の住宅地の中にひっそりとある、目立たないバーだった。

正臣は以前、『虹の彼方』が単行本として出版された際、そのバーにある個室を使って男性誌のグラビアの撮影をし、インタビューを受けたのだ、と言った。以来、一度も来ていない、でもまさか、ここに志摩子さんを連れて来ることになろうとは夢にも思っていなかった、と彼は言い添えた。

正臣が、秘密めいた個室のあるバーに、足しげく通いつめているような男でなかったことを知って、志摩子は自分でも驚くほど嬉しく思った。

様々な媒体で顔を知られている志摩子のような人間にとって、人の目を気にせずに飲食できる個室はありがたい。だが、その種の個室を用意している店に、日替わりメニューのようにいろいろな女を連れて来ては口説いている男はいやだった。もしも正臣がそうだったとしたら、自分は失望していただろう、と志摩子は思った。

この人の過去……とりわけ異性関係はどんなものだったのか、と志摩子は酔いにまかせ、正臣を前にしながら、想像の翼を広げた。

結婚してから、女と何ら深いかかわりをもたずにきた男とはとても思えない。かといって、遊びにしろ本気にしろ、短期間の恋愛をいたずらに繰り返してきた男のようにも見えなかった。

正臣を見ていて、いろごと、という言葉は連想しにくかった。そのくせ、性的なことに関して、秘密めいたふしだらな印象も受けなかった。彼は充分に健康的だったし、充分に清潔な男の色香を湛《たた》えているように見えた。

作家、という特殊な職業につき、しかも愛や死や男女の心理を克明に描き続けてきた男である。その私生活が、妻や家庭に寄り添うだけの謹厳実直なもの、微温的な平和ばかりが意識されたものであるはずもない。

とはいえ、つまらぬ自尊心のためだけに、遊びたくもないのに遊んでは、男の性を誇示してみせようとする愚かな男ではなさそうだった。それだけは確かだった。

五階建てのビルの一階。L字に伸びたカウンターのある、うすぐらいスペースを抜けて奥に行くと、廊下をはさんで両側に、個室が四部屋並んでいる。

個室といっても、入口部分が大きくくりぬかれたようになっているだけで、扉はついていない。遮るものは何もないのだが、室内がさらにうすぐらいため、廊下を行き来する人間の目にも、中に誰がいるのかはまるで識別できない。

それぞれの室内は、雪で作った仄白《ほのじろ》いかまくらを連想させる造りになっている。狭く、天井も低い。

小さく半円を描く白い壁にそって、黒い革張りのソファーが造りつけられている。室内には妖《あや》しげなアラブふうの音楽が低く流れている。目の前の小ぶりの円形テーブルには、円筒形の大きな蠟燭《ろうそく》が立っていて、ちろちろとした焔《ほのお》を揺らしている。

「たくさん、恋をしてきたんだろうな」

ふいに正臣がそう言ったので、志摩子は思わず首を横に向け、彼の顔を見つめた。彼もまた、その時、志摩子を見ていた。

「私のこと？」

「もちろん」

「若い頃はそりゃあ、恋のひとつやふたつ、したわ」

「ごまかさないで。今は？」

「今？」

「恋愛中？」

志摩子は笑みを浮かべ、正臣を見つめ返した。「何が聞きたいの」

「誰かと恋愛をしていますか、と聞いているだけ」

志摩子は笑みをくずさぬまま、ゆっくりと首を横に振った。

「嘘だとしても、嬉しいですよ」

「嘘じゃないわ」

「あなたは多分、恋多き人だ。結婚しているいないに関係なく、常に誰かと恋愛している……そんなふうに見える」

「かいかぶりすぎね。仕事ばっかりの人生だったのよ。仕事中心に慌ただしく人生が動いていって、膨大な時間が流れ去って、気がついたら、今ここに自分がいる。それだけ」

「僕はあなたの過去について知らないわけじゃない」

加地謙介のことを言っているのだ、とわかったが、志摩子は気づかなかったふりをした。「堂本監督のことでしょ。私から告白したのよね。それにしても、どうしてあの時、奥平さんに打ち明ける気になったのかな。打ち明ける必要なんか、全然なかったのに。……なんとなく、そういうことを知ってほしかったのかもしれない」

「そう思ってくれたのは嬉しいけど、志摩子さんの過去については、一度耳にするとなんでも気になる。それに、僕が言ってるのは、堂本さんのことじゃなくて、別の人のことですよ」

志摩子はボウモアのオン・ザ・ロックに少し口をつけ、うなずいた。「知らないはず、ないわよね。あれだけ騒がれたんだから」

「あなたはさんざん叩かれましたね」

「おかげで、世間から誤解されたり、悪者扱いされたり、追いかけられて後ろ指さされたりすることには免疫ができたわ。こんな言い方、女子大生が口にするみたいに青臭いのかもしれないけど、孤独、っていうことがどんなものか、よくわかったし」

「孤独？」

志摩子はゆっくりと瞬きをしながら、目の前で揺れている蠟燭の焔を見つめた。「つまらない言葉よ。手垢がついてる。いまどきの甘ったれた嬢ちゃん坊っちゃんが、お手軽に使いそうな言葉よね。単にさびしい、ってことの裏返し。さびしいのなら、自分から進んで人の中に入っていけばいいだけのことなのに。でもね、そういうことではなくて、みんなに見つめられながらの孤独っていうのがあるのよね。自分が自分ではなくなるみたいな、私という人間の着ぐるみを着た別の虚像がどこかで生きてて、その人物について世間から非難を浴びてるような……そんな他人事みたいな孤独感」

正臣の視線を感じた。志摩子は言葉をとぎらせ、軽く吐息をついた。「流産したせいで、体調がすごく悪くなって、寝たり起きたりの生活になったの。仕事を幾つかキャンセルしてるうちにね、まったく新しい仕事が入ってこなくなっちゃって。世間の、私に対するイメージがかなり悪くなってたから仕方がないんだけど。そんな時、古くから知ってた或る映画監督に、映画の仕事で声をかけられたの。それが、なんていうタイトルの映画だったかわかる？」

いや、と正臣は志摩子を見つめたまま言った。「わからない」

「『温泉芸者ふんどし日記』……」

「ひどいな」

「別にひどくないわ」志摩子は笑ってみせた。「そんなものよ。異性問題で世間から糾弾されて、仕事を干された女優を拾いあげては、何かの商売にしたがる人はたくさんいる」

「ポルノだったの？」

「そこまでいかない。タイトルは過激だけど、中身はソフトなお色気コメディかな。もちろん断ったわ。でも、変ね。ちっとも悪い気はしなかった」

「なぜ」

「どんなことをしても、女優をやりながら生きていく道はあるんだ、ってわかったから」

正臣はうなずいた。沈黙が流れた。くりぬかれたアーチ型の出入口の向こうを、一対の男女が歩き過ぎていくのが見えた。着ているものも、姿も顔も、すべてがうすぐらい影にのまれていて、もの言わぬ亡霊が音もなく通り過ぎて行ったかのように見えた。

正臣の腕が肩にまわされるのを感じた。驚かなかった。志摩子はそれをやわらかく受け止めた。

「あなたのそういうところが好きだ」

「そういうところ、って？」

「一生懸命さ、って言うのかな。それもぎすぎすしてる懸命さではなくて、少女みたいな透明感がある懸命さ」

「少女みたいな？」

「まっすぐな人だ」

「そう言うあなたも、まっすぐね。よく伝わってくるわ」

「本当はねじくれてる」

「そう？」

「あなたを前にした時だけだ。こんなにまっすぐな気持ちになれるのは」

正臣の、志摩子の肩にまわした手にわずかに力がこめられた。

「もう我慢できない」と彼は低く呻くように言った。

何が起こるのか、起こる前からすべてわかっていたような気がした。志摩子はからだをやわらかくしたまま、正臣のくちびるがまず耳朶《じだ》のあたりに触れ、そっとすべり落ちていくようにして首すじを這い、やがてこらえきれなくなって志摩子のくちびるを塞《ふさ》いでくるのを受け入れた。

からだの奥底に、幸福な火照《ほて》りのようなものが生まれるのを覚えた。何か言いたかった。だが、何を言えばいいのか、わからなかった。

何も考えていなかった。この出会い、このゆらめくような悦《よろこ》び、何かが始まるという烈しい予感……そうしたものについて、あれこれ思いをめぐらせることもなかった。ただ、正臣のくちびるを感じることだけがすべてであった。

志摩子は自ら、身体を傾けるようにして正臣のくちびるを求めていった。それに応えて返ってくる、彼の熱い思いがまっすぐに伝わってきた。

にもかかわらずふたりは、それ以上、近づこうとはしなかった。互いの手の置き場所に困り果てつつも、示し合わせたかのように黙ったまま、くちびるを貪《むさぼ》り合うことだけに溺れていた。

第八章　正　臣

決して愛してはならない人を愛した男の心情を「至高の禁を犯す」という言葉を使って表現した作家がいた。三島由紀夫である。

至高の禁……いい言葉だ、と正臣は思った。

このうえもなく高いもの……それはふつう、身分や家柄の点で、圧倒的に雅《みや》びな立場にいる女を意味する。愛することばかりか、そこに向かうこと、それ自体を一も二もなく禁じられている女である。

自分はどうなのか、と彼は考えた。志摩子に向かう気持ちは、至高の禁を犯すに似たものなのか。志摩子は愛してはならない女なのか。志摩子に夫がいる、というだけのことではなく、志摩子という女優、志摩子という女それ自体を愛するのは、許されないことなのか。

むろんそこには、自分に妻があり、家庭がある、ということも含まれていた。そうした幾多の現実のしがらみがありながら、これほどまで深く志摩子に溺れ、志摩子に向かおうとするのは間違っていることなのか。

答えは出なかった。すでに気持ちが前のめりになってしまっている。許す許されるなど、そんなことはもう、どうでもよくなっている。第一、いったい誰が許すのか、誰に許しを乞《こ》わねばならないのか。

真由美と結婚する前、結婚した後の、それぞれの自分が、女たちとどのようにかかわってきたか、正臣は思い返してみた。

結婚前、まだ大学生だった頃、ひとつ年下の女子大生と恋におちた。生まれて初めての、烈しくも甘やかな恋だった。彼女は熊本にある、大きな造り酒屋のひとり娘で、跡継ぎをとらなくてはいけないという立場にあった。

少女時代から、婿《むこ》をとることを使命と感じるように教育されていたようだった。にもかかわらず、彼の情熱を受け入れることに、何のこだわりも見せなかった。

そうした、育ちのいい奔放さが、たちまち正臣を魅了した。ふたりは、将来のことをさして深く考えないまま、恋愛感情を育んでいった。

ある時、別の男の存在を彼女から打ち明けられた。将来、両親が婿養子として迎えたがっている、という男で、見合いのような形で引き合わされ、すでに何度か逢瀬《おうせ》を重ねている、ということだった。

彼女は泣いた。どうしたらいいの、と彼にすがるようにして聞いてきた。

聞かれても答えられなかった。造り酒屋に婿入りする気はなかった。彼女を愛する気持ちとそれとは、別の次元の問題だったし、そこまで思いつめながら、なぜ彼女が家を飛び出してくることができないのか、ふしぎでならなかった。

それをきっかけに、関係が崩れ始めた。憑《つ》き物が落ちたように、正臣の中の彼女への想いは急速に冷めていった。

以後、恋人と呼べる女をことさら求めたいとは思わずにきた。結婚も考えなかった。それでも時折、待っていたかのように性を交わし合える相手が現れた。遊びなのか本気なのか、どっちだってかまわない、考えてみる必要性も感じない、というような相手であった。

そういう相手と、一時期、恋人気取りになって、ままごとのように互いの部屋を行き来し合ったこともあった。だがすぐに飽きた。いや、飽きた、というより、もともとほれてもいない相手なのだから、飽きようもない。ただ単に自分はその女の傍《そば》を通りすぎただけなのだ、と彼は考えていた。

だが、食品会社のＯＬをしていた真由美と出会った時、正臣はそれまで経験したことのない、穏やかな悦びと安堵《あんど》のようなものを感じた。

それは、平らかで何の障害物もない、遥かな青い地平に向かい、まっすぐに進んで行こうとする時の、静かな悦びに似ていた。足もとに、久々に温かな水が流れてきて、乾ききっていた土を湿らせ、自分自身を瑞々《みずみず》しく息づかせてくれたようにも感じられた。

家庭をもつ、ということをいたずらに否定したくはなかった。まともに生きていきたければ、誰だってそうする。頭でっかちの観念に溺れながら、阿片窟《あへんくつ》に通って阿片を吸い続け、廃人のような人生を送りたいなら、そうすればいい。だが、さしあたって俺は御免こうむる、と彼は思っていた。

結婚後は、作家としての仕事が多忙になった。書いているか、編集者と会っているか、雑誌や新聞や文芸誌の取材を受けているか、いずれかの毎日だったというのに、どういうわけか、異性と知り合う機会が多くなった。

軽い気持ちで誘ったり誘われたりした。食事をしたり酒を飲んだり、話題のコンサート、映画を観に行ったりすることはよくあった。酔った勢いで、独り暮らしをしている女の部屋に行ったり、広尾に借りている仕事場に連れこんだりしたこともないわけではなかった。そればかりではなく、真由美には取材旅行と偽って、一泊二日の小旅行に出たこともあった。だが、それだけだった。

好きでも嫌いでもない女を、単に容姿が好みである、というだけの理由で抱いたからといって、気持ちの中に熱いものが蠢《うごめ》き始めることなど、あり得なかった。熱くたぎるものが生まれないからといって、失望することもなかったし、よりいっそう熱いものを求めたいとも思わなかった。

長い間、正臣のまなざしは色恋や女ではない、別のものに向けられていた。とはいえ、別のもの、というのは何なのか、と誰かに問われても、彼には答えられなかった。

それは人生の成功でもなく、安定でもなく、微温的な安らぎでもない。かといって血が躍るような冒険でもなく、賭けごとでもなく、死と隣り合わせの戦場を走り抜けて行く時の爽快《そうかい》感でもなかった。

それはもっと別のもの、あれでもこれでもない、説明不可能な、いわばものごとの本質と言ってもいいようなものかもしれなかった。

決して手に入れることができない、とわかっているものばかりを睨《にら》みつけ、威嚇《いかく》し、それでもいつかはこちらになびいてくれるかもしれない、と期待し、やっぱりだめだ、と諦めては再び、淡い希望を抱く……その繰り返しを続けてきただけのようでもあった。

かつて、家出を繰り返していた母を想っていた時の気分に、それはとてもよく似ていた。

正臣の父は、今でこそ引退して悠々自適に暮らしているが、その昔、函館市内で材木業を営んでいた。父方の一族は、裕福な暮らしをしていることで、地元でも有名だった。

祖母はもと売れっ子の芸者。父の姉……正臣の伯母も芸者で、父方の祖父は置き屋を経営し、羽振りがよかった。置き屋を廃業してから親子で材木業を始めた。祖父か父か、いずれに商才があったのかは不明だが、商売はすぐに軌道に乗った。

母は日高《ひだか》地方にある貧しい牧場に生まれた娘で、その頃、函館の小料理屋で働いていた。母を見そめた父がその店に通いつめ、母が抱えていた借金を返してやり、結婚した、という話だった。

夫婦関係がうまくいっていた時、母は父の仕事を手伝っていた。経理の勉強をし、帳簿をつけ、雑用を一手に引き受けた。だが、そのうち父と諍《いさか》いが絶えなくなると、母は堂々と入金をごまかして、自分の遊興費として使うようになった。

大した金額ではなかったものの、それを知った父は激怒し、こっぴどく母をなぐりつけた。鎖骨にひびが入って、母は呻《うめ》き声をあげながら痛がったが、それでも、近所の目があるから、と祖母に病院に行くことを禁じられた。

どうやって連絡をとったのか、前の職場だった小料理屋の板前に窮状をうちあけ、母は傷ついたからだを引きずってその板前の部屋にころがりこんだ。板前と母とは、かつて男と女の関係にあった様子だった。

母は家にいる時もあれば、いない時もあった。どんな時にいなくなるのか、あるいは、どんな時に、家にずっといてくれるのか、そこに一定の法則、基準のようなものはなかった。

正臣が学校から家に帰る。ただいま、と玄関先で声を出す。家の中がしんとしている。

奥からのそりと祖母が出て来て、おかえり、と言う。不機嫌そうな言い方である。おかあさんは、と聞きたくなるのをおさえて、彼は黙ったまま靴を脱ぐ。祖母の不機嫌な顔つきから、また母はいなくなったのだ、とわかる。

手を洗いに行くふりをして、祖母の目を盗みつつ、両親が寝室として使っていた部屋に行ってみる。きちんと整頓《せいとん》されている。家にいる時は、いつもハンガーに掛けて壁に下げられていた母の白いネグリジェがなくなっている。木製のハンガーだけがそこに残され、彼は母がまた、家を出たことを知る。

かと思えば、彼が学校から帰ったとたん、ふだん着姿の母がエプロンをつけて現れて、浮き浮きとした口調で言う。

「正臣、遅かったじゃない。待ってたのよ。おかあさん、これからホットケーキ焼くの。フライパンでひっくり返すの、あんたがやってみて。うまくできたら、ごほうびに、おかあさんの分も半分、あげるから」

父や姑《しゅうとめ》との関係がうまくいっている時の母は、元気で、溌剌《はつらつ》としていて、すぐれた主婦顔まけに家の中のことをきちんとこなした。眠る間も惜しんで、正臣と兄のためにそろいのセーターを編んでくれることもあった。

だが、セーターが編みあがる前に、母はまたいなくなる。からっぽの家に、袋に入った編みかけのセーターだけが残される。いつ帰って来るのか、父に聞いても祖母に聞いても答えてくれない。

父は癇癪《かんしゃく》をおこして「のこのこ帰って来やがったら、ぶんなぐってやる」と息まく。本当に母をなぐりそうな勢いでそう言うので、正臣はこわくなる。今、帰って来たら、おとうさんになぐられるから帰って来ないでほしい、と思う。

だが、そういう時に限って、母は何を思ったか、憔悴《しょうすい》した顔をして戻って来る。あんたたちに会いたくなって、などと言う。言いながら、着ていたコートのポケットに手を入れ、ゼリービーンズやマシュマロ、チョコレートなどの菓子が詰められた小さな紙袋を取り出して、正臣に手渡す。母は泣きそうな顔をしている。

父が正臣と兄に向かって「おまえたちは外に出てなさい」と言う。祖母も「さあ、外に出て。遊んでおいで」と兄弟の尻をたたいて促す。

正臣は言われた通り、兄と共に外に出る。兄とふたり、母からもらったばかりの菓子袋を開け、マシュマロを口にふくむ。だが、味などしない。

母が父になぐられている様子を想像し、涙があふれてくる。母を守ってやりたいと思う。だができない。母はなぐられて当然なのだ、とする、意地悪な思いがあるからである。

よその男と一緒にいるために家出を繰り返すような母親なんか、守ってやる必要はない……そう思いながら、それでもやっぱり、母恋しさに泣けてくる。

ホットケーキを焼いてくれたり、セーターを編んでくれたり、正臣、正臣と呼んで可愛がってくれる、そばに寄るといつもいい匂いのする母が、一年三百六十五日、片時も離れずに自分のそばにいてくれれば、どんなにいいか、とひそかに思う。

それなのに、母はやっぱり家出を繰り返し、最後は身体をこわして、よその男のところで息を引きとった。母から自宅に送られてきた正臣あての手紙も、祖母が読ませてくれなかった。息子でありながら、母の葬式にも行かせてもらえなかった。

正臣は、そんな子供時代の自分自身、母との関係を長々と志摩子相手に語った。途中で話題を替えたり、冗談まじりに深刻さをごまかそうとしたりもしなかった。目の前に運ばれてくる料理を味わうことすら忘れて、彼はまっすぐに生まじめに語り続けた。

すべてを聞き終えた時、志摩子はおもむろに言った。「あなたにはきっと、潜在的な不安があるのね。愛した人間が、いつ忽然《こつぜん》と消えていなくなるかわからない、っていう不安が。どんなに深く愛しても、愛されても、その人はずっと自分のそばにいてくれるとは限らない、いつかふっといなくなってしまうこともある、って、あなたは思ってる。あなたのおかあさんは、あなたを愛していながら、時々、いなくなっちゃう人だった。おかあさんの愛は疑わないし、自分のおかあさんに向けた愛も疑ったことは一度もないんだろうけど、それでもあなたは、最愛の人が、ある時、突然、いなくなってしまうことを子供の頃に覚えてしまった。そしてそのまま大人になって、今のあなたがここにいる……。そうなのね」

返す言葉がなくなった。正臣は感動のあまり、身動きできなくなる自分を感じた。

クリスマス・イブだった。混み合うことが予想されるようなフレンチやイタリアンの店を避け、ふたりは渋谷のはずれにある和食店の個室ですごした。志摩子が以前、先輩女優から紹介されて使ったことがある、という店で、店主が小うるさく話しかけてくることもなく、料理を運んで来るおとなしい娘がいるだけの、静かなところだった。

掘炬燵《ごたつ》になっているテーブルの上には、その時、温燗《ぬるかん》の入った白い徳利《とっくり》が置かれていた。食後のメロンを食べ終えてなお、最後にあと一本、飲みましょう、ということで注文した酒だった。

黙りこくってしまった彼を前にして、志摩子がそっと徳利を手にし、促すような目で彼を見た。彼は猪口《ちょこ》を差し出したが、注がれた酒には口をつけなかった。彼の目は志摩子しか見ていなかった。

「驚いたな」

「何が」

「あなたは、まったく、すごい人だ。今、あなたが言ってくれたこと、あんまりその通りなので、感激して……なんて言えばいいのか、言葉がみつからない」

志摩子は微笑した。「きっと私が、あなたに対して素直になれるからよ。だからあなたのことがわかるのよ」

「もともと僕はあんまり、自分のことは人に話さなかった。どんなに親しくなった人にもね。まして、おふくろのことを話した人間はすごく少ない」

志摩子は黙ってうなずいた。

「でも、あなたに話したかった。話したくなった。聞いてもらいたかった」

「話してくれて、嬉しかった」

志摩子が欲しい、と正臣は唐突に思った。自分の中で烈しく渦をまいている恋しい気分、志摩子という女に向かっていき、さらに深く彼女を知って、混ざり合って、ひとつになりたいと願う気持ち……それらのきわめて精神的な渇望感が、彼の中の性的な欲望をつのらせた。

すでに志摩子とは、その前に会った時にくちづけを交わし合っていた。ふたりきりで会うのはまだ二度目である。なのに、互いの距離は縮まるだけ縮まっていて、互いに触れ合わずにいるのはたいそう不自然なことに感じられた。

正臣は猪口をテーブルに戻すと、まっすぐにためらうことなく右手を伸ばし、志摩子の手を求めた。志摩子はすぐに察したらしく、おもむろに、そこに自分の掌を重ねてきた。

「キスしたい」と彼は素直に言った。

志摩子はうなずいた。瞬きすることを忘れたようになったその目が、潤んだように輝くのがわかった。

テーブル越しに正臣は身を乗り出した。それを受けるようにして、志摩子も前かがみになった。

志摩子の頬を両手で包み、そのくちびるにくちびるを寄せた。志摩子のそれはやわらかくふくらみながら、彼を受け入れた。ふたりの口腔《こうこう》はたちまち蜜と化した。

「この店を出たら」と彼はくちびるを触れるか触れないかのところで、とどめておきながら、低い声で言った。「広尾にあなたを連れて行くよ」

「広尾？」

「僕の仕事場」

ああ、と志摩子は目を細め、声にならない声をもらした。「いいの？」

「いいも悪いも、僕の仕事場なんだ。あなたに見せたい」

酔いのせいか、中腰になっている身体が少しふらついた。彼は少し笑ってからテーブルに両手をついて上半身を支えた。そして首だけを傾け、志摩子のくちびるをまさぐるようにしながら、キスを続けた。

互いのくちびると舌とが互いの中に吸いこまれ、溶け合っていくような感覚があった。寸分のすき間もなく、口の中が互いのもので埋めつくされていくのがわかった。志摩子がかすかに喘《あえ》いだのが感じられた。

志摩子はいったん、正臣から顔を遠ざけるような姿勢をとったかと思うと、軽く彼を睨みつけるようにして言った。「お願い。そんなに素敵なキスをしないで」

「どうして」

「困るわ」

「どうして困る」

志摩子は、途切れ途切れに吐き出す息の中で言った。「あなたが……ほしくなってしまう」

この人は、とその時、正臣は思った。震えんばかりの感動を覚えた。なんて素敵なんだ、なんて、すばらしいことを口走るんだ、と。


広尾の住宅街の中に建つ低層マンションの三階に、正臣の仕事場はある。ベランダのついた南東の角部屋。六〇平方メートルほどの広さの１ＬＤＫである。

食事を作ることは一切ないので、キッチンにあるのは最低限必要な食器類とコーヒーメーカー、それに古びてしまったケトルだけ。冷蔵庫の中にはビールとミネラルウォーター、もらいもののワインの他、健康のために毎日飲め、と言われて真由美から定期的に手渡される青汁の缶しか入っていない。

ＬＤＫ部分が仕事コーナーである。三面ある壁のうち二面は、特注で作らせた天井までの大きな書棚で占められている。

デスクトップ型のパソコンとコードレスホンの子機を載せているのは、横長の美しい佇《たたず》まいを見せるマホガニーの机だ。イタリア製で、この仕事場ではもっとも高価な家具といえるが、引き出しが少ない。そのため、こまごまとした書類やら小物やらが、いつのまにか床に散らかり放題になってしまう。

他には来客用の布張りのソファーと肘《ひじ》掛け椅子、正方形のガラスのセンターテーブル、液晶テレビ、ＤＶＤデッキ、ＣＤデッキ、ファクシミリ、枯れかけたポトスの鉢植えなど。それだけ入れればもう、足の踏み場もない。

その代わり、廊下の向こうにあるクローゼット付きの八畳ほどの洋間には、中央にダブルベッドをひとつ置いているだけだった。

この仕事場に寝泊まりするのは、平均すると月のうち十回ほど。締切りが重なったり、長編の大団円部分にさしかかったりした時は、家と仕事場の往復それ自体が億劫《おっくう》になり、週末に娘たちの顔を見に自宅に戻る程度で、あとはずっと仕事場暮らしになることもある。

少しでも明るいと眠りが浅くなるたちなので、窓には完全遮光の紺色のカーテンをさげている。寝室の壁に、額装されたデュフィのリトグラフが一枚。青い部屋の中にある、青く美しいピアノを描いた作品で、このリトグラフが唯一、仕事場の殺風景な雰囲気を救っている。

妻の真由美は、正臣が呼べばやって来るが、黙ってここを覗きに来るようなことを決してしない女だった。自分も仕事をもっていて、そんな余裕はない、というのが大きな理由であるが、作家である夫の聖域を頻々《ひんぴん》と訪れて、かいがいしく世話をやく妻、という役回りから逃れていたがるところが真由美にはあった。

偶然ではあるにせよ、そのことが正臣を安堵させていた。彼は志摩子とふたりきりになりたいだけなのだった。人の目につかない場所で、ただ単に、志摩子とふたりきりになり、抱き合い、寄りそい合っていられれば、それでいいのだった。

かといって、世間にこれだけ顔が知られている女とふたりきりになるために、いきなりシティホテルの部屋を予約する、というやり方は、どこかしらあさましく、彼の流儀ではなかった。今はまだ、この、自分の仕事場で密会する、というのが志摩子と自分にとって、もっとも自然でふさわしいことのように思えた。

「落ちついてて、居心地のよさそうな仕事場ね」

志摩子は部屋に入るなり、そう言って目を輝かせながら室内を見渡した。頬が薔薇《ばら》色に染まり、つややかに輝いている。酒が少し入っただけで、志摩子の顔、志摩子の表情はいっそう輝きを増す。

「でも、見ればわかる通り、いつも散らかってるんだよ。ろくに掃除もしてないしね。本と仕事関係のものしか置いてないから、ここに来ると、仕事するしかなくなるんだ」

「この他に寝室が？」

「そう」

「ひとりで使う仕事場だったら、ちょうどいい広さね」

「かもしれないね」

志摩子はわずかにAラインを描いているクリーム色のニットコートを脱ぎ、それを軽くたたんで肘掛け椅子に載せるなり、くるりと正臣を振り返りながら、「こら」とふざけた調子で言った。「ここに、女の人、連れて来たことがあるでしょう」

「ええっ？　ないよ、そんなこと全然……」

「嘘。正直に言って。何回くらい、連れて来た？」

正臣は笑い、首を横にふり、何をどう言えばいいのかわからなくなって、また笑った。志摩子もつられたように笑いだした。

とてつもない幸福感が、正臣を充たした。今、あろうことか、志摩子はやきもちを妬《や》いてくれている。可愛い猜疑《さいぎ》心を燃やしてくれている。この俺に。

たとえそれが芝居がかった口調だったとしても、どれだけふざけた言い方だったとしても、この部屋に正臣が女を連れこんだのではないか、と彼女が一瞬にせよ、疑ったのは事実であるに違いない。

幸福だった。これ以上の幸福はないように思われた。

「もっと妬いてほしいな」と正臣は言った。「あなたに妬かれるのは、ものすごく嬉しい」

「おかしな人」

「僕のことをなんとも思っていなければ、やきもちも妬かないでしょう」

志摩子はくすくす笑って、彼を見あげた。「それはその通りね」

「じゃあ、なんとも思っていない、というわけじゃないんだ」

「謙遜するのも限度があるわ。しすぎると厭味《いやみ》よ」

ああ、と正臣は言い、志摩子の両腕をつかんだ。「そんなふうに言われると、あんまり嬉しくて、気が変になりそうだ」

志摩子はくちびるをへの字に結び、叱るような表情を作って正臣を見あげたが、やがてふわりと表情をほころばせた。

彼女は美しい笑みを浮かべながら、「で、どうなの？」と聞いた。「何回くらい女の人をここへ？」

二回、と彼は言った。正直な答えだった。

その時、相手とここで何をしたかも志摩子に教えた。一回目の相手は酔ってソファーで寝いってしまい、二回目の相手とはベッドまで行ったけれど、自分のほうが気持ちが悪くなって、何もせずに帰ってもらった……と。

「でも、もうそんなことも全部、忘れた」と彼は言い添えた。本当だった。名前も顔も思い出せない。「志摩子さんと出会う前のことなんか、もう全部、覚えていない。どうでもいいことばっかりだった」

「わかったわ」と志摩子は言った。「正直な人ね」

「あなたに嘘はつきたくない」

志摩子はうなずいた。くちびるがわずかに開き、透明感のある白い歯がのぞいた。

「特別に許してあげる」

幸福で幸福で、声をあげてしまいそうだった。正臣はその場で志摩子を強く抱きしめた。志摩子がいつも漂わせている香りが、彼の胸を高鳴らせた。甘く清潔な、それでいて妖艶《ようえん》さを潜ませている香りだった。

キスをしながら、志摩子の髪の毛の中に両手をすべらせると、志摩子もまた、同じように彼の頭を両手ではさみこんできた。

志摩子の頭の感触が、正臣の掌に伝わってきた。自分の頭の感触も、そのすべてが志摩子に伝わっているのだ、と思った。髪の毛の一本一本にまで性感があって、全身がその愉楽《ゆらく》のために震えだすのではないか、とさえ思われた。

この部屋に、この仕事場に、あの有名な女優の高木志摩子がいる、いるだけではなく、自分の腕の中に包まれ、接吻《せっぷん》し合いながら小さな喘ぎ声をもらしている……そんなふうに考えてみようとしたのだが、できなかった。

胸に抱きしめ、接吻し続けている相手が、女優の高木志摩子であることを正臣は忘れていた。今まさに目の前にいて、自分が溺れているのは、女優でも誰でもない、これまで出会ったこともないほど魅力的な、ひとりの女であった。

ふたりは抱き合ったまま、ソファーの上にくずれおちた。座った姿勢で抱擁し合い、接吻を繰り返し、身も心も解き放たれて、気がつけば正臣は、志摩子がその時着ていた黒いレース地の薄手のセーターの胸に手を這わせていた。

志摩子はすばらしく官能的にそれに応えた。その種の状態に陥った時、身体だけが火《ほ》照《て》り、頭の中が冷めている、という女は数多いが、志摩子のどこをどう観察しても、冷めている部分など見つけることはできなかった。

この後、どうなるのか、と正臣は、志摩子のセーターの裾から手を入れて、レースの下のつるつるした感触のキャミソール越しに、下着に包まれた乳房に触れつつ、遠のくような意識の中、考えた。

どうしたい、と聞かれれば、答えはひとつしかなかった。志摩子がどうされたいと思っているか、と自問してみても、その答えもひとつだった。

彼は彼女の背に手をまわし、その乳房を包んでいたものを思いきりよく取りはずした。掌と指先に、志摩子の温かな乳房の感触が拡がった。やわらかいが弾力のある、形のいい、とても四十八歳とは思えない乳房……豊かすぎず、小さすぎもしない、まさに志摩子その人を象徴するかのような、女らしい乳房だった。

レース地のセーターをたくしあげ、彼は乳首を指先で愛撫してから、口にふくみ、舌先で転がした。志摩子は彼の肩につかまってのけぞるようにしながら、小さく喘いだ。「あなたのやることのひとつひとつが」と志摩子は口走るようにして言った。「私を感じさせる」

わかるんだ、と彼は言った。あなたのすべてがわかるんだ、と。

気持ちが烈しく昂揚し、彼は過度の興奮状態にあった。何が何だか、わけがわからなくなるほどの興奮だった。

「ベッドに連れて行くよ」

言うなり、彼はソファーから立ち上がり、志摩子の背と腰に両手をあてがって、彼女の身体を抱きあげた。志摩子は驚いた様子だったが、荒い息の中、彼の首に両手をまわして身をあずけた。

「軽いな」

「嘘」

「ほんとだよ。いくらだって抱っこできる」

短い廊下を進み、右側にあるドアノブをつかんでドアを開いた。カーキ色のベッドカバーで被《おお》われたダブルベッドの上に、志摩子のからだを横たえてから、リモコンを使って暖房をつけた。

今夜ここで志摩子を抱くことになるかもしれない、という予感はあった。志摩子に不快な思いをさせないように、とシーツやピローケース、布団カバー、そしてベッドカバーにいたるまで、すべて洗濯済みのものに替えておいた。そのせいで、部屋中が、すがすがしい清潔な香りで充たされている。

服を着たまま、正臣は志摩子を貪《むさぼ》るように抱き、まず志摩子の着ているものを脱がせてから、自分も裸になった。

「きれいだ」と彼は志摩子をつくづく見おろしながら言った。「あなたが僕よりも五つ年上だなんて、信じられない」

「暗いところだから、そう見えるのよ」

「違うよ。目だけで見てるわけじゃないんだから。指先や掌でも見てる。だからわかる。本当にきれいだ、ってことが」

「あなたこそ若いわ。私なんかよりずっと若くて、たくましいわ」

「お世辞でも嬉しいよ」

志摩子が接吻を求めてきた。正臣は志摩子の上に乗ったまま、口そのものを舐《な》めとるような烈しい接吻をした。

自分でも気づかない、深い緊張があったのかもしれなかった。これほどまで興奮しているにもかかわらず、自分のものが信じられないほどやわらかなままでいたことに、彼は少なからずショックを受けた。だが同時に、これまた信じられないことではあるが、そんなこともじきに忘れた。

男として、たいそうみっともないことになったとしても、それが自分と志摩子とを遠ざける理由には決してならない、と彼はどこかで信じていた。ただ一度のそんなことで、志摩子が自分に失望するとも思えなかった。傲慢《ごうまん》にすぎる自信かもしれなかったが、事実だった。

いっぽう、志摩子はしとどに潤っていた。その健康的な、まっすぐで素直で正直な、ひとつも疑いようのない肉体の反応に、正臣は心底、惹《ひ》かれた。彼女をここまで潤わせたのは自分なのだ、という思いが彼を感動させた。

右手の人さし指と中指を重ね、中指の先で志摩子を丹念に愛撫した。少しコリコリとした小さな真珠のような感触が、指先に伝わる。やがてそれは熱い水によって充たされ、真珠もたちまちやわらかく溶けていって、いったいどこにいってしまったのか、わからなくなる。

志摩子はきれぎれに声をあげながら腰を反らせ、身ぶるいし、ひたむきに喘ぎ続けた。正臣は指を奥にすべりこませた。

きわめて狭く熱い炉の中に、指をさし入れていくような感覚がある。炉は濡れながら燃えさかっている。それはさらに奥へ奥へと、彼の指をいざなっていく。

正臣は指の先で志摩子をとらえる。味わう。襞《ひだ》の部分がある。やわらかいが、少し固さの感じられる部分がある。そのあたりがふいに、ふくれあがるようにせり出してきて、指を包みこむ。

ひくひくする。拡がる。くわえこむ。また、ひくひくする。そしてさらに強い力がみなぎってきて、指が圧迫される。

ああ、と志摩子は悩ましげに声をあげる。「ねえ、教えて。どうしてわかるの。私が一番感じるところ、どうしてわかるの。初めてなのに」

「さっきも言っただろう。全部わかるよ。わかるんだ。理由なんかなく、わかるんだ」

彼のものが役に立たなくなっていることを志摩子は知っている。だが、何も言わない。いたずらに励ますようなことはもちろん、慰めるようなことも言わない。かといって、知らぬふりをしているというのでもなく、時折、彼のものに手をのばしてきては、それを優しく包みこむ。

「やっぱりものすごく緊張してるみたいだ」と正臣は自嘲《じちょう》気味に言った。「あなたを抱きたくてたまらなくなりすぎて、ムスコはきっと、どうすればいいのか、って、うろたえてるんだ」

わかるわ、わかるわ、と志摩子は言う。いいのよ、いいのよ、と言う。半ば以上、うわの空である。

正臣は志摩子の乳首にキスをする。脇の下から脇腹のあたりにくちびるを這わせる。その時、ふいに志摩子の中で何かが動いた。彼の指はがっしりとした、それでいて弾力のあるやわらかな熱い壁でおおわれ、固定されたようになった。

志摩子は、からだの内側から何かを一斉に迸《ほとばし》らせようとするかのように、首を反らせ、両手で彼の頭を抱えこみながら、一挙に炸裂《さくれつ》した。荒い息と喘ぎ声とが重なった。

嵐が通りすぎてから、志摩子は言った。「恥ずかしい。こんなに……」

「恥ずかしくなんかない。嬉しいよ。とっても嬉しい」

「ねえ、あなたはいったい誰なの。何者なの？　初めての私をこんなにさせて」

正臣の中にいとおしい気持ちが漣《さざなみ》のように広がった。緊張のあまり萎《な》えしぼんでいたものが、束の間、びくりと動いてそそり立ったような感じがした。

「聞いて」と彼は囁くように言いながら、未だ快楽の波間を漂っている志摩子を力強く抱き寄せた。「僕はほれにくくて、冷めにくい男なんだ。だから……覚悟してほしい。俺にいったんこんなに愛されたら、あなたはもう、逃げられないよ。どこまでも追いかけていくよ」

　そうして、と志摩子は言った。

　その後に、さらに何か口にしたような気がしたが、志摩子にさらに近づこうとして正臣が顔を寄せた時、乾いたシーツががさがさと音をたてたせいで、うまく聞きとれなかった。

第九章　志摩子

志摩子はおよそ生まれて初めて、「うわの空」ということが何を意味するのか、知るようになった。

何をしていても、文字通り、うわの空であった。滋男と一緒にいる時も、家政婦の美津江に家事の指示を出している時も、電話で誰かと話している時も、打ち合わせをしている時も、仕事がらみで人と食事をしている時も、外にいようが家にいようが、志摩子は自分が、ここではない、別の場所にしか生きていないように感じた。

目に映る日常の風景のひとつひとつ、流れていく時間のひとつひとつに、透明な薄い膜がかけられていた。世界が、そちらとこちらとに分けられているような気もした。

それはひとりでいる時も同じだった。誰もいない自宅でテレビのニュースを観ていても、アナウンサーの声が言葉として頭に入ってこなかった。画面に映し出される映像も意味を伴ってこなかった。新聞や雑誌に目を通していてもそれは同じで、気をつけていないと、活字はすべて頭の中を素通りしてしまうのだった。

外界で起こっている出来事のすべての輪郭が、曖昧《あいまい》になりつつあった。それでもじっとしてはいられずに、気がつくと、手だけを動かして何かをしていた。ほとんど無意識と言ってもよかった。

鏡に向かって化粧をしている。猫のトイレの砂を交換している。美津江を手伝いながら、キッチンで里芋《さといも》の皮をむいている。正月に訪ねて来る来客用の食事や飲み物について考え、てきぱきとメモをとっている。洗濯した滋男のパジャマをベランダに干している。訪ねて来た敦子を前に仕事の打ち合わせをしながら、さも忙しそうに卓上カレンダーをめくり、スケジュールの調整をしている……。

かと思えば、滋男と熱心に話しこんでいる。滋男の話すことに耳を傾け、あいづちを打ち、冗談を飛ばし、滋男が話す以上に熱をこめて、自分のことを話し続けている。

なのに、何を話している時でも、意識は常にどんよりと曇っていた。霧にまかれていた。

表情豊かに笑い、手を打ち鳴らし、活発な反応をくりかえしては、あふれてくる言葉の数々に酔いしれるように話し続けているというのに、志摩子自身は別のところに生きていた。別の場所から、遠い風景としての現実を眺め、幽体離脱でもしたかのように、意識は肉体の外側を漂っているだけだった。

これこそが、世間でよく口にされる「恋におちた」ということなのか、と志摩子は考えた。だが、そんな単純で無邪気な言い方では括《くく》りきれないような気もした。

もっと深くて烈しいものの予感があった。美しいうすい紙を一枚一枚重ねていくように静かな、穏やかな恋情《れんじょう》ではなかった。おそろしいほど急速にうねり狂っていく何かが感じられた。

ふたりの関係が今後、どこかで立ち止まったり、足踏みしたり、疲れ果てたあげく、しばしの休息をとらねばならなくなったりすることは想像しにくかった。時空を飛びこえるようにして、自分たちはこれから先、凄《すさ》まじい感情の飽和点に向かい、倦《う》むことを知らずに突き進んでいくに違いない、と志摩子は思った。

確かに、短期間のうちに勢いよく、恋の扉は開け放たれた。とはいえ、その先にあるものは、何も見えていないはずであった。まだ自分たちは、ほんの入口にしかいない、ということもわかっていた。互いが互いを求め合うようになって間もないのだ、ということもわかりすぎるほどわかっていた。

知ったつもりになっているだけで、おそらくまだまだ、互いのことは何も知らない。しかも、知れば知るほど、思ってもみなかった方向にふたりの関係はうつろっていく可能性は充分ある。

これまでの恋がそうであったように、この恋もまた、同じ道を辿るのかもしれなかった。ある日ある時、あれほど燃えさかっていたはずの焔《ほのお》が跡形もなく消えてしまう。あれほど熱く吹き荒れていた風が、すうっと、からだを通り抜けていってしまう。

何故なのか、その理由すらわからない。終わった、という確かな意識すら残らない。正臣との始まったばかりの恋が、そうならない保証は何ひとつなかった。

だが、志摩子は前を向き、背筋を伸ばし、少し顎《あご》をあげて天を仰ぐようにしながら、幾度となくきっぱりと、同じことを思った。これだけは確かだ、と思った。うまく説明がつかないが、少なくともこのことは疑いようがない、と確信をこめて思った。

この出会い、この恋は、ただならぬものである、と。


クリスマス・イブを正臣とすごして以来、志摩子と正臣はほとんど連日のように連絡を取り合うようになった。

とはいえ、互いに仕事をもち、家庭をもっている以上、自由に電話をし合い、落ちついて話をすることは不可能である。まして、時は年末年始にさしかかっていた。

ふだん広尾の仕事場で寝泊まりすることの多い正臣も、年末から正月明けまでは自宅に帰る。志摩子も、結婚以来、よほど特別の仕事や旅行がある時以外、夫とふたり、年末年始をすごさずにいることはなかった。

となれば、携帯を使うにしても、相手が話せる状況にあるかどうかがわからないので、なかなか電話はかけにくい。そこで志摩子が正臣に提案したのは、携帯メールでのやりとりであった。

電話ができない時は、せめて携帯のメールでその日の会話を交わす。短いメールでもかまわない。ほんのひとこと、文字を通して気持ちの交流ができるのなら、それでしばらくの間は我慢ができる。つながっている気分になれる。

携帯電話を自在に使いこなしているものの、正臣はメール機能を利用していなかった。女の人は何をやっても可愛げがあるけど、いい年をした男が、携帯片手にチクチクとボタンを押してメールを打ってる姿は、見ていておぞましかったんだ、と彼は言った。

「でも、あなたとつながっていられるのだったら、話は別だよ。明日にでもメールアドレスを設定して、あなたに教える」

広尾の彼の仕事場に行き、初めて肌を合わせた直後のことだった。ふたりはベッドの中にいた。寝室の床に置かれた小さなフロアライトが、細い幾筋もの光を壁に映し出しているのが見えた。

わずかの沈黙の後、正臣は言った。「あなたはこれまで、携帯メールを使いこなしてたんだね」

「日常的にやりとりがあるのは、ごく少人数よ。それにしたって、毎日毎日、のことじゃなくて、ごくたまに」

「……誰とやってたの」

からだの奥底に、にじみ出てくる温かなものを感じた。志摩子は幸福な気持ちになりながら、そっとからだを丸め、正臣の肩に顔をうずめた。「そういうこと、気になる？」

「全部、見てみたいよ。あなたが誰とどんなメールを交換してたのか」

「見せてあげようか」

いいよ、見たくない、と正臣は顔をそむけて言った。志摩子はくすくす笑った。「連絡事項が多いわ。事務所の石黒敦子とか、付き人の加代ちゃんとか。このふたりと交わすメールは、大半が仕事とその周辺のことね。あとは学生時代の女友達とか……」

「どうしてわざわざ、友達に『女』ってつけるの？」

志摩子は新鮮な、若やいだ幸福感に満ちあふれながら、裸のまま上半身を起こした。そして、正臣の頬に、額に、鼻のてっぺんに、くちびるの端に、ついばむようなキスを繰り返した。

「事務所の石黒敦子と加代ちゃんの他に、時々、メール交換してるのは、ほんとに学生時代からの古い女友達と、俳優仲間の何人かだけよ。女友達は、麻布十番で亭主とふたりで、『やま岸』っていう居酒屋をやってる人。山岸宏子っていうの。そのうち一緒に行きましょう。紹介する。あ、それから彼女たちとのメール内容は、新しい舞台や映画に出るから、観てほしい、とか、何かのお礼とか、その程度」

「別にそこまで詳しく聞きたかったわけじゃないんだけどね」

照れを装った口調の中に、隠そうとしてもしきれずにいる、憮然《ぶぜん》とした響きが感じ取れた。志摩子は微笑み、正臣の顔を両手で包むようにして、その頬をやわらかく撫でた。

「聞かれたから話したわけじゃないわ。私が話したかったのよ」

「ご亭主とのメール交換は?」

「坂本と?」志摩子は素《す》っ頓狂《とんきょう》な声をあげて聞き返した。「彼が携帯メールなんかをしている姿、想像できる? 一応、携帯は持ち歩いてるし、別に古い機種じゃないからそこにはカメラもついてるんだけど、こんなものはいらない、っていつも怒ってる。電話ができればそれで充分、と思ってる人だから、夫婦間でメールのやりとりをするなんて、とんでもない」

うん、と正臣はうなずいた。うなずいてから、改まったように志摩子を見上げた。彼の両腕が、志摩子のからだを包みこんだ。「俺はあなたとしかしないよ。あなたにも、男とはメールのやりとりなんか、してほしくない、っていうのが本心だけど。……無理は言えないね」

胸ふくらむような思いがこみあげた。無理を言ってちょうだい、と志摩子は言った。

「喜んでそうするから」

何という子供じみた会話だろう、と思う。思うそばから、真剣にそうしたやりとりをしている自分たちが、いとおしくなる。

遥か昔、十七、八歳のころ、当時交際していた男と、つまらぬことにやきもちを妬《や》き合い、独占欲をむき出しにし合っていたことを思い出す。若いうちは、受けて立たねばならない現実のしがらみをもたずにすむ。生きていくためにやらねばならないこと、関わらねばならないことのほとんどは親やその周辺の人間たちが肩代わりしてくれる。苦悩や迷いや不安、嫉妬心ですら、そのままの形で純粋に味わうことができる。

あの幸福だった時代の無垢《むく》な体験を、三十年後、幾多の現実のしがらみが毛糸玉のように丸くふくれあがってしまった今になって、これほど鮮やかになぞることになろうとは、志摩子は夢にも思っていなかった。

ただひとえに嬉しかった。少年のように幼い独占欲を正直に表現されること自体が、幸福なのだった。

この人が少年なら、私は少女だ、と志摩子は思った。そして実際、志摩子は、自分が十七の少女に立ち返っていくのを感じた。

正臣から、大晦日《おおみそか》三十一日の、零時少し前に送られてきたメールを志摩子は忘れていない。年明けの志摩子をうわの空にさせたのは、まさしくそのメールであった。

タイトルには「志摩子」とあった。呼び捨てであることが、志摩子を喜ばせた。

『あなたと出会った年が暮れていく。僕たちの出会いは必然だった。僕はそう思っています。新年おめでとう。いい年にしようね。今度はいつ会えるんだろう』

ちょうど、滋男がバスルームに入って行った直後のことだった。即座に志摩子は返信した。

『あけましておめでとう。あなたとの出会いを思い返しながら、静かに時をすごしています。お正月が明けたら、すぐに会いましょう。会いたい』

十数分後、再び正臣からのメール着信があった。まだメール操作に慣れていない正臣の、時間をかけて送られてくる返信が、志摩子にはいとおしい。

『僕がどれだけあなたに会いたいと思っているか、あなたが知ったら、驚くだろうな。今すぐにでもあなたを抱きしめたい。あなたのことしか考えられないままに年が暮れ、新しい年が始まった。僕は今、ひとりで酒を飲んでいる。僕の頭の中には、いつだってあなたしかいない』

つけっ放しにしてあるテレビからは、低く、重々しく、除夜の鐘の音が流れていた。どこかの寺の境内の情景が画面に映し出されている。篝火《かがりび》が黄色く闇を焦がしている。ちらつく雪が見える。参拝客の、凍えた玉砂利を踏みしめて歩く音が荘厳な鐘の音に重なる。

正臣に会いたかった。今すぐ。ここで。この場所で。動物のように、獣のようにまっすぐに、志摩子はそう思った。

廊下の向こうのバスルームから、滋男が湯を使う音が、かすかに聞こえてくる。猫のモモが、機嫌よさそうにソファーの上で毛づくろいをしている。

ひとりで飲んでいる、という正臣を想像してみた。

一度だけ会ったことのある、正臣の妻の顔を思い出そうと試みた。美しさと可愛らしさを足して二で割り、そこに、ものごとを疑わずに生きられる健康的な従順さを加えたような、そんな表情が記憶のどこかに残されていた。

彼女は今、何をしているのだろう、と志摩子は思った。滋男同様、年末の疲れを癒そうと、風呂に入っているのだろうか。それともキッチンに立ち、家族全員で賑やかに食べた年越しそばの、食器や箸を洗っているのだろうか。彼女はおせち料理を作るのだろうか。それとも、買ってきたもので簡単に済ませるのだろうか。

双子だというふたりの娘のことも考えてみた。もう眠っているのだろうか。明日の朝になったら、正臣は娘たちにむかって、明けましておめでとう、と言うのだろうか。お年玉、などというものも渡すのだろうか。父親らしい顔を作って。

だが、そうした空想も、長続きはしなかった。途中まで想像の翼を拡げてはみたものの、それ以上は難しかった。

正臣の家族のことを真剣に考え、想像し、心乱され、苦しむには、早すぎた。夫である滋男のことを真剣に考え、思い悩み、迷うにも早すぎた。

自分でも驚くほどのうわの空状態が続いてはいたものの、その時点で志摩子はまだ、舞台にたとえるなら、正臣と共に、烈しい恋物語の序幕に登場したにすぎなかったのである。


志摩子の正月の三が日は、来客で明け暮れた。

石黒敦子や付き人の加代子はもとより、事務所の他のスタッフも新年の挨拶に、と相次いで訪ねて来た。古いつきあいのあるプロデューサーは、ひと目で深い関係にあるとわかる、役者志願の若い女性を連れて来たし、大先輩の志摩子を師と仰いでくれている新進の若手俳優たちも、独身で暇だというのを口実に、一日中、飲んだり食べたり、わが家のように寛《くつろ》いでいった。

映像や舞台の関係者ばかりではない、滋男の大学の知人も夫婦連れでやって来た。女優である志摩子の顔を見るために、新年の挨拶を装って来たのは明白だったが、家政婦の美津江に休暇をとらせていたため、志摩子はそれらの対応もすべて愛想よく、ひとりでこなした。

来客用のおせち料理やちょっとした保存食はすべて、年内に美津江と共に用意しておいた。飲み物も豊富にそろえてあった。

若い俳優連中に台所を任せ、冷蔵庫に入っているロースハムを切ってちょうだい、とか、黒豆が足りなくなったから器に盛ってきて、などと志摩子はそのつど、彼らに指示を出した。ビールが足りなくなった、お燗《かん》をつけてくれる？　グラスを洗っておいてね……彼らは志摩子の言うことを聞いて、実にこまめによく働いた。

穏やかな正月の、午後の光が射しこむリビングルームには、午後の間中、入れ代わり立ち代わり、客人がやって来ては、平和で屈託のない雑談に花を咲かせた。見知らぬ者同士も、志摩子や滋男の紹介でたちまち親しくなった。

勧められるままにワインや日本酒を少しずつ口にしながら、志摩子は客人たちに深く感謝した。彼らがいなければ、滋男とふたり、顔をつき合わせて三が日をすごさねばならなくなっていたところだった。

正月の間は、どうせひとりにはなれず、もの想いにふけることもできない。それなら、大勢の人間に囲まれて、賑やかにすごしていたほうが気分が楽だった。

もっと来てほしい、と志摩子は内心、思った。もっとたくさん客人がやって来ては、夜中まで居続けて、夜なのか朝なのか、わからないような時間が流れていってほしかった。

現実にどんな時間が流れようが、志摩子の中を流れていく時間は別のものとしてあった。その別の時間を志摩子は、客人たちの間にはさまって、笑顔を作り、冗談を飛ばし、きびきびと女主人よろしく動きまわりながら、ひそかに堪能《たんのう》していたのだった。

一月三日、夕方になって、志摩子の携帯に正臣からのメール着信があった。彼とは前日の午後にもメール交換をしていた。元日の夕刻にも。いつ届いてもすぐにわかるよう、志摩子は携帯をマナーモードにして、はいていた黒いカーゴパンツのポケットの中にしのばせていた。

ちょうど、滋男の知人である大学教授夫妻の相手をしていたところだった。滋男とその大学教授とが、プラド美術館の話を始め、美術の話題にはさして関心がなさそうな教授夫人が、志摩子にむかって『虹の彼方』の舞台の感想をおずおずと口にし始めた時でもあった。

パンツのポケットで震えだした携帯を握りしめながら、志摩子は表情を変えずに夫人の話を聞いてあいづちを打ち続けた。うまく言えないんですけど、舞台は本当にすばらしかったです、感激しました、と繰り返し語る夫人に笑顔で礼を言った。素人《しろうと》じみた質問にも丁寧に答えた。

うす化粧の顔を興奮気味に紅潮させながら、さらに質問を飛ばそうとしてくる夫人をやわらかく、厭味《いやみ》なく制し、志摩子は「よろしければコーヒーでもいかがでしょう」と訊ねた。「紅茶もハーブティーもありますけど。ビールよりも、そちらのほうがよろしいんじゃや……」

いいえ、そんな、と恐縮しながらも、夫人は酒に弱いらしく、目の前に置かれてほとんど口をつけていないビールグラスをちらと見ながら、「そうですか、それではお紅茶をお願いできますか」と言った。

志摩子は笑みを浮かべてうなずき、席を立った。夫は教授とふたり、熱心に話しこんでいる。

キッチンに行ってみると、ざあざあと派手に水飛沫《しぶき》を飛ばしながら、若い男優の卵と、演技の勉強中だという若い女が洗いものをしていた。志摩子は彼らに紅茶をいれてくれるように頼み、その足で寝室に向かった。気が急《せ》くあまり、ポケットの中の携帯電話が硬く重たく感じられた。

寝室では、並べられたふたつのセミダブルベッドのうち、志摩子のベッドの上で、モモが四肢をのばし、気持ちよさそうに眠っていた。

若かった頃は、来客があるたびに近づいてきては存在を主張し、客人が帰るまで、志摩子や滋男の傍《そば》にいたものだが、年をとってからはすっかりおとなしくなった。自分の家の中に飼い主以外の他人がいる状態がうっとうしいのか、さしたる興味も示さないまま、別室で眠りこけていることが多い。

首をあげ、志摩子をみつめて眠そうにあくびをするモモを視野の片隅にとらえながら、志摩子は急いで携帯を取り出し、メールを開いた。

『今日も来客に追われているのかな。あなたの笑顔を目にすることができる彼らに、僕は嫉妬するよ。年が明けて、もう三日だ。いつ会えるだろうか。早く早く、教えてほしい。僕はすべての予定をあなたに合わせることができる』

居間やキッチンの気配がわずかに伝わってくる。ざわざわとした話し声、笑い声、食器やグラスが触れ合う音、誰かがトイレを使うために廊下に出てきた、その足音……。

今なら少し話せるかもしれない、と思った。少しでいい、ほんの少しでかまわなかった。メールを送ってくれたのだから、正臣のほうでも今、話せる状態にあるのかもしれなかった。

志摩子は携帯を握りしめ、ひと呼吸おいてから、正臣の番号を呼び出した。彼の声が聞きたかった。暮れの二十九日に電話で話したのが最後になる。

呼び出し音が始まった。三回目の音を数え終わらないうちに、もしもし、と応じる正臣の声が、すぐに耳に届いた。声は弾んでいた。まるで志摩子から電話がかかってくる、と信じて、待ちかまえていたかのようでもあった。

「あんまり長く話せないんだけど」と志摩子は火照《ほて》った気持ちの中にありながらも、挨拶抜きで言った。

久しぶり、とも、明けましておめでとう、元気？　とも言えなかった。そんな日常的な挨拶はどうでもよかった。今、電話のむこうに、正臣がいて、自分と声でつながっている、と思うだけで、充分幸福だった。

「メール、読んだわ。今、話せる？」

「もちろん」

「ひとり？」

「女房の親戚とか友達とかが子連れで来てて、うちの中がごちゃごちゃしてうるさくてね。かなわないから、駅前までコーヒー飲みに出てきたところだよ。だから、全然、大丈夫」

「よかった」

「うん。ああ、久しぶりだね」

「ほんとに。明日にでも会いたいんだけど……」

「今からでもいいよ」

志摩子は幸福感に溺れそうになりながら、そうね、と言った。「そうできればどんなにいいかしら」

「飛んで行く。どこにでも」

「あなたの背中には翼が生えてるの？」

「よくわかったね」

志摩子は笑い、軽く咳払いをした。「明日と明後日はちょっといろいろ、細かい予定が入っちゃってるの。六日はどう？　六日ならゆっくりできる。長い時間、一緒にいられるけど、あなたの予定は？」

「もちろんいいよ。いいに決まっている」と正臣は言った。「たとえ何か予定が入っていても全部キャンセルするから。六日にしよう」

「六日に」と志摩子も繰り返した。話したいことがいきなり火球のようになって熱くふくらんできて、何から話せばいいのか、わからず、茫然とした。

「お客さんが来ているの？」

「来てるわ、たくさん」

「今どこ？」

「寝室よ。誰もいない。あ、違った。モモがいる。猫のモモ」

「一度会いたいな、モモに」

「会ってちょうだい。きっと気にいるわ」

「あなたは着物を着てるのかな」

「まさか。動きやすいように、お転婆《てんば》娘みたいな恰好をしてる」

「どんな恰好をしてるのか、教えて」

「白いセーターに黒のカーゴパンツ。パンツにはサスペンダーがついてる。髪の毛はね、簡単に結わえて頭の後ろで留めてるし、足元は冷えないように、って厚手のソックス。

ちっともお正月らしくない」

あはは、と正臣はさも楽しげに笑い声をあげた。「可愛いな、目に浮かぶよ」と正臣は言った。「ああ、それにしても嬉しいよ。嬉しくてたまらない。あなたが電話をかけてくれたなんて」

迸《ほとばし》るように熱い何かが喉の奥からこみあげてきたが、それをどのように言葉にしていいのやら、わからない。わからないままに、志摩子は携帯を手にうなずき、目を瞬いて、「話せてよかった」と言った。

「六日は何時頃からフリーになれる？　夕食、一緒にできる？」

「できるわ。別に今のところ、なんにも予定は入ってないから、夕食を……」

そこまで言いかけた時だった。寝室の外に人の気配があった。志摩子、と呼ぶ滋男の声が聞こえた。「ここか？」

またあとで、と短く言いおき、志摩子が慌てて携帯を切ったのと、寝室のドアが開いて、滋男が顔を覗かせたのはほぼ同時だった。

「なんだ、何してるんだ。キッチンにもいないし、どこに行ったのかと思って」

「モモがどうしてるか、気になって見に来たとこよ。どうしたの？」

「いや、彼にさ、この間、送られてきた選書、見せてやろうと思って探したんだけど、どこにもないんだよ。リビングのマガジンラックに入れといたはずなんだけど」

「プラド美術館について書かれたやつだよ。薄手の本で……ほら、十二月の初め頃、僕あてに送られてきたの、覚えてないか。僕の教え子の父親が美術関係の評論家をやってて、その人が書いて送ってくれた……」

「選書？」

ああ、あれ、と志摩子は大きな声をあげた。だが、その実、滋男が言っている選書のことなど、ひとつも思い出せずにいた。「おかしいわね。私は何も触ってないけど。本なら書斎にあるんじゃないの？」

「いや、書斎に持ちこんだ覚えはないんだ。そうか。じゃあ、年末の掃除の時に美津江さんが何処《どこ》かにしまっちゃったんだな。まあ、いいや。仕方がない」

あれ、志摩子さんはここですか、という声が聞こえた。戸口に立ったままでいた滋男の横から、若い男優の卵の顔が覗いた。

それまでキッチンにいて洗い物をしてくれていた男優だった。『虹の彼方』で、セリフこそなかったが共演した間柄でもある。風貌は村岡優作の若い頃に少し似ているが、あまりにも屈託がなさすぎて、役者として成功するかどうか、心もとない。

「志摩子さん、すみません。ごめんなさい。さっきから探してるのに、紅茶が全然見つからないんですよ。あっちこっち、ひっかきまわすのも悪いし、どこにあるのか、ちょっと教えてもらえますか」

志摩子は手にしていた携帯を素早くカーゴパンツのポケットに戻し、今行くわ、と言った。

廊下に出てみると、夫の姿はすでになかった。男優が何かしきりと喋《しゃべ》りかけてくる。紅茶の話をしているようだが、志摩子の耳には届いてこない。

会話の途中でぷつりと切断された正臣の声だけが、耳の奥に残されていた。今すぐひとりになりたい、ひとりにさせてもらいたい、と強く願いながらも、志摩子はひとりになれずにいることを心のどこかで歓迎してもいた。

これでいいのだ、と自分に言いきかせた。今日いっぱい、客人に囲まれてすごす。三々五々、彼らが帰って行った後、夫とふたり、疲れない程度に片づけものをする。そして風呂に入り、ベッドにもぐりこみながら、夫にむかって、「おやすみなさい、大騒ぎの三が日だったけど、また今年もいい年になればいいわね」と言う。

……それでいい、と志摩子は思った。

それから二日後の五日、おせち料理にも飽きたでしょう、と敦子は言い、夜になってから西麻布にある老舗《しにせ》のイタリアン・レストランの席を用意してくれた。

その日の夕方、志摩子は所属事務所であるストーンズ・プロまで行き、応接室を使って敦子や他のスタッフを前にしての仕事の打ち合わせをした。志摩子が海外にでも行っていない限り、それは毎年の恒例行事のようなものになっていた。

新しく始まった年の前半の、主だった仕事についての打ち合わせをする。敦子は事務所にオファーがあった仕事を細かく志摩子に伝え、志摩子がそれを最終的に判断して、受けるか受けないか、決める。あとのスケジュール調整は敦子側が行い、何か支障がありそうな場合のみ、志摩子に相談する……そのような形で進められていくのである。

だが、その日の志摩子は、映画出演以外の仕事のほとんどに首を縦に振らずにいた。そんな自分が敦子から、終始、怪訝《けげん》な目で見られていたことを志摩子は知っていた。

「なんか、心境の変化でもあったの？」

レストランの席につくなり、敦子はそう聞いてきた。連日、自分のオフィスに所属している俳優やタレントと新年会まがいに飲み続けていた、という敦子は、疲れているのか、目の下に隈《くま》を作っていた。

「どうして？」

「あれもいや、これもいや。高木志摩子、いきなりわがまま女優になるの図、って感じだったわよ」

「わがままを言ったつもりはないのよ。ごめんね。あっちゃんに迷惑かけたかな」

そんなことない、冗談冗談、と敦子は言い、ドライシェリーを二杯、オーダーすると、「私は今日、これだけにしとくからね」と言った。「志摩ちゃん、ワイン飲むんだったら、ひとりでやって。私はもうだめ。これ以上、酒漬けになったら、せっかくの美貌に翳《かげ》りがでる」

独身を通してきた敦子だが、幾度か不幸な恋をして傷つけられ、そのたびに、むきになったかのように仕事にだけ目をむけて邁進《まいしん》するようになった。物腰はやわらかいが、仕事に関しては鬼のように真剣で、妥協を許さず、厳しく接する。敦子の人生の背景には常に、彼女が味わってきた、潤いのない恋の残滓《ざんし》が横たわっているのだった。

とはいえ、それらの恋の詳しいいきさつを敦子が打ち明けることはなかったし、志摩子も聞かずにきた。相手が語りたくないものを無理して聞きだそうとは思わなかった。

それでも自分は、いつか敦子を相手に、正臣の話をする時がくるのかもしれない、と志摩子は思った。しかもそれは、思いがけず早くやってくるような気がした。

「仕事、選んでいきたいのよ」と志摩子は運ばれてきたドライシェリーをひと口、飲んでから言った。「映画と舞台だけにして、できればテレビドラマもやりたくない。CMの話も、そりゃあ、受ければお金になることはわかってるし、イメージを損なわずにいられることもわかってる。でもね、今は、本来の自分の仕事以外での活動は、控えめにしていきたい、っていう気持ちがあるの」

「こんなにあちこちからラブコールがあるっていうのにねえ。なんともったいない。まわしてやれるもんなら、うちの他のタレント連中にまわしてやりたいくらいよ。志摩ちゃんひとりで、ストーンズ・プロの半分以上の仕事を独占してるんだから」

「ごめん、あっちゃん。そういう時期なんだ、って理解してもらえると嬉しい」

「まあね、高木志摩子にもいろんな時期があるよね。そのくらいのことはわかってる。今年前半、ちょっと控えめにしてたくらいで、何ひとつ状況が変わるわけじゃないんだし。でも、ちょっと聞いてみたいんだけど。ねえ、志摩ちゃん、なんかあったんじゃない？」

「なんか、って何よ」

「わかんないけど、仕事をそんなに神経質に選び始めるなんて、なんかあったとしか思えないから」

「別になんにもないわよ」

「ほんと？　あやしい」

　何言ってるの、ほんとになんにもないのよ……そう言って笑いながらも、志摩子は内心、敦子の直感力の鋭さに舌を巻いていた。もしかすると敦子は、正臣と自分の関係を早くも見抜いているのかもしれない、とすら思った。

　だが、それならそれで話が早かった。映画と舞台以外の仕事を極力減らしたい、という志摩子の気持ちは、事務所サイドの功利の問題は別にして、少なくとも敦子にはまっすぐに伝わるはずであった。

その年前半の主な志摩子の仕事は、五月から六月にかけての映画の撮影だった。フランス人の女性作家が発表し、本国でベストセラーになった小説を下敷きに、日本向けにアレンジしたという、どちらかというと文芸色の濃い作品である。古いつきあいのある監督からのオファーであり、志摩子は友情出演という形で撮影に臨むことを快く引き受けた。

他に大きなところでは、ハイビジョン放送からの依頼があった。女優高木志摩子に迫る、というドキュメンタリーふう構成の番組である。

毎日、三十分ずつ、五夜連続放送になるものであり、志摩子の日常生活はもとより、仕事場や旅先での素顔を長時間にわたるインタビューをまじえて構成したい、ということだった。

比較的短時間で終わらせることのできる女性誌のインタビューやグラビア撮影は別にして、テレビのトーク番組や海外紀行番組における案内役などの出演依頼をあっさりと断る志摩子に鷹揚《おうよう》に接していた敦子も、さすがにこの、ハイビジョン放送での出演依頼と、CM出演依頼には最後までこだわり続けた。

CMは、大手化粧品会社が開発し、夏に新製品として大々的に売り出すという、コラーゲン・ドリンクだった。志摩子相手に、大まかに打ち出されていた出演料は破格であった。

このふたつだけでも何とかならない？　と諦めきれない様子で敦子は聞いてきた。敦子の気持ちは理解できた。どんな事務所であれ、満足しないはずのない最高級のオファーである。

高木志摩子だからこそ、の依頼なのよ、と敦子は力説した。志摩ちゃんじゃなければ、いやだ、って先方は言ってるのよ。志摩ちゃん以外、考えられない、って、そこまで言ってくれてるのよ、と。

だが、志摩子の気持ちはつゆほども動かされなかった。

贅沢なわがままである、ということは承知していた。大きな仕事がほしくてほしくて、喉から手が出るほどほしくて、そのためなら、身体を売ることも辞さないほどの覚悟を決めている女優は大勢いた。ふだん、そんなことはおくびにも出さずに、満面に春の光のような穏やかな微笑を湛《たた》えてはいるが、彼女たちが胸の中にひそかに、どれほど貪欲《どんよく》な獣を飼いならしているか、志摩子にはわかっていた。

彼女たちがほしがるのは、金だけではない。かといって名誉、評判、知名度といった、形のないものだけでもない。そのすべてがほしいのだった。現世において人が手に入れることのできる、すべての得……容易に言葉にしてしまえる、ありふれてわかりやすいもの……それだけを求め、手を伸ばし、得られないとわかると、荒れるのだった。

だが、自分がほしいのはもっと別のものだ、と志摩子は思う。いつだってそうだ。堂本監督と共に、映画に出演し始めたあの頃から……いや、さらに昔、さかのぼって十代のころから、ずっとそうだった。

敦子と共に、バジリコのパスタを食べていた時、隣の椅子に置いたバッグの中で、携帯が震え出した。そのことに先に気づいたのは、志摩子ではなく、敦子のほうだった。

「志摩ちゃん、ほら、携帯。鳴ってる」

「あ、ほんと」

マナーモードでぶるぶると震えている小さなディスプレイに、「奥平正臣」と表示されているのを目にし、志摩子は「ちょっとごめんね」と言って席を立った。「すぐ戻るわ」

店内を横切りながら、「もしもし」と応じた。テーブル席の客の何人かが、ちらりと見るともなく志摩子を見た。「今、外に出るところです」

志摩子が店の外に出ようとすると、顔なじみの男のスタッフが丁重に頭を下げ、重厚な木の扉を開けてくれた。

男に目で礼を言い、志摩子は店の外で再度、「もしもし」と言った。「一昨日はごめんなさい。途中で急に、電話を切ったりしちゃって。夫が部屋に入って来たもんだから」

「今どこ？　何をしているの？」

「あっちゃん……石黒敦子と食事してるとこよ。西麻布のお店。夕方から事務所で打ち合わせがあったの。あなたは？」

「うん、今日の午後から仕事場に戻ってる。戻ったことをあなたに教えたくて電話した。今、仕事場からかけてるんだ」

そう、と志摩子は言った。言いながら、今、何時だろう、と思った。敦子と共に店に入ったのが八時半だったから、九時すぎだろうか。

店はビルの二階にあり、志摩子はその時、二階のエレベーターホールにいた。ホールの向こうは壁ではなく、吹きさらしになっていて、冴《さ》えわたった冬の街の明かりが明滅する中、小雪が風に乗って舞いあがっているのが見えた。

「雪だわ」と志摩子は言った。

正臣はそれには答えなかった。「石黒さんとの食事の後、何かあるの？」

「ううん、何も」

「今夜は少し遅くなっても大丈夫？」

「大丈夫よ」

「……会いたい」

「私も」

「もう十日以上も会っていない。気が遠くなりそうだ」

「私だって」

「ここに来られる?」

ええ、と志摩子はうなずき、「行くわ」と言った。力強く言った。

第十章　正　臣

頭の中がすべて、志摩子で占められていた。毛筋ほどの隙間もなかった。

それなのに、手足は意志とは無関係に動き、口が勝手にものをしゃべっている。笑い、うなずき、気のきいた冗談のひとつも飛ばし、人の話に相応のまともな反応も返している。

仕事場では、終始、机に向かってパソコンのキイボードを叩き続けた。思考の質に目立った変化はない。かなりの努力が必要ではあったが、いつものペースを乱さずに、小説を書き続けることもできる。締切りに間に合わなくなったり、仕事上の約束を失念してしまったりすることも起こらない。

編集者との打ち合わせや雑誌のインタビュー、義理で顔を出さねばならない会合、パーティーなども予定通りこなした。親しくしている編集者たちから誘われれば、酒を飲みにも行った。いつものように、彼らと変わらずに小説の話をした。書かねばならない礼状も、きちんと書いた。世間の約束ごとを放ったまま、忘れてしまうことはなかった。

家庭でも、普段通りの顔を取りつくろった。世田谷の自宅に帰れば、日曜の午後など、話題のアニメ映画を観せるために、春美と夏美を渋谷の映画館に連れて行ってやったりもした。

そんな日の夜は、真由美が作った夕食を食べ、娘たちもまじえて家族四人、テレビの歌番組をぼんやり眺めた。型通りに子供たちと話をし、父親らしい気遣いもしてみせた。洗い物をしている真由美が、勤め先の店で起こった数々の出来事をしゃべり続けているのを新聞を読んでいるふりをしながら聞き流し、合間にひとつふたつ、ふさわしい感想を返した。

だが、それらはすべて、彼自身の、意識の外側で行われていることにすぎなかった。何故、志摩子と出会った後の自分が、志摩子と出会う前の自分をそっくりそのまま、演じ続けていられるのか、不思議ですらあった。

演じている自分が亡霊であるような気がする時もあった。現実のさなかにあって、無意識のうちに彼は、奥平正臣という作家、夫、父親を演じているのだった。

とはいえ、どれほど十全に演技をすることができても、彼の内部では熱いマグマが日がな一日、ひそかにうねり続けていた。隠しても隠しても、隠しきれない微細な変化の兆候が、本人の気づかないところで漂うようになるのに、長い時間はかからなかった。

最初に彼の変化に気づいて、そのことを口にしたのは、他ならぬ妻であった。

「なんか最近、ものすごく広尾泊まりが多くなったのね。どうしたの。前は週のうち半分はうちに帰って来てたのに」

二月に入って二度目の日曜日の晩だった。双子の娘たちはすでに風呂に入り、子供部屋で寝息をたてていた。

正臣はいかにもうんざりしている、という自然な表情でうなずいて、「ここんところ、大変なんだよ」と答えた。そんな自分自身をもうひとりの自分が、遠くから眺めていた。腹話術の人形がしゃべっているようでもあった。

「大変、って何が？　連載が増えたか何かしたの？」

「そうじゃないけど……義理で出なくちゃいけないような会合やらパーティーやら飲み会なんかが、いっぺんに集中してさ。どうしても酒を飲みすぎることになるから翌日にもひびくし、筆の運びが悪いんだ。集中力をつけるためにも、少し仕事場にこもろうかと思ってる」

新連載が始まった、執筆量が異様に増えた、という嘘をつくことはできなかった。

真由美は正臣が書くものや、正臣が誰かと行った対談、雑誌のインタビューなど、そのすべてに眼を通したがるような女ではない。だが、彼女は正臣の仕事ぶりやその周辺にいる編集者たちとのつきあいをよく知っていた。夫の世話をかいがいしく焼きたがる側面はまったくないにもかかわらず、夫が置かれた状況に関しては常に目配りを怠らないところもあった。新連載が始まる、などという嘘をつけば、すぐに何らかの形で嘘であったことが露顕し、つまらない言い訳をしなければならなくなるのは目に見えていた。

「いやあね。毎日飲みすぎてばっかりいるんでしょ。ちゃんと青汁、飲んでる？」

「飲んでるよ」

「また持ってってね。ケースごと、注文しといたから」

「ああ、そうする」

「洗濯物もたまる一方でしょ。いっぺんに持ってこられても困るのよ。広尾泊まりが続くんだったら、たまには自分で洗濯もしてよね。洗濯機だってちゃんと置いてあるんだし」

「わかった」

「クリーニングに出すものだけをうちに持って帰ってくればいいわ。ワイシャツとかスーツとか。まとめて出すから」

「いや、広尾にもクリーニング屋はたくさんあるから、できるだけあっちで出すよ。そのほうが早い」

そうね、と真由美は言い、奇妙に白けたような表情で彼を見た。「私もお店のほう、ここんところ忙しいんだ。三月の決算期が近づけば近づくほど、忙しくなりそう。実はね、千香子から、三月になったら一緒にニューヨークに行こう、って誘われたりもしてるのよ。まだちょっと寒いかもしれないけど、『サラ』にふさわしい珍しい小物を一緒に仕入れてこよう、って」

「それはいい話じゃないか。せっかくだから行ってくればいいよ」

真由美は、冗談じゃない、と言いたげに首を強く横に振り、渋面を作って「いやよ」と言った。

「行かない」

「どうして」

「春美と夏美を置いてくのはかわいそうだし、いくらおばあちゃんがみてくれる、って言っても、それはあんまりだもの」

「そうかな。たかだか一週間くらいなら、問題ないだろう」

「だったら聞くけど、あなた、その間、こっちに戻っていてくれるの？」

正臣はできるだけ穏やかな笑顔を作り、それは無理だな、と言った。「できるなら、そうしてやりたいけど、さっきも言ったように、この時期、いろいろ仕事が滞ってるんだ」

でしょ？　と真由美は言い、飲んでいた湯呑みを両手でくるむようにしながら、彼から目をそらした。「だから、どっちみち無理なのよ」

わずかな沈黙が流れた。正臣はわざと伸びをして大きなあくびをした。

真由美が目の端でそれをとらえながら、「ねえ」とかすれた声で言った。「私、なんだかね、最近、こんなんでいいのかな、って思う時がある」

「え？」

「夫婦なのに、私たち、一緒にいられる時間、すごく少ないじゃない。春美と夏美と四人ですごせる日だって、ますますなくなってるし。このまんまいったら、どうなっちゃうんだろう、って思うんだ。家族なんて、どこのうちでもこんなものなの？　うちには父親がいないのよね、いつも。いるのは母親と子供だけ」

苛立《いらだ》ちを覚えたわけではなかった。そんなふうに言ってくる妻の気持ちは理解できた。だが、気がつくと正臣は威厳をこめた口調で、妻を諭していた。「どこかで聞きかじってきたようなことを言うなよ。俺に、ずっと家にいて、子供の相手もして、家事も手伝って、そのうえでバンバン小説を書いて、稼いできてほしい、って言うのか。しかも、家事も手伝って、ひとつひとつの作品が評判になって、高く評価されて？　言っておくけど、それは無理だ。小説を書くという仕事は、それほど甘いもんじゃない」

うん、わかってる、と真由美は小声で言った。そして、ふうっ、と息をもらすようにして笑い、「そんなことくらい、わかってるわよ」と言い直した。その言葉の裏に、かすかにではあるが、棘《とげ》が感じられた。「わかってるけど、もうちょっと、家に帰って来てほしい、ってことを言いたいだけ。こういうこと言うと、あなたって、いつも機嫌悪くするけど、まじめに聞いてほしいのよ。子供たちだって、これからどんどん、難しい時期にさしかかるんだし」

　正臣はため息をつきそうになって、慌ててそれを飲みこんだ。「わかった。なるべく帰るようにするよ」

「ウィークデイは無理にしても、せめて週末だけは帰ってよ。春美も夏美も、あなたが帰って来るのを楽しみにしてるんだから」

「そうだな」

「あなたが帰って来ない、とわかった時のあの子たちの顔、見せてあげたいわ。ほんと、がっかりしてるの。母親としてやきもちを妬《や》いちゃうくらい」

「そんなものは今だけだよ。あと二、三年もすれば、父親なんて、うざったいオヤジにすぎなくなる」

　ねえ、とその時、真由美は正面から正臣を見据えた。いたずらっぽい視線ではあったが、視線の奥に、隠された真剣さが読み取れた。「あなた、浮気なんかしてないでしょうね」

　正臣は目を丸くしてみせ、笑い声を放った。自分でも不自然に思えるほど大きな、わざとらしい笑い声だった。「それとこれと、どう結びつくんだよ」

「広尾にいる時間が長すぎるんだもの。浮気しようと思えば、いつだってできる」

「そりゃあ、まあ、そうだな」

「してるの?」

馬鹿、と正臣は言い、きまじめな表情を作って「それどころじゃないよ」と言った。「浮気できるほどの余裕がほしいくらいだよ。くだらないことを言うな。気分が悪くなる。人が必死で書いてる、っていうのに。ほんとに不機嫌になるぞ」

わかったわかった、と真由美は片手を軽く振って、冗談話にすり替えた。「ごめん。ちょっと言いすぎたわね。気にしないで」

俺は嘘はついていない、と正臣は思った。

浮気など、してはいなかった。彼がしているのは本気の恋であった。

その晩、真由美はいつまでも起きていた。翌朝の月曜日、起きたらすぐに広尾に行こうと思っていた正臣が、スタンドの黄色い明かりの中、文庫本を片手にベッドで寝酒のスコッチをオン・ザ・ロックにして飲んでいると、それまで居間にいた真由美が寝室に入って来た。彼女はドアを開けたものの、中に入ろうとはせず、戸口に立って、けだるそうな仕草でドアノブをつかんだまま、くすっ、と意味ありげに彼に向かって笑いかけた。

「なんだ。まだ寝ないのか」

「寝ない。今日はね、私、これからお風呂に入って、きれいにして、それからあなたを誘惑するの。決めたの。だから、あなたもまだ、寝ないでよ。寝ちゃだめよ」

真由美に飲酒の習慣はまったくない。せいぜいが、仲間との夕食時にビールをグラス一杯、つきあう程度だった。にもかかわらず、口調に酔いが感じられる。それは正臣に、ひどく居心地の悪い緊張感をもたらした。

正臣が黙っていると、「本気よ」と彼女は言った。険しさといたずらっぽさが混ざったようなその顔に、妻らしくない媚《こ》びが浮かんだ。正臣はその媚びを不快に思った。

真由美を抱かなくなって久しかった。いつから抱いていないのか、思い返す必要などないほど、はっきりしていた。志摩子と出会い、志摩子の魅力に気持ちを奪われてしまった昨年の九月あたりから、正臣は一度も妻と肌を合わせていない。

それまでは平均して月に一度、多い時で二度ほどの交わりがあった。夫としての義務という意識はなく、かといって、妻に対して性的欲望を感じていたわけでもなかった。それは夫婦間における習慣のひとつと化していた。

終われば気取りも何もなく、何事もなかったかのように通常の会話を始めることができた。互いが裸でいる時間は短かった。それでよかった。

妻の身体は正臣にとって、足になじんだ革靴であり、また、手になじんだシルクの手袋のようなものだった。触れるたびに同じ反応が返ってくる。同じ匂いがする。同じ感じ方をする。ひとつも変わらない。そして彼は、なじんだ気分の中で、穏やかにのぼりつめる。終われば、革靴を脱ぎ、手袋を外す。すべてはそれで日常に戻る。

「なんか、すっごく、いやそうな顔してる」と真由美が言った。「私に誘惑されたら、迷惑？」

口調には小娘のそれのようなふざけたリズムがあったが、顔に表情はなかった。

咄嗟《とっさ》にどんな答えを返そうか、と迷ったが、気がつくと正臣は、大胆なほど自分に正直になっていた。「馬鹿なこと言ってないで、もう寝るぞ」と彼は言い、本当に眠りにつこうとしているかのように、手にしていたグラスをサイドテーブルの上に戻すと、ベッドの中にもぐりこんだ。「明日は早くうちを出なくちゃいけないんだよ」

「早く、って何時よ」

「できれば六時頃」

「六時？　朝の？　嘘でしょ。まだ暗いじゃない」

「明日の午後、原稿を取りに来る編集者がいるんだよ。ほとんどなんにも書けてない。間に合うかどうか、微妙だな。明日がぎりぎりの締切りなんだ」

真由美は黙っていた。正臣も黙った。

枕に顔を押しつけて、寝室の戸口に背を向けた姿勢で寝ていると、やがてドアが閉じられる音がした。スリッパをはいた足音が遠のいていく気配があった。

正臣は手を伸ばしてサイドテーブルの上のスタンドを消し、目を閉じた。

真由美は本当に俺と愛し合いたかったのか、抱かれたかったのか、と彼は考えた。答えは否だった。五か月近く、まったく触れ合うことのない生活をしていることと、正臣の仕事場泊まりが急に増えたことで、彼に対する疑念が強まり、不安を覚えているに違いなかった。

この先、また同じようなことが繰り返されるのかもしれなかった。誰か女の人ができたんでしょう、そうなんでしょう、と言いだして、涙を浮かべる真由美を想像すると、わけもなくそら恐ろしくなった。

性を交わし合うことで夫婦の絆《きずな》が確認できる、という考えは半分あたっていて、半分は間違っている、と正臣は考えていた。肌を合わせることから遠ざかってしまったにもかかわらず、子犬のようにころころとじゃれ合って、仲良くしている夫婦は世間に星の数ほどいる。

また、逆に、身体の相性がいい、というだけの理由で定期的な濃厚な交わりがありながら、気持ちは離れてしまっている夫婦も、同じように星の数ほどいる。どちらがいい、とは言えない。夫婦間の気持ちを優先させて考えるのなら、前者のほうがよく、肉体的なこと、性的な問題を優先させようとするのなら、後者もまた、いいのかもしれなかった。

いずれにしても、そういったことも俺とは遠い問題でしかなくなりつつある、と思い、正臣は愕然《がくぜん》とした。目の前に妻がいて、家に帰らないことを暗になじられ、性の交流がなくなったことを疑われ始めているというのに、彼にはそれらの問題が、どこかしら遠い、薄皮をへだてた向こう側の世界の問題のようにしか感じられないのだった。

それはとても恐ろしいことではあるが、だからといって、どうすることもできなかった。志摩子をこれほどまでに愛してしまった以上、真由美を抱くことはできそうになかった。

寝室の暗闇の中で目を開け、ざらざらとした闇をじっと見つめていると、志摩子の裸体が思い出される。次いで志摩子の声、志摩子の表情、志摩子の肌の感触が蘇ってくる。

一月の正月明け、西麻布で石黒敦子と食事をしていた志摩子は、食事を終えるなり、すぐに広尾の仕事場に来てくれた。

ひとりでタクシーを拾い、正臣の仕事場になっているマンションの前で停め、そそくさと料金を払って降り、エントランスホールからエレベーターに乗るまでに、どれだけ志摩子が人目を気づかってきたか、想像するにあまりある。その証拠に、ドアチャイムが鳴って、正臣が急いでドアを開けた時、志摩子は緊張しきった面持ちでありながら、それでいて誰彼かまわず、すべてを包み隠さずに見せてもいい、と言いたげな、開き直ったような表情を浮かべて、まっすぐ正臣の胸に飛びこんできたのだった。

玄関先で正臣は志摩子のからだを正面から受けとめ、抱きしめ、その髪の毛、その頬に、荒い吐息ばかりがあふれてくるくちびるを押しつけた。

　ふたりともしばし、無言のままであった。志摩子の着ていた黒いコートは、冬の匂い、ひんやりとした雪の匂いをはらんでいた。彼女の頬やくちびるだけが火照《ほて》っていた。いとおしいと思う気持ちが強くなりすぎるあまり、ひしと、その身体を固く抱きしめることしかできなくなる。彼は両手で志摩子の顔をはさんでは、その頬や額にキスをし、こらえきれずにからだを抱きしめ、再び顔を上げさせては、また顔中にキスをした。

「会いたかった」という言葉が出てきたのは、しばらくたってからであった。

　彼がそう言うと、志摩子もまた、彼の耳元で「会いたかった」と囁いた。ふたりは交互に、会いたかった、会いたかった、と繰り返しながら、やがて、やっと見つけたかのように相手のくちびるをとらえると、蜜が滴り落ちるような接吻《せっぷん》を交わし合った。

　志摩子の口からは、かすかにワインとガーリックの香りが漂った。それらの香りすべてが、いとおしかった。志摩子の、生身の肉体が感じられた。

　性的な欲望がつのるだけつのっているというのに、志摩子を愛している、という思い、気分のほうが先行している。志摩子を強く求めているのは事実なのだが、その肉体が欲しいのか、志摩子のすべてが欲しいのか、しかも、その命もろとも、飲みこんでしまいたいくらい欲しがっているのか、わからなくなる。それが性的独占欲につながり、いずれは途方もなく自分自身を苦しめることになるのではないか、という疑念までわきおこってくる。

だが、そんなこともすぐに、くぐもった意識の彼方に消えていった。正臣は志摩子をいっそう固く抱きしめた。

ちょっと待って、と志摩子が言い、もどかしげに茶色のショートブーツを脱ごうとする。それを手伝ってから、正臣はその場で志摩子をひと思いに抱きあげた。

まっすぐ寝室に行った。志摩子をベッドの上に横たえると、彼女の上に被《おお》いかぶさるようになりながら、コートを脱がせた。次いで、手ざわりのいい、カシミアの白いセーターを脱がせ、焦げ茶色をした細身のレザーパンツを脱がせた。

仰向けになった志摩子は、されるままになりながら、乱れ始めている息の中、じっと正臣を見上げていた。その刺激的な熱い、挑みかかるような視線を燃えたぎる思いの中で受け入れ、正臣は自分もまた、同じ視線を志摩子に返し、会いたかった、会いたかった、どんなに会いたかったか、と低く繰り返した。

クリスマス・イブの晩、この同じ場所で、同じように志摩子を愛していた時、過度の興奮と緊張のあまり、役に立たなくなっていたものが、自分でもそら恐ろしくなるほど固く太く、そそり立っているのが感じられた。正臣は自分が着ていたセーターとジーンズを脱ぎ捨て、乱暴にはぎ取った下着を寝室の床に放り出し、志摩子の横に並んでから、その身体を抱き寄せた。

うなじや頬やこめかみ、乳房にキスを続けながら、志摩子が最後に身につけていたものを、あたかも花びらをゆっくりと一枚一枚、むしり取っていくかのように外していった。志摩子はこれ以上健康的な反応はないと思えるほど、あらわに、大胆に、しかも清潔に彼の欲望に応え、ほんのりと汗ばみ始めた素肌を彼に押しつけて、彼の愛撫を受けやすいように、よくしなるからだをいっそう強くしならせた。

信じられないことに、それはふたりにとっての初めての交接であった。にもかかわらず、彼は自分が、志摩子を数えきれないほど抱いてきたような錯覚を覚えた。

それほど志摩子の身体は、すぐさま正臣になじんだ。なじみすぎていて、怖いほどであった。

茂みの奥のその室《むろ》は温かく湿っていて、やわらかいのに、きつく締めあげてくる。そのうち襞《ひだ》という襞、室そのものが、彼の形に変容していくのがはっきりわかる。彼はすっぽりと、一分の隙もないままに志摩子に包みこまれる。

何かふしぎな生き物に手づかみにされ、握りしめられたかのように、弾力のある潤いに満ちた凹凸が、彼を攻めたてては遠のいていく。やがてなつかしいようなやわらかさの奥に、肉の扇があらわれ、さらに奥へ奥へと彼を誘《いざな》っていく。

それらの感覚をひとつひとつ味わいながら、ともすれば爆発してしまいそうになるものを至福の思いの中でこらえ、正臣は自分の下にいる志摩子に囁きかける。「信じられないほどあなたが恋しいよ。恋しくてたまらないよ。僕がどれだけ会いたいと思っていたか、知っている？」

知ってる、と志摩子は荒い息の中で答える。

「僕がどれだけあなたのことを好きか、わかる？」

ええ、と志摩子は言う。

「どれだけ夢中になっているか、わかる？」

志摩子はうなずく。声にならない。

だが、志摩子は時折、目を開けて、下から彼を見あげる。ふたりは荒々しく呼吸しながら、烈しく見つめ合う。からませ合った視線が、いっそう彼の欲望をつのらせる。

「離さないよ」と彼は口走る。考えて口にしている言葉ではない。まさに無意識のうちに口走ってしまった言葉としか、言いようがない。「あなたを離さない。絶対に離さない」

「離れないわ」と志摩子も言う。言ってから、もどかしげに両腕を彼の首に巻きつける。

この昂《たかぶ》りは何なのだ、と思う。思うそばから、志摩子がいとおしくてならなくなる。

この身体、この声、この表情、この目、このくちびる、この吐息……。痩せているのに豊満な、豊満であるのに、ほっそりとした、志摩子の身体のすみずみが彼を駆りたてる。腰づかいが烈しくなってきて、彼はもう永遠に、志摩子のこと以外、考えられなくなるに違いない自分を感じる……。

あの晩からひと月あまり……と正臣は数えあげる。まだ、と言うべきか、もう、と言うべきか。

ここのところずっと、週に一度の割合で志摩子と会い続けている。それだけでは圧倒的にもの足りず、不満が残るのだが、致し方なかった。

自由に使える時間が、志摩子には少ない。ひとたび仕事に入れば、彼女に関わってくる人間は多岐にわたり、それは正臣の比ではなかった。恋人に逢《あ》うための時間を捻《ねん》出《しゅつ》しようとして、志摩子が小さなわがままを口にしたとたん、場合によっては百人単位の人間たちに迷惑をおよぼすことにもなりかねなかった。

だが、幸いにして、『虹の彼方』の舞台を大成功のうちに終わらせてまもないその時期、志摩子にさし迫った大きな仕事が入っている、という話は聞いていなかった。正臣はすべて、自分のスケジュールを志摩子のそれに合わせた。志摩子が「この夜、逢える」と言えば、「その夜」はただちに彼にとって、代用のきかない、かけがえのない特別の夜になった。

たとえ、その晩にどうしても外せない約束が入っていたとしても、変更してもらうか、一時間で切り上げるか、どちらかにした。何があろうと、志摩子優先であった。そうすることに、何の痛痒《つうよう》もなかった。父親が死んだ、と聞かされても、自分は志摩子逢いたさに、通夜や葬式を一日先に延ばしてもらうに違いない、と彼は思った。

女優の日常生活、というものは正臣の想像の外にある。映画の撮影や舞台出演などがない時の志摩子が、何をしているのか、時間単位……いや、分単位で聞いてみたい衝動にかられることも多かった。仕事、打ち合わせ、会食、と称している時の志摩子が、どこで誰とどんなふうにすごしているのか、逐一、知りたかったし、できるなら、家にいる時の志摩子のすべてを覗き続けていたかった。

夫と外で待ち合わせ、食事をすることがあるのか。朝食の席ではいつも夫と一緒なのか。自宅で夜の時間を共にすごす時、夫とはどんな話をしているのか。ふだんは何時に寝るのか。寝る時刻は夫と同じなのか……。

志摩子はそんな正臣の気持ちを見透かしたかのように、ことあるごとに自分がしていることを詳しく彼に伝えようとした。

大したことなんか、してないのよ、と彼女は笑う。会食や会合がある時は、その相手が誰なのか、自分とどんな関係にあるのか、彼が聞く前に説明し始めた。打ち合わせで誰とどんな話をしたのか、昨日は家で夕食を食べた、夜はひとりでビデオを観た、来客があった、久しぶりに母親から電話がかかってきて、ついつい長話をしてしまった……などということも、志摩子はいつも屈託なささうに彼に報告してきた。

そのたびに、何気ないふりを装って陽気に耳を傾けながら、正臣は内心、ひそかに深い安堵《あんど》を覚えていた。

志摩子がよく見えてくるのだった。自分と逢っていない時の彼女が、どんなふうに生き、暮らし、行動しているのか、少しずつわかってくるのだった。

それは明らかに志摩子の気遣いでもあった。自分が相手にしてほしいことを先に相手にして見せる。逢っていない時、何をしていたか、あっさりと、しかし、事実を余すところなく相手に報告し、また、相手からも報告されたい、と願う。

そのことがよくわかっていたからこそ、正臣もまた、同じように志摩子に接した。わざとらしくならないよう気をつけながら、それでも正直に、逢っていない時の自分の行動を志摩子に教えた。

文芸書房の杉村と飲みに行った、新連載の打ち合わせで食事会があった、断りきれない男性誌のインタビューがあった、締切りがあり、悪戦苦闘して朝までかかって原稿を書いていた……。

家庭の話はめったにしなかった。隠していたわけではない。仕事場に泊まることが多く、ほとんど家に戻らないようになっていて、志摩子に報告すべきことなど、無きに等しかったからだ。

だが、時折、志摩子は電話で、「週末、自宅には？」と聞いてきた。「帰らなかったの？」

帰ってないよ、と彼は答える。その後、何を言えばいいのか、急にわからなくなる。彼が言葉を探しながら、ためらいがちに黙っていると、志摩子は「そうか、今週も帰らなかったのね」と繰り返す。そこでその話は終わる。

ほんの一瞬のことではあるが、ふたりの間に奇妙な、気まずいような沈黙が流れる。そしてその沈黙は、正臣が志摩子に「坂本さんとは毎晩、隣同士のベッドに寝ているの？」と聞きたくて、どうしても聞けなくなった時のそれと、同じなのだった。

あと四日……と彼はしばしば指折り数える。志摩子と逢うまであと四日……三日……二日……。そんなふうにして時が流れていく。

逢える日が翌日に迫ってくると、気持ちがいっそう浮き立つ。浮き立てば浮き立つなりに、次には「あと何時間」と考える。あと二十時間、十五時間、九時間……。

そして、逢う約束の一時間前にもなれば、すでに彼は自分が現実の皮膜の外側に飛び出てしまっているのを感じる。これは一種の病だ、と彼は思う。

何ごとにつけ、忘我の境地とは縁遠い人生を送ってきた自分が……生きる上での標《しるべ》を何も求めず、漂い、通りすぎていくことだけを意識して生きてきた自分が……過剰になることも誰かに過剰さを見せつけられることも、いずれをも悉《ことごと》く嫌ってきた自分が……。

しかし、その恋の病は、病でありながら、澄みわたった健《すこ》やかさを感じることのできる、ふしぎな病でもあった。

頭の中の半分が理性を保ち、もう半分は常に熱狂の渦の中にあった。冷静に状況を見きわめ、分析し、判断しようとする力があるかと思えば、ある瞬間から、そんなものはどうでもよくなる。周囲は必ずそのうち、志摩子と自分に合わせて動いてくれる、と意味もなく確信したりする。

志摩子ほど溺れることのできた女が、これまでひとりもいなかったのと同様、志摩子ほど顔が知られている女と、密会をした経験が正臣にはない。

どこで誰に見られているか、わからなかった。そこにいるのが女優の高木志摩子だと気づいても、いちいち騒いだりせず、無関心を装う人間も多いはずだった。したがって、勘づかれているのかどうかも、定かではなくなる。

一方、テレビ出演や講演会、不要と思われる写真撮影などはできる限り受けずにきた正臣も、メディアへの露出度は少なくなかった。

新刊が発売されれば、そのつど、文芸誌のみならず新聞や雑誌に大きく顔写真が掲載される。自著の宣伝のためとあれば、出版社に協力せざるを得ず、文芸とは何の関係もないビジュアル誌のグラビア撮影に応じたり、テレビ出演して新刊について語ったりすることも稀《まれ》ではなかった。

編集者と入った鮨屋やバーなどで、居合わせた客から「愛読者です」と声をかけられることも多かった。信号待ちの横断歩道で立ち止まっていた時に、三十代の主婦とおぼしきふたり連れがベビーカーを引きながら寄って来て、おずおずとサインを求めてきたこともある。

志摩子ほどではないにせよ、自分もまた、少なからず世間に顔と名前を知られていることを思えば、志摩子と逢う場所はおのずと限られてくる。食事をする程度なら、さほど気をつかう必要はなく、個室のあるレストランを利用すれば事足りた。だが、触れ合い、愛し合い、ふたりきりになることのできる場所は少なかった。

広尾の自分の仕事場を使い続けるのが、もっとも安全であることはわかっていた。前もって何の連絡もなしに、編集者や妻が仕事場を訪ねて来る、ということはまず考えられない。住戸数の少ないマンションなので、夜間である限り、住人と鉢合わせする確率も低かった。

だが、志摩子ほどの女、かくも自分が溺れた女を仕事場に呼びつける形になることに、正臣は次第に強い抵抗を覚えるようになっていった。

広尾の仕事場は、ふたりの密会のために利用できる、単に都合のいい場所でしかなかった。手っとり早いから、という理由で使っているにすぎず、志摩子のために特別に彼が用意した場所ではない。

仕事場の冷蔵庫を開ければ、真由美から定期的に持たされる青汁の缶ジュースが詰まっている。頻繁ではなかったにせよ、真由美が訪ねて来たことも幾度かある。自分用に、と真由美が置いていった黄色い室内履きは、ほとんど使われないままではあったが、今もまだ、玄関脇のクローゼットの中に入れてある。

勤め先の『サラ』が休みの日、冬の寒い日の午《ひる》どきだったが、やって来た真由美が、お腹がすいた、と言いだしたので、出前の鍋焼きうどんをとったこともあった。妻とふたり、向き合って鍋焼きうどんをすすった。食べ終えた食器を彼女が丁寧にキッチンで洗い、ついでに流しのシンクを磨いてくれたことも、妙に鮮やかに思い出される。

学校が夏休みに入り、春美と夏美を真由美が仕事場に連れて来たこともあった。マンションの一角にある父親の仕事場が新鮮だったらしく、双子の娘たちはバスルームやトイレまで覗いてまわっては、子猿のような歓声をあげた。

その日は、家族四人、床に車座に座って本の壁に囲まれながら、真由美が買ってきたハンバーガーとフライドポテトを食べた。暑い日の午後だった。窓の外、通りをはさんだ向かい側の邸の庭で鳴き狂っている油蟬《あぶらぜみ》の声が、のどかにくぐもって聞こえていた。

なんだかピクニックみたいだね、と春美が言った。お花見みたい、と夏美が返した。

真由美が浮き浮きした様子で笑いながら、「楽しいね」と言った。

「ここ、好き」と夏美が言った。

あたしも、と春美が言った。

そんなこともあった、と正臣は思い返した。

そうした微細な記憶のひとつひとつにこだわるのは馬鹿げている。仕事場に残された自分の家族の記憶など、無関係だと割り切ってしまえばいいことで、そもそも仕事場は彼が家族と暮らす場所ではなく、彼ひとりの聖域なのだった。誰を連れて来て、どのように使おうが、彼の自由であるはずだった。

だが、志摩子と逢い、志摩子を愛し、志摩子と抱き合う場所に、ほんのわずかであっても濁りや穢《けが》れがあってはならない、と彼は考えた。志摩子と逢う場所に、自分の過去や抱えている現実のしがらみが、わずかでも残されていてほしくはなかった。

そこまでこだわりたくなる理由が、彼にはよくわかっていた。逆の立場だったら、自分はそんな場所には、二度と行きたくないと思うに違いないからだった。

志摩子の夫、あるいは志摩子が過去にかかわった男の匂いが残されている場所で、志摩子と逢い、志摩子と抱き合うことを考えただけで、みぞおちのあたりが詰まったような感じになった。甘酸っぱい吐き気すらこみあげてきた。

聖なる場所が欲しかった。しかもそれは、あくまでもふたりだけの場所……たとえいっときの限られた時間内のことではあっても、そこは完全に現実から隔絶されている場所でなければいけなかった。

どこかに、密会用の部屋を借りることも考えないではなかった。だが、そのために不動産屋をまわって部屋探しをし、契約を交わし、居心地のいい空間を作るために家具や食器やカーテンをそろえる準備期間の長さを思うと、いやになった。

そんなに悠長に時間をかけて、志摩子との場所を作るのを待ってなどいられそうになかった。彼にとってはひと月後の安定よりも、一週間後の逢瀬《おうせ》のほうが大切だった。逢えるものなら毎日毎晩でも、逢いたいのだった。

志摩子とシティホテルの部屋を利用する、というやり方が、あさましいことのように思えていた時期も確かにあった。だが彼は、もはや、それ以外に方法はないのだ、という結論に達した。

正臣があらかじめ部屋の予約をする。約束の当日、先に正臣がチェックインして、カードキーを二枚受け取る。志摩子とはどこかの店で待ち合わせて共に夕食をとり、別れぎわにカードキーの一枚を彼女に手渡す。

志摩子の顔を見つめながら、部屋番号を口にする。覚えた？　と聞く。

志摩子は復唱はしない。ただ深くうなずき、わかった、とだけ言って、カードキーを素早くバッグのポケットに押しこむ。

外に出て、志摩子のためにタクシーを拾う。あるいは、店からタクシーを呼んでもらう。志摩子が先にひとりでホテルの部屋に入る。彼は五分ほどたった後で、別のタクシーに乗り、ホテルに向かう……。

それが一番安全で、人の目につきにくく、同時にふたりの関係を純粋に味わえる唯一の方法である、と彼は確信したのだった。

幸いなことに、志摩子は身長も百六十二センチ、とさして大柄なほうではない。顔も小造りで、よほどの厚化粧でもしない限り、目立ちにくい。音もなく舞いおちてきて、そのまま闇に溶けこんでいく一枚の白い花びらのように、志摩子の美しさは自己主張を抑えた、あくまでも控えめな美しさである。

優雅なドレスに身を包み、すっくと背筋を伸ばして立てば、即座に光を放って、女優・高木志摩子に変身するが、誰もが着るようなものを着て、ごくふつうにふるまっている限り、彼女は意外なほど人の目に触れなかった。仄暗《ほのぐら》いホテルのロビーを横切って、エレベーターに乗る志摩子を見て、それが女優の高木志摩子である、と即座に特定できる人間がどれだけいるだろう。

一方では、もし誰かに見られたとしても、かまやしない、という思いが、すでにそのころから正臣の中には確実に芽生え始めていた。志摩子とふたり、堂々と肩を並べてホテルに入り、エレベーターに乗りこんだっていいのではないか、と思うこともあった。

誰に見られてもよかった。むしろ、見てほしいと思う気持ちすらあった。見られた時の言い訳もふくめて、後のことはほとんど何も考えずにいられた。

夜、彼の乗ったタクシーがホテルに到着する。ホテルのボーイがタクシーの開いたドアを支えながら、いらっしゃいませ、と言ってくる。料金を払い、彼は車から降り立つ。

コートのポケットに入れ、マナーモードにしておいた携帯は鳴り出さない。先に部屋に入ろうとして、何か不都合なこと、あるいは不安を覚えるようなことが起こったらすぐに電話をするように、と志摩子には言ってある。

もう大丈夫、と彼は思う。あと二、三分で志摩子の待つ部屋に行ける。

早足でエレベーターホールまで行く。あたりに見知った顔がないことは、すでに素早く確認している。

呼びだしたエレベーターの扉が開く。何人かの客が降りて来る。すべて知らぬ顔である。

中に乗り、フロアボタンを押す。あられもないほど胸が高鳴っている。意味もなく腕時計を見る。九時三十分。志摩子と別れたのは、つい三十分ほど前である。

同じ箱に乗っている日本人の若いカップルが、顔と顔をくっつけ合うようにしてひそひそと何かしゃべっている。白人の老夫婦が、その様子を微笑ましげに眺めている。

エレベーターはどんどん上昇していく。彼は明示される赤いデジタル数字をじっと見つめる。あと三階、あと二階、あと一階……。

エレベーターが止まり、扉が開く。彼だけが降り立つ。背後でエレベーターの扉が閉まり、あたりは急に静まり返る。

カーペットが敷きつめられた廊下を歩く。知らず、歩みが速まっている。歩いても歩いても到着しない部屋だったらどうすればいい、などという愚かなことを考える。

目指す部屋の扉の前に立ち、ドアチャイムを鳴らそうとする。その瞬間、彼の中の志摩子を恋しく思う気持ちは頂点に達している。頭の芯がくらくらし、軽いめまいを感じるほどである。

チャイムボタンを押す。かすかに室内で気配がする。かちりと音がして、やがてドアがそっと内側に開けられる。

狭い隙間からすべりこむようにして、彼は中に足を踏み入れる。志摩子が目の前に立っている。微笑んでいる。ふたりの背後で、重々しい音をたてながら扉が閉まる。その瞬間、一切の現実が遠のく。

彼は志摩子を抱き寄せ、志摩子は彼の胸に顔を埋める。ふたりはもうこれ以上ないと思われるほど強く、互いの身体を密着させて、言葉もないままに相手のうなじ、髪の毛、耳、頬、鼻をくちびるや指先でまさぐり合う。

室内には低くジャズサウンドのBGMが流れている。重厚なカーテンが下ろされた窓が見える。だが、耳に入ってくるもの、目に入ってくるものは、志摩子のこと以外すべて、ただのまぼろしと化している。実感がない。

ふたりは長い間、戸口のところに立ったまま、時間を忘れたように抱擁し合っている。自分たちは永遠に抱擁を続けているのかもしれない、と思うこともある。

やがてどちらからともなく、顔を離し、身体を離し、手を取り合ったまま、ベッドのある室内に向かう。微笑み合う。見つめ合う。そしてまた、再び逢えた喜びを全身で表現して、ふたりは互いの身体を互いの胸で、腰で、感じ合う。

ついさっきまで食事を共にしていたというのに、目の前にいるのは正臣にとってすでに別の志摩子、新しい志摩子である。志摩子は刻々と新しい志摩子になる。いっときも、同じ志摩子のまま留まってはいない。

「大丈夫だった?」と彼はベッドの上に腰をおろしている志摩子の顔を両手で包みこみながら聞く。「誰にも会わなかった?」

「大丈夫よ」と志摩子は弾んだ声で囁き返す。

「エレベーターではひとりだった?」

「途中の階から、中年の女の人が三人、着物姿で乗ってきたけど、全然、気づかれなかった」

「ああ、志摩子」と彼は言う。「あなたがひとりでタクシーに乗って、ひとりでこのホテルに入るところを想像すると、心配で心配でたまらなくなるんだ」

「何が心配なの?　誰かに見られること?」

「違う。そんなことはどうだっていい。見られるのなら、見られたっていっこうにかまわない。俺はね、自分が一緒にいられない時のあなたのことが、いつも心配でたまらないんだよ」

志摩子は少女めいた華やぎのある笑みを返してくる。正臣はその、ふっくらとしたくちびるに接吻をする。

やわらかく開いて彼を迎える志摩子のくちびるは、温かく小さな、ぬめった生きもののように、活き活きと息づいている。わななくようにして彼を求めてくる。やがてふたりの舌と舌とは、互いの口腔を狂おしく泳ぎまわったあげく、ひとつにからまり合い、溶け合っていく。

性への欲望だけが先走っているわけではない。決してそうではないのだが、正臣の身体はすでに膨張し、漲《みなぎ》っている。

志摩子、志摩子、とその名を呼ぶ。

正臣、正臣、と志摩子もまた、彼の名を呼ぶ。

志摩子も彼も、すでに着ているものを脱ぎ捨てている。志摩子の乳房が、志摩子の臀《しり》が、彼の掌の中にある。どちらがどちらなのか、もう見分けがつかないほど、ふたりはとろとろと溶け出した飴《あめ》のようになっている。

そして、気がつけば、彼は志摩子を突きあげている。悦楽に喘《あえ》ぎ続ける、その美しい顔を見おろしている。

悦びが頂にのぼりつめる頃になると、志摩子は目を開ける。開けたまま、瞬きもせずにじっと彼を見あげる。

ベッドが揺れる。濡れそぼった彼女自身が揺れる肉の襞と化して、彼をきつく包みこんでくる。

目がうるみ、うるんでいるのに、瞳の奥に揺るぎのない力がある。その視線があまりにも官能的なので、彼はいたたまれなくなる。

正臣、と彼女が喘ぎながら言う。

志摩子、と彼も返す。

悦びが、正臣の腹のあたりを稲妻のようになって突き抜けていく。

離さない、と彼は言う。百万遍、同じ言葉を口にしても俺は飽きない、と思いながら、彼は繰り返す。

離さない、離さない、離さない……。

正臣がやっとの思いでその質問を口にしたのも、ホテルの一室で志摩子と共にすごしている時だった。

長い間、聞きたくても聞けないことだった。軽い口調で聞いてみればいい、とわかっていたのだが、どうしてもできなかった。

返ってくる答えがこわかったからではない。その質問を受けた志摩子は、烈しく狼狽《ろうばい》するかもしれなかった。その様子を目の当たりにすることに、おそらく自分は耐えられないだろう、と思ったからだった。

嘘をついてほしいわけではなかった。かといって、何が何でも本当のことを知りたいわけでもなかった。

志摩子が曖昧《あいまい》な答えを返してくれれば、自分はその言葉の裏にあるものを探ろうとするに決まっていた。嘘をついている、と感じれば、その嘘を暴きたくなるに決まっていた。どんな答えが返ってきても、志摩子の顔つきひとつで、自分が理不尽に動揺することになるのはわかりきっていた。

いずれにしても、不快なのだった。考えまいとして努力すればするほど、不快な妄想にも似た想像はふくらむ一方になった。

そして彼は、或る晩、ついにこらえきれなくなって訊ねた。

「坂本さんとは寝ているの？」

ふたりはその時、部屋の片隅にある、ゴブラン織り模様のソファーの上にいた。深夜二時をまわっていて、そろそろ身支度をし、ホテルを出て、志摩子を家に戻さねばならない時刻であった。

隣に座っていた白いバスローブ姿の志摩子が、かすかに身じろぎした。正臣は半ば祈る思いで、志摩子を見つめた。

志摩子の顔に、ためらいの表情は見られなかった。志摩子はまっすぐに彼を見ていた。その目の奥に柔和で愛情深い、それでいながら、その質問自体を訝《いぶか》ってでもいるような光が宿った。一瞬たりとも志摩子から目を離さぬようにしていたかったのに、不安のせいでそれができなくなりそうになった。彼は涙ぐましい努力をして、くちびるの端に心もとない笑みを浮かべ、ともすれば揺るぎそうになる視線を志摩子に向けた。

「私があなた以外の人とセックスできると思う？」と志摩子は聞き、決然と首を横に振った。「寝てないわ」

詰まっていた喉の奥が、ほんの少しではあるが、開放され、空気が通ったようになった。彼はおずおずと、しかし、できるだけあっさりした口調で聞いた。「……最後にしたのはいつ？」

志摩子はやわらかく微笑んだ。「聞きたい？」

「できれば」

「去年の八月だったかな。八月の中旬。いえ、初旬だったかしら。正確な日にちまでは覚えてない」

『虹の彼方』の制作発表記者会見で、志摩子と初めて逢ったのは、九月だった。自分たちが出会ってから、一度も志摩子は夫と肌を合わせていないのだ、と正臣は思った。安堵が胸をかけめぐった。

「その後は一度も？」

「もちろんよ」

「求められたりしないの？」

「坂本はね、あなたも知ってるように大きな病気をしたでしょう？　それ以来、体調がすぐれないことが多いのよ。だからね、ちょっとそういう雰囲気になりかけたとしても、私が『疲れてる』とか何とか言えば、すぐ諦めてくれるし……。第一、あなたとこうなってから、ほんとにないのよ。求められることもないのよ」

「彼が病気をする前は？」

「ふつう」

「ふつう、って、どのくらい？」

「頻度のことを言ってるの？」そう聞いて、志摩子は場違いなほど無邪気な笑い声をあげた。頬のあたりを薔薇《ばら》色に染め、手を伸ばしてきて正臣の太ももに触れた。そしていたずらっぽい顔を作るなり、口調だけは大まじめに言った。「毎日だったわ」

そうか、と正臣は言い、志摩子の手を少し邪険《じゃけん》な手つきで払いのけた。「すごいんだな。病気する前の坂本さんは絶倫男だったんだ」

嘘よ、嘘、と志摩子はいっそう大きな笑い声をあげた。「嘘に決まってるでしょ。そうね、病気の前は、平均して月に二度くらいだったかな。一緒に海外旅行したりすると、時々、二日に一度、ってことはあったけど」

「二日に一度ね」

「昔のことよ。大昔。それでも絶倫って言うの？　ねえ、それより、ちょうどいいわ。こういう話題が出たんだから、私にも聞かせて」

「何？」

私も知りたかった、と志摩子は言った。言いながら、わずかに目を伏せると、そっと彼の手を握りしめた。「……あなたはどうなの？」

「寝てないよ。あなたとこうなってから、一度も寝てないし、寝る気になれない」

そう、と志摩子は言った。意味ありげな瞬きが繰り返され、不安定に揺れ始めた視線が彼をとらえた。「これまではどうだったの？」

「あなたと似たようなものだよ。月に一、二回」

「定期的に？」

「まあね。習慣にしてた。夫婦である以上、習慣化させることを無意識のうちに自分に課してたんだと思う」

志摩子はまじまじと彼を見つめた後で、ためらうような笑顔を作った。その笑顔は淡く、力がなかった。

彼女は言った。「ちゃんと寝なくちゃだめじゃない」

注意深く感情を押し殺した、平板な言い方だった。冗談を言っているようには聞こえなかった。かといって、深刻な響きは感じられず、ふざけてでもいるかのような言い方のどこかに、巧妙な棘が隠されている気もした。

彼が黙ったまま志摩子を凝視すると、志摩子はもう一度、口もとにおぼろげな笑みを浮かべ、彼女と、と言った。「これまで通り、月に一回か二回は、寝なくちゃ」

怒りとも悲しみとも絶望ともつかない、まとまりのない気持ちが正臣を襲った。腹を撃たれたのに、何が起こったのかわからないまま、四肢を踏んばってぼんやりと突っ立っている、死にかけた野生動物にでもなったような気がした。

「どうして」と彼はやっとの思いで聞いた。「どうしてだよ」

「それが習慣だったんでしょう？　私たち夫婦の間では、彼が病気をしてからそういう習慣は自然になくなってしまったから、問題にならないけど、あなたの場合は違う。急に習慣を壊したりしたら、怪しまれるじゃないの」

俺が、と正臣は言いかけ、その声が自分でも驚くほどかすれていたので、急いで咳払いをした。「俺が女房と寝てもいいのか？　平気なのか？」

「平気じゃないわ。平気なわけ、ないでしょ。でも……」

「でも、何だよ」

怒らないで、と志摩子は低い声で言った。彼の顔をまじまじと見つめ、次いで、潤み始める目を必死になって隠そうとするかのように、烈しく瞬きしてから、「言わせてよ」と言った。「私に、そう言わせてよ。奥さんと寝なくちゃだめだ、って言わせてよ。だって、そのほうが楽だからよ。そう言って、あなたが妻と寝ることを自分から勧めた形にしておけば、もし本当にあなたが、彼女と寝てやらなくちゃいけない状況になって、寝ちゃったことが私にわかったとしても、私……耐えられるじゃない。ね？　そうでしょ？　違う？」

志摩子、と正臣は吐息のような声で言い、彼女の肩を強く引き寄せ、揺すった。「どうしてそんなにまどろっこしい考え方をするんだよ。どうして、俺に、女房と寝るな、寝てほしくない、って言えないんだよ。え？　どうしてなんだよ」

志摩子は黙ったまま、力なく倒れこむような形で静かに正臣の胸に顔を埋めた。はだけたバスローブの奥の彼の胸に、志摩子の髪の毛の感触が広がった。傷ついた小鳥が舞い降りてきて、胸のあたりでふわりと羽を拡げたかのようであった。

「ほんとは何もかもいやなのよ」と志摩子はくぐもった声で言った。片方の手は正臣のバスローブの襟元を握りしめていた。「ひとり占めしたいのよ」

こみあげてくる熱いものがあった。

同じだよ、と正臣は言い、やわらかな小鳥のような志摩子をかき抱いた。

第十一章　志摩子

正臣と会い、午前二時三時という時刻に帰宅することが度重なるにしたがって、志摩子にとって高輪の自宅の玄関扉は、得体の知れない、おそろしいものに変わっていった。その扉の向こう側にあるのは、ついこの間まで自分が安住の地だと信じて疑わなかった世界だった。それはわずらわしいこと、厄介なことから自分を守り、遠ざけ、確かな休息を与えてくれる要塞《ようさい》のようなものでもあった。

これまでは、そこに戻りさえすれば、複雑にからまり合った悩みも疲れも吹き飛んだ。張りつめていた気持ちを解き放ち、弛緩させ、知らず身につけていた薄い仮面をはぎとって、女優の高木志摩子ではない、本名の坂本志摩子に……いや、翻って言えば、結婚する以前の、まだ小娘だった頃の、春川志摩子に戻ることができた。

そこには夫がいて、猫のモモがいる。滋男とふたり、紡《つむ》いできた時間が、すみずみにまで刻まれている。生活があり、穏やかに積みあげてきた習慣がある。失うことが考えられなかったものばかりで充たされている。

大切な場所だった。どんなに長い旅に出ても、帰る場所はここしかない、と信じていた場所でもあった。

それなのに、自分の家の玄関扉が、志摩子にはただひたすら、おそろしいのだった。今、扉を開け、向こう側の世界に、足を踏み入れなければならないと思っただけで、そのおそろしさに喉が詰まってくるのだった。

遅い帰宅の時は、互いに勝手に鍵を開けて中に入る、という取り決めが滋男と交わされてから久しい。そのため、ひとりが帰宅したら、もうひとりのためにドアチェーンだけはかけずにおく、ということと、外出の際、家の鍵を持ち歩くということは、夫婦の間で習慣化されていた。

あたりが寝静まった午前三時、正臣に送られてマンションに戻る。タクシーの中で、運転手の目を盗みながら、慌ただしく接吻《せっぷん》を交わす。手を握り合う。近隣の誰かに見られることを考慮に入れ、正臣は運転席の後ろに座ったまま、車の外には出ない。

おやすみ、と名残惜しげに短く言いおき、志摩子はひとり、車から降りる。時折、振り返り、軽く手を振りながらマンションの中に入る。

エントランスホールは、その時刻でも、煌々《こうこう》とした黄色い明かりに包まれている。オートロック式のガラス扉の前に立った志摩子が、暗証番号を入力し、ガラス扉が開き、志摩子の姿が見えなくなるまで、正臣の乗ったタクシーはマンション前に横づけされている。

開いたガラス扉を前に、志摩子は今いちど、振り返る。冬の闇の中、白い煙をあげながら停車しているタクシーの窓は、マンションの明かりを受けて、てらてらと光っている。中にいるはずの正臣の顔は、闇と光とにのまれてしまって、何も見えない。

志摩子の背後で、ごう、という機械音がし、ガラス扉が閉まる。その音を耳にしたとたん、志摩子の背中に緊張が走る。正臣と引き裂かれた、という思いよりも、むしろ、自分がこれから帰って行く場所に向けた恐怖心のほうが強くなる。

一階で止まったままになっているエレベーターに乗る。三階のボタンを押す。意味もなく腕時計を覗く。何度覗いても、時刻は午前三時である。しかも正臣と夕食の時に飲んだワインや、ホテルの部屋で愛を交わし合った後に飲んだビールの酔いは、すっかり醒《さ》めてしまっている。

これから映画の撮影に入る、と言われても困らないほど、志摩子の頭の中は明晰《めいせき》に晴れわたっている。いささかの疲れも感じない。

三階でエレベーターを降りる。左に折れて少し歩けば、そこに一枚の大きな扉が現れる。

「坂本」とゴシック体で刻まれた表札がかかっている。右手に握りしめていたキイホルダーの中の鍵を鍵穴にさしこむ。

祈る思いなのだが、いったい自分が何を祈っているのか、わからない。滋男が中にいることはわかっている。眠っているか、起きているか、あるいは、眠っていたのが、志摩子の気配で目を覚まし、起き出してくるか、いずれかひとつしかない。

二か所の鍵を開ける、カチリという音が、思いがけず大きくあたりに響きわたる。L字型になっている扉の把手《とって》を握り、そっとおろす。

その瞬間、一秒の何分の一かの短い間ではあるが、志摩子はおそろしい幻影を見る。開けた扉の向こうに、滋男が佇《たたず》んでいるのを見たような気分になる。

彼はパジャマ姿である。どうしたの、と志摩子が聞いても、答えない。彼はただ、うす笑いを浮かべたまま、志摩子を見ている。

どうしたのよ、ともう一度、志摩子は聞く。寝てなかったの？

その直後、うす笑いを浮かべたままの滋男の手が信じられないほど素早く伸びてきて、志摩子の頬に激烈な痛みが走る……。

だが、そんなことは起こらない。扉の向こうは静かである。誰もいない。

玄関ホールの天井についている小さな間接照明が、床に向けてやわらかな黄色い明かりを投げている。それは舞台のスポットライトを思わせる。

耳をすませる。物音ひとつ聞こえない。

若かった頃は志摩子の帰宅の気配を聞きつけ、起き出して玄関先に迎えに出てきてくれた猫のモモも、最近ではめったにそんなことはしてくれなくなった。

靴を脱ぎ、コートを脱ぐ。脱いだコートを玄関脇のコート掛けにかけ、自分専用のスリッパをはく。廊下を進み、居間に入る。

暗がりに夫が背を丸めて座っているような気がして、すぐに明かりをつける。夫はいない。いるはずもない。

素早く室内を点検する。センターテーブルの上の、滋男が読んでいた様子の本や、眼鏡、湯呑みに入った飲みさしのお茶などが目につく。

シャワーを浴び、歯を磨き、パジャマに着替えてから寝室に行くべきだ、と思いながらも、気が急《せ》いたようになっている。正体のわからない不安と緊張感がある。志摩子はバスルームには入らず、そのまま寝室に行く。

音をたてないよう注意しながら、寝室の扉を開ける。フットライトの明かりだけが、おぼろな闇に滲《にじ》んでいる。ふたつ並べたベッドのうち、手前のベッドに滋男が寝ている。こんもりと盛り上がった布団が、その時、かすかに動く。

「おかえり」と彼は寝返りを打たずに言う。「遅かったんだね」

「あ、起こしちゃったわね。ごめん」と志摩子は明るい口調を装って言う。「なんだかんだと誘われちゃって、帰れなかったの。くたびれたわ」

誰に誘われた、とは彼は聞かない。どこで何をしていたのか、とも聞かない。

ベッドの足元に置かれたモモ専用の籠《かご》の中では、モモが目をさまし、気持ちよさそうに伸びをしている。志摩子はモモに近づき、その身体を撫でてやる。モモはごろごろと喉を鳴らし、志摩子の指先をなめてくる。

「明日は早いのか」と滋男が聞く。

「ううん、そうでもない」と志摩子はモモを撫でながら答える。

「もう遅いんだから、早く寝なさい」

「そうする。その前にシャワーを浴びてくるわね」

寝室を出る口実ができたことにほっとしながら、バスルームに向かう。向かいながら、あの人はずっと起きていたのかもしれない、とふと思う。

起きている間、何を考えていたのか。女優である妻が、何故、大きな仕事が入っている時でもないのに、こんなに遅く帰って来るようになったのか。何故、どこかしらうわの空でいるのか。そんなことばかり考えていたのではないだろうか。

正臣との関係が深まれば深まるほど、至福の思いが強まれば強まるほど、それに反比例するかのように、茫漠とした不安感、緊張感は膨れあがっていった。この先、自分と正臣はどうなっていくのだろうか、と考えると、蔦《つた》のようにからみついている現実だけが目について、途方にくれた。

それなのに、ある種のうしろめたさと共にあるはずの罪悪感が、いっこうに生まれる気配がないのがふしぎだった。そもそも志摩子には、夫を裏切っている、という意識がなかった。

ベッドの中で、布団にくるまりながらこちらに背を向けている夫からは、彼が抱えている、どうにもしようのない孤独の匂いだけが嗅ぎとれた。ああ、この人は、こんなに孤独だ、と志摩子は思った。できればその種の孤独は見たくなかった。感じたくなかった。

だが、それは罪の意識、裏切りの意識とは別のものであった。

麻布十番にある居酒屋『やま岸』ほど、これまで志摩子が頻繁に通いつめた店は他にない。

滋男と結婚する前の独身時代は、多い時で週に二度、少なくても二週に一度は通っていた。ひとりの時もあれば、仲間と一緒の時もあった。どんな場合でも、オーナーの山岸と、その妻である宏子とは気ごころが知れていて、気安く会話を交わすことができた。

居合わせた客の目を気にせずにすむよう、志摩子が行けば、たいてい、L字型になったカウンターの一番端の席か、もしくは奥の個室を使わせてくれた。食べ物の好みもよく通じていて、品書きにないものも、随時、用意してくれた。

滋男と静かな恋におち、結婚を決めた時、真っ先に志摩子が紹介し、報告したのは、両親ではなく、宏子であった。

宏子は二十四の時に、学生街にある萎《しお》れたような安酒場でアルバイトをしていた山岸と出会い、恋におちた。大手の都市銀行に勤務する父と、財界を代表する名家の血筋を引く母が、宏子と山岸との結婚に猛反対し、宏子は家を捨てる覚悟で山岸と暮らし始めた。

二年後、両親の許可を得られぬままに入籍。女優として駆け出しだった頃の志摩子が音頭をとって、渋谷の小さな喫茶店を借りきり、ふたりのためにささやかな結婚パーティーを開いてやったこともあった。

坂本滋男を宏子に紹介した後、しばらくたってから、宏子は志摩子に言った。「すごくいいじゃない、坂本さん。もの静かで落ちついてて、チャラチャラしてなくて。そのくせ、志摩子命、って感じだもの。ああいう人が、志摩子には一番似合ってる。いろんなことがあったけど……結局、これでよかったのよ。きっとずっとずっと、この先も坂本さんは志摩子のこと、支えてくれるよ。それに、何といっても、坂本さんは大変だった時期の志摩子を救ってくれた恩人なんだもの。志摩子だって、坂本さんのこと、一生、心から大切に思って、寄り添っていけると思う」

加地謙介との道ならぬ恋と、加地の妻が自殺未遂をしたことが発覚して大スキャンダルになり、世間から叩かれ、女優としての危機に立たされていた時の志摩子を宏子はよく知っている。

から元気を装って『やま岸』に来るなり、あおるように冷酒を飲んで、意識をなくし、店の二階に布団を敷いてもらって横になっていたこともあった。飲んでいる最中にふいに涙があふれ出し、どうにも止められなくなって、勘定も済ませずに店を飛び出してしまったこともあった。

いずれの時も、宏子は傍《そば》にいた。説教はされなかった。ありふれた励ましの言葉も受けなかった。宏子はいつも、志摩子をあるがままに受け入れ、多くを口にせず、淡々と接して、遠く近く、見守っていてくれた。

宏子が自ら選び、乗り越えてきた人生の苦悩は、生半《なまなか》なものではない。四十八になった今もまだ、山岸との結婚が原因で、両親との関係は修復されておらず、ほとんど行き来はない様子である。

孫でもできれば事情は変わってきただろうに、宏子は三十少しすぎてから患った婦人科系の疾患のせいで、子供ができない身体になった。できないのなら、子供はいなくてもかまわない、と考えて、山岸とふたり、人生を賭けるつもりで麻布十番に店を出し、繁盛させた。おっとりとして見える容貌から想像もつかないほど、意志堅固な、精神の強靭《きょうじん》な女でもある。

自分には親はいない、家族もいない、家族と呼べるのは山岸ひとりだけ、と言いきって、日々、もくもくと『やま岸』で夫を手伝い、笑顔を絶やさずに生きている。宏子のような女は、志摩子にとって、誰にも言えない秘密を打ち明けることのできる、唯一の貴重な友人だった。

その『やま岸』に、正臣を連れて行くことになった日の前日、志摩子は宏子に電話をし、今、自分は後戻りできない恋におちているのだ、と打ち明けた。

宏子はさして驚いた様子もなく、「よかったよかった、素敵じゃない」と声を弾ませて言った。「女優はいつも恋をしてないとだめだ、って昔から、私、言ってきたでしょ？　志摩子、ここんところ、空き家状態だったみたいだし。そろそろ色っぽいことでも起きればいいのに、なんて思ってたところよ」

そんな軽いものではないのだ、と言いたかったのだが、うまく言えそうになかった。自分たちが紡いでいる恋の重みを、ひと言で説明できないのが歯がゆかった。

「ねえねえ、聞かせて。幾つの人？」

「年下なの。五つ下」

「年下かあ。いいねえ、志摩子らしいわ」

「どうしてよ」

「志摩子や私の年齢になって、年上の男と恋をするより、年下と、っていうほうがカッコいいもの。そもそも志摩子には年下が似合うしさ。それに五つ下、っていうのは、ちょうどいい年齢差ね。ということは四十三歳？」

「そう。こういう関係になって、まだ二か月くらいしかたってないんだけど……ねえ、宏子。信じられないかもしれないし、こんなこと言うと笑われるかもしれないけど……私、本気なのよ」

「本気じゃない恋なんて、つまんないじゃない」宏子はあっさり言って、くすくす笑った。「本気になってみてこそ、恋の醍醐《だいご》味《み》がわかるってもんよ」

「うまく言えないんだけど……こんなに烈しい恋におちたのは、生まれて初めて。ほんとにそう思ってる。これが私にとって最後の恋よ。人生最後のね」

あはは、と宏子はからかうような笑い声をあげた。「よく言うわ。前にも何度か、そういうセリフ、聞いたわよ」

「最後の恋？　そんなこと、私、言った？」

「言った言った。いつも誰かを好きになると、そう言うのが志摩子の癖だったの。加地さんの時だって、そうよ。覚えてないの？　もう二度と、一生、恋はしない、なんて言っちゃってさ。加地さんと別れたら、坂本さんが現れて、坂本さんの時は恋が実って結婚したけどね。まあ、坂本さんの後に現れた男はみんな大したことないし、恋だ愛だ、って感じじゃなかったけど。それでも一回か二回、これが最後、なんて言ってたのを聞いた覚えがあるなあ。違った？」

あのね、宏子、と志摩子はたしなめるように言った。「私、まじめに言ってるのよ」

「だからさ、これまでも何度か、まじめに言ってるのを聞いたってば。はいはい、最後の恋ね。わかりました。当然、相手は家庭のある人なんでしょ？」

「うん」

「子供は？」

「ふたり」

「志摩子にも家庭がある。彼にもある。子供もいる。ダブルなんとか、ってやつだけど、それが一番、安全で気楽よ。お互いに守らなくちゃいけないものがあるんだもの。その上でひそかに人知れず燃える。最高！　ねえ、うちのお店に連れて来ればいいじゃない。奥の個室、とっといてあげるから」

「明日、ふたりで行くわ」と志摩子は言った。「だから、こうやって電話したの。宏子に紹介する。人に見られたくないから、私が先に行って、後から彼に来てもらうようにするけど、それでいい？」

それには答えず、宏子は「ねえ」と言った。「たった今、ぴんときた。志摩子と恋におちた人って、もしかしてあの人？」

「あの人、って？」

「『虹の彼方』を書いた作家の……」宏子はそう言い、興奮気味にうわずった声をあげた。「何て言ったっけ。そうそう。奥平正臣さん。舞台のパンフレットで私も見たわよ。小説はまだ、ちゃんと読んだことないけど。素敵な人よね。志摩子とのツーショット写真を見た時も、なんかこの人いいな、このふたり、いい感じだな、って思った記憶がある。ねえ、志摩子、そうなんじゃない？　そうでしょう。違うなら違う、って言って。でも、きっとそうよ。ね？」

志摩子は軽く吐息をつき、携帯を握りしめている自分の手が、じわじわと湿り始めたことを意識しながら、「宏子の直感の鋭さには負ける」と言った。「明日、連れて行くまで教えないつもりでいたのに」

「そうなの？　ほんとに奥平さんなの？」

「そうよ」

「やっぱりね。なんか、ものすごくいい感じ。ぴったり」

「そう？」

「お似合いよ。全然、年下に見えないし。同世代に見える。ていうか、ふたりとも年齢不詳、エイジレスって感じ」

「そう言われると嬉しい」

「作家と女優の道ならぬ恋……か。最高にドラマティックね」

胸の火照《ほて》りが、野火のようにたちまち全身に広がっていくのがわかった。今すぐ、すべてを聞いてほしくなった。聞かされるほうはたまらないだろう、馬鹿馬鹿しいだろう、と思うのだが、いったん、口を開いたら最後、自分は宏子相手に、ひと晩かけて、正臣との関係をしゃべり続けるに違いない、と志摩子は思った。

「よかった、聞いてもらえて」と志摩子はしみじみと言った。「宏子しか打ち明けられる相手はいないのよ。言おう言おう、と思ってて、ちょっと遅くなっちゃったんだけど」

「で、いつから始まったのよ」

「舞台が終わったあたりからかな。ふたりきりで逢ったのは、十二月に入ってからだったけど。でも、舞台の仕事を通して、私が彼に好感をもってたのは事実。今から思えば、こんなふうになる条件はそろってたのかもしれない。だって、彼のほうは、制作発表の日に私と初めて逢った時からもう……」

「志摩子にひと目ぼれ？　ぞっこん？　やったね、志摩子」

「それからは、まっすぐに私に向かってきたの。全然、臆《おく》さなかった。そういうのって、嬉しいものよ」

「わかるわかる。ふつうの男は、志摩子を前にしたら、自意識過剰になってビクついちゃうものね。ビクつかずに図々しく寄ってくるやつは、たいていどうしようもない男ばっかりだし」

志摩子は笑った。「とにかく、そういうわけなんだ。ああ、この話をしたのは宏子が初めて。こうやって宏子に聞いてもらって、ずっと胸の奥でつかえてたものが溶けたみたいな気がする」

「なんでも聞くわよ」と宏子は言った。「任しといて。でもさ、恋はいつかは終わるんだものね。永遠に続く恋なんて、あり得ないじゃない。言われなくたって、志摩子ならわかってると思うけどさ。だからこそ、熱く燃えてるうちは、しっかり、とことん、楽しんでおきたいよね。人生最高の思い出にするためにもね。そのためにも、私、なんだって協力するよ」

今にも高々と空に向かって飛翔しようとしていた風船が、いきなり空気を抜かれ、しぼみ、醜いゴムの塊になってしまったような感じがした。つい今しがたまでの幸福な昂揚感に、バケツで冷たい水をかけられたようでもあった。志摩子は口を閉ざした。

恋はいつかは終わる……それは宏子だけの意見ではない、確固たる世間の常識に違いなかった。空は青い、海は青い、命には限りがある……誰かにそんなふうに言われたのと同じことだった。

その種の、ありふれた一般常識を無邪気に口にされただけなのに、何故、自分はこれほど烈しく違和感を覚え、動揺するのか、と志摩子は思った。

「ともかく明日ね。七時半頃、行けると思う。個室、用意しておいてね。先に私が行って、五分くらい遅れて彼が来るから。おいしいもの、たくさん食べさせてね」

了解、と宏子は明るく言い、それをしおに志摩子は電話を切った。

正臣はよく、志摩子と共にベッドに仰向けになり、志摩子に腕枕をさせたまま、問わず語りに旅の話をした。

それは国内だったり海外だったり、この世のどこにもない、架空の土地だったりした。パリ、ニース、ロンドン、フロリダ、リスボン、ウィーン、パレルモ、ハワイ島……。京都、小樽《おたる》、沖縄、伊豆《いず》……。

彼がこれまでに行った街もあれば、これから行こうと計画している街もあった。志摩子は彼と、そんな旅の話をしているのが好きだった。

その晩も同じだった。

「あなたとふたりで、夏の晴れた日の朝、どこかの国の、どこかの街にある、カフェの白いテラスに出てコーヒーを飲むんだ」と彼は言った。「テラスは真っ赤なゼラニウムの花で囲まれてる。椅子やテーブルのペンキは剝げかかってるんだけど、空気が乾いていて気持ちがいいんだ。コーヒーを飲んだら、あなたのバスケットにサンドイッチとフルーツとビールを入れて、俺が運転する車で少し離れたところにある湖に行く。まわりには静かな牧草地が広がってる。湖畔に一軒、古いボート小屋が建っている。その小屋の前の木陰にビニールシートを敷いて、俺たちは並んでサンドイッチを食べる。ビールを飲む。草の匂いがしている。木もれ日が俺たちを包んでる。誰もいない。あなたは裸に近い恰好をしてる。ホルターネックの、からだにぴったりしたキャミソールふうのシャツに、少しギャザーの入ったセクシーな、膝丈のスカート……かな。シャツの裾から手を入れただけで、俺はあなたのおっぱいを俺だけのものにできる。スカートの中に手を入れただけで、あなたのあそこを俺のものにできる。俺はあなたに触れたまま、キスをする。あなたも俺のファスナーをおろす。俺のものは、もう、カチカチだ。棍棒《こんぼう》だ」

「で、その場で私たちは始めるのね？」

「もちろん。誰もいない。誰も来ない。あたりの木の梢《こずえ》では小鳥が鳴いてて、お尻の下で草が少しチクチクして、青くさい草の香りがあたりにこもってて……かすかに湖面をわたってくる風の音が聞こえてくる。そこに俺たちの喘《あえ》ぎ声が響きわたる。谺《こだま》みたいに小屋の壁にぶつかって響いては、また、返ってくる」

「蜂《はち》の羽音も聞こえるわ、きっと」

「蝶も飛んでるよ。黒い大きな蝶。羽の先っちょに水色の模様の入った……」

「腰を使うたびに、草がからだをくすぐってくるのね。顔を横に向けると、開けた口の中にも草がまぎれこんできて、気がつくとそれを嚙《か》んで、飲みこんじゃってたり……」

「木もれ日を受けて、眉間に皺を寄せて目を閉じて、ものすごく感じて悶《もだ》えてくれているあなたの顔を見下ろしているだけで、俺は射精したくなってくる」

「私はもう、あんまり感じすぎて意識が遠のいてる」

「土の匂いがする。木もれ日が揺れる」

「で、だんだん我慢しきれないくらいに高まってきて、青空と光の中で、あなたは吠えるんだわ」

「そう。吠える。吠えながら、汗にまみれながら、志摩子、と叫んで射精する」

「射精した後、私たち、きっと顔を見合わせて笑うのよね」

「よくわかるね」

「あんまり幸せだと、私たち、よく笑うじゃない」

「そう。その通りだよ」

「そういうこと、してみたい。誰もいない外国の湖畔の草むらで、あなたと……してみたい」

「しよう。いつか絶対にしよう」

大自然を想定してめぐらせる、そうした他愛のない夢想は、次には一転して、人工的なものに囲まれた大都会の真ん中における夢想に切り替わっていった。

「雑踏の中に俺たちはいる」と正臣は言った。「まわりを外国語が飛びかっているんだけど、何を言ってるのか、全然わからない。どこもかしこも騒々しくて、狭い道をはさんで並んでるたくさんの店からは、食べ物のいろんな匂いがもうもうと漂ってくる。たくさんの人間たちがいて、どれが客引きなのか、観光客なのか、店員なのか、区別がつかない。そのうち、雨が降りだすんだ。けっこう烈しい雨でさ。俺もあなたも傘を持ってなくて、急いで目についた店に飛びこんで、傘を一本買う。紺色の、安っぽい傘。俺はあなたの腰を抱いて、ふたりでぴったり寄りそいながら、傘をさして歩く。足もとが濡れて、びちょびちょしてきて、泥足になっちゃうんだけど、でも、気温が高いからちっとも冷たくない。道の両側には並木が連なってて、緑が濃くて、きれいな建物とそうでないものとが混在してて、ところどころに石造りの建物を壊した跡が残ってて、あちこちに瓦礫《がれき》がころがってて……でも、その隣にはきれいなレースの下着を売ってるランジェリーショップがある。そこでは、あなたに似合いそうなセクシーなレースのブラなんかを売っている」

「そこで私、何か買うの？」

「買わない。俺たちは一本の傘におさまって、ずっとずっと、歩いていくだけなんだ。知らない街を。知らない言葉に囲まれて。誰もあなたのことを知らない。日本の有名な女優であることなんか、誰も気づかない。もちろん俺のことも、誰も知らない。時々、俺たちは立ち止まって、傘の下でキスをする。また歩く。また立ち止まってキスをする。

俺はあなたが欲しくてたまらなくなる。さしてたはずの傘が傾いて、俺たちの顔に生温かい雨が降る……」

「それはベトナム？」

「かもしれない」

「タイ？」

「それもありだな」

「中国かも」

「中国だったら、きっと上海だよ」

上海……。

ふたりの間で、その街の名が話題にのぼったのは、それが最初であった。

上海に友達がいる、と正臣はその時、言った。それはたとえば、「ニューヨークに友達がいる」「大阪に友達がいる」などと言う時と、何ら変わりのない口調だった。上海という地名は、その時点ではまだ、ふたりの間で何の意味も伴ってはいなかった。

抱えている幾多のしがらみから逃れ、愚かな行動であることは百も承知で、手に手を取って決然と向かう先が上海になる、などということを、どうしてその時、予測できただろう。

「清水利男、っていうやつが、上海で暮らしてるんだよ。学生時代からの友人なんだ。

やたら図体のでかい男でさ。ラグビーやってたからね。全体の骨格がめちゃくちゃ四角くて、顔も四角いから、遠くから見ると、冷蔵庫の上に電子レンジが乗っかってるみたいに見える」

あはは、と志摩子は笑った。「その冷蔵庫って、もしかして3ドア冷蔵庫?」

「4ドアかもしれない。見たら驚くよ。とにかく四角くて、でかいんだから。上海生まれの中国人と結婚しててさ。女房の名前は紫薇《ツーウェイ》。紫の薔薇《ばら》、っていう意味。ちょっといいだろ」

「素敵な名前」と志摩子は言った。「それでツー・ウェイって読むの?」

「うん。気の強い、頑張り屋のチャーミングな人だよ。上海から東京の学校に服飾デザインの勉強に来て、当時、彼女がバイトしてた喫茶店で、清水と知り合って恋におちたんだ。その後、結婚して、彼は上海に渡った。彼が二十七、彼女が二十四の時だったかな。彼は紫薇や彼女の縁戚関係者のサポートを得て、すぐ輸入代理店を始めたんだけど、これが大当たり。気質的にも実業家に向いてたんだろうけど、異国で事業を成功させるなんて、大した腕だと思うよ。彼とは、生き方も価値観もまったく違うんだけどね、俺は彼の才能を高く評価してる」

そこまで言うと、彼はシーツの音をたてて勢いよくベッドの上に起きあがり、志摩子を見おろした。「志摩子、そのうち一緒に、上海に行こう。清水がいてくれるし、紫薇も日本語がぺらぺらだから、いろいろ細かい配慮をしてもらえると思う。あなたのことも完璧にケアしてくれるよ」

「ありがたいわ。でも」と志摩子は、注意深く言葉を選びつつ、言った。「その清水さん夫妻は、あなたの家と……あなたの家族とも家族ぐるみのつきあいがあったんでしょう？」

「まあね」と正臣は言い、何故、そんなことを聞く、と言いたげな顔をしたが、すぐに話題を替えた。「あなたは上海、行ったことがある？」

「中国で行ったのは北京《ペキン》だけよ。あなたは何度も行ってるのよね？」

「そんなことないよ。志摩子とこうなる前に、一度行ったきり。雑誌の仕事でね。清水からは、何度も遊びに来い、って誘われてたんだけど、行ったのはそれが初めてだった。今度はあなたと一緒に行きたい」

「でも……どうなるの？　彼らに私たちのこと、知られるわ」

何を気にしてるんだよ、と正臣は喉の奥に呆れたような笑いをにじませながら言った。「知られたいんだよ。かまわないよ。清水にはあなたのこと、教えておきたいんだ。あなたが俺とのことを宏子さんに打ち明けてくれたみたいに」

「問題はない？」

「何の問題？」

志摩子は気分のかすかな揺れに気づかれないよう注意して、穏やかな微笑を浮かべながら彼を見た。「そんなに古いお友達で、あなたの家族のこともよく知ってて、まして家族ぐるみのおつきあいがあるんだし、何かとまずいでしょう。私のこと知られちゃったら、今後、家族同士でのつきあいが、やりにくくなる」

「宏子さんだって、あなたの家族のことや坂本さんのこと、よく知ってるじゃないか。四人で逢うこともあったんだろう？　それでもあなたは、俺に宏子さんを紹介してくれた。それと同じことだよ」

そうか、と志摩子は言った。言ってからゆっくりとうなずいた。「その通りね」

「清水と家族ぐるみのつきあいをしてたことが、そんなに気になる？」

ううん、と志摩子は言い、枕の上で首を横に振った。「別にそういうわけじゃないんだけど、ただ、ただ……」

「ただ、何？」

志摩子はいつもの志摩子らしい、晴れ晴れとした笑みを作って、「ねえ」と言った。

「あなたと話していると、私、いつも『おあいこ』っていう言葉が浮かんでくる」

「おあいこ？」

「あなたがこれまで生きてきた人生のいろいろなものがね、強力な磁石に吸いついた砂鉄みたいになって、あなたにくっついて離れなくなってて、それを感じて私はいつも、なんかちょっと寂しい、っていうか、あなたが近くにいてくれない感じがして悲しくなったりすることがあるんだけど……でも、考えてみると、それはいつも、私の側の事情と似たりよったりなのよね。私の中の磁石にも、砂鉄が四方八方、いっぱい吸いついてる。あなたのそれと同じくらいに」

正臣は枕に頰づえをつき、片方の手で志摩子の頰、くちびるを指先で軽く愛撫した。そのまなざしの奥に、彼特有の生まじめな光が宿るのが見えた。

「なるべく考えないようにしている」と彼は低い声で言った。「あなたたち夫婦のことを考え始めると、行き場を見失って、蟻《あり》地獄に落ちていきそうになる。俺自身のことも同じで、自分の家庭のことを考えると、やっぱり行き場を見失う。だから……できるだけ思考がそっちのほうに行かないですむようにしてるんだ。今のところ、それしか方法がない」

「それを言うなら、私だって同じよ」

正臣はしばらくの間、何か忙しく考えこむように志摩子の顔を眺めまわしていたが、やがてぽつりと言った。「最近、時々思うんだ。捨てられる、というのは何と安楽なことだろう、ってね」

次の言葉を待って志摩子は正臣を見つめた。言いよどんでいるように見えたので、静かに訊ねた。「どういう意味？」

自分が口にする言葉の重さをかき消すようにして、彼はあっさりと言い放った。「捨てられる側よりも、捨てる側のほうが地獄の底を覗きこむんだよ」

志摩子はうなずいた。瞬きをし、彼を見つめ、そして言った。「よくわかるわ」

「地獄の種類が違う、と言われてしまえばそれまでだけど、でも、少なくとも捨てる側には、それまで保ち続けてきた絆《きずな》を一刀両断に切り落とすための覚悟がいる。それは何だろう……そうだな、たとえて言えば、登山をしていて、ザイル一本でつながっている相手を、自分が生き延びるためにどうしても切り落とさなくちゃならない事態に陥って、どうしようもなくナイフを使ってしまう時の、あの地獄の悲しみに似ているのかもしれない」

志摩子は少しさびしく微笑し、彼もまた同じ微笑を返した。

「行こうよ」と彼は気を取り直したように言った。さびしい微笑の中にも、瑞々《みずみず》しくはずんだ気分が窺《うかが》えた。「上海に。近いうちに必ず」

「行きたい」と志摩子も言った。

見つめ合った。互いの目の奥に、自分の目の光を探した。言葉にならない言葉を視線の強さの中に表現し合い、互いの過去が鉛の重しとなって、それぞれの足にからみついているのを悲しい思いの中で確認し合った。それでいながら、四つの瞳は、今、目の前にいる、この人がすべてである、と飽きず饒舌《じょうぜつ》に語り続けた。

やがて、ふたりのくちびるが重なった。しばらくの間、小鳥がついばみ合うような軽いキスが交わされたが、それはある瞬間から、ふいに溶けだしたクリームのようなものに変わっていった。

くちびるも、舌も、歯も、口の中の粘膜も、すべてが白いクリームに溶けていくチョコレートのようになって、とろとろと混ざり合う。舌先で互いの口の中を舐《な》めまわすのだが、舌が感じているものは、舌の上だけにとどまらず、たちまち全身に熱い漣《さざなみ》のようになって拡がっていく。

どれが舌なのか、くちびるなのか、乳房なのか、性器なのか、蜜と化した身体は、もう何も見分けがつかなくなる。志摩子は正臣の身体に手をまわし、その胸、その腰、その性器に触れていく。志摩子は外国の湖畔の草むらの上で、棍棒のようになっている彼自身をまさぐっている自分を夢想する。悦楽が押し寄せる。

正臣の手が志摩子の肌をすべっていく。熟れた果実の表皮を撫でるような、そんな撫で方である。

うなじから肩、肩から胸、ふたつの盛り上がったやわらかな丘……丘の上の小さくそそり立った丸い頂を指と指の間にはさんで転がし、やがて彼の手は胸から脇腹、腰へと向かってゆっくりと下り立つ。

からみ合わせた足と足とが、乾いたシーツの上をすべり、左右に前後に悩ましげに動き、皺を作る。シーツはやがて、志摩子の身体の形をなぞるようにして、湿りけを帯びていく。

正臣が志摩子の腕をそっと持ちあげ、二の腕の内側に軽く歯をあてる。彼の歯は次に志摩子の腰を噛み、大腿部を噛んでくる。

かすかな痛みの奥に、甘ったるくざわめくような悦びが潜んでいる。わずかに痛みが増すと、その悦びも増していく。

むせるような悦びに満ちた飢餓感がある。もっともっと、と言いたくなる思いに充たされる。

にもかかわらず、気分はマゾヒスティックなものとは対極にある。正臣の歯が伝えてくるのは、互いが生きて在ることの悦びである。その真摯《しんし》な悦びと、からだの火照りとが交互に志摩子に襲いかかる。

あらゆる現実の問題が遠のく。見えなくなる。考えなくてはいけないことが、海の底に沈んでいく。今この瞬間しかなくなる。

「ほしい」と志摩子は言う。半ば、叫ぶようにして言う。

そして、この男のこと以外、もう何も考えられない、と思い、目を閉じてわななくようにに身体を反らせながら、その晩二度目の彼を迎える……。

第十二章　正　臣

麻布十番にある居酒屋『やま岸』で、初めて宏子を志摩子から紹介された時、正臣は自分が値踏みされていることを強く意識した。

何ら不愉快ではなかった。女は時に、親しい女友達のために、身内以上の眼力を発揮して、見えざる敵から友人を守ろうとする。そういうことを彼はよく知りぬいていた。

当日の夜、約束通り、志摩子よりも少し遅れて店に入って行くと、いらっしゃいませ、という、合唱でもしているような男女の声が、カウンターのあちらとこちらから、高らかに放たれた。

ふたり連れの二組の客が、カウンター席にいた。四人とも中年の男で、正臣の顔に何の記憶もないらしく、ちらりと彼を一瞥《いちべつ》してきただけだった。

奥平です、と彼が言おうとしたのを制するように、宏子らしき中年の女が走り寄って来て、「山岸です、はじめまして」と深々と頭を下げた。

顔の小さな、色白の女である。ひな人形を思わせるような純和風の顔だちで、着物でも着せたらしっくりと似合いそうだったが、志摩子と同年齢にはとても見えなかった。言われなければ志摩子よりも五つ六つ年上なのではないか、と思ったに違いなかった。

すぐにあちらにお通しして、と宏子は傍《そば》に立っていた若い女に小声で指示すると、「後ほど改めて」と笑顔で言い、去って行った。

カウンターの向こう側で調理をしていた男が、彼に向かってにこやかに黙礼してきた。背が高く、かつては筋肉質だったであろうからだに、今はやわらかい贅肉をたっぷりと湛《たた》えている。熊か猪《いのしし》を連想させる大柄の男だった。

かつて宏子が、両親の反対を押しきって結婚した相手であることはすぐにわかった。正臣の見る限り、夫妻はそろって、尖《とが》ったものをすべて削ぎおとし、丸くやわらかくほっこりと、与えられた人生になじんでいるという印象を受けた。

通された奥の個室に志摩子は先に来て待っており、彼が入って行くなり、待ちかねていたように微笑みかけた。その微笑に包まれるだけで、正臣の中に温かな風が立ちのぼる。

純白の開襟シャツに濃紺のカーディガン、細身のジーンズ。目立ったアクセサリー類はつけておらず、そうやっていると、志摩子は年齢のわからない、ふしぎな女子大生のように見えた。

「今日はちょっと冷えてるから、寄せ鍋でも食べない？　ここはね、お鍋はお鍋でも、一人用の小さなものにしてくれるの。だから、他に何品か小鉢料理を頼んで。お酒はまずビールかな。それから日本酒。お鍋で汗かくと思うから、お酒は冷酒にして……」

「いいね。そうしよう」

「宏子がもうすぐ来るわ」

「さっき会って挨拶したよ。感じのいい人だね」

「こういう店なの。私の古巣」

「嬉しいよ、連れて来てくれて」

「宏子も山岸さんも、今夜は緊張してるみたい」

「どうして」

「作家、奥平正臣先生が来てくれたから、って」

「違うよ。志摩子の恋人がどんなやつか、興味津々《しんしん》なだけだよ」

志摩子が何か言いかけた時、襖《ふすま》の向こうで華やいだ声がし、宏子が顔を覗かせた。

「宏子、ちょっとこっちにあがって。ちゃんと紹介するから」

「わかったわかった、もちろんそうする。そのつもりで来たのよ。ではちょっとだけ、失礼して……」

宏子が部屋にあがってきて、襖を閉じると、店の賑わいが急速に遠のいた。

志摩子に改めて紹介された宏子は、志摩子の隣に正座し、膝の上で両手を丸めながら、にこにこと正臣を見た。「なんか、こういう場合、何て言ったらいいのかわかりませんけど……志摩子とは長いんです。学生時代からのつきあいですから、かれこれ何年？三十年近くになる？」

そうね、と志摩子があいづちを打った。「くされ縁ってやつ？」

「ほんとにね。ええっと……いろいろとどうか、志摩子のこと、くれぐれもよろしく。志摩子はこう見えて、少女みたいに純粋なところのある女なので……なぁんてことしか言えないなあ。困っちゃったなあ」

「宏子が照れなくたっていいじゃない」

志摩子にからかわれ、宏子は肩を揺らして笑った。

正臣があたりさわりのない質問をし、宏子がそれに答え、次に宏子が同じような質問をし、正臣もまた、愛想よくそれに答えた。聞かれたのはほとんどが、小説に関することだった。

運ばれてきたビールを慣れた手つきで正臣と志摩子のグラスに注ぎながら、宏子は「いいなあ、志摩子は」と言った。「恋なんて、私、とっくの昔に卒業しちゃったもん。今じゃ、すっかり親戚のおばさんみたいになってるから、他人《ひと》様の恋を見聞きして、楽しむのが関の山よ」

志摩子と目が合い、正臣が微笑すると、志摩子もまた微笑を返した。

「さあ、どんどん飲んで、召し上がってください。少しずつお料理、運ばせますから。そろそろ邪魔者は退散しますね」

この女のどこに自分は、値踏みされているものを感じるのだろう、と正臣はふしぎに思った。宏子の態度にも表情にも言葉にも、正臣を切り刻んで、どこかに毒が含まれていないか、嘘をつく悪い虫が寄生していないか、友人のために解剖してかかろうとする様子はみじんも見られなかった。

だが、彼は本能的に感じたのだった。

彼を見て、彼と話をした宏子は、その人生経験豊富な、自信に満ちた感受性を駆使しつつ、瞬時にして、この恋がありふれたものである、と判断したに違いない、と。恋の結末など、いずれの場合でも決まっているようなものなのに、当人たちだけが、おめでたくも特別なものと思いこんでいるにすぎない。このふたりも例外なく、そんな状態にあるだけなのだ、と。

だからこそ、自分も志摩子も、いっそう微笑ましく、健全に思われたに違いない、と。

三月もたちまち半ばをすぎた。

『サラ』の経営者でもある友人の千香子と共にニューヨークに雑貨の仕入れに行く話を

断った真由美は、頻々《ひんぴん》と正臣の携帯や仕事場に電話をかけてくるようになった。

動向を探られているような気配はなかったが、明らかに不自然ではあった。緊急を要するような用件は何もなく、電話の内容はたいてい、愚にもつかないことばかりだった。

「今日ね、お店のほうに来たお客さんで、あなたのファン、って人がいたのよ。女の人で、多分、年は私たちと同じくらい。どうしてファンだってことがわかったか、っていうとね、その人があなたの文庫本を持ってたのを千香子がめざとく見つけたのよ。でね、千香子ったら、その場で、この人、何と奥平さんの奥さんなんですよ、だなんて、私のこと紹介しちゃったもんだから、もう、びっくりされちゃって大変」

そうか、と正臣は声に微笑を含ませながら答える。他に何を言えばいいのか、わからない。

そんな話でいちいち電話をかけてくるな、と言いたかったが、難しかった。真由美が何を思って、わざわざ仕事場に電話をかけ、後でまとめて報告してもいいような話をしてくるのかは、火を見るよりも明らかだった。

「ねえ、今度うちに帰って来る時、サイン本、一冊、持ってきてくれない？　そのお客さんと約束しちゃったのよ。今度、奥平正臣のサインの入ったやつをプレゼントする、って」

「いいよ。持って行く。何の本がいいんだ」

「そうね。やっぱり『虹の彼方』かな」

わかった、と彼は言う。

真由美はわずかの沈黙の後、「次はいつ？」と聞いてくる。

「え？　何が」

「いつ帰れるの？　ここんとこ、ずっとそっちじゃない。春美も夏美もさびしがってるわ」

わからないな、と彼は、なるべくぶっきらぼうにならないよう、注意しながら答える。

「帰る時はまた連絡するよ」

そうして、と真由美はおとなしく応じる。突《つ》っかかってくるのならまだしも、その、とってつけたような穏やかさがかえって正臣を苛立《いらだ》たせる。そして、苛立ちを相手に勘づかれたくないあまりに、気がつくと、いらぬことを口走っている。

「春美たちは元気でいる？」

待ってました、と言わんばかりに妻は「元気は元気だけど」と娘たちの話を始める。こんなことがあった、あんなことがあった、学校での行事の話、娘を通して親しくなった知人の噂話、家庭での子供たちの態度、春美はいいんだけど、夏美ったらちっとも手伝ってくれないのよ、だってね、聞いてよ、この間ね……。

ああ、ああ、といい加減に相槌《あいづち》を打ち、長く続きそうになると「悪いけど、仕事があるから」「これから打ち合わせで出なくちゃいけない」などと言って、正臣は電話を切ってしまう。

志摩子と午前三時までホテルにいて、高輪の家まで送り届け、仕事場に戻ってきた時のこと。デスクの上で、電話機の留守番電話ランプが赤く、せわしなげに点滅していた。再生してみて、世田谷の自宅の電話番号が表示されていながら、無言のまま切られている電話がたて続けに五本、録音されているのを知り、彼はひどくうす気味悪く思った。電源を切っておいた携帯をポケットから取り出し、調べてみた。携帯のほうにも何本か自宅から電話がかかっていた。すべて無言で、メッセージは何も吹きこまれていなかった。

緊急の用があったのなら、何かメッセージを残すはずだった。用など何もないに決まっていた。

真由美は元来、そういうことをする女ではなかった。夫が連日、編集者たちと飲み歩き、朝帰りしてきても、身体を心配して青汁の話をしてくる程度で、そのこと自体をとがめたり、疑ったりしてきたことはなかった。まして、理由はどうあれ、夫のもとに無言電話をかけている妻の姿など、想像したこともない。

これまでまったく気づかずにいた妻の、別の側面を覗き見た気がした。それは日当たりのいい大地の、乾いた苔《こけ》に被《おお》われていた石を力ずくで裏返してみて、そこに泥の中を這いずりまわるミミズや得体の知れない虫を見つけてしまった時の気分に似ていた。

翌日、真由美の携帯に電話してみた。

何かあったのか、と聞いた。ちゃんとメッセージを吹きこむなり何なり、してくれればよかったのに、とできるだけやわらかな口調で言った。

別になんにも、と真由美はあっさり答えた。夫の仕事場の電話や夫の携帯に、何本もの無言電話をかけた女とはとても思えない、清々《すがすが》しい声だった。「ちょっと気が向いたんで、かけてみただけよ。ねえ、悪いけど、今、接客中なの。ごめん。またね」

そう言っていきなり切られた電話の向こうに、能面のように無表情に見える、真由美の心象風景だけが残されて、それが正臣を自分でも驚くほど不快にさせた。

彼はもう一度、携帯で真由美を呼び出した。コール音が長く続いた後、応答した真由美はひそひそした小声で、「接客中なのよ。あとにして」と言った。

「二度と俺のところに、無言電話なんかかけてくるなよ」と正臣は低い声で呻《うめ》くように言った。「女房だろう。みっともない。電話したいのなら、堂々としろ」

沈黙が流れたが、一瞬のことだった。真由美はすぐに、はぁい、そうします、と場違いなほど陽気な声で答え、電話は先程と同じく、ぶつりといきなり切られた。

そんなことがあって数日後、日曜日の昼すぎだったが、久しぶりに正臣が自宅に帰った時、真由美は晴れ晴れとした顔をして彼を迎えた。その表情にはみじんも翳《かげ》りがなく、あんな無言電話をかけてきたのは何かの間違いだったのではないか、と思われるほどだった。

「今日の夕食は、久々にあなたも一緒だから、張り切って餃子《ギョーザ》を作ることにしたの。春美たちが手伝うのを楽しみにしてるわ。ほら、餃子の皮に具を入れて、ふちのところをちょっと水で濡らして、皺を寄せるみたいにして閉じていくでしょ？　子供って、ああいうことするの、好きなのよ。私も小さい時、母親の見よう見まねで餃子の皮を閉じるのが、大好きだったもの」

しゃべり方には、どこかしら落ちつきがなかった。底抜けの明るさを演技しているだけのようにも感じられた。

双子の娘たちがやって来ると、「パパは疲れてるんだから、あんまり邪魔しちゃだめよ」と言いながら、正臣が聞いている前で、ふたりに学校の話をさせた。

「春休みになったらどこに行きたい？」と質問し、質問したそばから、「どこに行っても混んでるから、おうちでのんびりしてたほうがいいね、パパも一緒にね」と聞こえよがしに言ったりした。

かと思えば、『サラ』で扱っている動物の小さなぬいぐるみのシリーズを袋から出してきては、口々に娘たちに「わあ、可愛い」と言わせ、一緒になってはしゃぎまわった。

遅い昼食に、真由美がきつねうどんを作り、家族四人、ダイニングテーブルを囲んでうどんをすっていた時も、真由美はひとり、次から次へと話題を作って子供たちと話し、笑い、表情豊かに応対し続けた。時折、正臣に顔を向けては、「毎日、飲みすぎてない？　平気？　順調？」などと、あたりさわりのない質問を発したりもした。

順調だよ、と正臣は答えた。

「そう。よかった。仕事は？　忙しそうね」

「まあね。いつものことだよ」

真由美はこっくりとうなずき、束の間、遠くを見つめるような目をするが、再び、つるつると豪快な音をたてて、うどんをすすり始めた。

暖かく晴れわたった日曜の午後、きれいに掃除され、整頓されたわが家の清潔なダイニングルームで、テーブルの上のガラス花瓶に活けられた黄色いフリージアの花を眺めながら、そんなふうに妻や娘たちとうどんをすすっていることに、正臣はふと、強烈な違和感を覚えた。

その平和な光景はいとおしいものではあったが、同時に、いまいましくもあった。これまでの自分が、こうした光景の中に何ら違和感なく、ぴたりと収まっていたことを思うと、ふしぎな気がした。

娘たちが騒々しく何かしゃべっている。誰に向かってしゃべっているのか、わからない。父親に向けてなのか、母親に向けてなのか。双子同士でしゃべっているのか、それとも独り言なのか。

話題はめまぐるしく替わる。子犬を飼いたい、見に行きたい、という話。クラスの友達の家で、アビシニアンの子猫が生まれた、という話。公園のブランコ脇の段ボール箱の中で、捨て猫が三匹、ミーミー鳴いていたのを拾って帰り、マンションでは飼えないから捨ててきなさい、と親から叱られた男の子が、こっそり学校で猫を飼う計画をたてている、という話。

そこからまた、子犬の話に戻り、春美が「ねえ、パパ。犬、飼っちゃだめ？」と聞き、夏美も繰り返すようにして「ねえ、だめ？」と聞いてくる。

「どんな犬？」

正臣はうどんのつゆを飲みほし、ネーブルの皮をむいて差し出してきた真由美に「いや、今はいらない」と断ってから、そう聞いてみる。

「チワワ」と春美が言い、「テリア」と夏美が言う。次から次へと犬の種類が双子の口から飛び出す。ダックスフント、柴犬、ゴールデン・レトリーバー、トイプードル……どんな犬なのか、よく知らないのに、耳にしたことのある名前だけを片っ端から口にして、父親に自慢しているようでもある。

「やっぱりチワワがいい」と春美は言う。

「そうか？　パパは、どっちかって言うと、大きな犬のほうが好きだけどな」

「じゃあ、ドーベルマンだ」と夏美。

「やめてちょうだい。ドーベルマンなんて」と真由美が苦笑する。「大きすぎてこわいじゃない。散歩させるのも大変よ」

「だからチワワがいいよ、ママ」と春美。「猫の赤ちゃんみたいにちっちゃいのよ。ポケットにだって入っちゃうんだから」

「知ってるわよ。テレビでもよく出てるじゃない。可愛いよね」

「うん、すっごく可愛い」

「もし、うちで飼ったら、ちゃんと面倒みられる？」

「みるみる。約束する」

「ママがお仕事に行ってる間、おばあちゃんに全部、押しつけちゃったりしない？」

「しないよ。全部、自分でするもん」

ふふ、と真由美は笑い、ちらと正臣を見る。「チワワですって」

「そうか」と正臣は曖昧《あいまい》に視線をはずす。「そのうち、ペットショップを覗いてきてもいいけど……でも、雑種の、どてっ、とした感じの、気のいいやつのほうが、飼いやすいんじゃないか。雑種の子犬も可愛いもんだよ」

いやだ、チワワがいい、と春美がこだわる。夏美も同調し始める。

正臣は力なく笑い返し、わかったわかった、と言って席を立つ。妻子を前に他愛のない会話を交わしていながら、片時も志摩子のことが頭から離れない。

犬を飼うとなったら、娘たちのために奔走してやらねばならなくなる。この機会を逃してなるものか、といった調子で、真由美が犬に関しては何もかも任せる、と言ってくるのは目に見えている。飼う犬が決まったら決まったで、当分は自宅に戻らねばならなくなることも多くなる。志摩子と会う時間も、減らさざるを得なくなる。

犬はあとまわしだ、と彼は思う。だが、その「あとまわし」という状態が、いったいいつまで続くのか、彼自身にもわからない。

ひと月後なのか、三か月後なのか。いったいその間、子供たちや妻が、犬の話を蒸し返さずにいてくれるものなのか。

考えても仕方がなかった。さしあたっては、目の前に次から次へと立ちふさがってくる現実の小さな柵《さく》をひとつひとつ、わき目もふらずに乗り越えていくしか方法がない。調べものがある、と言い、正臣は犬の話で賑わっているダイニングルームに背を向けた。

自宅の書斎は狭く、広尾の仕事場の半分ほどしかない。目ぼしい書籍類は仕事場のほうに移していたが、古い文学全集や資料として買いそろえただけの専門書、次から次へと出版社から送られてくる新刊本などを押しこんでいる書棚には、すでに空きがなくなりつつある。

かつて、家具店のバーゲンで買った、やたらと重たいだけの書斎机の上にも、片づけそこねたままになっている本や新聞、雑誌のたぐいが乱雑に山積みになっている。それらを脇に寄せ、仕事場から持ち帰ったノートパソコンを置くためのスペースを作るのが精一杯である。

留守中、書斎の中は一切、いじるな、掃除もいらない、と以前から妻に言ってあるので、机にも書棚にも、うっすらと埃《ほこり》がたまっている。最後に床に掃除機をかけたのはいつだったのか、もう思い出せない。

志摩子との関係が深まるにつれ、自宅に戻ることが少なくなり、この書斎を使って仕事をすることはほとんどなくなった。不用なものを捨て、整理して、居心地のいい空間にしようと思えばいつでもできるのを、ぐずぐずと先延ばしにしている。

その種の時間がまったく作れないほど忙しい、というわけではない。だが、天気のいい日曜の午後、書斎の部屋の窓を開け放ち、鼻唄まじりに本の整理をし、隅々まで掃除して、心地よい疲労感の中、冷たいビールを飲みほしていた頃の自分には、二度と戻れないような気がした。

自分の生活の場所を清潔にしたり、飾りたてたりして前向きに生きることに、いっこうに興味がわかないのだった。たとえ、荒れ果てた原野のまんなかで、ゴミにまみれて暮らしていても、今の俺は何の痛痒《つうよう》も感じないで生きていられるだろう、と彼は思った。

志摩子がいればいいのだった。志摩子がいてくれさえすれば、どんな場所でも書くこと、仕事することができた。書斎や住まい全般に向けた美意識など、彼の中に、かけらも残ってはいなかった。

書斎に入り、ドアを閉め、少し肌寒さを感じたので、エアコンの暖房をつけた。机に向かい、仕事場から持ってきたノートパソコンを開いて立ちあげた。

調べものがある、というのは、書斎でひとりになるための方便だった。やらねばならない仕事は山のようにあるが、そのための調べものなどをする気分には、いっこうになれない。

少しの間、ぼんやりとパソコンのディスプレイを眺めながら、ふと、高級旅館の検索をしてみようと思い立った。高級ならどこでもいい、というわけではなく、志摩子を連れて行くのにふさわしい、目立たずに出入りすることの可能な宿。従業員たちの教育が徹底されていて、女将《おかみ》を含め、自分たちが目にしたことを一切、口外しないと信じさせてくれるような宿……。

温泉がついていればなおいい、と正臣は思い、早速、インターネットに接続してみた。

複雑な事情を抱えながら、それでも愛する女と小旅行に出かけ、いっとき、現実から遠く離れてふたりきりの愉楽の園を漂ってみたい、とする男は、今この瞬間にも、数えきれないほどいるはずだった。そのための秘密を厳守してくれる宿、宿泊客同士が顔を合わせずにすむよう気をつかってくれる宿、離れの部屋にそれぞれ温泉がついているような宿は、探せば数限りなくありそうだった。

場所はどこでもよかった。伊豆、箱根、日光、軽井沢あたりが近くてよさそうだが、足を延ばして京都あたりまで行ってもいいかもしれない、と彼は思った。

秘密めいた宿に焦点をしぼって検索を続けながら、正臣はこれぞと思える宿をそばにあったレポート用紙に抜き書きしていった。住所、電話番号、宿泊料金……。深くは考えなかった。ただ、そうやっていることが楽しいだけだった。

そのうち、一泊旅行に行かないか、という話は志摩子にはしてある。仕事をからませて志摩子が一泊でも二泊でも、大手をふって自宅を留守にすることができるのであれば、すべての都合を彼女に合わせるつもりでいた。

検索と抜き書きを始めて、三十分ほどたった頃だった。自宅玄関のチャイムの音が鳴り響いたと思ったら、廊下を急ぎ足でやってきた真由美が、書斎のドアを軽くノックしてから「開けるわよ」と言った。「ねえ、文芸書房の杉村さんがみえたわ」

「杉村が？　おかしいな。約束なんか、してないのに」

「あなたが今日、こっちに帰ってる、って知ってて、近くまで来たから寄ったんですって。……どうする？」

どうする、と質問した妻の言葉の裏に、せっかくの家族水いらずの日曜なのに、といういまいましげな気分が窺えた。どうでもいいことと思いながら、そのことが正臣の癇にさわった。

「どうするもこうするもないだろう。わざわざ来てくれたんだから、居間に通してコーヒーでもいれてやれよ。このまま帰す気か」

「なあに、その言い方。そんなこと、私、ひと言だって言ってないじゃない」

「そう言ってるのと同じじゃないか。どうして玄関先で待たせておいたりするんだよ。まず先に家にあげて、それから俺のところに言いにくるのが常識ってもんだろう」

「何怒ってるのよ。変よ、あなた」

真由美が声をひそめて毒づくなり、表情を強張《こわば》らせたので、正臣は音をたてて椅子から立ち上がった。あまりに勢いよく立ったので、はずみで机の上に載せてあったボールペンが床に転がり落ちた。

「もういい。コーヒーは俺がいれる」

そう乱暴に言い放ちつつ、妻の脇をすり抜けるようにして廊下に出るなり、深呼吸して気分をとり直した。

何故こんなに些細《ささい》なことで腹がたつのか、自分でもよくわからない。真由美の言っていることはちっとも間違ってなどいない、とわかっている。それなのに、その言動、表情のひとつひとつに、理由なく歯向かいたくなってくる。

玄関先で所在なげに佇《たたず》んでいた杉村に笑顔を向け、「おう、よく来てくれたね。あがってよ」と声をかけた。「どうした、不意討ちだなんて。珍しいね」

「不意討ちとは、人聞きの悪い。いやね、たまたま、今日、近くのデザイナーのところに行く用があったもんですから」

「日曜なのに？」

「そうなんですよ。インフルエンザのせいで、その人、何日間か仕事にならなくなってね。刊行日に間に合いそうもない、っていうんで、こっちはもう焦りまくりですよ。でもなんとか、大丈夫ってことになって、ほっとしたら、急に奥平さんのご尊顔を拝したくなっちゃいまして。あ、でも、お忙しいんでしょう？　ここで失礼しますから」

いや、全然いいんだ、とにかく、あがって、と正臣はスリッパをすすめた。杉村は手にしていたケーキの箱を彼に手渡して、春美ちゃんたちに、と言った。

娘たちはすでに子供部屋に入ったらしい。真由美も腹をたてているのか、居間には戻って来なかった。

宣言した手前、今さら妻を呼びつけるわけにもいかず、かといって、父親の顔をして子供たちを呼びつけ、ケーキをいただいたんだ、ごちそうになりなさい、などと言ってみせるだけの気持ちの余裕もなかった。

正臣は仕方なく自分でコーヒーをいれ、ふたつのマグカップに注ぎ入れた。明らかに家の中の様子がおかしい、と思っていたに違いないのだが、杉村は何も聞いてはこなかった。

いつものように、あたりさわりのない業界の噂話や、話題の新刊についてのあっさりとした感想などを口にし合っているうちに、三十分ほどの時間が瞬く間に流れた。

真由美が居間にやって来て、うす気味悪いほど晴れ晴れとした笑顔で杉村に向かって会釈した。

「ごめんなさい、杉村さん。コーヒーを男手で出したりして。あのね、今夜は餃子にしようと思ってたんです。たくさん作りますから、よろしかったらもうしばらくここにいて、ご一緒に召し上がっていきませんか」

「とんでもないです。おかまいなく。いやいや、僕はそろそろ失礼しなくちゃ。せっかくの日曜なのに、って、女房に睨《にら》まれますからねえ。最近は仕事が忙しすぎて、家でゆっくりしないもんだから、風あたりが強くて」

真由美は屈託なく笑い声をあげ、それを合図にしたかのように、杉村が立ち上がっていとまを告げた。

玄関先で杉村を見送り、ドアが閉じられた直後だった。真由美は正臣を一瞥し、ねえ、と言った。「ちょっと聞きたいことがあるんだけど」

いたずらをしようとしている小娘のような、芝居がかった表情を作りながら、真由美はくちびるの端に歪《ゆが》んだ笑みを浮かべて、「怪しいったら、ないわね」と言った。

「何が」

「あなたよ。どこかに旅行でも行く計画をたてていたの？……女の人と」

一秒の何分の一かの短い時間、正臣の頭の中でめまぐるしくパズルの小さなピースがかけめぐり、即座に落ちつくべき場所に落ちついた。それほど素早く、ものごとの合点がいったことはかつてないほどだった。

「何を言ってるんだか、全然わからないけど」と正臣は注意深く、言葉を選びながら言った。「亭主が仕事の調べものをインターネットで検索してたからって、その内容をいちいち確認しようとする神経が、俺には理解できないよ」

「逆ギレしないでよね、お願いだから。調べものの内容を確認しようだなんて、思ってなかったわよ。単なる偶然。見てしまった、ってやつ。いろんな隠れ宿みたいなところをメモしたりして。悪いけど、女はね、ああいう秘密めいた高級旅館にけっこう、詳しいのよ。変な意味じゃなくて、女性誌で特集されたりしてるんだから。あなたがメモしてたうちのひとつは、そういう雑誌でよく紹介されてるのよ。恋人と人知れずひっそり行く宿、とかっていう特集でね。知らなかったと思うけど」

それがどうした、という顔を作り、彼は妻をまじまじと見つめた。「何が言いたいんだ」

「今から言っておきますけど」と真由美は毅然《きぜん》と胸を張った。「あなたが浮気旅行をした、ってわかったら、私、黙っちゃいないわよ。めちゃくちゃ大騒ぎするわよ」

ほう、と正臣は面白そうに言った。「教えてほしいね、どんなふうに大騒ぎするのか」

冗談めかした話にすり替えたつもりだったのだが、真由美の目に、その時、ふいに涙があふれた。ただ一度の瞬きで、連なる玉のようになったそれが、次から次へと頬を流れ落ちていくに違いないと思われた。

何か言わねばならない、この場を取りつくろわねばならない、と思うのだが、何も言葉が浮かんでこなかった。

正臣が黙っていると、真由美はいきなり顔を隠すようにして彼に背を向け、小走りに家の奥に走り去って行った。

第十三章　志摩子

五月に入ってすぐクランクインする予定だった映画『彼女の肉体』の台本は、仕上がりが遅れに遅れていた。才能は豊かだが、毎回の遅筆で関係者を泣かせることで有名な脚本家のせいだった。

監督、出演者はもちろんのこと、配給会社まで決まっているのに、台本が遅れたため撮影が無期延期になってしまうことは少なからずある。今回も例にもれず、この分でいけば、撮影はしばらく延期されるどころか、悪くすると来年以降にずれこんでしまうかもしれない、と志摩子は思っていた。

それならそれでよかった。むしろ、そうあってほしい、とさえ願った。

映画の仕事は舞台とはまた違い、こま切れの撮影が繰り返される。出演者間のスケジュール調整がうまくいかないと、予定していた撮影が二日も三日も先のばしにされてしまうことも往々にして起こる。外での撮影は、天候の具合も考慮にいれなければならなくなる。現場に行ってみなければ、次の予定がたたなくなることもしばしばで、そうなると、正臣との約束も頻繁に変更せざるを得なくなることは目に見えていた。

『彼女の肉体』への出演など、今の自分にはどうでもいいのだ、と志摩子は思っていた。友情出演という形をとるとはいえ、きわめて完成度の高い文芸大作に仕上がるのはわかっていたし、監督の力の入れようにも、並々ならぬものが窺《うかが》えた。この種の作品に出演するのは女優として名誉なことであり、決して片手間に考えてはならないことはわかりきっていた。

だが、それすらもどうでもよかった。これまで通り、自由に正臣との逢瀬《おうせ》を重ねることができるのであれば、それでよかった。忙しくなるのは避けたかった。いっそのこと、映画の話自体がお蔵入りしてくれればいい、とさえ願っていたのだった。

ところが、三月も末になって、思いがけず台本が完成したという知らせが入った。監督が、すべてを当初の予定通りスタートさせる、と宣言したため、撮影に向けて、一挙に周囲が動き始めた。そのため、志摩子のスケジュールも急激に煩瑣《はんさ》なものになった。

監督やスタッフとの打ち合わせ、事務所とのやりとりはもとより、ひと足早いプロモーションを兼ねた各媒体のインタビューやグラビア撮影、ラジオやテレビのトーク番組への出演依頼が相次いだ。舞台以来、遠ざかっていた発声練習を再開し、毎日のエクササイズに加えて、週に一度の定期的なジム通いも始めざるを得なくなった。

敦子に毎年春、半強制的に連れて行かれる、健康診断のための人間ドックもスケジュールの中に組みこまれた。義理で出向かねばならない場所も増える一方になった。ひそかに空白の時間を抱えこむことは難しくなっていった。日常の行動を逐一、敦子に報告しなければならなくなることも多くなった。

正臣と会う、ただそれだけのために生きていたいと思っていた。過ぎ去っていく一瞬一瞬を正臣とだけ分かち合っていたい、と願っていた。なのに、志摩子のほとんどの時間は、煩わしくもつれた現実の中に奪い取られていかざるを得なくなった。

取材を受け、カメラに向かって晴れやかに微笑みかけている自分が信じられなかった。ありふれた質問に、あたりさわりなく答えている自分が不愉快だった。何を話していても、どれほど大勢の人間に囲まれていても、華やいだ場所で華やいだ笑顔を取りつくろっていても、頭の中には正臣のことしかなかった。今すぐこの場から抜け出すことができるなら、これまで築きあげてきた女優としての名誉など、ひと思いにかなぐり捨ててやってもいい、とさえ思った。

翌日、正臣と会うために、前の晩、志摩子は無理なスケジュールを組んで、睡眠時間を削った。あるいはまた、敦子に知られぬよう、深夜過ぎてからひそかに正臣と会って、その晩の睡眠時間を削った。

いずれにしても、眠る時間を削り、家にいる時間を削ることによってしか、正臣と会えないのだった。どれほど無茶なことをしてでも、会わずにはいられないのだから、致し方なかった。

とはいえ、自分でも驚くほど、志摩子には体力がみなぎっていた。すべての課せられた仕事をこなし、こなした上で正臣と会う時間を作ることに命をかけても、充分にあり余る体力が残された。

眠い、疲れた、休みたい、という感覚は皆無だった。それどころか、あれが食べたい、これが飲みたい、という素朴な欲求も生まれなかった。映画の撮影を前にして、緊張感に包まれている身体を鍛え始めたせいではなかった。

肉体のすべてが……内臓の微細な細胞のひとつひとつが、正臣に向かって苦もなく収《しゅう》斂《れん》していくのだった。それは、ぴたりと隙間なくはまる鋳型に、自らの肉体を収めようとする時の感覚に似ていた。

その鋳型の中では、現実とは別の時間が流れ、満ちあふれているのだった。幸福で溺れそうになるほどだった。明日も昨日もなかった。自分たちを取りかこんでいる苛《いら》立《だ》たしい現実は、遠くに見えた。時として、笑い飛ばすことさえできた。

「なんとかなる」と正臣は言う。「ならないわけがない」

「そうよ。絶対になんとかなるわ」と志摩子も言う。

何について話しているのか、いったい何がなんとかなるのか、ふたりとも具体的なことにはひとつも触れようとはしない。だが、互いが頭の中に思い描いていることはわかっている。わかりすぎるほどわかっていて、それを言葉にするのを本能的に避けている。言葉にするには、あまりに生々しく、恐ろしいのだった。さしあたっての解決の方法が何ひとつ思い浮かばないからでもあった。

それらを逐一確認し合うのはいやだった。言葉にして確認し合ったら最後、これまで注意深く温め合ってきたものが、一瞬にして氷結してしまうような気がして、こわくもあった。

その頃を境にして、滋男と過ごす時間はいっそう少なくなっていった。食卓を共に囲み、夜のひとときを寛《くつろ》いですごすことも、ほとんどなくなった。

志摩子が帰宅すると、滋男は寝ている。滋男が起き出す時分には、志摩子が眠っている。時折、寝室のベッドのあちらとこちらで眠たげに、おはよう、行ってらっしゃい、ただいま、おかえり、などという挨拶をし、短い会話を交わし合ったが、その程度だった。

土曜も日曜もなく、志摩子は出かけていた。仕事のこともあれば、仕事を装っているだけのこともあった。いずれにしても、滋男には詳しいスケジュールは伝えなかった。彼も聞いてはこなかった。

家政婦の美津江を通して、家の中の状態を知ることが多くなった。モモちゃんがちょっと食べすぎてお腹をこわしたみたいなんですが、一度きりの下痢で治ったみたいです……。だんな様の、この次の定期検診の通知が昨日、届いていました……。だんな様が通販でお求めになった、例のミネラルウォーターは、毎朝毎晩、欠かさず、さしあげています……。

よろしくね、と志摩子は言う。言いながら、美津江の顔色を窺う。その、人のよさそうな、自分よりもひとまわりほど年上の家政婦の、のどかなちりめん皺に囲まれた小さな目の奥に、好奇心に満ちた光がないかどうか、探してみる。奥様は昨夜も朝方、お風呂をお使いだったのですね、先週もそうでした、ここのところ、朝方になってお帰りになることがおありのようですね、お疲れではないですか、などと言ってくる気配がないかどうか、嗅ぎとろうとする。

だが、美津江は何も言わない。何か言ってこようとする素振りも見せない。この家の中の空気が、目に見えないところで荒寥《こうりよう》としたものになり始めていることに、何ひとつ気づいていないかのようでもあり、気づいていながら、所詮《しよせん》他人事である、として、知らぬふりを通しているようでもある。そのことが、かえって志摩子に、自宅の空気のあからさまな変化を意識させる。

夜遅い時間の監督との懇談の後、敦子と軽い夜食を共にし、別れて自宅に戻るふりをしながら、正臣の待つホテルに急いだ日のこと。午前二時になったら帰ろう、いや、遅くとも三時になったらここを出よう、と決めながら正臣との時間をすごし、結局、こそこそと顔を隠しながら明け方のホテルを出て高輪の自宅に戻った時、時刻は午前五時になっていた。翌日の仕事が夕方からで、いくらかまともに睡眠をとれることがわかっていたのと、正臣の元から去りがたく思う気持ちが、膨らむだけ膨らんでいたせいだったが、気持ちの底には、投げやりなものが渦をまいていた。

滋男に対する言い訳は考えていなかった。頭の中がぼんやりしていて、思考がうまくまとめられなかった。正臣と分け合った至福の時間が、彼と離れたとたん、それまで忘れていた疲労感を思い出させた。嘘を編み出すエネルギーは毛筋ほども残されていなかった。

鍵を使って玄関を開け、中に入った。いつもの通り、玄関ホールにはスポットライトのようになった淡い照明がついたままになっており、美津江が帰りがけにそろえてくれたらしい志摩子用のスリッパが、中央に並べ置かれていた。

靴を脱ぎ、スリッパに足をいれ、廊下を歩いて居間に入った。暗がりになっていた居間の明かりをつけようとして、壁ぎわのスイッチに手を伸ばしたその時、ナーゴと鳴く、モモの少し掠《かす》れ気味の声が聞こえた。

モモ、と小さく声をかけた。「いるの？」

言いながらスイッチを押した。一瞬にして、すみずみまで明るく照らされた居間のソファーの脇に、丸くなっている大きな影があった。ぎょっとして志摩子は危うく声を出しそうになった。

「いやだ、びっくりするじゃない。どうしたの、そんなところで」

ストライプ模様のパジャマの上に、毛玉の浮いたクリーム色のカーディガンを着た滋男が、モモを抱いたまま、あぐらをかいてうずくまっていた。

彼はひどくゆったりした動きで顔をあげ、無表情に志摩子を見つめた。なんだか、という声が聞こえた。「眠れなくてね。でも、こんなふうにモモを抱いてたら、あったかくて、気持ちがよくなって、ちょっとうとうとしてたところだよ。遅かったね。というよりも、朝帰りだ」

叱責《しっせき》とも、厭味《いやみ》とも受け取れる、曖昧《あいまい》な口調でそう言うと、滋男は胸に抱いたモモの頭を撫でた。モモは抱かれているのがいやになったらしく、大きく身体をくねらせて滋男の膝から下りた。

「せっかく買ったのに、例のミネラルウォーター、あんまりおいしくないよ」と彼は言い、作ったような笑顔を向けた。「気のせいか、少し妙な味がするんだ。いろんな天然成分がごちゃまぜになって入ってるせいだろうな。このことを教えようと思ってたんだけど、志摩子はここのところ、ずっと午前さまだったからできなくて」

ごめん、と志摩子は言った。あとの言葉が続かなかった。

癌《がん》細胞の発生を抑制する、というふれこみで、通信販売を中心に売り出され、人気を呼んでいる特殊なミネラルウォーターだった。健康な人ばかりではなく、闘病中の患者にも愛飲されている、という話で、効果のほどは疑問だったが、滋男が勇んで注文した時のことは志摩子もよく覚えていた。

センターテーブルの上に、そのミネラルウォーターのペットボトルがあった。底のほうに少し水が残っていた。

再発を気にして、いつも意識のどこかが、薄暗がりの中をさまよっているような生き方を滋男は続けていた。明るい光は常に志摩子のほうにあった。彼はいつだって、太陽である志摩子の発する光を受け、闇夜に青白く浮き上がる月であった。

「僕は何も言わないよ」

低くつぶやくように言いながら、滋男は億劫《おっくう》そうに立ち上がった。疲れというよりも、老いが感じられる動作だった。その目は志摩子を見てはいなかった。

「ただ、あんまり無茶をするな、とだけ言っておく」

「無茶って?」と志摩子は小声で聞き返した。聞き返すようなことではないとわかっていて、そうした。

滋男は答えなかった。答えないままに志摩子の近くまで歩いて来て、通りすぎざま、志摩子の肩を軽くたたいた。

骨ばった手の感触だけが、妙に重たく肩のあたりに残されて、志摩子は少しの間、その場から動けなくなった。


クランクインの迫りつつある映画『彼女の肉体』の原作は、フランスの名門出版社から刊行された小説だった。

フランスの人気女性作家の作品で、自伝的色彩が濃いものでもあり、マスコミジャーナリズムが興味本位でこぞって取り上げたため、一躍話題になった。純文学系列の作品にしては珍しく、本国において破格のベストセラーを記録し、各国で翻訳されている。

パリ市内の大型書店に勤める、二十七歳の女がヒロインである。ある時偶然、自宅で二年前に他界した母親の日記を見つける。そこには母がかつてひそかに愛した男との、激動の日々の顚末《てんまつ》と秘密とが克明に記されていた。その日記をもとに、ヒロインは母が愛した男を探し歩きつつ、母の生きた軌跡をたどり、自らの恋を検証していく……そんな物語である。

作者自身が実際に体験したと言われている悲恋が、感傷や情緒に流されずに正面から力強く描かれている。随所に客観的なまなざし、ものごとを思索しようとする怜悧《れいり》な姿勢が窺える。

日本での映画化にあたって、ヒロイン役には新人女優が抜擢《ばってき》された。谷山由加という名で、これまでに二、三本の映画に出演してはいるが、主演を張るのは初めてである。新人らしい無垢《むく》な緊張感が愛らしく、「由加ちゃんのおかげで、きっと現場は熱気を帯びたものになるだろう」と監督が周囲に向かって、満足げに話すことも多かった。

友情出演、という形をとった志摩子は、日記を残して他界した母親役を演じる。事実上の主役と言ってもよかった。

相手役の男優に村岡優作の名もあがっていたが、『虹の彼方』の舞台で共演したばかりだというので、監督は難色を示した。結局、斎木透《さいきとおる》という、志摩子よりも三つ四つ年下の、舞台中心に活躍しているベテラン俳優に決定されたのだが、その斎木が四月も半ばになってから、交通事故をおこした。斎木が乗っていたバイクが、右折禁止の交差点で右折してきた乗用車にはね飛ばされたのである。命に別状はなかったものの、斎木は右大腿骨《だいたいこつ》と右鎖骨を骨折する重傷を負った。

クランクインは目前に迫っていた。周囲は慌てふためいた。

もしもあの時、斎木が事故をおこさなかったら、と志摩子はその後、幾度となく繰り返し考えることになる。当初の予定通り、相手役が斎木透のまま、撮影が始まっていれば、正臣との関係があれほど急展開することはなかったのではないか、激しかった恋もいつしか、穏やかに凪《な》いだものに形を変えていったのではないか、と。

そうなったら、自分たちは、上海になど行かなかったかもしれない、あれほどの騒ぎをおこすこともなく、深く静かに潜行するようにして、恋の灯《ひ》を温め続けていったかもしれない、と。

石黒敦子から、斎木透の代役が加地謙介に決まった旨、報告された時、志摩子は一瞬、ぼんやりと惚《ほう》けたような気持ちになった。とりとめもない感情が煙のように交錯しては消えていった。自分が何を感じているのか、わからなくなった。それを言葉で説明するのは難しかった。

「驚くのは当然だけどね」と敦子は言った。面白がるような言い方だった。「もちろん、監督は志摩子ちゃんと加地さんの昔の関係は知ってるわけだし、かといって、知っててわざと話題作りに利用した、ってわけでもなさそうよ。志摩子ちゃんの相手役として、監督は最初っから加地さんを頭に思い描いてたらしいわ。でもここだけの話、斎木さんは初めっから、やたら熱心だったみたい。自ら売りこみにきてたんだって。よっぽどこの役をやりたかったのね。それなのに、こんなことになっちゃって、気の毒ったらないわ」

「彼は……加地さんは引き受けたの？」

「引き受けたからこそ、こうやって報告してるんじゃない。何か問題でもある？」

ううん、別に、と志摩子は首を横に振った。

問題はなかった。とうの昔に別れた男と仕事上でかかわることになったからといって、そこに心理的圧迫を覚えるほど志摩子はやわではなかった。

居心地がよくない、ということはあるにせよ、ここにきて加地との共演を臆《おく》さねばならない理由は何もなかった。加地との別れは、加地の妻の自殺未遂による自然消滅であり、必要以上にスキャンダラスに取り上げられて困惑させられたものの、加地と志摩子との間には、長く残されなければならない憎しみも侮蔑《ぶべつ》も怒りも、何もないはずであった。

それなのに、何かが志摩子の中にくすぶり始めていた。それが何なのか、充分、見当はついていた。

敦子と会って加地の一件を知らされた日の晩、志摩子は「帰宅する」と敦子に偽って、正臣の待つホテルに急いだ。午後七時すぎ。それほど早い時間から正臣と夜をすごせるのは、久しぶりのことだった。そのため夕食は外に食べには行かず、ホテル内のルームサービスですませよう、とふたりはあらかじめ決めていた。

どこかの店まで出向いて行く時間も惜しいのだった。できることならば、そのまま朝まで部屋でふたりですごしていたいのだった。

雨の晩だった。ストーンズ・プロの入っているビルの前で拾ったタクシーの、雨滴が張りついた窓や、そこにきらめく街の明かりを見つめながら、急《せ》いた気持ちで正臣に携帯で電話をかけ「今から行きます」と言い、彼が口にした部屋番号を頭にたたきこんだ直後、志摩子はバックミラー越しに声をかけられた。

「間違ってたらごめんなさい。女優の高木志摩子さん……ですよね？」

三十代後半と思える男の運転手だった。確信をこめた物言いに半ばうろたえながら、志摩子が「そうです」と小声で返すと、運転手は自分が志摩子の大ファンであること、こうやって自分の車に乗せることができたなんて、タクシー会社に入って本当によかった、みんなに自慢できる……などということをけたたましいほどはしゃいだ口調でしゃべり出した。

「これからお仕事ですか」

「ええ、まあ」

「大変ですねえ。夜もお仕事がおありなんですねえ」

そう言いつつ、ちらちらと興奮気味にバックミラーを覗いてくる男の視線から逃れたくて、志摩子はシートに深く身体を埋めた。

自分の顔が世間で知られている、ということを改めて強烈に意識させられ、不快な感覚に包まれた。加地との同棲が発覚し、マスコミに追われていた時の不快感とはまた別の、それはどこかしら沈鬱《ちんうつ》な、もっていきどころのない怒りに似たものを伴ってもいた。

握手をしてほしい、と言いだしそうな気配の運転手に慌ただしく金を支払い、顔を隠すようにして車から降りた。春の雨の、温かく湿った匂いがあたりに満ちていた。

志摩子の背後で運転手が「頑張ってくださいね」と怒鳴るように大声で言う気配があった。「応援してますからね！」

無視して、タクシーに背を向ける。あの男は何も知らない、と志摩子は思う。私がこれから、作家の奥平正臣と会うことを。会って抱き合って、くちびるを貪《むさぼ》り合って、無限に迸《ほとばし》り出てくる愛の言葉を交わし合おうとしていることを。それればかりではない。すでに互いの配偶者が、それぞれのただならぬ異変に気づき、目に見えない何かが否応なしに動き始めてしまったということを。

正臣の待つ部屋に入り、ドアを閉じるなり、志摩子は彼に強く抱きしめられた。雨の匂いがするよ、と彼は耳元で囁いた。「あなたの匂いと混ざり合っている。やっと会えたね。元気だった？」

「なんとか。あなたは？」

「同じだよ」

微笑み合った。彼のくちびるが近づいてきて、志摩子のそれをふさいだ。そのやわらかな、芯から火照《ほて》ったような彼のくちびるの感触は、たちまち志摩子の中の至福の扉を開け放った。

だが頭のどこかに、敦子と交わした会話が張りついていて離れなかった。加地のことを正臣に話さねばならない、と思った。あまり時間をおかないほうがよかった。逆の立場だったら、時間をおいて打ち明けられたことに対して、某《なにがし》かの不満を覚えるに違いないと思うからだった。

「さっき事務所に行ってきたの」

ひとしきり抱擁を重ね、正臣が注いでくれるよく冷えたビールをグラス半分ほど飲んでから、志摩子は話し始めた。

カーテンが開け放された大きな窓の向こうに、雨に濡れてきらめく東京の夜景が広がっているのが見えた。夜はまだ始まったばかりだった。翌日は午前中から動かねばならず、あまり遅く帰ることはできなかったが、少なくとも、あと五時間近くは、ここにふたりでいられることを思うと、気持ちがはずんだ。

「でね、びっくりしちゃうこと、報告されたわ」

「どうした」

「『彼女の肉体』の私の相手役よ。斎木さんの代わりに、いったい誰がなったと思う?」

「決まったの?」と正臣は聞いた。「そうだよね。そろそろ決まらないと大変だろう。で、誰に?」

「あてたらえらい」志摩子は人さし指を彼にむかってぐるぐる回してみせながら陽気に言った。

志摩子にとっては、明朗に語るにふさわしい話題だった。面白おかしく口にして、正臣とふたり、感心したり、呆れたり、驚いてみせたりするだけの、長く生きていれば誰にでも起こり得る、興味深くもささやかな、ちょっとしたできごと……。

「加地謙介よ」と志摩子は言った。そして笑ってみせた。「驚くわね。どうして今頃になって、と思うけど、監督も別に映画宣伝のためのゴシップネタが欲しくて、彼を選んだわけではないみたい。もともと映画のことしか考えてない人だから、そんなことを目《もく》論《ろ》む人ではないし、初めから私の相手役として、彼のことが頭にあったらしくて……」

正臣の顔が、水煙のようにとりとめのない表情で被《おお》われた。それに気づかずにいるふりをしながら、志摩子は陽気を装って続けた。「主演は新人女優だ、って教えたでしょう？　谷山由加っていう新人なんだけど、すごくいい子でね。彼女は加地をお兄さんみたいに慕ってるらしいの。去年だったか、テレビの連ドラに端役で出てた時、加地が一緒で、以来、可愛がられてきたみたい。由加ちゃんは斎木さんの代わりの男優が加地になったことをすごく喜んでるんですって」

「だから？」

「え？」

「だから何？」

「……何、って別に」と志摩子はくすくすと笑った。正臣の少年じみた嫉妬に困惑しているふりをしつつ、その実、そうした率直な反応をされることは嬉しくもあった。「経験の浅い新人の場合はね、その役者をサポートしてやるベテラン陣たちとの関係がうまくいけばいくほど、現場の雰囲気がよくなるの。彼女が加地と仲がいいんだったら、それに越したことはないでしょう？　そういうことを言いたかっただけ。ねえ、正臣、あなた、何か誤解してない？」

「誤解なんかしてないよ。どうして？」

「私が加地と共演するから、って、何かつまらない想像を逞しくしてるんじゃないかな、と思って。でも、これは仕事。プロだったら、離婚調停中の相手とでも共演して、熱いラブシーンを演じなくちゃいけない」

「そんなことは、わざわざ説明されなくてもわかってるよ」

「じゃあ、何？」

正臣は冷笑を浮かべた。これまで見せたことのない種類の冷笑だった。志摩子にはそれが気にいらなかった。ふいに彼との間の距離を感じた。

「恋人役の相手が彼になった、ってことを知った時、あなたがどう思ったか、それを知りたいね」

「何もないわ」と志摩子は軽い嘘をついた。「変な形になっちゃったな、とは思ったけど、それだけよ。いやだと突っぱねればよかった？　ふつうの場合だったら、なんとかできたかもしれない。加地の恋人を演じることだけは勘弁してほしい、と言えたかもしれない。でも、今は無理。時間的な余裕がなさすぎる。この段階ではもう、何もわがままは言えないのよ」

「俺は何も、やめてほしいなんて言ってない」と正臣は言った。喉の奥に笑い声をしのばせてはいたが、憮然《ぶぜん》とした言い方だった。「どうして俺の立場でそんなことが言える。あなたは女優だ。女優が誰を相手にラブシーンを演じようが、俺に限らず、あなたの亭主だって、誰も何も言えないだろう。言ったら最後、笑いものだよ」

志摩子は努力してくちびるに笑みを湛《たた》えながら、正臣の手をそっと握りしめた。「あなたの気持ちはよくわかる。でも、考えてみて。加地とはとっくの昔に終わってるのよ。いろいろなことがあったし、それによってお互い、傷つけ合ったことも山ほどあるけど、もう過去の話。彼は私のことを一女優としてしか見ていないし、私も彼のことをひとりの男優としてしか見ていない。お互い、プロなんだもの。仕事として受け取って、うまくやれるわ」

「そうなんだろうね」と正臣は言い、自らに言い聞かせるようにしてうなずいてから、ソファーに背をもたせて両腕を組んだ。「原作は俺も読んでるから知ってるよ。どうせ、濡れ場満載の映画になるんだろう、あなたと加地の。そしてそれが売りになる。監督がそういうことを考える人間ではない、って、さっきあなたは言ってたけど、とんでもないよ。長くこの世界にいるのに、あなたは人がよすぎる。高木志摩子と加地謙介の共演、ということだけでも、億単位の宣伝料にまさる広告効果がある。みんなそれを狙ってるんだ」

「何が言いたいの」

正臣は、ふふっ、と短く、皮肉をこめて笑った。「利用されていることに気づいていないんだな」

「二十年近く前に終わった関係を引き合いに出して、利用されるんだったら、別にそれはそれでかまわないわ。あなたは私が昔の男とセックスシーンを演じるのがいやなだけなんでしょう。でもね、正臣、私は女優なのよ。何を演じようが、所詮は俳優同士の演技にすぎないってこと、わからない？」

「そうなんだろうな。よくわかってるよ」

怒ってはならない、と志摩子は強く自分を戒めた。役者の世界をよく知らない人間は、おしなべて正臣のような反応をみせる。

最近では少なくなったが、滋男も幾度となく、女優の妻をもった夫の立場、ということについて質問を受けてきた。妻が演じる男優とのキスシーンや性愛シーンを目の当たりにして、どんな気持ちになるものですか、と好奇心たっぷりに聞かれ、そのたびに滋男はその種の質問をぶつけてくる人間を陰で小馬鹿にしていたものだった。

「やきもちを妬《や》くんだったら、もっと素直に可愛く妬いてよ」と志摩子は言った。「なんだか、私の仕事に言いがかりをつけられてる感じがしてくるじゃない」

「ひどいな。そんなつもりは全然ないよ。ただ俺の感想を言っただけだから。わかった。あなたの機嫌を損ねるつもりはなかったんだ。もうこの話はやめよう」

言うなり彼は立ち上がり、部屋の片隅にある小さなバーカウンターの引き出しを開けて、コニャックのミニボトルを取り出した。

「まだ食事前なのに、もうコニャックを飲むの？」

「あなたも飲む？」

「いらない」

「じゃあ、俺だけ飲ませてもらうよ。さて、そろそろ何か食事をルームサービスで取らなくちゃいけないね。何が食べたい？」

ポキポキと小枝を折って、手あたり次第に投げつけてくるような口調だった。子供じみている、と志摩子は思った。

どんなつまらないことであれ、嫉妬をぶつけられるのはかまわなかった。好きな相手からそうされるのは、むしろ、とてつもなく嬉しいことでもあった。だが、あくまでもまっすぐに、胸がすくようにしてぶつけられたかった。思わせぶりの表現をされたり、暗に非難めいたことを言われたり、皮肉まじりに冷笑を浮かべられたりするのは、志摩子がもっとも嫌うことだった。

どれほど言っていることが理不尽であろうと、思いの丈をぶつけてくればいいのだった。自尊心などかなぐり捨てればいいのだった。それができないのなら、嫉妬心などおくびにも出さずに笑っているべきだった。

今の不快な思いをどのように表現すべきか、と志摩子が考えていた時だった。部屋のどこかで、マナーモードにした携帯が震えだす気配があった。志摩子は床に置いた自分のバッグに目をおとし、自分の携帯ではない、とわかって、「あなたよ」と言った。「携帯、鳴ってる」

ライティングデスクに向かう肘《ひじ》掛け椅子に、正臣のジャケットが掛けられている。そのジャケットのポケットの中で、正臣の携帯が震えていた。

正臣はゆっくりとした動作で椅子に近づき、ポケットから携帯を取り出した。そのとたん、携帯は鎮まり返った。

ディスプレイを一瞥《いちべつ》し、「女房だよ」と彼は言った。抑揚のない言い方だった。ライティングデスクの上に携帯を戻し、彼は何事もなかったようにバーカウンターに戻った。

一緒にいる時に、彼の妻から電話がかかってきたのは初めてではなかった。ことに最近はその頻度が増していた。

とはいえ、用件の内容はいつも大したことではない。この次はいつ自宅に帰れるのか、といったことや、自宅に送られてきた正臣宛の宅配便をどうすればいいか、といったこと、双子の娘たちが通う小学校での父母会の話など、わざわざ急用を装う必要もないと思われる用件を作っては、その都度、夫に電話をかけてくる。彼の妻が、何を思ってそうしているのか、志摩子にはよくわかっていた。

「かけ直さなくてもいいの？」

「急用だったらまたかけてくるよ」

正臣がそう言って、黙りがちにコニャックを口にふくんだその時、デスクの上で、またしても彼の携帯が震えだした。

「出てあげたらいいじゃない」と志摩子は言った。自分の言い方に、隠しようのない棘《とげ》が感じられたが、どうしようもなかった。

正臣はつかつかとデスクに戻ると、携帯を耳にした。志摩子を意識しているせいか、妻に応対する口調はいつにも増してそっけなかったが、その話しぶりから、自宅で何かが起こったのであろうことは志摩子にも容易に察しがついた。

「娘がふたりとも、風邪でダウンしたらしい。嘔吐《おうと》と下痢だって。まいるね」妻との会話を終えた彼が言った。抑えてはいるが、内心の困惑と不安が読みとれた。「学校で胃腸にくる風邪がはやってる、って聞いてたけど、双子が同時にやられるとはな」

それで？　と意地悪く聞き返したくなった。帰るの、帰らないの、どっちなの。

だが、口からこぼれてきたのは別の言葉だった。「かわいそうに。双子だから、風邪がうつる時まで同じなのね」

「明日、朝一番で医者に連れていくのを手伝え、ってさ」

「だったら帰ってあげなくちゃ」

心にもないことを言っている、とわかっていて、ひとたび口の端《は》にのぼらせた言葉を撤回することはできなかった。志摩子はさらに続けた。「彼女もひとりじゃ心細いのよ、きっと」

だろうね、と正臣は言った。その言い方も、遠くを見るような表情も、何もかもが気にいらなかった。志摩子はもう一度、繰り返した。「今すぐ、帰ってあげたらいいわ。私のことなら気にしないでいいから」

正臣が光のない目で志摩子を見た。彼はうっすらと凍りつくような笑みを浮かべた。うなずき、「そうだな」と言った。「うん、わかった」

「わかった、って？　どういうこと？」

正臣は志摩子から少し離れた椅子に坐り、前傾姿勢を取りながら両手を軽くこすり合わせた。

「志摩子」とややあって彼は言い聞かせるように言った。だが視線は志摩子には向けられていなかった。「正直なところ、ひとりならまだしも、双子に同時に寝こまれると、けっこう厄介なんだ。……やっぱり今日は家に戻らなくちゃいけない」

精一杯の冷静さを保って言っているのであろうことは理解できた。だが、志摩子は、彼がその種の装ったような冷静さを自分に見せてくることに対して、苛立ちを覚えた。

「だから私がさっきからそう言ってるでしょ？」と志摩子は言った。語尾が少し震えそうになった。何故、こんなことでこれほど動揺し、苛立ち、気分を乱しているのか、わからなかった。胃腸風邪にかかった正臣の娘たちには罪はない。もちろん、彼の妻にも。

自分がここにこうやっていること自体が間違っているのかもしれない……そう思ったとたん、何もかもがいやになった。うんざりした。行き着く果てが見えない、熱情の狂おしさだけが強く意識された。

「私が昔の男と共演することには、あんなに馬鹿げた嫉妬をするくせに、あなたは妻と子供のためとなると、常識的理性的な行動がとれるのね」

あたりの空気が、物憂い翳《かげ》りを帯びたかと思うと、そのまま静かに凍りついた。窓の外に広がっている雨の夜景が、芝居の書き割りのように瞬きを止めてしまったように思えた。

正臣は何も言わなかった。ひどいことを言った、あやまるのは今だ、と思ったが、できなかった。

志摩子は老婆のように力なくソファーから立ち上がり、バッグを手にした。「帰るわ」

正臣は淀《よど》んだ目で志摩子を一瞥した。「食事もしないで？」

「家に戻るんだったら、早く戻ってあげたほうがいいでしょう。かわいそうじゃない」

「俺はなにも、今すぐ戻るとは言ってないんだよ。食事くらい……」

「遅くならないほうがいいわよ。早く帰ってあげなさいよ」と志摩子は言い、抱擁の後で脱ぎ捨てていたロウヒールの黒いパンプスに、慌ただしく爪先《つまさき》をすべりこませた。

「ともかく私は行くわ。また連絡します」

言い捨てるようにしてから、志摩子が部屋のドアに向かうと、背後に声が飛んできた。

「いい加減にしろよ」

「あなたこそ」

力まかせにドアを開け、廊下に出た。閉じられた扉の向こう側で、何かをドアに投げつけたらしい鈍い音が響いた。

第十四章　正　臣

違うんだ、と言いたいのだが、何がどう違うのか、自分でもよくわからない。誰かに、今の気持ちを説明してほしい、と言われても、何ひとつ表現できないような気もする。俺はゴミみたいな小市民だ、と正臣は思った。

志摩子の怒りと言い分はもっともだった。女優である恋人が、二十年も昔に別れた男優とラブシーンを演じることになったからと知って、愚かな嫉妬を覚え、次元の低い皮肉ばかりを口にし、そのくせ、自分の娘たちが臥《ふ》せっている、と聞けば、あたふたして今夜は家に戻る、と言い出す。

志摩子ならずとも、腹をたてるのは当然のことで、この場合、決然と「帰る」と言いだした彼女の態度は、その潔さにおいて、むしろ称賛すべきものかもしれない、と正臣は思った。

だが、一方で、彼は娘たちのことを強く案じてもいた。

体質的に、生まれつき虚弱な子たちだった。一般の学童が感染してくるありふれた風邪でも、その症状が、常に重いものとなって表れる。発熱すれば高熱となり、胃腸症状に出れば、水を飲んでも吐く、ということが繰り返される。そのせいで体力は消耗し、二次感染も引きおこしやすくなる。

まだ二つか三つだったころ、今回同様、双子が同時に風邪をひいた。熱はひくどころか、時を追うごとにぐんぐん上がっていった。春美を正臣がおぶい、夏美を真由美が抱いて、ふたりして日曜の深夜、救急外来に飛びこんだ。ゆで上がったばかりの蛸《たこ》のように、ふたりとも顔が真っ赤になるほどの高熱だった。

肺炎を起こしかけている、と医師に言われた。幼児の場合、時として命取りにもなるのだから、油断してはいけない、と注意された。

治療を受ける子供たちを見守りながら、真由美は両手を口にあてがい、がたがた震えて泣きだした。妻の肩を抱き寄せ、大丈夫だ、心配いらない、と言い聞かせながら、内心、正臣は、この子たちはふたりとも長生きできないのではないか、と考えた。生まれてこのかた、医者の世話にならない時はなかった。やりきれない思いがあふれてきた。死ぬのなら今すぐ死んでほしい、と思った。今ここで、死んでくれ、と。

思ったとたん、自分自身が青白い死骸《しがい》になって、そこに立っているような気持ちにとらわれた。そんなことも、昨日のことのように思い出せる。

子供は可愛いと思う。それは確かだ。だが、だから家庭は大切だ、人間の生きがいは家族団欒《だんらん》にこそある、という考え方には抵抗があった。

人間性と家庭とは、悲しいほど相いれないものだ。家庭の平穏、安泰が、健全さと美徳の象徴であるとは、正臣にはどうしても思えない。娼婦《しょうふ》が家庭の敵なら、何故、家庭をもつ男たちが娼婦の、もしくは娼婦性をもつ女の魅力に否応なしに惹かれるのか。何故、片親に育てられた子供ではない、両親そろった家庭で育てられた子供にも、問題が発生するのか。

家庭など、もたなければよかったのではないか、と思うことがある。自分にはまったく不釣り合いだったようにも思える。生涯、ひとりでいるべきだったのではないか、と思う。志摩子と恋におちる前、茫漠と抱えていたにすぎないその種の感覚が、今となっては鮮やかな輪郭をなしていておそろしいほどである。

好きな女ができ、結婚して子供をつくる。そして生涯、それらを守りぬく。そこに人生の真理とやらがあるというのか。

他の女を好きになる。他の男を好きになる。子供がグレる。暴力的になる。家庭生活においては、その可能性をいつも孕《はら》んでいるはずなのに、何があろうと家庭を守る心が人間性の真理であると教えられ、その真理に背を向ける人間は社会秩序の中において、ゆるやかにパージされていく。

たいていの人間は家庭の外に向かう自らの欲望を花を愛《め》でたり、風景を愛でたり、音楽や絵画を愛でたりすることによって、置き換えようとする。欲望の矛先《ほこさき》が高尚であればあるほど、称賛される。人間の価値がそこで決められたりする。

だが、本来人間がもっている欲望の根源は、風景や芸術などに向かうのではない、人間そのものに向かってこそ、健全と言えるのではないか、と正臣は考える。誠実に欲望を行使するのなら、男は女に、女は男に向かうのが当然で、風景を愛でたり、芸術を愛したりするのは、その欲望が満たされないからにすぎない。

好きな女ができて、妻に離婚されることを恐れ、こそこそと立ち回っては、秘密の関係を楽しんでいるだけの野郎は不健全だが、周囲から植えつけられた罪悪感に苦しみながらも、離婚は誠意ある行為だ、とわかっている野郎は健全である、と正臣は考えもする。

健全不健全の区分けは、自分自身に向かってどれだけ深く分け入っていけるか、にかかっている。ものごとの表面を撫でさすって感じるだけの悲しみや苦しみは、所詮、お涙頂戴の三文ドラマにすぎない。自分自身を切り刻む。覗きこむ。その暗黒の中にこそ、時として本物の健全さが見えてくる。

だが、そういった考え方もまた、正臣の中で、生まれては消え、消えては生まれてくる泡沫《ほうまつ》のように、形をなさぬまま、とりとめもなくはびこり、拡がってはおぼろに薄くなっていくにすぎなかった。結局、そうした考えそれ自体が、現実を前にすると、どうでもいいことになり替わっていくのだった。

志摩子と喧嘩別れをした晩、「もうご出発ですか」と、早いチェックアウトに対していらぬ質問をしてきたホテルのフロントの若い女を睨《にら》みつけ、「今チェックアウトしたら、何か問題でもあるのか」と怒鳴り声をまじえて聞き返し、年配の男のスタッフが現れて、気の毒なほどぺこぺこと陳謝の言葉を述べるのを半分聞き流しつつ部屋代の精算をしてから、正臣はタクシーを飛ばして自宅に戻った。

真由美が化粧っけのない、疲れきった青白い顔で玄関先に現れ、「今から医者に診せたほうがいいと思う」と言った。「明日まで待てないわ。吐き戻しがひどいのよ。春美は吐くほうがひどくて、夏美は下痢。このままひと晩ほうっておいたら、脱水症状がでるかもしれない。熱はそれほど高くはないんだけど」

そうか、と正臣は言った。

すぐに子供たちが寝ている部屋に行ってみた。子供部屋ではなく、ふだんは客間として使っている、一階奥の八畳の和室だった。

二組並べて敷かれた布団の枕もとに、薄緑色の洗面器がひとつ、新聞紙の上に置かれていた。中に吐瀉物《としゃぶつ》は入っていなかったが、部屋全体にかすかに、甘ずっぱいような胃液の匂いがこもっていた。

春美は仰向けに寝たまま、わずかに目を開けて正臣を見た。

どうだ、調子は、と正臣は聞いた。春美は何も言わずに目を閉じ、くちびるをへの字に曲げた。眉間に大人のような皺が寄った。顔の色が蠟《ろう》のように白かった。

夏美のほうが、いくらか元気そうだった。

「帰って来たんだ、パパ」と言い、布団の中で寝返りをうってから、彼に向かって手を伸ばしてきた。

彼がその手を握りしめてやると、「すごいビチビチうんこなんだよ」と夏美は言った。

「水みたいなの」

「お腹は痛むの？」

「うん、少しね。おへそのまわりが痛い」

「春美と一緒に病院、行くか」

「注射、いやだもん」

「してもらわないと、治らないぞ。ずっと、ビチビチうんこのまんまになるぞ」

ママ、と春美が弱々しい声をあげた。「気持ちわるい」

とっさに真由美が春美を抱きおこそうとしたのだが、遅かった。春美は布団の上で、上半身を海老《えび》のように丸めながら、ひどく苦しげに嘔吐《おうと》の姿勢をとった。

喉が、胃の腑《ふ》をしぼりあげるような音をたてた。吐き戻すものが何もないらしく、口からは粘った睡液《だえき》が糸をひいて幾筋か、流れてきただけだった。

夏美はともかくとして、春美をこのままの状態で朝まで苦しませておくわけにはいかなかった。車で三、四分のところに、かかりつけの小児科医がいる。だが、夜間の診療はしておらず、役に立たない。

少し遠いが、中規模の、評判のいい私立病院の救急外来に連れて行こう、と正臣は思った。じきに十時になる。この時間帯では、急患扱いで診てもらうほか、なさそうだった。

真由美にタクシーを呼ぶように指示し、万一、車内で気分を悪くした時のために、大きめのビニール袋を用意しておいたほうがいい、と小声でささやいた。

真由美は、そうね、とうなずき、のろのろと病院へ行くための用意をし始めた。しばらく見ない間に、真由美は少し太ったように感じられた。むくんでいるのかもしれなかった。その後ろ姿に、苔《こけ》のように張りついた、うつろな疲れが見えた。

タクシーが来て、パジャマ姿のまま、母親のショールでくるまれた春美を正臣が抱きあげ、車まで運んだ。夏美は自力で歩いてやって来た。後部座席の中央に、双子を抱きかかえるようにして正臣が座った。真由美は助手席だった。

春美が気分を悪くしないように、と正臣は病気とは無関係の話を続けた。ほら、いつか飼うって言ってたチワワ、元気になったら、みんなで見に行こうな。パパの知ってる人の中に、犬のブリーダーっていうのをしてる人がいてさ、ブリーダーってわかるか？いい犬を繁殖させるのを職業にしてる人のことだよ。そういうところで買ってくる犬は健康な犬が多いんだよ。

チワワ、早くほしい、と春美が言った。

とびきり可愛いやつを選べばいいよ、と正臣は応じた。「そのためにも早く元気にならなくちゃな」

こくり、とうなずく春美を見ていて、哀れを覚えた。こんな状態の時にでも、俺は志摩子のことを考えている、俺の頭の中は志摩子で占められている、と思ったからだった。これほど近くにいて、その肌の匂いすら嗅ぎ分けられるというのに、子供たちが遠くに感じられた。妻ともなればなおさらで、助手席に座って落ちつかなげに時折、後ろを振り返ってくる真由美は、十三年間、ともに暮らした妻ではなく、単に顔を見知っているにすぎない女のように見えた。

病院に到着するまで、車中、幸いにも双子は具合を悪くすることはなかった。救急外来の窓口で、診察申し込み用紙に急いで必要事項を書き込んだ。当直医はすでに待機していたし、他に急患はいなかったため、双子はすぐに看護師に抱かれるようにして処置室に入っていった。

当直医は、見ていて頼りないと思われるほど若い男の医師だった。言葉づかいは丁寧だが、マニュアル通りの話し方しかせず、ロボットと話しているみたいだった。

風邪のウイルスが胃腸を冒している、と、いわずもがなの、素人《しろうと》でもわかることを医師は口にした。症状は強く出ているが、心配はいらない、とのことで、春美にはその場で吐き気止めの注射が打たれ、夏美とふたり分、感冒性胃腸炎のための薬と解熱鎮痛剤が処方された。

温かいスープやお茶などの水分を切らさぬよう、という注意をされた程度で、あっけないほど診察は簡単に終わった。

注射の効果があったのか、春美は急激に吐き気がおさまってきた様子だった。顔色がよくなったのを見届けてから、正臣は再びタクシーを呼んで自宅に連れ帰った。

処方された薬を飲ませたあと、リンゴジュースを少量与え、寝かしつけた。繰り返す嘔吐で疲れきっていたのか、春美はすぐに寝息をたて始めた。

やっと落ち着いた様子のふたりを残して部屋の明かりを消し、真由美と共に正臣が居間に戻った時、時刻は午前一時近くになっていた。

ずっと真由美が一緒だったので、携帯をチェックすることができずにいた。真由美がトイレに立ったのをいいことに、正臣は急いで、脱いだジャケットの内ポケットに入れておいた携帯電話を取り出した。

切っておいた電源を入れてみた。志摩子からのメール着信はなかった。なじみの編集者からの原稿催促の電話が留守番電話に録音されていたが、志摩子からのメッセージは吹き込まれていなかった。

当然だろう、と思った。自分が志摩子の立場でも、あんな別れ方をした直後に電話をかけたりメールを送ったり、するはずもなかった。へたをしたら、意地をはって、翌日も翌々日も沈黙を守り通そうとするかもしれない。

わかってはいたが、自分でも信じられないような落胆があった。志摩子があれからどうしたのか、想像してみた。

自宅にまっすぐ帰ったのか。帰って坂本と共に食卓を囲み、夫婦水いらずの夕食をとったのか。あるいは、せっかくのオフの晩、急にぽっかりと空いてしまった夜をもてあまし、誰かを呼び出して食事にでも行ったのか。

もしかすると、加地謙介と連絡を取り合って会ったのかもしれない、と思った。根拠のない、馬鹿げた想像だった。にもかかわらず、その根拠のない想像は、思い浮かべてみたその瞬間から、彼の中で、恐ろしいほどの現実味を帯びた。

「あなた夕食は？」居間に戻って来た真由美が聞いた。化粧の剝げおちた顔にはつやがなく、目は徹夜明けのように血走っていた。「ほっとしたら、なんか少しお腹がすいてきちゃった。私なんか、朝からほとんど何も食べてないのよ。食べ物の匂いを嗅ぐと気持ちわるくなる、って春美が泣くもんだから。ねえ、やきそばでも作る？」

いや、いいよ、と正臣は言った。言ってから、居間のカップボードの上に載せてある置き時計に目を走らせた。「あの様子なら、もう大丈夫だろう。ひと休みしたら、俺、広尾に戻るから」

開けた冷蔵庫の扉に手をかけ、中を覗きこんでいた真由美が、すさまじい勢いで正臣のほうを振り返った。「戻る？」

「うん、急ぎの仕事、残してきたんだ」

「戻るですって？」と真由美は再び繰り返した。泣きそうになっているのか、笑いそうになっているのか、その顔が大きく歪《ゆが》んだ。「あなた、いったい何考えてるの？　戻るですって？　こんな時に？　いったいどうしたっていうのよ」

「大げさだな」と正臣は内心の困惑と苛立《いらだ》ちを隠しつつ、苦笑してみせた。「ただの胃腸風邪だ、って医者も言ったじゃないか。薬飲んで静養してれば、じきによくなるよ。明日になったら、ふたりとも食欲が出てくるさ。食べられるようになったら、回復はもっと早くなる」

「そんな話、聞きたいんじゃないわ」と真由美は言った。冷蔵庫の扉が乱暴に閉められた。「説明してよ。なんでこれから広尾に戻らなくちゃならないのよ。朝までいて、ひと眠りして、それから仕事場に行っても同じでしょ。何があるのよ。何をそんなに急いで出かけなくちゃいけないのよ。あの子たちが病気だ、っていうのに。家の外で何の楽しいことがあるのよ」

「馬鹿を言え」と低い声で正臣は言った。大きく息を吸った。何か言わねばならない、と思ったのだが、ふいに次の言葉が続かなくなった。

「何が馬鹿なのよ」と真由美は言った。語尾がかすかに震えるのがわかった。顔が蒼《あお》ざめているのに、目ばかりがぎらぎらと、険しく光っていた。「いったい何を考えてるのよ。あなた、正気？　あの子たちをこのままにして、こんな真夜中に、また家を留守にしよう、っていうの？」

「急ぎの仕事を残したままにしてきた、って言ったろう」

「急ぎ、って何よ。どこの仕事よ」

「いつもの連載だよ。今月はもう、ぎりぎりなんだよ。担当がずっと待ってくれている。さっきも留守電に催促の電話が何本も入ってた。春美たちに何かがあったんだとしたら、今月分は休載にしてもらうこともできる。でも、一応、落ちついたんだ。俺はこれから仕事場に戻って、残りの何枚かを仕上げて編集部に送る。それのどこがおかしい」

　今すぐ解放されたかった。この場所から解放されて、真由美から離れ、家の外に出て、志摩子のことを存分に考え、志摩子を思い続けることができるのなら、どんな嘘でもつけるし、自分がついた嘘の汚物にまみれて息ができなくなってもかまわない、と正臣は思った。

真由美はじろりと正臣を睨みつけ、そうなの、と顔つきの険しさとは似ても似つかない、媚《こ》びるような口調で言った。「忙しくて大変なのね。でも悪いけど、私は信じないわ」

そして、乾いて色の褪《あ》せたくちびるに、とってつけたような微笑をにじませた。陰険でうすぐらくて、人を小馬鹿にするかのような、冷え冷えとした微笑だった。

今夜はこのまま家にいて、真由美が作ってくれるやきそばを食べるべきなのだ、と正臣は思った。子供たちの病気にどう対応してきたか、という、今日一日の彼女の苦労談義に熱心に耳を傾けてやる。子供たちの健康が早く回復するよう、妻と共に祈り、妻の労をねぎらい、ベッドにもぐりこむ前にもう一度、子供たちの様子を部屋に見に行ってやる。そうすべきなのだ。

それなのに、正臣の頭の中には、今こうしていても、志摩子のことしかないのだった。なんとかして連絡をとりたいと願っていた。うまくすればこれから、少し会えるかもしれない、というはやるような思いにすら、とらわれていた。

疲れきっている妻と、体調を崩して臥している娘たちを家に残し、志摩子というひとりの女を求めて、俺はまた、家を出ようとしている……。良識も何も、あったものではなかった。度し難い人間、としか言いようがなかった。家庭生活を営む男として、これほど次元の低い、子供じみた裏切り行為もないような気がした。妻がそんな夫を罵《ののし》り、蔑《さげす》み、疑念をぶつけてくるのは当然と言えた。

だが、もう後戻りはできなかった。

正臣は座っていたダイニングテーブルの椅子から静かに立ちあがり、「悪いけど、行くよ」と言った。声は掠《かす》れていた。「何かあったら、また連絡してくれ」

部屋を横切ろうとした彼の背を「ねえ」と呼び止める真由美の低い、くぐもった声が、生ぬるい風のように包みこんだ。「ちょっと聞きたいことがあるんだけど」

彼は振り返った。真由美はほんの少し、眉を吊り上げ、「座ってよ」と言った。蓮《はす》っ葉《ぱ》な女のように、顎をしゃくって、それまで彼が座っていた椅子を示した。

「何だよ」

「いいからそこに座って」

明らかに気圧《けお》された形になっているのをごまかしつつ、正臣が椅子に座ると、真由美はダイニングテーブルの近くに来て、両腕を組みながらじっと彼を見下ろした。その目は光を失い、淀《よど》み、赤茶けた錆《さび》のように濁って見えた。

「あなた、高木志摩子とつきあってるの？」

いつかは妻にそう聞かれることになる、と思っていた。幾度も幾度も夢にみた風景を今いちど、現実がなぞっているにすぎないような感覚にもとらわれた。

彼は表情を変えないまま、「何だって？」と聞き返した。「俺が高木志摩子とつきあってるか、だって？」

救いようのない滑稽《こっけい》な反応だ、と思った。くだらない三文ドラマのワンシーンだった。誰かの小説の中にそんなセリフを発見したら、鼻先で笑い、ただちに本を閉じ、そのへんに放り出していたに違いなかった。

「千香子が教えてくれたのよ」と真由美は平板な口調で言った。「桜が満開の時だったみたいね。ついこの間。今月の初めよ。夜、代官山の裏のほうにある、目立たない、ちょっと隠れ家ふうの素敵なイタリアン・レストランに、あなた、いたそうね。その店は表がオープン・テラスになってて、そのわりにはグリーンで仕切られてて、表通りからも人目につきにくくて……。千香子はあなたたちの後から店に入って、テラス席じゃない、奥のほうのテーブルに案内されたのよ。でも変ね。あんなにきれいで顔が知られてるはずの女優さんなのに、千香子が最初に気づいたのは高木志摩子じゃなくて、あなたのほうだったんですって」

正臣は、自分が今、妻を前にして怯《おび》えているのではあるまいか、と思った。そう思うと、途方もない嫌悪を感じた。

「食事してたんだよ」と彼は言った。「代官山の店だろ？　覚えてるよ。確かだよ。あの日は、高木さんの事務所の社長……ほら、石黒さんって、きみも会ってるよね。彼女から連絡があって、俺の作品の映画化について、ざっくばらんに相談したいことがある、っていうから……」

「そうなんでしょうね」と真由美はひきつれたような微笑を浮かべ、話を途中で遮った。

「で、あなたは石黒さんとではなく、高木志摩子とふたりきりで会ったわけね」

「石黒さんは、話の途中で仕事があって中座したんだよ。高木さんとはただの仕事の打ち合わせで、食事をしただけだ。何を勘違いしてる」

「桜吹雪が舞う、オープン・テラスになった店でね。あなたも大胆よね。あの高木志摩子と、だなんて」

「くどいな。食事しただけだ、って言ってるだろ」

真由美は烈しく舌うちをすると、目を大きく見開き、小鼻をひくひくと震わせながら、正臣を見つめた。その目に、酷薄な光が宿り、潤み、あふれかかった。だが、涙は睫毛《まつげ》の際ぎりぎりのところで留まって、そのため彼女の双眸《そうぼう》は束の間、黒く小さなふたつの沼と化したようになった。

「ただの仕事で、見つめ合って食事するわけ？　他が目に入らない、って感じで、今にもテーブル越しにあなたたちが身体を伸ばして、キスしそうになってた、って聞いたわよ。よく、あんなふうに大胆にふたりで見つめ合って、噂にならなかった、って。見ててハラハラした、って」

「誰がそう言った」

「だから、千香子よ。声をかけるどころか、自分のほうが見つかったらどうしよう、と思ってこわくなって、逃げ出したくなるほどだった、って言ってたわよ。でも、そんな心配は無用だったみたいね。あなたは高木志摩子とふたりきりの世界に入ってて、店の中に女房の友達がいるだなんて、夢にも思わなかったんだから」

「いやな女だ」正臣は、腹の底から憎々しい思いを吐き出すようにして言った。千香子のことだった。

本当にいやな女だと思った。真由美ばかりか、志摩子まで汚された思いがした。真由美に告げ口されたことに対する怒りよりも、こうしたデリケートな問題を鬼の首でも取ったように友達に告げ口してみせる、そんな低俗な女に自分たちの恋の現場を目撃されたこと自体が、たまらなく彼を不快にさせた。

「そんなのはただの印象だろ」と彼は声を荒らげた。「彼女が勝手にそういう印象を受けた、というだけのことだろ。ただそれだけのことをどうしてわざわざ、きみに報告する必要があるんだよ。あなたの亭主は女優とつきあってる、浮気してる、気をつけたほうがいい……そういうことか。仕事がらみで女優と食事しただけで、どうして俺が、その女優とつきあってる、浮気してる、気をつけろなんてことを陰で女房に注進されなくちゃならないんだよ。え？　どうして、今にもキスしそうだった、なんて、ありもしないことを言われなくちゃならないんだよ。おまえもおまえだ。なんで、そういう話を聞いて、黙ってたんだよ。なんで俺ではなく、程度の低い、馬鹿な女友達の言うことを信用するんだよ。くだらない」

　みるみるうちに、真由美の顔から表情が消えた。あふれかかっていたものが、黒い沼の奥に吸いこまれ、そこに涸《か》れ果てた小さな沼底が見えたような気がした。

「千香子を悪く言わないで」と真由美はしぼり出すような声で言った。「千香子はただ、見てきたことを教えてくれただけよ」

「それが友情だ、って言うのか。親切心だ、って言うのか。ばかばかしい。見てきたことを告げ口するだけなら、幼稚園のガキでもできる」

「言っとくけど、告げ口なんかじゃないわよ。千香子の性格、私はよく知ってる。ただの印象じゃなかったのよ。只事《ただごと》ではない、と思ったのよ。だから私に……」

「じゃあ聞くが、俺がいったい、何をしたっていうんだよ。高木志摩子と食事をした。それが何だっていうんだよ」

「ごまかさないでよ。自分の胸に手をあてて聞いてみれば？　ずっとずっと、あなたは最近、おかしかった。変だ変だと思ってた。でも高木志摩子が相手だとは思わなかったわ。まさか女優を相手にするとは思わなかったわ」

「まだ言ってるのか。黙れ！」

　ダイニングテーブルの上に載せてあった、畳まれたままの新聞夕刊を手に取った。それを力まかせに床に投げつけてみせながら、俺は今、呆れるほど下手な芝居を演じている、と彼は思った。自分自身を深く羞《は》じた。

本当に激昂《げきこう》しているわけではなかった。ありもしないことで疑われ、腹をたてている夫を演じなければ、という思いで、必死になって自分を駆り立てているうちに、いつのまにか気分が昂《たかぶ》り始め、止まらなくなっているにすぎなかった。

一方で彼は今、自分がこうやって、目の前にいる妻をなだめ、懐柔しようとしていることを強く意識していた。疑われていることに対する怒りをあらわにすればするほど、真由美の疑念は薄れていく可能性があった。誤解だったと思ってくれるかもしれなかった。

志摩子とは、ただの仕事の打ち合わせで食事していたにすぎない……その一点張りで通せば、それでいいのだった。きれいな人だけど、何の興味もない……そこまで言えるのなら、言ってやりたいほどだった。それでも真由美が疑念を捨てられずに泣きだすようだったら、今、この場で彼女の肩を抱きしめ、ばかだな、俺にはここ以外、どこにも居場所なんかないんだよ、などと、歯の浮くようなセリフを口にしてやればいいのだった。

この場さえ丸くおさめることができるのなら、俺はどんな卑劣なことでも口にするだろう、と彼は考えた。一刻も早く丸くおさめて、広尾の仕事場に戻り、志摩子と連絡を取り合いたかった。志摩子の声が聞きたかった。可能ならば、夜が明けるまでに志摩子と会いたかった。たったそれだけのことのために、必要とあらば、俺は今、妻を抱き寄せ、その乾いた不幸なくちびるにキスをしてやることすら辞さないだろう、と思った。

志摩子と会うために、妻に向かって百万遍の嘘をつかなければならないのなら、やってみせる自信はあった。やらなければならないのだったら、生涯、死ぬまで嘘をつき通してやることもできた。

そうやって自分がつき続ける、うすよごれた嘘が、妻を欺《あざむ》くだけではない、自分を、志摩子を、そのうち貶《おとし》め、穢《けが》していくに違いない、ということもわかっていた。とはいえ、何の嘘もつかずに、今この瞬間をやりすごすことはできなかった。

問題は今だった。現在だった。悲しいことに、それがすべてだった。

「ともかく」と彼は、真由美が黙りこくってしまったのをいいことに、結論めいた物言いで言った。「俺は忙しいんだ。これ以上、つまらないことでイライラさせないでくれ」

「行けばいいわ」と真由美が冷やかに追いたてるように言った。その目には光が戻っていた。ぐさぐさと突き刺してくる針のような視線が、正臣を貫いた。「仕事場に戻ればいいわ。好きにすればいいわ」

そうするよ、と彼は言った。怒りを含め、顎を尖らせるようにして言ったつもりだったのに、声には力がなかった。

椅子から立ち上がり、「じゃあな」と言って背を向けた。

好きにしなさいよ……背後に真由美の声が石つぶてのようになって飛んできた。彼は一瞬、理由のない怯えを感じ、足を速めて玄関に向かった。

第十五章　志摩子

高輪のマンションの居間で、その話を始めた時、石黒敦子の顔には珍しく「ストーンズ・プロ」の女社長としての、長年培われた威厳のようなものが漲《みなぎ》っていた。

「堂々と男の人のところに出入りする、っていうのはね、志摩ちゃん、慎んだほうがいいわ」と敦子は生まじめな顔つきで言った。『彼女の肉体』の撮影ももうじき始まることだし、この時期、わざわざ自分から、みんなを喜ばせるようなゴシップネタを提供してやる必要もないでしょ」

五月になっていた。ベランダに向かって開け放された窓の向こうには、隣家の庭に鬱《うっ》蒼《そう》と生えている木々の緑が見えた。緑は青空に滲《にじ》むように拡がり、時折、さわさわと乾いた葉ずれの音があたりを充たした。

「ちっとも知らなかった」と敦子はロイヤルドルトンのティーカップを手に、重々しさと軽さとを混ぜたような口調で言ってから、子細に観察する目でちらりと志摩子を見た。

「去年の暮れくらいから、なんか様子が変だ、とは思ってたんだけどね。まあ、それにしたって、見られたのがうちのスタッフで、ラッキーだったわよ。志摩ちゃんも運が強いわ」

志摩子はそれには応えず、足もとにやって来たモモを抱きあげた。モモは「くぅー」という愛らしい声をもらしながら、やわらかく温かな、白いぬいぐるみのようになって志摩子の胸におさまった。

広尾の地下鉄の駅の近くに、英語学校がある。教師は全員外国人で、そのせいか人気が高い。ストーンズ・プロのスタッフになってまだ半年の若い女は、週に一度、その学校の早朝クラスに通っていた。

四月半ば、よく晴れた日の朝、いつもよりも早く広尾に着いてしまったため、時間をつぶすために、彼女はふだんは足を踏み入れないような住宅地の中をそぞろ歩いた。その際、志摩子と正臣が疲れ果てた様子で、抱き合うような恰好のまま、とあるマンションから出て来たのを偶然目撃してしまった、という話だった。

敦子は、ふふっ、と作ったような笑い声をあげた。「朝の七時半だったんですって？七時半！　呆れるわよ、志摩ちゃんたら。いくらなんでも大胆すぎ。マンションの住人にだって見られる可能性があったじゃない。それだけじゃないわ。あのあたりには同業者とか、その関係者たちがたくさん住んでるんだから、いつ見られたっておかしくないのよ。高木志摩子、舞台がきっかけで恋におちた小説家のマンションから朝帰り……スポーツ紙のトップ記事ね。目に浮かぶわ。今ごろ写真週刊誌だのテレビのワイドショーだので、さんざん面白おかしくたたかれて、奥平先生にだって迷惑かけてたかも。あちらにも奥様や子供さんがいるんだし」

「そうね」

「そうね、じゃないの」と敦子は、たしなめるように渋面を作った。「恋人を十人作ってもいいし、毎日、日替わりメニューでお相手を替えて遊んでくれたって全然かまわないのよ。そんなことは問題じゃないの。とにかくうまくやってよね、志摩ちゃん。映画を控えてる時なんだから。いろんなことが煩わしくなるだけよ」

「悪かったわ」

「それにしても、志摩ちゃんらしくもないなあ。これまでは、もっとうまくやってきたはずなのに」

これまで？　うまくやってきた？　何を、と志摩子は内心、聞き返した。

映画や舞台の仕事で知り合って、意気投合した男優や演出家や脚本家や監督は少なくなかった。そのつど、何かの流れで、あるいは誘われて、一対一で飲みに行ったこともあった。何度もある。軽い調子でキスし合い、酔った勢いで肌を合わせてしまったこともあった。結婚はしているし、それが至極まともな結婚生活であることも世間に知られていたが、加地とのことがあって以来、恋多き女優、というレッテルも貼られてきた。だが、所詮《しょせん》、その程度だった。高輪の家に帰れば、志摩子はすぐに滋男の妻……夫を愛し、平和な家庭生活を愛するひとりの女に戻ることができた。

たとえ、新たに出現した男に多少の興味、好奇心、かすかなときめきを覚えていたとしても、ひとたび家に帰り、たとえば日曜日の午後など、窓を開け放して夫と共に家具の配置替えをしたり、散歩がてら夫婦でコーヒーを飲みに行ったりしているうちに、たちまち忘れることができた。

何が起こったにせよ、それが恋であったためしはなかった。ある一瞬、恋に似た感覚を抱いたことがあったとしても、それは恋に形がもっともよく似ている、別の感情でしかなかった。

あの日、ホテルで言い合いをして正臣と喧嘩別れした後、志摩子はタクシーに乗り、すぐに自宅に戻った。途中で何度も、行き先を変更しようとし、運転手に向かって口を開きかけたものの、結局、声は出てこなかった。

気晴らしに誰かを誘って気のきいた食事に行ったり、飲みに行ったりする気にはなれなかった。誰とも会いたくなかったし、ひとことも話したくなかった。今、誰かが携帯に電話をかけてきて、陽気な声で食事や何かの集まりに誘ってくる、その瞬間を思い描いてみただけで、ぞっとした。

夜通し、ひとりでいるために、どこかにホテルをとり、朝までこもっていようか、とも考えた。

だが、贅沢だがそっけないほど整然としたインテリアに彩られたホテルの部屋で、ひとり、正臣との会話を反芻《はんすう》し、霧に包まれた自分たちの未来に絶望し、ひとつひとつ、蔦《つた》のように絡まっている現実の問題を陰気な表情で考えこんでいる自分を想像すると、いやになった。

自分には居場所がない、と志摩子は改めて感じた。あれほどなじみ、愛し、安堵《あんど》していた高輪の家もすでに、自分の居場所ではなくなっていた。

家に戻ると、滋男は食べちらかしただけで、半分近く料理が残されたいくつかの食器を前に、ひとり、緑茶を飲んでいた。

今日は珍しいね、と彼は言った。微笑みに似たものが口もとに漂ってはいたが、それは微笑みではない、微笑みの形に似せたひそかな苦悩のように見えた。「早かったな」

うん、と志摩子はうなずいた。目を細め、少し微笑してみせたが、ぎこちない笑みになっているのを見られるのがいやで、すぐに視線を外した。

彼はすでにパジャマ姿になっていた。見慣れた、ストライプ模様のパジャマだった。足もとは季節はずれの灰色の毛糸の靴下。滋男は病気以来、手足の先が冷える、と言い、真夏でも厚手の靴下を欠かさずにいる。

滋男に哀れを覚えた。志摩子は仄暗《ほのぐら》い穴を覗きこんでいるような気持ちになった。観ていたのかいないのか、つけっ放しのテレビからは、歌番組が流れていた。志摩子の知らない若い女性シンガーが、思い入れたっぷりに恋の歌を歌っていた。

心の乱れを取りつくろいながら、滋男と夜をすごすことを想像すると、気が変になりそうになった。『やま岸』にでも行って、宏子相手に軽く飲んでいようか、と思ってもみたが、これから出かけるのは億劫《おっくう》だった。まして誰かに、正臣と自分が抱えている問題を具体的に明かすのはいやだった。その元気もなかった。

何も食べる気になれなかった。志摩子は食事はもう敦子とすませてきた、と嘘を言い、着替えのために寝室に行った。

バッグの中の携帯を取り出し、着信を調べてみた。正臣からのメールもメッセージも、何も入ってはいなかった。

大きく息を吸いながら、携帯の電源を切った。これでもう、いつ正臣から連絡が入るか、とやきもきしなくてもすむ、と思った。

正臣が自宅に戻り、妻と共に双子の看病をしている様子ばかりが頭の中に浮かんだ。想像の中の正臣の妻は、母親らしくてきぱきしていて、にもかかわらず、夫である彼のことを頼りにし、帰宅した正臣に向かって、心底、ほっとしたような顔をみせている。そこには夫婦の絆《きずな》がある。夫婦の間でしか通用しない会話、リズム、あるいは、言葉にせずとも伝わる空気がある。

彼が自分と妻、もしくは自分と家庭生活とを天秤《てんびん》にかけているとは思えなかった。両者は比べようのないものだった。

実際、自分もまた同じなのだった。志摩子は夫と正臣……自分の結婚生活と烈しい熱情の営みとを比較しているのではなかった。比較した上で結論を出し、正臣と恋におちたわけでもなかった。

すべては別物であった。位相の異なるものであった。にもかかわらず、その異なる位相のもの同士が、今、ひとつの土俵の上に一列に並んでいる。

争うわけではない。血を流して奪い合うわけでもない。それぞれの配偶者と培ってきた過去は消せず、かといって、未だ見ぬ未来は茫々と霧に巻かれていて、何ひとつ判別がつかない。

自分たちは呆然と、ただ立ち尽くしているにすぎない。そのうち誰かが誰かに、鋭いナイフの切っ先を向けはしないだろうか、先に行動を起こしてはくれないだろうか、そうすれば否応なしに、ものごとの結論が出てくれるのに……などと、あくまでも自分ではない誰かが、悲劇の幕を開けてくれる瞬間をひそかに、狡猾《こうかつ》に、辛抱強く待ち続けているだけのような気もする。

だが、いつまでたっても誰も行動しない。何故？　恐ろしいからだ。

すべてが一瞬のうちに瓦解《がかい》していくのを目の当たりにするのがこわいだけではない。瓦解と消滅の責任を負いたくないのだ。そんなおそろしい責任は、自分ではない他の誰かに負わせたい、と願っているのだ。

自分こそがそうかもしれない、と志摩子は悲しい気持ちで思う。どうやれば現実の絡まった問題が解決できるのか。どこを見ても壁が立ちふさがっているばかりで、這い出る隙間も見当たらない。

それとこれとは別だ、と頭で理解しつつ、時として狂ったように彼に家庭があることを呪わしく思う。不快に思う。

自分に夫がいて、その夫には何の落ち度もない。落ち度がないどころか、自分の女優としての人生、女としての人生を救ってくれた男である。そのこと自体が、時として煩わしく感じられる。

夫には借りがある。負い目がある。人の感情に貸し借りなどあり得ない、とわかりつつ、どこかでそう思ってきた。常々、心の奥底でそんなことをひそかに思いながら、必死になって封印してきた理不尽な感情が、今まさに白日のもとに晒《さら》けだされそうになっている気がする。

その晩、志摩子は夫と口をきかずにすむよう、録画しておいただけで、観ることのなかった、飽き飽きするほど退屈な香港《ホンコン》映画をビデオで早回しで観たり、本を読んだりしてすごした。

本は、日本人の夫と共にカナダに移住し、フライフィッシングに夢中になった日系アメリカ人の女性が書いた手記だった。内容はまるで頭に入ってこなかった。彼女が釣り上げたという魚の名前は、すべて暗号のようにしか見えなかった。

滋男が先にベッドに入ったのを確かめてから、志摩子は居間でひとり、白ワインを飲み始めた。深夜二時近くになっていた。

気分がささくれ立っていて、どうにも眠れそうになかった。苛立《いらだ》つ気持ちの底には、正臣とつまらない言い争いをしてしまった自分自身に対する嫌悪がある。それ以上に、加地のことで子供じみた反応を繰り返しながら、自分の家庭のこととなると、さっさと身を翻し、冷静な大人を気取ろうとした正臣に対する怒りも色濃く残されている。

ワインの酔いは、頭の芯に届かない。その周辺だけを、ひたひたと漣《さざなみ》のようにかすかに濡らしてすぎるばかりで、次の瞬間にはたちまち醒めてしまう。

志摩子は携帯を手にしてみた。電源を入れ、しばらくじっと携帯を見つめた。

何をしようとしているのか、わからなかった。正臣に電話をする？　メールを送る？　ごめんなさい、私が悪かった、と？　あるいは、もうこんな関係、やめにしましょう、と？

やめられるのか、と自問した。やめにしましょう、ああ、そうしよう、とふた言三言の会話で、この関係を簡単に終わらせることができるというのか。

正臣からメッセージが入っていることを祈った。怒りのメッセージでもよかった。彼が何らかの形で連絡をとってくれたかどうか、その事実を確認したかった。

留守番電話を確認してみた。何も入っていなかった。メールも同様だった。

双子の娘、春美と夏美の容体が悪いのだろうか、と考えてみた。容体が悪くて、志摩子に連絡したくともできない状態にあるのかもしれなかった。

自分たちの愛を阻むのは、彼の娘たちではない。彼の娘たちが罹った病気でもない。もっと別の、太刀打ちできない、とてつもなく大きなものであるのはわかっていた。それなのに志摩子は、見たことも会ったこともない彼の娘たち……親の事情など知る由もなく、無垢《むく》に両親の愛情を信じている子供たちに向かって、醜い感情を抱いていた。それは嫉妬であり、如何《いかん》ともしがたい過去に向けた呪詛《じゅそ》の念であり、地団駄を踏みたくなるような収拾のつかない怒りに似た気持ちでもあった。

そんな自分に耐えがたい嫌悪感ばかりがつのった。

傷つけたくはなかった。誰ひとり、傷つけるつもりはない。なのに、このままいけば傷つけてしまうのは明らかである。

人を裏切りたくはなかった。だが、裏切ることをも辞さない、信じられないほど逞しい熱情が自分を支配していることも事実だった。

気がつけば、白ワインのボトルの半分以上が空いていた。床に横坐りになり、センターテーブルに突っ伏す姿勢をとった。どれほどの時間がたったのかわからない、ふいに、マナーモードにしておいた携帯が、テーブルの上で震えだした。その音は驚くほど大きく室内に響きわたった。

全身の神経が昂《たかぶ》り、覚醒した。嬉しいのか、それとも怒りを覚えているのか、気がつくと志摩子はむさぼるような勢いで携帯を耳にあてがっていた。

ああ、志摩子、と言う正臣の声が耳に届いた。「嬉しいよ。電話に出てくれるとは思わなかった」

その声を聞いたとたん、志摩子はそれまで引きずっていたこだわり、苛立ち、嫌悪感、絶望的なさびしさが、瞬時にして煙のごとく消え去っていくのを感じた。胸に温かなものが流れた。自分は泣いてしまうのではないか、と思った。

「留守番電話にメッセージをいれておくつもりだった。今、どこにいる」

家よ、と志摩子は答えた。「あなたは？」

「広尾」と彼は言った。「病院に連れて行ってやったんで、娘たちは落ちついたよ。だから……戻って来た、さっき。朝になるまでに、あなたに電話したかった。出てくれなくてもいいから、電話したかった」

この人は娘たちのために、家族のために自宅に戻り、そして今、自分のために広尾の仕事場に戻ったのだ、と志摩子は思った。正臣の自分に向けた、深い愛を感じた。これほど具体的、直截《ちょくせつ》的な愛を感じたことは、これまでなかったかもしれなかった。

「ずっとあなたのことを考えていたよ」と彼は言った。「何をしていても、ずっと」

「私だって」

「あなたがどこかに行ってしまうような気がした。自分でも馬鹿だと思う。志摩子、今、こうして話していられるの？」

それには応えずに、志摩子は居間の壁に掛けられた、ベルギー製の四角い透明な掛け時計を見あげた。三時十分。その数字は志摩子にとって、何の意味も伴っていなかった。意味があるとしたら、朝になるまでにあと何時間残されているか、ということだけだった。

「これからそこに行くわ」と志摩子は張りつめた声で言った。「いい？」

驚くとか、喜ぶとか、感動するとか、そんなことができるのか、と聞いてくるとか、そういった反応を正臣はひとつも見せなかった。彼は低い声で即座に「迎えに行く」と言った。「あときっかり三十分……いや二十分後に、あなたはマンションのロビーにいて、俺の乗ったタクシーが見えたら出てくればいい」

わかった、と志摩子は言った。

翌日、午前中から仕事があったことを思い出した。敦子が何時に家まで迎えに来ることになっているのか、何の仕事だったたか、覚えていなかった。確かめる気もなかった。

志摩子は台所に行き、美津江がいつも使っている大判のメモ用紙を手に、ボールペンで走り書きをした。

「今度の映画のことで、監督からさっき、緊急の連絡がありました。何かキャスティングのことでもめごとがあったみたい。心配なので、こんな時間だけど、ちょっと出かけて来ます。起こすとかわいそうだから、私はこのまま……」……そこまで書いて、志摩子はそれを粉々に破り、掌で丸めて生ゴミ入れに放りこんだ。

誰がこんな作り話を信用するだろう。滑稽《こっけい》な嘘はつくものではない。

少し考えてから書き直した。「急用ができたので、ちょっと出かけて来ます。タクシーを使うから心配しないで。朝には戻ります」

書いたメモをダイニングテーブルの、滋男がいつも座る席の前に置き、梟《ふくろう》をかたどった爪楊枝《つまようじ》入れを重しとして載せた。

今ここに滋男が現れ、こんな時間にどこに行くんだと詰問されたとしても、自分は正臣に会いに行くだろう、と志摩子は思った。狂っている、と思った。だが、どうにもならなかった。

着替えをするため、寝室に入る勇気はなかった。デニムのゆったりしたパンツに、自宅で着ている黄色いコットンシャツ、という普段着のまま、志摩子は玄関先のコート掛けに掛けられていた薄手の白いスプリングコートをはおり、ポケットに財布と携帯電話をしのばせた。

正臣に会いに行くと決めたとたん、自宅にとどまっているのがこわくなった。滋男がいつ起き出してこないとも限らなかった。まだ時間があったが、志摩子は玄関ドアに鍵をかけ、一階のロビーに降りた。

照明が落とされたロビーは森閑としていた。滋男が追いかけてくるのではないか、という妄想が生まれた。家の中の違和感に気づき、ベッドから出てダイニングテーブルの上のメモに気づいた彼が、パジャマ姿のまま外に飛び出してくる光景が目に浮かんだ。

あれほど安楽の象徴、平和の象徴であった滋男という男に恐怖を覚えている自分が信じられなかった。そんな自分は醜いと思った。

だが、上の階から呼び出されたエレベーターのフロアランプが点灯することもなければ、非常階段口のドアがいきなり開いて、青白い顔をした滋男がロビーに飛び出して来ることもなかった。

マンション前にタクシーが横付けになるのが見えた。約束の時間、ぴったりだった。

志摩子は一目散に走り出した。背後に滋男の亡霊を感じたような気がした。

開けられたタクシーのドアの奥に身体をすべりこませると、正臣の腕が志摩子の腰を受け止めた。着ていた白い薄手のコートが、がさがさと衣擦《きぬず》れの音をたてた。

「広尾に戻って」と正臣が低く運転手に命じた。

バックミラーの中に、時折、運転手の視線を感じた。夜明け近いその時刻、酔っている様子もないのに、示し合わせて密会の場所に移動しようとしている男と女に興味をもっている様子だった。もしかすると、志摩子だと気づかれた可能性もあった。

抱擁も接吻《せっぷん》もできなかった。もどかしさがつのったが、それは性的なもどかしさではなく、むしろ精神的な、狂おしくなるようなもどかしさであった。

ふたりは手と手をからめ合うようにして握り合った。今にも頬やくちびるが触れ合わんばかりの距離で、見つめ合った。夜明け近い闇の中、正臣の顔は窓の外を流れていく淡い街の灯を受けて潤んで見えた。泣いているようでもあった。

広尾に着くまでひとことも発しないまま、タクシーを降り、正臣の仕事場に入った。入って玄関ドアに鍵をかけたとたん、志摩子は正臣の胸に抱きすくめられた。

互いの吐息とため息がふたりを包んだ。言葉は失われ、失われているはずなのに、あふれてきた。

「俺から離れないでくれ」と正臣は志摩子を抱きしめたまま、呻《うめ》くように言った。「頼むから、離れないでくれ。今、あなたが忽然《こつぜん》と消えてしまったとしたら、俺は気が変になる」

「私だってよ。まったく同じよ」

どちらも靴を脱ごうとしなかった。玄関の三和土《たたき》は、四月の朝を迎えようとしているその時刻、ひんやりと冷たかった。

「私が忽然と消えるだなんて、思ってるの？」と志摩子は彼の頭を抱き寄せ、その耳もとに口を近づけて囁いた。「あなたのお母さんみたいに？　この私が？　どうして？　どうして消えなくちゃいけないの。こんなに好きなのに。こんなに愛してしまったのに」

正臣は黙ったまま首を横に振った。そしてさらに強く志摩子を抱きしめた。

女房に気づかれたよ、と彼はぽつりと志摩子の耳もとで言った。激情も怒りも困惑も何もない、消耗しきったような言い方だった。『サラ』の経営者で彼女の古くからの友達がいるんだけど、その女に俺たちが食事をしているところを見られたらしい。俺たちが尋常ではない様子だったからだろうね、さっき家を出て来る直前に問いつめられた」

桜吹雪の夜、代官山の奥にあるオープン・テラスの店で食事をしたことを思い出した。間に合ってよかった……そんなふうに正臣に言われた晩のことが蘇った。

驚きはなかった。不思議なほどなかった。いつかこうなる、と繰り返し頭の中に思い描いていた想像の風景が、その通りの現実となって立ち現れたにすぎないような気がした。

「で、認めたの？」と志摩子は小声で聞いた。

いや、と彼は掠《かす》れた声で言った。「認めなかった」

認めてほしかったような気もした。妻に自分との関係を笑いながら否定したのであろう正臣を想像し、馬鹿げた反応だとわかりつつ、志摩子はかすかに打ちのめされたような気持ちを味わった。

正臣はそっと身体を離し、改まったように志摩子を見つめた。「志摩子。これだけは言っておくよ。何があっても、これから何が起ころうとも、あなたと出会えたことは、俺にとって至福なんだ。生涯二度とない出会いだと思っている。信じている。後悔したことは一度もないし、これからもない」

私だって、と声にして応じた。ふいにこみあげてきた熱いものが、志摩子の内部を突き上げた。

時が止まった。一切の現実が消え去った。


五月も半ばになったその晩、志摩子が山岸宏子と会い、話をすることになったのは、偶然の流れでしかなかった。

宏子と一対一で会ったら、我が身に起こった出来事の数々をすべて打ち明けてしまうことになるかもしれない、と志摩子は思っていた。一切合切をすべて包み隠さず聞いてもらいたい、と思う気持ちと、何ひとつ詳しい話はしたくないし、宏子に限らず、正臣との恋物語を観客席で固唾《かたず》をのんで見物している人間とは、なるべく会わずにいたい、という気持ちもあった。

そのため、『彼女の肉体』の映画スタッフたちと、敦子もまじえて麻布十番の『やま岸』に行き、軽く食事をして酒を飲んでいた際、宏子からそっと目配せされ「ね、後でちょっと残っていかない？」と誘われて、志摩子は自分がためらいを覚えていることを感じた。

正臣との恋の行方がどうなりつつあるのか、宏子が聞きたがっているのは明らかだった。ここのところ、ほとんど連絡していなかった。自分から打ち明けた形になった以上、志摩子のほうから宏子に、簡単にせよ、その後の経過を説明すべきであることはわかっていた。

だが、自分たちのことを語るのは、こわかった。日々刻々、休みなく過剰にあふれてくる感情に左右されながら生きている自分自身について、何ら距離をとることもなく、語る順番すら無視しながら、とりとめもなく泣いたり笑ったり、自暴自棄になったり反省したり、中途半端な自己分析を繰り返したりしながら宏子にぶつけている自分を想像するだけでいやになった。

それは年端のいかぬ少女がやることだった。四十八にもなった大人の女がやることではなかった。やってしまったら最後、深い自己嫌悪にかられることは目に見えていた。

志摩子と宏子が学生時代からの友人同士であることを知っているスタッフたちは、遠慮があったのか、敦子も含めて早々に引き上げて行った。後には志摩子だけが残された。

午前零時をまわっていて、店内に他に客の姿はなく、宏子の夫の山岸は厨房《ちゅうぼう》で後片付けを始めていた。もうアルコールは飲みたくない、と志摩子が言うと、宏子は中国を旅行してきた客のみやげものだという、本場の茉莉花茶《ジャスミン》をいれてくれた。

湯を注ぐと、茶葉が花のように開いて芳香を放った。カウンター席の片隅で、湯気をあげているふたつのマグカップを前に、宏子は「どうなの」と聞いてきた。「なんか、ちょっと表情に憂いがあるように見えるけど。それにちょっと痩せたわ」

志摩子は微笑んだ。「もうじき撮影に入るんだから、このくらいでちょうどいいのよ」

「奥平さんは元気でいる？」

「うん、元気」

「坂本さんも？」

志摩子はうなずいた。目をそらした。「いろいろなことがあったけどね」

「暗礁かな」と宏子はマグカップを手にしたまま、言葉の重さとは裏腹に、単調な、なんでもないことを質問するような口調で言った。「最初の暗礁に乗り上げた……そんな感じだけど」

「暗礁は暗礁でも、氷山みたいに巨大よ。どうにもならないくらい」

「何があったの」

聞かれれば、答えてしまいそうになる。それどころか、胸の奥に埋まっている襞《ひだ》の、さらにその奥底、自分でも見えてこなかった部分まで引きずり出して、脈絡もなく話してしまいそうになる。

志摩子はそれでも精一杯の冷静さを保ちながら、正臣の妻が自分たちの恋に勘づいたこと、そのせいで正臣の家庭に波風が立ち始めていること、滋男は今のところ沈黙を守っているが、明らかに妻の変化に気づいている、ということを簡単に打ち明けた。

四月の朝早く、一睡もしないまま、正臣の仕事場近くからタクシーに乗り、高輪の自宅に戻った時、滋男はすでに起きて、居間のソファーに座ったまま志摩子をじろりとした目で見た。ストライプ模様のパジャマ姿だった。白髪まじりの髪の毛が乱れていた。一晩でやつれ、老いさらばえてしまったようにも見えた。早くから起き出して、そのまま眠れずにいた様子がありありと窺えた。

ただいま、と志摩子は言ったのだが、彼は応えなかった。朝食は？　美津江さんはまだよね？

と問いかけてみたが、答えは返ってこなかった。

コーヒー、いれるわね、と言いつつ志摩子がキッチンに向かおうとしたその時、背後に冷たい小石のような言葉が投げつけられた。

「どこに行っていた」

用意していた嘘がないではなかった。映画関係者がよく行く、朝まで開けている居酒屋。確かあれは神楽坂《かぐらざか》にあった。

だが、そんな嘘を口にするのが急にいやになった。疲れが澱《おり》のように降りてきて、息苦しくなった。

黙りこくった志摩子に、次の石つぶてが飛んできた。「相手は誰なんだ」

志摩子は思わず振り返った。日頃温和な、声を荒らげることのない、水面下で精神の均衡を計って、物音すらたてずに生きていこうとしているような滋男の口から出た言葉とは思えなかった。

「何の話？」と志摩子はかわした。

自分の目の下に隈《くま》が浮いているのはわかっていた。眠っていないせいで全身が鉛のように重かった。

あと三時間後には、敦子が迎えに来る。三十分でも眠ることができればいいのだが、気分が張りつめているから無理だろう、と志摩子は思った。一睡もしないまま、仕事に行かなければならない。撮影ではないことだけが救いだったが、志摩子が乱れた生活を送っていることが誰の目にも明らかになるのは間違いなかった。

「女優だろう」と滋男は低く吐き捨てるように言った。「大切な仕事を控えてる時に、朝帰りするのはやめなさい。みっともない」

　話題を核心から逸《そ》らそうとしたのは、他ならぬ滋男自身だった。相手は誰なんだ、と志摩子に詰め寄り、奥平正臣の名を耳にしたら、彼はこの場で半狂乱になるか、二度と立ち上がれないほどの抑鬱状態に陥るのかもしれなかった。

　そうね、と志摩子は弱々しく言った。「度がすぎたわ。ごめんなさい」

　滋男はよろよろとソファーから立ち上がり、部屋から出て行った。寝室に入って行く気配があったが、やがて彼は外出用の焦げ茶色のジャケットを着こんで、再び姿を現した。その顔は、ざらついた砂嵐を全身に浴びて途方にくれている、孤独な小動物のように見えた。

　彼は「食事はいらない。もう大学に行くから」と言うなり、出て行った。志摩子のほうは見なかった。

　滋男がいなくなった部屋には、空疎で冷たい、よそよそしい空気が残された。志摩子はいきなり支柱を外された植物のように、腰を折って床に座りこんだ。

　モモがやってきて、志摩子の手の甲を舐《な》めた。猫を抱きしめ、モモ、と呼びかけた。視界が曇り、嗚咽《おえつ》がこみあげた。

　何故泣くのかわからず、泣いている自分に烈しい嫌悪を感じた。何故、分裂する。何にこだわっている。何故、苦しみの中に、自ら溺れていこうとする。堂々巡りの埒《らち》もな

とでもいうのか。
っていて、このうえ突き進もうとするのは何故なのだ。その先にあるものが見えている、
い逡巡《しゅんじゅん》を繰り返していても、何ひとつ救いの光など、見いだせるはずもない、とわか

そう思うと、また涙があふれた。

……その折の心情を志摩子は宏子に語った。言葉を尽くすことは叶《かな》わなかったが、相手には伝わったはずだ、と信じた。

だが、型通り志摩子の話を聞き終えた宏子は、「予想通りの展開ね」と淡々と、しかしいくらか面白そうに、得心がいったかのように言った。

その瞬間、志摩子は彼女に心情を吐露したことを後悔した。その後悔はあまりに烈しすぎて、危うく自制心を失いそうになるほどだった。

「こんなこと言うと、志摩ちゃん、気を悪くするかもしれないけど……でも聞いて」と宏子は言った。「奥平さんは絶対に妻子と別れないわ。そう思う」

茉莉花茶の香りが強くなったような気がした。志摩子は黙って前を向いていた。

「そしてあなたもよ、志摩子」宏子の手が軽く志摩子の腕に触れた。「志摩子が坂本さんと別れてひとりになってる光景は想像つかないもの」

「そうなのかな」

やっとの思いでそう言いながらも、すぐにその場から立ち去りたくなった。そうした

具体的な意見を聞きたいのではなかった。占い師に将来を決めてもらおうとしているわけではない。かといって、宏子にどう言ってもらいたいのか、志摩子にもわからずにいた。何を言われても齟齬《そご》を感じ、どう励まされても距離を覚えるに違いないのだった。

「情熱恋愛もいいけど」と宏子は言った。「高木志摩子は誰もが目標にしたいと思える、素敵な大人の女なんだ、ってことだけは忘れないでね。それさえ忘れなければ、うまくいくわよ。人生、楽しんで、ますます大きな女優になって……」

そうね、と志摩子は言い、茉莉花茶を口にふくんだ。苦さだけが舌の上に残された。ただひたすら、泥のような疲れを感じた。

第十六章　正臣

映画『彼女の肉体』がクランクインして、志摩子は文字通り、女優として多忙な日々を送るようになった。会う時間は限られた。限られれば限られるほど、そのわずかな時間の堆積が、ふたりをさらに密接に結びつけることになった。

ひとまわり痩せてほっそりとした志摩子の体調が案じられた。相変わらずいつ会っても、輝くばかりの美しさ、愛らしさではあったが、ふと黙りがちになった時などに、持続する緊張と疲れのせいなのか、志摩子らしからぬ淀《よど》んだ疲れが表情に浮いて見えることも多くなった。

撮影がオフの日はなるべく休ませてやりたいと思うのだが、会わずにはいられない。今日は休んでいなさい、と口では言うものの、五分とたたぬうちに、二時間だけ、いや一時間でもいい、などと限定をつけて、会う算段をし始めている。

たとえ三十分しか会えない時でも、その三十分のためだけに正臣はいつものホテルの部屋をとった。短時間の逢瀬(おうせ)はかえって胸苦しくなるだけだったが、それでも会わずにいるよりはましだった。

自分のスケジュールは全て志摩子のそれに合わせた。志摩子と会うために、打ち合わせや食事会を直前になってキャンセルし、編集者たちを唖然《あぜん》とさせることも多くなった。

集中力がおそろしく減退し、執筆は目に見えてはかどらなくなった。仕事場のデスクのパソコンに向かい、正臣は日々、苦渋を味わった。それは締切りとの戦い、というのではない、書く、という行為との戦いであった。

正臣の中では、三つの現実が同時進行していた。すなわち、志摩子との恋愛、家庭生活、そして創作活動……それぞれが絡み合い、もつれ合って彼を締め上げ、いっときも休みを与えなかった。胸の内に張りつめられた糸は今にも千切れんばかりになり、それでもなお、彼は、志摩子を求めるために、志摩子と共にいるために、それらと向き合っていくしかないのだった。

向き合うことそれ自体が、責め苦であった。同時に、それは彼が選んだ、ふしぎに甘美なものでもあった。三つの現実の裏に、常にひとつの揺るぎのない真実が見え隠れしていた。それが何なのか、わからなかったし、永遠にわからないままでいるのかもしれなかったが、今はその混沌《こんとん》の彼方に、影法師のようになって姿を現しかけている何かに向かって書き続けていく他はない、と彼は思った。

書くという行為は、苦しいだけではなく、時に彼を救い、癒しもした。巷《ちまた》に氾濫《はんらん》し、記号化されているありふれた、どうしようもない汚濁のような苦悩にはまることから解放してもくれた。書くことによって、自らが抱えている苦悩が、清澄な明晰《めいせき》さを帯びてくるのだった。そのふしぎを彼は実感した。

ひとりの女を烈しく求め、愛する、ということの中にある抽象性は、常に現実の重みの中で形を変えてしまう。より具体的なものに向かって、その純度を弱まらせていく。それがふつうだと考えられている。

純度……と正臣は考える。少なくとも自分は誠実に純粋に苦しみたい、という思いが正臣の中にはあった。志摩子との恋がもたらした苦悩それ自体を、穢《けが》すのはいやだった。同時に、志摩子に向かう気持ちの純度を弱まらせるくらいなら、死ぬほどの苦しみを味わいながらも、即刻、志摩子と別れたほうがいい、とまで思うのだった。

人が聞いたら、呆れ、失笑するような考えかもしれなかった。

だが、何故、笑う。何ものの力も借りず、自分の肉体を使って生き、自分自身を欺《あざむ》かずに生きようとすることのどこに、笑われねばならぬ理由があるというのか。それは青臭い議論のテーマとはまるで違うことだった。たとえ地獄を見るとわかっていても、俺は喜んで落下し続けるだろう、と彼は思う。俺は俺であり続けたいだけなのだ。型通りの安息を求めずに生きようとすることの何が、問題だというのか。

ある時、正臣は、はき慣れたズボンのウェストがひどくゆるくなっているのに気づいた。仕事場の洗面所に置いてある体重計に乗ってみた。三キロ半、体重が落ちていた。

志摩子と出会う一年ほど前、共に仕事をしていた少し年上の男の編集者が、急に痩せ衰えたことがあった。正臣が、どこか悪いのか、と案じて聞くと、彼は憂いを帯びた表情でつと、ある女性と恋におちた、と打ち明けた。妻との間に双子が生まれ、その数年後の妊娠で、さらに双子を授かって、業界で話題になったことのある編集者だった。

詳しい話は聞かなかった。その後、彼の恋愛がどうなったかは知らない。先日、久々に会った彼は、よく笑い、よく食べ、よく飲んだ。ぶよぶよとした贅肉をたくわえた、中年の体型に戻っていて、豪快に吐き出すビールのげっぷの中にも、ふてぶてしい居直りが感じられた。

所詮《しょせん》、世間で考えられている恋愛など、その程度のものにすぎない、と正臣は思う。恋におちる、快い緊張感で食欲が失せ、贅肉が削ぎ落とされる、やがてその恋が終わる、苦しみから解放され、精神の安らぎが戻る、同時に、たちまち肉体は贅肉に包まれる……ただそれだけのことが、短い期間に肉体を一巡して、通りすぎていくだけのことなのかもしれなかった。

だがそれは表層の解釈だ。ものごとには表層があり、深部がある。無為に生きていては、生涯決して、覗き見ることすら叶わない深部があって、その昏《くら》い沼の中に自ら足を踏みいれているのが俺なのだ、と正臣は思った。

六月のある日、日曜の夕暮れどきだった。正臣はふと思い立ち、真由美に連絡もせずに、車を運転して世田谷の自宅に向かった。

自宅に帰るのは十日ぶりだった。といっても、前回帰った時は、夏物のスーツを取りに戻っただけであり、そのとき、真由美は仕事で留守だったし、子供たちも学校から帰っていなかったから家族とは会っていない。これといった理由もなく、急に子供たちの顔が見たくなったのは、そのせいもあるのかもしれなかった。

小雨降る、暮れなずんだ住宅街の通りに、自宅の門灯の明かりが黄色く滲《にじ》んでいた。自宅は以前と同じように、寸分も変わりなく、そこにあった。自分だけが変わったのだ、と彼は思った。

一時期、無言電話もふくめて頻繁に電話をよこしていたというのに、よほど急ぎの用でもない限り、真由美が正臣に連絡してくることはなくなっていた。たまに会っても、何を考えているのかわからない、とりとめのない煙のような表情をしてみせることが多くなった。口数は極端に減った。

とはいえ、荒々しい口調で問いつめたり、これみよがしに志摩子の名を出してきたり、皮肉を言ったりすることはなかった。猜疑《さいぎ》心に苦しむあまり、陰ですすり泣いている姿も想像できなかった。手あたり次第、友人や母親、親戚に相談しては、助言を与えてもらっているような気配も見られなかった。真由美はむしろ、不気味に静かに、完結しているように見えた。

説明のつかない緊張を覚えながら、雨に濡れた二階建ての自分の家をちらりと見あげ、正臣はひとまず車庫に車を入れた。

自宅車庫シャッターの専用リモコンは、いつも車のダッシュボードの中に入れてある。シャッターが上がる音と、車のエンジン音は思いがけず大きくあたりに響くのが常で、その音を耳にすれば、彼が帰宅したことは真由美にもわかるはずであった。

以前は、その音を聞きつけて真由美か娘たちが玄関先に迎えに出て来たものだった。今日も来るだろうか、と彼は思った。

車庫に車を停め、エンジンを切った。あたりが静寂に包まれた。そのとたん、あろうことか正臣は、家族のいずれにも会うのが急におそろしくなった。

俺は何のために帰って来たのか、と思った。

娘たちに会いたかった。その元気な顔を見たかった。できるならば、抱きしめてやりたかった。痛いよ、パパ、くすぐったいよ、と言いながら、身をよじって父親の腕から逃げ出そうとする双子を想像しただけで、会いたい気持ちがつのった。

なのに、会うのはおそろしいのだった。帰って来たことを後悔した。彼は運転席に坐ったまま、しばらく身動きができなくなった。

雨足が少し強くなったようだった。彼はのろのろと車から降り、シャッターを閉めた。路面や木々の梢を叩く雨の音に包まれながら、門扉《もんぴ》を開け、後ろ手に閉め、玄関前に立った。

自分の家に帰っただけのことなのに、何故、俺はこんなに緊張しているのか、と思った。玄関の扉も、門に続く小さな細いアプローチも、あたりの植えこみも、何もかもがよそよそしく、初めて訪ねた他人の家の前に立っているかのようであった。

インタホンを鳴らした。ややあって、「はい」という真由美の声が返ってきた。警戒する声ではない、怒りも憎しみも軽蔑も感じられない、それは平板な、表情と呼べるものの何もない声だった。

「俺だよ」と正臣は言った。「今帰った」

真由美は再び、「はい」と応じた。機械がしゃべっているような言い方だった。やがてプツリと音がして、インタホンは切られた。

内側から鍵が開けられる気配があった。真由美は、「珍しいわね」と固い声で言ったきり口をつぐみ、すうっと逃げるように視線をそらした。

白い半袖のTシャツに、モスグリーンの巻きスカート姿だった。V字型に開いたシャツの襟もとのあたりに、茶色い染みがついているのが見えた。

「春美たちは?」と正臣はその、染みのあたりに視線を流しながら聞いた。

真由美は「いるわ」とだけ答え、くるりと彼に背を向けた。

真由美がキッチンに入って行ったのを見届けてから、彼はおもむろに靴を脱ぎ、居間に行った。

開け放された居間の窓の外、まだ咲き始める前の紫陽花《あじさい》の茂みが雨にうたれ、部屋の明かりを受けて、てらてらと光っているのが見えた。つけっ放しのテレビからは、始まったばかりのNHKニュースが流れていた。何を洗っているのか、キッチンから水音が聞こえ始めた。

正臣はかすかな違和感を覚えた。調度品の位置も、壁に飾られたボタニカルアートも、爪楊枝《つまようじ》立てやテレビのリモコン、ティッシュペーパーが置かれている場所にいたるまで、何も変わった点はないというのに、明らかに室内には、目には見えない荒廃のにおいが潜んでいるような気がした。

双子の娘たちは、居間のソファーの端と端に対のブックエンドのようにして坐り、それぞれ片膝を立てながら、熱心に漫画本を読んでいた。娘たちの存在がなければ、その部屋は、舞台の書き割りのように量感も質感も何もない、ただのうすっぺらな紙のように見えていたかもしれなかった。

彼は陽気さを装い、少しふざけた口調で「せっかくパパが帰ったんだぞ」と言った。「ここにいるお行儀のわるいお嬢ちゃんたちは、おかえりも言ってくれないのか。さびしいなあ」

双子が顔をあげ、笑みを浮かべ、口々に、「おかえりなさい」と言った。

幼かった頃に比べて、おかえりなさいの口調にも、大人びた距離が感じられる。

「何読んでる」

「漫画」

「そんなのは聞かなくてもわかるよ」

あはは、と双子は可笑《おか》しそうに笑った。

ダイニングテーブルの上に、夕食の準備が整えられている様子はなかった。真由美に聞くのは憚《はばか》られた。

「夕ごはん、もう食べたのか？　まだだったら、これからみんなで、何か外に食べに行こうか」

「あ、それだったら、ハンバーグがいい」と夏美が言い、「あたしも」と春美が興奮気味に同調した。

ふたりとも、近所のファミリーレストランのハンバーグ定食が好きなのだった。何か外に食べに行く時は、たいてい同じ店の同じハンバーグ定食を食べたがる。

じゃあ、そうするか、と言い、正臣はキッチンにいる真由美のほうに視線を投げた。キッチンカウンターやその上に載せられている電子ジャーやポット、ポトスの鉢植えなどに阻まれて、真由美の姿は正臣のところからはよく見えなかった。

「ママ、パパが外に食べに行こう、って」と春美が漫画本から目を離さずに大声をあげた。

真由美は答えなかった。台所からは水を流す音だけが聞こえていた。

「でもさ、今日のごはんは鰻《うなぎ》なんだよ」と夏美が言った。「さっき、ママがそう言ってたじゃん。鰻の蒲焼《かばやき》」

「出前をとったの？」

正臣が聞くと、夏美は、ううん、と首を横に振った。「静岡のおじさんから送ってきたやつだって」

真由美の弟が結婚して静岡に住んでいる。毎年、夏になると、真空パックされた鰻が送られてくることを正臣は思い出した。

「そうか。じゃあ、ハンバーグは今度にしようか」と正臣は言った。「せっかく、おじさんが送ってくれた鰻が無駄になっちゃうからね」

お腹すいた、と夏美が言った。目は漫画本に釘づけである。「ママ、ごはん、まだ？」

それでも真由美は答えなかった。水音だけが相変わらず続いている。

テレビ画面には小泉首相の顔が大きく映っていた。春美がつと、センターテーブルの上のリモコンを手にし、チャンネルを替えた。騒々しいタレントたちの笑い声が室内にあふれた。

予感、というほどのものでもなかった。ただならぬ異変を感じとったわけでもなかった。ただ、流し放しになっている台所の水音が気になっただけなのかもしれなかった。リモコンを奪い合うようにして、テレビのチャンネルを忙しく替えては笑い合っている娘たちを背に、正臣は足音をしのばせてキッチンに向かった。爪先だけが急速に冷えていくような感覚があった。

キッチンカウンターの向こうに、真由美の姿があった。ざあざあと水が音をたてて流れているシンクに向かい、少し背を丸め、まるで腹部で体重を支えるような立ち方をしながら、真由美はうつむいていた。

シンクの脇の調理台の上に、まな板があった。そこにはセラミック製の、白い包丁研ぎ器が載っていた。

おい、と正臣は低く、注意深く呼びかけた。

真由美は動かなかった。右手に握りしめているのが刺身包丁であることはすぐにわかった。

二年ほど前、真由美が通信販売で購入した高価なものだった。その切れ味がどれほどすばらしいか、夕食の席で真由美が饒舌《じょうぜつ》に話していた時のことが、瞬時にして正臣の頭の中に蘇った。

居間で春美と夏美が、子供らしい無邪気な笑い声をあげるのが聞こえた。

「おい」と正臣はもう一度、少し大きな声で言った。

キッチンカウンター越しに、真由美の左手首が見えた。固く拳《こぶし》に握りしめた手首の静脈が、青々と浮いていた。そして、みるみるうちに包丁も手首も真由美自身も、まるで巨大なバイブレーターで動かされでもしているように、わなわなと震えだした。

音をたてないよう注意しながら、正臣は素早くキッチンカウンターの向こう側に回り、後ろから真由美を羽交《はが》い締めにした。まず右手から刺身包丁を取り上げ、次いで、それをシンクの中に放り投げた。大きな音がしたはずだが、水音に混じってそれはすぐにかき消された。

真由美はされるままになっていた。泣きも喚《わめ》きもしなかった。魂が抜かれた人間のように、ゆらゆら揺れながらその場に立ちすくみ、ぽかりと口を開けて、シンクの底を覗きこんでいるだけだった。

「馬鹿なことをするな」と正臣は真由美から離れ、低く呻《うめ》くように、吐き出すようにして言った。「目の前に子供がいるんだぞ。それでも母親か」

真由美は何も応えなかった。身じろぎもしなかった。そのまま石のように固まってしまうのではないか、と思われた。

「ママ」と居間から声がした。春美の声なのか、夏美の声なのか、わからなかった。

「お腹すいたってば」

その声を合図にしたかのように、真由美の身体から、ふいに力が失われた。よろけるように足をもつれさせ、右手でかろうじてシンクの縁をつかみ、やっとの思いで体勢を整えたかと思うと、真由美は喉の奥から悲鳴に似た泣き声を発した。泣き声は甲高い慟《どう》哭《こく》となって、大きくあたりに響きわたった。

異変に気づいた娘たちが、こちらに走り寄って来る気配があった。

泣くな、と正臣は低く口早に怒鳴った。「子供の前だ。取り乱すな」

だが、無駄だった。春美と夏美がキッチンカウンターのそばにやって来て、何かおそろしい、得体の知れないものを遠巻きに眺めるようにして正臣と真由美を見ている。

真由美は「出てってよ」と呻くようにして言った。新たな観客を得て、勢いづいた役者のような言い方だった。「子供の前で取り乱すな、ですって？ 高木志摩子とつきあってておきながら、えらそうなセリフ、吐かないでよ。出てってよ。もう、うちになんか、戻ってこないでよ」

つきあってなどいない、誤解だ、という言葉が喉までせり上がってきた。そう言わなければならないと思った。

嘘をついてごまかすことは、いくらでもできるはずであった。この場を収めることも、妻をなだめることも、とりあえずの嘘ひとつでできるはずであった。なのに正臣は、すでに何もできなくなってしまっている自分を感じた。

子供たちが、ひどく怯《おび》えているのがわかった。正臣は真由美の肩を軽く抱きよせる仕草をし、死ぬほどの思いでかろうじて笑顔を作ってみせると、それを子供たちに向けた。

「大丈夫。なんでもないよ」

真由美が髪の毛をたてがみのように大きくぶるんと振り、自分の肩にかけられていた夫の手をはねのけようとしてきた。

正臣は、妻の肩から自分の手が外れてしまわないように、いっそうの力をこめた。妻の肩は、冷たい鋼鉄の板のように感じられた。

春美と夏美が、泣きそうな顔をしながら、「ママ」と震える声で呼びかけてきた。「どうしたの」

正臣は妻の肩を強くつかんだまま、再び子供たちに向かって微笑を投げた。「ママはちょっとめまいがしたんだ。すぐ治るよ」

三歳児にも見破られるに違いない、下手なごまかしだった。娘たちはおろおろと、寄り添い合うようにしながら、正臣を見上げ、次いで真由美を見た。その目は何も信じていない、怯えた小さな兎《うさぎ》の目に似ていた。

その時だった。真由美は、突然、憑《つ》き物でも落ちたかのように、軽く深呼吸し、やわらかく身体をねじって正臣の手から逃れた。

そして、いつもの手慣れた主婦の手つきで鰻の蒲焼が入っているパッケージを手にするなり、「ウナギ」と放心したように言った。

第十七章　志摩子

正臣の家庭で何が起こっているのか、逐一、知りたい、知っておきたい、と志摩子は思った。

知ってもどうにもならないということは、承知していた。それが愉快な話であるはずもなく、それどころか、耳にしたとたん、不快な、いたたまれない気分に引きずりこまれていくこともわかっていた。

それでも聞かずにはいられなかった。そんなことは、事細かに聞くものではない、聞けば聞くほど自分を苦しめることになる、と強く言い聞かせながらも、気がつけば志摩子はおずおずと、同じ質問を発しているのだった。

「どう？　何か変わったことなかった？　大丈夫？」と。

そのたびに正臣は言葉を少し濁しながらも、「あんまり大丈夫ではないかな」と答える。彼の表情には、その時、隠しようのない憔悴《しょうすい》が浮かんでいる。

何があったのか、そのすべてが知りたくなる。そう思いつつも、その先の質問を発することがおそろしい。ひとたび耳にしてしまったら最後、決して記憶から消え去ることのない風景、というものがこの世にはある。そういうことを志摩子は経験上、よく知っている。

だが、六月に入ってまもなく、志摩子は正臣から、彼の妻が自宅キッチンで包丁を手に、異様な行為に走ろうとしたことを聞かされた。

「このことはあなたに伝えておきたい、と思った」と彼は言った。「聞きたくない話かもしれないけど、知っておいてほしかった。これは俺の側の問題であると同時に、いずれ、あなたの側の問題にもかかわってくることだと思うから」

「いずれ、って？」

「こういうことが起こるのは、俺のところだけじゃない。あなたのところも同じ可能性を秘めている。そういう意味だよ」

正臣の口調は重かったが、彼はあくまでも冷静にそう言った。真由美の一件を耳にして、志摩子が少しも取り乱さずにすんだのは、そのせいだった。

「本気だったのかしら」とややあって志摩子は聞いた。「彼女は本当に死のうとしたのかしら」

まさか、と彼はきっぱりと否定した。「子供が家の中にいたんだ。そんなことができるわけがない。しばらくぶりに家に戻った俺に対する、無意識のあてつけだったんだよ」

「怪我は？」

「本気じゃなかったんだ。怪我なんかしていない」

よかった、と言おうとして、志摩子はその言葉を呑みこんだ。立場が上の人間が、下の人間に向かって口にする、ひどく尊大な言葉のように感じられたからだった。

『虹の彼方』の舞台公演の初日、真紅の薔薇《ばら》の花束を手に、楽屋まで訪ねて来てくれた正臣の背に隠れるようにして、いささか緊張気味に立っていた真由美の顔を志摩子は思い出す。あまりに何度も思い出してしまうあまり、その顔は、たまたま目にした見知らぬ他人の遺影のように、脳裏に焼きついて離れなくなっている。

自分はあの、いかにも育ちのいい無邪気な……家庭人としても母としても女としても、おそらくは幸福だったはずに違いない女性を傷つけている、と思う。愚弄《ぐろう》している、と思う。滋男を愚弄しているのと同様に。

奥平さんは絶対に妻子と別れない……そう言っていた宏子の言葉が蘇った。そしてあなたもよ、志摩子、と宏子は言い添えた。

言外に、あれだけの窮地から志摩子を救いあげてくれた滋男に対して、そんなことはできるはずはない、というニュアンスが含まれていた。もしそんなことをするのだったら、あなた、人非人よ、と言われているも同然だった。

悪いことは言わない、破滅に向かう恋だけはやめなさい……健全なモラルを愛する人々が言うのと何ひとつ変わらないことを、あの時、宏子は古い友人として志摩子に忠告してきたのだった。

どれほど互いに溺れ合っても、結局は、奥平正臣が家庭を見捨てて志摩子と共になることもあり得なければ、同時に、志摩子が滋男を見捨てて、正臣のもとに走ることもあり得ない。だから……と宏子は続けたかったのかもしれなかった。このままでいなさい、と。このままでいれば、いつか熱が冷める時がきて、輝かしい人生の思い出と共に、女優としての勲章がまたひとつ、増えてくれるのだから、と。それでいいじゃないの、と。それの何が不満なの、と。


『彼女の肉体』の撮影が佳境に入り、最後のロケ地は京都に決まった。

京都といっても、貴船《きぶね》や鞍馬《くらま》よりもさらに北上した、杉木立に囲まれた山間《やまあい》の里がその舞台となる。そぼ降る雨の中の撮影を目的に、静かな里にひっそりと建つ、古い茅葺《かやぶ》き屋根の農家をそっくりそのまま使い、志摩子と加地謙介の、濃厚なからみのシーンを三、四日かけて撮る、ということになった。

その一軒家の近くには、七夕の頃にもっとも美しく観賞できる、と言われている蛍の群棲地《ぐんせい》があった。しかもそれは、地元の人間にしか知られていない。映画のラストシーンとして、群棲する蛍の青白い、もの言わぬ、幻想的な光を人物の配置なしで使うつもりでいた監督は、蛍の場面を撮影するためだけに映画界屈指と言われている大ベテランのカメラマンを特別に起用すると発表した。

その京都ロケに出発する日の前々日、早朝だったが、志摩子は敦子からの電話で叩き起こされた。

「志摩子ちゃん、私、迂闊《うかつ》だったわ」と敦子は、疲れきったような掠《かす》れた声で言った。「さっきまで徹夜で交渉してたの。でも、だめだった」

「何の話？」

「知らされたのが、ゆうべよ。『週刊レディ』は、相変わらずやることが汚いったらないわ。もう、もみ消せない、ぎりぎりの時間になって、事実の確認を事務所にしてきたわけ」

いやな予感がした。志摩子は黙りこくった。

「そこに坂本さん、いるの？」敦子は声をひそめた。滋男は電話の音で目をさましたと見えて、隣のベッドで大きく寝返りをうった。

「……ええ」

「じゃあ、あとにしたほうがいいわね」

「かまわないから言ってよ」

何を言われるのか、おおよその見当がついた。志摩子はコードレスホンを耳にあてがったまま、ベッドから降り、寝室を出た。モモがあとからついて来て、洗面所のそばに置いてある猫用トイレに入って行くのが見えた。

「ホテルの駐車場で、写真、撮られたわ。志摩ちゃんが奥平先生の車に乗った直後の写真。それが載るのよ。明日発売の『週刊レディ』に」

すうっと、急激に体温が下がったような気がした。滋男がその週刊誌を開いている光景が、頭の中に白々とした映像となって浮かんだ。

一週間ほど前、ホテルの部屋で正臣と会った。翌日の撮影が早く、朝八時には家を出なければならなかったため、長い時間を共にすごすことはできなかった。志摩子が顔を隠すようにしながら、うつむき加減で正臣の待つ部屋を訪れたのは、夜七時半。抱き合い、くちづけを交わし合い、こらえようもなくなって、翌日の撮影に響くということがわかっていながら、烈しい性愛を交わした。

撮影も大詰めで、京都ロケに入ってしまったら、会えないどころか、自由に電話連絡も取り合えなくなることはわかっていた。惜しむようにして味わった二時間半ほどのひとときは、夢まぼろしのように過ぎ去り、気がつくとすでに十時をまわっていた。

よほどゆっくり時間をすごせる時以外、正臣は自分の車でホテルに来ることが多くなっていた。帰路、志摩子をタクシーにひとりで乗せたくない、自分が送り届けたい、という理由からだった。

その晩も、万一のことを考え、先に正臣が部屋を出て、地下駐車場に向かった。五分後、志摩子が地下二階まで降り、彼女を待つ彼の車をめざして、早足で駐車場を横切った。はいていたクリーム色のパンプスの靴音が、あたりの壁に派手に響きわたったことを志摩子はよく覚えていた。

あの時、周囲に人の気配があっただろうか、と思い返してみる。記憶は茫洋《ぼうよう》としていて、何も思い出せない。

連日の撮影で緊張感を強《し》いられ、ただでさえ疲れていた。正臣との逢瀬《おうせ》の時間を捻出するために、滋男にはもちろんのこと、敦子にも、考えられる限りのあらゆる嘘をつき続け、その嘘が露顕しそうになれば、さらなる嘘を上塗りしていかなければならなくなってもいた。

女優としての演技に没入している時以外、五感はすべて、正臣にしか向けられていなかった。あとのことはすべておぼろであった。

いずれにせよ、あの晩、ホテルも駐車場もすべて、初めから見張られていたのだ、と志摩子は思った。志摩子が作家の奥平正臣と交際中であること、あのホテルで、志摩子が正臣と密会を重ねていることは、とっくの昔に気づかれていて、『週刊レディ』では、満を持して公表する機会を狙っていただけなのかもしれなかった。

広尾の正臣のマンションから、早朝、ふたりが抱き合いながら出てくるところを目撃した、というストーンズ・プロの新人スタッフのことが頭をよぎった。その子が、悪気もなく無邪気に、ここだけの話、として友達にしゃべったことが、めぐりめぐって『週刊レディ』周辺の人間の耳に入ったという可能性もあった。

だが、そんなことはどうでもよかった。かろうじて保たれていた秩序は一挙に崩壊し、ふたりが混沌《こんとん》の中に放り出され、手垢のついた言葉や考え方をなすりつけられ、穢《けが》されようとしているのは疑いようのない事実だった。

「文芸ものを扱ってる出版社の雑誌では、絶対に作家のスキャンダル記事は掲載できないのよ。わかる？」と敦子が言った。「その出版社で作品を発表している作家は、どんなスキャンダルが発覚しても、作家として守られるの。でも『週刊レディ』だけは別。あの出版社はハウツー本くらいしか出してなくて、文芸書とは全然縁がないから。作家のスキャンダルも堂々と載せるつもりらしいわ。それにしても厄介なことになったもんね。志摩ちゃんたら、よくやってくれたわよ」

徹夜でもみ消し工作に奔走した疲れも手伝ってか、敦子の口調には、珍しく棘《とげ》があった。志摩子は黙っていた。

猫トイレから出てきたモモが、あくびをしたあと、背中を美しい形に湾曲させながら大きな伸びをした。寝室から、滋男のくしゃみの音が聞こえた。

「映画の宣伝になって、いいでしょう、なんて言われたけどね。この時期を狙ったのは、そういう言い訳をうちの事務所に聞かせるためよ。ああ、明日が思いやられるわ。志摩ちゃん、覚悟決めといてよね。京都でも、騒がれるかもしれないから」

「記事内容は？」と志摩子は声を落として聞いた。「どんなものになるの？」

「女優と作家のダブル不倫をからかう記事よ。決まってるじゃない」

いやな言葉だった。ダブル不倫……それは世俗の垢をかき集めて、こねまわして、粘土にして、さらに扁平《へんぺい》につぶしただけの、馬糞《ばふん》のような形状をした、うすぎたない表現にしか聞こえなかった。

動かぬ証拠、とでも言わんばかりの写真と共に世間で騒がれる、ということは、すなわち、自分たちのことがそれぞれの配偶者にあからさまに知られてしまう、ということでもあった。来るべき時が来た、時は満ちた、と志摩子は思った。

妻の恋愛に気づいて以来、滋男はひたすら、その情熱が衰える時期を待つつもりでいたに違いなかった。誰が見ても、望みのない恋だった。望みがないからこそ、燃えさかる恋だった。滋男はじっと、その焔《ほのお》が鎮まるのを待ち続けようとしていたはずで、そんな彼が、生々しい写真入りで、妻の密会記事を目の当たりにし、どんな反応を示すのか、志摩子には想像もつかなかった。

即刻、ここから出て行きなさい、と言われるのか。静かな口調で「失望したよ」と言われるのか。あるいは、青白いうす笑いを浮かべ、「無茶をするんじゃない」と言われるだけで終わるのか。

そのいずれでもないのかもしれない、と志摩子は思った。滋男は縊《くび》れるかもしれなかった。物も言わず、怒りもせず、悲しそうな笑みだけ浮かべて、ある朝、ひっそりと、高輪のマンションのどこかに紐をかけ、ぶら下がっている彼が見えるような気がした。

何故、そんな突拍子もないおそろしいことを考えてしまうのか、わからなかった。あまりに極端な発想だ、と自分でも思った。

だが、一方で、そうだろうか、と志摩子は思う。充分、あり得ることなのではないか。多くを語らずに、すうっと消えるようにして彼方に去っていくのが似つかわしい一面が、彼にはある。死と孤独の影をまといつつ、彼は初めから何かを諦めて生きてきた男だった。現世にとどまるにしろ、去るにしろ、そこに彼なりのささやかな理由ときっかけがひとつあれば、事足りるのかもしれなかった。

正臣と烈しく愛し合いながらも、常に志摩子の胸の奥底には、絶え間なくひび割れのように拡がっていた不安があった。その不安の源泉は、滋男のそうした一面にこそあったのではないのか、と志摩子は思い、改めて身震いを覚えた。

翌日発売の『週刊レディ』を読まずとも、朝刊を開けば広告は目にはいる。あらかじめ滋男に、スキャンダル記事が掲載されることになったことを打ち明けておくべきかどうか、敦子との電話を切った志摩子は瞬時の判断を迫られた。

朝七時に敦子からかかってきた電話の内容が、どんなものであったのか、滋男は聞いてくるに違いなかった。寝室では、滋男が起き出して、何を探しているのか、クローゼット内の箪笥《たんす》の、小引き出しを開け閉めしている気配がする。

こうした形で、急な選択を迫られることになるとは、思ってもいなかった。今言っても、明日言っても、同じであることはわかっていたが、妻のスキャンダルを人づてに聞いたり、たまたま朝刊の週刊誌広告で目にしたりする滋男を想像すると、いたたまれなくなった。

これは思いやりなのだろうか、と志摩子は考える。とはいえ、滋男にとっては、ほしくもない思いやりに違いなく、思いやりどころか侮辱と呼ぶにふさわしい。

だが、片方で志摩子は、自分と正臣の関係が世間に知られることになったという事態をどこかで悪魔的に歓迎してもいた。

知られないはずはない、と思っていた。これだけの禁忌《きんき》に彩られながらも、なお煮えたぎる想いが、ひそかに人知れず始まって、人知れず終わるはずはなかった。知られて当然だった。そして、知られた、という事実が自分に対し、深い困惑と同時に、ある種の甘美な満足感をもたらしたことを認めないわけにはいかなかった。

寝室の扉が開く音がし、スリッパを引きずる音が聞こえた。パジャマ姿の滋男が志摩子のいる居間にやって来た。いかにも眠そうな顔をしていたが、それが眠たい演技をしているだけの顔であることを志摩子は瞬時にして見分けた。

「何があったんだ。こんな朝早くから」

「うん、ちょっとね。ゴタゴタがあって」

「敦子さんだろ？　仕事のこと？」

志摩子は手にしていた寝室のコードレスホンをそっとセンターテーブルの上に置いた。そして、目をそらしたまま滋男に向かって「ちょっとそこに」と言った。「座ってくれる？　話しておかなくちゃいけないことがあるの」

滋男は、一重《ひとえ》の、いくらか垂れた切れ長の目をどんよりと曇らせたまま志摩子を見つめ、次いで、不自然なまでに注意深い仕草で、ソファーに浅く腰をおろした。まるで、ソファーの上に散らばった画鋲《がびょう》を避けようとでもするかのように。

志摩子は、センターテーブルをはさんで、滋男の正面の肘《ひじ》掛け椅子に坐った。まだ開けていないカーテンを透かして、濁ったミルクのような仄白《ほのじろ》い朝の光が感じられた。ベランダを打つ雨の音がかすかに聞こえていた。

正臣は今、何をしているだろう、と考えた。まだ眠っているのか。広尾の仕事場の、あのひとりで眠るにはもったいないほど広いベッドで。

こんな時でも、自分は正臣のことを考えている、と志摩子は思った。何かに向けて烈しく突き進んできた自分たちは、終末の予感などものともせずに、ここまでやってきた。そして今、世間の好奇の目にさらされようとしている。

終わりを考えずに始めることができたのは驚異だが、今になってなお、終末は予見できない。会いたい、会えないのなら、声だけ聞きたい、声が聞けないなら、あの魔法の小箱のような携帯電話のディスプレイに、彼が自分のために紡《つむ》ぎ出してくれた言葉がメールとして届いているのを日がな一日、眺めていたい。ただそれだけのことをして生きていたい。

大勢の人間を深く傷つけるとわかっていて、どうしてもやめることのできない想いは、だからこそ、地獄と同時に至福を運んでくる。それは、決して這いあがることができないとわかっている地の底で聴く、美しい音楽に似ている。

「明日発売の『週刊レディ』にね、私のことがトップで載るんですって」

滋男は無表情に志摩子を見つめ返した。

志摩子は深く息を吸い、ねばついた唾液を飲みこみ、くちびるを固くすり合わせてから、わずかに頭を下げた。「……私のスキャンダル記事が載るのよ」

即座に何か質問を発してほしい、と思った。それは何なのだ、と聞いてほしかった。志摩子の答えを聞く前に、苛立《いらだ》ちと怒りと猜疑《さいぎ》心をあらわにしてほしかった。

だが、滋男は黙っていた。黙ったまま、何も聞こえなかったかのように、うつろな目で志摩子を見た。

「何のスキャンダルなのか、聞かないの？」

滋男はさびしげな笑みを浮かべた。「聞かなくてもわかるよ」

「どうして」

わずかにうなずき、滋男は「うん」と言った。「わかるんだ」

そう、と志摩子は言った。膝の上にのせた両手を意味もなく固く握りしめた。手の甲に幾筋もの静脈が浮いた。年老いた女のそれのように見えた。

滋男の次の言葉を待った。だが、彼は何も言わなかった。彼は、自分の足元を通りかかったモモをふわりと抱きあげ、胸にくるんで、そのうなじのあたりに口を寄せた。それは、今、交わされている会話にまったく似つかわしくない、落ちついて優雅な仕草だった。

「先に教えておきたかったの」と志摩子は言った。「……ごめんなさい」

うん、と滋男はうなずいた。

「明日、あなたの目に触れる前に、教えておくべきだと思って」

沈黙があった。ふっ、と吐息のようなものが滋男の口からもれた。

「わかった」

そう言うなり、滋男は急に猫に興味を失ったかのように、彼らしくもないぞんざいな手つきでモモを床におろすと、立ち上がって部屋から出て行った。

翌日、発売された『週刊レディ』には、志摩子が正臣の車の助手席のドアを開けようとしている写真と、正臣が助手席に座った志摩子の頭を軽く抱き寄せ、そのくちびるにキスをしている写真、併せて二枚が、それぞれ右ページ、左ページの上半分を使って大きく掲載されていた。いくらかぼやけてはいたが、写真の人物は誰が見ても明らかに高木志摩子であり、奥平正臣だった。

記事には、ふたりが『虹の彼方』の舞台で原作者と主演女優として知り合ったこと、正臣が急接近したらしいこと、以後、たちまち恋におち、密会を重ね、今に至っていることなどが書かれてあった。

ダブル不倫の誹《そし》りを免れない、といったニュアンスがこめられてはいたものの、非難めいた口調は少なく、総じて、通俗的な好奇心をあおるような書き方に終始していた。

志摩子がかつて、加地謙介と騒動を起こし、一時期、女優業から遠ざかっていたことも書かれていた。志摩子の夫、坂本滋男の名もあった。

記事の結びは「許されないとわかっていて恋におちることで有名な女優、高木志摩子の奔放な恋愛生活は、五十歳に近くなった今もなお、健在のようである」という皮肉な一文で締め括《くく》られていた。

『週刊レディ』の広告は、その日の朝刊全紙に載った。志摩子の記事はトップ扱いで、右端に大きく斜めに、「高木志摩子(48)、年下の有名作家と激情のダブル不倫」とあった。

「有名作家」という文字の脇に、いくらか小ぶりの活字で「奥平正臣(43)」と書かれ、そのふたつの名前は、開いた紙面の中、奇妙に堂々と、さもスキャンダラスに躍っていた。

「変ね」とその日、志摩子は電話で正臣に言った。「こんな扱われ方をされて、汚らしく暴露されたっていうのに、私、なんだか、こうなってくれて、どこかほっとしてるところがあるのよ」

「俺も同じだよ」と正臣も言った。「開き直ってる、というのとも少し違う。これだけの深い関係を世間に知らしめてやりたい、っていう露悪的な気分があるのかもしれない」

そうね、と志摩子は言った。「奥さんからは何か言ってきた?」

「いや、まだ。でも時間の問題だろう」

「大変なことになるわ、きっと」

「わかってる。あなたのところだって」

「ああ、正臣。もう、しばらく会えなくなるのかしら」

いいや、と正臣は言った。きっぱりとした口調だった。「会うよ。どうして会わずにいられる。あなたが京都での撮影から帰るのを待って、会うよ。俺たちの外側で何が起こっても、俺たちは会う」

「待っていて」

「待ってる」

……それが、志摩子が京都に出発する前日の夕方の、携帯電話を使って交わした会話だった。

第十八章　正　臣

六月二十四日の晩だった。志摩子と会う約束をしていたホテルにチェックインする際、正臣は思わず伏目がちになって、あたりを卑屈に窺《うかが》っている自分に気づいた。

予約したのは、いつも利用していた港区内のホテルではない、新宿にある別のホテルだった。まして、自分は志摩子ほど顔が知られてはいない。だが、それでも不安がよぎった。マスコミに張りこまれている可能性はあった。

予定より二日、延びはしたが、京都ロケは無事に終了し、その日の午後、志摩子は東京に戻って来ることになっていた。夜八時から九時の間に志摩子から正臣に連絡し、そのあとホテルで会おう、という約束を電話で交わし合ったのが、二日前である。

『彼女の肉体』の撮影が、事実上、クランクアップしたということになれば、志摩子の挙動が注目されるのは必至だった。『週刊レディ』に掲載された記事に触発され、スポーツ紙のみならず、テレビ局までもが志摩子を追い始めていることは、京都滞在中の彼女から聞いて知っていた。

正臣がチェックインする現場を見られたら、あとから志摩子が来ることがわかってしまう。そうなれば、どれほど細心の注意を払っても、やって来た志摩子は再び標的にされ、面白おかしく叩かれることになる。

やつらが相手にしているのは俺ではない、志摩子なのだ、と彼は改めて思った。志摩子の際立った知名度と、この禁忌の組み合わせが世間の好奇心を煽《あお》っているだけなのだ。志摩子の相手は、俺でなくてもよかった。作家だろうが、オペラ歌手だろうが、画家だろうが、俳優だろうが……。そこそこに名前を知られていて、配偶者がいて、家庭があって、志摩子ともども恋愛が許されない境遇にある男であるならば、誰でもよかった。

加地謙介……と正臣は考える。途端に頭の中がもやもやとしてくる。

たとえ流れてしまったとはいえ、かつて、志摩子の子宮が、加地との間にできた赤ん坊を宿したことを思い出す。坂本滋男とは子をなさずにきたが、志摩子は加地との間で命の芽生えを体験したのである。そう考えていくと、馬鹿げたことと知りながら、志摩子が加地と寝た……という、その事実が耐えがたく彼を苦しめ始める。

かくも混乱がきわまっているような時に、自分は何と無意味で場違いなことを考えているのか、そんなことを考えている場合ではない、と呆れるが、その加地と京都ロケで、濃厚なからみのシーンを撮影した志摩子のことを想像するだけで、不快感がつのり、息が詰まりそうになる。

彼は志摩子と加地とのからみのシーンがどんなものであるか、彼女に聞かなかった。聞きたくなかった。映画が完成しても、そのシーンを正常な精神状態で目にすることができるかどうか、心もとない。

全裸になって抱き合って、くちづけし合って、喘《あえ》ぎ声をあげて、愛の言葉を囁き合って……それがたとえ演技だとわかっていても、彼にとってどれほど不快なことか、志摩子には理解できないのではあるまいか。そんなことを考える。そして、あろうことか正臣は、一瞬ではあるが、自分は志摩子という女を本当に愛しているのだろうか、心のどこかで憎悪しているのではあるまいか、などという幼稚な自問自答すら繰り返す。

だが、その、限りなく憎悪に似た感情もまた、志摩子に溺れすぎ、狂いすぎている自分自身の証《あかし》なのだった。それを認め、正臣はさらに混乱した。

西新宿にある高層ホテルだった。贅沢なレースの白いカーテンが束ねられたピクチャーウィンドウの向こうに、雨に濡れた大都会の夜景が拡がっている。瞬く星を思わせるイルミネーションが、細めた目の中に、鬱金《うこん》色の冷たい水のようになって滲《にじ》んでいく。

広々とした室内にある大画面の液晶テレビからは、環境音楽が流れている。川のせせらぎと野鳥の声を背景にした、優雅なまどろみを誘うような音楽である。

正方形の黒御影石《みかげいし》でできたテーブルの上には、ウェルカム・ドリンクとしてサービスされたシャンペンのハーフボトルが、氷の入ったシャンペン・クーラーの中に形よく差しこまれている。ぴかぴかに磨きあげられた、背の高いシャンペン・グラスがふたつ。その脇に紫陽花《あじさい》をあしらった、美しい小さなブーケがひとつ。

俺はここで何をしている、と正臣は思う。この大都会の真ん中の、贅沢きわまりない、瞬く夜景に囲まれた高層ホテルの一室で、いったい何をしている。

志摩子との逢瀬《おうせ》に利用するホテル代と食事代以外、最近では他に金を使ったことがない。ホテルといっても、最高級のシティホテルである。一泊四万も五万も……場合によってはそれ以上するような部屋を二時間しか使わずに出てくることもある。まるで志摩子とすごす時間を買うために、ホテルの部屋そのものに向かって、見境なく金をばらまいているだけのようでもある。

子供たちに犬を買ってやる、と約束したのはいつのことだったか。今ではもう、真由美はもちろんのこと、子供たちも犬の話をしなくなった。犬の話はしてはいけない、と真由美が言い聞かせているのか。あるいは父親の様子がおかしいことに子供たち自身が勘づいていて、犬の話をするのを避けているのか。

いつ志摩子から連絡があってもいいように、と携帯電話を手にしたまま、正臣は化粧室に入った。ふたつの丸い大きな洗面台が並んでいる。レモンとソープの香りが混ざったような、高級ハーブの香りがあたりを充たしている。彼は勢いよく蛇口をひねり、冷たい水で顔と手を洗った。

『週刊レディ』が発売された日の午後、正臣の携帯に電話をかけてきた真由美との会話が蘇った。思い出すまい、とするのだが、その折に自分の中を静かに駆けめぐっていった何かが、幾度となく再現される。

彼が応じるよりも早く、真由美は「見たわよ」と言った。「何なの、あれ。あなた、こそこそとあんなこと、してたわけね。よくやるわ。うちにも帰らないで。女優と恋愛？　あなた、私たちを馬鹿にしてるの？　かわいそうに。春美たちだって学校に行けなくなる。あなたの名前まで出ちゃって。学校でも噂になるに決まってる。もちろん、近所でもよ。母もびっくりして、血圧あがっちゃって、大変よ。さっき、病院に行かせたわよ」

烈しい興奮口調ではあったが、泣いてはいなかった。等間隔でリズムを刻むようにして怒りを爆発させ、狂おしいばかりの苛立《いらだ》ちをなんとかして放出しようとしているだけのようにも感じられた。

すまない、という言葉を口にしようとして、正臣はためらった。そんな言葉で済ますことのできる問題ではなかった。

「ごまかすつもり？　でも、どうひっくり返ったって、ごまかせないわよね。写真を撮られたんだもの。しかも、あんな恥ずかしいところをね」真由美は続けてそう言うなり、ヒステリックな笑い声をあげた。

正臣が黙っていると、真由美は笑い声をふいに途切らせた。

「もう生きていけない」という言葉が、苦しそうな吐息の中に混じった。「こんなに目茶苦茶にされて、馬鹿にされて、もう生きてなんかいけない。どういうつもりなの。浮気ならまだいいわよ。いやだけど、まだしもよ。あなた、恋愛してたわけね？　高木志摩子と本気で恋におちてたわけね？　千香子が言ってた通りだったわけね？」

興奮状態が烈しくなった。「あんな……」と真由美は言い、涙声で喚《わめ》き始めた。「あんな写真を見てしまった私の気持ち、あなたにわかる？　わかんないでしょ。もう生きていけない、っていう気持ち、わかんないでしょ。人をずたずたにして。私が何をしたっていうの。ひどいわ。ひどすぎる」

真由美の泣き声が正臣の鼓膜にわんわんと響きわたった。雨の夜、キッチンで刺身包丁を手に、震えていた妻の姿が思い出された。

正臣は目を固く閉じ、「落ちついて」と言った。馬鹿げた言い方だとわかっていたが、どうしようもなかった。「ゆっくり話そう。話さなくちゃいけない」

「話すことなんか、なんにもないわよ」と真由美は泣きながら金切り声をあげた。「うちに帰って来ないで。顔も見たくないわ」

「でも、話さなくちゃいけない。わかるだろう」

「わかるだろう、ですって?」と真由美は吐き捨てるように言い、次に甲高い声で怒鳴りだした。「馬鹿にするのもいい加減にしてよ。勝手にしたらいいわ。高木志摩子と心中するなり、駆け落ちするなり、すればいいじゃないの。いい? 春美と夏美には金輪際、会わせないから。本気よ」

そう言うなり、真由美はいきなり、電話を切った。音声が途切れる時のプツリという音が、ふいに打ち鳴らされたオーケストラのシンバルのような、不吉な余韻を残した。しばらくの間、握りしめた携帯電話を見るともなく見つめながら、正臣はぼんやりしていた。心臓の鼓動は不気味なほど静かだった。

予想していた通りの、当然の反応だった。真由美の反応は至極、まっとうなものだ、と言うことができた。これ以外の反応は考えられなかった。

妻と娘たちを自分はここまで簡単に、あっさり、情け容赦もなく傷つけてしまった、という事実に愕然《がくぜん》としながらも、一方で彼は、こうすることしかできなかった自分を感じた。どうすればよかったというのか。他にどんな方法があったというのか。

志摩子に溺れすぎてしまったことに気づいた段階で、志摩子を諦めればよかったのか。家庭の安泰と自己保身に身を委ね、人生の無駄な苦悩を背負わず、絶対的に不可能だとわかっていることに向かうという愚も冒さず、いい夢を見させてもらったのだから、と自分自身を納得させて、志摩子と別れればよかったというのか。あなたは坂本さんのところに戻り、俺は真由美や子供たちのところに戻る、そうしよう、それが俺たちにとって一番いい……そう言えばよかったのか。

それができるのだったら、こうはならなかった。それだけは確かだった。

彼の中にはむしろ、自分たちは神聖で正義にかなったことをしている、という思いが根強くあった。初めからあったその思いは、以来、ずっと続いていて、今もつゆほども変わっていない。

いい年をして、望みのない恋に身をやつす愚か者と呼ばれようが、時間をかけてこつこつと築きあげてきたものを自らの手で壊し、愛してきた者たちをナイフで切り刻もうとする悪魔、と呼ばれようが、致し方なかった。俺は確かに尋常ではないほど志摩子に溺れてはいるが、理性を失っているわけではない、と正臣は思った。

理性を失うどころか、彼は至極、冷静な状態で、今こそ絶対的に不可能なものに挑もうとしている自分を感じていた。

確かに危ない、とは思う。不可能だとわかっているものに挑むということは、破滅をも辞さない、ということでもある。

だが、もうここからは引き返せない。元には戻れない。そちらに目を向けたら最後、すべてが決定的に破滅に向かい始めるものがあるとしたら、それこそが、ひとつの観念であるとも言えた。そんな危険きわまりない観念に向かって、そろりそろりと、畏《おそ》れおののきながらも自分が少しずつ近づこうとしていることに、彼は今、はっきりと気づいていた。

九時をまわり、九時半をすぎて、四十五分になった。志摩子からはまだ、連絡がなかった。時間には正確で、約束を破ったことのない志摩子にしては珍しいことだった。何かあったのだろうか、という、かすかな不安が胸をよぎった。

自分からかけてみよう、として、正臣が携帯を手にとった時だった。ほとんど同時に、志摩子からの着信が入った。

「ああ、ごめんなさい。こんなに待たせて。本当にごめんなさい。待ったでしょう」

あふれんばかりの情熱をこめてそう言う志摩子の声に、艶《つや》めいた酒の酔いが感じられた。ひそひそ声で話しているのだが、声の奥底に浮わついたような華やぎがある。「もうチェックインした?」

「もちろんしたよ。八時からここにいる。今どこ?」

「『やま岸』なの。困ったわ。みんな一緒なんだけど、結局、簡単な内輪の打ち上げ会みたいな形になっちゃって。監督も来てるのよ。谷山由加ちゃんも、他のスタッフも来てる。大勢よ。私だけ先に帰るわけにもいかなくなって、もう少しかかりそう」

谷山由加、というのが主演に抜擢《ばってき》された新人女優の名前であることを思い出すのに何秒か、時間がかかった。谷山由加がいるのなら、加地謙介も同席している可能性があった。加地も一緒なのか、と聞きたかった。一緒なら、何故、志摩子はその名を出さないんだ、と訝《いぶか》った。

加地と一緒でも不思議ではなかった。一緒だからといって、何なのか。そう思うそばから、今夜、久しぶりに自分と逢う約束をしておきながら、こんな形で遅れようとしている志摩子に不満がつのる。

「なるべく早くおいで」と正臣は内心の乱れを注意深く隠しながら言った。

京都での数日間、志摩子が加地と共にすごしたに違いない夜のことが急速に気になり始めた。もう何日も会っていないのだから、早くおいで、早く会いたい……そう言いたかったのだが、言えなくなった。気持ちの中に、小さな鉛の球が音もなく転がったような気がした。

「もちろん少しでも早く行く」と志摩子は言った。「でも喜んで。少し遅れたとしても、今夜は朝まで一緒にいようと思ってるから」

「できるの？」

「撮影が終わったのよ。終わった直後なら、少しくらい羽目をはずしても不自然じゃないでしょう？　あなたは？　大丈夫？　朝までいられる？」

「俺はいつだって大丈夫だよ」

「よかった。……あ、正臣、ごめんね、今、監督に呼ばれちゃった。みんな私のこと、待ってるみたい。長話できないから、また連絡する。なんとか少しでも早く抜け出して行くから待ってて。またあとでかけるわ」

これだけ世間で騒がれ、互いの配偶者に自分たちの恋愛が知られてしまい、どうにも逃げ場がなくなっている時だというのに、志摩子の口ぶりはいとも呑気《のんき》なものに感じられた。

映画の撮影が無事に終わり、酒席での酔いも手伝って、いつになく気分が昂揚しているせいだろう、とは思う。しかも今日は朝まで一緒にいられる。ここしばらく強い緊張状態を強《し》いられていたものから、一時的にせよ解放されたことは確かであり、志摩子はその、弾むような喜ばしい気持ちを正臣に向かって、素直に表現したにすぎないのかもしれなかった。

しかし、そうだとしても、志摩子の口調に含まれていた快活さとあでやかさは、正臣に強い不快感と猜疑《さいぎ》心を与えた。

黒御影石のテーブルの上のシャンペン・クーラーでは、氷が溶けかかっていた。大粒の水滴がクーラー全体を被《おお》い始めている。正臣はハーフサイズのシャンペンを抜き、ひとり、飲み始めた。

またしても彼は思った。俺はここで何をしているのか、と。

行き場がない、という理由だけで、ここにいるのか。その行き場というのは、心理的な行き場なのか。それとも状況そのものを意味するのか。

ハーフサイズのシャンペンはすぐに空いてしまった。いっとき、頭の芯の部分に、酔いに似たものが漣《さざなみ》のように押し寄せてはきたものの、それはすぐに消え去った。

部屋の冷蔵庫から缶ビールを取り出してきて、プルタブを開けた。缶を手に窓辺に立ち、雨に煙って瞬く夜景を眺めながら、今、自分は何を欲しているのか、と彼は考えてみた。

すぐに思いつくのが、場所、であった。ふたりが人の目も憚《はばか》らずに、好きな時に、自由に逢うことのできる場所。こんなふうにこそこそと、顔を隠しながら出入りする必要のない場所。誰も知らない自分たちだけのねぐら。自分たちの時間のためだけに存在する場所。それさえ確保できれば、ひとまず安心できるのだろうし、先のことも冷静に考えられるような気がした。

そして彼が次に欲するのが、あらゆる秩序の崩壊だった。

東京が大地震に見舞われればいい、と思った。どこかの国から核弾頭が飛んで来て、一発で大都市が焦土と化してくれればいい、と願った。

守らねばならないものも、捨てねばならないものも、何もかもが混乱の中でいっしょくたになってわけがわからなくなり、終わりも始まりもない、苦悩も快楽も何もない、うつろな無が拡がっているだけの場所に行くことができるのなら、どんなにいいか。

一瞬のうちに否応なしに突きつけられた一切の終焉《しゅうえん》を目の前にしたら、さしもの自分も、素直に従わざるを得なくなるだろう。そうすれば、今のこの苦しみからも永遠に解放されることだろう。

できればその時は志摩子と一緒にいたい、と正臣は思った。

世界の終わりを志摩子と共に受け入れる。妻も子も仕事も名誉も将来も、人から受ける誹《そし》りも、何がよくて何が悪いか、ということも、何を選んで何を諦めるべきか、ということも、その何もかもを考えずにいられる。

そのための終焉。そのための崩壊。……彼が真に欲するものはそれ以外、何ひとつなかった。

志摩子のいない空間で、過ぎていく時間の歩みは遅かった。十分に一度、覗いていた腕時計を五分に一度、覗くようになっている自分に気づき、正臣は次第に苛立ちを隠せなくなった。

午前零時になろうとしていた。ハーフサイズのシャンペンの他に、すでに缶ビール二缶とジョニー・ウォーカーのミニボトルで作ったオン・ザ・ロックを一杯、飲み終えている。

こちらから電話してみようか、と思うのだが、映画関係者たちと和やかに座を囲んでいるところに、割って入るようなまねをするのもいやだった。あとでまた連絡する、と志摩子が言ったのだから、待っていればいいのだし、第一、連絡もなしに大幅に遅れることは考えられなかった。

気を取り直して二杯目のオン・ザ・ロックを作ろうとしていた時、携帯が鳴り出した。遅いな、待ちくたびれたぞ、と明るく冗談まじりに言ってやろうと携帯のディスプレイに目を走らせ、そこに正臣は志摩子の名ではない、文芸書房の杉村の名を見つけた。落胆と同時に、わけのわからない不安が砂のようになって彼を襲った。

「こんな時間に申し訳ありません」と杉村は言った。「なんか、奥平さんのことが気がかりで仕方なくて。僕にできることがあったら、なんでも……と思ってるんですよ。今、他社の編集者と飲んできた帰りなんですが、ひとこと、そう言いたくて電話してしまいました」

気になんかしなくていいよ、と正臣はやっとの思いで穏やかな口調を装いながら言った。「大したことじゃない。大げさに考えないでほしい」

「わかってます。もちろんです。ただ、ちょっと心配になっただけで……」

どうせ、一緒に飲んでいたという他社の編集者と、降ってわいたような作家と有名女優の艶話《つやばなし》を肴《さかな》に、盛り上がるだけ盛り上がったに違いない、と正臣は思った。杉村という男は充分、信頼にも足るし、小説も読める優秀な男だったが、男と女のことになると一挙に俗人になり下がって、臆面《おくめん》もない常識論を展開しようとする傾向があった。

杉村を相手に、志摩子の話はしたくなかった。遠回しに、わかりきったようなつまらない説教をされるくらいなら、事情も何もわからぬ人間と、今回のことにまるで無関係の馬鹿げた世間話を交わしながら、時間をやりすごしていたほうがよほどよかった。

「仕事はちゃんとやるから、心配無用だよ」と正臣は含み笑いをにじませながら言った。「何かあれば、またこっちから連絡するから」

「そうしてください。でも、あの……」

「え?」

「いや、ちょっとね、僕は真由美さんのこともよく知ってるもんだから、こういうことになると、なんとも胸中複雑で。曰《いわ》く言いがたくて……」

「その話なら、もういいよ」と正臣は冷やかに突っぱねた。「悪いけど、今、電話がかかってくることになってるんだ。これで切るよ」

杉村の返答も待たずに通話を切り、怒りなのか苛立ちなのか不安なのかわからない、自分でも説明のつかない衝動にかられて、正臣は勢いづいたように麻布十番の『やま岸』に電話をかけた。

直接、志摩子の携帯を鳴らして中座させるよりも、ひとまず宏子に今の状態を聞いて、宴が終わりかけているのかどうか、知りたいと思った。終わりかけているのなら、志摩子を電話口に呼び出してもらえばいい。

「ごぶさたしています。奥平です」

電話口に出てきたのが明らかに宏子である、と確信してから、正臣はそう言い、志摩子の関係者の宴が相変わらず続いているのかどうか、訊ねた。

発売と同時に『週刊レディ』を真っ先にすみずみまで眺め、読んだに違いなかったが、宏子はそんなことはおくびにも出さなかった。「志摩子たちなら、ずいぶん前にお開きになって、みなさん、お帰りになりましたよ」

一瞬の怪訝《けげん》な沈黙を悟られまいとして、正臣はあわてて「そうですか」と言った。

「で、いつごろ」

「そうねえ、十時半くらいだったかしら。志摩子ももちろん、監督さんも俳優さんも、みなさん、いいご機嫌で。撮影が終わるとやっぱり解放感ありますものね。奥平先生、また是非、うちのほうにも足をお運びくださいい。夏にはおいしい鱧《はも》も入荷しますから」

喜んで、と言って正臣は早々に電話を切った。

何故、志摩子が連絡をよこさずにいるのか、わからなかった。十時半に『やま岸』を出ているのなら、とっくにここに着いていてもいい。第一、『やま岸』を出た段階で、携帯を使っての連絡は難なくできたはずである。

もう一軒、飲んでいこう、と誘われたのか。だとしたら誰に。

スコッチのミニボトルを新たに開け、正臣はストレートで飲み始めた。

妻の真由美のことも、春美や夏美のことも、買ってやると約束した子犬のことも、真由美が刺身包丁を左手首にあてがおうとしていたことも、電話で彼を罵倒《ばとう》してきたことも、世田谷に建てた家のすみずみに至る記憶も、何もかもがどうでもいいことのように思えてきた。

今もっとも彼の気持ちを乱しているのは、他の誰でもない、志摩子その人だった。怒りがあった。不安があった。猜疑心はふくらむだけふくらんで、彼を窒息させようとしてきた。

悲劇にむかって意志堅固に、まっしぐらに突き進もうとしている矢先に、その役柄を担うべき片割れに、あっさりと舞台を降板されてしまったような思いがあった。舞台をあとにした片割れは、照明の届かない、闇にのまれた観客席の彼方に走り去って行き、もう振り返りもしない……。

加地といるのだ、と正臣は確信した。『やま岸』を出て、加地に誘われ、どこかで飲んでいる。そうに違いなかった。

人生を犠牲にしても厭《いと》わない、と思っていたし、志摩子も同じだと信じてきた。あれほど高雅だったはずの悲劇は瞬時にして暗転し、今や自分たちは、通俗的喜劇を演じようとしているだけなのかもしれない、と正臣は思った。

だが、今、この瞬間、自分が何をすべきかは、はっきりしていた。志摩子の携帯に電話をかければいいのだった。簡単なことであった。加地と一緒にいようがいまいが、約束は約束である。待たされていることに抗議する権利が自分にはある。

だが、もし、志摩子の携帯がつながらなかったら、という恐れが彼をためらわせた。志摩子が、電波の届かない圏外の場所にいるか、もしくは電源を切っていたとしたら、それが意味することはひとつしかないような気がした。

つまらないことに恐れおののいている自分自身に、強い苛立ちを覚えた。その苛立ちに助けられるようにして、彼は携帯電話を握りしめ、怒りにまかせて志摩子を呼び出してみた。

留守番電話サービスセンターに接続します、という応答メッセージが返ってきた。案じていた通りだった。彼は何も吹きこまずに電話を切った。

事故、急病……様々なことを想像した。ホテルに向かう途中で、張り込んでいた写真週刊誌の記者につかまり、大もめにもめて、ひと騒動になっていることも考えられた。滋男が志摩子を拉致《らち》した、とか、真由美が志摩子を呼び出し、罵声を浴びせて殴りつけた……などという愚かしい想像も生まれた。

だが、どの想像も、加地と志摩子がふたりきりで親密な微笑を交わし合っているのではないか、という妄想以上に膨らむことはなかった。

皺ひとつなく整えられたキングサイズのベッドに仰向けになり、目を閉じた。この嫉妬深さは何なのだ、と思うと笑いだしたくなった。馬鹿げていた。

相手が加地だろうが滋男だろうが、あるいは顔も名前も知らない男だろうが、志摩子がかかわる男はすべて排除したい、と思う気持ちの底には、無意味で傲慢《ごうまん》な独占欲と、苛立ちと怒り、自己嫌悪、歪《ゆが》んだ諦観《ていかん》がいっしょくたになって渦まいている。それはさながら、昏《くら》い井戸の底で蠢《うごめ》く千匹のミミズのごとく、無限に醜く絡まり合いながら、形すら成そうとしない。

午前一時半になって、やっと携帯が鳴り出した。志摩子が、申し訳なさそうに声をひそめ、「心配したでしょう、ごめんなさい」と言った。「今、ホテルに着いたわ。あと二分で行く」

正臣はその声の奥に、快活な秘密の匂いを嗅ぎとった。部屋のドアの手前まで行き、マジックアイを覗いた。部屋の外にはまっすぐに、仄暗《ほのぐら》い廊下が伸びていて、その先を左に折れたところにエレベーターホールがある。

小さな球形のレンズの向こうに、やがて志摩子の姿が現れた。早足でこちらに向かって来る。ほっそりとした黒いジーンズに、シンプルな白のタンクトップ姿である。黒い帽子を目深にかぶっている。まもなくその帽子がドアの前で止まり、マジックアイの中には、黒に包まれた志摩子の小さな顔だけが、凹レンズに映し出されたそれのように、いびつな形になって拡がった。

　チャイムが鳴らされた。これまで経験しなかったような、異様な緊張感があった。何よりも待ちわびた瞬間でありながら、同時にそれは、おそろしい運命の瞬間であるような気もした。

「怒ってるでしょう」

　離ればなれになっている間に、週刊誌に関係を暴露され、互いの私生活は混迷をきわめている。しかも久方ぶりの逢瀬に、遅れに遅れてやって来たというのに、志摩子は上気した顔でそう聞くと、「ごめんね」と甘やかな声で言って微笑み、正臣の首に両手をまわすなり抱きついて来た。

　もの馴《な》れた仕草、芝居がかった仕草のように感じられた。志摩子はかぶっていた黒い帽子を、右手で楽しげにむしり取るなり、それを床に放り投げた。華やいで、浮き立つような笑みを湛《たた》えたそのくちびるから、かすかにワインの香りが立ちのぼるのがわかった。

「解放されたわ、やっと。これから朝まであなたといる。昼までいてもいい。全然眠くないから大丈夫。ずっと起きていましょう。ああ、正臣、久しぶりね」

「どこにいた」と正臣は聞いた。優しい声を繕《つくろ》った。笑みさえ浮かべることができた。

　志摩子は正臣のくちびるに軽くキスをし、「どこ、って」と言った。言い淀《よど》むかと思ったが、あっさりと「『やま岸』よ」と続けた。

そうか、と正臣は言った。言いながら、志摩子から身体を離した。「嘘をつくなよ」

志摩子の顔から、ふいに笑みが消えた。無表情が煙のように志摩子を包んだ。

「電話したんだ、『やま岸』に。十時半頃に解散になったんだろ。それからどこに行ってたの」

志摩子は応えなかった。床に落とした黒い帽子を拾いあげ、音もなく逃げるようにして正臣から離れた。少し乱れた髪の毛が、白いタンクトップの背で躍った。

その背に向かって正臣は問いつめた。「誰と一緒だったんだ。こんなに俺を待たせておいて、俺に嘘をつかなくちゃいけないような相手だったのか。そうなんだろう。わかってるよ。加地謙介と一緒だったんだな」

志摩子は舞台の上にいるかのように、すっくと背筋を伸ばし、美しい歩き方でまっすぐ部屋を横切った。そして、ピクチャーウィンドウの前まで行くと、白いレースのカーテン越しに夜景を眺め始めた。ごめんなさい、と言う掠《かす》れた声がくぐもって聞こえた。

あやまられたことで、正臣の怒りが倍加した。あわてて弁解してくれたほうが、まだましだった。こんな時期に、何故、と思うと、全身に凶暴な気持ちがたぎった。

「恋多き女、とはよく言ったもんだな」罵声に近い言い方になっていた。どうしようもなかった。「あなたはただの浮気性だっただけなんだろう。俺とこんなふうになって、しかも、世間でこれほど騒がれ始めたっていう時に、俺を待たせたまま、昔の男と深夜のデートか。携帯の電源を切ってね。大したもんだよ」

志摩子はくるりと振り返った。「言いがかりはよして。何も知らないくせに」

「知るわけないだろう。なんで俺があなたと加地のことを知らなくちゃいけないんだよ。女優っていうのは、そうやって、四六時中、男とかかわっていかなくちゃ、やっていけないのか。俺という男がいて、亭主までいながら、新たに他の男を必要とするのか。複数の男に囲まれていないと、仕事もできなくなるのが女優なのか」

「ひどい」と志摩子は言った。声が怯《おび》えたように震えていた。「あなたの口から出た言葉とは思えない。ひどすぎる」

「じゃあ、言ってみろよ。加地と今まで何をしてた」

「何を勘違いしてるの。ただ、話をしてただけよ」

「俺を待たせて、昔の男と話をしてた、か。さぞかし重要な話があったんだろうな」

やめろ、そのくらいにしておけ、と思うのだが、喉からあふれてくる切れ切れの言葉は、醜く渦を巻いて止まらなくなった。

志摩子が自分を待たせたまま、加地とふたりきりで会っていたことに腹を立てているのか、それとも、志摩子に嘘をつかれたことに腹を立てているのか、単に待たされたことに対する苛立ちと不安が激昂を招いているだけなのか。

彼にとってそれまでの志摩子は、さながら薄青い透明な膜が張られた繭《まゆ》の中にひっそりと息づいている、一匹の美しいサナギであった。正臣と会う段になった時だけ、ヴェールをかなぐり捨てるようにして繭から飛び出し、サナギはみるみるうちに可憐《かれん》な蝶と化す。蝶はいきいきと羽ばたき、彼を求め、彼と溶け合う。そして互いが現実に戻っていかねばならなくなると、蝶はそろりそろりと再び繭の中に戻っていき、青いサナギに姿を変えて、次の彼との逢瀬を待ちながら長い静かな時間をすごす……。

それが今や志摩子は一挙に現実の垢をまとい、繭の中にこもっているサナギどころか、素っ裸で表を歩いてみせて、俺を痛めつけようとしている……と正臣は思った。

「彼は心配してくれていたのよ」と志摩子は言った。挑むような口調だった。その言い方が正臣の気に障《さわ》った。

「彼はね、私がこんな形でスキャンダル扱いされて、窮地に陥りそうになっているのをとても気にしてくれているのよ。京都では四六時中、休みなく撮影があったし、オフの時間の時も役作りを気にして、ほとんど個人的な話はできなかった。それでさっき、『やま岸』を出て、みんなと別れた後、加地が、いろいろ今回のことでは心配してる、よかったらもう一軒寄って行かないか、って言ってきたの。大まじめな顔つきだったわ。本当に心配してくれていると思った。感謝したわ。私はあなたのところに少しでも早く行きたかったんだけど……」

「じゃあ、そんな誘いは言下に断れるはずだろう。どうして加地に俺たちのことを案じてもらう必要があるんだよ。やつにいったい何の関係がある、っていうんだよ。大きなお世話じゃないか」

俺は最低だ、と正臣は思った。志摩子が加地と寝てきたのならいざ知らず、加地は昔のよしみから生じる善意と、わずかの感傷から、軽い気持ちで志摩子を誘っただけなのだろう。

ただそれだけのことを、何故、これほどまで憤らねばならないのか。志摩子は口説かれていたわけではない。見つめ合って微笑み合って、昔懐かしい自分たちの恋物語をなぞろうとしていたわけでもない。ただ単に、かつて共に暮らしたことのある相手と話をしてきただけなのだ。しかも、今の俺たちの問題について。

だが、「昔の男」と志摩子が寄り添い、自分たちの悲恋、自分たちが抱えこんでいる、どうにもならないしがらみについて、眉根を寄せつつ、ため息まじりに打ち明けている姿を想像すると、正臣は気も狂わんばかりになった。そこには明らかに、他人が入りこむことのできない親密さがあった。

「遅れたのは本当に悪かったわ。入ったお店が、携帯の電波が届きにくいワインバーだったことに、私、気づかなかったの。地下の店じゃなかったのよ。ビルの一階よ。携帯はつながる、と思ってたから、あなたから連絡がないのが変だ、とも思ってた。携帯の電源を切ってたわけじゃないの。気づかなかったのよ。本当よ。まわりに高いビルが建ってて、その狭間《はざま》にある雑居ビルの一階だったから、たまたま電波が届きにくかったんだと思う。でも……」

そう言いながら、言葉を詰まらせかけた志摩子を正臣は遮った。

「でも……何なんだよ。どうせ、昔の男に、俺に言えないことを聞いてもらいたかっただけなんだろう」

志摩子は険しい顔をして彼を睨《にら》みつけた。目がぎらぎらと光り、怒りとも侮蔑ともつかないものが閃光《せんこう》のように走った。「それ以上くだらないことを言い続ける気だったら、私、ここから今すぐ出て行くわよ」

言い方には凄味《すごみ》があったが、その口調の奥には、拭っても拭っても拭いきれない怯えが潜んでいるのが感じられた。その怯えを感じて、正臣は優位に立った錯覚に陥った。

「言ってみろよ。昔の男を相手に、いったい何を喋らなくちゃいけなかったんだよ。俺を待たせておきながら、それでも昔の男に話したくなるような話があったのかよ」

「いい加減にして。加地が私やあなたのことを心配してくれているのは嘘じゃないと思ったし、私の側には、今のこの状態を彼にわかってほしい、っていう気持ちがあったのよ。お互いに夫がいて妻がいて、家庭があっても、こんなふうになってしまうということが、充分、あり得る、っていうことを加地ならわかってくれるはずだ、っていう思いがあった」

「昔寝た男だからか。子供までできた男だからか。今回の映画の撮影で恋人同士を演じて、昔の感覚が蘇ったのか」

志摩子は憎々しげに彼を凝視すると、深いため息をついた。「何を言ってるの。あなた、変よ」

変だ、と自分でも思った。志摩子に向かって、いったい何を言いたいのか、何をそれほど腹立たしく思っているのか、急にわからなくなった。

ごめん、悪かった、とひとこと言えばすむものを、その言葉も出てこない。あらゆることが、ぐちゃぐちゃに混ぜ合わさって、収拾がつかなくなり、ただひたすら苛立ちだけが増してくる。泡のようになって、ぶくぶくとあふれてくる苛立ちが、何の脈絡もなく、また別の醜い言葉を生み出す。そして、気がつけば、それを志摩子に向かって投げつけている。

「あなたは坂本さんと別れることなんか、できないね」と正臣は吐き捨てるように、皮肉をこめて言った。「昔、苦しい時期を救ってくれた男をあなたは見捨てることができない。優しくて、正直で純粋で、少女のように無邪気に世界を人間を信じている。それがあなただ」

「加地のことと、それと、どんな関係があるの」志摩子は志摩子らしくない、烈しくいきり立つような言い方で言った。「それとも腹立ちまぎれの、ただの皮肉？」

「ああ、そうかもしれない」

「何が言いたいの。はっきり言って」

「純粋で優しくて、穢《けが》れがなくて、昔の男にも、何の疑いもなく苦しい胸の内を明かしてしまう。誰もがあなたをいとおしいと思い、あなたを救おうとしてくれる。あなたはいつも、そういう種類の愛情に囲まれてきた。だからこそ、今の深い苦悩も、あなたにとってはどこか、人生のスパイスでしかなくなるんだ。何があっても、あなたは何も失うことなく生きていける。羨ましい限りだよ」

自分でも何を言っているのか、まるでわからなくなった。支離滅裂であった。脈絡のない憤りがふつふつと沸きあがってきて、未整理のまま言葉になり、口から弾け飛んでいく。

志摩子の顔色が大きく変わった。烈しい怒りと苦痛と不安とが、志摩子の表情を奇妙に冴え冴えとしたものにしていた。大きく見開いた目の下に、わずかに隈《くま》が浮いているのが見えた。混乱のさなかにありながらも、そんな志摩子を正臣は、美しい、と思った。

「あなたが欲しかったのは」と性懲《しょうこ》りもなく正臣は続けた。自分の中に悪魔が潜んでいて、勝手に喋っているような感じがした。「あなたが欲しかったのは、ただの烈しい恋であって、その相手は誰でもよかったんだよ。俺でも加地謙介でも他の誰かでも、誰でもよかったんだよ」

「こわそうとしているのね」と志摩子は聞きとれないほど低い声で言った。声はわずかに震えていた。志摩子の背にはピクチャーウィンドウの向こうに拡がる、瞬く夜景があったが、それは何故か、芝居の書き割りのように、不気味に静止して見えた。「私たちの関係をあなたはこわそうと……。それでいいのね？　こわしてしまってもいいのね？」

正臣は内心の烈しい動揺を必死になって隠しながら、ふてくされた笑いをにじませて「いいさ」と言った。「こわれるものなら仕方がない。俺がこわすんじゃない。こわれてしまうんだ。そうだろう。こっちが聞かせてもらいたいね。俺たちはどうすればいいんだよ。教えてほしい。こうやって、こそこそとホテルで密会し続けてればいいのか。今日は泊まれる、今日は三時間で帰らなくちゃいけない……そんな会話を交わしながら、一年も二年も、漫然とこうやって逢い続けていればいいと言うのか」

「あなたが私を奪っていけばいいじゃないの」と志摩子は立ったまま腕を組み、声高らかに言い放った。

言い方には女王のような威厳があった。そのことが正臣をさらに腹立たしくさせた。

「簡単なのよ。あなたが私を坂本の手から奪っていけばいいのよ。でもできない。それができないから、あなたは苦しんでるんでしょう。あなたは鬼になれないのよ。鬼になって火の中に飛びこむほどの勇気はないんだわ」

「どういうことだ」

「あなたこそ、子供も妻も見捨てることができないのよ。鬼になって走り出して、大やけどを負うことがわかっていながら、火の中に飛びこんでくるようなまねが、絶対にできない人なのよ。こういう状態になって、ふつうの人間が苦しむようなことに苦しんで、苦しみすぎて、やけくそになって、その分、私につまらないことであたるんだわ。いかにも嫉妬してるようでいて、本当は加地のことなんか、どうだっていいのよ。あなたの苛立ちの矛先《ほこさき》は、加地や私に対してじゃなくて、結局は自分自身にしか向かっていかないのよ」

ふっ、と正臣は笑ってみせた。自分でもうんざりするほど嫌らしい笑い方だった。

「俺が家族を捨てれば、自分も夫を捨てる……そういうつもりでいるんだな」

「話を替えないでよ。そんなこと、いつ私が言った？」

「俺の出方を待っている。そうだろう」

「何を言ってるの。全然わからない」

「あなたは賢い。激情の果てに俺が家族を捨て、あなたを奪いに行けば、あなたは坂本さんから無理なく離れていける。周囲に対する言いわけもできる。何より、自分を納得させることができる。ともかく、あなたは自分から行動を起こすのはいやなんだ。あなたが欲しかった烈しい恋は、あなた自身が行動することによって成立するものじゃなくて、相手の男から与えられるものでなければならないんだからな」

自分の吐瀉物《としゃ》をいきなり頭からかぶったような気がした。冷やかな沈黙が漂った。室温が急激に下がりでもしたかのように、正臣は一瞬、全身が冷たく凍りつくのを感じた。

志摩子は手にしていた黒い帽子を乱暴に頭にかぶるなり、「もういいわ」と荒々しく言った。「わかったわ。そんなふうに思うんだったら、やめましょう」

「やめる？　何を」

「私たちの関係をよ」

「そうか。そうきたか」

ふたりはしばしの間、睨み合った。そこに烈しさはなく、どうにも解決のしようのない苦悩を共有し合う男女の、うつろな視線が交錯するばかりだった。

「やめるしかないでしょう」志摩子は低く言い、歩き出した。「ものすごく残念よ。気が変になるほど残念よ。でも、やめるしかない。あなたがそこまで言うのだったら」

志摩子がよろけるような足どりで歩いて来て、正臣の脇を通り過ぎようとした。目深にかぶった帽子の下で伏した目に、涙があふれそうになっているのが見てとれた。

ふいに正臣の中に熱い塊がこみあげた。膨張したそれは、彼の胸に痛烈な、甘いような痛みを与えた。

志摩子は彼に背を向け、ドアの前に立った。その手がドアの把手に触れた瞬間、彼は志摩子を後ろから強く抱きしめた。あまりに強く抱きしめすぎたため、志摩子の胸骨が折れるのではないか、と思われた。

志摩子、とその耳もとで呻《うめ》くように言った。「俺はどうかしている。狂っている」泣きそうになった。視界がにじんだ。危うく嗚咽《おえつ》が、喉の奥から迸《ほとばし》り出てきそうになった。

自己嫌悪が彼をずたずたに切り刻んでいた。救いも何もあったものではなかった。取り返しのつかない言葉を口にしてしまった、という思いがあった。もう間に合わないかもしれない、と思った。志摩子とは二度と元に戻れないかもしれない。

そう思うそばから、志摩子に向けた強い欲情と恋慕の念が彼をかきたて始めた。失いたくなかった。志摩子という女を喪失することは、自身の命の喪失、生きていくための支柱の喪失を意味した。それはあらゆる喪失の中でも、もっともおそろしい喪失であった。

志摩子は応えなかった。じっと立ったまま、身じろぎもしなかった。

正臣は小刻みに震えながらも、そのうなじにくちびるを這わせた。志摩子の頭から帽子をそっと外し、髪の毛に頬をすり寄せた。背後から抱きしめた身体をさらに強く自分の胸に押しつけ、悪かった、と吐息のような声で繰り返した。

そうやっているうちに、涙があふれてきた。泣くな、と自分に言いきかせた。せっかく積み上げた積み木を自分の手でひと思いに倒しておいて、散乱した積み木を見ながら泣くなど、あまりにも情けなかった。子供じみていた。

だが、涙は止まらなかった。泣いていることに気づかれたくなくて、彼は志摩子の髪の毛に顔を埋めた。押し殺した嗚咽が彼の上半身を震わせた。

ふと志摩子が上を向いた。その手がそっと彼の首のほうにまわされたと思うと、志摩子はくるりと向きを変え、彼と向かい合わせになるなり、彼の胸に顔を埋めてきた。

思わず抱きとめてやったその背が、儚《はかな》げに震え出した。風にあおられながらも、必死になってしがみつこうとしている蜉蝣《かげろう》のようだった。

志摩子が泣きながら、顔をあげた。涙でマスカラが落ちかけていた。肌には明らかな疲れが浮いて見えた。紅をつけたあとのないくちびるは、色褪《あ》せていた。だが、志摩子は途方もなく美しかった。

正臣はそのくちびるを求め、キスをし、強く抱きしめた。どうやって気持ちを表現すればいいのかわからなくなった。志摩子の小さな顔を両手ではさみ、もみしだき、撫で、再び、もみしだいた。志摩子の涙が彼の指や手の甲に伝い落ちた。

性を交わしたいのではなかった。抱き合いたいだけでもなかった。キスしたいだけでもなかった。そのすべてを一度にやって、それでもなお不足しているものをどうやって補えばいいのか、考えるだけで気が遠くなりかけた。

ドアを隔てた向こう側の廊下で、かすかに人の声が聞こえた。ぼそぼそと英語で話している男女数名が、しのび笑いをこらえながら遠ざかって行く気配があった。

再びドアの向こう側が静まり返った。正臣は志摩子の身体を抱きしめ、頭を撫で、髪の毛にくちびるをあてがった。

志摩子、と彼は囁くように呼びかけた。「今、思いついたことがある」

志摩子は黙っていた。黙ったまま、正臣の胸に顔を埋めた。

「上海に行こう」と彼は志摩子の背を愛撫し、天井を見上げながら言った。「前にも話したね。上海に清水という友人がいる。妻は中国人だ。彼がいろいろ手助けしてくれると思う。ひとまず落ちついてから、そのあと、別の国に向かってもいい」

自分の言っている言葉が、別人のそれのように聞こえる。降ってもいない雨の音が、耳の奥でざあざあと響きわたっているように感じる。

志摩子はおそろしく静かに彼の胸から顔を離し、大きく目を見開いて彼を見た。涙のあとのある目が、わななくように震えた。

「帰らない、ということ？」

正臣はうなずいた。「多分」

「現実から逃げる、ということ？」

「卑怯《ひきょう》にもね」

「すべてを捨てる、ということ？」

もう一度うなずいた。「俺たちは今世紀始まって以来の、度し難い裏切り者、と呼ばれることになる。一生、後ろ指を指される」

志摩子はしばらく何かをせわしなさそうに考えていたが、やがて再び口を開いた。

「あなたの仕事はどうなるの」

「パソコンがあれば、とりあえずはどこにいても原稿を書いて、送ることができる」

「私はどうするの」

「あなた次第だよ」

「どうしてほしいの」

「あなたが決めればいい」

「女優をやめるの？」

「やめるかやめないか、じゃない。あなたが俺と、どうしたいか、だ」

沈黙が始まった。長い沈黙だった。

だが、その沈黙の中に、互いを詮索《せんさく》しようとする棘《とげ》は生まれなかった。ふたりは言葉もなく見つめ合っていた。見つめ合っていながら、互いの顔は目に入ってこない。見つめているのは自分自身でしかない。

言葉にしたら最後、とてつもなくおそろしいことが起こる、とわかっている。それでもなお、互いがその魔力から逃れられずにいる。だが、そこには迷いがある。叫び出してしまいそうな恐怖心がある。

俺は正気か、と正臣は考えた。何故、こんな提案をしているのか。何故、志摩子を引きずりこんで、馬鹿げたことをしでかそうとしているのか。

酔っているのか。それとも長い時間待たされたあげく、気が変になったのか。

だが、酔っているのでも、気が変になっているのでもなさそうだった。まして自暴自棄になっているのでもない。頭の芯の部分が、奇妙に冴え冴えとしている。

真由美や春美、夏美の顔が頭の中を駆けめぐっていった。自分を取り巻いている大勢の編集者や仕事関係者の顔が次々と、闇に点滅する明かりのようになって蘇ってきた。女性週刊誌に掲載された自分たちの写真が思い出された。一度だけ会ったことのある、志摩子の夫、坂本滋男の顔がぼんやりと頭に浮かんだ。

手順を踏んで、ひとつひとつ、ものごとを解決していくために、自分たちには何万年もの時間が必要であるような気がした。いや、そもそも、ふたりの間で、ものごとが解決される瞬間など、永遠にめぐってこないのかもしれなかった。

しかしそう考えると同時に、引き返すなら今しかない、と彼は慌てふためくような気持ちで思った。本気で言ったんじゃない、夢を口にしただけだ……そう言えるのは今しかなかった。

俺はどこに行っても、何があっても、小説を書き続けることができる。たとえこの先、原稿の依頼がこなくなったとしても、俺さえ書き続けていれば、またどこかで目にとめてくれる人間が現れる。俺がどれほど馬鹿げたことをしでかしても、ひと握りの読者は残される。

それに加えて、書く、という行為はあくまでも単独で行われるものだ。したがって、書くことそのものに他者や資本の力は何ら必要とされない。

だが、女優はそうはいかない。大勢の人間に支えられていなければ、女優という仕事は成立しない。どれほど才能あふれる女優とて、単独ではその力を十全に表現することは不可能なのだ。

志摩子を日本から連れ出したら最後、俺は志摩子の人生を殺すことになる。志摩子は二度と復帰できなくなるだろう。復帰したとしても、今のような人気と信頼を回復するまでには途方もなく長い歳月が必要となるだろう。

今、この場で、志摩子が軽蔑まじりに笑い出してくれればいい、と彼は思った。あなたは何てことを言うの、私に女優をやめろ、と言うの？　私を殺すの？　見損なったわ、そんなこと、私にできるわけがないじゃないの……そんなふうに言って、もう一度、黒い帽子をかぶり、冷笑を浮かべたまま、この部屋から出て行ってくれればいい、と思った。

そうなったら俺はひとり、部屋に残り、ミニバーコーナーにある、ありったけのアルコールを飲みほし、ルームサービスでウォッカでもバーボンでも何《へど》でもいいからボトルで持って来させ、それすらも飲みほして、ベッドに横たわり、反吐を吐きながら眠ればいい。必要とあらば、明日も明後日も、ここにこもっていればいい。飲み続け、志摩子を失ったことを嘆き、狂人のようにひとりで喚き続けていればいい。自分さえそうできれば、何も恐ろしいことを起こさずにすむ……。

だから志摩子、今すぐ俺から逃げてくれ、と正臣は願った。軽蔑をこめた目で俺を見て、あなたは私のことなんか、本当には愛してないのよ、私に女優をやめろ、ということは、私に死ねと言っているのと同じよ……そんなふうにきびきびと言ってから、憐《あわ》れむように俺の頬に手をあて、「おばかさん」と囁いてくれ。五歳年上の姉のように冷やかに諭してくれ。「あなたはこの現実をどうすることもできずに逃げようとする、ただの子供だったのね。逃げられっこないのよ。私たちはこの中でしか生きられないのよ」と。

だが、志摩子はそう言わなかった。帽子をかぶり直して、部屋から出て行こうともしなかった。

彼女は表情のわからない、ぼんやりとした顔つきでそっと正臣の腕を取り、「あっちに行って座りましょう」と言った。「ずっと立っていたから、疲れたわ」

手と手がつながれた。ふたりはそのまま、部屋の奥に戻り、ピクチャーウィンドウに向かうソファーに腰をおろした。

サイドテーブルの上に、正臣の飲みかけのエビアン水が載っていた。ぬるくなっていたはずだが、志摩子は気にする様子も見せずに二口三口、ゆっくりと水を飲んだ。そして、落ちついた仕草で蓋《ふた》を閉め、それを再びサイドテーブルの上に戻すと、正臣のほうに向き直った。

「ねえ、聞いて」と志摩子は言った。「偶然ね。私も同じことを考えていたの」

正臣は志摩子を見つめた。志摩子はくちびるの端をわずかに上げ、目を細めてみせた。「同じことを考えていたのよ」ともう一度繰り返した。そして、吐息まじりの声で続けた。「……どこかにあなたと逃げ出したい、って」

その顔に、正臣がよく知っている、志摩子らしい快活な、精気のあふれた笑みが浮かんだ。その笑みをくずさぬまま、志摩子は透明な丸い滴のような涙をあふれさせ、くちびるを軽く噛み、また笑顔を作り、そのまま勢いよく正臣に抱きついてきた。

第十九章　志摩子

混乱のきわみに、ふいにおそろしいほど涼やかな調和が訪れたような気がした。煤《すす》黒くぼやけていたものが、すうっ、と霧が晴れるかのごとく消え去って、それまでの想いがより強く、美しい透明感すら伴いながら、自分自身の内側に深く根をおろしていくのが感じとれた。

こういう気持ちを世間では「覚悟」と言うのだろうか、と志摩子は考えた。「覚悟」というのは、あえて言葉にする必要のない、自身の内側から、自ずとあふれ出てくるものなのかもしれなかった。

現実を捨てる、逃げる……言葉のもたらすニュアンスは酷《むご》いほど否定的だが、それしか言いようがないのだから仕方がなかった。誰かに聞かれたら、そうよ、捨てるのよ、逃げるのよ、と平然と自分は言ってのけることができるだろう、と志摩子は思った。

狂っている、と人は言うに違いなかった。他に方法はあるだろう、これほど馬鹿げたことをしでかす理由がわからない、いい年をした大人が、子供じゃあるまいし、地獄に落ちるぞ、おまえたちは鬼畜だ……などと言ってくる人々の声が、わんわんと頭の中に響いた。

だが、それは充分、予測し得る反応だった。思いもかけなかった反応に出合うのはおそろしいが、予測していた攻撃を受けたところで、どうということはなかった。

他に方法はなかった。少なくとも自分たちの間における、「ごまかし」のない方法というのは、他にひとつもないのだった。

時間をかける、辛抱強く周囲を説得し続ける、しばらく会わずにいて、互いの熱を冷まし、その上でもう一度、方法を考えてみる、世間に知られぬよう、ひそかに隠れて正臣と関わり続ける、あるいはいっそ、正臣との関係を断ってしまう……どれもいやだった。そのすべてがあまりにも当たり前で、うす汚れていて、通俗的な解決方法としか思えなかった。そうした方法はすべて、健全さを装っただけの、単なるごまかしに過ぎなかった。

生きることに精一杯で、志摩子にはもう、ごまかしてなどいる余裕がなかった。逃げようが、裏切ろうが、馬鹿だと言われようが、地獄に落ちようが、志摩子は「生きたい」と思った。愛したいし、愛されたかった。酔い、走り、叫び、歌い、泣き、求め続けていたかった。世界との対立をおそれたくはなかった。対立しながら行動することの中にしか、本来の生きる喜びはないような気がした。

　永遠の幸福などというものがまやかしであるとわかっている以上、一瞬の幸福に全人生を賭けることがあってもいい。破壊しながら再生を求めることがあってもいい。絶対に不可能であることに向かって、無我無欲のまま、突っ走ることがあってもいい。

　正臣と共に居ることを望み、そのために死をも厭《いと》わないのなら、死以上のことができるはずであった。死んでしまったら終わりだった。生きて在ることがすべてであった。

　眠ったのか眠らないのか、連日の睡眠不足の中にありながら、志摩子は自分がとてつもなく明晰《めいせき》になっているのを感じた。

　結果を考えずにいよう、と決めた。この先どうなるのか、などと先回りして考えながら立ち回ろうとするくらいなら、最初から何も行動すべきではなかった。

　第一、何を称して「結果」と呼ぶのか。「結果」など、死ぬまでわからぬことではないのか。そもそもいったい誰が、その「結果」を査定するのか。自分以外、誰もいやしない。

　泣きながら、祈りながら、歯を食いしばりながら、志摩子は眠らない時間をすごした。そうしながら、自分のぎりぎりの選択を誇りに思った。同時に、自分とまったく同じことを考えていた正臣をさらに強く愛した。

　時間をおかずに決行しよう、と言う正臣に、即座に志摩子が同意したのは、時間をおいたりすると決心が鈍る、と思ったからではない。時間をおくことの意味が、すでになくなっていたからであった。

『彼女の肉体』の撮影は終了していた。映画宣伝のための取材も、ひと通り、受けたあとであった。公開日時がはっきり決まれば、何かと駆り出されることが多くなるが、今のところはまだ、そういった動きは見られなかった。

七月中旬に北海道で予定されていた、有名写真家による女性誌の表紙とグラビアの撮影も、写真家が急病で倒れたため、六月の段階ですでにキャンセルされていた。敦子がその写真家にしか、志摩子を撮らせたくない、と言い張ったからだった。

それ以降のスケジュールに関しては敦子に聞かなければわからなかったが、少なくともここしばらくの間、何としてでもこなさなければならない仕事は、さしあたって何もないはずであった。

決行は七月一日だよ、と志摩子の携帯に電話をかけてきた時、正臣の口調はとてつもなく穏やかだった。そう口にしている彼の目、表情、くちびるの動き、そのすべてが想像できた。とりたてて興奮も緊張も、何も感じられない彼の落ち着きは、志摩子を安堵《あんど》させ、同時に志摩子の中の血を性的にざわめかせた。

六月二十五日の午後のことだった。志摩子の自宅には家政婦の美津江がいたが、ざあざあと湯の音をたてながらバスルームの掃除をしていて、寝室にいる自分の声が盗み聞きされる心配はなかった。

わかった、と志摩子は言った。おごそかな気分だった。あと六日後に自分はもう、この現実をあとにして、未知の場所に足を踏み入れているのだ、と思うと、緊張感よりも先に、とりとめのない満足感が拡がっていくのがわかった。

「準備期間が短いけど、大丈夫?」

「大丈夫よ。なんとかする」

「やり残している仕事は?」

「ないわ。ねえ、何か私がやることはある?」

「ひとつだけだよ。今すぐ急いで、あなたのパスポートのコピーを俺の仕事場にファックスしてほしい。できる?」

「もちろん」

「じゃあ、この電話を切ったらすぐに送って。それが届いたら、俺はふたり分の航空券を手配しに行く。あなたの本名が高木志摩子じゃなくてよかった。海外に行く時に世話になっている旅行代理店があるんだ。あとで騒ぎになった時に、そこの誰かがこのことを思い出してつまらない証言をしてみせるのは目に見えてるけど、この際、仕方ない」

「だったら、私があなたとは別に航空券を用意したほうがいい?」

「いや、いいよ。俺がやる。どうせ露顕すれば同じことだからね。上海の清水には、もう連絡した。空港まで彼が迎えに来てくれることになってる。ホテルも彼に言って、とってもらう。だから、あなたは何もすることはない。当日の朝、成田に来るだけでいい」

「清水さんには本当のことを話したの？」

「いや、まだ話していない。ただ、連れの女性が女優の高木志摩子であることは教えた。彼は、日本で俺とあなたが騒ぎになってることは知らなかったみたいだな。ともかく、何としてでも人目を避けたい、その点だけは抜かりなくやってほしい、と言っておいたよ。彼は信用できる男だから心配いらない。電話でも余計なことは聞いてこなかったし、特に驚いた様子もなかった。そういうやつなんだ。ただし、これだけ世話になる以上、彼にだけは事情を打ち明けなくちゃいけなくなると思う」

「あなたに任せるわ。荷物は出発の二日前に宅配便で成田に送る。それからね、正臣。上海に着いたら、すぐに行ける美容院ってある？」

「美容院？」

　志摩子はくすりと小さく笑ってみせた。「髪を切りたいのよ。思いっきり短く。私だということがわからなくなるほど短く」

　正臣は黙っていた。志摩子は続けた。「変装のためよ。東京の美容院で切ってもいいんだけど、そんなことしたら、私が髪形を替えたことがわかっちゃうでしょ」

ああ、志摩子、と正臣は言った。「そんなことまでしなくても。変装なら、今流行《はや》りのウィッグをかぶればいいじゃないか。ベリーショートとか、カーリーヘアとか、いろんなのがあるんだろう?」

いいの、と志摩子は決然と言った。「切りたいのよ」

今しがた、正臣の声を聞いていて思いついたにすぎないことだった。だが、ひとたびそのことを口にしてみると、志摩子は今すぐにでも髪の毛を乱暴に刈り上げてしまいたい衝動にかられた。

うん、と正臣は言った。わずかの沈黙があった。「わかった。清水に頼んでおく。上海で一番センスのいい美容院を予約しておけ、ってね。彼の女房の紫薇《ツーウェイ》なら詳しいはずだよ。それから……志摩子……」

「何?」

「気が変わったら、いつでもいい、俺に正直に言うんだよ」

志摩子は携帯を耳にあてがったまま、静かに首を横に振った。「あなたは私のことがわかってないのね」

「そんなことはない。すべてわかってるよ」

「気が変わるなんてことはないのよ」

そう言った志摩子に、正臣もまた静かな口調で応じた。「俺と同じだ」

電話を終えてから、志摩子はすぐにストーンズ・プロに行き、敦子と会った。事務所には他にスタッフもいて、話しにくかったため、敦子を早い夕食に誘い、外に連れ出した。打ち合わせを兼ねて敦子とよく行くことのある、西麻布のイタリアン・レストランだった。

まだ六時前で、客の姿はなく、店内は静かだった。古いカンツォーネが、こわれかけたラジオから流れてくるそれのように、雑音まじりに店内に流れていた。

窓の外はまだ明るかった。雨上がりの暮れ方の光が、曇りガラスにどんよりと溜まっていた。見知らぬ国の、見知らぬ店に来ているかのようであった。

生ハムとルッコラのピッツァを注文した敦子は、初めから志摩子の様子に変化があることに気づいている様子だった。

「何か企んでない？　志摩ちゃん」と敦子は運ばれてきたピッツァをかじり、白ワインを飲んだあと、いたずらっぽい目をして聞いてきた。「私に何か、頼みごとをしたい、って顔してる。あ、でも、頼まれる前に言っとくけど、仕事のキャンセルはお断りよ」

志摩子は敦子の勘のよさに呆れながらも、鷹揚《おうよう》に笑ってみせた。「よくわかるのね。まさにそういう頼みごとをしようと思ってたところよ」

「冗談きついわ。で、何？　何をキャンセルしようっていうわけ？」

全部、と志摩子は言った。そして口もとに芝居がかった微笑を浮かべた。「当面、私が引き受けている仕事、全部をキャンセルしてほしいの」

言ってから、早まるな、と思った。ただでさえ勘のいい敦子のことである。海外への逃避行を匂わせるようなことは一切、口にすべきではなかった。志摩子は慌てて冗談にすり替えた。

「……っていうのはほんの冗談。びっくりした？」

「何よ、人を驚かせて。ピッツァを喉に詰まらせて窒息死させるつもり？」

志摩子は深く息を吸い、姿勢を正して微笑を返した。「少し休みたいの。少しでいいのよ。それが本音」

「今回の映画、そんなにきつかった？」

「それは関係ないわ。ただね、ここのところ、入魂、って感じの仕事が多かったでしょう。ちょっとここらへんで、のんびりしておきたいだけ。できればしばらく、大きな仕事、しないでおきたくなったの」

「しばらく、ってどのくらいよ」

永遠に、と言いたかった。もしかすると、本当にそうなるのかもしれなかった。それでいいのか、と自問した。かまわない、という答えが即座に返ってくるのを自覚して、志摩子は深い満足感に浸った。

よく冷えた白ワインをひと口飲んでから、志摩子は視線をテーブルの上に落とした。

「そうね、せめて年内いっぱいは休んでいたいな」

「だめだめ、志摩ちゃん。それは無理よ。絶対無理。ＣＭの仕事だってバンバン入ってきてんのよ。来年の映画の話だって、もう決まってるんだし。でも、確かに、去年の舞台からずっと、たっぷり仕事してきたもんね。一か月くらいの休暇なら、なんとかできないでもないわ。まあ、ここのところ、いろいろあったし、そのへんのことは私だって鬼じゃないんだもの、理解してあげられなくもない」

ちらりと志摩子を見る敦子の視線に、含みが感じられた。

女性週刊誌の一件以来、いくつかのメディアがこぞって後追いの記事を掲載しようとしたが、ほとんどすべて敦子がもみ消してくれた。全スポーツ紙が志摩子のゴシップ記事を載せたが、そこに奥平正臣の実名は書かれてはおらず、イニシャルになっていた。

せめて少しでも騒ぎを減らそうとしてくれた敦子の奮闘ぶりを陰で知っていた志摩子は礼を言ったが、敦子とそれ以後、奥平正臣の話はしていない。敦子も正臣の話を出してはこない。聞いてもこない。

敦子が気を取り直したように志摩子を見た。「ねえ、どこか海外にでも行くつもりなの？」

「何も考えてないわ」

「坂本さんと、夫婦水いらず、ってのも、この時期、いいかもしれない。ね？」

志摩子は曖昧《あいまい》にうなずき、ちょうどギャルソンが通りかかったのをいいことに、グラスの白ワインの追加をオーダーして、その話をそこで終わらせた。

今日から数えてわずか六日後の自分の行動を知ったら、敦子は何と言うだろう、と志摩子は目の前で、ピッツァを齧《かじ》り、忙しく口もとの油をナフキンで拭っている敦子を眺めながら、かすかに胸が痛むのを覚えた。

滋男には、女性月刊誌のグラビア撮影があり、一日の早朝に出発して沖縄に行く、と言うつもりでいた。黙って家を出るのは、さすがに抵抗があった。どれほどの嘘をついても、最後に滋男に、行ってきます、といつものように挨拶をしたかった。

馬鹿げた感傷かもしれなかった。だが、何としてでも、そうしたかった。

三泊四日の撮影予定日が過ぎても、志摩子は戻らない。戻るはずもない。いやな予感に見舞われた滋男は、志摩子の携帯に電話をかける。携帯は留守番電話設定になっていてつながらない。幾度かけてみても同じである。

不吉な想像が滋男を充たす。彼は敦子に電話をする。志摩子が仕事で沖縄になど行っていないことがその場で明らかになる。

敦子もまた、何度も志摩子の携帯に電話をかける。何故、志摩子がそんな嘘をついて姿をくらましたのか、と、突然、烈しい不安にかられる。

その時、敦子はどうするだろうか、と志摩子は想像した。滋男も気づかずにいるような、思いつく限りの心あたりを探す。どこにもいない。志摩子を見かけた人間も現れなければ、最後に志摩子から何か打ち明けられた人間も見つからない。

敦子は意を決して滋男のもとを訪れる。もしかするとこれはとんでもない事態になっている可能性がある、と正直に打ち明ける。

勢い、ふたりの疑念の矛先《ほこさき》は奥平正臣に向けられる。ふたりのうち、どちらかが、その場で正臣の自宅か、もしくは仕事場に電話をかける。仕事場の電話は留守番電話になっている。自宅にかけると、妻の真由美が出てくる。陰鬱《いんうつ》な、それでいて攻撃的な口調で、主人がどこにいるか、私も知りません、と言ってくる。つきあいのある出版社にも全部あたってみたんですが、居所がわからないんです、捜索願を出そうかと思っていたところです……と。

そして、その時点で、関係者が全員、志摩子と正臣が、ついに愚かな事をしでかしたことを知るに至るのだ。

「どうしたのよ、志摩ちゃん」と敦子が案じ顔で聞いた。「心ここにあらず、って感じよ」

「あ、ごめん。なんでもない」

「聞きたいと思ってたんだけど」敦子はつまんでいた齧りかけのピッツァを皿の上に戻した。「奥平先生とはその後、どうなったの」

志摩子はテーブルの上で腕を組み、正面から敦子を見据えた。「どうなったと思う?」

ふっ、と敦子は笑った。「別れたなんてことはないんでしょうね」

「ないわ」と志摩子は言い、軽く肩をすくめ、シニカルな笑みを浮かべてみせてから、皿の上のピッツァの、生ハムだけを指先でつまんで口に放りこんだ。そしてゆっくりと口の中のものを嚙みくだき、飲みこんでから、敦子を見た。「あっちゃん……私……」

あなたにだけは連絡をすると思う……そう言いかけて、急に言えなくなった。まだ言ってはならないことだった。

ごめんなさい、とあやまりたかった。決してその時点で口にできない言葉ばかりが、胸の内で渦を巻いた。

「何よ」と敦子は怪訝《けげん》な顔をした。

志摩子は「あっちゃんは笑うかもしれないけど」と陽気を装って言った。「私は本気なのよ。簡単には別れられない」

そうなんでしょうね、と敦子は半ば呆れ顔で言った。「それにしても、元気だわ、志摩ちゃん。私なんか、恋愛のエネルギー、どこにも残ってないわよ。夜は十時を過ぎると眠くなっちゃうし」

志摩子は笑顔を返したが、再び、胸の中に痛みが走るのを覚えた。事が明らかにされた場合、誰よりも先に矢面に立たされることになるのは敦子だった。事情を何も知らないままに、マスコミの応対をさせられる敦子を思うと、自分たちがこれからしようとしていることの罪深さは比類のないものに思われた。

あと六日。やらねばならないことが山のようにある、と思う。思うそばから、ワインの酔いが志摩子をいっそう強く、何かに向かって駆り立てていき、これでいい、何もかもが、これでいいのだ、という想いが、海のようになって彼女を溺れさせる。

対外的にどう罵《ののし》られようと、自分は決して自分を罰しないだろう、と酔いのせいで頭の芯がほぐれていくのを感じながら、志摩子は思った。誇りこそすれ、罰することはないだろう、と。

敦子はそんな志摩子を盗み見るようにしていたが、何も言わなかった。「ああ、お腹いっぱい。早い時間から食べすぎちゃった」とつぶやくように言って、そっと腕時計を覗いただけだった。


残された準備期間は途方もなく短かった。立ち止まって考えたり、感じたり、振り返ったりする余裕はなかった。

志摩子はまず、滋男の留守の時を見計らって、荷造りを始めた。服や下着、靴、バッグ、化粧品類など、必要と思われるものを手あたり次第、床やベッドに並べてみた。その数の多さに気が遠くなった。

気を取り直し、とにかく必要最小限の衣類だけを選び出そうとするものの、途中、秋ものや冬ものも必要ではないのかという考えが、頭をもたげてくる。やることなすことに時間ばかりかかって、とりとめがない。

結局、数日分の着替えだけ持って行って、あとの必要なものはすべて現地で買えばいいのだ、と思い直した。ドレスもハイヒールも、ラメ入りのバッグも何もいらない。ジュエリー類の大半も置いていく。普段から着慣れているジーンズやコットンパンツ、シャツやカットソーが何種類かあるだけでいいのである。靴も、歩きやすいものが一足あれば充分だ。優雅でセクシーだが、ただ単に歩きにくいだけの、ピンヒールの気取ったパンプスやサンダルなど持って行く必要はない。

季節が変わったら、またその季節のものを揃えればいいのだった。贅沢なもの、着飾った印象を与えるものは、悉《ことごと》く不要であった。

そう決めて、荷物に関してはまとまった気持ちを取り戻すことができたと思った途端、今度は各種支払いのために銀行に行っておかねばならなかったことを思い出す。長い間、書き忘れていた礼状もある。送らねばならない贈答品、返礼品もある。どうしても、出発前に電話をかけて、礼を言ったり、季節の挨拶を述べたりしておかなければならない相手の顔も、いくつかすぐに思い浮かぶ。

志摩子の信奉者である年若い女の役者が、初の舞台公演を控えている。主役ではないが、重要な脇役を演じることになっており、初日には志摩子の名で花を贈る、という約束を交わしている。

その舞台の初日は奇《く》しくも七月一日である。幕があがった時、すでに自分は正臣と共に上海にいるのだ、と志摩子は思う。どうしても観に行くことができない、と事前に電話で詫びたいのだが、その際にどう言い訳すべきなのか、いくら考えても嘘がまとまってくれない。

モモのために、モモが好きなキャットフードを大量に取り寄せておく必要もあった。これまでいつも、モモが口にするものは人の手を借りずに自分で選び、自分で注文してきた。これまで通りにしてやりたかった。

モモ……と志摩子はふいに心さびしい気持ちに襲われて、居間のソファーの上で毛づくろいをしているモモのもとに走り寄る。その白い、ふさふさとした毛が生えそろった腹や背、頭に頬をすり寄せる。口もとにキスをする。モモはぺろりと志摩子のくちびるを舐《な》めてくる。

毛艶もよく、見た目にはまだ元気だが、確かにモモは老いた。あれほど長かった髭《ひげ》も短くなった。若かった頃の、漬け物石のようなどっしりとした重みは失われ、抱き上げても、どこかしら心もとなく思えるほど軽くなった。

滋男と送ってきた結婚生活を象徴するような猫だった。自分たちの間には、常にモモがいた。このやわらかな生き物を介して、自分は滋男という男と、長く続いた静かで幸福な時間をたゆたうように生きてきたのだ、と志摩子は思った。

台風の目の中にいるような感じがする。感覚がマヒしつつある。暴風雨は自分の外側を吹き荒れているだけで、内側は麻酔でも打たれた時のような、人工的な眠りにも似た静けさに包まれている。漣《さざなみ》ひとつ立っていない。

それでも、現実は休みなく動き続ける。志摩子の映画の撮影が終わったことを知った人間たちから、頻々《ひんぴん》と電話がかかってくる。それは古い友人だったり、役者仲間だったり、昔からつきあいのある映画制作会社の人間だったりする。

電話内容はいつも通りの、他愛のない世間話や季節の挨拶でしかないのだが、志摩子にはこれが最後の会話になるのだ、という意識がある。最後に「元気でね」とつけ加えてしまいたくなる。じゃあ、またね、と明るく言ってくる相手に、思わず低い声で「さよなら」と言ってしまい、電話を切ったあとで、妙に思われはしなかっただろうか、と気に病んだりもした。

そんな中、志摩子の心は常に滋男のことで占められていた。ひょっとすると自分は、正臣を想う以上に、滋男のことを想っているのではないのか、と思われるほどだった。

滋男を想うと、わずかではあるが気持ちが揺れた。正面きって、「お願いです、別れてください」と言えば、滋男は躊躇《ちゅうちょ》なく、別れてくれるのではないか、と思ったりもした。こんな方法を取らずとも、自分の正臣との問題は、かくも簡単に解決の糸口がつくのかもしれなかった。別れてください、わかったそうしよう……それで済む。日々刻々、世界中の夫婦の間では、絶え間なく同じ会話が交わされている。別段、特別なことでも何でもない。

だが、と志摩子は思う。

自分は滋男と別れたいのではなかった。それはまったく不思議な感情だった。夫と別れて恋人と共に生きたいと願っているのではない。夫か恋人か……という、その種のありふれた取捨選択をしているのではない。

ただ、ただ、正臣と共に時間を駆け抜けていきたいだけなのだった。滋男と膝詰め談判をして話し合い、別れるの別れないの、とやりとりをし合ったあげく、世間に結果を公表し、あらかじめ用意されていた現実の器の中に身を落ち着けよう、といった発想が自分の中にないことを志摩子は改めて思った。

女性週刊誌に正臣との密会写真が掲載されて以来、滋男は不気味なほど静まり返っていた。何を質問してくるでもない。罵り、怒り、苛立《いらだ》ちを見せてくるでもない。まして奥平正臣という作家に関する皮肉を口にするわけでもなく、彼はいつもと変わらずに高輪の自宅で生活を営み、いつもと変わりなく大学のほうに出向いていた。変わったのは、志摩子に話しかけることが極端に少なくなったことだけだった。

急に沖縄でのグラビア撮影の仕事が入った、と志摩子が伝えた時も、滋男は「そうか」と言ったに過ぎなかった。

「一日の朝、出発なの。三泊して、四日には戻るわ」

「一日って七月の？　ずいぶん急なんだね」

「そうなのよ。あっちゃんが推薦する写真家の都合でそうなったらしいの」

七月四日は志摩子の誕生日だった。そのことに触れられたら、どう答えるべきか、何の用意もしていなかったが、忘れたふりをしているのか、滋男は「わかった」と言っただけだった。

「大学のほう、夏休みはいつから？」

「七月十五日過ぎには休みに入るよ」

そう、と志摩子は言い、うなずいた。

なんでもいい、天候の話でも、モモの話でも、共通の知人の噂話でもいい、滋男と会話を交わしていたい、と思うのだが、それ以上、何を話せばいいのか、わからなくなった。微笑みかけることすらできない。志摩子は夫から目をそらした。

夜はひとつ寝室に並べたベッドで眠っている。滋男は眠れないのか、時折、ベッドのスプリングをきしませる勢いで寝返りをうち、深いため息をつく。

眠ったふりをしながらも、志摩子もまた、暗闇の中で目を開けたまま、じっと天井を見ている。ここから出て行くのだ、と思うと、目に入るものすべてが……寝室の天井に拡がる闇ですら、懐かしいものに思われてくる。

出発前日、山岸宏子から電話がかかってきた。その後、滋男がどんな様子であるのか、正臣との関係はどのようになったのか、身近な友人としての好奇心まじりに案じているのは間違いなかったが、宏子はそのことには触れなかった。夫の山岸が痛風になって店を休んでいる、と嘆き、夏場の忙しい時に参っちゃうわ、と明るく言ってから、「ゆうべ、加地さんが来てくれたのよ」とつけ加えた。「奥さんと一緒だったわ」

かつて、自殺未遂をして世間を騒がせた加地の妻と志摩子とは、顔を合わせたことがない。週刊誌に加地の妻の顔写真が掲載されたが、目隠しがされてあって、よくわからなかった。

整った顔だちの女であることは確かだったが、自分とさほど年齢は変わらないのだろう、と志摩子は思った。息子と娘、ふたりの子がいたはずだが、子供は幾つになったのか。もう成人しているのだろう。正臣を待たせたまま、加地とワインバーに行った際も、そんな話は出なかった。

事件後、加地夫妻は離婚せずにきた。自殺未遂に走った妻と、そこまで妻を追いつめた夫とが、今も共に暮らし、夫婦として生きている。それどころか、事件の主人公でもあった女の行きつけの居酒屋で、ふたりは並んで酒を飲むのである……。

「志摩子の話は加地さんも私も誰も口にしなかったわよ。まあ、一応それが礼儀だし」と宏子は言った。「いたのは一時間くらいかな。何かのパーティーの帰りだったみたい。お腹がすいてるから、って、飲むよりも食べる、って感じで帰って行ったわ。おとなしそうな奥さんだった。そうそう、加地さんが堂本監督の話をしてたの。知ってた？　堂本さん、相変わらず入院してて、ここのところ、ちょっと容体が悪いんですってよ。加地さんが言ってた」

知らなかった、と志摩子は言った。痩せ衰えた堂本の姿が浮かんだ。会いたい、と思った。若かった頃の志摩子を知っている堂本に会って、正臣のことをすべて打ち明けている自分を夢想した。「今はどこに入院してるの」

「それは知らない。心配よね。ところでそっちはどうなのよ。元気なの？」

「大丈夫。なんとかやってるから」

「またお店に顔を出してね。たまには外で会おうか。今は少し、暇になったんでしょ？　しばらくぶりで、女ふたり、しみじみと話そうよ。いろいろあるものね、お互い。ね、そうしよう」

そうね、と志摩子は言った。「私もそうしたい」

鼻の奥が熱くなった。志摩子が必死になって笑顔を作っていると、宏子は「じゃあ、またね」と言った。

うん、と志摩子はうなずいた。

宏子との電話を終えてから、母に電話をすべきかどうか、迷った。久我山《くがやま》の地に、老いた父と共に暮らしている母とは、ひと月か、ふた月に一度程度しか連絡を取り合ってはいない。正臣の一件があっても、母は何も言ってこなかった。志摩子も言わずにきた。余計な心配をかけたくない、という気持ちと、八十歳に手が届くほどの年齢になった両親に、今回のことがうまく伝えられるはずもない、という思いがあったからだった。

母の声を聞いたら、泣いてしまいそうだった。十歳の頃の春川志摩子に戻ってしまうかもしれなかった。十歳の頃の春川志摩子なら、陰で泣いていても、親に向かっては笑顔を取りつくろっていられるのだろうか。

手にしていた携帯が再び鳴り出した。恋しい男から初めて電話がかかってきた時のように、志摩子の胸は高鳴った。

「もう準備は整った。あなたは？」

「私も」

「明日、朝が早いけど、大丈夫？」

「平気」

「じゃあ、明日。空港で待ってるよ」

「わかった」

「今夜一緒にいて、一緒に空港に行きたい。でも我慢しよう」

正臣、と志摩子は呼びかけた。「私……」

「何？」

「早くあなたに会いたい。一緒にいたい」

「明日からずっと一緒だよ。そのために俺たちは行くんだ」

そう言われ、志摩子は思わず小鼻を震わせながらくちびるを嚙みしめた。

モモが室内を横切っている。ピンと立てた丸い尾が愛らしい。リビングボードの上の写真立てが目に入る。中には、滋男と志摩子の写真が入っている。滋男が大病を患って、生還した直後、記念に撮影した一枚である。

滋男のただでさえ長い顔が、痩せたせいでいっそう長く見えている。志摩子はそんな滋男に寄り添っている。ふたりとも幸福そうに微笑んでいる。志摩子の腕の中にはモモがいる。場所はこの高輪のマンションの居間。撮影者は敦子だった。

目に映るものすべてが、すでに現実感を失っていた。古いスクリーンの中に映し出された、ぼやけた、色彩のない、遠い過去の映像のようであった。

「じゃ、明日」と志摩子はそれらのものを視界から遠ざけるかのように、固く目を閉じながら言った。「行くわね」

「明日」と正臣も鸚鵡《おうむ》返しに応えた。そしてつけ加えた。「気が変になるほど、あなたが好きだよ」

私も、と言った途端、志摩子の閉じた目に涙が滲《にじ》んだ。

第二十章　正　臣

個室の大きな丸テーブルには、よく糊《のり》の効いた、淡いサーモンピンク色のクロスが掛けられている。白ワイン用のグラスと共に、龍井茶《ロンジン》が淹《い》れられたグラスがそれぞれふたつずつ。デザートの後、食事の最後のしめくくりとして淹れられた龍井茶はまだ熱く、芳香を放つ茶葉がグラスの中でゆったりと踊っている。

クラシカルな洋館レストランの、二階にある個室だった。戦前、国民党の交通大臣だった人物の私邸が、そのまま使われている。

庭に面した部分だけが美しい弧を描いており、そこに白い枠取りの優雅な、細長いフランス窓が三つ並んでいる。窓に掛かった重厚なカーテンも壁紙も、すべてクロスの色と同じで、冷房の効いた室内にはやわらかな薄桃色の空気が拡がっている。

窓の外に、おそろしく巨大な泰山木《たいさんぼく》がそびえているのが見える。子供の頭ほどもある大きな白い花を無数につけ、夏の薄暮の中、それらは、滴る緑の葉の上に散らばった白い紙、あるいは、梢という梢に止まってじっとしている、幻の白い小鳥か何かを思わせる。

志摩子は、しきりと髪の毛を気にしていた。正臣と目が合うと、照れくさそうに笑いかけてくる。ここに来る前に、幾度も小さな手鏡を覗きこんでは、耳の後ろあたりを指先でつまみ、「変じゃない？」と聞いてきた。

そのたびに彼は「似合うよ」と答えた。「めちゃくちゃ似合う。前よりもいいかもしれない」

「セシールカットにしてほしい、って頼んだんだけど、やっぱりだめね、通じなかった。紫薇《ツーウェイ》さんに頼んで通訳してもらって、なんとか思い通りになったわ」

ベリーショートとも少し違う。少年のように短い髪の毛なのだが、どこかに甘さと少女性が漂っている。

昔、フランソワーズ・サガンの『悲しみよこんにちは』が世界的ベストセラーになり、映画化された時、ヒロインのセシール役を演じたジーン・セバーグがこんな髪形をしていて、以来セシールカットと呼ばれるようになった。もともと小さな顔の、しかも、正臣との烈しい恋でひとまわり痩せた志摩子に、その髪形はとてもよく似合っている。

髪形に合わせてなのか、それとも逃避行先では不要と考えたのか、志摩子の化粧は薄い。しかも、上海に到着してからずっと、口紅を塗らず、白いコットンパンツにネイビーブルーのTシャツ、という飾り気のない恰好でいるため、余計に若く、少女じみて見える。変装効果も充分で、路上ですれ違った程度なら、日本人でもそれが高木志摩子だとは、誰ひとりとして気づかないかもしれなかった。

「志摩子さん、とても素敵。似合う」と紫薇が、龍井茶をすすりながら、中国語訛《なま》りの入った流暢《りゅうちょう》な日本語で言った。「どうかな、って心配してたんだけど、やっぱりあの店にしてよかった」

「カットが上手なお店なのね。東京で私が行ってる美容院よりも上手かもしれない。いいところを紹介してくださって、本当にありがとう」

「天安門事件がおこった年にできた美容院なの」と紫薇は言った。「だからよく覚えてる。ね、利男、そうだったよね？」

妻に聞かれた清水はうなずき、吸っていた煙草をクリスタルの灰皿の中でもみ消すと、「そういえばそうだったなあ」と感慨深げに言った。「二〇〇四年の今年は、天安門から十五周年にあたるんだ。それにかこつけた行事もいろいろあってさ。記念すべき年に、おふたりそろって、ようこそ中国へ、って感じだな」

「奥平さんはもちろんだけど、志摩子さんに会えて嬉しい」と紫薇はにこにこしながら志摩子に言った。邪気のない言い方だった。ただひたすら会いたいと思っていた古い友人に会った時のような、素朴な言い方だった。

「私も」と志摩子も笑顔で応じた。

紫薇は、その日、昼過ぎに上海浦東《プードン》国際空港まで迎えに来てくれた時も、志摩子を見て表情ひとつ変えなかった。旧知の友を迎えるような温かさで、志摩子に笑顔をふりまき、ざっくばらんに話をして、ふたりはすぐにうちとけ合った様子だった。

紫薇は志摩子よりも八つ年下だが、二十代のころは東京に暮らしており、清水と結婚してからも、頻繁に仕事で上海・東京を往復している。志摩子が出演した映画やドラマを一度ならず目にしたこともあったはずなのに、空港から市内のホテルに向かう道すがら、彼女は車の中で、ひと言もその種の話題を口にしなかった。

威海路《ウェイハイルー》にある、どちらかというと小ぢんまりとした美しい五つ星ホテルにチェックインした後、休む間もなく、志摩子は髪を切りに行きたがった。一刻も早く、これまでの自分と訣別《けつべつ》し、別の人間になりたくてたまらない、という様子だった。

そんな志摩子に、紫薇は快く付き添ってくれた。二時間くらいかかるかもしれない、と紫薇から言われ、ふたりが戻って来るまで、正臣は清水とホテルのティーラウンジですごした。

外気温は三十五度近くまで上がっていて、湿度も高かったが、ホテル内は冷房が効きすぎるほど効いていた。毛むくじゃらの脛《すね》や、そばかすだらけの胸元を惜しげもなく見せている白人の中年カップルが、ルイ・ヴィトンの巨大なスーツケースをポーターに運ばせつつ、ティーラウンジの脇を声高に何かしゃべりながら歩いて行く。

「今更ながらの話だけど」と、正臣は清水に向かって、おもむろに言った。「これはただの旅行じゃないんだ。もうすぐ、日本では大騒ぎになる。おまえの感想はいろいろあるだろうと思うよ。当然だよな。馬鹿なことをしている、という自覚はある。でも、頼みがある。今はまだ、何も言わないでほしいんだ。紫薇もふくめて、絶対に迷惑だけはかけない。それだけは約束するから」

清水は落ちつきはらった表情で煙草をうまそうに吸い続けながら、目を細め、「何のことだよ」と面白そうに聞き返した。「感想？　そんなもん、別にないよ。誰と誰がくっつこうが、何をしでかそうが、個人の自由。他人の恋路に水をさすほど、俺はヒマ人じゃないからな。それより、女房とも相談したんだけど、今夜はささやかなウェルカムパーティーを開こうと思ってね。落ちつけるいい店を予約しといた。個室だから絶対に目立たない。でも、ふたりきりですごそう、っていうんだったら、それはそれでかまわないよ。邪魔はしないから。どうする？」

内心、大それたことをしでかした旧《ふる》い友人に呆れ返り、困惑していたに違いないが、決して大騒ぎしようとしない清水の、さりげない気遣いがありがたかった。

正臣は「喜んで」と言った。「四人で食事しよう。嬉しいよ」

「しかしそれにしてもなあ、おまえが、あの、美人女優の高木志摩子と並んで、そこそこ絵になるやつだとは思わなかった。さっき空港でふたりが並んでるのを見て、正直、びっくりしたよ。おおっ、こいつ、似合ってるじゃないか、ってね。世界の七不思議ってやつだな」

うるさいな、ほっといてくれ、と正臣が言うと、清水は豪快な笑い声をあげた。


レストランの個室での夕食を終えると、清水は自分の会社で使っている運転手付きの白い大型バンでふたりをホテルまで送ってくれた。

清水と紫薇はひっきりなしにしゃべり続け、あたりさわりのない質問を投げたり、窓の外を流れる上海の夜の街について説明を加えたりし続けている。

一瞬の沈黙も許さない、とでも言わんばかりに、彼らがそんなふうに賑やかにふるまっているのは、俺たちが今、不安と緊張のさなかにある、とわかっているからだろう、と正臣は思った。思わず、隣に座っている志摩子の手を握りしめると、志摩子もまた、彼の手を強く握り返してきた。こんなに外が暑いというのに、志摩子の手は冷えきっていた。

「そうだ。ねえねえ、四日の晩、私たちだけで志摩子さんのお誕生会をやりましょうか。どう？」

肩まで伸ばし、シャギーカットにした髪の毛を躍らせながら、やおら振り返って、紫薇が元気よくそう言った。街の明かりを映した車内で、紫薇の目がきらきらと輝いた。

志摩子は驚いたように「よく覚えていてくださったのねえ」と目を丸くし、握りしめていた正臣の手を嬉しげに揺すった。「私の誕生日が七月四日だ、ってさっき美容院の帰りに教えたの。教えておきながら、私のほうがすっかり忘れてた」

志摩子の誕生日を、逃避行先の上海で迎えることになるのは知っていた。志摩子にとっても、自分にとっても、生涯二度とない、特別の誕生日であった。だが、その晩をどうすごすかは、まだ決めていなかった。

四日……と正臣は考えた。四日まではふたりとも、執行猶予を与えられているも同然だった。

志摩子は滋男に、沖縄に撮影旅行に行き、四日に戻る、と言ってある。それまでに滋男が志摩子と連絡をとろうとして、携帯がまるで通じなくなっているのを不審に思う可能性はあったが、最終的に志摩子が事を起こしたことが明るみに出るのは、四日を過ぎてからになる、と考えてよかった。

そして、四日というのは、その意味でのタイムリミット……正臣と志摩子が、かろうじて世間で騒がれずにいられる、最後の日だった。その日が志摩子の誕生日にあたる、というのは、何か因縁めいていることのように感じられる。

バンの窓の外を、上海の夜の明かりが幾筋もの、黄色い線となって流れすぎていく。十時をまわったというのに、街は昼間のように明るく、通りを行き交う車はクラクションを鳴らし続け、絡み合い、重なり合った色とりどりのネオンの群れが、漢字や英文字の夥《おびただ》しい数の看板を照らし出している。

暑い夜を外ですごそうと繰り出してきた人々が、プラタナスの街路樹の下をそぞろ歩き、自転車とバイクがその脇を器用に走り抜けて行く。その中の一台の自転車の荷台では、食用バトと思われるたくさんのハトが、金網越しにひしめいているのが見える。

正臣たちを乗せたバンを運転している中国人運転手が、交差点にさしかかって、大きく長くクラクションを鳴らす。それに呼応するかのように、周囲を走る車もクラクションを鳴らし返す。バンの窓は全部閉まっているというのに、街が放つ音が、洪水のようになって車内になだれこんでくる。

紫薇と清水が、志摩子の誕生日をどこで祝えばいいだろう、と相談し合っている。清水が正臣を振り返り、「せっかくの誕生日、俺たちと一緒でもかまわないのか」と、からかうような口調で聞いてくる。

もちろんだよ、と正臣は笑顔で答える。

すごく嬉しい、是非一緒にすごしてくださいい、と志摩子も弾んだ声を出す。

紫薇の携帯が派手な着信メロディを奏でながら鳴り出し、彼女が「あ、ちょっとごめんなさい」と言ってから声高に中国語で話し始めた。紫薇の口にする中国語が、ここが異国であることを正臣に実感させた。

正臣はシートの上で志摩子の腰に手をまわし、抱き寄せた。「疲れただろう」

少し、と志摩子は囁くように答えた。

目と目が合った。青や緑のけばけばしいネオンの明かりを受け、志摩子の顔が美しい幽鬼のようになって、青白く闇に沈んだ。

正臣はふいに烈しい欲情を覚えた。それはあまりに烈しい欲情で、清水夫妻が同乗していなかったら、車の中で志摩子を押し倒し、その胸や腰をもみしだきながら、獣のごとく交接してしまいそうなほどであった。

そっと志摩子の頬にくちびるを寄せた。甘い汗の香りがし、志摩子の息が彼のくちびるにかかった。抱き寄せていた彼女の腰をいっそう強く抱き、正臣は炸裂しそうになるものを抑えこみながら、歯を食いしばるようにして前を向いた。

清水がとってくれたホテルの部屋は三十八階。エグゼクティブフロアにあるスイートルームだった。

贅沢なドレープがあしらわれたダークイエローのカーテンは、開いたままになっている。窓の外には、上海の夜景が拡がっている。

深夜になっても外は蒸し暑い。外気温と室温とに温度差がありすぎるのか、ガラス窓がうっすらと曇っている。

ホテルの周辺は下町ふうで、車の部品関係の小さな店やオフィスが軒を連ねている。

あたり一帯は車の通行量も多く、夜も更けてきたというのに、防音が施されているはずの窓を通して、かすかに車のクラクションの音が室内にも流れてくる。

彼方にそびえ建つ幾つもの高層ビルの、窓という窓は、夜も更けたというのに、どれも明かりが灯されていて、林立する発光体か何かのように明るい。音と光と湿度とが、夜の闇を蹴散らしながら、上海という街そのものを包みこんでいる。いっときも休まずに、音も光も、朝までこのまま消えることはないのだろう、と思わせる。

志摩子が疲れきった顔ながら、感無量、といった表情で正臣に微笑みかけ、寝室に足を向けた。正臣はつき従うようにして、彼女のあとに続いた。

キングサイズのベッド脇のランプシェードから、黄色い明かりがこぼれている。その時になって正臣は初めて、自分たちが、ここに到着してから、どれほど部屋を散らかり放題にしたまま、外出していたかを知った。

ベッドの周囲には、志摩子が持ってきた白いスーツケースと、自分が持ってきた緑色のスーツケースがそれぞれふたつずつ、蓋が開いたままの状態で散乱している。中に詰められた衣類が何枚か、床にはみ出し、ふたりのTシャツやら志摩子のワンピースドレスやら、色とりどりの志摩子の下着が詰められた透明な袋、大きな化粧ポーチなどがベッドの上に投げ出され、ふたり分の靴がどういうわけか、てんでんばらばらに混ざり合いながら、寝室の片隅に転がっている、というありさまである。

志摩子は窓辺に佇《たたず》んだまま、外を眺めていた。正臣が背後から彼女を抱きしめようとすると、志摩子は待っていたかのように、くるりと彼を振り向き、自ら正臣を求めてきた。ふたりは、胸骨と胸骨とをこすりつけるようにして強く抱き合った。

「来てしまったわね」

「ああ、来てしまった」

「なんだか、頭の中が空っぽになったみたい。なんにも考えられない」

「俺もだよ」

「旅行に来ているだけのような感じもする。大それたことをしている感じは全然しない」

いや、やっぱりこれは大それたことなのだ、俺たちは気が狂っていると思われるほどの過《あやま》ちをおかしているのだ……そうした認識は確かにある。だが、正臣はそれでもなお、自分は自分たちがとった行動を決して否定はしない、と確信をこめて思う。

ここまで来てしまった以上、もう後戻りはできなかった。しようとも思わなかった。あとはもう、激流に身を任せて流れていけばいい。

開き直っている、とは思わなかった。単に開き直っているだけなら、すべてをいい加減にごまかして逃げて来たはずだった。

俺はごまかしてはいない、と正臣は思う。妻のことも子供のことも仕事のことも、後処理は十全に行うつもりでいた。自分たち以外の人間に被《こうむ》らせる迷惑は、最小限度にとどめる準備もできていた。

そんなことを考えながら、しかし、今さら、そんなことがいったい何だというのだ、という気持ちが頭をもたげてくる。後処理も何もなく、もともと自分たちがとった行動は、それを実行に移した瞬間、一切合切を捨て、背を向け、記憶を消すことに他ならなかったのではあるまいか。

正臣は強く目を閉じるなり、志摩子の短くなったやわらかな髪の毛にくちづけをした。そう。これでいい。案じる必要は何もない。何が間違っていて何が正しいのか、健全な道徳精神とやらの呪縛《じゅばく》から逃れきれず、ものごとの本質を一生、知りもしないで死んでいくようなやつらに、聞き飽きたような説教をされたところで、俺の知ったことではない。

おまえらは、ここまで女に惚れたことがあるのか、こういう恋愛をしたことがあるのか、と聞き返したかった。世間のおおかたの連中は、内心、レンアイというものを小馬鹿にしている。いつかは必ず色褪せるものなのに、相手の中におめでたい幻を見て、すべてを擲《なげう》つのは阿呆《あほう》のやることだ、人非人のやることだ、と決めつけている。

すべてとは何か。家庭、子供、妻、仕事、会社、友人、愛すべき習慣、愛すべきこの世界、この宇宙……。

バンに乗っていた時に感じた烈しい欲情が蘇ってきて、はいているチノパンツの股間がはちきれそうになっている。滑稽《こっけい》なほどの欲情ぶりである。現在の状況、そこはかとない不安、緊張と反比例するかのように、正臣の中にある命の源が、ただ、ただ、まっすぐに志摩子を欲している。

窓の向こうから、夜の街がうねっているような気配が伝わってくる。都市の放つ地鳴りのような、そのうねりの中に身を任せていると、いっそう欲情がつのってくる。彼は急《せ》く思いで志摩子のくちびるを求めた。

信じがたいほど甘い蜜が互いの口を充たし、志摩子は早くも可愛い喘《あえ》ぎ声をもらし始め、その声を耳にして、正臣の興奮はいや増しに増した。彼はつと、前かがみになるなり、彼女を床から掬《すく》うようにして軽々と抱きあげた。

もう何も考えられなかった。異国の地で初めて志摩子と交わす性以外、重要なことはこの世に何ひとつないような気がした。

ベッドの上に志摩子を寝かせ、散らばっていたシャツやワンピースを、それがしわくちゃになるのもかまわずに片手で乱暴に床にまきちらし、ベッドカバーもそのままに、シャワーも浴びず、汗と疲れと切ないような解放感に充たされた互いの身体を貪《むさぼ》り合いながら、正臣は志摩子の名を呼び続けた。

志摩子、志摩子、志摩子……。離さないよ。

愛してるわ、愛してるわ、と志摩子は声をあげた。ふたりの肌が放つ熱気の中に、その声はすぐさま溶けていった。

あれほど冷房が効いている、と思っていたのに、烈しい動きのせいか、正臣の身体はすさまじく汗にまみれた。頭皮から額からこめかみから、しとどにあふれる汗は玉と化した。

シーツの上に、玉の汗が音をたてながらこぼれ落ちていく。自分の汗なのか、彼女の汗なのか、あるいは涙なのか、わからない。

志摩子の睫毛《まつげ》が濡れ始めたかと思うと、瞼《まぶた》をゆっくり閉じたり開けたりしながら、睫毛を濡らしていたものが目尻にまで届き、やがて志摩子のこめかみから、一条の透明な水が流れ落ちるのがはっきり見えた。正臣はいとおしさと切なさに、胸がうち震えるのを覚えた。

ぼとぼと、と音をたてて、汗が乾いたシーツに滴り落ちる。泣きたいのか、単に獣のように欲情しているだけなのか、いとおしいのか、悲しいのか、もう何もわからない。死ぬことも厭《いと》わぬ烈しい何かが身体の奥底からあふれ出し、出口を求めて今にも爆発しそうになった時だった。

正臣は自分の下にいる志摩子が、快楽と激情、不安と悲しみ、至福と絶望とにかられるあまり、顔をゆがめ、ほとんど号泣に近い泣き声をあげながら、「正臣！」とひと声、細く甲高く叫んだのを聞いた。

上海の街の中心部……しゃれたブティックやレストランなどが建ち並ぶエリアは、プラタナスの街路樹が見事である。晴れた日には、夏の木もれ日が舗道で躍り、鬱蒼《うっそう》とドームのように生えそろった緑の葉が、車道を被《おお》う。

貧富の差は烈しい。ベンツやBMWなどの高級外車が走っているかと思えば、その脇をタイヤがパンクしかけたような、錆《さび》の浮いた自転車が数珠《じゅず》つなぎになって、チリチリとけたたましくベルを鳴らしながら通り過ぎて行く。

高級ブランドのブティックが建ち並ぶ、どこの都市でも見られるような洗練された通りから、一歩裏に入ると、昭和三十年代の上野駅周辺、アメ横あたりにあったような、小さな庶民的な店が軒を連ねている。何の理由で取り壊されたのか、石造りの建物が瓦《が》礫《れき》と化したまま、雑草すら生えそうにない乾いた空き地に放置されている一角も目につく。

ひとつところに、埃《ほこり》にまみれた瓦礫と超高層ビルと都市的な洗練とが同居している。豊かさと貧しさ、再生と破壊とが、何ら違和感なく溶け合っている。

すべてが人工的で、にもかかわらず、いきいきとした時間の堆積と命の躍動が感じられる。街が孕《はら》む喧騒《けんそう》とエネルギーは、そんなところから、ぶくぶくと泡をたてながら沸きあがってくるように思われる。

志摩子とふたり、清水から紹介された賑やかな上海料理の店で夕食をとり、外に出ると、遅い時刻だというのに、花売りの少女が正臣に駆け寄って来る。十二、三歳の、あどけない顔をした、まだほんの子供である。紹興酒《しょうこうしゅ》の酔いにぼんやりとした彼の頭の中に、ふと、残してきた春美と夏美のことが蘇る。

少女は、まくしたてるように中国語で話しかけてくる。うまく伝わらないのだが、一本五元で薔薇《ばら》の花を買ってほしい、と言っていることがじきにわかってくる。汗じみの浮いた白いブラウスに、貧相な紺色のスカートをはいている。追いはらっても追いはらっても、ついてくる子犬のようなしつこさである。

正臣は十元を少女に渡し、釣り銭はいらない、と身振り手振りで言って、しおれかけたような赤い薔薇を一本買う。

少女は「謝謝《シエシエ》!」と大声で言い、にっこりした途端、何か悪いことでもした後のように、踵《きびす》を返して一足飛びに去って行く。

志摩子はその一輪の薔薇をホテルの部屋に持ち帰り、浴室にあったコップに水を入れて、大切そうにベッド脇のサイドテーブルの上に飾った。

そういう志摩子を正臣は愛した。

租界《そかい》時代に建てられた古い建造物がそのまま残されている。市内を流れる黄浦江《ホアンプージアン》沿いには、八十八階建ての超高層ホテルがそびえ、川をへだてて、外灘《ワイタン》と呼ばれているエリアには、アヘン戦争後、数多く建てられてきたアールデコ様式の建造物が並ぶ。その一角は、夜になると一斉にライトアップされ、上海という街の、シンボリックな妖しい光の渦を惜しげもなく撒《ま》き散らす。

昼間の暑さは夜も続く。どこに行っても冷房がきつく、外気温との落差に慣れるまでに、時間がかかる。とはいえ、身体はすぐに暑さにも、冷房のきつさにもなじんでいく。そんなつまらないことを気づかっていては生きていけないような、こわいほどの活力が街を被い尽くしていて、肉体がすさまじい速さで、それらに順応していくのがわかる。

未来のない自分たちに、上海という街は強引に未来を押しつけてくる、と正臣は思う。街が吐き出してくるエネルギーに、時として、負けそうになる。

負けそうになりながら、それでも志摩子と手をつなぎ、汗をかきつつ、日毎夜毎、正臣は街を歩き続けた。湿度と熱気の中、これがまごうことなき現実であるとわかりつつ、あらゆる記憶がおぼろなものと化していくのを感じた。

未来はないが、甘美な刹那《せつな》は持続していた。それはあまりに甘美すぎて、時々、これは逃避行などではなく、ただ単に自分が志摩子とふたり、長期のバカンスを取り、上海に観光旅行に来ているだけなのではないか、と錯覚しそうになるほどだった。

誰も志摩子だとは気づかない。すれ違う夥しい数の人間たちの中には、日本人はもちろんのこと、志摩子が出演した映画を観たことのある中国人、韓国人、あるいは白人たちもいて、高木志摩子という女優のことをよく知っている者も、驚くほど多くいたのかもしれない。だが、ボーイッシュなセシールカットにしてスニーカー、もしくは、フラットなサンダルをはき、着ているものはジーンズにありふれたカットソー、室内でも外す必要のない色の薄いサングラスや、度の入っていないチタンフレームの眼鏡をかけているだけの志摩子はもう、「女優・高木志摩子」ではない。ひとりの男と身を隠しつつ異国に逃げのびてきた、ひとりの女でしかなかった。

大使館関係者や上海在住の若者たち、アッパークラスの人々に絶大な人気を誇る新《シン》天地《ティエンディー》で、T8《ティーエイト》という名のレストランにふたりで入り、地中海料理の遅い夕食をとる。洋館造りの建物の窓の外には、迷路のような狭い路地が伸びている。

毛足の長い白い犬を連れた中国人の家族連れ、手をつなぎ合っている恋人同士、観光客とおぼしき白人の老夫婦、それぞれの腰にそろいのゴールドチェーンを巻きつけながら、並んで歩いている黒人の屈強そうな男ふたり……様々な人々が、建物からもれる淡い明かりがたちこめた薄暗い、湿った夏の路地を、そぞろ歩いている。

店内は薄暗い。小さな食卓の蠟燭《ろうそく》のランプの明かりがガラスに映り、そこに志摩子の横顔が映し出される。

これは夢か、と正臣は思う。ワインに酔っているせいではなく、異国の街の見知らぬ店にいるからでもない。一切の現実感が曖昧《あいまい》になり、自分が何者であるのかも定かではなくなってくる。

日本が遠い。東京が遠い。見知っている人々、友人知人、家族、そのすべての顔が遠く儚《はかな》い。

「正臣」と志摩子が呼びかける。「何を考えているの」

あなたを見ていた、と彼は言う。「窓に映っているあなたを」

志摩子が窓ガラスに目を向ける。自分と志摩子の顔がガラスに映る。揺れる蠟燭の焰《ほのお》の中、四つの目が、とろりと溶けた黒く甘やかな蜜のようになって、外の薄闇に滲《にじ》んでいく……。


七月四日、清水が志摩子の誕生日を祝うために予約してくれたのは、「ザ・ヨンフー・エリート」という名の会員制レストランだった。永福路《ヨンフールー》にある、元イギリス領事館だった瀟洒《しょうしゃ》な洋館である。

清《しん》朝建築が部分移築されている館内の備品は、すべてアンティークで統一され、厳しい入会基準をパスした人物でなければ会員資格を取得できない。清水利男は数年前に会員として認められた。本人とその家族は常時、利用可能だが、ビジターとなれば、会員同伴であってさえ、受け入れてもらえるのは一度限りの店である、と聞かされた。正臣は、古い友人が、苦労を重ねた末に、上海の地で事業を本格的に成功させたことを心から讃《たた》えつつ、からかった。

「大したもんだな、おまえも。ハリウッド映画ふうに言うなら、一大サクセスストーリーの主人公だよ。いい友人をもって、俺も志摩子も幸運だった」

フッフッフ、と清水は低く不敵に笑い、「ここではせいぜい、利用してくれればいいさ」と言った。

店内は満席状態であった。彼らが寛《くつろ》いでいるのは、四人掛けのテーブル席である。二人用の長椅子には、ゴブラン織の鶯《うぐいす》色をしたクッションがついている。席は焦げ茶色のどっしりとした、ガラスのはまった木製屛風《びょうぶ》で仕切られていて落ち着ける。

テーブル脇の通路の天井の一部が、ガラス張りになっている。そこから月が見えている。満月に近い月である。

シャンペンとワインの酔いがまわり、頭の芯が朦朧《もうろう》としている。ガラス越しに見上げる月が、揺らぐ視線の中でいびつに見える。

「月だよ」と志摩子に教えると、志摩子はうなずき、「そうね」と言う。

志摩子四十九歳の誕生日を、ふたりで上海で祝うことになるとは夢にも思わなかった。しかもふたりとも、現実に背を向けている。現実を捨て去っている。信じがたく大それたことをしでかしている。

明日以降、間違いなく自分たちの逃避行が明るみに出る。そうなったら、どうなるのか。いつかは日本に戻るのか、戻らぬままに、この街からさらに遠くに飛ぼうとしているのか。

今後、どうすべきなのか、どうなっていくのか、一切、わからない。未来はすべて闇の中にあり、初めのうち抱いていた、そこはかとない不安も、次第に薄れつつある。ともすれば消え去ってしまったような錯覚にもかられる。

志摩子は、レモンイエローのワンピースドレスを着ている。ドレスはこれ一着しか持ってきていない、と言っていた。やわらかな生地のドレスで、ひとまわり痩せた志摩子の身体の、美しく流れるような線が際立つ。

志摩子は十七歳にも見えるし、三十三歳にも、四十歳にも見える。年齢がわからない。上海に来てからいっそう、わからなくなった。

セシールカットの髪形が、かえって女らしさを引き立てている。銀色の小さなイヤリングが、その耳朶《じだ》にゆらゆらと揺らいでいる。

食事が進み、デザートの段になって、志摩子が化粧室に立った。志摩子の姿が消えると、紫薇《ツーウエイ》は手慣れた様子でギャルソンを呼びとめ、中国語で何か言った。ギャルソンを急かしている様子だった。

まもなく、銀のトレイに載せた小ぶりのバースデーケーキが運ばれてきた。白い生クリームの上に、英文字で書かれた志摩子の名と、ハッピーバースデーの文字がチョコレートで描かれている。細い蠟燭が四本。紫薇がまた、ギャルソンに何か言うと、ギャルソンはにこにこしながら、ポケットからマッチを取り出し、蠟燭に火を灯した。

化粧室から戻って来た志摩子は、目の前に置かれたバースデーケーキを見て、歓声をあげた。

「私と利男からの、ほんのお祝い」と紫薇が言った。「お誕生日、おめでとう。さ、志摩子さん、蠟燭、吹き消して。いっぺんに消さないとだめなのよ。日本でも同じでしょ？」

志摩子は大きくうなずき、隣に坐っている正臣をちらりと見てから、両肩に力をこめて息を吸いこんだ。志摩子の息を受けて四本の蠟燭が一度に消え、蠟の溶ける香りがあたりを充たした。

紫薇が「ハッピーバースデー・ディア・シマコ」と陽気な歌声をあげた。清水がそれに合わせて手を打ち鳴らした。

志摩子は目を輝かせながら、もう一度、正臣を見た。その目がかすかに潤んでいるのを見て、正臣は胸塞《ふさ》がれる思いにかられた。

俺のために、何もかも捨て去ってきた女だ、と彼は思った。この人は著名な女優であり、才能あふれる役者であり、誰もに愛され、求められ、中でも、最も彼女を愛してきたのであろう夫をも置いて、ここまでやって来たのだ、と思うと、その覚悟、その真剣さ、その悲しみの深さが手にとるようにわかるのだった。

　俺のせいか、とも考える。俺さえ、こんな提案をしなければ、いや、俺とさえ出会わずにいられたら……出会ったとしても、恋におちていなければ、彼女は今頃、東京にいて、四十九歳の誕生日を夫か、敦子か、もしくは俳優仲間の幾人かと祝い、陽気に酒に酔いつつ、夏のひとときを楽しんでいたのではないだろうか。切ない涙を浮かべなければならないような誕生日をすごさずにすんでいたのではなかろうか。

　そうした思いを打ち消すようにして、正臣は志摩子の肩を抱き、「誕生日おめでとう」と言った。そして、清水夫妻の見ている前で、つと、志摩子の顎を引き寄せ、そのくちびるに軽くキスをした。

「志摩子さん、漂亮《ピャオリャン》ね」と紫薇がしみじみと言った。「ね、奥平さん、漂亮、ってわかる？」

「いや、わからない」

「美人、ってことよ」

　正臣は「ああ、そうか」と言った。「漂亮。そうか。志摩子はピャオリャンなんだ」

「男の人のハンサムは何て言うの？」と志摩子が聞いた。

「英俊《インチュイン》」と紫薇が言った。「ハンサム、って言うよりも、いい男、って感じかな」

「インチュイン」と志摩子が、上気した顔で正臣を見て、囁くように言った。

「ピャオリャン」と正臣も返した。

清水と紫薇とが、はやしたてた。清水が指を鳴らしてギャルソンを呼んだ。テーブルの上のグラスに淡い琥珀《こはく》色のシャンペンが恭《うやうや》しく注がれ、四人は今一度、陽気な声をあげてグラスを重ね合わせた。

ガラス天井の向こうの月が移動して、背の高い木の梢に懸かっている。月明かりが、ガラス全体を青白く染めている。

紫薇が志摩子に「一緒にチャイナドレス、作りに行かない？」と言っている。彼女なりに気をつかい、この、なんとも面妖《めんよう》な状態にあるカップルを少しでも楽しませようとしてくれているのがよくわかる。

志摩子もそれを受け、「行きましょう！」と答えている。「そうだ、正臣。そのチャイナドレスを私にプレゼントしてくれない？　誕生日の贈り物として」

ああ、いいね、いい考えだね、と正臣は志摩子に晴れやかに微笑みかける。「そうしよう。いいよ、一番高いチャイナドレスを作らせよう」

行こう、行こう、と紫薇が両手を打ち合わせる。「志摩子さん、奥平さんに全部買ってもらえばいいよ。靴とか、バッグとか、ドレスに合うものも売ってるから。いい店、あるんだ。私がよく知ってる店だから自由が利くし、そこなら腕も確か」

志摩子がうなずき、ありがとう、と言って微笑み返す。

漂亮《ピャオリャン》、と正臣は胸の内でつぶやく。俺だけの漂亮……。

シャンペンを飲み、運ばれてきたエスプレッソと共に、切り分けたケーキを食べ終える頃、ガラス天井の向こうの月は姿を隠して、そこはもう、薄墨色の闇に包まれていた。

第二十一章　志摩子

ほとんど贅肉というものがついていない、痩せた長身の中国人女性が、メジャーを手に志摩子の身体の採寸をしている。

首まわり、袖ぐり、胸、ウェスト、スカート丈……測り終えるたびに、大きな声で試着室の外にいる、もうひとりの女性にサイズを伝え、メモさせる。万事てきぱきしていて、動きに無駄がない。べたべたとまとわりついてくるような職業上の愛想のよさは皆無である。適度にぞんざいに扱われている、という感覚が志摩子にはかえって気持ちがいい。

新天地の近くにあるチャイナドレス専門店である。

間口が狭く、奥に長く伸びている小ぢんまりとした店の一角に、カーテンで仕切られただけの試着室がある。志摩子はそこで、採寸用に試着したチャイナドレスを着たまま、大きな鏡を前にして立っている。光沢のある青いドレスは膝丈で、ほとんど下着の線すれすれのあたりまで、両脇に深いスリットが入っている。

どれほどスリットの深いものであっても、チャイナドレスは公式の席にも着ていくことのできる正装と見なされている、と紫薇《ツーウェイ》から聞かされた。ただし、生地はあくまでも質の高いものを選ばねばならない、安手の生地を使ったものは、やっぱり安っぽく見えるから、というアドバイスを受け、志摩子が選んだのは、光沢のある墨色の地に、くすんだ桜色と銀色の模様がまばらに入った、比較的、硬い感触の生地であった。

試着室のカーテンは開け放されたままで、紫薇が何やら一生懸命、店の女に説明を続けている。これからオーダーするドレスのデザインについて、細かい指示を与えているようである。

店の女は忙しくうなずいたり、首を横に振ったり、紫薇の言うことを復唱してみせたりしながら、いきなり、志摩子の乳房のあたりにメジャーをあてがった。志摩子を見上げながら、何か口早に言っている。

紫薇がおもしろそうに志摩子に通訳してきた。「乳首と乳首の間のサイズを測るから、乳首の位置を教えてください、って言ってるの。あのね、志摩子さん、チャイナドレス作る時は、乳首と乳首の距離って、けっこう大事なんだよ」

傍《そば》に立って志摩子を見守っていた正臣と思わず顔を見合わせ、志摩子は感嘆の声をあげた。「知らなかった。でもそうよね。考えてみれば、大事よね」

「うん。チャイナドレスは身体の線がしっかり出るからね。おっぱいの位置が合ってても、乳首の位置が違ってたら、ドレス着た時に、胸のところに微妙に皺ができちゃうのよ」

大きくうなずいた志摩子が「ここ」と日本語で言いながら、両手の人さし指を使って左右の乳首の位置を示すと、店の女はにこりともせずに、再びてきぱきと乳間のサイズを測り始めた。

正臣が眩《まぶ》しそうな目をして、鏡に映る志摩子を見つめている。鏡の中で、目と目が合う。そのたびに、火照《ほて》ったような気持ちが志摩子の中をかけめぐる。

採寸用に着てみただけの青いチャイナドレスではあったが、それはまるで志摩子のためにわざわざ誂《あつら》えたかのように、志摩子の身体にぴたりと合っている。この一、二か月というもの、体重は落ち続け、無駄なものがすべて削ぎ落とされた身体になった。

それでも、胸のふくらみや腰の張りは失われるどころか、かえって強調されたような気がする。正臣の目が丹念に真剣に、そんな志摩子の身体の線を愛撫していくのがわかる。

性を交わしている時以上に、正臣との一体感が感じられる。髪形をセシールカットにしたせいで、よりいっそう小さく見えるようになった志摩子の顔に赤みがさす。その顔を鏡の中で正臣がとらえ、再び視線と視線が優しく、官能的に交わる。

ガラス張りになっている店の外には、曇り空が拡がっている。午後になっていっそう蒸し暑さが増した。店内は冷房が効いているが、少し動くと汗ばむほどである。

近くにある新天地で昼食をとった帰りなのか、都会的な装いの中国人たちが何人も、プラタナスの街路樹の続く舗道を行きかっている。その口から発せられる異国の言葉が、声高に店内にまで響きわたってくる。

昨日だったか、一昨日だったか、正臣と街を歩いていて、正臣が言ったことが思い出された。「マルグリット・デュラスの小説にあったな」と彼は言った。「何の小説だったかは忘れたけど、主人公の女が言うんだ。中国語っていうのは、いつでも叫んでいる言語だ、って」

その通りだ、と志摩子も思う。

中国人は本当に、いつでも叫んでいるように見える。不安や悲しみや怒りをぶつけるという意味での甘ったれた叫びではない。ただ、まっすぐに何かを表現するために、自らの存在を主張するために、前へ前へと進むために叫んでいる。

叫びと叫びとが呼応しなくても、いっこうにおかまいなしだ。互いが叫び続け、相手の言っていることを聞いているのかいないのか、それでもそこに会話が成立している。そんな印象を受ける。

街全体が、音にまみれている。人の声や車の鳴らすクラクションの音や、食事時の食器の音、水を流す音、地面を叩く雨の音、そしてまた、叫ぶように飛び交う中国語……人々は命と命をぶつけ合うようにして生きている。死や病や衰弱、絶望や虚無感などを簡単に蹴散らしてしまうほどの生命力が、そこにある。

採寸を終え、志摩子は着替えをすませて試着室を出た。レジのあたりで紫薇が何やら大声でしゃべっていた。オーダー料がいくらになるか、仕上がり引き渡し日をいつにしてほしいか、ということを交渉している。

正臣と並んでその様子を見ていると、紫薇が元気よく笑顔で振り返るなり、言った。

「志摩子さん、このお店のみんながね、言ってるよ。チャイナドレスを作りにきた日本人の中で、こんなに似合う人、いなかったって」

ここが東京ではない、日本ではない、ということを志摩子は改めて実感した。自分は「チャイナドレスが似合う、観光客としての日本人」にすぎず、女優高木志摩子でもなければ、坂本の妻、坂本志摩子でもないのだった。

名前のない女になっていられることが、志摩子を束の間、安堵《あんど》させる。ここでは気兼ねすることなく、正臣と手をつなぎながら歩くことができる。こそこそせずに、路上で、タクシーの後部座席で、軽くくちびるを触れ合わせることができる。どこにいても、ふたりは素早く雑踏の群衆に溶けて、やがて誰でもない誰か、になり、存在そのものの見分けすらつかなくなるのである。

「ドレスが仕上がったら、それを着て食事に行こう」と正臣が志摩子の腕をとりながら囁いた。

「どこに？」

「どこにでも。とびきりの高級レストランでもいいし、逆にごみごみしたところにある、賑やかで庶民的な上海料理の店でもいいし」

「庶民的なところに行きましょう。すぐ隣の席で中国人の家族がわいわい、賑やかに食事してるようなところ」

「そうだね」と正臣は言った。「でもかえって目立つかな」

「平気。中国人になりきってみせるから」

正臣は微笑し、紫薇や店の女たちが見ている前で、志摩子の頬にキスをした。

いつもの正臣の、いつもの仕草には違いなかったが、どこか芝居がかったものに感じられた。どういうわけか志摩子はその時、彼の中に錆《さ》びついて離れなくなっているのであろう、強い不安の匂いを嗅ぎ取った。

それは、何故、自分たちはここにいるのか、これからどうするのか、という不安だった。また、愛のために欲望のために、志摩子から女優という職業を奪い取ろうとしている男が感じるに違いない不安でもあった。

こんなことをしても、何の解決にもならない、いつかは終わりがくるのだ、という思いが度し難くふたりを苦しめている。それなのに、これ以外のことができない。その意味で言えば、正臣の不安は志摩子の不安でもあった。互いに同じ苦しみを生きている。ふたりが深くつながっていけばいくほど、苦しみは増し、苦しみが増せば同時にまた、ふたりはいっそう強く分かちがたく結ばれていく。循環し続ける苦悩と至福は、絶えることがないのである。

上海に来て七日目。七月七日になっていた。

何も起こらなかった。少なくとも、何かが起こっている、という気配は感じられなかった。

遠い海の向こう、自分が生まれ、育ち、ほんの数日前まで暮らしていた国の、テレビや新聞や週刊誌で、自分たちのことがかまびすしく報道されていることはわかっていた。何の報道もされず、何ごともなかったかのように、マスメディアが沈黙しているはずはなかった。

沖縄で撮影の仕事がある、と嘘を言い、家を出てからすでに一週間。帰宅予定の四日をすぎても連絡がつかないとわかれば、志摩子の失踪が、滋男の中で真っ先に正臣と結びつけて考えられるのは明白だった。世間体など考える余裕もなく、すでに滋男は警察に捜索願を出しているかもしれなかった。

正臣サイドの関係者も同様で、某《なにがし》かの手段を講じているに違いなく、敦子が正臣の妻と連絡を取り合い、重苦しい協議を始めている可能性もあった。

志摩子は滋男のことを考えた。どうしているのか。どんな状態でいるのか。怒っているのか、苛立《いらだ》っているのか、悲しんでいるのか、絶望しているのか、あるいはその全部なのか。

いっそ、男と行方をくらましたまま、志摩子など死んでくれればいいと思っているのか。それとも、あまりに馬鹿げた事態に直面し、気力さえ失って、自分が死んでしまおう、などと考えているのか。

時折、モモのことも頭をよぎった。何年か前、映画のロケで、志摩子が北海道にひと月近く滞在した時、モモが志摩子恋しさに食欲を失って、あげくに頭の脇に大きな円形脱毛を作ったことを思い出した。

猫など、飼い主のうちのひとりがいなくなったとしても、立派に生き延びていける、と思いながら、モモに限っては違うのではないか、などと考える。ただでさえモモは老いている。このことがきっかけで元気を失い、一挙に寿命も尽きてしまうのではないか。

家を出る前に、モモを抱きあげ、鼻先にキスしてやることができなかったことを志摩子は思い出す。寝室の、いつもの籐《とう》の籠《かご》の中でモモはその時、眠りこけていた。モモに別れの挨拶をするため、今いちど、滋男のいる部屋に入って行く勇気はなかった。

すでに滋男には「行ってきます」と言ってあった。彼はベッドに横向きに寝ており、志摩子のほうは見なかった。見ないまま、「気をつけて」と応じただけだった。

今、志摩子の想像の中にいる滋男は、癌《がん》細胞発生を抑える効果がある、と言われている、例のミネラルウォーターを手にし、ソファーに力なく座っている。表情はやつれ果てている。その足もとのあたりにモモがいる。モモは毛づやが悪い。不安げな顔をして滋男を見上げている。滋男はモモに目もくれない。

やがて滋男はソファーからのそりと立ち上がり、キッチンに行く。そして、飲みかけだったミネラルウォーターを全部、流しにぶちまけたかと思うと、空になったペットボトルを床めがけて、力まかせに投げつける。

投げつけられたペットボトルが床から壁に飛び、思いがけず大きな音をたてる、その音を実際に耳にしたような気がして、志摩子は思わず固く目を閉じる。

どちらが現実なのか、わからない。想像の中に生まれる滋男の映像が現実で、今ここにいる自分が虚構なのか。

あるいは、この真夏の上海で流れる時間にまかせながら、行き着くところまでいこう、と覚悟を決めている今現在こそが、まぎれもない現実なのか。置き去りにしてきたしがらみの数々は、封印された、遠い過去の記憶にすぎないのか。

チャイナドレス専門店を出て、仕事に戻るという紫薇に礼を言って別れ、志摩子と正臣は歩き出した。午後三時。空に垂れこめていた雲はいっそう厚くなり、湿度も増した。

准海中路《ファイハイズンルー》に出て左に曲がり、どこまでもまっすぐ、歩き続ける。手をつなぎ、時にそれをほどいては、互いの腰に手をまわす。舗道には人があふれ、車道には車がひっきりなしに行き交って、あたりは喧騒に包まれている。

すれ違う人たちの、ポケットやバッグの中で鳴り出す携帯の、賑やかな着メロの音が、右から左から絶え間なく聞こえてくる。表通りに面した店という店からも、それがランジェリーショップであろうが、食料品店であろうが、靴屋であろうが、どの店からも、音楽が流れてくる。

人々は笑い、声高にしゃべり、何かを主張し、そこにまた、車のクラクションの音、自転車の急ブレーキの音が重なる。数々の音楽が混じる。

街頭では、イギリス製化粧品のCMイベントが行われている。大音量で流されている音楽が、吹きすさぶ嵐のようにあたりを包みこむ。そして、それらの音の洪水は、ふたりがプランタンの前の大きな交差点にさしかかった時、絶頂に達し、ほとんど同時に大粒の雨が降り出した。

時間をおかずに、すぐさま本降りになった雨の中、志摩子は正臣と手をつないで交差点を駆け抜けた。

ノースリーブのTシャツを着てむき出しになっている志摩子の腕に、頭に顔に、雨滴がはじける。汗のように生温かな雨である。交差点の手前で停まった信号待ちの車が、雨音を蹴散らそうとでもするかのように、クラクションを鳴らし続ける。

「志摩子、俺、傘買ってくるよ。しばらくやみそうにないから」雨から守ろうとするように、志摩子の身体を抱きよせながら正臣が大声で言う。大声を出さないと聞こえないほど、雨の音、街の喧騒が大きい。

「あそこにドーナッツ屋がある。あなたは中に入って待ってて。すぐ戻るよ」

「傘？　どこで売ってるの？」

「わかんないけど、どこか探せばあるだろう。いい？　ひとりで店に入れる？　お金と携帯、もってるね？　何かあったらすぐ俺の携帯、鳴らすんだよ」

成田を出発する時、ふたりでレンタルの国際携帯電話を借りた。むろん、番号は、清水夫妻を除き、誰にも教えてはいない。

プラタナスの葉を雨が叩いている。路面はすでにたっぷりと雨滴を吸いこみ、黒々と濡れ始めている。

ドーナッツの店は、交差点を渡ったすぐ先の、小さな商店がひしめき合うように並んでいる通りに面した右手にあり、ふたりはすでにその前に立っていた。果物屋、雑貨屋、みやげ物店、Tシャツ専門店……どの店からも、賑やかな音楽が路上に向けて流されている。雑多な旋律が、あちこちで不協和音を作っている。

大丈夫よ、と志摩子は大声で言った。「中で待ってる。早く戻ってね」

志摩子がドーナッツ店に入ったのを確認すると、正臣は雨の中を走り出した。

広々とした店だった。雨は降り出したばかりで、雨宿りに使っている客がいるとも思えないのに、中はすでに混み合っていた。ざっと見渡した限り、空席はない。

志摩子はアイスコーヒーを注文し、それを手に、中国人の若いカップルが並んで話しこんでいたテーブルの、空いている席を指さして、坐ってもいいか、と目で訊ねた。カップルは何の興味もなさそうにうなずいただけで、すぐにまた、互いの世界に浸ったかのようにしゃべり出し、志摩子のほうを一瞥《いちべつ》もしなかった。

店内の喧騒は、外の喧騒と異なる。あふれ返っている人々の話し声が、群がる蜂の羽音のようにぶんぶんと、絶え間がない。

外国人らしき観光客はひとりもいない。白人も黒人もいない。異邦人は多分、自分だけだ、と志摩子は思う。

店から出て行く人間よりも、入って来る人間のほうが多い。満席と知って、買ったドーナッツを手に、立ったまま食べ始める若者もいる。

店内にはアメリカンポップスらしき音楽が流れているのだが、客たちの話し声が大きくて、うまく聞きとれない。ガラス張りの窓の外には、傘をさしてプラタナスの舗道を行き交う人々の列が見える。雨足は強くなった。

誰も自分のことを知らないし、見もしない。自分もまた、ここにいる人々のことを何も知らない、と志摩子は思う。思いながら、アイスコーヒーをストローですする。正臣はまだ戻らない。

このままはぐれてしまったら、どうなるのか、と考える。携帯もつながらず、どれだけ待っても、彼が帰ってこなかったとしたら。たったひとり、この、汗と湿度と喧騒にまみれた、言葉の通じない街に取り残されたとしたら。

目の前にいたカップルが、肩と肩とをぶつけ合うようにして、楽しげな笑い声をあげた。右隣のテーブル席に陣取っていた、あまり若いとは言えない男たちの中のひとりが、携帯を使って声高に話し始めた。あちこちで中国語が飛び交っている。店内の喧騒がますます大きくなったような気がする。志摩子のいる場所だけが静かである。

何もいらない、誰もいらない、と志摩子は思った。親切も励ましも、理解も同情もいらない。未来や自由を奪われてもかまわない。ただ、正臣がいてくれさえすればいい。

幾度も幾度も首をまわして、志摩子は入口に視線を走らせた。入口の自動ドア付近には、幼い男の子をふたり連れた若い母親が立っていた。雨宿りに店内に入って来ただけのようである。子供たちがふざけて動きまわるせいで、その向こうにあるガラスドアがよく見えない。

飲んでいたアイスコーヒーの中の氷が、どんどん溶けていく。プラスチック製のコップに張りついた水滴が、滴り落ちてテーブルをコップの形に丸く濡らす。

腕時計を覗いた。店の前で別れてから、十五分は過ぎている。バッグの中にいれてある国際携帯を取り出した。もしかすると、正臣からの電話がかかっていたのに、電源が切られていたのかもしれない。店内が騒々しくて、呼び出し音が聞こえなかったのかもしれない。

だが、電源は入っていた。着信があった形跡もなかった。

さらに時間が流れた。席が空くのを待っている様子の客たちや、容器を回収しながら店内を歩きまわっている従業員の視線が気になる。

いよいよ不安になって、志摩子が身体を大きくねじり、入口付近を振り返った時だった。ガラスの自動ドアが大きく開いたかと思うと、雨に打たれるプラタナスの木々を背に、愛《いと》しい男が中に飛びこんで来るのが見えた。

店内をぐるりと見渡し、すぐに志摩子に気づいた彼は、人の波をぬうようにして急ぎ足で向かって来た。途中、プラスチック製トレイに飲み物とドーナッツを載せて運んでいた若い女とぶつかりそうになった。女は露骨にいやな顔をしたが、彼がそのことに気づいた様子はなかった。

志摩子は思わず中腰になり、彼に向かって手を伸ばした。息をはずませながら志摩子の傍にやって来た彼は、その手を強く握りしめた。掌も髪の毛も濡れていた。着ている黒いTシャツの肩や袖のあたりに、大きな雨の染みができているのが見えた。

彼は目を瞬かせながら、荒い呼吸の中で言った。「なかなか傘を売ってる店が見つからなくて。心配した？」

正臣の手には、二本の黄色い傘が握られていた。志摩子は安堵の中で微笑し、うなずいた。「迷子になった気分よ」

「そういう顔、してる」と正臣はからかうように言った。「九つの少女みたいだ」

その後も連日、午後になると決まったように雲行きが怪しくなり、いっとき烈しいスコールのような雨が降った。だが、それも長続きはせず、じきにやんで、再び照り映える西日の中、雨上がりの街には、ぐっしょりと濡れた暑さが舞い戻った。

何も起こらない、何も耳に入ってこない、ということが、かえって自分たちの不安を駆り立てていることは承知していた。だが、志摩子はつとめて、その話は出さないようにした。

そんな話をしてどうするというのだ。日本で騒がれているであろうことを話題にし、誰それがこう言っているだろう、こう罵《ののし》っているだろう、どこそこの新聞はこう書いているだろう、などと推測してみても始まらない。覚悟の上で事を起こした以上、そうした推測は、しても意味のないことだった。

戻るなら今だ、という時期はとっくに過ぎてしまっている。おそらくは上海という地名が正臣の口の端《は》にのぼったその瞬間から、自分たちはすでに、戻ることの不可能な激流に乗り、果てのない大海原に向かって決然と小舟を漕《こ》ぎ出していたのである……。

そのまま、気味が悪いほど凪《な》いだような時が流れていった。清水利男から正臣の携帯に電話がかかってきたのは、十日朝のことになる。

時刻は九時半になろうとしていた。志摩子はシャワーを浴び終えたところだった。十時までにホテル一階にあるダイニングに入れば、時間をかけてのんびりとビュッフェスタイルの朝食が食べられる。清水と電話で話している正臣を部屋に残し、志摩子はバスルームに戻って、ドライヤーを使い始めた。ごうごうという音があたりを充たし、部屋での会話は聞こえなくなった。

ややあって、バスルームのドアにノックの音があった。そっとドアが開き、正臣の顔が覗いた。未だシャワーの湯のぬくもりをやわらかく残しているバスルームで、その表情は、かすかに強張《こわば》って見えた。

志摩子はドライヤーのスイッチを切った。静寂が戻った。何、と聞いた。

正臣は取りつくろったような微笑をうっすらと浮かべ、「これから清水が来る」と言った。「彼が仕事に出る前に、朝食を一緒にとることにしたんだけど、いいよね？」

「もちろん。紫薇も一緒でしょ？」

「いや、彼ひとりだよ」と正臣は言った。わずかの沈黙があった。「……清水の会社で働いてる日本人の女の人がいてね。三十歳くらいの。彼女はもともと小説好きで、俺が清水の友達だ、ってこと知ってから、俺の本をよく読むようになったらしいんだ。もちろん、俺はその人と一面識もないし、今、俺が上海にいることを彼女が知ってるわけじゃないんだけど……その人がね、仕事で東京に一週間、滞在して、昨日の夜、こっちに戻ってきて……それで清水に……」

正臣をじっと見つめたまま、志摩子は小さくうなずいた。最後まで聞く必要はなかった。「東京で私たちのことが騒ぎになってる、って、その人が清水さんに教えたのね」

そうみたいだ、と正臣は重苦しい口調で言った。「だから清水がここに来る」

そう、と志摩子は言った。こくりとうなずいた。正臣を見つめ、くちびるの端にわずかな笑みを浮かべてみせた。「わかった」

自分でも拍子抜けするほど、気分に乱れはなかった。密《ひそ》かに待ち望んでいた瞬間が訪れて、思惑通りだったことに、ほっと胸を撫でおろしてでもいるかのようであった。

正臣の視線が志摩子を包みこんだ。志摩子は小さくうなずき返してから、再び鏡に向かってドライヤーを使い始めた。

また少し痩せたような気がするが、顔色は悪くなかった。目にも光が漲《みなぎ》っている。

自分の顔に、身を隠す罪人の影が落ちてはいないか、と志摩子は子細に観察してみた。

だが、そんなものは見当たらなかった。夢の終わりを予感させるものも、現実が舞い戻ってきたことに対する恐怖も、何も浮かんではいなかった。そこにかろうじて見分けられたのは、涼やかで平らかな覚悟の表情だけだった。

明るいダイニングホールは、遅い朝食をとる宿泊客で賑わっていた。大半が白人で、中にひと目でアジア人とわかる人間もいたが、少数だった。

志摩子と正臣が連れ立って入って行くと、すでに来ていた清水が手を振り、おはよう、と言った。彼は濃紺のスーツ姿だった。

「この後、顧客と打ち合わせなんだ。こんな堅苦しい恰好で」と苦笑いしながら、彼は「朝のシャンペンサービス、やってるよ」と言った。「僕の話を聞く前に、ふたりとも少し飲んだほうがいいんじゃないかな。いや、少しどころか、たっぷりでもいいんだけどさ」

清水は少しいたずらっぽく笑ったが、その笑顔はぎこちなかった。表情の裏に、友人に向けた深い哀れみが読み取れた。

清水が手をあげると、白い制服を着た中国人のボオイがやって来て、三人のグラスにそれぞれシャンペンを注ぎ入れた。すでに清水が取り分けてきたソーセージやハム、フライドポテト、春雨のサラダ、デザート用のフルーツなどが、テーブルの上の大皿に形よく盛られていた。

三人は見るともなく互いの顔を見ながら、形ばかりグラスを掲げ合った。

「ふたりの熱い恋に」と清水が、ふざけているのか、神妙なのか、わからないような面持ちで言った。「紫薇が志摩子さんに会いたがってた。あいつも心配してる。ゆうべは眠れなかったらしい」

「心配かけてごめんなさい」と志摩子は言った。「ほんと、何て言ったらいいのか……」

「いや、気にしないでください」

ダイニングの片隅に設《しつら》えられていた小舞台では、ピアノの生演奏が始まっていた。映画『シャレード』のメロディが流れ出した。

ふいに志摩子は、自宅で滋男と共に、この映画を観た時のことを思い出した。三年ほど前だった。滋男は「これを観るのは三度目だ」と言い、志摩子は「私は二度目」と言った。手術を受けて退院してきたばかりの滋男が、何か気持ちが明るくなるような映画が観たい、懐かしくなるような古い映画がいいな、と言い、志摩子が自宅のビデオライブラリーの中から、この映画を選んだのだった。

あの時、画面から流れてきた音楽と同じものが、今、ここに流れている、と思うと気が遠くなりそうになった。

ガラス越しに射しこむ夏の朝の光の中、人々の話し声が静かにくぐもったように聞こえてくる。皿にフォークがあたる音がする。皿を手にバイキング料理を吟味している人々が遠くに見える。コーヒーの香り、オリーブオイルやスパイスの香り、パンの香りがたちこめている。

「相当の騒ぎになってるみたいだよ」と清水がおもむろに言った。彼の手にした細長いグラスの中のシャンペンは、すでに半分近く飲み干されていた。

ざっと見渡したところ、三人が座っているテーブル席の周囲に日本人らしき宿泊客はいなかった。だが、清水はやおらテーブルの上で前かがみになるような姿勢をとるなり、声をひそめた。「あなたたちふたりのそれぞれの家族から、捜索願が出されてる。出されたのは五日だよ。双方の家族が協議し合ったのかもしれない。いや、それはただの僕の憶測にすぎないけどね。で、ともかく六日付の全国紙の夕刊にそのことが掲載されて、八日付のスポーツ紙で大々的に扱われたんだ。昨日の朝からは、テレビのワイドショーの芸能コーナーで続々とやられてるらしい」

「そうか」と正臣が言った。言ってから、ふっと力なく笑い声をもらした。

「何がおかしい」

「いや、何も。笑うしかないだろう。こうなるのはわかってたんだし、今さら驚くような話じゃない」

まあな、と清水が言い、姿勢を元に戻した。「時間の問題だったことは事実だよな。ともかく、うちの従業員が驚いてたよ。あのふたりが、ってね。興奮して、いろんなこと聞かれてまいったよ。今、上海にいる、だなんて、言えないし、こっちだって初耳の顔をしなくちゃいけないし、どんな顔すればいいのか、わからなくなってさ。どうする。新聞、見たくないなら俺が保管しておくし、見たいなら……」

「見せてください」と志摩子が言ったのと「見たい」と正臣が言ったのは、ほぼ同時だった。

清水が周囲の視線を気遣いつつ、席の下に置いてあった紙袋から、四つ折りにして束ねられている新聞を取り出した。新聞は全部で四紙あった。全国紙が一紙にスポーツ紙が二紙、タブロイド判の夕刊紙が一紙……。

折り畳まれていたというのに、志摩子の目に「高木志摩子、失踪」という大きな黒い文字が飛びこんできた。指先が黒くなりそうなほど、活字の色が濃い。

正臣がそれらを膝の上に載せ、目立たぬように一紙ずつ開いていった。志摩子は彼とぴたりと寄り添い合う姿勢を取りながら、視線を走らせた。

七月六日付、一般夕刊紙の記事は小さかった。

「高木志摩子さんの夫が捜索願」という小見出しで、「女優の高木志摩子さんが、撮影旅行に出かけると言って家を出てから行方がわからなくなったため、夫の坂本滋男さんが五日夕、高輪署に捜索願を出した」……とあるにすぎない。事件性が懸念されるかどうか、ということや、奥平正臣については触れられていなかった。

ところが、八日付のスポーツ紙は二紙とも凄《すさ》まじい扱いだった。一面トップに「女優高木志摩子」「失踪」「行方不明」「売れっ子人気作家」「許されないダブル不倫」「逃避行」「騒然」といった文字が大きく躍っていた。志摩子の顔写真が何枚も使われており、中には正臣の写真もあった。著者近影でよく使われている顔写真だった。

記事には次のようにあった。

「女優の高木志摩子が、舞台『虹の彼方』で知り合った作家の奥平正臣さんと手に手をとって行方をくらました可能性が高いことは明白である。だが、現在のところ、二人が国内に潜んでいるのか、海外にいるのかどうかは不明で、逃避行した理由も明らかにされていない。高木と奥平さんのダブル不倫は先月発覚し、世間を騒がせた。高木がそのことで悩んでいたことは関係者の証言でもわかっており、二人の安否が気づかわれている。高木の夫、坂本氏と、奥平氏の妻、真由美さんは、心労のあまり臥《ふ》せってしまった、という情報も入ってきている。一刻も早く無事だけでも確認できれば、と関係者は不安をつのらせてはいるが、一方で、〝何があったか知らないが、いい年をした大人にあるまじき、呆れ果てた行為〟として、二人を非難する声も続々と上がり始めている」……

「あとで読んだほうがいい」と清水が低い声で口早に言った。「日本人が入ってきた」

清水の目線を追うまでもなく、その時、テーブル脇を通りすぎて行く若い女のふたり連れが、大きな声で日本語の会話を交わしているのが聞こえてきた。女たちは似たようなデザインのタンクトップに白いスカート、という装いで、シャギーカットにしているミディアム・ボブの髪形までそっくりだった。少し離れたテーブルにつき、好奇心たっぷりといった表情で、あたりをきょろきょろ眺め始めた彼女たちと、視線が合いそうになり、志摩子は思わず顔をそむけた。

正臣は膝の上の新聞を折り畳み、さらに細長く丸めた。志摩子はバッグの中からチタンフレームの眼鏡を取り出して、かけた。

「写真とは全然違って見えるから大丈夫ですよ」と清水が慰めるように言った。「女性は髪形ひとつでえらく変わる。ちょっとやそっとじゃ、わからない。それより少し食べませんか。どんな時でも、食べてさえいればなんとかなる、っていうのが僕の信条でね」

ええ、と志摩子はうなずいた。彼の言う通りだ、と思った。「食べます」

二口三口しか飲んでいないというのに、急激にシャンペンの酔いがまわったような気がした。ピアノの生演奏が『シャレード』から『イマジン』に変わった。清水が座っている席の真後ろのテーブルで、白人の太った中年の男たちが、指揮棒を振る仕草をしながら、ピアノに合わせて『イマジン』を小声で歌い出した。連れの女たちが甲高い笑い声をあげた。

「しかし、ドラマだな、まるで」と清水が、たっぷりマスタードとケチャップを塗ったソーセージを切り分けながら、正臣に向かって言った。「こういうドラマティックな出来事に遭遇させてもらえて光栄だよ。自分じゃ絶対に経験できないことだしな。せいぜい楽しませてもらうことにするけど、しかし、この先、どうするつもりなんだよ。いくらなんでも、ここまで騒がれてしまった以上、このままではいられないだろう」

正臣は答えなかった。志摩子も黙っていた。

先のことはわからない。明日どこにいるのか、三日後に何をしているのか、何もわからない。かろうじてわかっているのは、自分と正臣が、明日も三日後も共にいるだろう、ということだけ。

正臣は清水が切り分けてくれたソーセージをひとかけら、フォークで口に運び、咀《そ》嚼《しゃく》して飲みこんでから、改まった口調で「清水」と、目の前にいる友の名を呼んだ。

「いつだったか、杭州《こうしゅう》の話、してたよな。紫薇の友達の中国人が、杭州のホテルで働いてて、おまえと紫薇が遊びに行った、って話」

「ああ、ホテルのバーで紫薇がべろべろに酔って、ハイヒールを片方なくして、翌朝、どこ探しても出てこなかった、って話だろ?」

「俺たちがそこに泊まれるよう、口をきいてくれないか」

「杭州に行く気なのか」

「声が大きい」と正臣は清水をたしなめた。

悪い悪い、と清水は大きな身体を丸め、声をひそめた。「で、いつ行くんだよ」

「できるだけ早く」そう言ってから、正臣は清水ではなく、志摩子のほうに視線を移したまま続けた。「ここに来るのに、俺たちは旅行代理店を通してる。上海にいることが公にされるのは、もうじきだよ。明日か明後日か、あるいはすでに知られてしまっているか。だからそろそろ、上海を離れていたいんだ」

自分も同じことを考えていた、と思った。志摩子はそっとテーブルの下に手を伸ばし、正臣の膝に触れた。

清水が聞いた。「この先、ずっと杭州に?」

「それはわからない」

そうか、と清水はうなずいた。少し表情が曇ったが、それもすぐに消えた。柔和で寛大な笑みが清水の顔を被った。「わかった。手配しよう」

その晩、志摩子は国際携帯を使って敦子に電話をかけた。

考えぬいた末のことのようでありながら、その実、志摩子は自分が、いずれは敦子と連絡をとるであろうことを知っていた。敦子を通し、現実とつながっていようとしたからではない。自ら進んで罪と不名誉を負った自分たちには、残してきた人々に向けて、唯一早急にしなければならないことがある。それは、ふたりがとりあえずは無事でいる、と誰かに報告することだった。

敦子の携帯を呼び出すコール音が始まった。正臣は志摩子に背を向ける恰好で、ホテルの部屋の窓辺に佇《たたず》んでいた。

ベッドに腰をおろしながら携帯をかけている志摩子と彼の姿とが、煌《きら》めく上海の夜景を配した大きな窓ガラスに、影のごとく寄り添って映し出されている。

ややあって、「はい？」という敦子の声が返ってきた。警戒するような声だった。志摩子は「私よ」と言った。「ああ、あっちゃん、ごめんなさい」

わずかの沈黙の直後、敦子が何か叫んだ。言葉が機関銃のように撃ち出されたが、何を言っているのかわからなかった。合間にまた、細い叫び声のようなものが混じった。どこにいるの、どうしてそんなことしたの、志摩ちゃん、どんなに心配してたかわかってんの……しまいには泣き声に近くなった。

上海にいる、と志摩子は言った。「知ってると思うけど、奥平さんも一緒。ふたりとも無事よ。今日、日本の新聞、見たわ。捜索願が出されてるのね。でも、私たちは上海にいて、大丈夫だから、すぐに取り下げてほしい。お願いします」

敦子は再びわめき出した。次から次へと話が吐き出されてきて、まとまりがつかなくなった。ごめんなさい、と志摩子は繰り返した。多くは語らなかった。この時点で語るつもりはなかった。

長い時間をかけながら敦子の話を聞いていて、はっきりわかったことが三つあった。

ひとつは、事務所がマスコミの集中砲火を浴び、対応に苦慮しているということ。あとのふたつは、滋男の体調が芳しくないこと、そして、奥平正臣の妻、真由美が、早くも弁護士をたてて事態の収拾に乗り出し始めた、ということだった。

「体調って……どんなふうに」と志摩子は聞いた。苦いものが胃の腑《ふ》をかけめぐり、頭の芯がぐらりと揺れたが、自分がしゃべっている言葉の意味は遠くに感じられた。

「今回のことのショックで具合が悪くなったのよ。精神的なものだと思うし、どこがどうなった、ってわけでもないけど、気の毒に。起きていられないみたいで、今日も寝込んでたわ。私、毎日、連絡して、二日に一度は様子を見に、志摩ちゃんの家まで行ってるのよ。これ以上、具合が悪くなっても、お手伝いの美津江さんがいてくれるから、まあ今のところは安心だけど、それにしても、志摩ちゃん、あなた……」

ごめんなさい、と志摩子はまたしても言った。現実が怒濤《どとう》のごとく、迫ってくるのを感じた。滋男のことをもっと詳しく聞きたいと思う傍ら、聞くのがおそろしくもあった。聞かずにすむのなら、永遠に聞かないでおきたかった。

「とにかく……奥平さんも私も無事でいる。そのことだけを伝えておきたかったので……」

「ちょっと待ってよ。これからどうするつもりなのよ。ずっとそのまま、逃げ続けてるつもり？　そんなことが許されると思ってるの？　ねえ、仕事のほうはどうすればいい、っていうの。やめるの？　冗談でしょ」

　敦子の心配と困惑と怒りは充分伝わった。だが、たたみかけるようにして聞かれても、志摩子には何も答えられなかった。遠い日に、すでに失ってしまった人々から、時空を超えて責められ、質問の矢を放たれているようで、実感が乏しかった。

「また連絡します」と志摩子は他人行儀に言い、敦子が何か言いかけるのを待たずに携帯を切った。切ってから携帯をベッドの上に載せ、しばらくの間、その携帯をじっと眺め、やがてそっと背筋を伸ばして正臣を見た。

　泣きたいような気分があったが、それも定かではなく、どんな気分かと聞かれても答えられそうにない。

　正臣が窓辺から離れ、志摩子に近づいて来た。妻の真由美が弁護士をたてた、という話を伝えようとした。伝えなければ、と思った。だが、できなくなった。正臣が立ったままの姿勢で、座っている志摩子をそっと抱きしめてきたからだった。

　彼の背後に拡がる夜景が、目の端に映っている。それは、煌めくやわらかな黒いシフォンの布のようになって自分を包みこんでくる。今しがたまでつながっていた外界が、志摩子の中で再び遠のいていく。

　外界は一点の黒い、不吉な雲のようになり、やがてそれすらも乳色の霧に包まれて、志摩子の目はもう、正臣以外、何も見ていなかった。

第二十二章　正　臣

現実が遠のいていった。時間の観念が悉《ことごと》く失われ、今が何月何日の何曜日なのか、まるでわからなくなった。

自分は狂っている、と正臣は思う。同時にまた、これほど自身が曇りのない、透明な状態にあったことはかつて一度もなかった、とも思う。

信じがたく愚かな間違いを犯している、と疲れきった気持ちで思うこともあったし、ここまできた以上、もうどうしようもないのだ、前に進むしかないのだ、と奇妙に開き直った気分で自分を鼓舞することもあった。

すべては俺のせいだ、と思い、自らの思慮のなさを罵《ののし》る。良識のかけらもない行動に出た、と自覚すればするほど、では、何故、今、自分たちが現実に背を向けて異国の地に身をひそめているのか、その本当の理由を言葉にして表現し、他人に理解させることなど、生涯できないような気もしてくる。

言葉を生業《なりわい》にしているというのに、何もかもが、日々刻々、言葉から離れていく。かろうじて言葉を寄せ集めて自問自答していたことですら、次第に形を成さなくなりつつある。

言葉が遠い。手を伸ばしても届かない。あらゆることが朦朧《もうろう》としていて、自分がどんな状態にあるのか、それすら表現することが叶わない。

気づかないふりをしているだけで、本当はもう、自分たちは耐えられないほどの混乱のきわみにさしかかっているのかもしれない、と思うこともあった。

苦しさのあまり、規定量以上の精神安定剤を服用してしまった時のように、常に頭の芯がどんよりと淀《よど》んでいる。眠たいのではなく、気《け》だるいのでもない。意識の底に、表情のないしびれ感だけが巣くっている。ものごとを明晰《めいせき》にできない状態が長く続いて、自分自身をもてあました時に生じる、それは明らかに、精神のしびれである。

意識は常に分裂を続けていた。ある時はA、ある時はB……。さらにそれらが分裂を繰り返し、一時として同じ状態にあることはない。

色狂い、恋愛妄想狂、妻子を見捨てた人非人、人格破綻《はたん》者……そんなふうに人から蔑《さげす》まれている、とわかればわかるほど、一方で、彼の中には、全世界から後ろ指を指される罪人、恋に狂った大馬鹿者になったってかまやしない、という気持ちが頭をもたげてくる。こうなったらもう、生涯かけて志摩子を連れ、地の果てまで逃げ続けてやる、といった大それた、絶望的に愚かしい、まったく無意味な開き直りが憤怒のように噴き上がってくる。

その傍《そば》から、毎晩、決まったように見る夢の中には、かつて正臣がいた場所や関わっていた人々、妻、子供たちが頻々《ひんぴん》と現れた。

夢は茫漠としたものに過ぎず、そこに何ひとつ物語はない。あくまでも点と点をつなぐようにして、映像が現れては消えていくだけなのだが、浅い眠りの中、じっと不安な夢と対峙《たいじ》していると、次第にそれは不吉な空気を漂わせながら、やがて唐突に、悪夢と化していくのだった。

長く続く細い灰色の道の向こうから、春美と夏美が、スカートの裾を翻しながら、楽しそうにこちらに向かって駆けて来る。ふたりは何が可笑《おか》しいのか、顔を見合わせ、くすくすと笑い合っていて、彼の耳にはその、子供らしい弾んだ息づかいまで聞こえてくる。

懐かしさのあまり、彼は娘たちに向かって走り寄ろうとする。ふたりの娘を抱きしめようとする。

だが、娘たちが彼を見て、はっ、と驚いた顔をしたとたん、彼女たちはふいに、魔法の煙でも浴びたかのように、みるみるうちに小さく縮んでいく。半分になり、さらにまた半分になり、しまいには、路上に落下していく黒い二粒の豆にしか見えなくなる。

慌てて手をさしだし、すくい上げようとする。だが、彼の指と指の間から、豆粒と化した娘たちは無情にも転がり落ちていく。そして、瞬く間に、地表にできている黒々とした亀裂の奥に吸いこまれ、あとにはもう、何も残らない。

かと思えば、色彩のない空間に妻の真由美が現れて、にこにこ微笑みながら、何かをしゃべり始める。何をしゃべっているのか、わからない。瓶の中でしゃべっているような、くぐもった低い声である。気持ちの悪いしゃべり方をするなよ、と彼がたしなめると、真由美はふうっと長いため息をつき、さらにさらに低い、こもった気味の悪い声で言う。

「ねえ、明日はね、春美と夏美のお葬式なの。いいお天気になればいいわね。だって雨が降ると、あなた、春美たちと約束した子犬、見に行けないでしょ」と。

何を言ってるんだ、葬式とはどういうことだ、子犬の約束って、何なんだ、と彼はいきりたって大声を出す。

「だからぁ」と真由美はまた、瓶の中の声を出す。地の底から、悪魔がしゃべっているような声である。「子犬よ、子犬。あんなに楽しみにしてたのに、子犬、買ってやらなかった。買ってあげなくちゃ。だって明日は、あの子たちのお葬式なんだもの」

大きくうなされて、彼は自分の叫び声で目を覚ます。一瞬、そこがどこなのか、わからなくなる。

隣に寝ている志摩子が半身を起こし、彼の額や頬、肩のあたりを撫でてくれている。全身にぐっしょりと汗をかいている。

「こわい夢、見たのね」と志摩子が言う。言いながら、サイドチェストの上の明かりをつける。黄色く暖かな、安全な光がベッドのまわりをやわらかく被《おお》う。

「ああ、そうみたいだ」と彼は息を整えながら応える。乾いた口の中に集めた唾液が、粘ついている。

夢だった、とほっとする。ほっとしながら、春美たちに何かあったのではないか、と考える。

何かあったのなら、石黒敦子が志摩子の携帯に連絡してくれるはずだ……汗の浮いたうなじを掌で撫でながら、そんなことを考えて、ふとおそろしいほどの現実に引き戻される。ベッドの脇に妻が立っていて、じっと自分を睨《にら》みつけているような幻を感じる。見たばかりの夢の記憶をねじふせるようにしながら、彼は勢いよくベッドに上体を起こす。

どんな夢を見たのか、と志摩子は聞かない。正臣も口にしない。そんなことは口にせずとも互いにわかりきっている。

志摩子が、か細い悲鳴のような声をあげてうなされているのを起こしてやったこともあった。明け方、トイレに立った志摩子が、そのままベッドに戻らず、窓辺に立ち、細くカーテンを開けて、始まったばかりの夏の朝をぼんやりと眺めているのを、薄目を開けて見ていたこともあった。

寝る前に飲み残したエビアンのペットボトルを手に、正臣は水を飲む。ぬるい水が、渇ききった喉を流れていく。

飲む？　と志摩子に聞く。志摩子は首を軽く横に振る。

冷房が効いている。ベッド脇の明かりが届かない室内は、ざらついた闇に満ちている。かすかに空調の音が響いている。肘《ひじ》掛け椅子の上に絡まり合うようにして投げ出されているふたりの下着が、寝る前に交わした、いつもながらの烈しい性愛の痕跡《こんせき》を物語っている。

俺たちは、何故、ここにいる……そんな問いがふと、口をついて出そうになる。問うても無駄なことを問いたくなる。自分にも何もわかっていないのだ、と彼は思う。わかっていないのに、ここにいる自分と志摩子にしか実在感が感じられない。自分にとっての確かな現実はもう、ここにしかない。

あとのことはすべておぼろで、網の目からこぼれ落ちていく乾いた砂のように、さらさらと、彼の意識の中に、ただひっそりと悲しく堆積していくだけであった。

杭州の西湖《シーフー》のほとりに建つホテルに、ふたりが到着したのは七月十三日。連日、ひりひりするような暑さの中、湿度は朝からぐんぐん上昇し、湖面から立ちのぼる水蒸気や、雨や、苔《こけ》や、樹液の放つねっとりした湿感が、日がな一日、あたりいちめんを被ってい た。

西湖は杭州市の西側に位置する、周囲十五キロメートルほどの、静かで美しい湖である。湖畔には、巨大な蓮《はす》が繁茂している。直径五十センチはあろうかという蓮の葉は、湖面を被い隠すように生い茂り、夏も盛りを迎えようとしている今、ところどころに鮮やかなピンク色の花を咲かせている。

どこに行く、というあてもなく、正臣は志摩子とふたり、午後遅くなると外に出て、西湖の湖畔や、狐山《フーシャン》と呼ばれる、湖に浮かぶ小島の中をぶらぶらと歩き続けた。

小島には、青磁や工芸品、書画などを展示した博物館や、篆刻《てんこく》の研究施設などがあり、観光の目玉にもなっていたが、暑さが厳しいせいか、観光客とわかるような人間はほとんど目につかなかった。夕涼みがてら、公園で円陣を組み、ペットボトルのお茶を飲んでいる中国人の男たちや、子供を連れた母親、家族連れがゆったりした足どりで散歩しているだけである。

夕暮れ時になると、風がぴたりとやみ、いっそう空気が粘ついて、じっとしているだけで、全身に汗が噴き出す。びっしりと生い茂っている蓮の葉や、湖畔の木々の、あるいは苔むした地面の、濡れそぼった匂いがあたりを充たす。

晴れていても、曇っていても、湖面にはいつもぼんやりと靄《もや》がかかっている。淡い煙に被われてでもいるかのように、対岸に生い茂る緑が、乳色の靄の向こうにくすんで見える。

ベンチに腰をおろし、ホテルから持ってきたエビアンを分け合って飲む。飲んだ先から、汗が玉となって滴り落ちる。

頭の中が空になるような、息も絶え絶えになる暑さである。だが、暑さと湿度の高さが心地よい。それらに身を委ねてさえいれば、何もかもがゆったりと時間の中に溶けていき、穏やかな川のように流れすぎていくような気がしてくる。

「しかし、半端じゃない暑さだね」と正臣は言う。

「ほんと、信じられない」と志摩子が返す。ふたりは、そんな当たり前のことを口にしながら笑い合う。

時折、手と手をつなぐ。つないだ手はたちまち、汗にまみれていく。ぬるぬるしてほどけちゃうよ……と笑いながら、再び手を離す。志摩子の顔はほとんど化粧が流れ落ちて、子供のそれのようにつるつるして見える。そのこめかみから伝い落ちてくる汗は、涙のようにも見える。

夕暮れ近い、湿度も最高潮に達したような西湖のほとりで、正臣は幾度か、志摩子の顔に怯《おび》えたような影がさすのを見た。

身も心も貪欲《どんよく》に互いを求め合い、忘我を味わい、そこに溺れていながら、置いてきた過去に苦しみ、ひりひりとした悲しみと不安をもて余している。そんな志摩子の気持ちが、正臣には手に取るように理解できた。

だからこそ悦楽が増す。悦楽が増せば増すほど、再び、どうにも拭いがたい絶望が薄い氷のように拡がっていく。

それでも離れることができない。考えられない。しでかしたことの大きさに、改めておそれおののきながらも、行きつく果てまで行ってみる他はないじゃないか、という自分の声が聞こえてくる。

俺たちは同じなのだ、と彼は改めて思う。異国の見知らぬ土地で同じ寝床に横たわりながら、同じ悪夢を見て、同じ絶望、同じ悲しみ、同じ混沌《こんとん》を味わっている。一方で、今この一瞬、この刹那《せつな》を逃すまいとして、絶え間なく相手の肌、相手の想念の中にもぐりこもうとしている。これ以上、ひとつになれないほど、ひとつになろうとしている。

ひたひたと押し寄せてくる言葉にならない不安が、時にふたりを饒舌《じょうぜつ》にした。笑いやちょっとしたジョーク、ユーモアあふれる会話が、これまで以上に必要になっていることをふたりはほぼ同時に感じ取っていた。

散歩の途中、志摩子はしきりと、杭州まで来るのに利用した列車内での出来事を話題に出したがった。

「ああ、もう、思い出すたびに笑っちゃう」と言っては、志摩子は「有没有塩味薄切芋菓《ヨーメイヨー》?」と、ふざけて声高らかに言うのだった。「これって、あなたの大傑作よ」

「有没有」というのは、上海駅を発つ時に、紫薇から教えてもらった中国語だった。「〇〇はありますか」という意味で、筆談する際にとても便利だという。

一等車の清潔な、白いヘッドカバーがかけられた指定席にふたりが坐ると、まもなく紺色の制服を着た中国人の女が、小さなワゴンを引きながら食べ物を売りに来た。お世辞にもよく冷えているとは言いがたい青島《チンタオ》ビールを二本買った正臣が、「何かつまみがほしいね。何がいい?」と志摩子に聞いた。

ポテトチップス、と答えた志摩子を受け、正臣が手持ちの紙に、時間をかけて苦心して書きつけたのが「有没有塩味薄切芋菓?」であった。

再び通路を通りかかった女にそれを見せたのだが、通じない。正臣が薄い食べ物を齧《かじ》るジェスチャーをしてみせるのだが、女はワゴンの中にあるビーフジャーキーをさしだすなどして、困惑している様子である。

「ないのかもしれない。ピーナッツにしよう」と正臣が面白そうに言い、再び紙を前にして考えこんだ。

そして、これでどうだ、と言わんばかりに正臣がやおら、女の目の前で「有没有塩豆?」「有没有南京豆?」と書き、それを高く掲げてみせた。

しばらくの間、じっとそれを見つめ、考えていた女は、はたと理解した、という顔をした。それまで表情の薄かった顔に、華やいだ女らしい笑みがあふれた。

そそくさとどこかに去って行き、数分後に再び現れた女が自信たっぷりに手渡してくれたのは、袋に入ったピスタチオであった。

杭州のホテルに到着してから、正臣は紫薇の携帯に電話をかけ、「ピーナッツというのは、どんな漢字を使えば通じるのか」と聞いた。

紫薇の答えは「落花生」だった。

「そうなのよ。落花生なのよ。日本語と同じ。そんな簡単なことなのに、ああいう時って思い出せないものなのね」と志摩子はその時のことを振り返って、ここのところ見なかったほど目をきらきらと輝かせた。「でも、結局はあなたが書いたこと、なんとなく通じてたのが可笑しくって。ピスタチオは確かに塩豆だもの。とにかくあなたの漢字のセンス、すごい。感心しちゃった。私、ポテトチップスのこと、これから『塩味薄切芋菓』って呼ぼうかな」

志摩子はそう言い、正臣を称して「怪しい中国人」と命名した。ふたりは湖畔のベンチに坐ったまま、笑いころげた。

どれほど笑っていても、未来の話ができない。ふたりにとって未来というのは、明日か明後日か、せいぜいが一週間後十日後のことであって、にもかかわらず、ふたりはふたり以外についての話など、したくもないと思っているのだ、と正臣は思う。

　それでも、正臣は当面の未来に向けて、約束してある小説を書かねばならなかった。文芸書房『宴』に連載している長編小説は、上海に来る前になんとか書きあげて、編集者に渡してきたのだが、あと三、四日の間にどうしても他の文芸誌に書かねばならない短編小説が一本あった。

　三十枚ほど、という約束で引き受けたのは五か月近く前のことになる。忘れたふりをして雑誌に穴をあける、という卑怯《ひきょう》なまねをするのはいやだったし、かといって、大騒動の渦中にいるから、という理由で、今からおずおずと断りの連絡を入れる、などという甘ったれたことをするのもいやだった。

　なんとかして書きあげなくてはならない、と彼は思った。

　パソコンで書き、メールに添付して編集部に送る。責任もとらず、ただ、惚れた女を連れて逃げまわっているだけの馬鹿な作家が書いた最新短編、ということで、騒がれ、作品内容をいちいちくだらない次元で分析されるのかもしれない。そう考えると、ひどく腹立たしくなったが、どうすることもできなかった。あとのことは編集部任せにするしか方法はなかった。

　とはいえ、今、俺はいったい、何が書けるのだろう、と正臣は幾度も幾度も繰り返し、自問する。世界はすでに彼の外側にしか存在していない。しかも、自分と世界との間には千里の距離がある。

世界からの疎外感、孤絶感、何ひとつ弁解も謝罪もできないようなことをしでかした男の苦悩……今、そのことしか書けないのであれば、書くしかないのだが、自分でも言葉にできないようなおぼつかない感情の数々をどうやって作品の中に昇華させればいいのか、その方法がわからない。それどころか、こんな状態にあって、今ある場所から意識を隔離させ、言葉を駆使し、まがりなりにも物語と呼べるものを生み出すことが果たして可能なのかどうか、それすらも自信がない。

そんなことをぼんやりした頭の中で考えながら、ある日の夕方、正臣は志摩子と共に、西湖の小島を出て、さらに足を延ばし、白堤《パイディー》と呼ばれる、全長一キロほどある長大な橋を渡り始めた。その昔、詩人の白楽天《はくらくてん》が修復したと言われている橋である。

橋といっても、舗装された幅広の道路がどこまでもまっすぐに伸びていて、一見、街の中にある一般車道を思わせる。街路樹として植えられている背の高い柳の木が、瑞々《みずみず》しい緑の葉を揺らしながら、遥か前方、見えないほど遠い先まで、等間隔に並んでいる。遠近法で描かれた美しい絵画のようである。

ここまで来ると、そぞろ歩いている人の数が急に増えてくる。あまりの暑さに、男たちは皆、裸に近い恰好をしている。ランニングシャツに短パン姿。中には上半身裸の男もいる。

一方、日本の若い女のように肌を露出している女は少ない。せいぜいが袖無しのTシャツに、膝丈のカルソンパンツ姿であり、胸もとも背も腕もむきだしになる青いタンクトップに、尻の形があらわになる細身の白いジーンズをはいた志摩子は、ひとり、どうしようもなく目立っている。

だが、誰も志摩子を見ない。暑さのせいで、人々の視野が曇っているのか、あるいは意識が半ば以上、朦朧としているのか。

正臣だけが志摩子を見ている。前を向いて歩いていても、視野の片隅には常に志摩子がいる。手にした水色のハンカチで、顔に浮く汗を拭いながら、志摩子は過去も未来も彼方に置き忘れてきた、記憶のない女のように、妙に突き抜けた表情を見せている。

西湖を二つに分けるようにして続く白堤の縁には、ところどころにベンチが並び、若いカップルが湖面を眺めながら歓談している。湖には、遊覧用の素朴な屋根のついた、何艘《そう》かの小舟が見える。湖畔の、船着場らしき一角では、客待ちをしている船頭が、船べりに腰かけて、退屈そうに煙草をふかしている。

正臣は志摩子と並んで、空いているベンチに腰をおろした。

暑くてたまらない、俺も裸になるよ、と彼は言い、志摩子の前で大きく両腕をあげ、着ていた紺色のTシャツを脱いだ。

脱いだシャツはしとどに汗を吸い込んでいて、絞れば水が滴り落ちてきそうだ。

夜が近いというのに、いっこうに涼しくならない。湿度は九十パーセントはあろうかと思われる。息を吸うたびに、おそろしく湿った空気が肺の中を一巡していく。

対岸に、杭州の街並みが見える。杭州駅の西側に拡がる市街地で、高いビル、低いビル、雑多な建物の連なりが、不規則に並べた積み木のように伸びている。

靄が湖面を被い、眼前に拡がる風景はまさに水墨画そのものである。そこに色彩はない。湖岸の緑も、連なるビルも、暮れ方の空も、すべてがもやもやと仄白《ほのじろ》く煙って見える。湖面に浮かぶ小舟は、煙に滲《にじ》むひとしずくの墨汁のようだ。

「ねえ、正臣」と志摩子が前を向いたまま言った。口調がぼんやりしていた。

「何?」

「『ヘンリー&ジューン』っていう映画、観たことある?」

「いや」と正臣は首を横に振った。「ないな。……それが?」

うん、と志摩子は言い、束の間、黙りこくった。

ふたりの坐るベンチの後ろを賑やかに中国語で会話しながら、通りすぎていく家族連れがいた。十歳くらいの男の子が、手に小さな四角い凧《たこ》を持っている。男の子が凧を手に駆け出す。風がないせいか、凧は揚がらない。両親とおぼしき男女が、大きく笑いこける。

「ヘンリー・ミラーと恋愛したアナイス・ニンのことを描いた映画よ」と志摩子は言っ

た。「パリでふたりが出会って、愛し合うようになった時、アナイスには夫がいて、ヘンリーには妻がいたの。そのへんの事情は、私なんかより、あなたのほうがよく知ってるでしょう?」

「知っている。ヘンリー・ミラーは若い頃、好きだった。アナイス・ニンの作品も、短編をひとつふたつ、読んだことがあるよ」

「私はヘンリー・ミラーは読んだことない。アナイス・ニンの作品は、映画と同じタイトルの本が出てて、映画を観た後で読んだわ。私小説、っていうか、手記、っていうか、彼らふたりの愛の記録ね。それでね、映画の中で、ヘンリーがアナイスを抱きながら、詩の一節を繰り返してるシーンがあるのよ。いい? よく聞いてて」

言うなり、志摩子はつと背筋を伸ばし、顎を上げ、遠く灰色の煙った空に視線を走らせた。

「“I love you, 11. I love you, now, and I love you, one hundred……”」

正臣が黙っていると、志摩子はゆっくりと続けた。「〝十一歳の君が好きだ。今の君も。そして、百歳になった君も……〟」

ああ、と正臣はため息まじりに言った。「いいね。素敵だ」

「有名な詩人が書いたものだったのかどうかはわからない。でも、この一節が忘れられなくて、今も時々、あなたと一緒にいて、思い出すの。こんなふうにして、いろんなことをふと忘れて、ふたりでぼんやりしてる時なんかに」

百歳……と正臣はつぶやいた。百歳というのは、永遠の代名詞のような気がした。しかもそれは、この世にはない永遠だ。

志摩子との夢の終わりを見届けることなく、百歳になることができれば、と正臣は思った。結論の出ないことはこの世にはない。いつか必ず、ものごとには結論が出る。出すまい、としても出てしまう。そんな時がくる。

それを知っているからこそ、俺はそこから逃げ続けているのか。いつかは受け入れざるを得なくなる、結着のつくその瞬間から逃げ、永遠に見ないようにするために、今、志摩子とふたり、日本を離れ、汗にまみれながら、煙った真夏の湖面を眺めているのか。

唾を吐きかけるようにして、何の罪もない妻や子供たちを見捨ててきた。女優という仕事を辞めさせてまでも、志摩子を手に入れようとした。志摩子を愛している坂本滋男をずたずたに傷つけた。俺は最低だ、と思う。狂っている、と改めて思う。だが、それでも彼は、苦しいほどに志摩子を愛しているのだった。そのことだけにすがって生きる、それの何が悪い、とまたしても愚かしく開き直りたい気持ちにかられる。

どうすればいいというのか。ひとりの女をここまで求め、愛したことを深く悔やみ、腹を切って詫びればいいのか。

「帰りたくない」と志摩子が低くつぶやく声が聞こえた。その声に、橋をそぞろ歩く人々の笑い声がうっすらと重なった。「帰りたくなんかない」

帰りたくない、という言葉が「帰りたい」と言っているように聞こえた。正臣はつと、横にいる志摩子を見た。下くちびるを嚙み、志摩子はじっと前を向いていた。瞬きひとつしない、その目が潤み、透明なゼリーのようにふくれ上がったかと思うと、頰に一条の涙がこぼれ落ちるのが見えた。

彼は、志摩子の手を握り、志摩子の肩を抱いた。何か言おう、何か言いたい、と思うのだが、喉が詰まったようになって、何も言えなくなった。

敦子は頻々と志摩子の国際携帯に電話をかけてくるようになった。初めのうちは、居留守を使っていた志摩子だったが、三度に一度、二度に一度、と応答する回数が増えていった。

それでも、携帯が鳴り出すたびに、志摩子は怯えたように身体を硬くした。正臣とて同様で、ふたりは共にその瞬間、耐えがたいほどの恐怖を味わった。国際携帯が鳴り出す時の、この、場違いなほど高らかで陽気な音を俺は一生、忘れることはないだろう、と正臣は思った。

決して素振りにも口にも出さなかったが、志摩子が内心、夫の滋男の状態を案じているのは正臣にもよくわかっていた。敦子の話によると、体調がすぐれないのは相変わらずで、志摩子と正臣が上海にいる、とわかってからはいっそう、ベッドから離れられなくなっている様子だった。

かつて、夫には死の匂いがつきまとっている、と志摩子は言った。『虹の彼方』の舞台公演初日に、楽屋で紹介された坂本滋男の顔が、正臣の中に焼きついていた。

あの男と死の床は、とてつもなく似合う、と彼は改めて思う。そう思う気持ちの底に、喉を鳴らしながら低く笑い続ける、悪魔のような声がわきあがる。

いっそ死んでくれればいい、とその声が言う。死んでくれ、そのほうがいい。

坂本滋男の告別式に参列している自分のことを想像してみる。好奇の視線、囁かれる誹謗《ひぼう》の中にいながら、焼香している。俺がこの男を殺した、と思いながら、線香の煙に巻かれている自分自身の姿が、ありありと浮かびあがる。

俺は鬼だ、鬼畜だ、と思う。そう思う一方で、彼は春美と夏美のことを考える。泣いている双子の顔しか思い出せなくなっていた。ホテルのバスルームの鏡に向かい、歯を磨きながら、パパ、と呼ばれる幻聴を耳にすることもあった。そんな時は、冷たい刃物の先で、すうっと胸を撫でられたような、痛みにも似た悲しみが彼を襲った。

弁護士をたてたという真由美のことも考えた。『サラ』の経営者で真由美の親友でもある千香子が、泣きじゃくっている真由美の肩を抱き、「あんなとんでもない男、あなたのほうから捨てちゃいなさい」と言い聞かせている、その声まで容易に想像できた。

気持ちがそちらのほうに向くことを拒否しようとすればするほど、かつて確実に自分のものだった現実が錐《きり》のように鋭利なものになって、胸をぶすぶすと刺してくる。何世紀も前に犯した罪をとがめられ、斬首《ざんしゅ》の刑を言い渡されてでもいるかのようである。

杭州に滞在中の或る日の午後、ホテルのエグゼクティブラウンジで、ハンバーガーサンドの遅い昼食をとっていた時だった。椅子の上に載せてあった志摩子のバッグの中で、国際携帯が賑やかに鳴り出した。

怯《ひる》んだように表情を固くした志摩子が、バッグから携帯を取り出した。

ふたり以外に客はおらず、中国人女性スタッフが三人、ラウンジの奥にいるだけだった。志摩子は携帯を手に、外のテラスに出て行った。

ガラス越しに、電話で話している志摩子の後ろ姿が見えた。ライトグレーのロングTシャツに白いサブリナパンツ姿。シャツの裾を結んでいる。携帯を持っていないほうの腕で、自身の脇腹のあたりをきつく抱きしめ、軽くうつむいているその姿に、言いようのない不安が滲み出ている。

五分ほどたって戻ってきた志摩子は、正臣を見て、軽く肩をすくめた。「やっぱりね」妙にさばさばした言い方だった。悲しみと皮肉が混ざったような心もとない笑みが、そのくちびるに浮かんだ。

「どうした」

「思ってた通り。どこかのテレビ局のね、上海支局の特派員が、私たちらしきカップルを上海の街の中で目撃したんですって。で、その情報を本社に流したのよ。私たちだ、ということが確認できたわけじゃないから、なんとか騒がれずにきたらしいけど。でも噂はあちこちに広まってるみたい」

そうか、と正臣は言った。冷静を装った。「いつ目撃されたんだろう」

「私たちのことが日本のマスコミで騒がれ出した直後だと思う」

「捜索願が取り下げられる前のことだね」

「そうね、きっと」

「しかしそれにしても、よくあなただということがわかったな。髪形もずいぶん変えてるし、サングラスをかけたり、眼鏡をかけたりして、ちょっと見たところじゃわからないはずなのに」

「私ひとりが見られてたんだったら、わからなかったかもしれない。でもあなたが一緒にいたのよ。私たちはふたりでいると、きっと特別な空気を漂わせるんだわ」

広い窓の向こうに西湖が見えている。朝から曇っていて、陽射しがない分、幾分、涼しい感じがしたが、湿度は相変わらず高い。厚い雲に被われた空に、何の鳥なのか、さっきから翼を拡げ、旋回し続けている黒い鳥影があった。

正臣が黙っていると、志摩子は付け合わせのフライドポテトを一本つまみ、食べる様子もなく、それをケチャップに浸して、ぐるぐる回しながら、あまり可笑しくなさそうに笑った。「ねえ、何だか楽しいわね」

「何が」

「逃亡者なのよ、私たち」そう言って、正臣を見つめ、微笑みかけた。「これでいいのよ。ずっとずっと逃げ続けていましょう」

冷房のよく効いたラウンジに音楽はなく、ひそひそとしゃべっている中国人スタッフの声が低く聞こえてくるだけである。志摩子の顔から、その時、すうっと、煙のように笑みが消えた。消えたと思ったら、志摩子は「正臣」と小声で呼びかけた。その目の奥が、かすかに潤むのがわかった。「……あなたが好きよ」

「多分俺のほうが」と正臣もまた、小声で返した。「もっと好きだ」

志摩子は目を細め、わずかに笑みを浮かべた。浮かべながら、ケチャップに浸したフライドポテトを口に入れ、正臣から視線を外さずに、決然とした表情でそれを噛みしめた。

第二十三章　志摩子

杭州西湖《シーフー》のほとりに建つホテルから、タクシーをチャーターし、ふたりが烏鎮《ウージェン》に向かったのは、七月十七日だった。

烏鎮は杭州と上海の、ちょうど中間に位置している水郷の街である。日本人が大挙して押しかけているはずもないから、静かな運河を小舟で渡ってみよう、と正臣が提案し、志摩子も同意したのだった。

日本を発った時に持ってきた荷物の大半は、上海のホテルに残していた。そのため、この先、どこに行くにせよ、いったん上海に戻る必要があったのだが、正臣も志摩子も、そのことは口にしなかった。

烏鎮から上海までは高速道路を利用することができる。水郷めぐりをしたあと、チャーターしたタクシーを使ってそのまま、日のあるうちに上海に戻ることも充分可能だった。

ホテルで荷物を引き取り、まっすぐ空港に行く。バンコク、サイゴン、台北……アジアのみならず、パリ、ロンドン、ミラノ、リスボン、プラハ……どこだっていい、金の続く限り、どこへでも自分たちは行けるのだ、と志摩子は思った。

だが、正臣も志摩子も、どちらも上海に戻ろうとは言い出さなかった。上海に戻れば、どうしても次の決断を下さざるを得なくなる。これからどうするのか。どこに行くのか。放り出したままにしている現実に、どうやって背を向け続けるのか。

さしあたって明日のことを決めねばならない。覚悟を新たにしなければならない。だが、その決断は永遠に先のばしにしていたい、という思いが、志摩子の中にあった。覚悟を決めることから逃げているわけではなかった。そろそろ疲れてきて、日本に帰りたくなっているからでもなかった。

ただ、考えずにいたかった。先のことは、たとえ明日のことでさえ、考えたくないのだった。今この瞬間の持続さえあれば、それでよかった。

小さな真珠が一粒一粒連なっていくかのような、瞬間瞬間の至福の連鎖が永遠に続き、やがてできあがった長大な真珠の首飾りを正臣とふたり、互いに首に巻きつけ、端と端とを引っ張り合ってみたかった。そうやって息の根を止めることができたら、どんなに幸せか、と志摩子は思った。

その日も、薄雲が拡がる中に、時折、獰猛《どうもう》な太陽が覗いて、ひどく暑くなりそうだった。

日本語はもちろん、英語も通じない運転手を相手に、正臣は漢字を使っての筆談で料金の交渉をし始めた。外国人観光客と運転手とのやりとりに興味があるのか、ホテル前で客待ちしていた他の運転手たちがいつのまにか集まって来た。

紙に「杭州↓烏鎮↓杭州」と書き、それを正臣が運転手に見せている。

運転手が、うんうん、とうなずいて、中国語で何か言った。何を言っているのかわからない。集まってきた五、六人の男たちが、口々に何か言い始め、収拾がつかなくなった。

正臣は新たに紙に「全行程多少?」と書き、もう一度、運転手に見せた。

またしても中国語が飛び交ったが、質問の意味だけは通じたらしい。運転手は正臣が手にしていたボールペンを抜き取り、紙に「1000元」と書きつけてきた。烏鎮まで行き、またここに戻ってくるためのタクシー貸し切り料金が、約一万三千円ということだ。

「まあまあだな」と正臣は言った。

「相変わらず怪しい中国人ね」と志摩子がからかった。

交渉は成立した。集まっていた男たちは三々五々、散って行った。ふたりは笑い、手をつなぎ合いながら、タクシーの後部シートに身をうずめた。

杭州の市街地を出ると、とたんにあたりの景色が変わってきた。未舗装の道路が目につく。車よりも自転車の数のほうが多い。何を運んでいるのか、黒いゴムバンドで括《くく》った山のような荷物を積んだリヤカーも目立つ。

道のあちこちに、埃《ほこり》とも砂塵《さじん》ともつかぬものがたっている。タイヤが巻き上げたそれらが、フロントガラスを白く曇らせる。三十代とおぼしき運転手は、黙ってハンドルを握ったまま、そのつど、ウォッシャー液と共に勢いよくワイパーを動かす。ワイパーのゴムは古くなっている。ワイパーがフロントガラスを動きまわるたびに、がりがりという小うるさい音が車内に響く。

冷房が効きすぎるほど効いていて、車内は寒いほどだった。寒い、と志摩子が言うと、正臣はまた、紙に「冷房小」と書き、それを運転手の目の前にかざした。

運転手は無表情にうなずき、冷房を弱めてくれた。

「また通じた」と志摩子は笑った。正臣も笑った。

志摩子は正臣に寄り添い、その腕のぬくもりを求めた。腕と腕とを絡み合わせ、彼の肩に頭を載せた。

腹の奥のほうに、時折、かすかな違和感が走る。朝からそうだった。冷房で冷えたのか、疲れが出ているのか。痛みとも重苦しさともつかないものが間歇《かんけつ》的に襲ってきて、落ちつかない。

体調の悪さを忘れようとして、志摩子は自分たちのことに想いを馳《は》せた。

西湖のほとりに建つホテルの部屋で、いったい幾度、愛し合ったかわからない。上海ではもちろんのこと、杭州に来てからさらに、正臣と交わす性愛が烈しくなった感があった。

先がない、明日が見えない、という状態の中にあって、正臣とふたり、つながり合えば合うほど、わずかながらの未来が確実に自分たちのものになってくれるような気がした。これで大丈夫、また明日も一緒にいられる……そう思えるようになる。何か大きな信頼できる温かなものに、包まれているような安堵《あんど》を得る。そしてふたりは、丸まった二頭のアルマジロのごとく、ベッドの中で短い眠りを貪《むさぼ》る。

だが、目覚めたとたん、一挙に不安とも不全感ともつかない感覚に襲われた。いくら触れても触れ足りない。くちびるを合わせ、互いの唾液を味わい、掌と十本の指を使って互いの身体をくまなくまさぐり続けてもなお、愛し合っている、という真の実感が伴わない。常に心だけが取り残されてしまう。どれほどの愛撫を繰り返しても、心が肉体に追いつかないのである。

だから志摩子は、もっともっと、と思う。際限がなくなる。この地球上に、この広大無辺な宇宙に、この男しかいない、と感じる。孤独も、狂熱も、地獄も至福も、すべてこの男とだけ際限なく共有するのだ、と思う。

肉体はちっとも淫《みだ》らではないというのに、そんな時、志摩子の精神は貪欲《どんよく》に、淫らになる。精神の淫らさに、肉体がおそろしいほど従順に反応する。その繰り返しが一日中、続く。

泣きたいのか死にたいのか、わからない。もう、今、この瞬間しかなくなる。充たされれば充たされるほど、さらなる心残りが生まれる。次が欲しくなる。その果てしのない連鎖の中にしか、自分たちの存在証明はない、とすら思えてくる。

曇り空の拡がる蒸し暑い日の午後、遅い昼食を外に食べに行き、部屋に戻った直後のことが思い出される。

室内は強い冷房で冷えきっていた。外を歩いてきて、しとどにかいた汗が急速に引いていき、立ったまま、いつものようにどちらからともなくキスを交わし合っていたのが、次第に熱を帯びてきた。

食事の際に飲んだ青島《チンタオ》ビールのかすかな酔いも手伝ってか、ふいにふたりの間に大きな焔《ほのお》が立ちのぼり、めらめらと燃え拡がっていくのが感じられた。相手が何を思い、何を感じ、今、何を求めているのか、瞬時にして理解し合えた。一切の言葉が不要になった。

求める気持ちが強すぎて、愛撫それ自体がもつれ合い、煩わしくさえ感じられた。ふたりは互いが着ていたTシャツをむしり取るようにしながら脱がせ、自ら、下着を取りはらった。

押し寄せてくるばかりで、いっこうに引こうとしない甘美な漣《さざなみ》が波と化し、志摩子を呑みこみ、大胆にさせた。志摩子は一糸まとわぬ姿で湖に向かう窓辺に走り、前を向いたまま桟に両手をついた。正臣が追いかけてきて、背後から志摩子をくるみこんだ。

曇り空の下、靄《もや》に包まれておぼろにかすむ西湖が拡がっていた。動いているものは何もなかった。人影や車はおろか、小舟の影ひとつ、鳥の影ひとつ、見えなかった。外界の時間は止まり、死に絶えていた。生きているのは自分たちだけのようであった。

後ろ向きに深く貫かれながら、眼下の西湖が烈しく揺れ続けた。志摩子の胸の中からあらゆる雑念が消えていった。時間が消え、未来が消え、過去も消えた。苦悩が消え、悲しみが消え、ささくれ立ったような不安が消えた。腰を烈しく動かし合い、羞《は》じらいもないほどの喘《あえ》ぎ声をあげている、その瞬間の悦楽だけがすべてと化した。

志摩子、正臣、と互いにとめどなく名を呼び合った。呼んでいるのではない、単に口にして叫んでいるにすぎなかったが、しまいには何を口にしているのかわからなくなった。

志摩子は全身を彼のリズムに合わせて強く揺らし、顎を突き出しながら天を仰ぎ、途方もない快感の波に呑まれて脱力していきそうになるのをこらえつつ、「いやよ、やめないで」と声をあげた。ずっとこうやっていて、お願い、やめないで。

やめないよ、やめないよ、ずっとこうやっているよ、と正臣はこれ以上荒くなれないほど荒くなった呼吸の中で言った。やがて、彼が低く咆哮《ほうこう》した。ひと声、志摩子の名を叫んだ。

その直後、志摩子の視界の中で西湖の風景がパッチワークのようにばらばらになり、炸裂した。灰色の夏の空に、一瞬、七色の光が点滅した。点滅したかと思うと、それはすぐにとろける七色のクリームのようになって川と化し、志摩子の脳裏を流れていった。

自分は今、虹色の夢を見ている、と志摩子は思った。思ったのはそれだけだった。

ひとつにつながったまま、ふと目を開けた。窓ガラスが、ふたりの熱い吐息で曇っているのが見えた。

その曇ったガラスに、志摩子はぐったりと力尽きたようになって額を押しつけた。正臣が志摩子の身体を抱きしめ、志摩子の汗ばんだ背に顔をうずめるように体重を預けてきた。

西湖の向こうの杭州の街並みが、夏の靄で煙って見えた。かいたばかりの汗が、急速に冷房で冷やされていくのがわかった。

長い間、ふたりはそのままの姿勢でじっとしていた。正臣の重みに耐えかねて、大きく前にのめった志摩子の乳房が、冷たい窓ガラスに触れた。乳房が扁平《へんぺい》につぶされた。志摩子は両手をガラスに押しあて、身体を支えた。

いっとき忘れていた悲しみが、そろり、とかすかな音をたてて蠢《うごめ》くのがわかった。つながったままの姿勢で、志摩子は片腕を大きく後ろにまわし、正臣の首を引き寄せようとした。

彼は志摩子を抱く手にいっそう力をこめ、その耳もとに濡れたくちびるを押しつけると、何か言った。何を言ったのか、聞き取れなかった。

志摩子が、「え？」と聞き返したのと、彼が「俺たちは……」と言ったのは、ほぼ同時だった。

「俺たちはこんなに……」と彼は続けた。

その先の言葉はなかった。

ふたりの乗ったタクシーは、相変わらず荒寥《こうりょう》とした郊外の道を走り続けている。黄色い土埃のたつ大地は、果てしなく地平線の彼方にまで拡がっているように見える。道路周辺には小さな工場がいくつか建ち並んでいる。取り壊されて瓦礫《がれき》のまま放置されている建物も目につく。遠くまばらに点在する民家の屋根の色は、くすんだ赤が多い。

未舗装の広々とした車道ばかりが、どこまでもまっすぐに伸びている。行き交う車の量は少ない。路肩のところどころに形ばかり植えられている樹木は、手入れが悪いのか、この暑さのせいなのか、どれも半ば枯れかけている。タクシーは時折、大きくバウンドする。車のタイヤが、小石をじりじりと押しつぶしていく音が、異様に大きく聞こえる。「どうした」と正臣が囁くように聞いた。握り合っていた彼の手が、志摩子の手を少し強く揺すった。「眠ってるの?」

「ううん。ぼんやりしてただけ」

腹の奥のどこかに、時折、感じるかすかな痛みと、全身のだるさが気になる。今朝は食欲もなかった。それでも無理をしてブリオッシュとフライドエッグを半分食べ、コーヒーを飲んだ。消化されていないのか、胃がもたれて気分が悪い。

短編小説をどうしても書きあげなくてはならない、という正臣と共に、ここのところ、志摩子はホテルの部屋にこもっていることが多かった。

執筆の邪魔になってはいけない、と思い、ひとりで外出しようとしたのだが、正臣がそれを許さなかった。大丈夫、あなたが傍《そば》にいても、ちっとも気にならない、それどころか、あなたを膝の上に載せていても、書ける、だからひとりで外出などして、俺を心配させないでくれ、そんなことをしたら余計に書けなくなる……そう言われた。

部屋では、それでもなるべく正臣に近づかないようにし、ベッドに入ったまま、おとなしく文庫本を読んだり、中国のガイドブックに目を通したりしていた。外に出ず、汗をかかずにいたせいで、冷房の影響をまともに受け、身体が芯から冷えきってしまったのかもしれなかった。

とはいえ、この程度なら、烏鎮《ウージェン》に着き、暑い戸外を歩きまわって、ひと汗かいたら治るだろう、と志摩子は思っていた。出発前に、日本から持ってきた胃腸薬を服用してこなかったことが悔やまれた。早く飲んでいれば、もっと早く、症状が治まっていたに違いなかった。

親鳥の翼の中に、甘えて鼻づらをもぐりこませようとする雛《ひな》鳥のような姿勢をとった。上半身をいっそう小さく丸め、志摩子は正臣の胸のあたりに顔を押しあてた。彼の腕が志摩子を抱き寄せた。そんなふうにして正臣にもたれかかったまま、目を薄く開けていると、窓の外の風景が、単調な映像のようになって流れていくのが見えた。

「これぞ中国、っていう感じね」と志摩子は外を見ながら、つぶやくように言った。「今もまだ、大部分が都市化されてないのよね。広くて、果てしがなくて、埃っぽくて、それなのに別に荒れ果ててる、っていう感じもなくて、まだまだこれから、どんどんのし上がっていくんだぞ、目標はずっと先にあるんだぞ、っていうエネルギーみたいなものばっかり、感じられる。強いわ。生きていくための強さがあるのよ。国全体がもってるエネルギーの量が、日本と違うのね。生命力が弱ったらおしまい、って感じ。弱ったりしたら、すぐに淘汰《とうた》されて消えていくのよ。消えたり、壊れたり、死んだりしていくものを横目で見て、ずんずん突き進んでいくのよ、この国の人たちは」

そうだな、と正臣はうなずいた。「うかうかしてたら、取り込まれて、骨まで抜かれてしゃぶられそうなさ、そんな感じがして仕方ない」

志摩子は黙ったまま、正臣の手を握った。彼の手は湿っていた。

ホテルの部屋の、小さなライティングデスクに向かい、持参したノート型パソコンを前に、小説を書いている正臣を思い出した。

彼の両手は志摩子の手の中や志摩子の肩、志摩子の腰ではなく、キイボードの上にあった。それは、志摩子が初めて見る、書いている正臣、作家である正臣だった。

近づくのが憚《はばか》られた。その広い背中には、書くこと以外のものをすべて拒絶するような、険しい雰囲気が立ちこめていた。まるで、彼が自分ではない他の女に夢中になっているのを目の当たりにしているような錯覚にとらわれて、志摩子はふいに、嫉妬とも独占欲ともつかぬ、奇妙に落ちつかない気分に襲われた。手にしている文庫本の内容が頭に入らなくなった。

視線を感じたのか、ふと正臣が振り返った。目と目が合った。彼は怪訝《けげん》な顔をして聞いた。「何?」

「何、って?」

「もしかして、ずっと俺を見てたの?」

そうよ、と志摩子はベッドの上であぐらをかいたまま、にっこりとして答えた。「気が散る?」

そんなことはない、と彼は言った。「でも……照れるよ」

「おとなしくしてるわ。邪魔しないから」

「いいんだよ」と言い、彼は数回、瞬きをして志摩子から視線をはずした。「あのさ」

「どうしたの」

「相変わらずメールがたくさん来てる。こうやって書いていても、送信されてくるんだ」

そう、と志摩子は言った。

誰からのメールか、ということはあえて聞かなかった。彼の消息を知りたくて、彼の状態を案じて、あるいは興味本位で、大勢の関係者が彼のパソコンにメールを送り続けているであろうことは想像できた。

その中に、妻からのものもあるのだろうか。娘たちからのものもあるのだろうか。ないはずがない、そして彼はきっと、それを読んだのだ、と志摩子は思った。

「開いて読んでみた？」

少しだけ、と彼は答えた。「でも途中からいやになった。ほとんどみんな、同じような内容だよ。日本で飛び交ってる情報をもとにして、つまらない説教を書いてきている。どうせ返事を書くつもりはないんだ。誰にも。だから読む必要がない。読みたくもない」

志摩子が黙っていると、「読んでみる?」と正臣が聞いた。「俺の代わりに。全然かまわないよ」

ううん、と志摩子は穏やかな表情を作りながら、首を横に振った。「やめとくわ」

妻からの、娘からのメール、というのがあるのだったら、それだけを読みたい、と言ってみたかった。読んで、わざと自分自身をずたずたに切り裂いてみたかった。だが、そのことは口にしなかった。

正臣はうなずき、しばらくの間、黙って志摩子を見つめていたが、やがて再び姿勢を戻し、パソコンに向かい始めた。

キイボードを叩く音が続き、続いたと思ったら、じっと小ゆるぎもせずに腕組みをしたまま動かなくなった。眠っているのかと思っていると、再び猛烈なスピードでキイボードが叩かれた。その繰り返しが長く続いた。

どんな作品を書いているのか、知りたかった。読みたかった。

原稿があらかた仕上がり、あとは推敲《すいこう》して、メール添付で編集部に送信するだけ、という段階になった時、志摩子は正臣に「読ませてほしい」と頼んだ。

読むのはこわくもあった。烈しく愛し合い、求め合ったあげく、一切をかなぐり捨てながら現実に背を向け、真夏の杭州にまでやって来た。常識はおろか、理性のかけらもないようなことをしでかしている中、自分の目の前で書き上げられた正臣の作品を読むのは、何よりもおそろしいことのように思えた。

だが、読まずにはいられなかった。正臣のすべてを知りたかった。分かち合っても分かち合っても、まだ足りない。その心の奥底にある微細な襞《ひだ》の、ひとつひとつの目に見えない蠢きに至るまで、覗きこみ、指先で触れ、愛《め》で、わがものにしていきたかった。

正臣が読ませてくれたものは、寓話ふうに描かれた男と女の、短いが美しい物語だった。パソコンのディスプレイの中に並べられた端整な言葉の群れを目で追いながら、志摩子はいつしか涙ぐんでいた。

ひとりの男とひとりの女が、果てることなくまぐわい続け、やがて気がつくと、雌雄同体の巨大なミミズと化している。どちらがどちらなのか、区別がつかなくなるのだが、それでも彼らは自分たちの肉体がひとつになってしまったことに、なかなか気づこうとしない。

もどかしく求め合いながら、やがては、互いの声、言葉も届かなくなる。何かしゃべれば、鉄の筒の中で打ち鳴らした音叉《おんさ》のように、やみくもに響きわたる音の振動が伝わってくるばかりである。

触れることも、見ることも、聞くことも、話すこともできなくなる。絶望したふたりは、ある満月の晩、冴え冴えとした青白い月の光から逃れるようにして、湖畔に繁る大きな蓮《はす》の葉の狭間に隠れ、力なく細長い身体をのばし、横たわっている。

月夜は静かで物音ひとつしない。凹凸をなくした肌色の、のっぺりとした身体をてらてらと光らせながら、その雌雄同体となった生物はひとしずくの透明な涙を流す。

その時、湖面をわたって風が吹いてくる。蓮の葉が揺れ、はためき、裏返る。月が、彼らの上に青い光を投げ、包みこむ。細長くなった彼らの姿が、束の間、湖面にくっきりと映し出される。彼らはそれを見て初めて、自分たちがひとつになっていたことを知る……。

……そんな話だった。

「何故、泣く」と正臣に聞かれた。

志摩子は首を横に振り、かすかに笑みを浮かべてみせた。「悲しい話ね」

「悲しみを書いたわけじゃない。希望を書いた。少なくとも、そのつもりだった」

「そうね」と志摩子は潤む目を細め、笑顔を作って言った。「これは確かに、希望の小説。その通りよ」

「小説としてどう受け取られるか、わからない。一部からは酷評されるだろうし、一部からは面白おかしく取り上げられて、つまらない心理分析に使われるだろうし。でも、そんなことはどうだっていいんだよ。俺は今書けることを書いただけだから」

「あなたは本当に作家なのね。しかもすばらしい作家。ねえ、聞いて」

「ん？」

「私たち、ミミズになればいいのよね」

愛してる、と言いたかった。だが、言えなかった。ありふれた言葉では表現できない、あまりに深い、痛みすら伴う感情……それは思慕の念であり、恋情であり、性的欲望であり、合体を望んでやまない動物的本能のようなものだったが……がいっしょくたになって、志摩子の中で渦を巻いていたのだった。

志摩子は正臣の首に両手をまわし、そのくちびるの端にキスをした。彼は両手で志摩子の顔を包み、額、まぶた、鼻、頬、顎、うなじ、に順番にキスをしていたが、最後にくちびるを軽く合わせるなり、大きな吐息をついた。そして、折らんばかりの猛々《たけだけ》しさで志摩子をその胸に抱きしめてきた。

二時間ほど車に揺られ、烏鎮《ウージェン》に着いた。相変わらず胃のもたれと腹部のかすかな痛みがあったが、車から降りて、水郷遊覧のための船着場に着くころには、いくらか治まっていた。

杭州を出発した時分には、時折、陽射しがのぞいていたというのに、今は空に厚い雲がたれこめていた。そのせいか、余計に蒸し暑さがつのる。志摩子は正臣と共に、船頭のついている遊覧用の小舟に乗り、顔を伝い落ちる汗をハンカチで拭った。

一千年の歴史を湛《たた》えた水郷の街に、その日、観光客の姿はさして多くなかった。緑色の水を湛えた静かな水路を、八人乗りの、屋根のついた木の小舟が時折、ゆったりと行き交っているものの、小舟に人影は少ない。左岸に連なる石畳の舗道にも、のどかに散策する人々の姿が見えるだけで、騒々しく賑わっている様子はなかった。

右岸から川にせり出すようにして建てられている民家の屋根は、今にも崩れ落ちそうな古い瓦《かわら》屋根である。壁は板張りだったり、罅《ひび》の走った白い漆喰《しっくい》壁だったり、様々だが、いずれも歳月を経て朽ちかけ、音もなく崩れ落ちていきそうに見える。

真夏のことゆえ、家々の窓は残らず開け放されている。窓の奥は仄暗《ほのぐら》く、影にのまれている。窓辺に積まれた鍋や食器、ビニール紐に掛けられた何枚もの布巾《ふきん》が見える。板張りの外壁にぶら下がっているのは、柄の部分が竹でできている、使いようもないほど型崩れしてしまった古めかしい箒《ほうき》である。

屋内での洗い物に使ったバケツ入りの水を、女たちが容赦のない勢いで窓から川に向けて撒《ま》いている。川べりにしゃがみ、洗剤を使いながら洗濯をしている男もいる。白い細かな泡が緑色の水面にぷかぷかと浮くが、それもやがて水に溶け、浄化され、泡の原形すらとどめなくなる。

小さな民家の窓辺に佇《たたず》んで、煙草を吸いながら、行き交う小舟をじっと眺めている痩せた老人がひとり。元の色が判然としないほど色褪《あ》せたアンダーシャツ一枚の姿で、彼はにこりともしない。白くなった頭髪が、山羊《やぎ》の鬚《ひげ》のようにやわらかく四方八方に伸びている。

小舟に乗っている志摩子の目と、老人の目が合った。老人は一瞬、志摩子ではない、志摩子の中にある何かをにらみつけるような表情をしたが、それだけだった。関心のなさそうな視線が志摩子をぼんやりと包み、やがて遠のいていった。

志摩子の胸に懐かしさがあふれた。それは既視感に近いものでもあった。

千年の昔に、自分もまた、こんな小さくて古い、川べりの朽ちかけたような家で、静かに幸福に暮らしたことがあったのではないか。日毎夜毎、同じ川の流れを眺め、窓の外から立ちのぼってくる水の匂いを嗅ぎ、水面《みなも》を打つ雨の音を聞きながら、ただそれだけのことを繰り返して、歳月と共に穏やかに老いていったことがあったのではないか。

小舟に揺られながら、志摩子は束の間、まぼろしを見た。窓辺に佇んで煙草をふかしている老人が、正臣の姿に取って替わった。その隣には老いた自分が寄りそうようにして立っていた。ふたりは、朽ちた鳥籠《とりかご》のように小さな家で、人生の最晩年を仲睦《むつ》まじく暮らしているのだった。

「生まれ変わって、また私たちが出会うことがあったら」と志摩子は、次第に遠のいていく老人の姿を視界の端に留めながら言った。「こういうところで暮らしてみたい」

自らが発した言葉が、志摩子の胸を熱くさせた。いつかそうなる、きっとそうなる、と願い事を天に託す子供のように、志摩子は目を細め、小舟の中から曇った空を仰ぎ見た。

「驚いたよ」と正臣は抑揚をつけずに言った。「俺も今、まったく同じことを考えてた」

「私たちが死んで、生まれ変わることがあっても」と志摩子は垂れこめる夏の雲を見上げたまま、言った。「私たちはきっとまた、どこかで出会って同じような恋におちると思う。その時は、今みたいに、いろいろな面倒ごとはなくて、しがらみも何もなくて、ふたりはすぐに一緒になれる。一緒になって、私たちはきっとこの、烏鎮の小さな家にふたりで住むのよ。そして、ちまちまと川の水で洗濯したり、ごはんを作ったり、毎日毎日、川を行き来する小舟を眺めながら暮らすの。そうやってふたりで年をとっていくの」

言ってから志摩子は、ゆるりとした視線を正臣に移した。「そうなるまでにはきっと、何回も何回も戦争が繰り返されるわ。地球規模で天候の異変が起こって、このあたりは熱帯雨林になっちゃうのかもしれない。この静かな水郷も、そのころにはなくなってるのかもしれない。上海みたいな大都市になってるのかもしれないし、海の底に沈んでるのかもしれない。だけど……」

「平気だよ」と正臣はもの静かに、しかし、ゆるぎのない声で言った。「俺たちの家だけは、きっとある」

船頭が時折、ふたりのほうを盗み見るようにして視線を投げてきた。その目を意識しながらも、志摩子はやわらかく身体を前に倒し、正臣に向かって手を伸ばした。

「希望……」と志摩子は言った。「いつも希望はあるのね」

正臣はうなずき、志摩子の手を包み、軽く頬をすり寄せた。そしてふと、我に返ったように目をあげた。「冷たい手をしている」

「そう？」

「冷たいよ。冷たすぎる。どうした」

志摩子はわずかに肩をすくめて微笑した。情けない笑顔になっているのが自分でもわかった。「さっきから少し、お腹が痛むの」

民家と民家のわずかな隙間から、奥まって左右に複雑に伸びている路地が覗き見える。細い路地をぬうようにして、子供たちが走りまわっている。子供らしい甲高い笑い声があたりに響きわたる。

小舟が大きく揺れた。正臣が勢いよく立ち上がり、志摩子の横に来て坐ったからだった。

「どうして黙ってたんだ」

「心配しないで。大丈夫だから」

「心配しないでいられるわけがないだろう。どんなふうに痛むの」

「大したことない。ちょっとした消化不良よ」

「そう言えば顔色がよくない。近くのホテルを探そう。横になって休んだほうがいい」

「大げさね。杭州のホテルの部屋でちょっと冷えただけよ。平気。少し歩けばよくなるから」

だが、いっこうによくなる気配はなかった。遊覧を終えて小舟を降り、石畳の狭い路地を歩いているうちに、志摩子は額に脂汗が浮き始めるのを覚えた。間歇的に襲ってくる痛みの強さが、時と共に増している。

いよいよ空の雲行きも怪しくなり、今にもひと雨きそうな按配《あんばい》である。石畳になっている路地は迷路のごとく入り組んでいる。小さな店が軒を連ね、影にのまれたようになったうすぐらい店の奥には老人やその家族とおぼしき人々が腰をおろし、汗ばんだ顔をしながら、道行く人々を眺めている。志摩子と正臣はとりわけ、彼らの関心を惹くらしく、物怖《ものお》じしない視線がいくつもふたりを包みこむ。

どこか休めるところを探す、と言い張る正臣に、ともかくトイレに行けばよくなるから、と志摩子は言った。ふたりはすぐに目についた川べりの店に入った。

ビールやお茶、軽食を出す小暗い店だった。小さなテラス席が川に向かってせり出している。壁も床も、色褪せて灰色になった不揃いのレンガでできている。竹製の素朴な椅子とテーブルが一列に並んでいるだけの、何の装飾もない質素な店で、客は誰もいなかった。

志摩子は身振り手振りで、店の若い女にトイレを貸してほしい、と頼んだ。すぐには通じなかったが、志摩子の、どこか切迫したような顔を見て、事の次第を理解したのかもしれなかった。女はうなずくと、すぐに店の奥に志摩子を案内した。

張られた板の真ん中に、丸い穴が空いているだけのトイレだった。中は狭く、暗く、外の光がぼんやりと小さな窓からもれてくるだけであった。不自然な恰好でじっとしゃがんでいると、首から汗がしとどに流れ落ち、胸を伝って落ちていくのがわかった。

肉体の苦痛は一種の安らぎだ、と志摩子は思った。

痛みと苦しみに喘いでいる時、精神の苦悩はいっとき鎮まる。痛みや苦しみが勝つのである。その、麻痺《まひ》したような、しびれたような魂の安息に、いつまでもしがみついていたくなる。

川を行き来する遊覧船の気配がかすかに聞こえてくる。舟が通った時だけ、川面が揺らぎ、漣が押し寄せて、トイレの外の壁に弾けては水音を作る。蝿《はえ》なのか、羽虫なのか、小さな虫の羽音が、耳もとのあたりでしきりと唸《うな》り声をあげている。

ここはどこなのか、と志摩子は軽い嘔吐《おうと》感を覚えながら思った。自分は何をしているのだろう。これからどこに行こうとしているのだろう。

母を思った。子供のころ、家族で箱根に行く途中、叔父の運転する車で、ひどく車酔いしたことを思い出した。母が背中をさすってくれた。ちょうどこんな感じの、みやげ物店の奥にある、古い汚れたトイレの中だった。母は志摩子に不安を与えまいとしてか、背をさすっている間中、ずっと鼻唄を歌っていてくれた。のどかなリズムで歌われた、「メリーさんのひつじ」のメロディが、まるで今、耳にしているもののように、志摩子の中に蘇る。

涙がにじんだ。肉体の苦痛のせいなのか、それとも、引き返すことのできない旅路の果てに感じる、行き場のない悲しみのせいなのか、わからなかった。

十分ほどそうやっていて、少し楽になったが、回復した、というほどではなかった。心配をかけてはならないと思い、テラス席の正臣のもとに戻ると、テーブルの上には、運ばれてきたばかりとおぼしき、チマキが載せられた皿があった。

「何も注文しないわけにはいかないから」と正臣は言った。「どう？　少し落ちついた？　何か温かい飲み物でもどう？」

志摩子は首を横に振り、正臣に向かって形ばかり微笑みかけた。腹部の鈍い痛みが去っていかない。相変わらず、腹の奥底で、痛みのもとが棘々《とげとげ》しく触手を伸ばしてくるのが感じられる。

そのせいで頭の中がぼんやりし、考えること、感じることの輪郭がぼやけ始めた。朝目覚めてから、夜眠りに落ちるまで、いっときも休むことなく続いている胸苦しい感情の昂《たかぶ》りも、今はなめらかに均《なら》されていた。やり場のない切なさに身を焦がすことからも、自分が自由になったような気さえした。

　医者にみせたほうがよくはないか、と言い出した正臣を制して、ただの疲れと寝冷えからくる腹痛にすぎないから大丈夫、と明るさを装い、志摩子は正臣にチマキを食べるよう勧めた。彼はあまり美味《うま》くなさそうに、笹《ささ》の葉で巻かれたチマキを食べ始めた。

　食べている正臣を見守りながら、志摩子は心配をかけまいとして微笑み続けた。かすかに水の匂いがしていた。音もなく川をすべっていく、遊覧用の小舟が見えた。対岸の川べりを走って行く子供たちの姿があった。風はなく、空は灰色だった。

　早く治して、こういう、いろいろなものを一緒に食べよう、と正臣は言った。ビールもね、と志摩子は言った。「紹興酒も。がんがん飲んで、食べて、ふたりで豚みたいに太って、何も考えずに眠りましょう」

「あなたが俺にそうなれ、って言うんだったら、豚にでもトドにでもなるよ」

　志摩子は笑い声をあげてみせた。笑っているのに、目が潤んだ。「それ、おいしい？」

「うん、なかなかいけるよ。ゴマ油の香りがする」

「元気だったら食べるのに」

「無理しないで。まだ痛む？」

　長居をしていたら、また差しこみに襲われそうだった。冴えないわね、最低だな、今日の私、と志摩子は渋面を作って言った。「色気、ないでしょう」

「年がら年中、元気いっぱいで腹も痛くならないような女は、かえって色気がないよ。たまに体調を崩す人のほうが人間らしくていい。それよりも、冷えからきた腹痛なら、腹巻を巻いて温めるのが一番だよ。杭州に戻ったら、早速、そういうものを見つけてこよう」

「毛糸の腹巻？　そんなもの、つけるのいやよ」

「どうして」

「あなたの前で？　毛糸の腹巻？　赤とか黄色の？　冗談でしょう」

それには応えず、正臣は急に生真面目な顔をして食べかけのチマキを皿に戻すと、志摩子、と低く呼びかけた。「顔色がすごく悪いよ。いいからもうここを出よう。車のところまで歩ける？」

大丈夫だってば、と志摩子が元気を装うと、正臣は「俺の前で我慢しなくてもいい」と怒ったように言った。

店の若い女を呼び、チマキの代金を支払い、正臣は志摩子の肩を抱きかかえるようにして外に出た。どこにそんな数の従業員がいたものか、店の奥から数人の若い女たちがぞろぞろと出てきて、野次馬よろしく、興味深げに志摩子たちを見送った。

路地裏の石畳沿いに並ぶ店では、ゴマを使った菓子や紹興酒などが売られていた。観光客はほとんどがアジア系の顔だちをしていて、白人は見当たらなかった。中には騒々しく呼び込みをしている店もあった。飛び交っている言語は、すべて中国語だった。風がないので、川からあがってくる湿気が生ぬるい靄のようになって流れてくるのが感じられた。

汗が噴き出し、肌を濡らす。それなのに、腹部を中心にして、身体の芯が冷えている。時折、寒けのようなものが背中を走り抜けていく。

元来た道を戻り、駐車場に近づいたころ、ぽつりと大粒の雨が志摩子の頬にあたった。あたりの空気はすでに雨の匂いを含み、熟したように蒸れていた。

彼らを乗せてきたタクシーの運転手が車の外に出て、片手を腰にあてがいながら、ペットボトルの飲み物を飲んでいるのが見えた。ふたりの姿を見つけると、運転手が正臣に向かって何か言った。もっと烏鎮の観光をしないでもいいのか、こんなに早く戻ってきてもよかったのか、と言っている様子だった。

正臣が首を横に振り、紙にボールペンで「帰杭州」と書きつけ、運転手に差しだした。運転手はまた何かを言いかけたが、言葉がまるで通じないことを思い出した様子だった。軽く右手を上げ、うなずき、彼は運転席に戻った。

後部座席で志摩子はほとんど何もしゃべらずに、正臣の肩にもたれていた。フロントガラスをせわしなく行き交うワイパーの音がうるさかった。

雨足は次第に強くなった。黄色い土埃が雨を吸い、時折、細かく弾かれた泥のようになって、車の窓にはね上がってくるのが見えた。

身体の奥に、触れたら爆発してしまいそうなものを抱えているというのに、志摩子は自分が、凪《な》いだ湖面のように穏やかな気持ちに充たされていることを感じた。

異国で病に倒れ、母国に帰れず、そのまま逝《い》ってしまった見知らぬ人々のことを考えた。今こそ、彼らのことが、心底、理解できるような気がした。

最期はきっと、と志摩子は思った。彼らは生まれてこのかた、味わったことのない、桃源郷にも似た安息の中にいたのかもしれない。通りすぎてきた風景、家族、恋人、友人、関わってきた人たち、幸福、悲しみ、絶望、後悔、悦楽、それらすべてを忘れ去って、温かな砂のような沈黙のまどろみの中に、まっすぐに引きずりこまれていっただけなのかもしれない。

その晩、志摩子は杭州のホテルの部屋で、身体の不調と戦った。バスタブに熱い湯をはり、ともかく身体を温めることに努めた。食欲がなかったので、正臣がホテル側に頼んで持ってこさせた温かなスープを飲み、ベッドに仰向けになって目を閉じた。

正臣は志摩子の腹部に手をあてがい、温めてくれた。俺の掌は湯たんぽみたいだろう、と彼は言った。あなたを温めようと思うと、掌に全身の血が集まってくる……。

本当に温かな手だった。あれほど正臣の肌すべてに性的なものを感じていたというのに、その時、彼の手は志摩子にとって、性の匂いのしない、それでいて、生命の揺るぎない躍動を感じさせる手になり変わっていた。そこには万物を超えた、無限の信頼があった。

目を閉じて、志摩子は一心にそのぬくもりを受けた。痛みが遠のき、もつれ合っていたものすべてが和解して、溶け合っていくのが感じられた。

正臣は志摩子から離れずにいた。つけたテレビからは中国語放送が流れてきた。音を消し、部屋の明かりも消して、志摩子は正臣の体温を感じながら、室内の仄暗い闇に映る、テレビの青白い光を見つめていた。

痛みや気分の悪さはあったが、ふしぎなほど何も考えずにいられた。甘やかな、けだるい幸福感だけが志摩子を包んでいた。

永遠にこの時間が続けばいい、と願った。明日がなくてもかまわない。永遠に夜が明けずともかまわない。今この瞬間の至福があれば、もういつ死んでもかまわない……。

志摩子の携帯電話は、その晩、サイドテーブルの上に載せてあった。

何という理由もなく鳴り出すのがおそろしく、電源を切っておこうと思うのだが、切ってしまったらしまったで、敦子から何か連絡が入ってはいないだろうか、と気になる。気にしているよりは、と電源を入れたままにしておいた携帯が、いきなり鳴り出したのは、深夜一時をまわったころであった。

騒々しい着信メロディに、一瞬、身を固くしながら、志摩子はその電話が、不吉な知らせをもたらしたものであることを直感した。誰かの死、誰かとの永遠の別れ……。

一秒の何分の一かの短い時間、今、自分は滋男の死を知らされるのかもしれない、と志摩子は思った。母の、父の。猫のモモの。あるいは、正臣の妻や子の。

自らの中に地獄の業火が、めらめらと焔《ほのお》をあげるのを感じた。その火で焼かれていく自分自身を思った。

「ああ、志摩ちゃん、私よ。もう寝てるかもしれないし、こんな状態の時にわざわざ、知らせなくたっていいとは思ったんだけど」

海の向こう、遥か彼方の大都市、東京で、疲れ果て、うつろな目をしながら話しているであろう石黒敦子の声が耳に飛びこんできた。

「言っとくけど、悲しい知らせよ」

志摩子は息を呑もうとして、うまくいかなくなり、咳こんだ。

敦子は志摩子の咳こみが治まるまで辛抱強く待ち、おもむろに、あたかも志摩子を非難するかのような口ぶりで言った。「ゆうべ、堂本監督が亡くなったわ」

第二十四章　正　臣

正臣にはわかっていた。このまま、いつまでも永遠に旅を続けていられるはずはなかった。

そのことが、次第に決定的になっていく。それなのに、自分も志摩子も、ごまかしながらすごしている。真顔でそのことと向き合おうとしていない。

どうする……という言葉を口にしたら最後、がらがらと音をたてて、ふたりの間にあった、あれほど堅固だった何かが崩れていきそうな気がする。だから黙っている。当面の、今日明日の楽しい予定のことしか、話題にしない。

現実から逃げて来たというのに、今度は卑怯《ひきょう》にも、自分たちが決めねばならないことから逃げている。いつまで逃げ続ける気か、と自分をあざ笑いたくなると同時に、猶予期間を一日でも長く先に延ばしたい、とする、醜悪なほど子供じみた切なる思いとが同居している。

共に家庭をもつ、いい年をした大人が、と日本中の人々から糾弾され、罵倒《ばとう》されている。とりわけ、男である正臣に非難が集中している。

責任、という言葉が、連日、彼のパソコンのメールに石つぶてのようにして送られてくる。非難、説教、説得、からかい口調の皮肉……ろくに読まずに、それらのメールを削除する。

俺が知りたいのは、そんなことじゃない、と正臣は思っていた。そんな次元の問題ではない。簡単に整理がつき、簡単に言葉でまとめられて解決のつくようなことではないのだ。

人々の使う言葉は明晰《めいせき》すぎた。ものごとをいたずらに明晰にしすぎると、不思議なことに、すべてが本質から限りなくかけ離れていく。作家であり、言葉を駆使して表現する立場にいながら、そのことを正臣は実感した。当たり前の論旨、常識的に使われる言葉の数々が、真実を語り尽くしたことなど、かつて一度もあったためしがないのだ。

真由美がメールアドレスをもたず、これまで一度も夫婦間でメールのやりとりをしたことがなかったことに、正臣は安堵《あんど》していた。もしも真由美からメールが頻々《ひんぴん》と届けられていたら、俺はどうしていただろう、と彼は思う。春美と夏美のメールが、そこに添えられていて、真由美が書いたのか、本当に娘たちが書いたのかわからない文章で、「パパがいなくなって、さびしいです」などという一文があったら？　「早く帰ってきてください」とあったら？

真っ先に削除していただろうか。それとも、克明に読み、読んでしまった後でわきあがる感情を隠そうと、志摩子の前で酒をあおっていただろうか。そして、何かに勘づいた志摩子に「後ろ髪をひかれているのなら、帰りましょう」と言われ、自分でも説明のつかない怒りにかられていたのだろうか。

日本という国は、この国の対岸、すぐそばにあるのだ、と彼は改めて思った。上海に戻り、空港から飛行機に乗れば、わずか二時間半ほどで成田である。帰路は偏西風の関係で、往路よりも時間がかからない。

帰路……と正臣はつぶやいてみる。覚悟の上で日本をあとにしたつもりでいた。だが、旅が永遠に続く、とは自分も志摩子も思っていない。思っていないことを互いに口にし合わないだけで、何であれ、いつかはいったん、戻らねばならないことを知っている。

「おめおめと」という言葉が浮かんでは消えていった。そうだ、俺たちは、「おめおめと」日本に戻るのだ。そう考えて、正臣は自分でもいやになるほど、絶望的なため息をつく。恥をさらしながら帰ることに、必死になって正当な理由づけをしようとしている自分を感じる。

一方で、相も変わらずに、上海からヨーロッパ方面にまで足を延ばしてみたい、という気持ちも捨てきれてはいない。プラハで、ブダペストで、あるいはミラノで、小寒い秋を迎え、ふたりで冬を乗り切る。

そうやって、金が底をつくまで世界中を放浪し、くたびれ果て、やつれ果てて、「おめおめと」日本に帰るのと、今、ひょっこり戻るのと、どちらが恥の分量が少なくて済むのか、などということも考える。

いずれにしても、気持ちの矛先《ほこさき》が日本に向かっている。現実に向かわざるを得なくなっている。そのこと自体が忌《い》ま忌ましい。

俺はいったい何を望んでいるのだ、と彼は自問する。愛する女を手に入れた。手に入れたばかりか、彼女の愛さえも我が物にした。好き勝手にふるまって、妻を子供を家庭を放り出してきた。いったい他に何を望むのか。

その自問が、彼の中の、愚かしく開き直った気持ちをいっそうかきたてることにもなる。現実に望むものなど、もう何もなかった。彼が求めているのは、未来永劫《えいごう》、人が決して手に入れることが不可能な何かであった。

日本に帰り、すったもんだのあげく、妻子と正式に別れ、志摩子もまた、夫と別れる。ふたりが一緒になるための手続きは、それだけを取り上げれば簡単なことであり、そこに伴う感情的、情緒的な側面さえ乗り越えることができるのなら、ふたりが共に残された人生を歩むための条件は容易に整えられるのである。

世間に広まった耳にしたくない種類の噂も、そのうち消えていく。志摩子に向けられた集中砲火も、いつかはおさまる。現実が戻る。穏やかな新しい日常が始まる。

だが、そんなことはやろうと決めたら、いつだってできる、という傲慢《ごうまん》な自意識が正臣の中にはあった。本当にいつだって。今日明日にでもできるのだ。

泣きながら娘たちと別れる。パパ、パパ、と連呼されながら、今すぐにでも娘たちの元に走り帰りたい衝動にかられて、それでも振り返らない。滂沱《ぼうだ》の涙が頰を伝う。俺は鬼畜だ、と思う。娘たちとすごした長い時間が、甘ったるい巨大なスポンジケーキのようになって彼を押しつぶしてくる。俺が愛しているのは志摩子ではない、娘たちだったのだ、とすら思う。

だが、彼はやっぱり振り返らずにいる。苦痛が彼を切り刻む。責め苦は永遠に彼を苛《さいな》む。ずたずたにする。だが、それがどれほど過酷な責め苦であっても、死にものぐるいになりさえすれば、受け入れることは決して不可能ではないはずだ、と彼は思う。

その度し難い驕慢《きょうまん》さが、ふたりをかくも烈しく結びつけたのか。しがらみからの逃走を企て、実行に移したのも、互いの驕慢さが似通っていたせいなのか。

傲慢に、驕慢に、エゴの限りを尽くしてなお、最後になって、否応なく眼前に突きつけられるものを凝視してみたかった。目をそらさずに、その、突きつけられたものに向かっていって、非業の死を遂げることができるなら、本望だった。

そして、そう考えながら、彼は再び三たび、混沌《こんとん》の中にはまっていく。考える、ということの無意味を感じ、絶望する。堂々巡りの苦しみと迷いは日常になっていて、酒だけでは足りずに、日本から持ってきた入眠剤を服用しなければ眠れなくなっている。

いずれにせよ、何もかも、俺たちは同じなのだ、と彼は思った。あえて言葉にしないだけであり、志摩子が苦悩していることと自分のそれとは、識別不能になるほど、まったく同じ形をしている。だからこそ、自分たちはこうやって、今日も離れずにいながら、苦しみと至福を共有し合っているのである。

体調を崩して臥《ふ》せっていた上に、堂本監督の死を知らされた志摩子が、何を感じ、何を考えたのか、正臣には手に取るようにわかっていた。二十代の頃、女優としてスタートを切ったばかりの志摩子を育て、愛し、その才能を見抜いて、見守り続けた堂本監督の訃報。それこそが、これまでふたりの間で淀《よど》み、一種の禁忌にすらなってしまっていた何かを鮮やかに浮き彫りにし始めることになるのは目に見えていた。

「考えてたの」と、志摩子は言った。

幸い、腹痛はひと晩でおさまり、志摩子は回復しつつあった。西湖《シーフー》の湖畔にある、大衆向けレストランに行き、ふたりは天井の高い広々とした店の、中央付近にあるテーブル席に坐っていた。

志摩子は正臣から視線を外しながら、「いやんなっちゃう」と言って苦々しく笑った。

「体調が戻ってくると、いろいろなことを考えるわ。身体が元気になるのと正比例して、気持ちもまた、しっかり乱れていくのね。昨日はなんにも考えないでいられたのに」

　ほぼ埋め尽くされているテーブル席では、普段着姿の中国人の家族連れが、賑やかに夕食をとっていた。皿の音、コップの音があたりに反響し、ざわざわとした話し声、笑い声、忙しそうに行き交う従業員の靴音が、ふたりを包みこんでいた。

「私には子供がいないでしょ」と志摩子は言った。手にしていた箸を、さも珍しいものでも眺めるように、じっと見つめた。「でも、それなりに人生経験はある。だから頭ではわかるのよ。多分、九十九パーセントは、わかっているんだと思う」

　正臣は志摩子から目を離さずに、小声で訊ねた。かすかな、不安にも似たものを覚えた。「何を」

「子供のこと」と志摩子は正臣のほうを見ずに言った。「子供は、親にとっては最愛のものなんだ、っていうことよ。それはかけがえのない、他の何とも比較できない、もうそれだけで充分、って言えるくらいに、世界中で唯一絶対の、命と引き換えにしてでも守りぬきたい存在なのよね。そういうことが、私にもわかる。わからないはずはない。女優として、母親役をやったこともあるし、演じてる時は、やっぱり私は母親になりきってた。子供をもたなければ、子供のことがわからない、っていうのは嘘。九十九パーセントは子供をもった親と同じようにわかるのよ。でも……」

志摩子はつと目を上げ、正臣を見た。「でも、きっと、残る一パーセント、私にはわからないことがあるんだと思う。絶対にわからないこと。頭ではわかっても、生理ではわからないもの。きっとそういうものがあなたの中にもあるんだろうな、って思った。私にも感覚としてわからない何かがね」

「俺が子供に対して抱く気持ち、という意味で？」

曖昧《あいまい》にうなずきながら、志摩子は軽く微笑した。またいっそう小さくなったように見える顔が、その時、淡い薔薇《ばら》色に染まった。「私にも子供がいればよかった、と思うのよ。切実にそう思う時がある」

「どうして」

「今、私たちは同じ苦しみを分かち合ってる。でもね、正臣、厳密に言えば、同じじゃないのかもしれない。あなたが背負ってるものと、私が背負ってるものは、同じに見えて、実はまったく種類の違うものなのかもしれない」

志摩子の言わんとしていることはすぐにわかった。わかるのだが、今さらそうした問題について、どれほど言葉を尽くして話し合っても、無駄であるような気もした。

通りすぎてきた過去は厳然として目の前にある。消すことはできない。だが、俺たちは今、ここにいる、と彼は自分に言い聞かせ、自分自身を納得させようとした。後戻りできないほど確実に、ここにいるのだ、と。それがすべてなのだ、と。

だが、志摩子は聞いてきた。幾分、ためらいがちに。しかし、あっさりとした口調で。

「あなたは彼女たちを愛している。そうよね」

「え？」

まばらな悲しみをちりばめたような笑みが志摩子の顔に拡がった。「春美ちゃんと夏美ちゃんのことよ。あなたがこの世で一番大切なもの……あなたが、この世で一番失いたくないと思っているものは、きっと彼女たちなんだろうと思う。私でないのが残念だけど、でも、仕方がない。当然よ。そうじゃなくちゃ、おかしい。あなたは親なんだもの。彼女たちはあなたの娘なんだもの。その絆《きずな》だけは、永遠に変わらないんだもの」

正臣が黙っていると、志摩子は「そうよね？」ともう一度、力なく繰り返した。どう応えればいいのだ、と正臣は自分でもおそろしくなるほど煩悶《はんもん》した。残酷な質問であった。これ以上、残酷な質問は他にはなかった。違う、と言えばいいのか。そうだ、と言えばいいのか。

答えずにいれば、その沈黙が志摩子を傷つけ、自分自身を苦しめ、ふたりの間に翳《かげ》りをもたらすような気がしてくる。かといって、何か口にしたら、それはすべて嘘にしかならないような気もする。

「比べようがないよ」と言い、言ってしまってから、正臣は自分が発した言葉の不正確さにおののいた。おののきながらも、先を続けた。「どうして子供たちとあなたへの愛を比較できる。まるで位相の違う問題だよ。それに俺は子供たちを置きざりにして、父親として考えられないような酷い仕打ちをしてきたあげく、今ここにあなたと一緒にいるんだ。どんなきれいごとを言おうが、これが現実の俺なんだ。俺は……」

でも、と志摩子はやわらかく遮った。「ね、正臣。私の前で嘘はつかないで。無理しないで。私たちとは別に流れてきた時間のことで、頑なにならないで。正直になって」

「俺に子供たちのもとに戻れ、と言ってるわけか」

違う、と志摩子は優しい口調で彼をたしなめた。「私に子供がいなかったのが残念だ、っていう気持ちを伝えたかったのよ。馬鹿みたいかもしれない。でもほんとにそう思ったの。もし子供がいれば、あなたと同じ苦しみを背負えた。同じ苦しみなら、ふたりで背負えば半分になってたかもしれない。かえって問題がややこしくなった可能性もあるけど、でも、そのほうがもしかすると、よかったのかもしれない。少なくとも私の気持ちの中では、今よりも苦しみの中身が違うものになっていたのかもしれない。……そんな子供みたいなこと、ちょっと考えて……そのことをあなたに伝えたかっただけ」

ふたりのテーブルの脇を子供がふたり、歓声をあげながら走り抜けて行った。十歳前後の男の子だった。

志摩子がその子たちをぼんやりと目で追い、そんな志摩子を正臣は見ていた。店内はますます混雑してきた。壁に天井に、人々の話し声が響き、はね返った。天井のところどころに、油染みのついた小型扇風機がついていて、店内の生ぬるい空気を攪拌《かくはん》していた。

ふたりのいる席だけが、透明な膜に包まれているようだった。彼らは喧騒の中で、いっとき、絶望的な視線を交わし合った。だが、初めに表情を和らげたのは志摩子のほうだった。

「食べないの？」と彼女は聞いた。「さめちゃうのに」

志摩子、と正臣は言った。この機を逃してはならない、と思った。「どうするつもりでいる」

「何のこと？」

「このまましばらく杭州にとどまるか。ここからまた、別の町に行くか。それともそろそろ、上海に戻るか。とどまるなら、明日にでもホテルに宿泊延長の申請をしなくちゃいけない」

少しは逡巡するのか、と思っていた。あるいは、まったく別のプランを口にして、ピクニックの予定でもたてるように楽しげに、芝居がかった明るい声で、話し出すのかもしれない、と思っていた。

だが、志摩子はそのどちらでもない、まるで初めから決めていたことのように、迷う様子もなく、すっくと背筋を伸ばすと、「ここに長居していても仕方がないわ」と言った。「上海に戻りましょう」

わかった、と正臣は言った。喉に何かが詰まっている。それが何なのか、自分でもわからない。どうすることもできない。

志摩子が何か言いたげに口を開きかけた時、また、さっきの男の子ふたりが、テーブルの傍《そば》をはしゃぎ声をあげながら走り抜けて行った。かすかな風がおこった。志摩子は子供たちの後ろ姿を見送り、物思いにふけったような目をしたが、やがて正臣に向き直り、さあ、と言った。「食べましょうよ」

その時彼女の口もとに浮いていたのは、少し投げやりな感じのする微笑だった。

ホテルをチェックアウトし、杭州駅から列車に乗ったのは七月十九日だった。

上海駅に到着するまで、空はどんよりと曇り、途中、一時的ではあったが、シャワーのような雨が降った。磨かれた様子のない、汚れた窓ガラスに、埃《ほこり》を吸いこんだ雨滴がまだら模様を作った。

上海に戻る、ということの中に、何の目的があるのか、と正臣は自問し続けた。杭州に出発した際、ホテルに預けておいた荷物を引き取る……ただそれだけのために戻る、という言い訳を自分に向けているだけで、本当のところは、荷物などどうでもよく、日本により近い場所で待機していたい、という思いが首をもたげ始めているのかもしれなかった。

相変わらずの熱気の中、上海駅構内は大勢の乗降客であふれ返っていた。それまで忘れかけていた、人の目、というものが感じられた。日本人なのか、中国人なのか、区別がつかない。すれ違うたびに、誰かと目が合う。その中に、自分たちを追いまわしている連中がいるかもしれない、と思うと、不安にかられた。正臣は志摩子の手を取りながら構内を小走りに駆け抜け、タクシー乗り場から車に乗りこんだ。

人目を避けるようにしてホテルのフロント前に立ったのが、午後四時過ぎ。上海の暑さも尋常ではなかった。その日の昼頃まで雨模様だったせいか、外気の湿度が異様に高い。空調の効いたホテルのロビーは、涼を求めて来ているらしい、金回りのよさそうな客で満席状態だった。

ふたりの姿が上海で目撃されてしまった以上、日本の芸能マスコミが市内のホテルというホテルをしらみつぶしにあたっているのは間違いなかった。いくら杭州に身をひそめていたとはいえ、ふたりがこのホテルに戻ってくる、その瞬間を見逃すまいと、大勢いる客の中に、関係者が混ざっていないとも限らなかった。

チェックインする際、正臣は志摩子を目立たない場所で待たせておくことにした。幸い、フロントの裏手に、宿泊客の貴重品を預かる金庫室があり、そのあたりはロビーから目につきにくい構造になっていた。

ざっと見渡してみたが、白人ばかりが多く目につき、日本人と特定できそうな人間は見当たらない。それでも念のため、正臣はホテルの支配人を呼び出し、もし挙動不審の日本人がいたら、すぐに携帯に連絡してほしい、と英語で依頼した。実は日本のマスコミに追われていて、ゴシップネタにさせられそうになっている、と正直に打ち明けもした。自分の携帯の番号をメモした紙を渡し、チップもはずんだ。

支配人はオールバックに黒い髪の毛を撫でつけた、黒いスーツの似合う、痩せて背の高い、異様に姿勢のいい中国人だった。その種の依頼には慣れているのかもしれなかった。彼は渡されたチップを優雅な手つきで受け取り、秘密を共有するおごそかな顔をして深くうなずくと、万事心得た、と流暢《りゅうちょう》な英語で丁重に応じた。

荷物を運ぼうとしていたポーターに、少し後から来るように命じ、人のいないところを見計らって、ふたりを部屋まで案内してくれたのも、その支配人だった。他に客の乗っていないエレベーターの中で、支配人は志摩子に向かい、晴れやかな笑顔を作った。

女優か、と彼が聞いてきた。志摩子が困惑したように正臣を見たので、彼は、そうだ、と答えた。

つややかな、クリームでも塗りたくったような肌をした支配人は、かすかに両方の眉を上げ、我々はこのホテルにパパラッチは入れたことがない、と大まじめな顔をして言った。

清水に上海に戻ったことを伝えようとしたが、出張で北京に行っており、携帯でも連絡がつかなかった。すでに夕暮れが始まろうとしていた。代わりに紫薇《ツーウェイ》に電話し、ガイドブックにもどこにも載っていない、中国人しか知らない目立たない店を紹介してほしい、と頼んだ。

紫薇は「オッケー、まかしといて」と明るく言っただけで、これからどうするのか、ということについては何ひとつ聞いてこなかった。

外が暗くなってから、志摩子を伴い、部屋から出て、タクシーに乗った。日本語はむろんのこと、英語も通じない運転手に、紫薇は正臣の携帯電話を通して、店の場所を指示してくれた。

雨が降り出していた。タクシーのフロントガラスに細かい雨滴が霧のようにまとわりついているのが見えた。杭州西湖の湖畔の静かなホテルですごしていたせいか、上海の街の喧騒と賑わいが、目の前にあってなお、正臣にはどこか遠いものに感じられた。

運転手から戻された携帯を手に、紫薇に礼を言おうとした時だった。正臣が「もしもし」と呼びかけると、紫薇は言いにくそうに小さく咳払いをし、「あのね、奥平さん」と言ってきた。「私、考えたことがある」

「え？」

「もし、志摩子さんとこのまま上海にいるんだったら、うち、来ればいいよ。全然かまわないから」

何のことか、わからずに正臣が一瞬、黙りこむと、紫薇は「うちよ」と言った。「うちは全然お金持ちなんかじゃないけど、空いてる部屋、ふたつくらいあるの。そのうちひとつにはバスルームもついてるよ。よかったら、ふたりにそこに住んでもらえばいい、って、利男とも言ってたの。昼間、私たちは仕事で家にいないし、私の母親が同居してるけど、料理とか洗濯とか、全部やってくれるし。おいしいお菓子も作ってくれて、とても楽だよ。部屋代のほうはタダでいいの。だってさ、大勢で暮らすのって、楽しいじゃない。それに私、奥平さんと志摩子さんだったら、大歓迎」

友情などという生易しいものではない、生きていくための礎《いしずえ》にも似たものを無邪気に呈示されたような気がした。陰で案じながらも、清水も紫薇も、良識というものにまるで頓着《とんちゃく》を見せていないふりを続けている。それどころか、一緒に住もう、とまで言い出している。ありがたいと思う一方、古い友人夫婦にそこまで言わせねばならない自らの思慮のなさが、正臣には途方もなく恥ずかしく感じられた。

正臣は「いや」と言い、「ありがとう」と言った。「紫薇、その気持ちだけで充分だよ。ほんとだ。嬉しいよ」

なんとかしなければいけない、と思った。だが、何を。どうやって。

どこまでも志摩子を守っていきたい、共にいたい、と思う気持ちと、じゃあ、おまえは家族を守ったと言えるのか、と自分自身に唾を吐きかけたくなる気持ちとが渾然《こんぜん》一体になっている。志摩子との今後を考えただけで、志摩子が遠くに行ってしまうような不安にかられ、慌てて彼女の手を握りしめる。肩を抱く。腰を引き寄せる。

彼女の肌に触れたとたん、不自然なほど烈しい欲情が彼の中にわきあがる。それは欲情でありながら、性的なものを何ひとつ伴っていない、一種の精神の渇望にも似ている。

彼の混乱した精神状態は、紫薇に教えてもらった郊外の庶民的な上海料理の店に入り、中国人の客ばかりで賑わう中、青島《チンタオ》ビールと紹興酒を相当量飲んでも、まだ収まらなかった。

そんな彼の状態に気づかないはずはないというのに、志摩子の表情に変化はなかった。痩せてひとまわり縮んだようにすら見えるが、顔色はよく、輝いたような志摩子独特の目の光も取り戻していた。

「ねえ、私、上海で行ってみたいところがあるの」と彼女は、皿に盛られたキャベツのごま油炒めを箸で口に運びながら、浮き立つような口調で言った。「明日、動物園に行ってみない？」

「動物園？」

「上海動物園よ。急にパンダが見たくなったの。正真正銘、本場のパンダ」

正臣は微笑んだ。「パンダなんて、上野にもいるじゃない。見たことないの？」

「どういうわけか、大好きなのに、これまで本物を見たことが一度もないの。あなたは？」

一度だけ、と彼は正直に答えた。

まだ春美と夏美が幼稚園に通っていたころ、真由美も一緒に家族四人で上野動物園にパンダを見に行った。記憶の中に立ちのぼってくる情景には色彩がなく、季節感がなく、音もなかった。妻子の顔に、表情すらもなかった。自分たちが見ていたのは、パンダではなく、動物のいない、荒れ果てた檻《おり》にすぎなかったのではないのか、と思った。彼は慌てて、その灰色の記憶のひとこまを頭の中から追い出した。

だが、志摩子は正臣の心模様に気づいた様子も見せずに、そう、とにこやかに言ってうなずいた。「私はほんとに見たことないのよ。だから見てみたい」

志摩子とふたり、異国の動物園に遊びに行く……旅先で志摩子とふたりきりの時間をすごしている、という喜びが正臣の中に再び舞い戻った。

「ようし、行こう。きっと行こう」と彼は言った。笑いかけた。

「晴れればいいな」

「雨でも霧でも嵐でもいい。パンダを見に行こう。楽しみだ」

志摩子は大きくうなずき、強い視線を正臣に向けると、志摩子らしい、可憐な微笑を返した。

降り続いていた小雨も、翌朝早くにはあがったようだった。ふたりが、虹橋路《ホンチヤオルー》にある上海動物園に着いたころには晴れ間も覗き、照り返しの中、上海の夏の暑さがぶり返し始めた。

ウィークデイだったせいか、あるいは、広すぎて来場者が目立たないだけなのか、中華人民共和国になる以前は、ゴルフ場だったという七〇ヘクタールにおよぶ広大なエリアに、人の姿はまばらだった。

入口付近の閑散とした売店で、ぬるい水の中に浸かっていただけのミネラルウォーターを買い、志摩子と手をつなぎながら、正臣はぶらぶらと歩き出した。人影の少ない園内には、夏ののどかさが拡がっていた。

時折、すれ違うのは、ひと目で中国人とわかる親子連ればかりであった。広場になっている芝草の木陰で、涼をとりながら寝ころがっているカップルや、キャッチボールをしている男たちもいたが、せいぜいがその程度だった。

遠くから風に乗って、象とおぼしき獣の声が聞こえた。時折そこに、甲高い鳥の声が混じった。聞こえてくる音はそれだけだった。

ふたりが初めに足を踏み入れたのは、爬虫類《はちゅうるい》館であった。大きな灰色の石造りの建物で、中は照明がうす暗く、ひんやりしていた。大トカゲやイグアナなどの爬虫類が入れられた飼育室は、それぞれガラス張りになっており、客はガラスの外側から中を眺める仕組みになっている。かすかに生臭いような臭気が鼻をついた。

予算の関係上、人手が足りずに手入れが悪いのか、もともとやる気がないのか、どのガラスも糞尿で曇り、汚れ、中には、どれだけ覗きこんでみても、主の影をみとめない飼育室もいくつかあった。餌《えさ》やりと温度管理だけはやるが、あとは自然に任せている、といったふうだったが、その大らかとも言える雑駁《ざっぱく》さが、かえって自分たちの気分を和ませていることに正臣は気づいた。

「死んだら、死骸だけ撤去して、それでおしまい、って感じだな」と正臣が感心したように言えば、志摩子も笑いながら「それで、次を準備するのが面倒くさくなって、そのまんまになってるのよ」と言う。

「きっとずっとこのまんまなんだよ」

「死んだとか、生まれたとか、あんまり深く考えないのね」

「汚れてる、とか、不潔、とか、そういうこともね」

「あ、見て。この蛇のケースも空っぽ。どこにもいないわ」

「俺の推測だと、やつが寿命尽きて死んだのは、二十日くらい前だな」

志摩子は身体をふたつに折るようにして笑う。あんまり笑いすぎて、目尻に涙さえ浮かべている。そんなに笑っている志摩子を見るのは、久しぶりである。

つられて正臣も笑う。ふたりの笑い声が、石の壁に谺《こだま》する。幸福な谺は連鎖するように、連なる飼育室の奥へ奥へと吸いこまれていく。

爬虫類館を出て、どうしようもなくぬるいミネラルウォーターを分け合って飲みつつ、ふたりは園内を進んだ。ミネラルウォーターがこんなにぬるいよ、信じられないよ、一度沸騰させたやつをさまして売ってんじゃないのか、と口にしてみるなり、正臣の喉もとにまた、新たな笑いがこみあげてきた。

彼は思わず、飲みかけていた水を噴き出してしまい、それを見ていた志摩子もまた、立ち止まって、喉が詰まりそうになるほど笑いころげた。

下校途中の小学生のように、志摩子と身体をぶつけ合いながら歩く。笑う。歩きながらふざけて抱き合う。誰も見ていない。見ているのは異国の地に飼われ、短い生を終えていく幾多の動物たちだけだ。

東北虎《トンペイフー》とライオンの檻の前に辿りついた。園内でもっとも人気の高い動物らしく、そこだけ建物が特別誂《あつら》えになっている。白塗りの壁、屋根には草花が植えられており、管理状態も良好のようである。

広いガラス張りの檻の中に、美しい毛並みの一頭の若い虎がいる。虎は隣の檻のライオンを威嚇《いかく》しつつ、しきりとうろうろ歩きまわっている。

隣の檻にいる雄ライオンと雌ライオンは、そんな虎を小馬鹿にしたように、時折、虎の檻に近づいて行く。檻といっても、双方、ガラスで仕切られているだけなので、互いの姿は丸見えである。

　虎は苛立《いらだ》ちをあらわにしながらも、冷静さを装っている。攻撃方法を思案しているのか、ライオンの檻を凝視している。芝草が敷きつめられた中にいったん横になり、眠ったふりをしては、再び立ちあがる。自らを奮い立たせるようにして、低く野太い唸《うな》り声を張りあげる。

「やつはきっと、隣のライオンカップルをどうやったらやっつけることができるか、それだけを考え続けて生涯を終えるんだろうね」

「ライオンも同じよ。隣の虎をどうやったらもっと馬鹿にしてやれるか、って考えて生涯を終えるんだわ」

「夫婦でね」

　目と鼻の先の、一枚のガラスで仕切られた向こう側に虎がいる。ガラスがなければ、手を伸ばしてその美しい毛並みに触れることすらできそうだ。

　だが、虎は彼らのほうを一瞥《いちべつ》もしない。やつはライオンのことしか考えていない、人生のすべてがライオンなんだ、と口にし合っては、そのこと自体が意味もなく可笑《おか》しくて、ふたりはまたしても大声をあげて爆笑する。笑いすぎて、笑い声がひいひいと嗄《か》れてくる。笑いの発作はなかなか鎮まらない。

　笑いながら東北虎のガラスの檻の前で志摩子を抱き、軽くキスをした。遠くの、動物をかたどったトピアリーが並んでいる小庭園のあたりに二、三の家族連れが見えたが、ふたりの近くに人は誰もいなかった。志摩子のくちびるは汗のせいで塩辛く、その塩辛さの奥にかすかな甘みがあった。

日本の動物園ほどには人気がないのか、中国ではありふれた動物だという認識があるのか、ジャイアント・パンダの広大なガラス檻のあたりも閑散としている。観光客とおぼしき、白人の家族連れがひと組いるばかり。そのため、中で仰向けになり、両手両足を高く掲げながら笹の葉をむさぼっている大きな一頭のパンダを好きなだけ見ていられる。

志摩子は少女に戻ったようにはしゃいでいる。正臣、見て、見て、パンダがひっくり返ってる、わぁ、どうしよう、可愛い、可愛すぎる、ぬいぐるみみたいよ……。

パンダが起き上がり、少し移動すると、それに合わせて、志摩子もまたガラスの前を行き来する。パンダが止まれば志摩子も止まる。パンダが再び笹の葉を食べ始めると、志摩子は目を輝かせて、子供のような歓声をあげる。

正臣はパンダではない、志摩子を見ていた。志摩子の笑顔、志摩子の豊かな表情、昂揚感あふれる仕草、ここのところ見ることがなくなっていた快活さ……出会ったころの志摩子がそこにいた。

ジャイアント・パンダは中国語で「大熊猫《ダーシャンマオ》」ということを知り、ダーシャンマオ、

ダーシャンマオ、と志摩子は繰り返し口にする。ガラスの向こうの、丸々と太った、白と黒の愛らしい大きな動物に向かって手を振り続ける。笑う。手を打ち鳴らす。幸せそうな志摩子を見て、正臣は泣きそうになる。

志摩子に笑いかける。その肩を抱き寄せる。こめかみにキスをする。

志摩子は自分がそうされていることにすら気づかない様子で、するりと正臣の腕から離れていき、別の場所でパンダを凝視し始める。ねえ、こっちに来て、もっとよく見えるわ、ああ、正臣、もう私、だめ、あんまり可愛すぎて、ずっとここにいちゃいそう……。

ここにいよう、と正臣は口にできない言葉を呑みこむ。いたいんだったら、ずっと一緒にここにいよう、死ぬまでこうやって、一緒にいよう……。

時間がさらさらとこぼれ落ちていく。さっきまでパンダに向けてビデオムービーをまわしていた白人の家族連れはいつのまにかいなくなっている。代わりにやって来たのは、中国人の親子だ。父親が幼い息子を背負い、もうひとりの息子の手を引いている。地方の山村から大都市上海の観光に訪れた、といった様子である。後ろから母親らしき女が現れ、大きな四角い荷物を手にしながら、大声で何か言っている。

正臣は志摩子の横顔を盗み見る。志摩子は微笑んでいる。時折、声をあげて笑う。正臣のほうを見る。また笑う。

だが、その笑い声は次第に力を失い、間遠なものになっていく。微笑もいつしかゆるやかに消えていき、よるべないような悲しみの表情が、その顔に少しずつ戻り始めているのがわかる。

時折、思い出したように笑うのだが、そこにはさびしい翳りがのぞく。笑い声そのものが芝居がかって聞こえる。

志摩子の中で、どうしようもない悲しみがひたひたと漣《さざなみ》をたて始めている。不安が薄墨のように流れ出している。

まるで、夕暮れに怯《おび》える少女のようになった、と思ったら、志摩子は前を向いたまま、いきなり片手で正臣の腕をつかんできた。唐突な仕草だった。その横顔は青白い絶望の中に沈み、笑いの痕跡は失われていた。

正臣はつかまれていないほうの手で志摩子の手を強く握り返し、ついで汗で湿った冷たい肩を強く抱き寄せた。何か言わねばならない、と思った。だが、何も言えなかった。一切の言葉が虚しかった。自分でも呆然としながら、彼は志摩子と並んで、パンダの見えるガラスの前に立ち尽くしていることしかできなくなった。

古びた小さな観覧車は、夏の空に向かってぎくしゃくと上がっていく。至るところに錆《さび》が浮いているのか、あるいはモーターそのものが古すぎて威力をなくしているのか、時折、ガタガタという危ういような音と小刻みな振動を伴う。

四人用のシートは目にも鮮やかな朱色のビニール製で、窓という窓に、落下防止のための目の粗い金属ネットが張りめぐらされている。プラスチックの窓は汚れており、鳥の糞や雨滴が流れおちた跡がくっきりと残されたままになっている。

獰猛《どうもう》な夏の太陽に照らされて、ゴンドラの中は息苦しいほど蒸し暑い。サウナのようだ。額から滴ってくる汗が正臣の目にしみる。だが、彼の正面に坐り、心もとない表情をしながら外を眺めている志摩子の顔に、流れる汗は見えない。触れたらひんやりしそうな、陶器のような青白さがその顔を支配している。

ジャイアント・パンダの檻から離れ、帰路に向かい、途中、観覧車が目についた。客は誰も乗っておらず、観覧車自体も動いてはいなかったが、乗ってみたい、乗りましょう、と熱心に言いだしたのは志摩子のほうだった。

よく見れば、乗降口付近に小屋があった。中では、動物園職員の制服に身を包んだ中年の中国人女性がひとり、退屈そうにチケットの整理をしていた。客が来た時だけ、そのつど電源を入れ、モーターを作動させている様子だった。

英語で話しかけてみたのだが、まるで通じなかった。仕方なく、指を二本立て、観覧車のほうを指さした。女は得心した、とばかりににっこりと笑い、中国語で何か言いながらチケットを二枚、渡してよこした。即座に電源が入れられ、あたりに鈍いモーター音が響きわたった。

ゆっくりと降りてきたゴンドラの小さなドアを自分で開け、先に正臣が乗りこんでから志摩子の手を引いた。中国人女性がドアを閉め、外側からロックをかけた。まもなく見送る女の顔が下になり、やがて見えなくなり、正臣と志摩子は汗にまみれて夏の天空に浮いたまま、ふたりきりになった。

動物園の池が見え、その周囲に鬱蒼《うっそう》と生い繁る夏の木々が拡がっている。遥か遠方には、連なる街並みがパノラマ式に望める。

晴れているのに、空は暑さのせいでどんよりと霞《かす》んで見える。遠景の建物も輪郭が不鮮明で、目にはいる何もかもがおぼろに揺れる陽炎《かげろう》の中にある。

志摩子の顔から、笑いは消え去っていた。その片鱗《へんりん》すら見つけることはできなかった。つい今しがたまで、あれほど笑いころげ、溌剌《はつらつ》と輝いていたことが嘘だったかのように、そこにはもう、朦朧《もうろう》と虚ろしか残っていなかった。

自分がこれから口にしようとしていることを、志摩子は察知しているに違いないと彼は思った。それは確信に近い感覚だった。

志摩子がふと正臣のほうに目を向けた。ふたりは視線を烈しく交錯させ、次にどうすればいいのかわからなくなって、途方に暮れた。

志摩子……と彼は彼女を呼び、わずかに首を横に振った。微笑もうとしたのだが、できなかった。まぶたがひくひくと震えた。汗がこめかみから流れおちた。

「話したいことがある」と彼は言った。「俺とあなたのことで」

志摩子は束の間、放心したように正臣を見ていたが、やがて、倦《う》んだようにゆっくりと瞬きをした。

「しかるべき……」と正臣は言った。口の中が乾き始めた。頭の芯がぐらりと揺れた。「しかるべき制裁を俺たちは……」

制裁、という言葉を放った時、誰かに頬を思いきり強くひっぱたかれたような感じになった。あまりにも的外れで、悲しくなるほど通俗的な言い方だ、と思った。だが、それ以外、言葉が見つからなかった。

「わかってるのよ」と志摩子は言った。声が震えていた。「私にだって、わかっている」「誤解しないでほしい。俺は制裁を受けるために帰ろう、と提案してるわけじゃない。しかるべき制裁が待ち受けてるとわかっていても、ともかく帰国して次に向かわなければならない、と思ったんだ。言っておくけど、自分のためにじゃないよ。あくまでもあなたのためにだ」

青ざめた志摩子の顔に、一瞬の険しさが走った。「私のため？ 何なの、それは」

「俺はたとえ全世界の人間に後ろ指をさされて罵《のの》られても、小説を書き続けていくことができる。出版社が作品を出してくれないのだったら、自費出版することもできる。何が起ころうが、食えていこうがいけまいが、自分が書き続ける限り、俺は死ぬまで作家でいられるんだ。でもあなたは違う。俺はこんなふうにあなたに溺れて、あなたを独占して、そのうえ、あなたから女優という仕事を奪おうとしている。俺が自分を最低だと思う理由があるとしたら、一番がそれなんだよ。俺たちがこうなったことや、あなたの亭主や俺の家族をないがしろにしたことや、まして世間で言われているようなことなんかは二の次だ。ただ単に俺はあなたの……」

観覧車が頂上に達したようだった。ガタンガタンという音が続く中、おぼろにかすむ夏の遠景が、遠くに並べられた玩具のようになって、汚れたプラスチックの窓の向こうに揺れながら拡がっている。

志摩子の目が潤み始め、小鼻がわずかに震えたと思ったら、涙はその美しい双眸《そうぼう》からあふれ、堰《せき》を切ったように頬を流れおちていった。だが彼女は嗚咽《おえつ》はもらさなかった。呼吸も荒らげてはいなかった。ただ静かに、正面を向いたまま、瞬きひとつせずに涙を流しているのだった。

「きれいごとを言わないでね、正臣」と志摩子は静かに言った。声は震えていたが、そこに怒りや苛立ち、悲しみは感じられなかった。あたかも舞台の上でしゃべっているかのように、志摩子には美しく優しい威厳が漲《みなぎ》っていた。「そんな言葉が聞きたくて、私はあなたとここまで来たんじゃないんだから。もし私が、女優の仕事を完全にやめちゃって、ずっとこのまま、あなたと世界の果てまで行きたい、二度と日本には戻らない、と言ったら？　どうする？　困るでしょう」

「どうして俺が困る」

「あなたが春美ちゃんたち家族のことを心配してることはよくわかってる。ずっと感じてた。心配するのは当然だわ。どうして無視できる？　私だって坂本のことが心配よ。傷つけてきた人たちのことや、猫のモモのことも、みんなみんな、心配よ。そんなこともすべて忘れ去って、呑気《のんき》に旅を続けることができるんだったら、私たち、きっと初めからこうはならなかった。もっと別の関係になっていた。セックスフレンド？　恋愛ごっこ？　呼び名はなんでもいいけど、とにかく別の関係になっていた。いろいろなことがどうなるか、わかっていた上で、私たちはここまできたのよ。どうしようもなく、きてしまったのよ。こうするしか仕方ないほど、私たちは溺れ合ったのだし、今もそうよ。だから、きれいごとは聞きたくないの。女優をやめさせたくないから日本に帰ろう、だなんて、あなたでなくても他の人でも口にできるような言葉は、一切聞きたくないの。そういう言葉は、私たちの関係を穢《けが》すわ」

観覧車がゆっくりと下降し始めた。正臣は自分を深く恥じた。顔がかすかに赤らむのを覚えた。

俺はこのふたりの失踪劇を終わらせ、いったん帰国することに、自分自身を納得させせるための理由づけをしたがっている。志摩子の言う通り、きれいごとを口にし、何かを……おそらくはふたりの間で最も重要で、最も目を背《そむ》けてはならないことを……ごまかそうとしている。

「女優の仕事をどうするか、ということは私の問題よ」と志摩子は言い、目を伏せた。あふれた涙が再び頬を伝った。だが、彼女は涙に負けまいとするかのように、まばゆいばかりの笑みを浮かべ、彼を見た。「それは私が決めることだし、そもそも決められないのだったら、あなたとこんなふうにはならなかった。あなたをここまで愛さなかった。私は流されてこうなったわけじゃない。自分で決めてこうしたのよ。そのことは忘れないで」

うん、と正臣は言い、がくがくと震えそうになる首をようやくの思いで立て直しながらうなずき、わかった、と言った。吐息のような声になっていた。

喉もとに、熱い大きな塊がこみ上げてきた。感動に似ているが、感動よりももっと烈しい、締めつけられるような感覚が全身を駆け抜けていった。

今後、どうなるのかはわからなかった。その詳細を予測しようとしても、無駄であった。どうにも仕方がなくなって、事を起こし、いつかは結論を出さざるを得ないとわかっていて、なお、これ以外、とるべき道はなかった。それこそが私たちなのだ、私たちの烈しさの証、私たちの嘘偽りのない真の姿なのだ、ということを志摩子は今、俺に訴えている……。

嵐のように烈しいもの……熱情と呼ぶにふさわしい何かが自分の中に巻きおこるのを感じた。だがそれは、同じ嵐でもかつての嵐とは少し異なっていた。静謐《せいひつ》で透明感に満ちた嵐……吹きすぎる風の道が遠く見わたせるような、冴え冴えとした嵐であった。

悲劇に向かって突っ走っていても、常に毅然《きぜん》と背筋を伸ばして立っていようとする志摩子が、彼の目にいっそう輝かしく、神々しく見えた。そこには、まごうことなき無垢《むく》があった。それは年齢に関係なく、時として神に選ばれた人にだけ宿ることのある、希有な、気高い無垢であった。

つきあげてくる気持ちに抗いがたくなり、彼は両手を伸ばし、身体を前に倒して、正面に坐っている志摩子の顔を包みこんだ。正臣の急な動きを受けて、ゴンドラが大きく揺れた。「ずっと一緒だよ」と彼は息をはずませながら低い声で囁いた。「この先、何があっても、あなたと俺はずっと一緒だ。変わらない」

志摩子はうなずき、深い瞬きをした。じっと正臣を見据える濡れた目に、救いを求めるような、命乞いをしているかのような狂おしい光が宿ったが、それも束の間のことであった。

やがて志摩子は、まっすぐに正臣を見つめ返すと、揺るぎのない端整な、決然とした言い方で、「そうよ」と言った。そして頬を包んでいる彼の手を自分の手でやわらかく被《おお》った。「いつも一緒よ。何があっても、一緒よ」

日本に戻り、志摩子が女優を続け、この事件を乗り越えた上でさらなる成長をみせる、ということの中に、彼にとっての不安材料がないかと言ったら嘘になった。不安はあった。そうなったら、志摩子が自分から離れていくのではないか、という思いを否定することはできない。

志摩子から女優という仕事を奪った自分自身を責め苛《さいな》み、女優をやめさせないために日本に戻ろう、と提案したのも、不安の裏返しだったと言えなくもなかった。きれいごと、というものの中には、必ず夾雑《きょうざつ》物がひそんでいるものだ。志摩子はそれを見抜いたのである。

もっとふたりが今よりも遥かに若い頃……二十代でこうなっていたら、違ったかもしれない、と彼は思う。志摩子は女優をやめることに抵抗をおぼえ、自分もまた、駆け出しの作家……海のものとも山のものともつかない状態にありながら志摩子を独占したことに言いようのない卑屈さをおぼえ、互いに口にはしないが、このままではいられるわけがない、と心のどこかで案じつつ、目に見えない警戒心を解かずにいたはずであった。

だが、今やふたりは、長く生きてきた者同士であった。社会や制度の力学、あるいは常識、あるいは一般的なきれいごとに左右されねばならないものは、ふたりの間に何ひとつなかった。その認識の一致こそがすべてである、と言ってもよかった。

俺は虹を見て魅せられ、虹に近づき、七色のイリュージョンに染まって、まぼろしを見ているだけなのか。まぼろしは虹のごとく、いつかは跡形もなく消えるのか。

違う、とも、そうだ、とも言えなかった。そんなことを考えてみても始まらない。決して離れることのできない相手が目の前にいて、生きて、呼吸して、自分と時を分かち合い、自分を理解し、愛してくれている。それ以上の至福は彼にはなかったし、それ以上の何かを求めようという気持ちもなかった。

「正臣」と志摩子は静かに呼びかけてきた。彼女の指先が彼の目尻のあたりにかすかに触れ、鳥の羽のような軽い感触を残して通りすぎていった。「泣いてるの？」

「そうかもしれない」と正臣は言った。目を細めてぎこちなく微笑んだ。

志摩子はくちびるを震わせた。そのまぶたがひくひくと痙攣《けいれん》した。志摩子は目を潤ませながら、彼に向かって微笑みかけた。「こわいものはもう、何もないわ」

「俺も同じだ」

「私のいとしい大熊猫《ダーシャンマオ》」

そう言って志摩子が前のめりになり、正臣の首に両手をまわした時、ゴンドラはすでに地上に近づきつつあった。それまで見えていた上海の遠く霞んだ街並みは、夏の動物園の鬱蒼とした緑に取って替わられていた。

先程の中国人女性が小屋の外に出てくるのが見えた。だが、志摩子は正臣から離れようとしなかった。

「私たちがずっと一緒にいるために」と彼女は正臣の後頭部を撫で、髪の毛の奥に五本の指をうずめながら、その耳元で囁いた。聞きとれないほど小さな声だった。「一緒にいるためにこそ帰るのなら、そうしましょう。いろんなこと、受けて立ちましょう。でも、正臣、私はたとえ何が起こっても逃げないでいられる。そのための覚悟はできてる」

汗にまみれた志摩子の身体を強く抱きしめ、「俺もだよ」と彼が囁き返した時、ゴンドラの外に女性が立って、困惑したような、迷惑そうな、心もとない笑みを浮かべながら小さなドアのロックを外し始めた。


その晩、ホテルに戻ってから、正臣は清水に連絡し、成田行き飛行機チケットの手配を依頼した。

「戻るのか」と清水が聞いた。

ああ、と正臣は答えた。「決めたんだ」

「で、いつ？」

「できたら、明後日」

そうか、と清水は嘆息まじりに言った。「……なんだか、残念だよ」

正臣は黙っていた。清水はその沈黙を跳ね返すように、「わかった」と事務的な言い方で言った。「チケットはすぐに手配する」

ふたりそろっての帰国は報道陣たちに勘づかれるに決まっていたが、致し方なかった。成田到着後は、ともかくそれぞれの自宅に戻ろうと決めた。襲いかかってくるであろう現実の嵐は想像を絶するが、それでもともかく、受けて立たねばならなかった。どれほどの大混乱に巻き込まれようとも、逃げずに受けねばならなかった。

次に会えるのがいつになるのか、わからない。それどころか、連絡がつくのかどうかすらも定かではない。だが、必ず会う、あらゆる手だてを使って、連絡を取り合う。そんなふうに息せききって言葉にし、固く約束し合うのだが、その瞬間までもが、いっときの夢まぼろしのようにしか思えなくなってくる。めまいに襲われた時のように、気が遠くなりかける。取り乱してしまいそうになる。

眠れぬまま夜がすぎていった。隣に寝ている志摩子もまた、闇の中で目を開けているのが感じられる。時折、どちらかが寝返りをうつ。ねぼけたふりをして、志摩子に近づき、その身体を後ろから抱きよせる。その華奢《きやしや》な背に顔を埋める。志摩子の手が背後に伸びてきて、彼の身体を撫で始める。

志摩子が何を考えているのか、正臣にはわかる。自分が考えていることもまた、志摩子に伝わっているに違いない、と思う。その安堵感が、かえって切ない。

一緒に死のう、と俺が言ったら、どうなるだろう、とふと考えてみる。私も同じことを考えていたの、と志摩子は言うだろうか。東京のホテルの一室で、何もかも捨てて上海に行こう、と言った時と同じように。

だが、正臣の中では、不思議なほど、情死への欲望は希薄だった。死にたくはなかった。死んで解決のつく問題ではなかった。彼は、生きたい、と思った。志摩子と共に。それさえ叶えられれば、他に望むものは何もない……そう思えば思うほど、彼の思考は振り出しに引き戻される。

生きていくことにまつわるものすべてが、自分たちを引き裂いていく。互いが離婚したり、別居したりしただけではすまされない何かが厳然とあって、それこそが生きるということであるのだが、それらすべてがわかっていながら、自分たちふたりはもう、離れることはできない。

何も手につかない。朝になり、昼を迎えても、部屋から出ることなくすごし、かといって、荷物をまとめる気にもなれず、いつのまにか二時をまわった。

清水と紫薇《ツーウェイ》がチケットを届けに来てくれて、正臣は彼らをホテルの部屋に招き入れた。紫薇は神妙な表情をしていた。

清水は余計な質問は何もしてこなかった。よければ今夜、四人で一緒に食事をしないか、と誘ってはきたものの、それはあくまでも社交上の誘い、友人としての儀礼に過ぎなかった。

「どう言えばいいのか、わかんない」と紫薇は、作ったような笑みを浮かべながら言った。「無理だっていうのは、わかってるの。でも、ずっとずっと、ふたりにはこのままでいてほしかったんだ。そんなこと、できっこないよね。私も馬鹿よね。ふたりにはいろんな事情、あるよね。でもね、ほんとにそう思ってたんだ」

「また来るよ、紫薇」と正臣はやわらかい口調で言った。「必ず」

志摩子もうなずいた。そして紫薇に近づき、紫薇の肩を軽く抱き寄せて「ありがとう」と言った。「忘れない」

「身体に気をつけて、志摩子さん」と紫薇は言い、ふいに目を潤ませた。「元気でね」

四人が会っていたのは、わずか五分に満たない時間だった。部屋の窓の外では、ぎらぎらした夏の太陽がもたらす光と影が、不気味なほどのコントラストを作っていた。

車、オートバイ、自転車、林立するビルが放つ空調のモーター音……都市が放つ、ありとあらゆる軋《きし》み音が、遠くから押し寄せてくる波のようになって、高層ホテルの厚い窓ガラスを通し、室内になだれこんでくる。異国の街は夏の中にあって熟し、光を弾き返しながら喧騒にまみれ、発熱しているように見える。

チケットを手渡し、正臣から代金を受け取ると、清水は正臣に「じゃあな」とそっけないような言い方で言った。「無事を祈ってるよ」

そして志摩子に向かい、丁重な礼をした。「また来てください、志摩子さん」「来ます」と志摩子は言った。「いろいろご迷惑をかけました。ごめんなさい」

「迷惑どころか」と清水は四角い顔に四角い笑みを浮かべ、軽くうなずき、まじめくさった低い声で言った。「いいものを見せてもらいました。お元気で」

紫薇がふいに泣きだした。目を赤くしながら、涙をあふれさせながら、首を烈しく横に振り、「なんかすごく悲しいよ」と子供のような言い方で言った。「なんで、戻らなくちゃいけないんだろう。大騒ぎになるってわかってるのに。このまんま、ずっとずっとふたりきりでいればいいのに。人が何を言っても、こういう関係、ってあるはずなのに」

紫薇、と清水が小声でたしなめた。「彼らはもう決めたんだ。何も言うな」

ごめんなさい、と紫薇はうなずき、洟《はな》をすすり上げ、指先で忙しく涙をぬぐった。そしてもう一度、ごめんなさい、と繰り返し、深呼吸をしてから、痛々しい笑顔を彼らに向けた。「奥平さん、志摩子さん、また会おうね。上海でおいしいもの、食べよう。いろんなとこ、連れてってあげる」

楽しみにしてるよ、紫薇、と正臣は言った。

志摩子が前に進み出て来て、もう一度、紫薇を軽く抱きよせ、さよなら、と言った。「元気で」

志摩子は泣いていなかった。不幸のさなかにある妹を力づける、姉のように見えた。清水夫妻が引き上げて行くと、あとは夜を待つしかなくなった。最後の夜であった。意識はするまいと自らを叱咤《しった》するものの、最後、という言葉が頭から離れない。

どちらからともなく、のろのろと荷物のパッキングに取りかかったのは夕方からだったが、思いがけず時間がかかった。持って来た衣類や靴、下着などを再び折り畳み、詰め込んでいく作業は苦しいと同時に、ひどく滑稽《こっけい》なものに感じられた。志摩子と部屋を行き交いながら、クローゼットの中のものをベッドの上に拡げ、拡げては何もする気がなくなって窓辺に立ったまま、ぼんやりする。そんな彼の背後に志摩子が近づいて来て、後ろから胸に手をまわしてくる。

志摩子を抱き寄せる。ふたりはもう、言葉をあまり交わさなくなっている。これでいい、これしか方法はなかったし、もう何も考えることはない、と思う。思いながら、翌日から始まる現実と、喧騒と怒号と怨《うら》みごと、涙、怒り、罵声が、早くも頭の中に生々しい映像、音声となって浮かびあがる。

午後九時を過ぎるまで待った。中国人の支配人を内線電話で呼び出し、ロビーのあたりに不審な動きはないか、確認させた。今日の午後あたりから、日本人とおぼしき男が数人、入れ代わり立ち代わり、ロビーに居すわっていたが、夕方には姿が見えなくなった、と支配人は言った。

報道陣たちに勘づかれた、と正臣は確信した。だが、今、姿が見えないのなら、かまうことはなかった。勘づかれようが勘づかれまいが、どのみち明日の今ごろはもう、自分たちは日本に戻っているのだ。騒動は眼前に迫っているのだ。

正臣はホテルの裏口にタクシーを用意させ、志摩子は黒い半袖Tシャツに黒のジーンズ姿になり、度の入っていない眼鏡をかけた。夜の街にまぎれてしまえば、ふたりの動向を探っている芸能リポーターやカメラマンとて、それが志摩子とは気づかないかもしれなかった。

ふたりが目指したのは、外灘《ワイタン》近くにあるクラシックホテル、和平飯店 北楼《ハーピンファンディエンベイロウ》だった。租界《そかい》時代に阿片貿易で上海経済を一手に動かしていたイギリスの大財閥、旧サッスーンハウスである。エントランスホールもロビーも当時のままだ。大理石、ステンドグラス、アールデコ調の照明。どこを見ても、かつて上海に君臨した財閥の優雅と繁栄のあとが深く刻みこまれている。

外灘地区は、当時、蕩尽《とうじん》の象徴でもある。かつてキャバレーがあり、酒場があり、女たちが男を誘い、男たちは時を忘れた。札びらが舞い、夜を徹してネオンがきらめき、人々の欲望をのみこんで、魔都の租界は休むことなく息づいていた。

一方、そんな外灘エリアの裏の裏、究極の貧困が巣くう一角には、その昔、ずらりと怪しげな阿片窟が並んでいた、と聞いている。

阿片窟というと、正臣は即座にコンデンスミルクの空き缶を思い出す。昔読んだ小説の中に、そんな描写があったからである。コンデンスミルクの空き缶の中に、靴墨に似たどろどろした液体が入っている。それをランプの火でとかし、煙管《きせる》の中に入れて、痩せた男たちがまわし呑む。小説の作者が実際に体験したらしい、そんなシーンが鮮やかに蘇ってくる。

阿片、と彼は胸の中でつぶやく。阿片を吸うと、眠っていながら意識が冴えわたるのだという。静かに、穏やかに、澄みわたった気分の中、感情はつゆほども乱れずに、不安も喜びも期待も絶望も虚しさも、何もかもがふるいにかけられた砂のようになってさらさらと拡がっていき、のびやかな安堵だけが残される。

何故、そんなことを考えているのか、わからない。阿片のことなど、どうでもいい。それなのに、そんなことを思いながら、今がいつなのか、志摩子と自分がどこにいるのか、ふと見えなくなる。

北楼のロビーを抜けた奥に、オールド・ジャズ・バーがある。すでにその時刻、ジャズ演奏は始まっている。

入って右側が舞台である。バンドマンは全員、七十代で、彼らは老年爵士楽隊（オールド・ジャズバンド）と名付けられている。

広々とした、天井の高いホールはどこまでも古めかしく、煤《すす》けながらひんやりとしていかめしく黒ずんでいる。流れ去った時間が刻印されたかのように、天井も床も壁も梁《はり》も、みな、いかめしく黒ずんでいる。

バーカウンター付近には蠟燭《ろうそく》をかたどったシャンデリアが下がっているが、照明らしい照明は他にはない。不規則に並べられたテーブル席について、酒を飲みながら演奏に聴きいっている人々の顔はすべて、うす闇にのまれている。

客の入りはよく、ふたりが奥まった席に案内された時、あたりのテーブルはほぼ全席、埋まっていた。ほとんどが観光客と思われる白人で、志摩子や正臣のことを見知っている人間がいる様子はなかった。

日本人がいたっていい、かまやしない、と正臣は思う。家族を見捨てて逃避行中の作家と女優が、オールド・ジャズ・バーに、堂々とジャズを聴きに来ていた、と報道され、罵られ、小馬鹿にされたっていい。好きなことを書くがいい。書きたいことを書くがいい。

ソルティドッグを二杯注文し、ふたりは小さな丸テーブルに向かうスツールに寄り添いながら坐った。演奏されているのは『セントルイス・ブルース』である。ほどなく運ばれてきたグラスを掲げ、正臣は志摩子を見つめた。

その位置からは、舞台は遠すぎてよく見えない。しかもテーブルの脇には、一本の太い円筒形の柱が立っている。演奏されている音楽と周囲のざわめきが、瞬く間に遠のいていく。

志摩子はグラスを手にし、「上海最後の夜に」と言うなり、正臣を強い視線でとらえた。そして、「最後」という言葉を自ら否定するかのように、静かに首を横にふると、「あなたと出会えてよかった」とつけ加えた。

「俺こそ、あなたと出会うためにこそ生まれてきた。そう思っているよ」正臣はグラスを軽く掲げ、「乾杯」と小声で言った。「最後じゃない。俺たちはまたここに来る」

そうね、と志摩子はうなずいた。「きっといつか、また来るわね」

掲げたふたつのグラスが、静かに力強く触れ合った。『セントルイス・ブルース』の演奏が終わり、ホール内に拍手と口笛が轟《とどろ》きわたった。床を足で踏みならしながら興奮しているのは、太った白人の男である。周囲の喝采《かっさい》をあびながら、空いているスペースで踊っていた白人の初老のカップルが、抱き合い、笑いながらキスし合っているのが見える。

スタンダードジャズ・ナンバーばかりが演奏されている。間をおかずに次に始まったのは『サマー・タイム』である。

煙草の紫煙が渦まいている。その煙を天井に取りつけられている古びた大きなファンが、ゆったりと攪拌していく。

だが、流れている音楽も、目に見えているはずのあたりの風景も、時折、そばを行き交うボオイたちの姿も、何もかもが遠く感じられる。ふたりはうす闇の中で互いを見つめ合い、小ゆるぎもしない視線を交わし合う。互いの目の中に、自分の姿を探そうとでもするかのようである。

テーブルの上に志摩子の手がある。正臣はまさぐるようにしてその手を握りしめる。隣同士の椅子を正面に向け、膝と膝とをすり寄せ合い、ソルティドッグの塩味を舌先に感じつつ、あたりもはばからず、柱の陰でくちびるを重ね合わせる。

「どうすればいい」と彼はつぶやいた。「あなたをこんなに愛してしまった」

志摩子の潤んだ目に、バーカウンターのシャンデリアの、かすかな黄色い明かりが映し出された。彼女は瞬きもせずに彼を食い入るように見つめ、そっと首を横に振り、そしてわずかにくちびるを開いた。「私たちが離れられるわけがない」

ひとこと、抑揚をつけずにそう言ったかと思うと、氷柱の中に閉じこめられた美しい人形のように、志摩子はふいに動かなくなった。

第二十五章　志摩子

午後三時五十五分に上海浦東《プードン》国際空港を離陸したＪＡＬ６１０便は、日本時間の七時四十五分、定刻どおりに成田に到着した。かくも悲壮な決意を固め、背を向けた世界に、わずか二時間五十分の短い時間で舞い戻ってしまうことが志摩子には信じがたかった。

それまでの二十一日間、自分たちがすごしたのは、六時間弱で簡単に往復できるような場所ではないのだった。十年かかっても二十年かかっても……場合によっては生涯かけても、たやすく往復することのできない場所に自分たちは行ったはずだった。何が起ころうが、そのことだけは忘れたくなかった。

自分たちは帰って来たのではない、と志摩子は思った。一切は途上にあった。道はなお、この先に長く果てしなく続いていた。行って帰って来る、という単純な往復に、自分たちはすべてを賭けたのではなかった。

滞在していた上海のホテルを出発する時も、空港の出発ロビーにいた時も、日本からの報道陣が隠れひそんでいる気配は一切感じられなかった。念のためサングラスをかけ、目深に帽子をかぶり、人の目を避けつつ動いていたのだが、周囲の空気は不気味なほど穏やかで、志摩子だと気づいた人間はいないように見受けられた。

追跡されている様子がまったくない、ということが、かえって志摩子の中の忘れようとしていた不安を呼び覚ました。それはひどく現実味を帯びた不安……どこもかしこも尖り、乾き、ぎすぎすとしたものの中に、凄《すさ》まじい勢いで引きずりこまれていくような、底知れぬ不安であった。

成田到着後、シャトルに乗り、入国審査をすませて手荷物引き渡し場まで行った時も、それぞれのカートの上にサムソナイトを載せて歩きだした時も、周囲の空気に目立った変化はなかった。拍子抜けがするほどであった。

正臣が志摩子の先を歩き、志摩子は間をおいて、うつむきながら後に続いた。事情を知らない人間の目に、ふたりは他人同士に見えるはずであった。

成田に到着してから正臣とは、まったく会話を交わさずにいた。話すことも触れることも、目を見交わすこともしなかった。そうしよう、と互いに決めただけのことなのに、前を歩く正臣は志摩子にとって他人以上の他人に見えた。これまで共にすごしてきた二十一日間が、儚《はかな》い夢だったように思われてならなくなった。

そして、そう感じることが、志摩子の気持ちを烈しくかき乱した。今すぐここで、後ろから正臣の腕をつかみ、強く引いて、引き返しましょう、と言いたくなった。どこでもいい、異国の地に向かって、今度こそ戻ることのない、二度と帰らない旅に出てしまいましょう、と。

だが、すでに時は満ちていた。襲いかかってくる現実は、あらかじめ充分、予測していたことであり、そのひとつひとつに、今さら過敏に反応するべきではなかった。ともかく今はこの、目の前に拡がっている、現実という名の広大な海に飛びこみ、泳ぎ出さねばならなかった。そして、なんとか息をつき、ふたりが再び会える時がくるまで、余計な感傷に浸ったり、いたずらに後悔や罪の意識に苛《さいな》まれたり、恐怖や不安に打ち震えて茫然としたりしていてはならないのだった。

出口の仕切りガラスの向こうに、石黒敦子の姿が見えてきた。生成りの麻のジャケットに紺色のタイトスカートをはいている。白い大きなショルダーバッグを肩にかけ、敦子は不安げな面持ちで、しきりとあたりを気にしている。

敦子にだけは、事前に帰国することを知らせておいた。敦子は電話口で「よかった」と言ったきり、黙りこくった。声を押し殺して泣いているようでもあった。

しばらくの沈黙の後、敦子は洟《はな》をすすりあげ、言った。「坂本さんに、志摩ちゃんが帰って来る話、してもいいの？　それとも志摩ちゃんが自分から連絡して、そう言う？」

いいえ、と志摩子は言った。「よければ、あっちゃんから伝えてちょうだい」

わかった、と敦子は言った。交わした会話はそれだけだった。

ガラス越しに志摩子の姿を見つけると、敦子は身体を強張《こわば》らせた。その顔に、安堵《あんど》とも苦悩ともつかぬ、とりとめのない表情を浮かべたかと思うと、敦子は急ぎ足で人の波をかいくぐるようにしながら、前に進み出てきた。

しばらくぶりに見る敦子は、化粧をした跡の見えない、白茶けた顔をしていた。疲れが肌に浮いていて、いっぺんに老けこんだように見えた。何か言おうとして志摩子が口を開きかけたのを目で制すると、敦子は志摩子の腕を取り、志摩子が手にしていたサムソナイトの把手をわしづかみにして口早に囁いた。「いい？　このまま私と並んで、急ぎ足で歩いて。見えてないかもしれないけど、たくさん来てるわ。何を聞かれても、喋っちゃだめよ。表情を変えてもだめ。黙ってるのよ」

「来てる……の？」

「連中が来ないわけないでしょ。志摩ちゃんたちが上海でどこに泊まってたかも、しっかり嗅ぎ当ててたんだから。上海で取り囲まれずにすんだのは奇跡よ。振り向かないで。そのまままっすぐ、前を向いて歩いて。表に私の車を停めてあるの。これから軽井沢に向かうわよ」

「何ですって？」

「軽井沢よ。父親が残してくれた別荘がある、って、前に教えたことあったでしょ。しばらく使わないでいたから、大急ぎで今日、業者を入れて掃除させたの。加代ちゃんが先に行って買い物したり、いろいろやってくれてる。ついでに言っとくけど、坂本さんもそこに来てるわ」

「あっちゃん……ちょっと待ってよ……私……」

「都内にいちゃだめ。うちに帰るのも後まわしよ。とりあえずしばらくは、別荘に身を隠してて。坂本さんと会うのは気まずいだろうけど、私は会うべきだと思う。会わなくちゃいけない。そうでしょう？」

　正臣はどうなるのか、と聞きたかった。それどころか、彼は今、この瞬間、どこにいるのか、と聞きたかった。叫びたかった。すでに彼の姿は志摩子の視界から消えていた。振り返って探してみたいのだが、それができない。さっきまで片時も離れずにいた愛しい男が、いつのまにか、煙のようにかき消えてしまっている。

　志摩子の前方右側で、いきなりカメラのフラッシュが次々と白く強烈に弾けた。それを合図にしたかのように、テレビカメラ用のライトが、熱く皓々《こうこう》と志摩子を照らし出した。続いてまた、フラッシュが花火のように連続して目の前で閃《ひらめ》き、あまりの眩《まぶ》しさに志摩子は一瞬、遠近感を失った。

　続いて、あたりに怒号のような声が一斉に響きわたった。ひるむ間もなかった。大勢の人間が志摩子のまわりにわらわらと群がって来た。

目の前にマイクが突きつけられた。鋭利な包丁で威嚇《いかく》されているかのようであった。

男の声が飛んできた。聞き取れないほどの早口だ。「高木志摩子さん、どうして逃避行なんかしたんですか。ご主人との離婚を覚悟した上の行動だったんですか。奥平さんに妻子がいることをどう考えていたんですか」

ライトがあまりに眩しく、目を開けていられない。思わず顔をそむけ、渋面を作ってしまう。そんな志摩子の表情を一瞬たりとも見逃すまいとするかのように、何台ものテレビカメラが次々と接近してくる。

別のマイクが束になって眼前をふさぎ、志摩子の行く手を阻んだ。女のリポーターたちが口々にわめき出した。「上海で何をしてたのか教えてください。日本に帰って来たのは奥平さんと別れることにしたからなんですか。奥平さんの家族に対する責任は、どう取るつもりでいるんです」

責任、という言葉に思わず反応しそうになる。そう口走ったリポーターを睨《にら》みつけてやりたくなる。

だが、敦子が志摩子の腕をがっしりと支えていて、離そうとしない。敦子は無言のまま、志摩子を力強く誘導し、重たいサムソナイトを引きずりながらも、見事な足さばきで報道陣の間をかき分けて行く。

どこからともなく、ストーンズ・プロのスタッフのひとりである若い男が現れた。敦子が絶妙な手つきで、彼に志摩子のサムソナイトを手渡すと、奪うようにしてそれを受け取った若いスタッフは、小走りにどこかに消え去った。

身軽になった敦子は志摩子の手を握りしめ、低く怒鳴るように言った。「さ、ここから走って、志摩ちゃん。車まで全速力で走るのよ」

強く手を引っ張られ、引きずられるようになりながらも志摩子は走り出した。やみくもに走った。空港内に居合わせた人々が、遠巻きに群れを成し、好奇心たっぷりの面持ちで自分たちを眺めているのが感じられた。群れの中には携帯のカメラを向けて、志摩子の姿を撮影しようとしている者も何人かいた。

背後で軍靴のような足音が響いた。遠くから白い光が追いかけて来るのがわかった。足がもつれた。つまずきそうになった。

正臣、と息を荒らげながら、志摩子は小さく声に出して言った。出口を出たところではぐれてしまった。どこにいるのか。無事なのか。マイクと共に、責任、などという手垢のついた言葉を四方から投げつけられているのではなかろうか。

離れ離れになっていることが信じられなかった。今こそ正臣と共にいたかった。わけもわからずに走りながら志摩子が思っていたのは、ただ、それだけだった。

敦子の母は東北の寒村の出身だったが、戦後まもなく上京し、神楽坂の芸妓《げいぎ》になった。まもなく、実業家として幅広い手腕を発揮していた男の寵愛《ちょうあい》を受けるようになり、以後、その男に養われながらの人生を送った。

ふたりの間に生まれたのが敦子だった。認知こそされなかったものの、父親にあたる男は敦子を実子同様に可愛がり、養育費の面でも惜しみない援助を続けた。

その父親は十二年ほど前、軽井沢の地に建てた別荘を敦子の母に譲る、という遺言を残し、病死した。正妻や子供たちとの間に生じるトラブルは免れなかったが、二転三転した結果、結局、別荘は遺言通り、敦子の母に譲られた。その母も四年前に七十一歳で他界し、現在、別荘は敦子の所有になっている、ということだった。

軽井沢駅から中軽井沢駅に向かう国道十八号線の右手、離山《はなれやま》のふもとに拡がっている別荘地の一角である。いかにも古びた木造の家屋は平屋建てで、さほど大きくはない。あちらこちらに傷みが目立ち、床が傾いている箇所すらあったが、敷地は優に千坪を超えていた。南向きの斜面になっているため、木々が多いわりには日当たりがよく、その季節、庭はさんざめく光と滴る緑の中にあった。

日盛りのころには、油蟬《あぶらぜみ》が鳴き乱れ、日暮れてくると、ヒグラシの切ない声が寄せては返す波のように迫ってきた。雨あがりには、あたりいちめん、樹液の香りで充たされた。朝まだき、窓の向こうに乳色の霧が流れ、そこに夏の荘厳な朝日が、幾条もの美しい線を描いて射しこんでいることもあった。

ここはどこなのか、と志摩子は思った。上海のはずはなく、杭州でも、烏鎮《ウージェン》でもない、東京でもない。

上海の街にあふれていた、あの騒音がない。杭州の粘つくような湿った空気もない。何もかもが清明に澄み渡っていて、まじりけがなく、静寂の中にある。そして、志摩子の隣に正臣はいない。

正臣の不在は、志摩子の中の、時の流れをせき止めた。今がいつなのか、自分がどこにいるのか、わからなくさせた。

だが、することも何もなく、志摩子がぼんやりと見渡している庭の木陰には、可憐な野の花が群れ咲いていた。白い小さな花を文字通り、尾のように幾つもつけたヒメトラノオ。雑草に混じって清楚《せいそ》な紫色の花を見せているノアザミ。涼しげに、風を受けて揺れるホタルブクロ……。

大きな黒アゲハがあたりを飛び交い、庭のそちこちで、蜂の羽音がしていた。昆虫の死骸に寄ってくる金蠅《きんばえ》の羽音がそれに混じった。敷地のすぐ外にある未舗装の道をほんの時折、車がタイヤで小石を踏みつけながら通り過ぎていくだけで、聞こえてくる音はそれ以外、ほとんどなかった。やわらかな風の吹きすぎる、夏の緑の庭の中に、あらゆる音が溶けていくようであった。

帰国した志摩子を前にして、滋男がまず一番に口にしたのは、「おかえり」という言葉であった。二十一日ぶりに耳にする夫の声は、以前と少しも変わらず、話し方も、志摩子に対して人工的な気遣いをしようとする気配も、何もかもが、以前と同じだった。「帰って来る決心をよくつけることができたね」と滋男は言った。優しいが、無関心に近いとも言える抑揚のない口調だった。平板な言い方の裏に、怒りや攻撃、皮肉が隠されているとも思えなかった。「まずは無事で戻って何よりだった」

敦子の別荘の玄関先であった。三和土《たたき》に立ったまま、志摩子は夫を見上げ、すみません、と小声で言ってから頭を下げた。「心配をかけました」

夫は志摩子を見下ろしたまま、黙っていた。敦子が「さ、あがって」と、通夜の席にでもいるかのような声で志摩子を促した。「すぐに加代ちゃんに飲み物を持って行かせるから。あとはゆっくり話して」

付き人の加代子が、柱の陰から志摩子を覗き、軽く頭を下げるなり、あたふたと奥に引っ込んで行った。敦子がそれに続き、取り残された志摩子は滋男に従うようにして、玄関脇の部屋に入った。

昔の住宅でよく見かけたことのある応接間であった。海老茶《えびちゃ》色の古い革張りソファーがふたつ、センターテーブルをはさんで置かれている。壁ぎわに重厚な黒いサイドボードがひとつ。サイドボードの上にはチャペルを模した置き時計が置かれており、時を刻む音が、異様に大きく室内に響いていた。

ドアに慎ましいノックの音がし、加代子が入って来た。アイスコーヒーの入ったグラスとガムシロップをテーブルに置くと、加代子は逃げるようにして去って行った。

「よほど好きだったんだな、あの男を」滋男はソファーの上で、腕組みをしながら言った。

彼は清潔そうな白いポロシャツを着て、紺色のズボンをはいていた。やつれが目立ち、痩せ、いっそう老けこんでしまったように見えた。リョウマ、とあだ名されていたことのある彼の、馬のように長い顔は、さらに長く伸びたように感じられた。

それでも顔色は悪くなかった。何かとてつもなく大きな嵐をくぐり抜け、雨風に吹きさらされて、汚れや濁りまでもが洗い流されてしまったかのような、どこか小ざっぱりとした顔つきになっているのが、かえって、ここ数日間にわたる彼の苦悩をしのばせた。

誰よりも長く時をすごし、見慣れていたはずの男、家族であり身内であった男であった。こうした事態に陥ってもなお、自分は滋男とこんなふうに会うことをどこかで待ち望んでいたのかもしれない、と志摩子は思った。滋男のせいではなかった。すべて自分のせい、自分と正臣とが出会ってしまったせいなのだった。

「だとしても、ずいぶん思い切ったことをしたものだ」と滋男は続けた。「驚いた。心底、驚いたよ。自分の女房がどんな女だったか、今になって初めて知った気がする」

　どう返していいのか、わからなくなって、志摩子が黙りこむと、ややあって滋男は「憎んだよ」と静かに言った。「あの男をね。憎んだ、心底。通俗的な表現だが、通俗こそが真実を表す、ってことが初めてわかった。僕は女房を奪われたんだ。あの男に。しかも、こんな馬鹿げた形で。ふつうなら八つ裂きにしても足りないくらいだろう。……何故、帰ってきた」

　不意をつかれ、志摩子はぎくりとして目を上げた。「え?」

「何故、帰ってきたんだ。ずっと逃げ続けていればよかったものを。何故、今になって帰ってきた」

「無理よ」と志摩子は声にならない声で言った。「逃げ続けているなんてこと、できない」

「何故」と滋男は聞いた。吠えるような聞き方になっていた。「何故できない。女優の仕事を捨てるのが惜しいのか。それとも、熱が冷めて我に返ったからか。だったら、何故、逃げたりした。捨てたいものがあるのなら、初めから堂々と捨てればよかったじゃないか。私と別れ、あの男と一緒になればよかったじゃないか。そんな簡単なことが、どうしてできなかったんだ。何故、つまらない遠回しな行動をとったりした。恋に陶酔していたかったのか。それだけの理由で、こんな大騒ぎを起こしたのか。馬鹿げている。

あの男の何がよかった。ただ単に、陶酔を分け合えることだけがよかったとでも言うのか」

それほど激昂する滋男を見たのは初めてだった。滋男は声も身体も皮膚までも震わせていた。目だけが死んだように虚ろだった。

ごめんなさい、と志摩子は懇願するように小声で言った。「今、あなたには謝ることしかできない。本当にごめんなさい」

長く陰気なため息をつくと、滋男は黙りこくった。置き時計の針の音が耳についた。開け放された窓の外の庭で、時折、地虫がじっ、じっ、と鳴いた。敦子も加代子も、息をひそめているのか、家の奥からは物音ひとつ、聞こえてこない。

長い時間が過ぎた。滋男は気を取り直したように姿勢を正すと、「モモ」と言った。掠《かす》れてはいたが、声には繕ったようなやわらかさが戻っていた。「モモは志摩子がいなくなってから、めっきり食欲がなくなった。時々、志摩子のことを探しているのか、部屋の隅々を鳴きながらうろついたりしている。僕に甘えたがって、寝る時はいつもベッドの中に入ってくる」

猫の話をされて、胸が塞《ふさ》がれた。視界が潤んだ。

「あなたは?」と志摩子は訊ねた。「身体の具合が悪くなった、って聞いて心配してた。……大丈夫?」

ふっ、と滋男は吐き出すように、皮肉をこめて笑った。「案じてくれてありがたいが、自分に背を向けて去って行った妻に、体調について詳しく説明する気力は残されていないよ」

会話が途切れた。何をどう話せばいいのか、わからなくなった。

「またいずれ」と滋男は言い、言ってからテーブルの上のグラスを手にした。ストローを使わずにアイスコーヒーをひと口飲み、あたかも嘔吐《おうと》をこらえるようにして大きく息を吸った。「落ちついたら、ということにしよう」

何を、と問い返したくなるのをこらえた。滋男が言わんとしていることはわかっていた。

「はい」とだけ志摩子は返した。

ともかく、と彼は言った。「無事に戻って来たことはよかった。これからのことはうまくやりなさい。そろそろ行くよ」

「行く、って帰るの？　これから？　東京に？」

「どこに行こうが、僕の勝手だ」

低く怒ったように言うなり、滋男は立ち上がり、部屋から出て行った。やがて、玄関先で敦子と何かぼそぼそと話す声が聞こえてきた。

志摩子は背を丸め、両手で顔を被《おお》い、嗚咽《おえつ》がもれぬようにしながら泣いた。

「今、何をしてる」

志摩子の携帯に電話をかけてくるたびに、正臣は何事もなかったようにそう問うた。草の匂いを嗅ぎながらぼんやりしてた、洗濯ものを畳んでいた、庭を散歩していた……そのつど、志摩子は正直に答えた。そして問い返した。「あなたは?」

仕事場の窓から空を見てた、編集者から電話がかかってきて、説教されていた、コーヒーを飲みながら、書斎机に向かってぼーっとしていた……正臣もまた、そんなふうに答えた。

会いたい、とはどちらからも言い出さなかった。言葉にして伝え合うには、あまりにも当たり前すぎて、陳腐で、口にしたとたん、嘘になってしまいそうなほどだった。

家はもぬけの殻だったよ、と正臣は他人事のように、少し冗談めかして言った。「女房は娘たちと、近所に住んでる彼女の母親も一緒に伊豆に行ったらしい」

「伊豆?」

「伊豆の一碧《いっぺき》湖の近くに、『サラ』のオーナー夫妻の別荘があるんだ。そこに行った、っていう話は文芸書房の杉村から聞いた。俺が戻って来たのはもちろん知ってるはずだよ。テレビをつければ、毎日、あなたや俺の顔が画面に映ってる。キヨスクで売ってるスポーツ紙の一面トップにもなってる」

い。そしてまた、自分の問題も。「ねえ、こんなに長く離れ離れになってるのって、久しぶりね」

そう、と志摩子は言った。大きく息を吸った。彼の問題は彼が解決しなければならな

「女房の携帯に電話をしたよ。でも、何度かけても留守番電話になったままだ」

「連絡はとってないの？」

「会わなくなってから、ひと月近くたったたような気がするよ」

「いいえ、二か月はたってる感じがする」

軽井沢に行くよ、と正臣は言った。「必ず行く」

いつ、とは聞かなかった。今すぐ来て、とも言わなかった。

何も言わずとも、何も聞かずとも、この人は必ずここに来るだろう、と志摩子は確信した。

その前に、女優として、どうしてもしなければいけないことがあった。記者会見を開くこと。今回、自分たちがしたことについて、さしあたって世間を納得させるための理由を述べ、形式的にせよ謝罪してみせること……。

「正臣」と志摩子は呼びかけた。「ここはとても静か。私も今、静かな気持ちでいる」

「俺もだよ」と彼は言った。

第二十六章　正　臣

帰国後、いったん戻ってみた世田谷の自宅に妻子の姿はなく、正臣は広尾にある仕事場に引きこもった。

真由美の携帯に何度かかけた電話はつながらず、やっと話をすることができたのは、帰国してから五日ほどたってからだった。真由美は平板な口調で応じた。そこには、怒りも狂乱も恨みごとも何もなかった。ただおそろしいほどの軽蔑があるだけだった。

以後の連絡はすべて弁護士を通してほしい、と妻は別人のように冷やかな、落ちつきはらった声で言った。私の離婚の意志は固く、それは今後、あなたとの話し合いがどう行われようと、変わることは決してないからそのつもりでいてください、と彼女は言い放った。そして、その後でほんの二、三の事務的連絡事項……留守中、届いた宅配便はすべてそのまま、自宅のあなたの書斎に積んである、そのうち、生ものは処分させてもらった、ということなど……をつけ加えてから、「ではこれで」と他人行儀な挨拶をし、真由美は一方的に電話を切ろうとした。

待ってくれ、と正臣は引き止めた。「少しでいい。春美と夏美を電話口に出してくれないか」

「寝言を言わないでよ」と真由美はせせら笑うようにして言った。「正気なの？」

「頼む。あの子たちと話したい。俺の言葉で話したいんだ」

「冗談じゃない。あの子たちに、あなたみたいな不潔な男の声を聞かせる、と思っただけでもぞっとする。いい？　電話どころか、春美たちには会わせませんからね。二度と。覚悟しておいてちょうだい。あの子たちは私が守る。あなたほど汚らしい人はいないわ。最低の男よ。私や子供たちを平気で不幸のどん底にたたき落としたのよ。しかもそれが、別の女と一緒にいたい、っていうだけのことで。たったそれだけの理由で……。鬼よ。悪魔よ。あなたなんか、死んでしまえばいい」

受話器の奥に、その時、女の子の泣き声が響きわたった。春美の泣き声なのか、夏美の泣き声なのか、わからなかった。泣き声は連鎖するように長々と遠く近く続き、そこに真由美のすすり泣きの声が重なったかと思うと、電話は乱暴に切られた。

正臣は目を閉じ、天井をふり仰いだ。怒りに近い感情が渦をまいた。全身が震えた。今にも床めがけて嘔吐《おうと》し始めるのではないか、と思われた。

だが、それはまもなく鎮まっていった。悲しみと絶望だけが、思いがけず静かに、ひたひたと水のように彼を被《おお》った。受け入れねばならない、まごうことなき現実が、そこにあった。

俺は多分、一生、と彼は思った。春美と夏美の夢を見続けるだろう、と。かつて自分を置いて去って行った母親の夢を見続けてきたのと同様、娘たちの夢を見、魘《うな》されることになるだろう、そして、それこそが、俺に与えられた最大の罰なのだろう、と。


広尾にある仕事場に引きこもっていると、時折、正臣には何が現実で何が夢だったのか、わからなくなった。時の流れがどこかでせき止められ、寸断されていた。志摩子と出会ったその日から現在この瞬間までが、唯一、実感できる自分の人生であり、他のことはすべて……結婚し、子供が生まれ、家庭をもったことも含めてすべて、けだるい午《ご》睡《すい》の中で垣間《かいま》見た、おぼろな夢に過ぎなかったような気がした。

志摩子は電話で「今、静かな気持ちでいる」と言ったが、その静けさは、そうやって仕事場にクーラーをつけっ放しでこもっている彼の中にも、同様に満ちていた。

何か突き抜けたような透明なものが、ひっそりと自分を充たしていた。そこには不安も罪悪感も後悔も何もなく、見渡す限り平らかで、夜の砂漠で仰向けになり、砂の音を聞きながら満天の星を見つめているような静けさだけがあった。たどり着くべき場所にたどり着き、ひと息いれている、といった安らぎすら感じられるのが不思議だった。

閉めきった仕事場の窓の外では、終日、油蟬《あぶらぜみ》が騒がしく鳴いていた。ガラスを通して聞こえてくるその鳴き声は、海の波の音のように単調で、そのうちそれもまた、彼の心の中にある静けさと溶け合っていくのだった。

都内にあるホテルで、志摩子の記者会見が行われる日、開始予定時刻の午後一時少し前になって、正臣は仕事場にあるテレビをつけた。音声を消したテレビには、ワイドショーの司会の男とリポーターの女とが、スタジオで何かしゃべっている姿が映し出された。

女のリポーターは、志摩子と正臣の出会いから逃避行にいたるまでの記録をまとめた一枚のフリップを手にし、興奮した面持ちでそれらのひとつひとつを指さしながら、説明をしていた。

二〇〇三年九月、舞台『虹の彼方』の主演女優と原作者として初めて出会う……に始まって、ふたりがホテルの地下駐車場で写真を撮られ、女性週刊誌に掲載されたことや、上海に逃避行し、その後の行方がわからなくなったことなどが順を追って日付と共に記されていた。別のもう一枚のフリップには、志摩子と正臣のそれぞれの経歴と、家族構成が書かれてあった。

正臣は他人事のようにそれを眺めた。画面で紹介されている記号のようなものが、自分たちの一部である、とは到底思えなかった。確かに事実はそうだったかもしれない。

出会って、恋におち、互いに溺れ、互いに家庭があることを承知のうえで、密会を続け、あげく海外に逃亡した。それは確かであり、現実に起こったことを箇条書きにすれば、そうなる。

だがそれは、岩を打ち砕き、ごうごうと音をたて、飛沫をあげながら流れていく川に、安全な岸辺から小さなスプーンでほんのひと匙《さじ》、水をすくいあげ、これがこの川のすべてである、としたり顔で呈示するようなものであった。

会見開始予定時刻から十分ほど過ぎた頃、画面が切り替わった。画面左手奥から志摩子が現れ、ゆっくりした足どりで歩いて来て、着席する光景が映し出された。

ついこの間まで、片時も離れずに傍《そば》にいて、その肌に触れ、くちびるを寄せ合い、細胞のひとつひとつまで指先が記憶してしまうほど溶け合っていた女だった。彼女は今から、世間を相手にし、戦い、表向き折り合う素振りを見せながら抗うのだ、と思うと、正臣は画面を正視するのが覚束《おぼつか》なくなるほどの息苦しさを覚えた。

会見場は、白く弾けるカメラのフラッシュの洪水になった。正臣はテレビの音量を上げた。野次とも怒号ともつかぬ騒然とした空気が、画面から室内になだれこんできた。その空気は、世間の怒り、世間の誹《そし》り、世間の好奇心……「世間」というものを象徴するものであった。

だが、志摩子は平然とした表情を崩さずに、際立った落ち着きを見せていた。口もとをきりりと結び、目を大きく見開いて、揺るぎのない視線を前に向けているその姿は、美しく神々しかった。

ライトグレーのシンプルなパンツスーツ姿だった。アクセサリーを何もつけていない。上海の美容院でセシールカットにした髪の毛は、少し伸び、ちょうどいい具合に毛先にやわらかな動きができて、女らしさが増して見えた。

上海から戻り、またさらに痩せたのでは、と案じていたが、思っていたほどではなく、さほど疲れている様子も窺《うかが》えなかった。椅子に坐って背筋を伸ばし、ゆったりと呼吸しながら宙の一点を見据えている。そこには一片の卑屈さもなく、何かに立ち向かおうとする時の、決然としたものだけが漲《みなぎ》っている。

目の前にあるマイクを手にし、志摩子は軽く黙礼をした。「今日は私のために皆さんにお集まりいただき、恐縮しています。ご質問には、できる限り、正直にお答えするつもりでおりますので、皆さんには……」

「初めに謝罪の言葉はないんですか」

いきなり、男の声が飛んできた。場内がざわついた。だが、志摩子はひるまずに軽く目を伏せ、「お騒がせしたことに関しては、心から申し訳ないと思っています」と応じた。

「それだけですか」と同じ声が問うた。「家庭のある者同士がですね、しかも、おふたりとも若くはない、中年です。それが不倫したあげく、いきなり外国に逃げたんですよ。それだけ非常識なことをしておいて、謝罪の言葉がたったひとことなのは、どういうものでしょうかね」

「私は少なくとも、仕事に穴を開けた覚えはございません」と志摩子は毅然《きぜん》として言った。「六月に撮影していた映画の仕事も、最後まで責任を果たしました。それは奥平さんにしても同じです。私たちの行為が各方面に多大なご迷惑とご心配をおかけしたことに関しては心からお詫びしますが、仕事上の問題と互いに家庭がある、ということは別のものとして考えていただきたいと思っております」

場内のざわめきが烈しくなり、あちこちから野次が飛んだ。「こんな大人げないことをしておいて、言うことが傲慢《ごうまん》すぎるよ」とか「今さら開き直られても困るんだけどね」などといった言葉が、そこかしこで飛び交うのを正臣は聞き逃さなかった。

「高木志摩子さん、作家の奥平正臣さんと逃避行をした、その本当の理由をここで教えていただけますか」報道陣のひとりが、代表して口火を切るかのように、改まって志摩子に向かい、質問を投げつけた。あたりが水を打ったように静まり返った。カメラのフラッシュを焚《た》く音だけが響き渡った。

志摩子は優雅な手つきでマイクを握りながら、「それは」と言った。目を伏せ、そしてまた上げた。「あくまでも個人的な理由ですので、ここでは申し上げられません」

「それを話すと誰かに迷惑がかかる、という意味ですか」

「そうではありません。あくまでも私と奥平さんとの間の個人的な問題である、という意味です」

「だから、それが何なのかをお聞きしたいんですよ。お互いにそれぞれの結婚を解消して、一緒になることだってできたわけでしょう。そういう手順を踏まないで、なんでまた、いきなり逃げたりしたのか、その理由を答えてくださいよ」

「おそらくそれは、皆さんの理解を超えることだろうと思いますので」と志摩子は言い、質問者の男をじっと見据えた。「残念ながら、ここで説明してさしあげることはできないのです」

女の声が飛んだ。「女優を捨てる覚悟だったんですか」

「はい、そうです」

「でもやっぱり捨てられないから、日本に戻ってきた、ということですか」

「私が帰国したことと、女優をやめるやめない、ということはまったく別の問題です。別次元の話です」

複数の質問が同時に乱れ飛んだ。「ご主人の坂本さんとは会いましたか。どんな話をしたんです」「奥平正臣さんの奥さんは現在、離婚調停を始めようとしているそうですが、それについて感想は」「上海で、どんな毎日を送っていたのか、詳しく教えてください」……。

そのひとつひとつに、志摩子は感情の乱れを見せず、どこか突き放すようにして淡々と簡潔に答え続けた。

かつての志摩子のスキャンダルの相手である、加地謙介についても触れられた。先頃、撮影した映画で久しぶりに共演し、加地との仲が再燃して、それが恋愛中だった奥平さんの嫉妬をかったことが、逃避行の直接の引き金になったのではないか……そう聞いてきた女リポーターがいた。

その時だけ、正臣は自分自身を恥じるような思いを抱きつつも、皮肉な感心を覚えた。他人の恋愛沙汰《ざた》を大まじめに騒ぎたて、断罪しようとしている連中の中にあって、この女にだけは少なくともまともな想像力がある、と思った。

志摩子はわずかに首を横に振り、「今回のことは」ときっぱりした口調で、声高らかに言った。

「加地さんとは何の関係もありません」

「帰国して、奥平さんとは会いましたか」

「いえ、会っておりません」

「別れたのですか。坂本さんとはどうなるんです。奥平さんとは今後、どうするつもりですか」

志摩子はそれには答えず、斜め前方にある虚空を凝視するようにしながら、「申し訳ありません」と言った。「まだいろいろなことを決めてはおりませんので」

ざわついた場内から、再び質問が飛び交ったが、画面中央に石黒敦子の姿が現れ、そっと志摩子の腕をとった。怒号が飛んだ。カメラのフラッシュが、立ち上がる志摩子と敦子の姿を白く浮き上がらせた。

会見はそこで終了した。

終章

暦は八月に変わった。世間は盆休みを迎えようとしており、軽井沢の町もまた、別荘族や観光客で賑わい始めた。

昼日中は、車の渋滞も烈しくなった。スーパーに買い物に行くのにもふだんの倍の時間がかかるんです、と外出のたびに、大谷加代子はこぼした。近年、人気のアウトレット付近には車の長い列ができていて、そのあたり一帯は交通規制まで行われている、という話であった。

だが、志摩子にとって、外界での出来事はあくまでも意識の外側にしかなかった。記者会見場での報道陣との棘々《とげとげ》しい言葉の応酬も、周囲の人間たちから投げつけられた心ない皮肉の数々も、敦子の力を借りて、再び東京から抜け出し、軽井沢まで来る途中、巻き込まれた車の渋滞の長い列も、何もかもが遠い日の風景のように、すべてぼんやりとした無音の中にあった。

それらは志摩子を苦しめもせず、かといって、怒らせもせず、苛立たせもしなかった。夏の庭先をひたすら煩《うるさ》く飛び続ける蜂の羽音のように、そうした現実における風景の一切は、志摩子にとってひたすら単調なものでしかなかった。

澱《おり》のように疲れが溜まり、疲れていることに慣れすぎて無痛症になってしまったのか、あるいはまた、疲れはとっくに癒されていて、今こそ自分が浄化された世界に向かおうとしているのか、それは志摩子にもわからなかった。精神状態は平らかで、時折、襲ってくる説明のつかない切なさもまた、すぐに砂のように均《なら》されていった。砂の奥底深くに吸い込まれ、埋もれていくような感覚にとらわれることもないではなかったが、それでも、志摩子はしっかりと目を見開き、姿勢を正し、前を向いていた。

砂底に埋もれていくのなら、それで構わなかった。足掻《あが》きたくはなかった。今ここで足掻いたりなどしたら、何のために生きてきたのか、何のために正臣と出会い、ここまできたのか、わからなくなる。

自分自身の内面を執拗《しつよう》に覗きこもうとすることよりも、自分が今生きて在るこの世界の、あらゆる光、雨、闇、木々の梢をぬうように吹きすぎていく風の音、土いきれ、草のむせ返るような香り……そうしたものをあるがままに、肌で感じていたかった。そうやっていると、おのずと正臣との宿命的な出会い、正臣と交わしたあらゆる言葉、あらゆる性愛が、あたかも少女が幸福な記憶を蘇らせようとする時のように、正直に、混じりけなく思い出されてくるのが不思議だった。

会いたいという狂おしい思い、二度と離れたくない、という願い、それすらも志摩子の中で浄化されていった。そこには疑いも不安も何もなく、彼に会いたいと願う気持ち、それ自体が、自分自身を豊かに和ませていくのが感じられた。

すぐに会える、じきに会える。それは正臣と毎日交わす電話での語らいの中で、日々、確かめられていた。いつ、という具体的なことは互いに口にこそ出さなかったが、たとえこの先、ふた月や三月、会えない日が続いたとしても、その間の互いの不在ですら、いとおしいものとして受け入れることができる……そんな自信が志摩子にはあった。

敦子からは、しばらくの間、別荘に身を隠したまま、正臣とは会わずにいたほうがいい、と忠告されていた。連日、新聞やテレビ、週刊誌で騒がれ、叩かれているふたりが、マスコミの目を盗んで会っていた、ということになれば、さらなる世間の騒ぎを助長することになる、というのが敦子の意見だった。

敦子の言うことはもっともだった。会おうと思えば会うことはいつでもできる。今すぐにでも。だが、世間の報復、現実が自分たちに課してくる問題を無視することは不可能だった。じっとこらえて、嵐が過ぎるのを待つこともまた、ふたりのためである、と思えば、互いの不在も、難なく受け入れることができそうだった。

そんな志摩子を別荘は静かに包みこんでいた。そこでは時が止まっていた。熟した透明な夏に囲まれて、通りすぎてきた熱狂と狂騒が、今、自分の中で静かに、しっかりと根をおろし、刻一刻と揺るぎのないものに姿を整え始めていくのが、志摩子にははっきり、わかるのだった。

その日は、朝から蟬《せみ》の鳴き声が眠たげに庭を充たし、夏の光がまばゆく木々の緑を際立たせていた。だが、高原の天候は移ろいやすい。昼も過ぎる頃になると、空には暗雲がたれこめて、今にもひと雨きそうな空模様になった。

新幹線を使って軽井沢まで行く、駅からはタクシーを使う、長居をするつもりはない、ともかく話はその時に……と滋男は前々日に別荘にかけてきた電話で言った。見事に無駄のない、簡潔な話しぶりだった。不機嫌や絶望感に身をもてあましている様子もなかった。帰国した日の晩に志摩子に見せた、感情の嵐はすでに消えていた。滋男はいつもと変わらぬ、静かな滋男、何かを初めから諦めている滋男、かすかな死の影をまとっている滋男、に戻っていた。

「ここは涼しくていい」

軽井沢駅からタクシーを使って敦子の別荘にやって来た滋男は、そう言って応接間の窓の外をちらりと窺《うかが》った。加代子が居心地悪そうな顔をしながら、持ってきたコーヒーを差し出し、挨拶もそこそこに、逃げるようにして部屋から出て行った。滋男はソファーに行儀よく腰をおろし、しばらくの間、目の前に置かれた白いコーヒーカップをじっと見下ろしていた。

明け放された窓の外で、雨足が急に強くなった。その雨の音をひとつ残らず聞き分けようとでもしているかのように、滋男はおもむろに、落ちつきはらった姿勢でソファーにもたれた。次いで腕を組み、目を閉じた。目の前に、男と逃げた妻……自分を裏切り、悲しませ、絶望の淵《ふち》に立たせた女がいることを忘れ去ってでもいるかのようであった。

遠く雷鳴が聞こえていた。地を打ち、木々の梢を打つ雨の音はいっそう烈しくなった。

滋男は組んでいた腕を静かに外し、目を開けた。そして、志摩子の視線から逃れるようにして、ふと横を向き、次第に雨足を強めていく雨を一瞥《いちべつ》すると、「土の匂いがするね」と言った。のんびりした口調だった。「子供の頃の夕立を思い出すよ。遠くで雷が鳴ったかと思うと、いきなり大粒の雨が降り出してね。雨が地面や木の葉の土埃《つちぼこり》を吸いこんで、特有の匂いがした。びしょ濡れになりながら、慌てて軒下に駆けこんで、そうこうするうちに、すぐ近くで稲妻が光るんだ。稲妻の何秒後に雷鳴がするか、一、二、三、って数えて計算したりしてるんだけど、ほんとはすごくこわくてさ。こわがってることを気づかれたくないもんだから、みんなで変に気張った感じで空を見あげてたもんだよ」

そうね、と志摩子はうなずいた。「私にもそんなこと、あったわ。ね、雨が吹き込むかもしれない。窓、閉める？」

「いや、このままでいい」と滋男は言った。その声は、ざあざあと降りしきる雨の音の中に力なく吸いこまれていくようであった。

何を話せばいいのか、わからない。話すことは山のようにあるはずなのに、それでも口にし合うべき言葉はたったひとつしかないような気もしてくる。

だが、ふたりとも、その言葉を注意深く避けている、と志摩子は思う。避け続けながら、同時にどこまで問題の核心に迫ることができるのか、競い合っているかのようでもある。

「帰国してから、うちに戻らずに、まっすぐここに来たことは正解だったよ」と滋男が先に口を開いた。「うちのまわりには、今もマスコミがうろついてるんだ。僕ですら、出入りの時はマイクを突きつけられそうになる。マンションから出ないでいればいいようなものだけど、あれじゃあ、いくらなんでも落ちつかない。ここなら庭を自由に散歩できるし、外の空気が吸えるからね」

そんな話をするためにここまで来たのか、と問い返したかった。あの晩のように怒鳴ってほしかった。怒りにまかせて、彼らしくない言葉を並べたててほしかった。怒らず責めず、穏やかにありきたりの話をされればされるほど、かえって志摩子には、夫の痛々しく抑えこんだ感情の、残滓《ざんし》のようなものが透けて見えてくるのだった。

「記者会見を見た」と滋男は言った。「大変な騒ぎだったな」

滋男はクリーム色の麻のジャケットに淡い茶色のズボンをはいていた。この人はこんな服を持っていただろうか、とふと志摩子は思った。積み重ねてきた日常のすべてが遠くなってしまい、何も思い出せない。泣きたいような思いにかられる。

雨の音に混じって、雷鳴が近くなった。ふいに、ばりばりという、天を衝《つ》く轟音《ごうおん》があたりに響きわたった。稲妻が走った。室内が一瞬、青白く浮き上がった。

「これからどうしたいんだ」いきなり滋男がそう聞いた。「どうするつもりでいる」

それまで意識的に逸らせていた様子の視線が、正面からまっすぐに志摩子に向けられた。その目は思いつめたように光っていた。「正直に言ってごらん」

言葉になどできそうになかった。どうしたい？　正臣と共にいたい。正臣と離れずにいたい。その前に、正臣と会いたい。今すぐ会いたい。……だが、そこに別の答えもある。すべての記憶を失ってしまいたい。そうすれば、自分は高輪の家に戻ることができるだろう。ひとりの男にこれほどまで深く溺れ、烈しく求め合った記憶はたちどころに消えて、正臣と出会う前の自分に戻るだろう。穏やかな日常生活の中で、ありきたりの仕事をこなし、モモと戯《たわむ》れ、モモの世話をし、滋男と食事を共にし、滋男と毎晩、隣同士のベッドで眠りを貪《むさぼ》って、滋男とふたり、ゆるやかに年をとっていくのだろう。上海に行った記憶も、杭州の酷暑の記憶も、烏鎮《ウージェン》で夢みた水郷での正臣との未来の暮らしも、何もかもが闇の向こうに葬られ、そんなことがあったとも思い出さず、正臣という男のことすら知らぬままに、時間が流れていくのだろう。

だが、記憶を消し去ることはできなかった。来た道を引き返すことはできないのだった。自分と正臣が決行したのは、世間をふり捨てた逃避行などではなかった。決して戻らぬ道とわかっていて、足を踏み出した、そのこと自体に意味があった。そんなふたりが後戻りし、記憶を抹消することなど、できるわけがないのだった。

「言ってごらん」と滋男は低く掠《かす》れた声で促した。「何を言ってくれてもいい。覚悟はできている」

志摩子はじっと夫の顔を見つめ、わななくようにくちびるを開いた。あたりには雨の匂いがたちこめていた。どう言えばいいのか、わからなかった。この人を嫌いになったのではない、と思った。憎んでいるのでも、もちろんない。分かちがたく結びつきながら、人生を共にしてきた男だった。怒濤《どとう》のように滋男との思い出が蘇る。そこに自分自身の刻んできた過去が重なる。

自分はかつて、この人に救われたのだ、と志摩子は思う。穏やかな幸福を与えてくれたのはこの人だ。私生活の安寧、信頼、平和、手を伸ばせばいつでもそこにある確たる未来。そういったものをこの人は与えてくれた。なのに、自分はこの人を裏切った。残酷にも、この人のもとから逃げ出した。この人の気持ちを踏みにじった……。

泣いてはならなかった。今さらながら、弁解を始めてもならなかった。いたずらに自分自身を世間の基準に充《あ》てはめて、相手を救おうとしてはならない。まして正当化しようとしてはならない。

すでに答えは出ていた。上海の地を踏んだ時から。いや、遡《さかのぼ》って言えば、正臣と出会い、強く惹かれたその瞬間から。

「私は」と志摩子は言った。言ってから、ひたと夫の顔を見据えた。「……ひとりになります」

しばしの沈黙が流れた。時が止まったかのようだった。滋男はやがて、全身の緊張から解き放たれたかのようにして、軽く吐息をつくと、そうか、と言った。憎しみも軽蔑も皮肉も感じられない、平板な言い方だった。「高輪には戻らない。僕との結婚生活には戻らない。そういうことだね」

喉が詰まったようになった。そうです、と志摩子は言い、言った後でうなずいた。

また稲妻が光った。雷鳴がし、その後で、雷鳴の音に重なるように、隣室のダイニングルームに置いてある電話が鳴り出した。加代子が電話に応対した気配があった。雨の音が烈しくて、何をしゃべっているのかは聞き取れなかった。

「何かに狂う……」と滋男はつぶやくように言った。「しかも見事に、徹底して狂う。

狂うあまり、引き返すことができなくなる。果てしなくどこまでも、崖《がけ》っぷちだとわかっていても行ってしまう。ものごとに徹底して狂うことができるというのは、一種の美徳だ。歴史はそうやって動いてきたところがある。志摩子がそういう人間であったことを僕は……」

そこまで言ってから、滋男はいったん黙りこんだ。そして改まった他人のような言い方で、かすかな皮肉をこめてでもいるのか、目の奥をきらりと光らせつつ、つけ加えた。「僕は……これまで、まったく知らずにいた」

かつて若かった頃、堂本監督に言われたことが、志摩子の中に唐突に甦った。きみは簡単には恋愛に溺れない。利口で頭がいい。ところがいったん溺れたら最後、どこまでも突っ走る……。

滋男は老人のようにゆるりとした、けだるそうな仕草でコーヒーカップを手にし、すっかり冷めてしまったコーヒーを飲んだ。そして、飲み終えると、カップをソーサーに戻し、はめていた腕時計に目を走らせ、何事もなかったかのように、「車を呼んでもらおうか」と言った。

あれほど強かった雨足が、ふいに弱まっていく気配があった。志摩子はくちびるを噛んだ。「あの、私……」

「何も言わないでいい」と滋男は言った。「荷物を取りに来る日が決まったら、言いなさい。悪いが、その時、僕は家にはいない。万事、美津江さんに頼んでおくことにする。それから、離婚については……」

そこまで言うと、滋男は一瞬、痙攣《けいれん》するように、顔面を烈しく引きつらせた。だが、それも一瞬のことで、すぐに表情を元に戻すと、彼は軽くため息をつき、「離婚」と言い直した。「まさか志摩子と離婚の話をすることになるとは思わなかったよ。さびしいものだ」

「何て言ったらいいのか……本当に……ごめんなさい」

「あやまられても、困る」と彼はうつろな微笑を浮かべて言った。「さびしさは、あやまられたところで、消えはしないよ」

何をどう言えばいいのか、わからない。滋男に寄せる気持ち、通りすぎてきた時間、何もかもが、どうしようもなくいとおしく感じられる。なのに、それでも自分は新たな世界に足を踏み出そうとしている。それ以外、考えられなくなっている。

だが、さびしさは志摩子の中にもある。はっきりとした形である。自分もまた、ある意味では気が狂うほどさびしいのだ、と志摩子は思う。

さあ、と滋男は言った。一切合切の物語が終わり、舞台に幕がおろされたかのような言い方だった。「……車を頼むよ」

潤む目を瞬き、深呼吸し、志摩子は涙をこらえた。泣いてはならない、と思った。自分のためにも、滋男のためにも。泣くのは不遜《ふそん》なことだ。立ち上がり、ゆっくりと応接間のドアを開け、奥にいる加代子を呼んだ。

呼ばれるのを待ち構えてでもいたかのように走り出て来た加代子は、しかし、途中で立ち止まったまま、志摩子に向かって焦ったように手招きしてきた。べそをかいた後のように、目が少し赤かった。

部屋のドアを後ろ手に閉め、志摩子が加代子に近づいて行くと、小柄な加代子は背伸びをし、志摩子の耳を両手の掌で被うようにして口早に囁いた。「志摩子さんの携帯に何度も電話なさったそうなんですけど、通じなかったからって……お車を運転して、もうすぐ奥平先生がここにいらっしゃるんです。さっき、先生から電話があって……。どう行けばいいのか、って道順を聞かれたので、お教えしたんですけど、あの……よかったでしょうか。ごめんなさい。私……坂本さんがいらしてること、どうしても言えなくて……坂本さんに聞こえるんじゃないかと思って……だから道順をお教えした後で、慌てて電話を切っちゃって……」

志摩子は、若い娘が吐きかけてくる甘ったるい息の匂いを嗅ぎながら、「それでいいのよ」と慰めるように言った。そして軽く微笑みかけ、背筋を伸ばした。「タクシーを呼んでちょうだい。坂本が帰ります」

タクシーが別荘に到着したのは、それから十五分ほどたってからだった。あれほど烈しかった雨は、いつのまにか止んでいた。あたりには、野鳥の声が戻りつつあった。油蟬が、テラスのすぐ脇にある、背の低いイチイの木のあたりで、寝ぼけたように鳴き出した。

その蟬の姿を探すような視線を庭に向かって投げながら、滋男は「ここでいいよ」と言った。「ここにいなさい。見送りには出てこないほうがいい。いくら軽井沢といっても、運転手に顔を見られると、いろいろ面倒だろう」

いかにも滋男らしい、さびしいほどの気遣いだった。

「身体に気をつけなさい。ずいぶん痩せたみたいだ」滋男はそう言い、ソファーから立ち上がった。「モモに会いたかったら、いつでも会いに来ればいい。モモも志摩子に会いたいだろうからね」

志摩子はうなずいた。大きく息を吸った。泣くまい、としてこらえた。

その人工的なやさしさが、滋男の復讐《ふくしゅう》なのだろう、と思った。滋男は愛や熱狂やさびしさや、孤独や悲しみを人工的に装ったやさしさの中でしか表現しない。できない。そう思ったとたん、こらえきれなくなった。くちびるが烈しく震え、涙があふれ、滴り落ちた。

滋男はその涙を軽く一瞥したが、何も言わなかった。無言のまま応接間を出て行き、一度も志摩子を振り返ろうとはしなかった。

玄関先で滋男を見送る加代子の声がし、外に車を停めているタクシーの運転手が、何か言う声が聞こえた。

車のドアを閉じる音がした。志摩子は部屋の外に続くテラスに飛び出した。

テラスの右横には、何本かの目隠し用のイチイの木が、一列に並んでいる。そのすぐ向こうが、別荘地の私道になっている。車が二台、やっとすれ違えるかどうか、という狭い、未舗装の私道である。

テラスの手すりに両手をつき、目を凝らした。手すりは雨で濡れている。生い茂った木々の葉先に、雨滴が丸い玉を作っている。梢に懸かった蜘蛛の巣が、瑞々《みずみず》しく光っている。

空が展《ひら》け、みるみる明るさが増してくる。遠い山で、郭公《かっこう》が澄んだ声で鳴き始めた。その鳴き声を合図にしたかのように、別荘の外で、車のエンジン音がひときわ大きくなった。タイヤが小石を踏みしだく音がし、滋男の乗った黒塗りのタクシーが、雨に濡れそぼったイチイの木の向こう側に現れ、静かに走り過ぎて行くのが見えた。

空の雲が大きく割れた。夏の光が一斉に、あふれんばかりに射してきた。叢《くさむら》で、木々の梢で、雨滴という雨滴が無数の小さな宝石のようになって煌《きら》めき始めた。

その時だった。去って行く黒いタクシーの向こうに、こちらに向かって走って来る一台の乗用車が現れた。志摩子もよく知っている、何度も何度もその助手席に坐ったことのある車だった。

二台の車は、道の途中で風のごとくすれ違った。一台は小径《こみち》の彼方に遠ざかって行き、そしてもう一台は、雨あがりの弾けるような夏の光の中、まるでスローモーションビデオで見る映像のごとく、静かに音もなく、しかし確実に、志摩子に向かって近づいて来る。

作家の気配——小池真理子の美学と強靭

伊集院　静

小池真理子がそこにいるだけで、或る独特の気配がただよう。

それが何なのか、最初のうち（十七、八年くらい前と思うが）、不思議に思っていた。深夜、時折、六本木飯倉近くのバーで、友人、編集者らしき男女といる彼女を見かけ、挨拶を交わし、やや離れた場所に座って飲んでいると、彼女のいるテーブルから独特の気配を感じることがあった。彼女の存在力と言ってしまえば、そうなのだろうが、その気配にはそれだけではないものがある気がしていた。一九九〇年前後、彼女が作品『恋』で直木賞を受賞される以前、知己の編集者数人から、「小池真理子さんの小説は実にいいんですよ」という評判を聞きはじめた。皆古くからのつき合いの編集者だから彼等の小説に対する考え、好みも少しわかっているので、彼女の評判、小説のレベルの高さが察せられた。その年あたりから彼女と挨拶を交わすようになった。最初の出逢いもおそらく深夜のバーであったと思うが、その時に抱いた印象にも、独特の気配があった。

＊

本編『虹の彼方』はまことに上質な恋愛小説である。小池真理子の小説を支持する大勢の読者の方なら、この作品が熟成期にある時の作家の代表作のひとつであることはおわかりになると思う。この作品の価値は、まずは登場人物の設定にある。主人公に夫のある女と妻帯者の男を置き、しかも女優と作家という大胆なシチュエーションにした点だ。当節、日本に何人の恋愛小説を主軸に執筆活動をしている作家がいるのかは知らないが、この設定を、まず初めに平気で置き、挑もうとする（さらに言うと、挑めるはずだと確信できる）作家はそう何人もいまい。或る種の実績と経験を持つ作家であればこのような設定での物語に手を出すことはないだろう。ややもすると、いや、ややもせずとも、この世間のゴシップ、噂の端に上がるものが読み手の想像の障碍《しょうがい》になり、醜聞の域を脱しえないことの予測がつくからだ。私も最初にこの作品を読みはじめた時、大胆な物語に挑んだものだと思った。しかしそれまでに小池真理子の作品に触れ、彼女の力量を承知していたからむしろ期待感を持って読みすすめた。読んでいる間もそうだが、読後、本を閉じて頷《うなず》いた。さすがであった。本文の内容については解説なので控えるが、これほどの長編を一気に読ませる力量は〝恋愛小説家、小池真理子〟が並いる作家の中でも群を抜いていよう。作品の設定について読み手の想像の障碍と書いたが、近年、恋愛小説を書き続けることの困難さは、読者の想像力と恋愛小説との間にあきらかな温度差があるからだ。小説の中で繰りひろげられる恋愛より、現実に恋愛をしている人たちが経験しているものの方が熱いと言っているのではない。温度差と書いたので誤謬《ごびゅう》があるが、それは錯覚に近いものである。近頃の若い女性と話してみると、彼女たちに入ってくる恋愛、セックス、それらの周辺に関する情報が厖大《ぼうだい》であることがわかる。彼女たちはその情報を一見、一読しただけで恋愛を体験し、理解したように語る。しかしよくよく訊いてみると、それは実に小市民的な恋愛観でしかなく、恋愛の核心どころか表層にさえ触れていない。恋愛は只中《ただなか》に身を置くもので傍観するものではない。数年前、女性雑誌のタイトルで恋愛至上主義という言葉を目にしたが、恋愛は主義、思想でするものではなく、むしろそういうものと無縁に存在する人間の本能の営みである。本能の周辺からはじまるものだから、そこには人の業欲が絡み、限りのないエゴが露呈し、生死の危険さえ孕《はら》んでいる。道徳的なものは排され、時によって狂気にさえ映るものなのだ。それをすべて人が平然とやってのける。小池真理子は恋愛小説に挑みはじめた時から、すでにその肝心を体得していたのではなかろうか。小説を作りごとの世界と言う人がいるが、それはそれで間違ってはいない。しかしそこには作りごとでは済まされぬものが潜んでいる。小説の気配と言ってもいいかもしれない。『虹の彼方』の全篇には、この気配が通底している。それがこの大胆な設定を上質な物語にさせたのであろう。

＊

青山通りから少し離れた場所に大人の男女が酒を飲むのに程良いバーがあり、そこで小池真理子と桐野夏生の三人で一晩飲んだ夜があった。いずれかの出版社の新人文学賞の選考会の後だったと記憶している。

今をときめく二人の女流作家の間に入って、私はただ、彼女たちの話の聞き役でいた。お二人とも酒は好きなようで話もはずみ楽しい時間だった。細かい会話の内容は覚えていないが、お二人を見ていて、実にけなげで、可愛い女性なのに驚いた。純粋な人たちだとあらためて感じた。そろそろ引き揚げる時刻になって、どちらが言われた言葉かはわからぬが、斯《か》く宣《のたま》ふた。

「そうなのよ。それが夢であれ現《うつつ》であれ、この身が感じとれればそれでいいのよ」

二人の作家は微笑し、立ち上がった。

三人は深夜の通りで別れた。

翌日から私は一ヶ月ほど旅に出た。その旅の途中で日本から旧友の訃報が入った。長く病いを患っているのは知っていたが、彼は私の見舞いをかたくなに拒絶していた。不仲であったのではない。痩《や》せ衰えた自分を見せたくないというのが彼の言い分だった。私たちは男同士のつき合いで酒場に行くにしてもギャンブルに出かけるにしても女っ気を拒絶して遊んでいた。彼は独り暮らしであったし、女、子供の立入らぬ世界を好んだ。長いつき合いだったので友の死に落胆はあった。旅の間中、友のことを思った。旅から帰り、仲間に事情を訊くと若い女の住いから飛び降りて死んだと言う。よもやという話であった。日が経つにつれ、独りで生きているとばかり思っていた友が、事情はわからぬにせよ、若い女に最期を預けたのなら、それはそれで良かったのではと思うようになった。

その時、なぜか小池真理子の顔と、あの言葉が浮かんだ。夢であれ現であれ、この身が感じとれれば……。

*

大半の人の実人生は平坦で、呆気ないものである。あの人の一生は波乱に満ちていたとか、あざやかだったと語るのは周囲の人の目であり、記憶がそう感じさせている。語られる側の当人は案外、あっさりしたもので「そう生きざるを得なかった」くらいにしか思っていないのではなかろうか。

それでも稀《まれ》に、昨日までは木の枝の瘤《こぶ》にしか映らなかった固りが、突然、目を奪うほどの蝶に化身するような出来事が起こる。それはほとんどが男ではなく女である場合が多い。その化身に情愛が絡めば、それは立派な恋愛であろう。恋愛はイデオロギー、倫理と言ったものの外にあると前述したが、〝なぜそうなったか〟が謎であるからだろう。理屈は通用しない。この世に数多《あまた》の種の小説があっても恋愛小説が小説の本道である点は、この倫理が通じないことにある。スタンダールの『赤と黒』が今も新鮮なのはそこにある。頭では書けないのだ。身体で書くと言うと誤解されるが恋愛小説家は全身で物語を書きすすめるしかない。或る時は傷つき、或る時は痛んで、小説の核を探し求めて森をさまよう。

『虹の彼方』のラストに主人公、志摩子《しまこ》の夫、滋男《しげお》が逃避行の果てに舞い戻ってきた妻に言う。

――何かに狂う……、しかも見事に、徹底して狂う。狂うあまり、引き返すことができなくなる。果てしなくどこまでも、崖《がけ》っぷちだとわかっていても行ってしまう。ものごとに徹底して狂うことができるというのは、一種の美徳だ。歴史はそうやって動いてきたところがある。――

この言葉は物語の結論、時間の終焉《しゅうえん》を言っているのではなく物語の経緯、時間が今もなお進行しているのを語っている。ここで私たちはこの作品の核に触れる。

『虹の彼方』は第十九回柴田錬三郎賞を受賞した。並いる選考委員が満票の支持で受賞にいたった。私は授賞式で祝辞を述べさせて貰った。ドレスアップした彼女は優雅で、美しかった。実に華やかなパーティーだった。

一年余り後、彼女と食事をする機会があった。美味しそうによく食され、よく飲まれ、よく話をされた。いつになく陽気な彼女を見て、疲れているのだ、と思った。レストランを出て、お互いが通うバーに行き、そこで散会することにした。店は珍しく男客ばかりだった。私宛に連絡が入り、一時席を外した。テーブルに戻ろうとした時、彼女の周囲にだけ奇妙な気配が漂っていた。彼女は少し先にある花瓶の花に目をやっているふうに映った。よく見ると花を眺めてはいなかった。店の照明のせいもあり周囲の男たちは薄闇に溶けていた。奇妙な光景だった。彼女の表情には哀切が滲《にじ》んでいた。

――小池さんは何かを探している。いや何かを待っている。

それが小説のことなのか、或る種の時間なのか、誰か人なのかはわからなかった。ただそこに見えるものは、作家がそこから逃れることのできないどうしようもできない表貌であることは間違いなかった。大半の人は狂気に目を逸《そ》らし、異形に戸惑う。しかし作家はその種の、どうしようもない生を見ざるを得ない。それは作家の業であり、性《さが》である。そのような場所に小池真理子は平然と身を置く。その強さは見事でさえある。強靭《じん》の隣りには常に哀切が潜んでいる。だからこそ彼女の哀切は実にあざやかで、そこに美学の香りがする。他にもいくらも楽な生き方はあるはずなのに敢えて、そこにすくっと立つ彼女には熟成期の女流作家が持つ美眺がある。

この作品は二〇〇六年四月、毎日新聞社より刊行されました。

集英社文庫　目録（日本文学）

小池真理子　ナルキッソスの鏡
小池真理子　倒錯の庭
小池真理子　危険な食卓
小池真理子　怪しい隣人
小池真理子・藤田宜永　夫婦公論
小池真理子　律子慕情
小池真理子　短篇セレクション サイコ・サスペンス篇Ⅰ 会いたかった人
小池真理子　短篇セレクション 官能篇 ひぐらし荘の女主人
小池真理子　短篇セレクション 幻想篇 命日
小池真理子　短篇セレクション ミステリー篇 泣かない女
小池真理子　短篇セレクション ノスタルジー篇 夢のかたみ
小池真理子　短篇セレクション サイコ・サスペンス篇Ⅱ 贅肉
小池真理子　肉体のファンタジア
小池真理子　柩《ひつぎ》の中の猫
小池真理子　夜の寝覚め
小池真理子　瑠璃の海

小池真理子　虹の彼方
小泉武夫　うわばみの記
河野啓　よみがえる高校
河野美代子　新版 さらば、悲しみの性 高校生の性を考える
河野美代子・永田由紀子　初めてのSEX あなたの愛を伝えるために
五條瑛　プラチナ・ビーズ
五條瑛　スリー・アゲーツ
御所見直好　誰も知らない鎌倉路
小杉健治　絆
小杉健治　二重裁判
小杉健治　汚名
小杉健治　裁かれる判事
小杉健治　夏井冬子の先端犯罪
小杉健治　最終鑑定
小杉健治　検察者
小杉健治　殺意の川

小杉健治　宿敵
小杉健治　特許裁判
小杉健治　不遜な被疑者たち
小杉健治　それぞれの断崖
小杉健治　江戸の哀花
小杉健治　水無川
古処誠二　ルール
古処誠二　七月七日
児玉清　負けるのは美しく
小林紀晴　写真学生
小林光恵　気分よく病院へ行こう
小林光恵　12人の不安な患者たち
小林光恵　ときどき、陰性感情 看護学生 理実の青春
小檜山博　地の音
小松左京　一生に一度の月
小山勝清　それからの武蔵 (一)(二)(三)(四)(五)(六)

集英社文庫 目録（日本文学）

集英社文庫

虹《にじ》の彼方《かなた》

2008年7月25日　第1刷　　定価はカバーに表示してあります。

著　者　小池真理子《こいけまりこ》

発行者　加藤　潤

発行所　株式会社 集英社
東京都千代田区一ツ橋2-5-10　〒101-8050
電話　03-3230-6095（編集）
03-3230-6393（販売）
03-3230-6080（読者係）

印　刷　図書印刷株式会社

製　本　加藤製本株式会社

フォーマットデザイン　アリヤマデザインストア　　マークデザイン　居山浩二

ISBN978-4-08-746314-9 C0193